CB143117

A Pedra da Bênção

BARBARA
WOOD

A PEDRA DA BÊNÇÃO

Tradução de
GILSON B. SOARES

NOVA ERA

CIP-Brasil. Catalogação-na-fonte
Sindicato Nacional dos Editores de Livros, RJ.

W853p
Wood, Barbara, 1947-
A pedra da bênção / Barbara Wood; tradução de Gilson B. Soares.
- Rio de Janeiro: Nova Era, 2006.

Tradução de: The blessing stone
ISBN 85-7701-043-0

1. Meteoritos – Ficção. 2. Romance americano. I. Soares, Gilson Baptista. II. Título.

05-3509
CDD – 813
CDU – 821.111(73)-3

Título original norte-americano
THE BLESSING STONE

Copyright © 2003 Barbara Wood

Publicado mediante a acordo com Lennart Sane Agency AB.

Todos os direitos reservados. Proibida a reprodução, no todo ou em parte, sem autorização prévia por escrito da editora, sejam quais forem os meios empregados, com exceção das resenhas literárias, que podem reproduzir algumas passagens do livro, desde que citada a fonte.

Direitos exclusivos de publicação em língua portuguesa para o Brasil adquiridos pela EDITORA BEST SELLER LTDA.
Rua Argentina 171 – Rio de Janeiro, RJ – 20921-380 – Tel.: 2585-2000
que se reserva a propriedade literária desta tradução

Impresso no Brasil

ISBN 85-7701-043-0

PEDIDOS PELO REEMBOLSO POSTAL
Caixa Postal 23.052
Rio de Janeiro, RJ – 20922-970

Este livro é dedicado com amor
a meu marido George.

Agradecimentos

Agradeço especialmente a algumas pessoas muito especiais: Jennifer Enderlin, minha editora de texto na St. Martins Press; Harvey Klinger, meu agente; e a dois caros amigos, Sharon Stewart e Carlos Balarezo.

O que eu faria sem vocês?

Prólogo

TRÊS MILHÕES DE ANOS ATRÁS

A Pedra da Bênção se formou a incontáveis anos-luz da Terra, do outro lado das estrelas.

Surgiu de uma explosão cataclísmica de proporções estelares que lançou fragmentos cósmicos através do espaço. Como um navio reluzente, o pedaço incandescente de massa estelar navegou pelo mar sideral, rugindo e sibilando na noite escura enquanto se apressava rumo à destruição inevitável num jovem e selvagem planeta.

Mastodontes e mamutes pararam de pastar e piscaram por causa da faixa chamejante no céu, o conteúdo de ferro do meteoro criando um rastro incandescente enquanto ardia na atmosfera. Testemunhando o evento catastrófico estava uma família de assustados hominídeos — pequenas criaturas que se assemelhavam aos macacos, embora suas sobrancelhas não fossem tão proeminentes, e andassem eretos — à procura de alimento numa floresta primeva. De súbito, eles ficaram paralisados de medo e em seguida foram atirados ao chão de sua postura ereta recém-adquirida em conseqüência da onda de choque causada pelo impacto do meteorito.

A colisão aqueceu a pedra a ponto de derretê-la e espalhar fragmentos como chuva. Na fornalha do vulcão a poeira de estrelas do meteoro se liquefez e fundiu-se com elementos cristalinos na terra, o quartzo doméstico despedaçou-se para abraçar microdiamantes cósmicos como se pelo toque da vara de condão de um alquimista. A cratera formada pelo impacto esfriou-se gradualmente e se encheu com água da chuva e, por dois milhões de anos, torrentes pluviais, descendo de vulcões próximos, alimentaram o lago da cratera, assoreando-a, cobrindo os fragmentos celestiais com camada após camada de areia. Depois um sublevantamento geológico mudou para leste a bacia de drenagem do lago, criando uma torrente que começou a escavar uma ravina que iria um dia, bem no futuro, ser chamada de Olduvai num continente chamado África. O lago finalmente se esvaziou e ventos subseqüentes carregaram as camadas de assoreamento para expor mais uma vez os fragmentos do meteoro. Eram duros, pelotas feias brilhando apenas aqui e ali. Mas um deles era singular, forjado talvez por acaso, sorte ou destino. Nascido da força e violência, era liso e ovóide após milênios sendo curtido e polido por água, areia e vento, e reluzia com um profundo brilho azul tal como o céu que o havia liberado. Pássaros voavam acima, despejando sementes que vicejaram em luxuriante vegetação, dando à pedra um anteparo protetor de modo que apenas um ocasional raio de sol, refletido de sua superfície de cristal, denunciava sua presença.

Outros mil anos se passaram, depois mais outros, enquanto a pedra que um dia seria reverenciada como mágica e terrível, amaldiçoada e abençoada, esperava...

Livro Um

África
100 Mil Anos Atrás

A caçadora agachou-se na relva, as orelhas lançadas para trás, o corpo retesado e pronto a saltar.

A curta distância, um pequeno grupo de humanos escavava em busca de sementes e raízes, sem se dar conta dos olhos de âmbar que os observavam. Embora de envergadura maciça com músculos poderosos, a caçadora era contudo um animal lento. Ao contrário de seus adversários, os leões e leopardos, que eram ágeis e caçavam sua presa, o tigre-dentes-de-sabre precisava ficar à espreita e pegar sua caça de surpresa.

E assim ela permaneceu imóvel na relva amarelada, observando, esperando enquanto a presa, sem desconfiar, chegava mais perto.

O sol se ergueu e a planície africana ficou mais quente. Os humanos iam avançando em sua interminável busca de alimento, estofando a boca com nozes e bagas, enchendo o ar com o som de mastigação ruidosa e o ocasional grunhido de palavra falada. A fera esperava. Era preciso ter paciência.

Finalmente, uma criança, mal se sustentando nas pernas, se afastou de sua mãe. O bote foi rápido e brutal. Um grito agudo da criança e a caçadora estava trotando rapidamente com o corpo tenro em suas mandíbulas letais. Os humanos imediatamente lhe deram caça, gritando e brandindo lanças frágeis.

E então a tigresa se foi, desaparecendo em meio ao emaranhado de arbustos para sua toca oculta, a criança freneticamente se contorcendo e guinchando entre dentes cortantes. Os humanos, temendo segui-la na mata densa, corriam em frenesi, pulando para cima e para baixo, golpeando o solo com porretes rústicos, seus berros se elevando ao céu, onde abutres já começavam a se reunir na esperança de sobras. A mãe da criança, uma jovem mulher que os outros chamavam de Vespa, corria de um lado para outro diante da abertura por onde a fera havia desaparecido.

Então veio o grito de um dos homens. Ele gesticulou para que fossem embora e todos eles, como um único corpo, saíram em largas passadas do emaranhado espinhoso. Vespa se recusava a partir, muito embora duas mulheres tentassem arrastá-la. Ela arremessou-se ao solo e uivou como se acometida de dor física. Por fim, assustados pelo pensamento de que o felino pudesse retornar, os outros a abandonaram e empreenderam uma rápida escapada para uma plataforma de árvores próxima, onde se apressaram a subir para a segurança dos galhos.

Lá permaneceram até que o sol começou a mergulhar no horizonte e as sombras se adensaram. Já não ouviam mais os gritos da mãe desesperada. O silêncio do fim de tarde só havia sido quebrado uma vez por um único grito agudo, e depois tudo se aquietou. Com os estômagos roncando e a sede impelindo-os a se mover, eles desceram das árvores e olharam brevemente para o ponto sangrento onde tinham visto Vespa pela última vez, depois voltaram-se para oeste e recomeçaram sua busca de alimento.

O pequeno bando de humanos caminhava empertigado enquanto atravessava a savana africana, os membros longos e os torsos esguios movendo-se com uma fluida graça animal. Não usavam nenhuma roupa, nenhum ornamento. Carregavam lanças e machadinhas rústicas. Eram setenta e seis, sua faixa etária se estendendo de recém-nascido à velhice. Nove das mulheres estavam grávidas. Enquanto seguia inflexivelmente à frente na sua eterna procura de comida, esta família de primeiros humanos ignorava que dali a centenas de milhares de anos, num mundo que não podiam imaginar, seus descendentes iriam chamá-los de *Homo sapiens* — "Homem, o Sábio".

Perigo.

Mulher Alta jazia imóvel no ninho-leito que havia partilhado com Velha Mãe, os sentidos repentinamente em alerta para os sons e odores do alvorecer. A fumaça da fogueira do acampamento quase extinta. O aroma pronunciado de madeira carbonizada. O ar frio e cortante. Pássaros nos galhos das árvores, acordando para o dia, arrulhando e crocitando numa cacofonia de pios. Mas nenhum rosnado de leão ou latido de hiena, nenhum silvo de serpente, que eram os habituais avisos de perigo.

Mesmo assim, Mulher Alta não se moveu. Embora tremesse de frio e desejasse aquecer-se junto a Velha Mãe, que devia estar perto das pedras refratárias atiçando as cinzas para a vida, ela permaneceu no leito. O perigo ainda estava lá, podia senti-lo fortemente.

Ergueu lentamente a cabeça e piscou através do amanhecer enfumaçado. A Família estava agitada. Ela ouvia a voz rascante e ofegante de início da manhã de Espinha de Peixe, assim chamado quando quase morreu engasgado com uma espinha e Ventas o salvou ao esbordoá-lo firme entre as omoplatas, fazendo a espinha sair voando para a fogueira do acampamento. Espinha de Peixe não teve mais fôlego desde então. Lá estava Velha Mãe como sempre, alimentando o fogo com relva enquanto Ventas se agachava junto a ela para examinar uma irritante picada de inseto infeccionando no seu saco escrotal. Atiçadora de Fogo estava sentada e ninando seu bebê. Faminto e Caroço ainda ressonavam nos seus leitos enquanto Escorpião urinava numa árvore. E na meia-luz a silhueta de Leão que grunhia em atividade sexual com Descobridora de Mel.

Nada fora do comum.

Mulher Alta sentou-se e esfregou os olhos. O sono da Família tinha sido perturbado durante a noite pelos gritos frenéticos de um dos filhos de Ratinha, um garoto que dormia tão perto do fogo que rolara para cima das cinzas quentes e ficara gravemente queimado. Foi uma lição aprendida por todas as crianças. A própria Mulher Alta ostentava uma cicatriz de queimadura ao longo da coxa direita desde que dormira muito perto do fogo quando criança. O garoto, embora choramingando agora que sua mãe aplicava lodo molhado à carne viva, parecia bem. Mulher Alta olhou para os outros membros da Família que estavam começando a se arrastar para beber água no poço, seus movimentos sonolentos e preguiçosos. Não via neles quaisquer sinais de alarme ou medo.

Ainda assim, alguma coisa estava errada. Embora não pudesse vê-la, ouvi-la ou farejá-la, a jovem mulher sabia com cada instinto do seu corpo que uma ameaça espreitava nas proximidades. Mas Mulher Alta não possuía o intelecto mental para apreender o que poderia ser, nem o dom da linguagem para transmitir seus temores aos outros. Na sua mente ela ouvia: *aviso*. Mas se ela fosse falar a palavra, os outros rapidamente iriam procurar por cobras venenosas, cães selvagens ou tigres-dentes-de-sabre. Não veriam nada e especulariam por que Mulher Alta os alertara.

Não é um aviso para hoje, sussurrou sua mente quando ela por fim deixou a segurança do seu ninho-leito. *É um aviso para amanhã.*

Mas a jovem fêmea nesta família de humanos primevos não tinha como expressar seu pensamento. Eles não possuíam o conceito de "futuro". O perigo que estava vindo era estranho para criaturas que só conheciam o perigo presente. Os humanos na savana viviam tal como os animais em torno deles, pastando e rapinando, procurando água, correndo dos predadores, aliviando ânsias sexuais e dormindo quando o sol se punha e os estômagos estavam cheios.

À medida que o sol matinal despontava, a Família foi saindo da proteção das espadanas e juncos e seguiu para a planície aberta, sentindo-se a salvo agora que a aurora rompera por completo sobre seu mundo, dispersando a noite e seus perigos. Mulher Alta, com o coração repleto de um pavor sem nome, juntou-se aos outros enquanto eles abandonavam o acampamento noturno e começavam a busca diária por comida.

Ela parou e recomeçou a examinar as cercanias, esperando vislumbrar a nova ameaça que sentia tão fortemente. Mas tudo que via era um mar de relva da cor do leão, pontuado com árvores frondosas e outeiros rochosos se estendendo até os morros distantes. Predadores não seguiam o grupo de humanos impelidos pela sede, nenhuma ameaça pairava sob o céu nevoento. Mulher Alta viu rebanhos de antílopes pastando, girafas mordiscando folhas, zebras balançando os rabos. Nada de estranho ou novo.

Apenas a montanha à frente no horizonte. Estivera adormecida por alguns dias, mas agora soltava fumaça e cinzas para o céu. Aquilo era novo.

Mas os humanos o ignoravam — Ventas, enquanto capturava um gafanhoto e o esmagava na boca; Descobridora de Mel, enquanto arrancava um feixe de flores para ver se as raízes eram comestíveis; Faminto, enquanto procurava abutres no céu nevoento, o que seria indício de uma carcaça e a possibilidade de carne. Ignorantes da ameaça que o vulcão representava, os humanos continuavam na sua coleta inflexível, caminhando descalços sobre a terra vermelha e a relva espinhenta, vagueando por um mundo feito de lagos e pântanos, florestas e savanas, e habitado por crocodilos, rinocerontes, babuínos, elefantes, girafas, lebres, besouros, antílopes, abutres e serpentes.

A família de Mulher Alta raramente encontrava outros da sua própria espécie, embora ocasionalmente sentisse que humanos viviam além dos limites do seu próprio pequeno território. Teria sido difícil se aventurar além das orlas da sua terra, pois estas eram barreiras difíceis de transpor: uma escarpa íngreme de um lado, um rio largo e profundo do outro, e ainda um pântano impassível. A família de Mulher Alta mantinha-se dentro dessas fronteiras, seguindo o instinto e a memória, perambulando e sobrevivendo por gerações.

A Família viajava num grupo compacto, mantendo os velhos, mulheres e crianças no centro protegido enquanto os homens guarneciam os flancos com porretes e machadinhas, atentos aos predadores, que sempre visavam ao fraco, e este bando de humanos era realmente fraco; tinham ficado sem água desde a véspera. Eles se arrastavam sob o sol que despontava, os lábios e bocas ressequidos enquanto sonhavam com um rio correndo límpido, onde encontrariam tubérculos, ovos de tartaruga e feixes de vegetação comestível, ou talvez uma lebre, um saboroso flamingo capturado entre touceiras de papiro. Seus nomes mudavam segundo as circunstâncias, pois nomes nada mais eram que artifícios de comunicação, um meio de capacitar os membros da família a gritar ou falar um para o outro. Descobridora de Mel ganhou seu nome no dia em que encontrou uma colméia e a Família teve o gosto de açúcar pela primeira vez em mais de um ano. Caroço recebeu seu nome após subir numa árvore para escapar de um leopardo, só para cair ao solo e ganhar uma pancada na cabeça que formou um galo permanente. Caolho perdeu a vista direita quando ele e Leão tentaram enxotar um bando de abutres que se alimentavam de um rinoceronte morto, e um dos abutres havia reagido. Sapo era perito na captura de sapos, distraindo sua presa com uma das mãos e agarrando-a com a outra. Mulher Alta foi assim chamada porque era a mais alta da Família.

Os humanos viviam por impulsos, instintos e intuições animais. Poucos deles nutriam pensamentos. E como não pensavam, não faziam perguntas e, portanto, não tinham necessidade de vir com respostas. Eles não especulavam, não questionavam nada. O mundo era feito somente do que eles podiam ver, ouvir, cheirar, tocar e provar. Nada era oculto ou desconhecido. Um tigre-dentes-de-sabre era apenas isso — um predador quando vivo, uma fonte de alimento quando morto. Por esta razão os humanos não eram supersticiosos e ainda não haviam formado conceitos de magia, espíritos ou poderes ocultos. Eles não tentavam explicar o vento porque não lhes ocorria assim fazer. Quando Atiçadora de Fogo sentava-se para fazer uma fogueira, não se preocupava em saber de onde vinham as fagulhas, ou por que um ancestral, milhares de anos antes, tivera a idéia de fazer fogo. Atiçadora de Fogo simplesmente aprendera ao observar sua mãe, que por sua vez tinha aprendido ao observar a mãe *dela*.

Alimento era qualquer coisa que pudessem encontrar, e como possuíam recursos de fala e habilidades sociais limitados, a caça era primitiva, ficando restrita a presas menores — lagartos, pássaros, peixes e coelhos. A família de Mulher Alta vivia na ignorância de quem ou o que eles eram, e do fato de que tinham percorrido uma longa escala evolucionária, significando que eles e sua espécie permaneceriam fisicamente imutáveis pelas próximas centenas de milhares de anos.

Eles também ignoravam que, com Mulher Alta e o novo perigo que ela sentia, uma segunda evolução estava prestes a começar.

Enquanto procurava plantas comestíveis e insetos, uma visão a assombrou: o poço que tinham ativado para aquela manhã. Para pesar da Família, durante a noite a água ficara tão coberta de fuligem e cinza vulcânicas que tornara-se imprestável para beber. A sede os impelira quando eles normalmente teriam ficado para comer, e os impelia agora, continuamente, para oeste, seguindo Leão, que sabia onde se situava o manancial seguinte de água fresca, as cabeças erguendo-se acima da relva alta, de modo que pudessem ver os rebanhos de animais selvagens movendo-se na mesma busca por água. O céu tinha uma cor estranha, o ar estava com odor acre e penetrante. E diretamente à frente no horizonte, a montanha expelia fumaça como nunca fizera antes.

A noite nunca era silenciosa na planície africana, com leões rugindo sobre presas recém-abatidas e hienas emitindo latidos arrepiantes para alertar os parceiros da possibilidade de alimento. Os humanos abrigados na floresta dormiam de modo intermitente, apesar das fogueiras que mantinham contra a escuridão para lhes fornecer luz e calor e conservar as feras à distância. Mas duas noites antes tinha sido diferente. Apesar de habituados ao perigo constante, o medo dos humanos havia aumentado e se aguçado, fazendo-os piscar no escuro e ouvir o martelar de seus corações. Algo estranho e terrível estava acontecendo no mundo à volta deles, e como não tinham palavras para essas novas calamidades, nenhum pensamento coerente nas suas mentes primitivas poderia trazer razão, e portanto consolo, e os assustados humanos só podiam se arrebanhar nas garras do puro poder irracional.

Eles não tinham como saber que terremotos haviam sacudido esta região muitas vezes antes, ou que a montanha no horizonte expelira lava para o céu por milênios, ficando adormecida ocasionalmente, como esteve nas últimas poucas centenas de anos. Mas agora ela estava ativa, seu cone lançando um apavorante brilho vermelho contra o céu noturno, a terra tremendo e rugindo como se tivesse vida.

Mas apenas Mulher Alta se lembrava desses terrores enquanto os outros de seu grupo percorriam com os olhos o solo e a vegetação, atentos a cupinzeiros, plantas carregadas de vagens e parreiras rastejantes que poderiam ser indício de bagas amargas.

Quando Caolho chutou um tronco apodrecido para expor larvas coleantes, os humanos caíram sobre o banquete, pegando as larvas e enchendo a boca com elas. A comida nunca era partilhada. O mais forte comia, o mais fraco passava fome. Leão, o macho dominante no grupo, abriu caminho para encher as mãos de petiscos brancos.

Quando jovem, Leão tinha se aproximado da carcaça de uma velha leoa e conseguira esfolá-la antes que os abutres descessem. Ele envergou o couro sangrento sobre os ombros, permitindo que se ajustasse a seu corpo enquanto fedia e tornava-se viveiro de bichos de varejeira até finalmente secar. Como não a removera ao longo dos anos, a pele dura era agora parte dele, seu longo cabelo havia crescido dentro dela e rangia quando ele se movia.

Leão não havia sido escolhido como o líder da Família — entre eles não existia voto ou consenso. Ele simplesmente decidira um dia que seria o líder e os outros o haviam seguido. A companheira ocasional de Leão, Descobridora de Mel, era dominante entre as fêmeas porque era grande e forte e possuía uma personalidade cobiçosa e agressiva. Nas refeições ela empurrava para fora do caminho as mulheres mais fracas a fim de obter comida para sua prole, roubando das outras e devorando mais do que lhe caberia. Leão e Descobridora de Mel usavam ambas as mãos em concha para pegar as gordas larvas brancas do tronco podre e encher a boca com elas, e quando se sentiam satisfeitos e Descobridora de Mel tinha visto que suas cinco crias haviam comido, eles se afastavam para que os mais fracos da família pudessem encher as bocas com as sobras das indolentes larvas.

Mulher Alta mastigou um punhado de larvas e depois cuspiu a papa na palma da mão. Quando estendeu a mão para Velha Mãe, que não tinha dentes, a anciã sorveu de bom grado o alimento mastigado.

Devoradas as larvas, os humanos descansavam sob o sol do meio-dia. Os homens mais fortes ficavam vigiando os predadores enquanto os demais se ocupavam com as atividades cotidianas de ninar bebês, enfeitar-se, cochilar e se empenhar em alívio sexual. Os intercursos sexuais costumavam ser breves e eram rapidamente esquecidos, mesmo entre casais que partilhavam uma afeição temporária. Não existiam relacionamentos de longo prazo, e a satisfação da ânsia sexual era assumida aleatoriamente ao sabor do acaso. Escorpião fungava ao redor das mulheres, sem saber que estava procurando o odor característico que indicava que uma fêmea estava em sua fase fértil. Às vezes era a fêmea quem fazia a busca, como Bebê fazia agora, instintivamente ansiosa por um intercurso apressado com um macho. Uma vez que Escorpião já estava ocupado com Ratinha, Bebê escolheu Faminto e, embora ele não estivesse interessado a princípio, ela conseguiu excitá-lo e montou nele com a maior satisfação.

À medida que a Família se dedicava às suas necessidades, e a montanha ao longe continuava a expelir fogo e gás para o céu, Mulher Alta mantinha uma atenta vigilância, esperando vislumbrar as orelhas ou a sombra do novo perigo que os espreitava. Mas não havia nada ali.

Eles se arrastaram durante a tarde, a sede queimando suas bocas, as crianças chorando por água, as mães tentando acalmá-las enquanto os homens faziam rápidas incursões longe do grupo, protegendo os olhos para perscrutar a planície, procurando indícios de um poço ou córrego. Eles seguiram rastros de elãs e gnus, esperando que os rebanhos os conduzissem à água. Reparavam na direção dos pássaros em vôo, particularmente aves pernaltas: garças, cegonhas e egretas. Procuravam também por elefantes porque eram animais que passavam a maior parte do seu tempo na água, rolando na lama para esfriar o couro ressecado pelo sol ou submergindo quase por completo, deixando apenas a extremidade de suas trombas à tona para poderem respirar. Mas os humanos não viram garças, elãs, gnus nem elefantes que pudessem conduzi-los à água.

Ao se aproximarem dos ossos de uma zebra, tiveram uma breve satisfação. Mas quando viram que os ossos compridos já tinham sido quebrados e o tutano sugado, foi grande a sua decepção. Os humanos nem precisaram examinar as pegadas em volta da carcaça para saber que as hienas haviam roubado seu banquete.

Seguiram em frente. Perto de um outeiro relvoso, Leão fez o grupo dar uma parada abrupta, silenciando-o com um gesto. Eles prestaram atenção e na brisa ouviram um "*yeow-yeow... yeow*" nas proximidades — os ruídos chilreados característicos que os guepardos fazem para se comunicar com sua prole. Cautelosamente, os humanos recuaram, mantendo-se contra o vento para que os felinos não os farejassem.

Enquanto as mulheres e crianças escavavam à procura de quaisquer vegetais ou insetos comestíveis que pudessem encontrar, os homens, com suas lanças com pontas de madeira aguçadas, estavam em alerta para uma possível caça. Embora as perícias de caça organizada estivessem além das capacidades deles, sabiam que uma girafa ficava mais vulnerável quando bebendo em um poço — tinha de abrir amplamente as pernas para alcançar a água, e nesta posição era um alvo fácil para humanos que agissem com rapidez e lanças afiadas.

Ventas gritou subitamente de satisfação quando apoiou-se num joelho e apontou para rastros dispersos de chacais no solo. Os chacais eram notórios por enterrar suas presas mortas e voltar para comê-las mais tarde. Mas uma escavação frenética na área circundante não surtiu nenhuma caça recém-enterrada.

Eles prosseguiram — calorentos, famintos, sedentos, até que Leão finalmente soltou um grito que os outros entenderam como significando que tinha descoberto água. Então, começaram a correr. Mulher Alta envolveu Velha Mãe com um braço para ajudá-la a prosseguir.

Leão nem sempre tinha sido o líder da Família. Antes dele, um homem chamado Rio fora o membro dominante, tomando para si as melhores porções de alimento, monopolizando as fêmeas, decidindo onde a Família dormiria à noite. Rio ganhara seu nome por causa de um perigoso encontro com uma inundação. A Família conseguira alcançar terras altas a tempo, mas Rio fora apanhado. Uma árvore arrancada das raízes pela correnteza havia sido a sua salvação. Encontraram-no dias depois sobre um banco de areia, machucado, exausto, mas ainda vivo. A Família o chamou assim por causa do novo rio que passou a fluir pelo seu território, e por algum tempo ele usufruiu da supremacia sobre o grupo, até que Leão o desafiou por causa de uma fêmea.

A luta tinha sido até a morte, os dois se agredindo com porretes enquanto a Família assistia, aos gritos. Quando um ensangüentado Rio finalmente fugiu, Leão sacudiu os punhos no ar e depois prontamente possuiu uma excitada Descobridora de Mel com grande vigor. Rio nunca mais foi visto, nem se ouviu falar dele de novo.

Depois disso, a Família seguira Leão obedientemente e sem questionar. Sua rústica sociedade não era igualitária pela simples razão de que os membros da família não eram capazes de pensar por si próprios. Como os rebanhos pastando na savana em torno deles, ou os seus primos macacos vivendo nas distantes florestas tropicais, o grupo precisava de um líder para sobreviver. Alguém sempre se destacava sobre os demais, quer pela força física, quer pela superioridade mental. Nem sempre era um macho. Antes do líder chamado Rio houvera uma mulher forte de nome Hiena, assim chamada por que ria que nem uma. Ela conduzira a Família no seu ciclo eterno e imutável de escavação-coleta. Hiena se lembrava das fronteiras do território, sabia onde havia água boa, onde podiam encontrar bagas e quais estações produziam nozes e sementes. E quando uma noite ela foi apanhada longe dos outros por um bando de hienas, a Família vagueou sem rumo até que uma inundação transformou Rio em seu novo líder.

Agora Leão os guiava até o suprimento de água fresca de que ele se lembrava de quatro estações atrás — um poço artesiano bem protegido sob uma saliência pedregosa. Eles se precipitaram para o poço e beberam sofregamente até se fartar. Mas quando, saciada a sede, olharam em volta à procura de comida, nada encontraram. Nenhum banco de areia no qual escavar ovos de tartaruga ou caranguejos de água doce, nem flores de raízes tenras nem vegetação abrigando sementes saborosas. Leão observou o cenário com desprazer — certamente houvera relva ali antes — e por fim indicou com um grunhido que tinham de prosseguir.

Mulher Alta parou para olhar o poço no qual tinham acabado de beber. Examinou a superfície clara e depois olhou para o céu fumacento. Olhou de novo para a água e desta vez levou em conta a saliência rochosa. Franziu o cenho. A água que haviam ativado de manhã estava imprestável para beber. *Esta* água estava limpa e doce. Sua mente pelejou para fazer a ligação. O céu fuliginoso, a saliência rochosa, a água limpa.

E então o pensamento se formou: *Esta água estava protegida.*

Ela observou a Família enquanto caminhavam penosamente — Leão liderando-os com seu manto de pele, Descobridora de Mel ao seu lado com um bebê nos braços, uma criança pequena montada nos ombros e uma outra mais velha agarrada a sua mão livre —, tropeçando, vacilando, a sede esquecida agora que suas barrigas doíam de fome. Mulher Alta queria chamá-los de volta. Queria avisá-los de algo, mas não sabia do quê. Tinha a ver com o novo perigo sem nome que vinha sentindo ultimamente. E agora ela sabia que, de alguma maneira, o perigo estava ligado à água — a água coberta de fuligem do amanhecer, este poço límpido e o poço para onde Leão os levava, mais distante ao longo da antiga trilha.

Sentiu um puxão no braço. Velha Mãe, o pequeno rosto esbranquiçado virado para Mulher Alta com uma expressão preocupada. Elas não deviam ficar para trás.

Quando a Família chegou a um baobá carregado de frutos, todos que podiam agitar uma vara golpearam os galhos, fazendo cair os frutos carnudos. A Família se banqueteou, sentados ou agachados, ou mesmo comendo de pé, de modo que pudessem ficar de olho em possíveis predadores. Depois cochilaram debaixo da frondosa árvore, sentindo o calor da tarde se assentar em sua carne e ossos. Mães amamentavam bebês enquanto os irmãos rolavam alegremente na terra. Caolho estava interessado por uma fêmea. Ele observava Bebê enquanto ela vasculhava as vagens na esperança de encontrar uma fechada, e quando ele lhe fez cócegas e atacou-a, ela riu e ficou de quatro, permitindo que ele a penetrasse. Descobridora de Mel catava piolhos no cabelo emaranhado de Leão, Velha Mãe besuntava de cuspe a queimadura do garotinho e Mulher Alta, recostada melancólica contra uma árvore, mantinha os olhos na distante montanha raivosa.

Após um cochilo, eles puseram-se em atividade e, mais uma vez impelidos pela fome, seguiram para oeste. Ao pôr-do-sol, a Família chegou a um largo riacho onde elefantes se banhavam, borrifando água com suas trombas. Os humanos se aproximaram cautelosos da margem, atentos a qualquer coisa que se assemelhasse a troncos flutuantes. Podiam ser crocodilos, apenas com os olhos, narinas e uma pequena parte do dorso à tona da água. Embora os crocodilos caçassem principalmente à noite, eles eram notórios por atacar durante o dia se pressentissem uma presa fácil. Mais de uma vez os humanos tinham visto um dos seus ser arrebatado da margem de um rio e carregado para o fundo num piscar de olhos.

Embora ficassem consternados ao encontrar a superfície do preguiçoso riacho coberta de fuligem e cinza, viram apesar de tudo uma abundância de pássaros ao longo das margens — tordeiros e íbis, gansos e maçaricos —, uma promessa de ninhos cheios de ovos. E como o sol estava mergulhando no horizonte e as sombras se adensavam, decidiram passar a noite ali.

Enquanto algumas das mulheres e as crianças começavam a reunir talos altos de capim e plantas flexíveis para os ninhos-leito, Mulher Alta e Velha Mãe e outras mulheres escavavam as margens arenosas à procura de crustáceos. Sapo e seus irmãos caçavam rãs-touro. Durante a estação seca as rãs-touro ficavam adormecidas em tocas debaixo do solo, só saindo quando os primeiros pingos da estação chuvosa amaciavam a terra. Como ali não chovia havia várias semanas, os garotos esperavam que a caça fosse boa. Atiçadora de Fogo mandou seus filhos colherem o estrume de qualquer rebanho que tivesse pastado ali recentemente e depois pôs-se a trabalhar com suas pedras de ignição, usando gravetos secos para iniciar um fogo lento. Quando se acrescentou estrume de zebra e gnu, a fogueira ardeu instantaneamente, e os homens acenderam tochas feitas de seiva e ramos de árvores em volta do perímetro do acampamento para manter os predadores afastados. Uma hora de coleta também produziu folhas de chicória, tubérculos e a carcaça de um mangusto gordo que ainda não estava bichada. Os humanos comeram avidamente, devorando tudo, sem guardar sequer uma semente ou um ovo para a fome do dia seguinte.

Finalmente se acomodaram para a noite dentro da proteção de uma cerca feita de arbusto espinhoso e ramos de acácia, os homens reunidos a um lado do fogo enquanto as mulheres e crianças se juntavam do outro. Agora era a hora de se enfeitar, um ritual noturno que era impelido pela necessidade primal por companhia e toque, e que de maneiras sutis estabelecia que existia um arremedo de ordem social entre eles.

Usando uma machadinha de quartzo que Faminto tinha feito para ela, Bebê cortou o cabelo de seus filhos. Se não fosse controlado, o cabelo cresceria até a cintura e se tornaria um risco. Bebê era a prova disso, tendo fugido de sua mãe quando era pequena porque odiava ter seu cabelo cortado, ele cresceu até a cintura e era alisado com gordura, até que um dia ele se emaranhou num arbusto espinhoso, prendendo-a. Quando a Família finalmente soltou a histérica Bebê da armadilha, partes de seu couro cabeludo tinham sido laceradas e sangravam profundamente. Foi quando ela recebeu seu nome, porque não parou de chorar por vários dias. Agora as partes calvas na cabeça de Bebê haviam cicatrizado e o cabelo crescia em tufos horrorosos.

Algumas mulheres catavam piolhos no cabelo dos filhos, esmagando-os entre os dentes, e emplastravam os pequeninos e outras mulheres com lodo trazido do poço. O riso delas elevava-se para o céu como as fagulhas das fogueiras, com a ocasional palavra penetrante ou de aviso.

Embora as mulheres estivessem ocupadas, todas se mantinham de olho em Estéril, assim chamada por não ter filhos. Ela andava seguindo a grávida Fuinha por toda parte. Todos se lembravam do dia em que Bebê tinha parido sua quinta cria e Estéril a havia arrebatado, com placenta e tudo, e fugido com ela. Todos saíram em sua perseguição até que a pegaram, o recém-nascido morrendo no tumulto quando as mulheres a surraram quase até a morte. Depois disso, Estéril sempre seguia atrás da Família quando eles saíam para escavar e dormia distante do fogo, como uma sombra à orla do campo. Mas Estéril estava se tornando ousada ultimamente e ficava rodeando Fuinha, que se mostrava assustada. Ela perdera suas três crianças anteriores por picada de cobra, queda de um precipício rochoso e para um leopardo que ousadamente invadira o acampamento uma noite e carregara a criança.

Os homens estavam reunidos do outro lado da fogueira principal. Sempre que um jovem macho tornava-se crescido demais para ficar com as mulheres e bebês, ele ia sentar-se com os homens mais velhos, para observar e imitar as mãos cheias de cicatrizes e calos enquanto eles aparavam ferramentas de sílex e afiavam gravetos compridos para transformá-los em lanças rudimentares. Aqui os jovens machos, não mais sob o domínio de suas mães, aprendiam os comportamentos masculinos: a transformar madeira em armas e rocha em ferramentas; a identificar rastros de animais; a sentir o odor do vento e farejar uma presa. Eles aprendiam as poucas palavras, sons e gestos que os machos usavam para comunicação. E, como as fêmeas, eles enfeitavam um ao outro, arrancando coisas vivas do cabelo emaranhado e besuntando de lodo o corpo um do outro. O lodo, como uma proteção contra o calor, picadas de insetos e plantas venenosas, tinha de ser reaplicado diariamente e era uma parte importante do ritual noturno. Os jovens machos trapaceavam pela honra de enfeitar Leão e os homens mais velhos.

Lesma, assim chamado por ser vagaroso, estava rugindo seu protesto por ter de montar guarda. Após uma troca de gritos e punhos furiosos, Leão acomodou a disputa rachando uma lança na cabeça de Lesma. O homem derrotado seguiu para seu posto, limpando o sangue dos olhos.

O velho Escorpião esfregou o braço e a perna esquerdos, que estavam ficando estranhamente dormentes, enquanto Caroço tentava coçar uma comichão que não podia alcançar, recorrendo à árvore mais próxima, onde se esfregou acima e abaixo no tronco duro até a pele se romper e sangrar. Ocasionalmente eles relanceavam os olhos sobre o fogo para as industriosas mulheres, criaturas que os homens subconscientemente reverenciavam porque só as mulheres pariam bebês, os machos sendo alheios da sua própria parte no processo. As fêmeas eram imprevisíveis. Uma mulher que não estivesse interessada em relação sexual podia ser má quando forçada. O pobre Beiço, que costumava ser chamado de Nariz de Pássaro, adquirira seu nome depois de um encontro com Mulher Alta. Quando ele tentou penetrá-la contra sua vontade, ela reagiu, mordendo parte de seu lábio inferior que sangrou por vários dias e exsudou pus. O ferimento se fechou como uma fenda pregueada. Agora, seus dentes inferiores estavam permanentemente à mostra. Depois disso, Beiço deixou Mulher Alta em paz, como fez a maioria dos outros machos. Os poucos que haviam tentado possuí-la decidiram, após uma luta exaustiva, que não valia a pena, pois o que não faltava eram fêmeas tolerantes por perto.

Sapo estava aborrecido consigo mesmo. No ano anterior ele e uma jovem, chamada Tamanduá por causa da sua paixão por formigas, tinham usufruído de uma união especial, como Bebê e Caolho, que estavam atualmente, terna e aconchegadamente, apreciando o prazer sexual. Mas agora, como a barriga de Tamanduá crescera e ela não queria ter nada com ele, os avanços de Sapo eram recebidos com tapas e sibilos. Ele já vira acontecer antes. Uma vez que uma fêmea paria, ela preferia a companhia de outras mulheres que tinham filhos. Juntas, elas riam e conversavam enquanto amamentavam seus bebês e ficavam de olho nas crianças que já deambulavam, ao passo que os machos desprezados ficavam relegados às suas atividades solitárias de manufatura de ferramentas e armas.

A união mãe-filho era o único vínculo real que a Família conhecia. Se um homem e uma mulher se juntavam, raramente era por longo tempo, o curso do seu relacionamento pegando fogo de paixão para logo arrefecer. Escorpião, o amigo de Sapo, agachou-se junto a ele e bateu no seu ombro em simpatia. Ele também experimentara intimidade com uma mulher até que ela teve um bebê e não quis mais nada com ele. Claro que havia aquelas que, como Descobridora de Mel, permaneciam afeiçoadas a um homem, especialmente quando ele tolerava seus bebês, como Leão fazia. Mas Escorpião e Sapo não tinham paciência com os bebês das mulheres e preferiam fêmeas que não apresentassem empecilhos.

Sapo sentia o calor aumentar dentro dele. Olhava com inveja para Caolho e Bebê, ternos e amorosos um com o outro. Caolho usufruía de liberação sexual sempre que desejava, Bebê sendo constantemente tão bem-disposta a permitir que ele se satisfizesse. Formavam presentemente o único casal firme, dormindo juntos, partilhando afeição. Caolho até mesmo tolerava os filhos dela, algo que poucos machos faziam.

De olho nas mulheres, Sapo tentou despertar interesse em algumas ao exibir sua ereção e lançando-lhes um olhar esperançoso. Mas ou elas o ignoravam ou então o enxotavam. Assim, ele voltou para a fogueira e remexeu as brasas. Para seu prazer encontrou uma cebola esquecida, esturricada mas ainda comível. Ele entregou-a para Atiçadora de Fogo, que imediatamente agarrou o acepipe e se pôs de quatro, apoiando-se num braço enquanto que com a mão livre comia ruidosamente a cebola. Sapo não demorou muito. Ele logo se satisfez e caminhou trôpego para dormir no seu ninho-leito.

Quando Leão acabou de comer, seu olhar caiu sobre Velha Mãe, que estava chupando uma raiz. Leão e Velha Mãe tinham sido paridos pela mesma mulher, haviam mamado nos mesmos peitos e brincado juntos quando crianças. Depois que Velha Mãe havia procriado doze vezes, Leão demonstrara respeito por ela. Mas agora ela estava ficando senil e formou-se em sua mente a noção obscura de que estavam desperdiçando comida com a velha. Antes que ela pudesse esboçar qualquer reação, ele passou rápido por ela, arrebatou a raiz de seus dedos e enfiou-a entre os próprios dentes.

Vendo o que tinha acontecido, Mulher Alta foi até a consternada Velha Mãe, fazendo uns ruídos cantalorados e puxando o cabelo dela.

Velha Mãe era a pessoa mais antiga da Família, embora ninguém soubesse exatamente quão antiga, uma vez que a Família não fazia cálculos de anos ou estações. Se alguém tivesse feito as contas, eles saberiam que ela alcançara a adiantada idade de 55 anos. Mulher Alta, por outro lado, vivera por 15 verões e sabia vagamente que era a filha de uma mulher que Velha Mãe tinha parido.

Observando Leão enquanto ele circulava pelo acampamento antes de se acomodar em seu ninho-leito, Mulher Alta sentiu-se invadida por uma inquietação inominável. Tinha a ver com Velha Mãe e quão indefesa ela estava. Uma lembrança indefinida veio à sua mente jovem: sua própria mãe, tendo quebrado uma perna, foi deixada para trás quando não pôde mais caminhar, uma figura solitária sentada contra o tronco de uma árvore espinhosa, observando a Família prosseguir. O grupo não podia ficar sobrecarregado por um membro fraco, pois os predadores estavam sempre vigilantes na relva alta. Quando a Família passou de novo por ali, não havia nenhum vestígio da mãe de Mulher Alta.

Finalmente todos começaram a se acomodar para a noite, mães e filhos enrolados juntos nos seus ninhos-leitos, os homens do outro lado da fogueira, encontrando pontos confortáveis, deitando costas com costas para se aquecer, sobressaltando-se e se virando aos sons de rosnados e latidos próximos na escuridão. Incapaz de dormir, Mulher Alta deixou o ninho-leito que dividia com Velha Mãe e seguiu cautelosa até a água. A curta distância viu que uma pequena manada de elefantes — apenas fêmeas com suas crias — viera para passar a noite, dormindo na maneira peculiar da sua espécie, recostados contra uma árvore ou uns contra os outros. Quando alcançou a beira da água, olhou para a superfície coberta com espessa cinza vulcânica. A seguir olhou para cima, para as estrelas sendo lentamente devoradas por fumaça, e tentou mais uma vez entender o turbilhão em sua mente.

Isto relacionava-se com o novo perigo.

Ela olhou de volta para o acampamento, onde setenta e poucos humanos estavam se acomodando para a noite. Imediatamente, roncos se elevaram para o céu, junto a grunhidos e suspiros noturnos. Ela reconheceu os gemidos e ofegos de um casal engajado em intercurso sexual. Um bebê chorou e foi rapidamente aquietado. O som inconfundível de Ventas arrotando. E os bocejos ruidosos dos homens que guardavam o perímetro com lanças e tochas para proteger a Família durante a noite. Todos pareciam despreocupados; para eles a vida seguia como sempre tinha sido. Mas Mulher Alta estava inquieta. Somente ela sentia que o mundo não ia bem.

Mas de que maneira? Leão estava conduzindo a Família para todos os lugares ancestrais que haviam percorrido por gerações. Encontravam a comida que sempre tinham encontrado; encontravam até mesmo água onde supostamente deveria estar, embora coberta de cinza. Havia a segurança e a sobrevivência de sempre. Mudança assustava a Família. O conceito de mudança nem passava por suas mentes.

Mas agora estava começando a passar — ao menos pela mente de um de seus membros mais jovens.

Mulher Alta examinou a noite com seus olhos castanhos, atenta a qualquer movimento suspeito. Sempre alerta, nunca baixando a guarda, Mulher Alta vivia como a Família vivia, por instinto, sagacidade e um forte senso de sobrevivência. Mas esta noite era diferente, como tinham sido as últimas poucas noites, desde que a sensação de um perigo havia sido plantada dentro dela. Um perigo que não podia ver nem dar nome. Que não deixava rastros nem indícios, que não rosnava nem silvava, que não possuía nem garras nem caninos, embora fizesse os pequenos pêlos de sua nuca se arrepiarem.

Ela examinou as estrelas e viu o quanto estavam tragadas pela fumaça. Viu as cinzas chuviscando do céu. Examinou a água coberta pela fuligem e inalou o odor de enxofre e magma que vinha do distante vulcão. Viu o modo como a relva se vergava ao vento noturno, como as árvores se inclinavam e de que maneira as folhas secas voavam. E de repente, com um pulo do seu coração, entendeu.

Mulher Alta prendeu a respiração e congelou enquanto a ameaça sem nome tomava forma em sua mente e percebeu tudo num segundo atordoante, despercebido por qualquer outro membro da família: que o poço de água do dia seguinte — apesar do que gerações de experiência lhes haviam mostrado — ia ser coberto com cinza.

Um grito rasgou a noite.

Era Fuinha, nas dores do parto. As mulheres rapidamente a ajudaram a sair do acampamento e ir para o recesso das árvores. Os machos pularam nervosamente para a periferia do acampamento, empunhando as lanças rústicas e juntando pedras para jogar nos predadores. Tão logo os felinos e hienas ouvissem o grito de um ser humano vulnerável e sentissem o cheiro de sangue do parto, certamente viriam. As fêmeas humanas instintivamente formaram um círculo em torno de Fuinha, de costas para ela, gritando e batendo com os pés para encobrir os gritos de dor e a vulnerabilidade da parturiente.

Ela não teve ajuda. Agarrando-se ao tronco de uma acácia, Fuinha ficou de cócoras e empurrou, fazendo força enquanto se encontrava nas garras do frio terror. Acima dos gritos das mulheres teria ela ouvido o rugido triunfante de um leão? Haveria um bando de felinos prestes a voar das árvores, com garras, mandíbulas e olhos amarelos, para rasgá-la em pedaços?

Finalmente o bebê nasceu e Fuinha de imediato o levou ao peito, sacudindo-o e dando palmadas até ele chorar. Velha Mãe ajoelhou-se ao lado e massageou-lhe o abdome, como fizera ao longo dos anos a si mesma e suas filhas, induzindo a placenta a ser expelida. E quando a placenta saiu e as mulheres enterraram apressadamente o sangue e as secundinas, a Família se reuniu em torno da nova mãe para olhar com curiosidade a criatura que se contorcia no seu seio.

De repente, Estéril lançou-se à frente e arrebatou o bebê que mamava dos braços de Fuinha. As mulheres correram atrás dela, jogando pedras. Estéril largou o bebê, mas as mulheres continuaram a perseguição até capturá-la. Arrancaram galhos das árvores e bateram nela sem piedade, só parando quando a forma ensangüentada a seus pés estava irreconhecível. Quando tiveram certeza de que Estéril não mais respirava voltaram ao acampamento com o bebê que, miraculosamente, ainda vivia.

Leão decidiu que a Família deveria se mudar sem demora. O cadáver de Estéril e o sangue do parto atrairiam perigosos carniceiros, principalmente os abutres que podiam ser determinados e destemidos. Assim, levantaram acampamento embora ainda fosse noite e, armados com tochas, fizeram seu caminho pela planície aberta. Enquanto viajavam sob a lua cheia, ouviram atrás deles os animais chegarem, rosnando selvagemente enquanto dilaceravam o corpo de Estéril.

Outro amanhecer e a cinza leve continuava a cair do céu. Os humanos começaram a se agitar, despertando para o barulhento canto de pássaros e o ruidoso guinchar de macacos nas árvores. Atentos aos predadores agora que as fogueiras periféricas se haviam extinguido, seguiram para o bebedouro onde zebras e gazelas tentavam em vão saciar a sede. A água não podia ser vista por causa da espessa camada de fuligem depositada na sua superfície. Mas os humanos, capazes de afastar com as mãos a poeira vulcânica, encontraram água quase saibrosa e de péssimo sabor. Enquanto os outros começavam a escavar à procura de ovos e crustáceos, e a vasculhar as tocas em busca de rãs, tartarugas e raízes de lírio, Mulher Alta voltou os olhos para oeste, onde a montanha fumacenta avultava na paisagem ainda escura do amanhecer.

As estrelas não podiam ser vistas, por causa das grandes nuvens de fumaça que se formavam em todas as direções. Virando-se, Mulher Alta perscrutou o horizonte a leste, que estava ficando pálido, onde o sol em breve surgiria. Lá o céu estava claro e fresco, as últimas estrelas ainda visíveis. Olhou de volta para a montanha e vivenciou de novo a revelação da noite anterior, quando, pela primeira vez na história de seu povo, havia tomado partes separadas de uma equação e as combinado em uma resposta: *a montanha estava expelindo fumaça... o vento soprava para leste... desta forma contaminando os reservatórios de água em seu caminho.*

Tentou contar aos outros, tentou encontrar palavras e gestos que transmitissem a essência deste novo perigo. Mas Leão, agindo apenas por instinto e memória ancestral, nada sabendo do conceito de causa e efeito, e compreendendo apenas que o mundo sempre tinha sido de um jeito e o seria eternamente, não era capaz de dar este salto mental. O que tinham a montanha e o vento a ver com água? Pegando sua lança rústica, ele ordenou que a Família se pusesse a caminho.

Mulher Alta insistiu.

— É mau! — disse, desesperadamente, apontando para oeste. — Mau! — depois gesticulou freneticamente para leste, onde o céu estava claro e onde sabia que a água seria limpa. — Lá bom! Nós vamos!

Leão olhou para os outros. Mas suas faces estavam inexpressivas porque não faziam idéia do que Mulher Alta tentava dizer. Por que mudar o que sempre tinham feito?

E assim abandonaram o acampamento mais uma vez e começaram sua coleta diária enquanto observavam o céu procurando abutres, que poderiam significar uma carcaça e a possibilidade de ossos compridos cheios de saboroso tutano. Leão e os homens mais fortes sacudiam árvores para derrubar nozes e frutos, e vagens que seriam tostadas mais tarde na fogueira. As fêmeas se agachavam junto ao cupinzeiro, inserindo gravetos para expelir os gordos insetos e comê-los. As crianças ocupavam-se com um ninho de formigas do mel, mordendo cuidadosamente os abdomes inchados de néctar enquanto evitavam suas aguçadas mandíbulas. Com o alimento chegando em tão magras porções, a coleta nunca cessava. Só raramente deparavam com um animal morto recentemente, que ainda não tinha sido descoberto pelas hienas e abutres, e os humanos o esfolavam e se fartavam com a carne.

Mulher Alta caminhava com medo: *A água estará pior mais adiante.*

Por volta do meio-dia, ela subiu num pequeno outeiro e, protegendo os olhos, examinou a savana amarelo-leão. Quando imediatamente começou a chamar e agitar os braços, os outros souberam que ela achara um ninho de ovos de avestruz. Os humanos se aproximaram cautelosos, espionando a enorme ave que guardava o ninho. As penas pretas e brancas lhes diziam que era um macho, o que era incomum, já que normalmente cabia às fêmeas de cor castanha chocar no ninho durante o dia, enquanto os machos chocavam à noite. Aquele ali parecia enorme e perigoso. Mantiveram-se atentos para a fêmea, que por certo estaria nas proximidades e que seria igualmente letal ao guarnecer seu ninho.

Leão deu um grito e Faminto, Caroço, Escorpião, Ventas e todos os outros machos investiram correndo para o avestruz com lanças e porretes, gritando e enxotando e fazendo o maior barulho possível. A ave gigante voou do ninho com um grande bater de asas e enfrentou os intrusos, as penas do peito sobressaindo, o pescoço estendido à frente enquanto atacava com o bico e chutava com suas poderosas pernas. Então a fêmea apareceu, uma enorme ameaça castanha disparando pela planície na velocidade máxima, as asas espalhadas, o pescoço estendido à frente, o grito alto e estridente.

Enquanto Leão e os homens lutavam com as aves, Mulher Alta e as outras fêmeas recolhiam o maior número de ovos que podiam e saíam em disparada. Alcançando um bosquete, elas começaram imediatamente a quebrar os ovos enormes e a beber seu conteúdo. Quando Leão e seus companheiros voltaram ofegantes, tendo deixado um desolado casal de avestruzes para gemer sobre um ninho destruído, eles pegaram a sua parte, martelando a casca espessa dos ovos para abrir buracos, depois puxando a gema e a clara com os dedos. Alguns gritaram deliciados quando encontraram fetos de avestruz nos seus ovos e estalaram as criaturas, triturando-as em suas bocas. Mulher Alta pegou um ovo para Velha Mãe, rachou-o no topo e o depositou nas mãos da idosa. Quando teve certeza de que Velha Mãe havia comido o suficiente, sentou-se para comer o último ovo que poupara. Mal o tinha aberto, quando Leão surgiu, arrebatou-lhe o ovo e o enfiou na boca, engolindo a gema enorme e soltando um arroto barulhento. A seguir ele jogou fora a casca vazia e atacou-a, fazendo-a mudar de posição. Agarrando seus pulsos com uma das mãos e pressionando seu pescoço com a outra, avançou para dentro dela enquanto Mulher Alta gritava em protesto.

Ao terminar, ele caminhou trôpego para uma soneca, procurando o lugar mais sombreado. Ele chegou ao melhor ponto apenas para encontrar Escorpião recostado desafiadoramente a uma árvore. Um punho erguido e um rosnado de Leão, um breve choque de vontades, e Escorpião se afastou ressentido e mal-humorado.

Ao meio-dia eles dormiram, quando a savana estava em paz. Um grupo de leões se estendia ao sol, não muito distante, mas os restos de uma caça próxima — que estava sendo terminada por abutres e na qual os humanos não tinham o menor interesse, eles próprios saciados — garantiram ao povo de Mulher Alta que os felinos haviam comido recentemente e que portanto não representavam ameaça. Enquanto a Família cochilava, Mulher Alta remexia as cascas de ovo estilhaçadas na esperança de encontrar restos de gema e clara. Mas pior do que sua fome era a sede. Mais uma vez ela observou as nuvens de fumaça no céu e sentiu que quanto mais seguissem naquela direção, pior seria a qualidade da água.

A montanha fumacenta tinha ido dormir, sua pluma de escória e cinzas definhando, de modo que o ar havia clareado um pouco. Após dias subsistindo de raízes, cebolas silvestres e dos raros ninhos de ovos, os humanos agora ansiavam por carne. Seguiram um rebanho misto de antílopes e zebras, sabendo que os felinos estariam fazendo o mesmo. Quando o rebanho parou para pastar, Ventas subiu num outeiro relvoso para dar uma olhada enquanto os outros ficavam agachados na vegetação.

Em meio à quietude da manhã, à medida que o dia esquentava e a terra começava a crestar, os humanos observavam e esperavam. Finalmente, sua paciência foi recompensada. Viram uma leoa movendo-se furtivamente pela relva. Os humanos sabiam como ela caçava: uma vez que muitos animais podiam correr mais rápido que o leão, ela ficaria contra o vento, sem ser notada, rastejaria até o mais perto possível dos animais pastando até sua presa ficar ao alcance.

Mulher Alta, Velha Mãe, Bebê, Faminto e os demais se agacharam imóveis, seus olhos em Ventas enquanto ele assinalava o progresso do felino. De repente, a leoa disparou à frente, fazendo pássaros alçarem vôo em sobressalto. O rebanho pôs-se em fuga. A leoa porém era ágil, correndo apenas um curto percurso antes de capturar uma zebra estropiada. A leoa voou no ar e desferiu uma patada no flanco da zebra, fazendo-a cair de lado. Enquanto a zebra lutava para se levantar, a leoa já estava sobre ela, cravando as mandíbulas no seu focinho, mantendo a pressão ali até que, gradualmente a zebra sufocou e morreu. Enquanto a leoa arrastava sua presa para a sombra de um baobá, os humanos a seguiram — contra o vento e silenciosamente. Voltaram a se agachar quando viram o grupo de machos e filhotes se apressando à frente para o banquete. O ar foi brevemente preenchido com rosnados e silvos selvagens enquanto os leões lutavam uns com os outros antes de se acomodarem para devorar a carcaça. Acima, os abutres já voavam em círculos.

Com os estômagos roncando e as bocas salivando na expectativa de carne, a família de Mulher Alta esperou pacientemente, escondida, observando. O ar se encheu brevemente de rosnados e silvos selvagens. Até mesmo as crianças sabiam que o silêncio era crucial, que ele significava a diferença entre comer e ser comido. A tarde se estendeu, as sombras se adensaram, os únicos sons na brisa sendo a alimentação voraz dos felinos. As costas e as pernas de Ventas doíam. Faminto queria desesperadamente coçar as axilas; moscas tinham se fixado na pele nua e mordiam ferozmente. Mas os humanos não se moviam. Sabiam que sua oportunidade chegaria.

O sol afundava no horizonte. Várias crianças começaram a queixar-se e a chorar, mas agora os felinos, já plenamente saciados, começavam a se afastar da dilacerada carcaça para tirar uma longa soneca. Os humanos observavam enquanto os machos se afastavam a trote, bocejando, seguidos pelos gordos filhotes com os focinhos ensangüentados. Quando os leões se haviam jogado sob o baobá, os abutres se moveram. Ventas e Faminto olharam para Leão, aguardando pelo sinal, e quando ele foi dado, todos se lançaram à frente, gritando e jogando pedras nos abutres. Mas os pássaros gigantes, impelidos pela sua própria fome, não iam desistir do prêmio. Espalhando suas asas maciças, eles resistiram com bicos e garras para proteger o que era seu.

Os humanos foram forçados a bater em retirada, famintos e cansados, alguns sangrando pelo confronto com os abutres.

Eles se agacharam de novo na relva, desta vez atentos às hienas e cães selvagens que inevitavelmente viriam limpar os ossos. Após um breve crepúsculo, a noite caiu e os abutres continuaram a se banquetear. Mulher Alta passou a mão sobre os lábios crestados. O estômago doía-lhe de fome. Os bebês de Descobridora de Mel choramingavam em protesto. E ainda assim os humanos esperavam.

Finalmente, à medida que uma lua fulgurante se erguia acima do horizonte, lançando um brilho láteo na paisagem, os abutres foram embora, empanturrados. Brandindo lanças e uivando na maior capacidade de seus pulmões, os humanos conseguiram manter as hienas afastadas do que restara da zebra — pouco mais do que couro e osso. Eles agiram rapidamente, usando machadinhas afiadas para separar as pernas da zebra do corpo. Com seus troféus sobre as cabeças os humanos partiram, deixando que as hienas acabassem com tendões, ligamentos e pêlos.

Dentro de um bosquete protetor, Atiçadora de Fogo começou imediatamente a acender fogueiras para manter os predadores à distância. Leão e outros homens fortes puseram-se a trabalhar, arrancando a pele das pernas da zebra. Depois que estavam limpas, quebraram os ossos com rapidez e perícia para expor o precioso e cremoso tutano rosado que havia no seu interior. Salivando, os humanos gemeram e suspiraram à semelhante visão, e instantaneamente se esqueceram das longas horas de vigília na relva, das juntas e dos membros doloridos. Não houve nenhum frenesi alimentar por causa do tutano. Leão repartiu igualmente a iguaria apetitosa e desta vez todos receberam seu quinhão, até mesmo Velha Mãe.

Mulher Alta tentou novamente protestar contra a direção que estavam tomando e desta vez Leão atingiu-a com o dorso da mão, fazendo-a rolar pelo chão. Reunindo as crianças e bebês e suas poucas posses, a Família recomeçou a seguir para oeste. Velha Mãe foi ajudar Mulher Alta, emitindo sons tranqüilizadores e dando tapinhas na face furiosa da neta.

Quando começaram a respirar o ar vulcânico fumacento, Velha Mãe de repente gemeu e levou a mão ao peito. Seus passos falharam enquanto ela ofegava. Mulher Alta pegou-a pelo braço, levantando-a. Deram mais alguns passos quando Velha Mãe finalmente soltou um grito e desfaleceu. Os outros relancearam os olhos para ela mas continuaram andando, preocupados somente com comida. Observavam os cupinzeiros e arbustos de bagas, árvores carregadas de nozes, e a coisa mais rara de todas: uma colméia. Mas não davam a menor importância a Velha Mãe, que fizera o parto de metade de suas mães. Apenas Mulher Alta se preocupava em ajudar a idosa, finalmente erguendo-a e carregando-a nos ombros. À medida que o céu equatorial despontava, o peso ia aumentando. Finalmente, após uma viagem extenuante, Mulher Alta, com toda a sua estatura e força, não pôde mais carregar Velha Mãe.

Elas desabaram por terra e a Família, forçada a parar, ficou ali em volta, indecisa. Leão ajoelhou-se sobre a mulher inconsciente e cheirou sua face. Deu uns tapinhas nas bochechas de Velha Mãe e forçou-a a abrir a boca. Depois ele viu os olhos fechados e os lábios azulados.

— Hum, morta — grunhiu, querendo dizer que tinha sido melhor assim. Levantou-se e comandou: — Vamos.

Algumas das mulheres começaram a choramingar. Outras irromperam em lágrimas. Descobridora de Mel bateu com os pés, agitou os braços e fez sons de lamento. Narigudo recolheu sua mãe inconsciente nos braços e chorou sobre ela. Caroço sentou-se ao lado de Velha Mãe e pegou as mãos dela. As crianças pequenas, aterrorizadas pelas ações dos adultos, começaram a chorar. Mas Leão, pegando suas lanças e porrete, deu as costas ao grupo e começou a marchar resoluto para oeste. Um por um, eles o acompanharam, até que todo o bando se foi, os retardatários olhando para trás enquanto Mulher Alta ficava com Velha Mãe.

Mulher Alta amava Velha Mãe com uma ferocidade que não sabia definir. Quando sua verdadeira mãe tinha ficado para trás por causa de uma perna quebrada, Mulher Alta havia chorado por vários dias. Foi Velha Mãe quem a tinha tomado num reconfortante abraço, e quem a alimentara e dormira junto a ela depois disso. *Mãe da minha mãe*, pensou Mulher Alta, compreendendo vagamente sua ligação especial com esta mulher numa família que não possuía nenhum conceito de parentesco.

Em breve elas se viram sozinhas na savana, com exceção dos abutres que voavam em círculos acima. Mulher Alta arrastou Velha Mãe para a segurança das árvores e recostou-a contra um tronco robusto. O dia estava morrendo. O cair da noite traria os carnívoros de olhos dourados que chegariam perto das humanas indefesas.

Mulher Alta encontrou duas pedras e, agachando-se junto a um monte de folhas secas, começou a esfregar uma pedra na outra. Era preciso paciência infinita e força de vontade, e seus ombros e costas começaram a doer com o esforço. Mas ela vira Atiçadora de Fogo realizar aquilo com sucesso inúmeras vezes, de modo que sabia ser possível. Mais e mais, enquanto o céu escurecia e as estrelas pelejavam para espiar através da fumaça vulcânica, Mulher Alta atritava as pedras uma na outra e por fim foi recompensada com uma pequena chama. Ela gentilmente soprou-a para a vida, alimentando-a com mais folhas secas até que flamejou mais alta. A seguir, colocou pedras em volta do fogo e gravetos em cima, e extraiu conforto do brilho contra a noite.

Velha Mãe, ainda inconsciente, continuava a respirar com dificuldade, os olhos fechados, o rosto contorcido de dor. Mulher Alta sentou-se perto dela e aguardou. Já vira a morte antes. Ela chegava para os animais da savana. Às vezes chegava também para alguns membros da Família. Seus corpos eram deixados para trás e a Família conversaria sobre eles por talvez uma estação ou duas até que fossem esquecidos. O fato de que ela própria poderia um dia morrer não entrava na cabeça de Mulher Alta. Os conceitos de mortalidade e conhecimento de si própria lampejavam menos em sua mente do que as distantes estrelas.

Após um instante, Mulher Alta percebeu que Velha Mãe precisava de água. Quando viu um canteiro de flores, quase tão alto quanto ela, salpicado de florações bem formadas e folhas felpudas, ela calculou que deveria haver água por perto. Ficando de quatro, escavou o solo esperando encontrar umidade. Ouviu um bando de hienas latindo nas proximidades, seus corpos fazendo sons farfalhantes no mato. Os pêlos na nuca de Mulher Alta se arrepiaram. Já tinha visto hienas arrebatarem um ser humano, devorando-o vivo selvagemente enquanto o infeliz gritava. Mulher Alta sabia que somente o fogo mantinha as feras a distância e que deveria voltar imediatamente a ele e manter as chamas vivas.

Seu cavoucar tornou-se cada vez mais frenético. Certamente haveria água por perto para sustentar flores tão grandes e caules tão carnudos. Ela cravou os dedos na terra dura até que sangraram.

Sentou-se em frustração, a fadiga rastejando por seus membros, e com um forte desejo de dormir. Mas tinha de encontrar água e precisava manter o fogo. E devia proteger Velha Mãe dos predadores que espreitavam na escuridão.

E então ela viu um raio de luar refletido. Água! Clara e azul, empoçada na base de uma das flores. Mas quando esticou o braço para ela descobriu que a água estava dura e não era uma pequena poça, afinal. Colhendo-a com a mão em concha, ficou intrigada com o fato de a água azul estar embaçada com as folhas secas da planta dedaleira. Como poderia a água ser sólida? E ainda assim só podia ser água, pois era transparente e lisa e parecia que a qualquer momento tornar-se-ia líquida.

Ela carregou a pedra, formada havia três milhões de anos a partir de um meteorito, e voltou para onde Velha Mãe estava. Embalando a anciã nos braços, gentilmente passou a pedra lisa entre seus lábios ressequidos. Velha Mãe imediatamente começou a sugar, a saliva aparecendo nas comissuras dos lábios, de modo que Mulher Alta soube que a água se tornara líquida.

Um momento depois, contudo, para sua surpresa, o cristal escorregou dos lábios de Velha Mãe e quando Mulher Alta o recuperou viu que a água continuava sólida. Mas agora ela pôde vê-la mais claramente, porque a língua da anciã limpara a pedra dos seus resíduos vegetais.

O cristal se ajustava presunçosamente na palma da mão de Mulher Alta, tal como um ovo se acomodaria num ninho. E era liso como um ovo, mas com uma superfície aquosa que refletia a luz da lua tal como fazia um lago ou um riacho. Quando o revirou, ergueu-o entre dois dedos, viu azuis mais profundos no seu núcleo e depois, mais profundo ainda, alguma coisa branca, aguçada e cintilante.

Um suspiro de Velha Mãe desviou a atenção de Mulher Alta do cristal. Ela viu com espanto que os lábios da anciã haviam mudado do azulado para um tom rosado e que ela respirava mais facilmente. Pouco depois, Velha Mãe abriu os olhos e sorriu. A seguir sentou-se e tocou os seios murchos com espanto. A dor no peito se fora.

Juntas, elas olharam fixamente para a pedra transparente. Alheias aos poderes curativos da digitalina na planta, elas acreditaram que havia sido a água na pedra que salvara Velha Mãe.

Quando alcançaram a Família ao alvorecer, os outros ergueram a vista de sua coleta com suave curiosidade, pois Mulher Alta e Velha Mãe já tinham começado a sair da lembrança deles. Com gestos e palavras limitadas, Velha Mãe explicou como a pedra-água a trouxera de volta da morte. E quando Mulher Alta passou a pedra de mão em mão pelos familiares sedentos, eles a sugaram até que começaram a salivar. Por um momento a sede foi aplacada e, por um momento, cada um deles olhou Mulher Alta com espanto e um pouco de medo.

Ela deparou com o estranho por acidente. Estivera escavando em busca de ovos de salamandra na folhagem alta que orlava o lago ocidental quando o ouviu à beira da água. Ela nunca o vira antes — um homem alto com ombros largos e coxas musculosas — e enquanto o espiava, ficou especulando de onde ele tinha vindo.

A Família chegara ao lago no dia anterior para descobrir a água coberta de cinzas e todos os peixes mortos e apodrecidos. A coleta de ovos de tartaruga e répteis provara-se infrutífera, e a vegetação ao longo da margem estava tão coberta de cinzas vulcânicas que raízes tinham ficado enegrecidas e impróprias para consumo. Da vida dos pássaros silvestres só restavam ninhos cheios de comida boa de grou e ovos de pelicano. Havia apenas um pequeno bando de patos lutando pela sobrevivência entre espadanas e juncos embranquiçados. Todos os membros fisicamente aptos da família se haviam dispersado numa área ampla em busca de comida enquanto os idosos e as crianças permaneciam acampados numa saliência rochosa relativamente a salvo de predadores. Mulher Alta havia avistado uma pequena manada de zebras de joelhos à beira da água, tentando beber através da cinza, quando viu o jovem estranho. Ele estava fazendo algo intrigante.

Enquanto segurava uma tira feita de tendão animal, enlaçada e provida de uma pedra, com a outra mão ele jogou um seixo na água, obrigando os patos selvagens a alçar vôo de repente. Depois o estranho rodopiou o tendão sobre a cabeça e o fez arremessar a pedra. Diante dos olhos atônitos de Mulher Alta, a pedra atravessou o ar e acertou um dos patos, fazendo-o desabar. O jovem chapinhou na água rasa e recolheu o pato morto.

Mulher Alta ofegou.

O estranho parou. Virou-se na direção dela e perscrutou com atenção a muralha de relva até que Mulher Alta, inexplicavelmente encorajada, saiu do esconderijo.

Cometeu a ousadia porque usava em volta do pescoço a poderosa pedra-água presa num cordão feito de relva. Ela pendia entre seus seios como um pingo d'água gigante, seu núcleo nebuloso, formado há três milhões de anos quando a poeira de diamante cósmica fundira-se com o quartzo da terra, bruxuleando como um coração.

Ela e o estranho entreolharam-se cautelosamente.

A aparência dele diferia levemente daquela da Família: o nariz de um formato diferente, a mandíbula mais forte, os olhos uma intrigante cor de musgo. O cabelo, como aquele da família de Mulher Alta, era longo e emaranhado, e entretecido com barro vermelho, mas ele o havia enfeitado com pedaços de concha e pedra, o que Mulher Alta achou muito cativante. O mais intrigante nele era a coleção de ovos de avestruz que pendia de seus quadris num cinturão feito de juncos tecidos. Ele fizera buracos nos ovos e os tampara com barro.

Embora suas línguas não se assemelhassem, o jovem conseguiu explicar que seu nome era Espinho e que procedia de outra família além da planície, num vale que Mulher Alta jamais vira. Com gestos e sons, ele contou a Mulher Alta por que recebera o nome de Espinho.

Enquanto ele pulava em volta gritando em dor zombeteira, fazendo a mímica do seu acidente, massageando as nádegas onde muitos espinhos tinham se enfiado, Mulher Alta rapidamente entendeu que ele ganhara seu nome ao cair sobre uma moita de espinhos. Ela riu histericamente e quando ele terminou, grato pelo riso dela, o jovem deu o pato para Mulher Alta.

Ela ficou sombria. Uma lembrança de súbito obscureceu sua mente: muito tempo atrás, antes que Leão fosse o líder, antes até do líder chamado Rio, quando ela era muito pequena, dois estranhos foram parar no acampamento. Tinham vindo de além da cordilheira, onde a Família nunca se aventurara. Todos desconfiaram de início, mas depois os novos machos foram aceitos no grupo. Mas então algo tinha acontecido — uma luta. Mulher Alta se lembrava do sangue e do líder da Família mutilado na relva. Um dos dois estranhos assumira o lugar dele e a Família o seguira depois disso.

Será que este estranho viera para matar Leão e tornar-se o novo líder?

Enquanto ela o observava em muda curiosidade, Espinho caçou mais alguns patos com sua funda e pedras e, juntos, eles os levaram para o acampamento de Mulher Alta.

A Família gritou deliciada com os patos, pois fazia vários dias que não sentiam o gosto de carne, e depois todos voltaram sua curiosidade para o recém-chegado. Crianças espiavam encabuladas por detrás das pernas de suas mães, enquanto as garotas mais velhas o fitavam ousadamente. Descobridora de Mel esticou a mão para pegar a genitália de Espinho, mas ele pulou para trás, rindo, os olhos fixos em Mulher Alta. Quando Leão gesticulou para os ovos de avestruz em torno da cintura de Espinho, este soltou um e ofereceu a ele. Leão ficou intrigado com o buraco tampado, examinou-o, depois enfiou o dedo no buraco e ficou atônito ao descobrir água em lugar de gema. Espinho demonstrou como aprumar o ovo e deixar a água gotejar para a boca. A seguir entregou o ovo a Leão para que ele bebesse. A Família estava atônita. Que tipo de ave poria ovos com água dentro? Mas Mulher Alta entendia: Espinho colocara a água depois de esvaziar as cascas dos ovos. Daí chegou a uma conclusão ainda mais espantosa, a de que tinha palavras para explicar e que não passava de uma idéia conflitante em sua mente: *Espinho carregava água com ele já prevendo a futura sede.*

Puseram os patos no fogo, para soltar as penas e cozinhar parcialmente a carne. E a Família usufruiu de um banquete aquela noite, que se encerrou alegremente com todos arremessando ossos uns nos outros. Velha Mãe sugou com alegria o tutano de pato e engoliu a água fresca dos ovos de avestruz. Todas as mulheres no grupo olhavam para o jovem macho, excitado por seu vigor e suas cabriolas. E até mesmo os homens, por enquanto, ficaram felizes em receber o intruso no seu meio.

A Família permaneceu em torno do lago, banqueteando-se com os patos de Espinho enquanto eles duraram. Espinho não se sentava ao redor do fogo como os outros homens faziam, afiando ferramentas de pedra e fabricando lanças. Havia uma inquietação nele, e uma necessidade de atenção. Para Mulher Alta ele parecia uma criança grande, ansiosa para provocar riso nos outros com suas pantomimas. Diante dos olhares levemente curiosos dava cambalhotas, pulava e fazia mímica, sem qualquer motivo aparente. Mas depois de algumas noites, com Mulher Alta sendo a primeira a compreender o que ele queria dizer, a Família começou a apreender que havia significado nas palhaçadas do recém-chegado.

Ele estava contando histórias.

Platéias numa era futura o chamariam de um canastrão, mas a família de Mulher Alta estava entusiasmada por sua arte cênica. Diversão era algo desconhecido para eles, e a narração de eventos passados mais estranha ainda. Porém, à medida que começaram a entender seus gestos, sons e expressões faciais, viram histórias emergindo. Eram histórias simples, pequenos dramas nos quais Espinho encenava uma caçada com o povo carregando vitoriosamente uma girafa nas costas para o acampamento, ou um quase afogamento no qual uma criança era salva, ou uma luta feroz com um crocodilo que resultava em morte. Espinho em breve tinha a família de Mulher Alta rindo e batendo nas coxas, ou chorando e derramando lágrimas pelas faces, ou ofegando de medo ou grunhindo em espanto. A comida poderia ser escassa neste lago abandonado por outros animais, e a água poderia ser ruim e salobra, matando até os peixes que nela residiam, mas Espinho fazia os humanos se esquecerem da fome e sede enquanto narrava vezes sem conta a história cômica de como ganhara seu nome. Eles nunca se cansavam de vê-lo cair na "moita de espinhos" e sofrer com eles enfiados nas nádegas.

E então, uma noite, os espantou ainda mais ao se transformar de repente em outra pessoa.

Ele se levantou do seu lugar junto ao fogo e começou a andar em volta do círculo de uma maneira estranha — o braço esquerdo encolhido, a perna esquerda arrastando-se para trás. De início lançaram-lhe olhares intrigados e depois ofegaram. Ele parecia Escorpião! Subitamente apavorados, olharam em torno para ver se Escorpião ainda estava presente — teria ele, de alguma forma, se apossado do corpo de Espinho? Mas ele estava lá, olhando em choque para o recém-chegado. O lado esquerdo de Escorpião ficara cada vez mais dormente, tornando inúteis seu braço e perna esquerdos.

E então, diante de olhos atônitos, Espinho passou para outra postura, oscilando os quadris e fazendo a mímica de encher a boca de comida. Descobridora de Mel!

Ventas gritou com raiva e medo, mas algumas das crianças riram. E então quando Espinho puxou o longo cabelo emaranhado até se arrepiar e depois caminhou com passos miúdos afetados — e todos reconheceram de imediato Bebê —, os outros começaram a rir.

Em breve Espinho tinha todo mundo uivando com histeria e a coisa tornou-se um jogo. Ele caminhava trôpego, examinava um graveto e todos gritavam: "Lesma!" Ele esfregava as costas de cima a baixo numa árvore e todo mundo exclamava: "Caroço!" E quando levantava um menino pequeno nas costas, enganchando os braços da criança sob o queixo e as pernas em volta da cintura, numa imitação do manto pútrido que Leão usava, todos agarravam o estômago num acesso de riso.

Espinho ficava feliz em fazê-los rir. Esta família não era diferente da sua: coletavam os mesmos alimentos, seguiam trilhas antigas, viviam na mesma estrutura. Mulheres e crianças agrupavam-se, enquanto os machos formavam seu próprio grupo à parte, e ainda assim todos se empenhavam na sobrevivência da Família. As mulheres se dedicavam aos mesmos rituais de embelezamento e criação dos filhos, enquanto os homens afiavam lanças e cortavam machadinhas das rochas. A raiva era rápida para se manifestar, mas também arrefecia rapidamente. Havia os costumeiros ciúme e inveja, amigos e inimigos. Velha Mãe lembrava Salgueiro em sua família, com as pernas tortas e seios esbranquiçados e gengivas desdentadas. Ventas e Caroço o faziam se lembrar de seus irmãos e de como tinham feito travessuras juntos quando pequenos.

E então havia Mulher Alta.

Ela era diferente dos outros, não apenas mais alta como também mais sábia. Ele via a preocupação com que observava a montanha fumegante no horizonte, como o cenho dela se franzia à visão das nuvens negras formando-se no céu. Ele próprio havia observado o mesmo fenômeno e achou-o preocupante. Porém mais que a inteligência era o corpo forte de Mulher Alta que o atraía, as pernas longas e o passo firme. Gostava do modo como ela ria e como tratava as mulheres mais fracas com justiça, sempre se certificando de que tivessem o que comer. Ela o fazia se lembrar das mulheres de sua família, uma lembrança que estava se desvanecendo cada vez mais rápido.

Espinho não sabia por que deixara sua família. Certa manhã fora acometido por uma inquietude inexplicável. Ele pegara sua machadinha e seu porrete e partira. Outros homens antes dele já tinham feito o mesmo: o irmão de sua mãe, Braço Curto, e o irmão mais velho de Espinho, Uma Orelha. Nem todos os homens deixavam a família de Espinho. A maioria ficava. Mas a sede de viagem acometia uns poucos em cada geração, e quando eles partiam nunca voltavam.

Espinho abandonara sua família adormecida com imagens vagas na sua mente: da mulher que lhe dera vida, das suas irmãs. Agora, enquanto olhava para esta atraente fêmea alta, não estava cônscio de que a escassez de fêmeas desejáveis em sua família tivesse sido a razão de sua partida, de que havia ido embora por instinto, tal como outros machos jovens de outros grupos humanos tinham de tempos em tempos, ao longo das gerações, se juntado a sua própria família. Espinho não se despedira. Com o tempo, sua família o esqueceria, bem como, com o tempo, Espinho se esqueceria dela.

O lago finalmente ficou tão poluído que o último dos patos desapareceu, forçando a família a se mudar.

As condições pioraram. Começaram a encontrar animais mortos e, embora no início isto significasse banquetes de carne para a família, à medida que prosseguiam na sua viagem para oeste e encontravam cada vez mais elãs, gnus, elefantes e rinocerontes — centenas de milhares de carcaças malcheirosas, o ar espesso com o fedor de carne podre e nuvens de moscas-varejeiras —, a carne agora estava pútrida demais para ser consumida por humanos.

Mulher Alta percebeu que animais de rebanho andavam morrendo porque a vegetação estava coberta de cinza e escumalho. Só quem estava comendo bem eram os carniceiros, chacais, hienas e abutres, todos ficando gordos. Ela e Espinho concordavam que havia uma ligação entre o vulcão e os animais que morriam. Mas Leão insistia para que a Família seguisse para oeste a fim de encontrar água e comida.

A cada dia que passava, as fontes de água se tornavam cada vez piores. A comida escasseava à medida que os pequenos animais desapareciam e as plantas eram sepultadas em fuligem. O céu ficava cada vez mais escuro e o solo estrondeava com freqüência crescente. A cada pôr-do-sol, Mulher Alta observava a montanha fumacenta com aflições e entendia cada vez mais claramente que Leão os estava guiando para o perigo.

O leite das mães secava e os bebês morriam. Após carregar seu bebê morto durante dias, Fuinha finalmente sentou-se ao lado de um alto cupinzeiro que dias antes teria fornecido um banquete para a Família, mas que agora se achava inexplicavelmente vazio, e então inclinou a cabeça sobre seu bebê e lá permaneceu enquanto a Família prosseguia.

Uma noite Mulher Alta agitou-se num sono inquieto, seus sonhos visitados pelo sorriso e cabriolas cômicas de Espinho. Ela agitou-se num calor que nunca sentira antes, e num anseio que parecia fome, embora não fosse comida o que desejasse. Despertou com o latido solitário de um cachorro distante e então viu uma silhueta movendo-se pelo acampamento adormecido. Reconheceu Espinho e especulou sobre o que ele estaria fazendo. Talvez apenas se aliviando. Talvez estivesse vindo para o ninho-leito dela. Mas Espinho rastejou pelo acampamento, passou pela periferia e saiu na planície aberta. Mulher Alta o seguiu, mas só até as tochas protetoras e a cerca de ramo de acácia, onde Lesma e Escorpião estavam em sentinela. Ela esperou pela volta de Espinho. Ao alvorecer ele ainda não tinha voltado e a Família precisava partir.

Passaram-se quatro dias e Espinho ainda não se reunira ao grupo. Mulher Alta chorou silenciosamente em seu ninho-leito, temerosa de que o estranho encantador estivesse morto, e imaginando por que ele partira quando a Família o recebera tão bem. A paixão que ela havia começado a sentir por ele foi substituída por dor e pesar, emoções que a jovem nunca vivenciara antes.

E então, de súbito, ele estava lá, de pé sobre um outeiro, o sol poente às suas costas, agitando os braços e pulando sem parar. A Família reconheceu seus sons e gestos como sendo bons sinais e correu em sua direção. Ele acenou para que o seguissem, e todos correram atrás do jovem enquanto ele os conduzia ao longo de um serpenteante leito de rio, agora seco, e por sobre outra colina, ao longo de um estreito cânion rochoso, onde apontou orgulhoso para o que descobrira.

Um bosquete de tamarineiros. E cada parte do tamarindo era comestível.

Os homens assolaram como gafanhotos as árvores altas e densamente ramificadas, arrebatando as vagens polpudas, rasgando as folhas, desnudando a casca e enchendo a boca. O fruto carnudo saciava a sede e a casca tapeava a fome. Atiçadora de Fogo acendeu uma fogueira e todos lançaram sementes de tamarindo nas pedras quentes para comê-las mais tarde.

Agora Mulher Alta chorava de alegria, e de admiração. Todos achavam que Espinho tinha fugido da sede e da fome. Mas agora todos sabiam que ele saíra em busca de comida para a Família — e a encontrara.

O equilíbrio de poder mudou num instante. Para Espinho foi dado agora o tamarindo mais suculento. Para Leão deram os restos.

Quando os tamarineiros foram devastados, sem sobrar folha, semente ou pedaço de casca, a Família partiu. Mas desta vez todos carregavam líquido. Antes que consumissem toda a polpa encontrada no fruto do tamarindo, Espinho lhes mostrara como espremê-la nos ovos de avestruz vazios para levar com eles.

Ainda depararam com carcaças apodrecidas, mas o tutano estava bom e nutritivo. Por um momento o vulcão descansou e as estrelas puderam de novo ser vistas brevemente. E quando Espinho levou a Família a um poço artesiano que lhes deu água fresca, ele decidiu que passariam a noite ali.

Leão não foi consultado.

O calor que tinha começado a arder em Mulher Alta, na noite em que todos pensaram que Espinho os havia abandonado, continuou a crescer dentro dela até que os pensamentos em Espinho preenchessem sua mente noite e dia. Estava faminta pelo seu corpo, seu toque. Quando a Família se enfeitava junto à fogueira do acampamento, era Espinho quem ela queria sentir espalhando lodo em sua pele. Mulher Alta relanceou os olhos encabulada pelo acampamento para vê-lo com os outros rapazes, demonstrando-lhes como tinha feito sua funda, rindo com eles. E quando olhou de volta, ela sentiu o surto de calor, como fagulhas disparadas das brasas.

Dominada pela inquietação, ela se afastou do grupo e foi até o afloramento rochoso onde algumas garças sujas de fuligem chapinhavam na rasa água artesiana. Estava vagamente cônscia do seu contentamento em ver as estrelas e a lua, muito embora o céu ainda estivesse nevoento, e também contente do solo não ribombar havia vários dias.

E poderia ter especulado sobre estes mistérios se não estivesse tomada por um estranho encantamento.

Quando ouviu passadas através da relva seca não ficou alarmada. Um instinto lhe disse quem era e por que ele a tinha seguido. Virou-se e viu o sorriso de Espinho à luz da lua.

Ela já vira outros agirem desta forma muitas vezes sem compreender por que o faziam, o toque e a intimidade, o saborear e o farejar. Mas agora isto a deixou totalmente cálida. Espinho pressionou a boca em suas faces e pescoço, e esfregou o nariz contra o dela; as mãos de Mulher Alta descobriram pontos no corpo dele que o fizeram gemer. Ambos riram. Começaram a fazer cócegas um no outro até que Mulher Alta, guinchando de tanto rir, de repente livrou-se e fugiu dele. Espinho a perseguiu, gritando e agitando os braços. Mulher Alta certificou-se de não superá-lo, embora pudesse tê-lo feito com suas pernas compridas. Quando ele a capturou, ambos berrando de riso, Mulher Alta caiu de joelhos e permitiu-lhe que a penetrasse. Antes que ele acabasse, escapou de novo e, rindo, rolou de costas e puxou-o para baixo. Quando Espinho voltou a penetrá-la, Mulher Alta o agarrou com firmeza e rolou vezes sem conta com ele dentro dela, seus gritos de prazer se elevando ao céu.

Passavam os dias completamente envolvidos um com o outro. Ele a cheirava toda. Ela provava o sal nas axilas dele. Espinho pulava de um lado para outro e cabriolava. Ele se espichava tão alto quanto podia e expandia o peito para mostrar-lhe quão grande era. Ela desviava a vista pudicamente, fingindo não se importar. Embora ele tivesse a sua coleção de fêmeas, sua afeição era somente para Mulher Alta. Enfeitavam-se mutuamente e dormiam no mesmo ninho, braços e pernas entrelaçados. Mulher Alta jamais conhecera afeição tão profunda, nem mesmo por Velha Mãe. Quando dormia nos braços de Espinho não sentia medo de nada, e quando ele a acariciava e penetrava agarrava-o com uma paixão dolorida. Também havia algo mais: não estava mais só em seu medo de um novo perigo porque Espinho também olhava para o céu e via como o vento soprava a fumaça e sabia que perigo jazia além do próximo amanhecer.

Velha Mãe por fim morreu, fechando os olhos com a cabeça acomodada na barriga grávida de Mulher Alta. A Família berrava e batia no chão com bastões, depois finalmente depositaram o corpo da anciã na relva e partiram.

Certa manhã, quando o céu se encheu de fumaça e o solo ribombou, a filha mais velha de Descobridora de Mel, recém-entrada na puberdade e sentindo novos instintos excitantes brotando dentro de si, observava Espinho enquanto ele criava uma nova funda do tendão arrancado da carcaça de um elã. Ela olhava para seus ombros largos e braços fortes, depois se aproximou dele, rindo, e inclinou-se, rebolando o traseiro nu. Espinho ficou instantaneamente excitado. Mas ela não era a parceira que ele desejava. Pondo-se de pé, olhou em torno à procura de Mulher Alta e, ao vê-la debulhando vagens do baobá, correu até ela. Fez-lhe cócegas, brincou com o cabelo dela, pulou em torno e fez ruídos cômicos. Ela riu e puxou-o para baixo, entre os arbustos, onde copularam sob o sol quente.

Leão observava em frio distanciamento. Desde a chegada do estranho que as fêmeas haviam deixado de oferecer-se a ele. As crianças seguiam o recém-chegado por toda parte, os homens olhavam Espinho com admiração. Com suas pedras mortíferas Espinho conseguia derrubar o pássaro ocasional que se aventurasse no céu repleto de fumaça. À noite ele os divertia com sua mímica engraçada. Todo mundo gostava de Espinho.

A idéia foi de Descobridora de Mel, já que sentia-se infeliz com o modo como Espinho invertera o equilíbrio de poder na Família. Agora que Leão havia sido deposto, devia ela portanto, estando Mulher Alta grávida, assumir o posto de fêmea dominante.

Aproximaram-se de Espinho com sorrisos e gestos de amizade — Caroço, Faminto, Ventas e Descobridora de Mel, a facção leal a Leão.

Espinho estava sentado sob a sombra de uma acácia, colocando tendões rígidos nas suas novas fundas. Espinho tinha colhido os compridos tendões da carcaça decomposta de uma girafa e agora os mastigava e socava com pedras até que estivessem flexíveis o bastante para produzir uma arma acurada.

Ele olhou para o sorriso de Descobridora de Mel, que estava lhe oferecendo um punhado de pequenas maçãs murchas. Espinho ficou deliciado. Esta mulher forte não fora calorosa com ele desde que se juntara à Família. Ficou contente em saber agora que ela finalmente o aceitava. Enquanto ele se erguia e pegava as maçãs, Leão e os outros homens apareceram subitamente com porretes, bastões e pedras grandes.

Espinho os fitou, intrigado. Depois sorriu e ofereceu-lhes uma parte das maçãs. Quando Leão jogou fora as frutas, o rosto de Espinho ficou sem expressão e no momento seguinte estavam todos sobre ele, cinco homens robustos agitando suas armas contra seu corpo esguio.

Usando os braços para se proteger, Espinho saltou para trás e caiu contra a árvore. Enquanto as pancadas choviam sobre ele, Espinho tentava freneticamente entender o que estava acontecendo. Caiu de joelhos e procurou pelas fundas que jaziam na relva. Alcançou-as, mas o porrete de Leão bateu contra seus antebraços. Espinho tentou fazer algo engraçado, fazê-los rir, mas o sangue escorria do seu nariz e couro cabeludo. Enquanto estava de joelhos, abriu as mãos numa pergunta: por quê? Leão provocou um alto estalido ao vibrar seu porrete na têmpora de Espinho. Enquanto se enrodilhava e tentava se proteger, Espinho gritava sob a chuva de porretadas e pontapés. Pouco antes de perder a consciência, sua mente reviveu com imagens: da mulher que o dera à luz, do acampamento no vale onde havia crescido, das risadas com seus irmãos, da consciência de liberdade na savana sob o sol quente. E depois a dor abateu-se sobre ele como uma maré negra. Mulher Alta foi seu último pensamento antes de morrer.

Tendo ouvido os gritos, Mulher Alta e os outros irromperam do mato. E quando ela viu o corpo massacrado de Espinho, seus uivos se elevaram aos céus. Ela caiu sobre Espinho e urrou seu ultraje. Puxou-o pelos ombros, tentando despertá-lo; lambeu seus ferimentos e provou seu sangue. Tomou-lhe o rosto espancado nas mãos e deixou que suas lágrimas caíssem sobre a carne machucada. Mas ele continuava imóvel e sem respirar. A família observava em silêncio enquanto Mulher Alta continuava a uivar e a bater no solo com os punhos. E então ela caiu num silêncio mortal, e quando afinal se ergueu, todos recuaram.

Ela era uma visão de poder — alta e grávida com a pedra-água azul reluzindo entre os seios intumescidos. Encontrou os olhos dos matadores de Espinho um por um, e todos eles, exceto Leão e Descobridora de Mel, desviaram a vista, envergonhados.

O silêncio caiu sobre a cena, só quebrado pelo zumbido dos insetos e pelo som distante da terra ribombando. Toda a Família olhava, até mesmo as crianças continham a língua enquanto Mulher Alta desafiava os adversários com um olhar decidido.

E então, todos os olhos acompanhado-a, ela abaixou-se lentamente e apanhou do chão uma das fundas de Espinho e uma pedra. Leão retesou-se em preparação, os dedos apertados em torno do cabo de seu porrete. Mas Mulher Alta moveu-se tão rápida e inesperadamente que o pegou de guarda baixa. Num piscar de olhos ela tinha a funda de Espinho equipada com a pedra pontiaguda e, com uma varredura em arco do braço, arremessou-a certeiramente contra o crânio de Descobridora de Mel.

Atônita, a mulher mais velha cambaleou para trás. Antes que qualquer um pudesse reagir, antes que Leão pudesse erguer o porrete, Mulher Alta rodopiou de novo a funda, desta vez atingindo Descobridora de Mel entre os olhos. Com um grito ela caiu, e no mesmo instante Mulher Alta estava de pé sobre ela, rodopiando a funda para baixo com grande força, golpeando vezes sem conta, até que o rosto de Descobridora de Mel ficou irreconhecível.

Quando acabou, Mulher Alta virou-se para Leão e cuspiu com desprezo a seus pés.

Ele não se moveu. Com o vento quente espalhando cinza vulcânica a sua volta, Mulher Alta manteve os olhos fixos em Leão, desafiando-o para luta, muito embora ele fosse maior e mais forte, carregasse lanças e um porrete, e suas costas estivessem protegidas pela pele podre de uma leoa.

Enquanto se desafiavam com olhares hostis, o ódio mútuo enchendo o ar como as centelhas do vulcão, a Família olhando com a respiração suspensa à espera do próximo movimento, a terra subitamente tremeu, mais violentamente do que costumava, desequilibrando as pessoas.

Instintivamente, a Família correu para as árvores próximas, mas Mulher Alta não se moveu. Atrás da floresta erguia-se a montanha de fogo. A cinza chovia lá de cima, brasas quentes e destroços incandescentes. Os galhos mais altos explodiam em chamas.

E subitamente tudo ficou claro para ela, o perigo sem nome que tinha começado a espreitá-la meses antes, seu crescente senso de pavor, de saber que alguma coisa estava errada. Agora deu outro salto: *Este lugar não era bom*. E embora sua espécie tivesse vivido e evoluído ali por milhões de anos, era hora de partir.

Olhou para a água-pedra que pendia entre os seios. Ergueu-a e segurou-a na palma da mão como um ovo e, dando as costas para a montanha escaldante, viu que a extremidade mais fina da pedra azul apontava diretamente à frente, na direção leste, e no seu núcleo de cristal-diamante viu um rio e a promessa de água.

Erguendo um braço, apontou para oeste, onde o céu estava repleto de fumaça vulcânica negra, e gritou:

— Ruim! Nós morremos! — Depois ergueu o outro braço e apontou para o céu claro a leste. — Lá! Nós vamos! — Sua voz era forte e sobressaía sobre o ruído ribombeante. A Família trocou olhares nervosos e ela pôde ver por sua postura que muitos queriam ir com ela. Mas ainda estavam com medo de Leão.

— Nós vamos — disse com firmeza, apontando.

Leão virou-se na direção do vulcão fumegante num gesto de desafio e destemor. E quando começou a caminhar, outros o seguiram — Faminto, Caroço e Escorpião.

Mais uma vez, Mulher Alta cuspiu no chão com desprezo, depois lançou um último olhar a Espinho, o pobre corpo espancado já desaparecendo debaixo de uma camada fina de cinza. Olhou para os outros — Bebê, Ventas, Atiçadora de Fogo, Espinha de Peixe — e quando viu que estavam com ela, virou as costas à nuvem letal que enchia o céu a oeste e deu seu primeiro passo decisivo para o leste, voltando pelo mesmo caminho que tinham vindo.

Não pararam para olhar Leão e seu pequeno grupo se dirigindo resolutamente para oeste, mas permaneceram junto a Mulher Alta, cuja passada larga quase os deixava para trás. Ao longo do caminho pararam para colher ovos de avestruz e enchê-los com água fresca, e quando encontraram comida Mulher Alta instruiu os companheiros a não comer tudo, mas a carregar sementes e nozes, para o caso de necessidade futura.

Enquanto viajavam para leste, o solo continuou o ribombar e, finalmente, a montanha explodiu. Mulher Alta e seu grupo viraram-se para ver uma enorme nuvem negra se espalhando rapidamente pelo céu, embaçando o sol e engolfando o ocidente num inferno de condenação. Era a erupção final de um vulcão que, num dia futuro muito longínquo, seria chamado Kilimanjaro. E engoliu num instante Leão e seu teimoso bando de seguidores.

Ínterim

Triste pela morte do jovem macho que a havia encantado e tendo em mente que jamais iria esquecê-lo, Mulher Alta deu as costas ao jardim que uma vez tinha sido o seu mundo. Armada com a água-pedra e acreditando que o poder para conduzir seu povo vinha desta e não de dentro de si própria, continuou a levar a Família para leste, onde, tal como previra, encontraram água fresca. Permaneceram lá tempo o bastante para Mulher Alta dar à luz seu primeiro filho, não sabendo que ele era a progênie do jovem macho chamado Espinho. Depois se puseram em marcha até que finalmente alcançaram um litoral rico em crustáceos e, quando escavaram o solo, poços de água potável. Encontraram ali também uma nova espécie de árvore que fornecia alimento, água e sombra: o coqueiro que crescia fartamente. Ali a Família permaneceu por outros milhares de anos, até que sua população cresceu demais para o suprimento local de comida. E mais uma vez tiveram de se mudar. Alguns se dirigiram para o sul ao longo da costa para estabelecer a África meridional, porém a maioria seguiu para o norte, acompanhando as linhas costeiras de terras que um dia se chamariam Quênia, Etiópia e Egito. Paravam ali por gerações, povoando um lugar, depois se mudando, sempre em busca de novas fontes de comida e territórios virgens. E com eles ia a pedra azul, passada de uma geração para outra.

À medida que os milênios passavam, os descendentes de Mulher Alta espalharam sua semente ao longo de rios e vales, sobre montanhas e florestas, desbravando o novo território tão distante das suas origens, aprendendo a construir abrigos ou a viver em cavernas, criando palavras e meios de se comunicar, desenvolvendo novas ferramentas e armas e técnicas de caça. À medida que melhorava a habilidade lingüística, o mesmo se dava com a organização social, que capacitava a criação de grupos de caça planejados. Os humanos evoluíram de coletores para predadores. O pensamento nasceu e com ele as perguntas, e com as perguntas veio a necessidade de respostas. E assim havia espíritos, tabus, certo e errado, fantasmas, e a magia nasceu. Assim a pedra azul, fragmento de um antigo meteoro, tendo viajado com os humanos, reverenciada e acalentada, tornou-se não mais poderosa em si mesma, mas poderosa por causa do espírito que nela habitava.

Quando os descendentes de Mulher Alta alcançaram o Nilo, eles se dividiram — alguns decidiram ficar; outros, prosseguir, e a pedra azul foi carregada rumo ao norte, onde geleiras cobriam o mundo em gelo branco cegante. O povo de Mulher Alta encontrou outros que já estavam lá — outra raça de humanos que haviam nascido de ancestrais separados e que eram portanto levemente diferentes, mais pesados, nutridos e mais peludos. Escaramuças por território eram inevitáveis e a água-pedra mágica caiu nas mãos do clã estrangeiro, que adorava lobos. Uma xamã deste Clã do Lobo olhou fundo no núcleo do cristal e reconheceu sua magia, e assim ela a pôs na barriga de uma estatueta de pedra.

Assim a água-pedra tornou-se um símbolo da gravidez e do poder feminino.

Livro Dois

O Oriente Próximo
35 Mil Anos Atrás

Elas nunca tinham visto nevoeiro antes.

As assustadas mulheres, tão longe de seu lar e irremediavelmente perdidas, pensaram que a névoa branca fosse um espírito maligno arrastando-se na floresta sobre pés fantasmagóricos, separando os humanos fugitivos dos demais habitantes do mundo, mantendo-as aprisionadas num domínio silencioso e sem feições. À tarde, a névoa se dissipava o suficiente para dar às mulheres uma breve visão das redondezas e depois, quando as estrelas sumiam, ela voltava sorrateira e isolava as mulheres mais uma vez.

Mas a névoa não era a única ameaça nesta nova paisagem estranha por onde a tribo de Laliari tinha vagueado por semanas. Havia fantasmas por toda parte — escondidos, sem nome, terrificantes. Portanto, as andarilhas permaneciam agrupadas enquanto viajavam por este mundo hostil, tremendo de frio na névoa rodopiante porque só usavam saias de palha — roupa adequada para o vale fluvial quente que havia sido seu lar, mas insuficiente nesta nova terra estranha para a qual se viram forçadas a fugir.

— Estamos mortas? — indagou num sussurro Keeka, enquanto mantinha o bebê adormecido em sua teta. — Perecemos com os homens no mar raivoso e agora somos fantasmas? Morrer é *isto*? — Ela estava se referindo à sua cegueira na névoa espessa, à maneira soturna como suas vozes soavam, aos sons embotados que seus pés descalços faziam no solo. Era como se caminhassem por um domínio que não pertencia aos vivos. Keeka achava que pelo menos deviam *parecer* fantasmas — certamente suas companheiras pareciam, enquanto se moviam cautelosas através da espessa névoa branca, mulheres de seios nus com o cabelo caindo até a cintura, os corpos pesadamente ornados com concha, osso e marfim, fardos de couro animal amarrados nos ombros, as mãos segurando lanças com ponta de pedra. *Mas elas não tinham feições de fantasmas*, pensou Keeka. Os olhos, arregalados de medo e confusão, eram definitivamente humanos.

— Estamos mortas? — repetiu ela.

Mas Keeka não recebia nenhuma resposta de sua prima Laliari, que estava por demais pesarosa para falar. Porque pior do que o nevoeiro ameaçador, o frio e os fantasmas ocultos era a perda dos seus homens.

A cabeça escura de Doron desaparecendo na água violenta.

Ela tentou retratar seu adorado Doron como tinha sido antes da tragédia — jovem, sem barba, esguio —, um corajoso caçador que preferia sentar-se pacificamente e esculpir marfim junto ao acampamento noturno. Doron gostava de rir e contar histórias, e tinha uma tolerância rara com crianças, ao contrário dos outros homens do clã, que não eram pacientes com os mais novos. Doron não se importava que subissem no seu colo, de fato gostava disso, e podia ser visto rindo (embora ficasse vermelho de embaraço quando flagrado). Mas Laliari se lembrava principalmente do abraço de Doron à noite, de como ele adormecia depois com os braços em torno dela, respirando suavemente em sua nuca.

Laliari reprimiu um soluço. Não devia pensar nele. Pensar nos mortos trazia má sorte.

A invasão os pegara de surpresa. Laliari e seu povo levavam sua vida cotidiana no vale fluvial que habitavam por incontáveis gerações quando estrangeiros do oeste haviam aparecido de súbito através das planícies relvosas, centenas de milhares deles, dizendo que sua terra estava morrendo e virando um deserto. Tinham explicado seu apuro enquanto olhavam cobiçosamente as terras férteis de cada lado do rio de Laliari, os rebanhos pastando, a fartura de peixes e aves. Uma generosidade de alimento. Mas eles queriam se apoderar de tudo. A disputa territorial que se seguiu tinha sido longa e amarga, com os recém-chegados mais fortes e em maior número empurrando o clã de Laliari para o norte, forçando-os a fugir com seus pertences nas costas — os ossos maciços de elefante que formavam a estrutura de suas tendas ambulantes, e os couros que estendiam sobre os ossos para servir de teto e paredes. Quando o clã chegou ao delta onde o rio se bifurcava encontrou outro povo, muito parecido com o seu, mas não disposto a partilhar suas fontes de alimento. E assim ocorreu outra batalha sangrenta por terra e comida. O resultado foi o povo de Laliari ter sido expulso de novo, desta vez para leste.

O que havia começado com um enorme êxodo de várias centenas de pessoas reduzira-se àquela altura a um bando de 89, com as mulheres, crianças e idosos seguindo à frente enquanto os homens permaneciam à retaguarda para protegê-los da perseguição dos habitantes do delta. Chegaram a uma vasta extensão de terra pantanosa e juncos e começaram a atravessá-la. No exato momento em que as mulheres chegaram ao outro lado, viraram-se a tempo de ver uma monstruosa muralha de água investindo como se surgida do nada, um dilúvio veloz disparando pelo pantanal enquanto engolia os homens indefesos que estavam na metade da travessia.

As mulheres, no seu solo elevado, observaram chocadas os caçadores desaparecerem num instante na água turbulenta, braços e pernas se agitando como frágeis gravetos, os gritos dos homens silenciados à medida que a água enchia seus pulmões. E depois a inundação foi se acalmando e as mulheres, ignorando que esta área pantanosa era sujeita aos caprichos das marés de quadratura da primavera — que a transformavam por vezes num atoleiro e numa inundação em outras — acreditaram estar na margem de um mar recém-formado.

Atônitas e em choque, voltaram-se para o norte, seguindo a orla oriental do novo mar até chegarem a uma massa de água mais larga — maior do que seu próprio rio no seu ponto mais amplo, mais larga do que o novo mar que cobrira o pantanal de juncos e os corpos de seus homens. De fato, esta vasta área continuava até o horizonte e as mulheres não podiam ver nem terras nem árvores do outro lado. Era também a primeira vez que viam uma ressaca e gritaram de pavor enquanto a água rolava na direção delas em ondas imensas, explodindo na praia, recuando, só para rolar à frente de novo, como um animal tentando atacá-las. Embora tivessem encontrado bastante alimento ali, nos remansos formados pela maré — lapas, litorinas e mexilhões —, as mulheres tinham-se virado e fugido, seguindo terra adentro para longe do mar que um dia seria chamado de Mediterrâneo, e atravessaram um deserto hostil até alcançarem um vale fluvial nevoento que pouco se assemelhava àquele de onde tinham vindo.

Aqui, separadas de sua terra ancestral, de seus homens e de tudo que conheciam, começara a procura de um novo lar — um bando esfarrapado e errante de 19 mulheres, dois anciãos e 22 bebês e crianças.

Enquanto viajavam através de mais um alvorecer enevoado, tendo passado outra noite sem lua tomadas pelo medo, as mulheres mantinham uma vigilância esperançosa por sinais do espírito do seu clã, a gazela. Não tinham avistado nenhuma desde que deixaram o vale fluvial. E se não houvesse gazelas nesta terra estranha? O clã morreria sem o seu espírito? Laliari, arrastando-se à frente com sua parentela feminina por um vale estranho, estava assombrada com um pensamento até mais assustador: ali havia coisas piores do que perder o espírito do clã. Coisas até mesmo piores do que perder seus homens. Porque neste estranho mundo envolto pela névoa não podiam ver a lua. Na verdade, fazia semanas que não a viam.

Laliari não estava só nos seus temores. Enquanto as outras mulheres pranteavam a perda de seus homens, maior ainda era o pesar pela perda da lua, que não aparecia havia muitos dias. Começaram a recear que a lua tivesse ido embora para sempre. Sem a lua não haveria bebês, e a falta de bebês significaria a morte definitiva do clã. Os primeiros sinais já surgiam entre elas: nas semanas desde que tinham sido largadas à própria sorte, nenhuma das mulheres engravidara.

Enquanto mudava a posição do pesado fardo de seus ombros, Laliari olhou à frente para os dois anciãos que lideravam o pequeno bando em meio ao nevoeiro e tentou se reconfortar com o pensamento de que Alawa e Bellek, com seus poderes sobrenaturais e conhecimento de magia, encontrariam a lua.

Mas Laliari não poderia saber que Alawa era impelida por um profundo terror que ela própria sentia e que abrigava um terrível segredo.

A velha Alawa era a Guardiã dos Chifres da Gazela e, portanto, depositária da história do clã. Seu nome significava "aquela que tem procurado", porque quando criança tinha se extraviado e o clã a procurara durante dias. Ela tivera a honra de usar os chifres de gazela na cabeça, amarrados sob o queixo com tiras de tendão animal. Os lóbulos das orelhas de Alawa tinham sido tão esticados ao longo dos anos com penduricalhos ornamentais que agora repousavam sobre os ombros ossudos. No meio dos seios murchos pendiam colares de concha, osso e marfim. Amuletos cobriam as outras partes de seu corpo, não para ornamentação, mas para magia ritualística. O povo de Alawa sabia que para a sobrevivência cada orifício corporal devia ser guardado contra a invasão de espíritos malignos. Na infância, o septo nasal era perfurado com pena de avestruz e mantido aberto até a idade adulta com uma agulha de marfim. Isto impedia que espíritos malignos entrassem no corpo pelas narinas. As orelhas eram perfuradas, em cima e embaixo, bem como os lábios. Amuletos mágicos estavam atados aos cintos de modo que pendiam protetoramente sobre nádegas e púbis, pois os espíritos eram notórios por penetrar nos seres humanos pelos orifícios retais e vaginais.

O outro ancião era Bellek, o xamã do clã e Guardião dos Cogumelos. Como Alawa, seu cabelo era longo e branco, amarrado com contas que tilintavam gentilmente enquanto ele caminhava. Sua única vestimenta era uma tanga feita de pele de gazela macia, estando seu corpo pesadamente decorado com amuletos mágicos, tal como Alawa. Bellek carregava cogumelos secos numa algibeira de couro, mas também procurava por frescos nas áreas boscosas às margens deste rio estrangeiro. Embora houvesse fartura de cogumelos e o bando se alimentasse bem deles enquanto viajava por esta terra estranha de névoas e fantasmas, Bellek estava procurando por um determinado cogumelo, aquele com um caule fino e comprido e um chapéu peculiar que sempre acharam semelhante a um mamilo de mulher. Eram estes cogumelos que, quando ingeridos, transportavam uma pessoa a um plano metafísico habitado por seres sobrenaturais.

Laliari estava grata pelo clã ainda dispor de Bellek e Alawa, pois os idosos eram os mais prezados membros da comunidade e, juntos, Laliari estava certa, a velha dupla encontraria a lua.

Como se sentindo os olhos da garota sobre si, Alawa parou de súbito e voltou-se para observar a mulher mais jovem através da névoa. Os outros também pararam e olharam alarmados para Alawa. O silêncio que os engolfava era aterrorizante, pois tratava-se do silêncio de fantasmas contendo suas línguas, de espíritos malignos esperando para arremeter. Várias das mulheres reuniram os filhos a sua volta e estreitaram os bebês nos braços. O momento parecia estar suspenso no tempo. Laliari prendeu a respiração. Todos esperavam. E então Alawa, tendo chegado a uma decisão secreta, virou-se e retomou sua marcha cansada.

A decisão secreta de Alawa era a seguinte: não chegara ainda a hora de contar aos demais o seu novo conhecimento, que lhe deixava o coração pesado de tristeza. Havia lido as pedras mágicas e analisado os seus sonhos, tinha observado a fumaça da fogueira do acampamento e rastreado o vôo das fagulhas, e tudo aquilo havia revelado uma terrível verdade que não deixava dúvida na mente de Alawa.

Para a sobrevivência do clã, as crianças deveriam morrer.

◆ ◆ ◆

À tarde o nevoeiro se dissipou, como sabiam que aconteceria, permitindo aos refugiados uma visão de uma desconhecida terra florestal e uma margem de rio arenosa diante do sol que mergulhava no horizonte e lhes roubava a luz.

Pararam para descansar. Enquanto Keeka e outras mulheres jovens se acomodavam para amamentar e garotas adolescentes iam buscar água, Laliari abriu sua última reserva de tâmaras e as distribuiu entre o grupo. As tâmaras haviam sido colhidas dias antes, num pequeno bosque de palmeiras junto ao rio. Com todos jogando pedras nos cachos de frutos suculentos à grande altura, tinham feito uma generosa coleta, banqueteando-se ali mesmo e depois enchendo os cestos para carregá-los nas costas.

Enquanto os outros comiam, Alawa separou-se do grupo para encontrar um local parcialmente ensolarado para a leitura de suas pedras. Ao mesmo tempo, encurvado e de vista curta, Bellek examinava cada galho e rebento, cada arbusto e talo de grama a fim de determinar se este era um lugar de bom augúrio para ali se fixarem. Até então, quase nada de boa magia havia visto ali.

Havia 65 mil anos não ocorrera a um homem chamado Leão que seu povo podia alterar suas circunstâncias. Mas isto *havia* ocorrido a uma garota chamada Mulher Alta e foram as ações empreendidas por ela que possibilitaram a sobrevivência da raça. Foi este o legado que deixou para seus descendentes, saber que não precisavam ficar à mercê de seu meio ambiente. Contudo, no decorrer dos milênios, como os humanos se haviam multiplicado e expandido as fronteiras de seu mundo, os descendentes de Mulher Alta tinham se especializado no seu recém-adquirido conhecimento de mudança e controle, pois agora tentavam constantemente administrar cada aspecto microscópico do seu meio ambiente através do apaziguamento e da veneração de fantasmas. Tinham de ficar sempre alertas, a fim de manter o equilíbrio de seu mundo. O mais leve passo em falso podia desagradar os espíritos e trazer má sorte ao povo. Se cruzassem um riacho tinham de primeiro dizer: "Desejamos passar em paz, ó espírito deste riacho." Quando matavam um animal, pediam o perdão dele. Ficavam sempre "lendo" as redondezas. Enquanto seus ancestrais, havia 65 milênios, mal deram atenção a um vulcão fumegante, Laliari e sua família liam presságios na mais leve fagulha de uma brasa. Por isso, Alawa, enquanto interpretava o lançamento de suas pedras mágicas, imaginava o que haviam feito de errado no Mar de Juncos para que ele engolisse os caçadores. Claro que, ignorando tratar-se de um mar, não poderiam ter proferido as palavras adequadas. Nem sequer sabiam seu nome, então como poderiam ter invocado os espíritos daquelas águas? Mas certamente *tinham* sido sinais a ser lidos — sempre havia sinais. O que teriam deixado escapar que evitaria a catástrofe?

E, pensou sombriamente enquanto juntava suas pedras, sinais que evitariam a catástrofe ainda por vir. Porque mais uma vez a coleção de seixos e pedrinhas passadas de mão em mão ao longo de incontáveis gerações, todo o caminho retroagindo ao primeiro Guardião dos Chifres de Gazela, transmitia a mesma mensagem: as crianças teriam de morrer.

Ela espiou por entre as árvores o lamentável grupo de mulheres e crianças, enfraquecido pela falta de sono. Eram assoladas por pesadelos, sonhos terríveis em que Alawa acreditava fossem a conseqüência dos mortos não terem tido um lugar de repouso. Se o lugar de repouso tivesse sido providenciado, os fantasmas infelizes não estariam agora assombrando os sonhos dos vivos.

Sua própria filha, correndo, um invasor grudado nos seus calcanhares, agarrando seus cabelos esvoaçantes, desequilibrando-a, e depois batendo-lhes nas costas, seu porrete subindo e descendo, sem parar.

De início foram apenas uns poucos invasores e Doron e os caçadores foram capazes de expulsá-los. Mas então outros estranhos haviam chegado, tendo ouvido falar da fértil savana verde exuberante de vida selvagem, e depois mais invasores, enxameando como formigas sobre as colinas ocidentais até que o povo de Alawa fosse sobrepujado. Seguindo para o norte, haviam encontrado outros assentamentos — parentes que viam na reunião anual dos clãs: o Clã do Crocodilo, do qual Bellek viera muitos anos antes, e o Clã da Graça, que havia sido o de Doron. Aqui, com a ajuda dos parentes, o povo de Alawa tentara parar e lutar. Porém os invasores, mais fortes e mais numerosos, insistiram no seu ataque, decididos a não dividir o seu vale fértil.

O pequeno Hinto, filho da filha de Alawa, agarrado por um braço e arremessado ao ar para cair sobre a lança de um invasor. Istaqa, Guardião da Cabana da Lua, virando-se para arremessar uma lança num perseguidor, só para ser atingido por uma pedra no rosto, com tanta força que lhe rachou o crânio. O sangue escorrendo na terra. Os gritos dos feridos. Os gemidos dos moribundos. O medo cego e o pânico. A velha Alawa correndo pela vida, os pés batendo em cadência com o coração em disparada. O jovem Doron e os caçadores ficando para trás a fim de proteger as mulheres e os idosos.

Talvez eles devessem realizar a assembléia silenciosa agora, pensou Alawa enquanto se punha de pé, as velhas juntas estalando. Talvez isto apaziguasse os fantasmas infelizes que estavam assombrando seus sonhos. Mas havia um problema: realizar o ritual implicava falar os nomes dos mortos, e para fazê-lo era preciso quebrar o mais poderoso tabu do clã.

Ela olhou para as crianças e sentiu-se assolada por imensa tristeza. Muitas eram órfãs, suas mães tendo sido mortas durante as batalhas com os invasores. E ali estava o pequeno Gowron, filho da filha de sua filha, brincando com uma rã que havia encontrado. A própria Alawa tinha perfurado o pequeno nariz dele com o osso de garça que impedia a entrada de maus espíritos no corpo pelas narinas. Doía no coração de Alawa saber que ele devia morrer.

Ela voltou sua atenção para Bellek, inclinado e arquejando enquanto explorava os bosques de tamargueiras circundantes em busca de sinais e presságios. Ele precisava encontrar a lua, e portanto era crucial que prestasse atenção e se concentrasse em cada pequeno detalhe. Um equívoco poderia trazer desgraça para eles.

Mesmo na sua terra ancestral o povo tinha vivido em constante medo do mundo que os cercava. A morte vinha com freqüência, rápida e brutal, de modo que mesmo lá, entre rochas, árvores e rio familiares, havia bastante o que temer. O povo se mantivera em alerta constante para não ofender quaisquer espíritos, proferindo constantemente os encantamentos, carregando os amuletos certos, fazendo os gestos apropriados que haviam aprendido desde a mais tenra infância. Mas um dos problemas que enfrentavam neste estranho lugar era não saber o nome das coisas. Estavam vendo flores e árvores desconhecidas, pássaros de nova plumagem, peixes que nunca haviam encontrado antes. Como chamá-los? Como saber se não causariam dano aos sobreviventes do Clã da Gazela?

Enquanto observava o velho e murcho xamã prosseguir nas suas leituras, agachando-se para examinar um seixo, cheirando uma flor, peneirando a terra por entre os dedos, Alawa imaginava como ele reagiria às notícias dela. Ocorreu-lhe que Bellek poderia não gostar de ter de matar as crianças, mesmo que isto significasse a sobrevivência do clã.

Também lhe ocorreu que Bellek já não era mais útil.

Alawa, de qualquer modo, sempre desdenhara os homens, já que eles não criavam vida, e com freqüência especulara por que a lua produzia meninos. Talvez lá no seu vale fluvial os homens tivessem sido bons para trazer para casa carne de rinocerontes e hipopótamos, tarefa pesada demais para mulheres, alimentando assim o clã por semanas. Mas este novo lugar era farto de alimento ao alcance da mão para ser colhido. Caçadores não eram mais necessários. Era por isto que seus sonhos e as pedras mágicas lhe diziam para sacrificar as crianças? Como uma forma de depurar o clã?

Alawa voltou sua atenção para as crianças enquanto elas comiam e brincavam e grudavam-se aos seios maternos. Ela observava especialmente os meninos, que iam da idade lactente ao início da puberdade. Garotos acima desta faixa etária haviam deixado suas mães para se juntar ao bando de caçadores, tendo portanto perecido no Mar de Juncos. Enquanto mantinha os olhos nos meninos, Alawa pensou de novo nos caçadores mortos, na lua perdida e nos pesadelos que estavam assolando as mulheres, e o pensamento assustador que se formara em sua mente dias antes falou mais alto agora: que os homens afogados eram infelizes e tinham inveja dos vivos. Era por isto que assombravam os sonhos das mulheres. Como poderia ser de outra forma se nunca houvera uma assembléia silenciosa realizada por eles? Todo mundo sabia que os mortos invejavam os vivos, o que explicava por que os fantasmas eram tão temidos. E os caçadores mortos não invejariam especialmente os meninos que podiam ver crescendo para assumir seus lugares?

Por mais que relutasse em levar a cabo a tarefa, Alawa estava firme na sua resolução. Enquanto os caçadores continuassem a ter inveja dos garotos, e portanto a assombrar as mulheres, a lua não apareceria. E sem a lua, o clã morreria. Portanto, os garotos deveriam ser sacrificados para afastar os fantasmas. Então a lua voltaria e colocaria novos bebês no ventre das mulheres. E assim o clã sobreviveria.

Na próxima parada para descanso, as mulheres sentaram-se recostadas nas árvores para amamentar os bebês e aninhar as crianças. Algumas, tendo chegado ao limite de sua energia, começaram a chorar.

Todos tinham perdido entes queridos no Mar de Juncos — filhos, irmãos, sobrinhos, tios, parceiros de cama. Bellek vira a morte de seus irmãos mais novos; Keeka, a dos filhos das irmãs de sua mãe; Alawa, cinco filhos e doze filhos de suas filhas; Laliari, seus irmãos e seu amado Doron. Uma perda além da compreensão, além da conta. Quando a maré nova engolira o bando de caçadores, as mulheres tinham percorrido a praia de cima a baixo, aos gritos, na esperança de encontrar sobreviventes. Duas se haviam lançado na água turbulenta, desaparecendo para sempre. As mulheres acamparam na nova praia por uma semana até que Bellek, depois de ter comido cogumelos mágicos e caminhado pelo domínio inferior, decidira que o lugar trazia má sorte e que deviam partir. Isto foi quando haviam seguido rumo ao norte para encontrar um mar vasto e terrível, e então voltaram para o interior, para ir em busca da lua.

Mas ainda não a tinham encontrado e as mulheres estavam inconsoláveis.

Ao ver as lágrimas escorrendo pelas faces de Keeka, Laliari abriu a bolsa que pendia do cinto e, tirando um punhado de nozes, ofereceu à prima.

Keeka tinha sido roliça antes dos invasores chegarem. Ela adorava comer. Tinha vivido numa cabana com sua mãe, a mãe de sua mãe e seus próprios seis filhos, e toda noite, depois da refeição comunal, ela corria de volta à cabana para estocar a comida que escondera debaixo da saia de palha. Keeka também adorava se acasalar com os homens e não precisava ser persuadida. Não obstante, os caçadores que entravam e saíam de sua cabana com freqüência lhe davam presentes extras de alimento, e assim peixe seco e pernis de coelho pendiam do teto de seu abrigo, junto a cebolas, tâmaras e espigas de milho. Mas ninguém se importava. Todos no clã comiam bem.

Enquanto Keeka pegava as nozes e as devorava, Laliari olhou para trás, por entre as árvores e viu uma figura trágica espreitando da névoa: *Aquela-que-não-tem-nome*. Laliari estava espantada por ter a pobre criatura sobrevivido tanto tempo, já que fora excluída do clã, tendo de seguir atrás dos outros através da névoa espessa. Laliari sentia piedade dela. As pessoas tinham medo de mulheres sem filhos porque as consideravam possuídas por um espírito maligno. Se não, como explicar por que a lua não as favorecia com bebês? Antes que os invasores chegassem, Aquela-que-não-tem-nome tinha vivido à margem do assentamento, tratada como invisível, comendo sobras jogadas fora. Ela havia sido proibida de tocar na comida que outra pessoa fosse comer, ou na água, ou na cabana de alguém. E nenhum homem podia abraçá-la, não importava quão desesperada fosse sua necessidade de alívio sexual.

Não-tem-nome não havia nascido com má sorte. De fato, começara como qualquer outra garota. Laliari lembrava-se de quando o clã celebrara o primeiro fluxo lunar de Não-tem-nome, como ela havia sido tratada especialmente de acordo com a tradição, todos pronunciando seu nome com alegria, mimando-a e cumulando-a de presentes e comida. E houve celebração maior ainda quando tornou-se grávida pela primeira vez e sua posição no clã elevou-se bastante. Mas quando o fluxo lunar de Não-tem-nome continuou aparecendo regularmente e as estações iam e vinham sem que produzisse um bebê, as pessoas começaram a olhá-la de esguelha até que finalmente tornou-se uma pária, privada de seu nome e da permanência junto ao clã.

Embora Laliari tivesse se acostumado com a pobre criatura que os vinha seguindo desde o Mar de Juncos, a presença sombria de Não-tem-nome agora fazia o medo crescer dentro dela. Sem a lua, iriam todas terminar que nem ela?

Laliari enrolou os dedos ansiosos em volta do amuleto mágico que usava no pescoço, um talismã de marfim que tinha sido esculpido durante a lua crescente. Também usava um colar feito com mais de cem vespões que esmeradamente colecionara, secara e lustrara. Pareciam pequenas nozes e faziam um som crepitante suave enquanto andava. Não era para ornamentações, mas para que o poder dos espíritos vespões a protegessem e ao seu clã, os vespões sendo defensores tão ferozes de seus próprios lares. E numa bolsinha que pendia do cinto tecido de sua saia de palha estavam as preciosas sementes e pétalas secas da flor-do-lótus, seu espírito protetor pessoal.

Mas Laliari agora pouco conforto encontrava em amuletos e colares. Ela e suas irmãs e primas haviam perdido sua terra, seus homens, e a lua. Se ao menos pudesse falar o nome do seu adorado Doron, que conforto isto seria.

Mas nomes eram magia poderosa, não deviam ser pronunciados de modo frívolo, pois um nome incorporava a própria essência de uma pessoa e estava diretamente ligado ao seu espírito. Como os nomes envolviam magia e sorte e determinavam como devia correr a vida de uma pessoa, eles não eram dados superficialmente, mas só depois de uma meditação e da leitura de sinais de presságios. Às vezes um nome mudava na adolescência, ou após um acontecimento de vulto na vida de uma pessoa. Ou, dependendo de uma ocupação específica que adotassem, como Bellek, que significava "leitor de sinais". Laliari, significando "nascida entre os lótus", tinha sido assim chamada porque sua mãe apanhava água do rio quando as dores do parto começaram. Até o fim de seus dias Laliari seria protegida pela flor-do-lótus. Keeka, "filha do pôr-do-sol", assim era desde que havia nascido. Libertador, "gavião que espalha suas asas", havia sido o mais poderoso dos caçadores. Uma vez adotado um nome, ele não podia mais ser usado de novo. Finalmente, trazia má sorte falar o nome de uma pessoa depois da morte, como se isto invocasse o seu infeliz fantasma. E assim Laliari teve de parar de falar o nome de Doron, e portanto o próprio Doron foi definitivamente esquecido.

Ela puxou a pele de gazela mais sobre si. Quando descobriram que não podiam mais agüentar o frio, as mulheres tinham amarrado os fardos que transportavam às costas, as peles de animais servindo de agasalho. Em casa, quando o rio estava baixo, viviam junto à margem, mas quando o rio começava a sua cheia anual e inundava as margens, o povo derrubava seus abrigos e se mudava para um terreno mais alto, construindo novos abrigos de peles e presas de elefante. Quando se viram forçados a fugir dos invasores, as mulheres haviam amarrado as preciosas peles em fardos e as transportavam nas costas. Agora as usavam como proteção contra o frio que fazia nesta terra estrangeira.

Tiritando de frio, Laliari pensou de novo em Doron e em como ele a havia aquecido à noite na cabana de sua mãe. Lágrimas brotaram em seus olhos. Laliari amava Doron porque ele fora muito paciente com ela depois da morte do bebê. Embora a maioria dos homens pranteasse a morte de qualquer criança, já que era uma perda para o clã, eles rapidamente se refaziam e não conseguiam entender o prolongado pesar de uma mãe. Afinal, argumentavam os homens, a lua sempre dava mais crianças a uma mulher. Mas Doron havia compreendido. Apesar de ele próprio jamais ter sabido o que era parir um filho ou uma filha, e que seu único parentesco com um bebê só pudesse ser pelos filhos de sua irmã, entendia que o bebê de Laliari era do sangue dela e que ela lamentaria como ele próprio teria lamentado a morte do filho de sua irmã.

Agora Doron estava morto. Engolido por um mar recém-nascido.

Alawa gritou em alarme. As árvores estavam chorando!

Era apenas a névoa, tão espessa no vale que o orvalho tinha se acumulado nos galhos e folhas e gotejava como chuva. Mas Alawa sabia o que isto realmente significava: os espíritos das árvores estavam infelizes.

Fez um gesto protetor e recuou rapidamente. Seus medos cresciam a cada dia. Apesar da insistência de Bellek de que quanto mais para o norte seguissem maior a chance de encontrarem a lua, Alawa não estava tão certa. Tudo sobre o exílio deles havia sido estranho e desnorteante, começando com o mar interior que não continha nenhum peixe, nem vida de qualquer espécie. Quando as mulheres viajaram para leste a partir do mar que não possuía nenhuma margem oposta e encontraram um volume de água no qual nenhum peixe nadava, nenhuma alga vicejava, circundado por uma praia coberta de sal que não produzira mexilhões ou juncos — um mar completamente sem vida —, ficaram alarmadas. Até mesmo Alawa havia jurado que nunca tivera uma visão tão estranha. Mas então seguiram o litoral salgado e chegaram a um rio que fluía para trás!

Temeroso demais para dar outro passo, o grupo havia acampado na margem do rio que fluía para trás, enquanto Bellek comera os cogumelos mágicos e caminhara pela terra de visões. Ao despertar, ele havia decretado que este novo rio era seguro, apesar de seu fluxo para trás, e que deviam continuar a segui-lo, pois a lua ficava ao norte, além da névoa.

E assim partiram, viajando primeiro por um trecho seco onde o solo era rochoso e coberto de vegetação esparsa, e depois para um lugar ao longo do rio fluindo para trás onde cresciam salgueiros, oleandros e tamargueiras. Mas à medida que progrediam cada vez mais para o norte, o rio se estreitava e serpenteava, com colinas escarpadas erguendo-se acima das margens. Bem ao contrário do rio largo e plano de sua terra de origem! E este rio fluía como uma serpente, desviando-se para trás em si mesmo, de modo que às vezes o bando de Alawa estava caminhando para oeste ao longo de sua margem, a seguir para o norte e depois para leste! Como se o rio não pudesse decidir o que queria.

Haviam encontrado estranhas paisagens. Ao norte do mar morto depararam com uma planície aberta onde crescia relva farta. Mas onde estavam os animais? Bellek examinou o solo e descobriu vestígios de estrume, o que significava que rebanhos tinham passado por ali. Onde estavam agora? Teria o estranho nevoeiro noturno carregado os animais para longe, como fizera com a lua?

E agora tinham deparado com árvores que choravam. A cada noite sem lua, a cada dia sem que ninguém engravidasse no bando, a ansiedade de Alawa crescia. Os meninos deviam ser sacrificados logo ou a lua estaria perdida para sempre.

Ao pôr-do-sol depararam com uma visão que os deixou atônitos. As mulheres e crianças caíram em silêncio e olharam fixamente, incapazes no início de acreditar no espetáculo inteiramente horrível. Na base de um penhasco elevava-se uma montanha de esqueletos — centenas de antílopes empilhados uns sobre os outros, os crânios fendidos, os ossos quebrados. Alawa olhou para cima e viu a íngreme parede de um penhasco elevando-se acima das carcaças. Estes animais tinham se atirado do platô para a morte. *Por quê? O que os teria assustado?*

As mulheres se apressaram, ansiosas em deixar para trás os fantasmas dos desditosos animais.

Chegaram finalmente à margem de um lago de água doce que gerações futuras iriam chamar erroneamente de Mar da Galiléia. Densamente margeado por árvores e arbustos, tamargueiras e rododendros, suas águas eram pródigas em peixes e uma fartura de pássaros povoava a praia. Ali o nevoeiro se dissipara e a luz do sol do fim de tarde ainda aquecia a terra. Farejando o vento e estudando as nuvens, Bellek ergueu seu cajado, que estava decorado com amuletos mágicos e rabos de gazela, e decretou que ali a magia era boa, ali iriam acampar e passar a noite.

Enquanto ele e a velha Alawa dedicavam-se aos seus rituais noturnos para deixar o acampamento a salvo de espíritos malévolos, gravando símbolos protetores nas árvores e arrumando pedras em ordem ritualística, as mulheres desdobravam os couros para criar quebra-ventos. Como as presas de elefante tinham sido perdidas quando os caçadores se afogaram, era impossível construir cabanas adequadas, de modo que usaram três troncos, árvores novas e galhos robustos enfiados no solo. O povo do Clã da Gazela praticava a vida comunal — os abrigos eram divididos não para famílias individuais, mas de acordo com grupos e propósito ritualístico. Havia as cabanas mais amplas, onde os caçadores dormiam separados das mulheres; as cabanas individuais dos idosos reverenciados; os abrigos das mulheres jovens que ainda não haviam tido bebês; a cabana da lua das mulheres; a cabana do xamã; a cabana dos jovens caçadores principiantes; e algumas pequenas unidades matriarcais consistindo de avó, mães, irmãs e bebês. E os abrigos eram sempre redondos, de modo a não haver cantos onde espíritos pudessem espreitar.

Suas prioridades nesta noite, enquanto se apressavam para montar acampamento antes do sol se pôr, eram a cabana de Alawa e a cabana da lua.

Durante a menstruação as mulheres eram vulneráveis e precisavam de proteção contra espíritos malignos e fantasmas infelizes que estavam sempre esperando por uma chance de se apossar de um ser humano vivo. Esta era a época de magia poderosa, quando se decidia se a nova vida começaria no corpo de uma mulher. Ela olharia para a lua e a fase lunar sinalizaria a sua hora de apartar-se dos demais. Ela pegaria seus amuletos mágicos e alimentos especiais e se retiraria para esperar e observar os sinais: se o fluxo lunar viesse, não haveria criança nela. Mas se ele não aparecesse, então ela estava grávida. Assim a cabana da lua foi erguida primeiro, com Alawa entoando encantamentos protetores em torno da entrada, festonando cordões de conchas de cauri, símbolo poderoso da genitália feminina, e traçando símbolos mágicos na terra, usando ocre para simbolizar o precioso sangue lunar.

O segundo abrigo era para Alawa. Poucas mulheres viviam depois da menopausa e portanto aquelas que o conseguiam eram tratadas com o maior respeito, pois acreditava-se que eram possuidoras da grande sabedoria lunar.

Enquanto procurava por comida, o grupo deparou com uma árvore que era nova para eles: da altura do joelho e folhosa, carregada de vagens contendo sementes brancas e carnudas. Depois de provarem para ter certeza de que o fruto não era venenoso, as mulheres começaram imediatamente a colher os grãos-de-bico. Nesse ínterim, Bellek foi até a beira da água e, por mais precária que estivesse sua vista, enxergou vida nos bancos de areia do lago, fazendo-o estalar os lábios na expectativa de uma refeição de peixe cozido. Mandaram as crianças procurar bagas e ovos, com advertências severas para que respeitassem os tabus adequados, muito embora estivessem numa terra estranha, e para que se certificassem de não ofender quaisquer espíritos.

Finalmente Alawa designou alguém para observar a lua, com instruções para acordar todo o grupo ao primeiro avistamento. Com sorte, esta seria a noite da lua surgir antes que o nevoeiro voltasse.

Enquanto as mulheres e crianças se agrupavam junto ao fogo confortador para comer e se enfeitar mutuamente, para remendar cestos e afiar lanças, amamentar bebês e tentar esquecer seus medos, Alawa deslizou para a beira da água. Se a lua não se mostrasse naquela noite, tinha decidido, então ela deveria agir. No dia seguinte os meninos teriam de morrer.

Enquanto alimentava seus seis filhos, Keeka observou a velha se esgueirar do acampamento, o corpo outrora orgulhoso agora dolorosamente curvado sob o peso dos chifres de gazela. Keeka vinha suspeitando já havia algum tempo que Alawa carregava um segredo. Ela sabia o que era. Alawa estava se preparando para escolher sua sucessora.

E como a Guardiã dos Chifres de Gazela era a mais importante pessoa do clã, sempre tinha a melhor cabana, a melhor comida. Keeka queria ser a sucessora de Alawa, mas não era uma coisa que pudesse simplesmente pedir. A escolha era determinada por presságios, pela leitura de sinais e pela interpretação dos sonhos. Uma vez feita a escolha, a sucessora viveria constantemente ao lado de Alawa para aprender a história do clã, ouvir as narrativas e memorizá-las, como Alawa tinha feito quando era jovem, muitas estações atrás. E agora haveria uma nova narrativa adicionada à longa história do clã: a invasão do povo ocidental, a luta do clã pelo vale fluvial, o afogamento dos homens no novo mar, a perda da lua, e esta viagem para encontrar um novo lar.

Enquanto via Alawa desaparecer através do matagal em direção ao lago, a atenção de Keeka foi capturada por uma risada estridente. Sua prima Laliari havia pegado um dos órfãos em seu colo e fazia-lhe cócegas. Os pensamentos de Keeka se congelaram. Desconfiava que Alawa poderia escolher Laliari.

O ódio de Keeka pela prima começara dois anos antes, quando o belo Doron havia se juntado ao Clã da Gazela. Keeka tentara de todos os modos atraí-lo para sua cabana, mas ele estava interessado somente em Laliari. E aquilo era raro. A união física entre homens e mulheres era sempre aleatória e em série, com poucas normas e nenhum compromisso. Mas Doron e Laliari haviam desenvolvido uma afeição singular que os tornara desinteressados em outros, um relacionamento que antecipava o casamento e a união de um casal por toda a vida, conceitos que só existiriam depois de 25 milênios.

Quanto mais Keeka desejara o jovem e belo caçador, e quanto mais ele a ignorava, mais o seu desejo de tê-lo crescera para virar uma obsessão. Quando ele se afogou no Mar de Juncos, Keeka sentiu um júbilo secreto, pois agora Laliari também não poderia tê-lo. Aos seus sentimentos de triunfo sobre a prima juntava-se o fato de que Laliari não tinha filhos, seu bebê tendo morrido antes de completar uma estação. E uma vez que não havia lua nesta nova terra para dar-lhe outro filho, Keeka, com sua ninhada de seis, olhava para a prima com um senso de superioridade presunçosa.

Agora odiava pensar em Laliari como a sucessora de Alawa.

Depois da refeição e dos enfeites, era a hora das histórias. As mulheres esperavam Alawa aparecer junto à fogueira e começavam sua recitação noturna. O povo de Laliari gostava das histórias porque elas os ligava ao passado e os faziam sentir-se parte de um cosmo de outro modo desnorteante e assustador. As narrativas os ligavam à natureza; mitos e lendas confortavam em familiaridade e explicavam mistérios. As mulheres e crianças sempre mantinham silêncio quando Alawa começava em sua voz frágil e estalante: "Muito, muito tempo atrás... antes que existisse o Clã da Gazela, antes que houvesse gente, antes que houvesse o rio... nossas mães vieram do sul. Elas nasceram da Primeira Mãe, que as mandou seguir para o norte e encontrar um lar. Trouxeram o rio com elas.

A cada nascer da lua elas fizeram a água fluir, até que vieram para o nosso vale e souberam que sua andança havia terminado..."

À medida que a ausência de Alawa da fogueira se prolongava, as mulheres tentavam controlar seus medos. Sabiam que ela estava procurando a lua. Mas agora que a noite tinha caído, o nevoeiro se arrastado de volta para o vale, as mulheres suspeitavam que Alawa mais uma vez não teria a visão da lua.

Laliari olhou para cima e tentou perscrutar através do teto nevoento. A lua era mais do que a doadora de bebês e reguladora dos corpos das mulheres: também fornecia luz valiosa durante a noite quando necessário. Ao contrário do sol, que brilhava inutilmente durante o dia quando já havia luz e cuja face era brilhante demais para ser encarada, uma pessoa podia olhar para a lua horas e horas sem ficar cega. A lua, dependendo das suas fases, fazia com que as flores se abrissem à noite, os felinos caçassem, as marés enchessem. A lua era previsível, reconfortante como uma mãe. A cada noite, após os dias terríveis da Lua Negra, o clã se reunia no trecho sagrado do rio e observava a primeira ascensão da Lua Bebê — uma lasca de unha no horizonte. Eles davam suspiros de alívio, depois se felicitavam e dançavam enquanto ela se erguia no céu, pois significava que a vida ia continuar.

Enquanto Laliari embalava um dos bebês sem mãe, seus pensamentos se desviaram para o bebê que havia parido um ano antes. A lua o tinha dado a ela pouco depois de Doron juntar-se ao clã. O neonato não viveu muito tempo, porém, e Laliari teve de levá-lo para as colinas escarpadas a leste e deixá-lo lá. Às vezes olhava na direção do sol nascente e imaginava seu bebê lá, especulando se o seu espírito estaria infeliz. Sentira um curioso impulso de voltar ao local, mas trazia má sorte ficar perto do lugar de coisas mortas. Se alguém morresse numa cabana, ela era queimada e o clã se mudava para um ponto mais distante ao longo do rio para montar um novo acampamento.

Retroagindo no tempo da doença e morte do seu bebê, Laliari só podia culpar a si mesma, pois devia ter ofendido involuntariamente um espírito, de modo que ele veio a puni-la matando seu filho. E ainda assim

Laliari era sempre cuidadosa em seguir os regulamentos e obedecer às leis da magia e da sorte. Era por isto que o território deles tinha sido invadido por estrangeiros, resultando na morte de seus caçadores no mar de juncos assassino? Será que todo o clã, de alguma forma, negligenciara alguma coisa? Então como eles esperavam sobreviver neste novo lugar, quando nem sequer conheciam nenhuma das regras?

Ela sabia que trazia má sorte pensar nos mortos, mas ainda era um grande conforto preencher a mente com lembranças de Doron. Como eles haviam se conhecido, por exemplo. O Encontro Anual dos Clãs acontecia a cada ano durante a inundação, quando o rio transbordava de suas margens. Milhares afluíam vindo de vales acima e abaixo, montando abrigos redondos e içando símbolos dos clãs. Era durante o Encontro que se resolviam as disputas, traçavam-se as linhas de parentescos, trocavam-se notícias e mexericos, dívidas eram pagas, desforras obtidas e, mais importante de tudo, pessoas mudavam de família. As famílias com poucas mulheres recebiam fêmeas de famílias com excesso delas. Era um processo prolongado e complexo, levado a cabo por todos os grupos, com os anciãos intervindo nas situações de conflito. Doron e outro rapaz tinham sido trocados por duas moças do clã de Laliari. Ela e Doron haviam passado uma semana se observando dissimuladamente. Tinha sido uma época de acanhamento e excitação, de despertar dos instintos. Laliari nunca notara antes como os homens possuíam ombros maravilhosamente fortes — especialmente Doron — e o Doron de 19 anos de idade descobrira-se afogueado à visão da cintura fina e amplos quadris de Laliari. Na época em que o Encontro Anual tinha sido dissolvido e Doron seguira com Laliari e o clã dela para sua terra ancestral, ambos passavam cada noite nos braços um do outro.

Subitamente acometida de pesar, Laliari apoiou a testa nos joelhos e começou a chorar em silêncio.

Lá embaixo, na beira da água, outra alma estava desolada de pesar. Alawa, olhando por sobre a extensão de água, chegara a uma dolorosa decisão: era assim que os meninos deviam morrer — por afogamento, como haviam morrido os caçadores.

Ela voltou-se para o som de passos e viu a silhueta familiar de Bellek emergir por entre os juncos altos. Ele parou ao lado dela por um longo momento, o peito ossudo subindo e descendo em respiração dificultosa. Havia algum tempo que sabia que Alawa estava chegando a uma importante decisão. *Ela está ficando pronta para escolher sua sucessora*, pensou.

Ele gostaria de opinar na escolha, mas apenas a Guardiã dos Chifres de Gazela sabia quem deveria ser a próxima Guardiã. Isto nada tinha a ver com opiniões e votos, mas sim com o que o mundo-espírito desejava, com o que o espírito-gazela quisesse. E apenas Alawa sabia o que lhe diziam seus sonhos e as pedras mágicas.

— Vai ser Keeka? — perguntou ele, suavemente, esperando que não fosse. Keeka possuía um traço de glutoneria que ele temia ser prejudicial para o clã. Se a escolha lhe coubesse optaria por Laliari, porque a guardiã das histórias do clã tinha de ser isenta de egoísmo.

Alawa balançou a cabeça lentamente por causa do peso dos chifres de gazela. Quando era mais jovem os chifres lhe tinham sido quase leves. Mas com a idade foram ficando pesados, de modo que seu pescoço vergava debaixo deles.

— Amanhã os meninos devem morrer — disse numa voz coaxante.

Ele a fitou como se não tivesse ouvido corretamente.

— O que disse?

— Os meninos devem morrer. Os fantasmas dos caçadores estão invejosos deles. É por isso que nos assombram, é por isto que a lua se esconde. Se os meninos não morrerem, então o clã morrerá. Para sempre.

Ele inspirou fundo e traçou um gesto protetor no ar.

— Nós o faremos no lago — disse Alawa, resoluta. — Os caçadores morreram afogados e assim será com os meninos. — Ela voltou os olhos penetrantes para ele. — Bellek, você também deve morrer.

— Eu? — espantou-se ele. — Mas o clã precisa de mim!

— O clã ainda terá a *mim*. E se a lua desejar que tenhamos homens, ele nos dará outros.

— Mas que ameaça eu represento? Os meninos, sim, porque eles crescerão para se tornar caçadores. Mas eu sou um velho.

A voz dela se elevou.

— E você tornou os caçadores invejosos por *continuar* vivo. Homem egoísta! Teria coragem de ameaçar nosso povo de extinção por se negar a cumprir o presságio?

Ele começou a tremer.

— Não pode haver um engano?

— Como ousa?! — gritou ela. — Você questiona os meus sonhos! Questiona o que os espíritos me contaram! Você traz má sorte para nós com suas dúvidas! — Ela agitou as mãos diante dos próprios olhos como se para enxotar um espírito maligno. — Renegue o que acabou de dizer ou todos nós sofreremos as conseqüências!

— Desculpe — disse ele numa voz minúscula. — Não tive a intenção de duvidar. Os espíritos falaram. Os... — Ele mal pôde forçar-se a dizer: — Os meninos morrerão.

◆ ◆ ◆

Enquanto Alawa dormia debaixo das macias peles de animais, Laliari encontrava-se sentada com as costas apoiadas na parede de couro. Ela ficara surpresa quando a anciã pediu que lhe fizesse companhia na cabana. Laliari não deixara de notar os olhares de admiração e inveja de todos os demais. Especialmente de Keeka, pois todos sabiam o que isto significava: que Alawa estava considerando fazer de Laliari sua sucessora.

Mas a anciã tinha ido dormir imediatamente, e agora a cabana estava aquecida e aconchegante. Laliari trouxe os joelhos ao peito e, enlaçando-os com os braços, descansou a cabeça nos antebraços. Ela não pretendera pegar no sono, mas quando acordou a luz da aurora nevoenta já rastejava por debaixo da tenda. E ela soube, mesmo sem olhar, que Alawa estava morta.

A jovem mulher fugiu para fora da cabana, o cabelo projetando-se em terror. Nunca antes estivera em proximidade tão estreita com uma pessoa no momento da morte. Para onde tinha ido o espírito de Alawa? Laliari se lembrou de que no lar deles, lá no rio, um homem e uma mulher estiveram dormindo juntos e o homem despertara para descobrir a mulher morta. Bellek fizera leituras e proclamara que o homem estava agora possuído pelo espírito da mulher morta. Assim, o clã o expulsou do assentamento e não lhe permitiu voltar. E nunca mais o viram.

Em pânico, Laliari apertou as narinas, tentando atrasadamente impedir que o fantasma da anciã entrasse nelas. Seus lamentos acordaram os outros. Imediatamente eles rasgaram a cabana de Alawa e fizeram preparativos para a reunião silenciosa. Bellek examinou Laliari com grande atenção, olhando seus ouvidos, olhos, boca e vagina até ficar satisfeito. "Não há nenhum espírito", disse com firmeza, deixando-a à vontade. Talvez Alawa estivesse muito velha para o espírito deixar seu corpo rapidamente, como acontecia com gente mais jovem. Aquele velho fantasma poderia, mesmo neste exato momento, estar ainda lutando para escapar de seu invólucro de carne. Bellek informou às desventuradas mulheres que era necessário fazer uma boa reunião silenciosa como garantia de que, quando partissem, a velha Alawa não os seguisse para assombrá-los.

Era um ritual tão velho quanto o tempo, realizado através das gerações desde que o primeiro povo pranteou seus mortos. Bellek traçou um círculo na terra em volta do cadáver de Alawa e entoou palavras mágicas. Enquanto fazia isto, as mulheres comeram e beberam até se fartar, pois iriam jejuar até o próximo ciclo do sol. As crianças iriam sentar-se silenciosamente com as mães, só deixando o círculo para se aliviar quando suas bexigas estivessem cheias. O silêncio tinha de ser absoluto e ninguém deveria comer ou beber, pois se o fizessem os espíritos dos falecidos ficariam incomodados e ciumentos. Todos sabiam que os fantasmas estavam infelizes — afinal, ninguém queria morrer. E como sentiam-se infelizes, os fantasmas queriam tornar os vivos infelizes também, e portanto os assombravam. O propósito da assembléia silenciosa era convencer o fantasma de que este lugar era tedioso, sem comida, bebida ou risos, na esperança de que isto os levasse a procurar lugares melhores.

Bellek havia coberto o cadáver com uma pele de gazela, dizendo aos outros que era para impedir o espírito de Alawa de tentar possuir um deles. Mas fizera isto por outro motivo. Ninguém mais senão ele notara as marcas na garganta da anciã e a expressão de medo que se congelara em seu rosto ao morrer — prova de que Alawa havia interpretado mal seus sonhos e cometera um erro acerca dos caçadores desejarem que os meninos fossem sacrificados. Como ela poderia ter morrido de susto e estrangulamento se não fosse obra dos fantasmas dos caçadores, que rastejaram até sua tenda e a mataram?

Por sorte, Alawa não havia revelado seus planos a mais ninguém, e assim Bellek guardou o segredo para si. Enquanto estivesse vivo, os meninos estariam a salvo — e ele também.

Depois que as desoladas mulheres sentaram-se em um círculo silencioso por um dia e uma noite, os estômagos roncando de fome, as bocas ressecadas de sede, as juntas doendo por falta de movimento, as crianças inquietas e irritadas, elas dividiram os pertences de Alawa de acordo com a necessidade individual, com os chifres de gazela indo para Bellek. Por fim, deixando o corpo onde jazia, desmontaram o acampamento e retomaram sua viagem para o norte.

As noites se tornaram mais frias, o nevoeiro rolava vezes sem conta, e as mulheres do Clã da Gazela, desacostumadas com o outono e seus nevoeiros e não sabendo que ele finalmente cederia lugar às chuvas de inverno, acreditavam que ficariam presas na névoa para sempre. Elas tiritavam de frio nos seus abrigos precários, desfrutavam de pouco sono e aquecimento, até que finalmente, uma noite, foram acordadas por uma violenta tormenta, diferente de tudo que já haviam vivenciado — uma tempestade que rugia de oeste berrava descendo as montanhas próximas e fustigava o frágil acampamento com um bafo gélido, caindo como lanças. As mulheres combatiam o vento para conservar seus abrigos, mas o malévolo vendaval, uivando como um animal ferido, derrubava os couros protetores de gazela e os carregavam para o lago turbulento. Árvores e arbustos eram desenraizados, ramos encharcados voavam enquanto as mulheres aterrorizadas se amparavam umas nas outras e tentavam proteger as crianças.

Quando terminou e o raiar do dia expôs uma paisagem devastada, as mulheres tiveram uma visão que as deixou atônitas: as montanhas, que eram verdes, agora estavam brancas.

— O que é isto? — perguntou Keeka, abraçando com força os filhos pequenos enquanto as outras mulheres gritavam e gemiam de medo. Laliari olhou fixamente para os picos distantes e sentiu um bolo frio formar-se na garganta. O que significavam as montanhas brancas? Tinham virado fantasmas? Estaria o mundo chegando ao fim?

O velho Bellek, trêmulo pela umidade, os lábios e dedos esfolados pelo frio, olhava desolado por sobre o lago onde as peles de gazela flutuavam na água. Ele não tinha medo das montanhas — há muito tempo, na sua infância, ouvira narrativas sobre uma coisa chamada neve. O mundo não estava chegando ao fim, mas o tempo *estava* mudando. Ele decidiu que, pela sobrevivência, o grupo tinha de encontrar um abrigo mais firme.

Virou-se para oeste e contemplou os penhascos que se erguiam como paredes a prumo da planície ondulada. Os penhascos eram acanalados com cavernas. Bellek suspeitava que elas poderiam ser quentes e secas no seu interior, mas o velho era cauteloso com cavernas. Seu povo nunca vivera nelas e certamente jamais as explorara por dentro. Cavernas eram o covil de morcegos e chacais. Pior, cavernas eram a morada dos espíritos infelizes dos mortos. Ainda assim, pensava enquanto esfregava os braços congelados, sem as presas de elefante e agora as peles de gazela, como é que as mulheres fariam abrigos adequados?

Quando anunciou sua decisão de investigar as cavernas, um coro de protestos se elevou. Mas Laliari, vendo a sabedoria da decisão, se ofereceu para acompanhá-lo. Todavia, estivera na cabana da lua durante a tempestade, e seu fluxo mensal ainda não cessara, de modo que tinham de esperar.

Por volta do terceiro dia já era seguro para ela viajar, e assim coletaram comida e água e passaram um dia em preparação espiritual. Partiram pesadamente armados com amuletos poderosos e com símbolos místicos pintados em seus corpos como proteção contra fantasmas e seres sobrenaturais. Com as mulheres e crianças soluçando numa despedida infeliz, a corajosa dupla seguiu para oeste do lago.

Alcançaram os penhascos ao meio-dia, onde fizeram uma pausa para comer tâmaras e ovos de tordeiro e entoar encantamentos para aplacar espíritos hostis. Laliari começou a subir primeiro, encontrando a rota mais fácil entre os penedos, depois parando para ajudar Bellek. Encontraram uma trilha rústica levando às cavernas e suas saliências rochosas, uma trilha coberta de ossos de animais e ferramentas de sílex, indicando que pessoas já tinham vivido ali.

Laliari cantava em voz alta ao entrar, mais um aviso a possíveis humanos do que aos espíritos. Se houvesse de fato pessoas vivendo ali, ela não queria alarmá-las ou pegá-las desprevenidas. Era melhor anunciar sua presença, decidiu. Uma abordagem ruidosa significava que não tinham nada a esconder e chegavam amistosamente.

Mas não encontraram ninguém.

As cavernas de calcário eram profundas e escuras, habitadas somente por formidáveis estalagmites. Em cada uma Laliari e Bellek encontraram ferramentas de pedra cobrindo o chão — machadinhas, raspadeiras e cutelos —, bem como restos de animais — cavalos, rinocerontes e cervos — indicando que pessoas já tinham vivido ali, e também que haviam se alimentado bem. Mas para onde tinham ido os humanos que deixaram lareiras carbonizadas, ferramentas quebradas e, em algumas, símbolos espantosos pintados nas paredes de calcário, os dois só podiam especular.

Após um dia e uma noite investigando as cavernas, Laliari e Bellek ficaram desestimulados. Embora fossem claramente excelentes abrigos — afinal, outras pessoas tinham considerado as cavernas habitáveis — era exatamente *porque* outro povo havia vivido neles que Bellek não podia instalar ali seu clã. A caverna que selecionassem teria de ser intocada por humanos ou espíritos, pois do contrário isto poderia ser um convite à má sorte pairando sobre suas cabeças.

Ao segundo crepúsculo uma leve garoa começou a cair, deixando as rochas escorregadias. Enquanto se arrastavam ao longo do precipício para a caverna seguinte, Bellek perdeu o equilíbrio e caiu. Laliari o agarrou, mas não antes que a ponta aguçada de uma pedra cortasse sua canela. Laliari ajudou o velho por todo o restante do caminho, onde rapidamente escaparam da chuva entrando numa caverna aquecida e seca.

Ali percebera não só evidência de habitação humana, como também os vestígios de uma fogueira recente. Quando sentiram no ar os cheiros remanescentes de alimento cozido, a sua fome voraz superou o medo de estranhos. Olhando apressadamente em volta à procura de habitantes — a caverna parecia ter sido abandonada —, eles, a seguir, procuraram por comida. Quando Laliari viu o que estava obviamente recém-enterrado no chão da caverna, recordou-se de que às vezes seu povo estocava ou "sazonava" alimento na terra. Caiu de joelhos e começou a cavar. Quando seus dedos encontraram algo macio e firme que parecia um animal, ela sorriu para Bellek. Com sorte, teriam o que comer. Mas quando retirou a terra e viu o que estava enterrado ali, deu um grito e saltou para trás.

Bellek adiantou-se e espiou a cova.

Um garotinho jazia de lado com os joelhos dobrados junto ao peito. Arrumados em torno dele havia ferramentas de sílex e chifres de cabra, e espalhadas sobre o cadáver pétalas de jacinto e malva-rosa e ramagens de pinheiro. Bellek rapidamente fez um sinal protetor e recuou. Estavam na presença de uma criança recém-falecida!

Laliari arregalou os olhos assustados para o ancião e, antes que pudesse perguntar a ele o que deviam fazer para se salvarem, uma forma negra subitamente entrou na caverna, enorme e peluda. Arremeteu sobre Laliari, mandando-a ao chão.

Com os punhos e dentes Laliari combateu a fera, rolando com ela numa luta violenta. Quando conseguiu pôr-se de pé, a fera capturou-a pelo tornozelo e a puxou de volta. Pegando-a pela cintura, a besta ergueu Laliari no ar e, com força inumana e um rosnado brutal, arremessou-a ao outro lado da caverna, onde ela bateu de cabeça contra a parede. Ignorando Bellek, que mantinha-se congelado em choque, o animal — que afinal não passava de um homem usando peles — correu de volta à cova funerária e começou a cobrir rapidamente a criança morta.

Momentos depois, Laliari voltou a si. Quando sua mente clareou e os olhos entraram em foco, descobriu-se sentada com as costas apoiadas na parede da caverna, Bellek agachado a seu lado, uma das mãos sobre a perna ensangüentada. Ela então olhou na direção do centro da caverna, onde ocorria uma cena espantosa.

O bruto que a havia atacado estava de cócoras sobre a cova onde jazia a criança morta soltando sons lúgubres, os braços agitando-se como aqueles de um homem possuído por um espírito. Laliari foi instantaneamente possuída pelo terror. Ela queria correr para fora da caverna e afastar-se o mais que pudesse do cadáver, porém a perna de Bellek sangrava gravemente e o velho estava ficando pálido. Chegou mais perto, pôs um braço em torno dos ombros dele e tentou imaginar na sua mente confusa o que deveriam fazer para se proteger.

Nesse meio-tempo, enquanto continuava a ignorar os dois intrusos, o homem vestido de peles encerrou seu cântico e espargiu o último punhado de pétalas sobre a sepultura. Depois voltou à fogueira quase extinta e reavivou-a, a fumaça espiralando para desaparecer através de um orifício não visto no teto. Relanceou o olhar mais uma vez para os estranhos, para ver os amplos olhos da garota observando-o.

Ele havia saído para caçar e agora tirava a pele de duas lebres e jogava as carcaças nas chamas. Quando uma ficou crestada, limpou as cinzas e preparou-se para devorá-la. O homem chamava-se Zant e era o último de seu povo neste vale.

Enquanto comia, Zant olhava zangadamente para os dois agachados contra a parede. O ancião gemia de dor enquanto o sangue escorria do ferimento. A garota mantinha os braços em torno dele, com medo nos olhos. Deveria tê-los matado por quebrarem um tabu tão poderoso como profanar um túmulo. Talvez ainda o fizesse, pensou enquanto continuava a comer.

As horas se passaram. O estranho permaneceu agachado junto ao fogo cálido, o rosto refletido no brilho. Laliari pensara a princípio que fosse um animal porque nunca tinha visto um humano usando peles. Ele era feio também, achou, a testa proeminente e nariz enorme fazendo-o parecer mais um animal do que gente. Mais perturbadora ainda era a cor dos olhos, que ela podia ver mesmo desta distância: eram azuis, como o céu. Laliari nunca tinha visto olhos azuis antes e imaginou se eram olhos de um fantasma. Seria por isso que ele não temia estar na presença de um cadáver?

Quando os gemidos de Bellek ficaram mais altos, o estranho se levantou e foi até eles. Laliari ficou de pé e colocou-se entre Bellek e o estranho. Ele empurrou-a para o lado e agachou-se. Laliari observou atentamente enquanto ele inspecionava o ferimento. Ao mais leve gesto de ameaça, ela defenderia Bellek com a sua vida. Mas tudo que o estranho fez foi tirar alguma coisa de uma bolsa no seu cinto e aplicá-la no ferimento. Quando Bellek retraiu-se ao toque do homem, Laliari preparou-se para saltar sobre ele. Mas então o desconforto de Bellek pareceu acalmar-se após um momento, e o estranho voltou para perto do fogo. Laliari foi no mesmo instante para o lado de Bellek, examinando com atenção o corte na sua canela, farejando o ferimento para saber o que o estranho havia aplicado. Lançou a Bellek um olhar indagador, e ele pareceu despreocupado. Um momento depois, o estranho retornou com um odre de água e uma lebre assada, entregando ambos a Laliari.

Embora esfomeada, ela hesitou. A distribuição de comida no clã era governada por regulamentos complexos, e o consumo de carne dependia de muitas condições: qual o caçador que havia abatido o animal e em que circunstâncias, quem era a mãe do caçador e a mãe da mãe dele, quais anciãos tinham o direito de comer primeiro, em qual fase da lua estavam. Como Laliari poderia ter certeza de que o estranho pronunciara os encantamentos corretos quando matara a lebre? Ela certamente não o ouvira entoar as invocações adequadas enquanto esfolava a coisa e a lançava ao fogo.

A idéia de consumir carne proibida a encheu de uma vaga e incômoda sensação de sacrilégio, mas a carne estava tostada e rosada e gotejando gordura e sucos, seu aroma sublime. E o pobre Bellek lambia os beiços. A fome venceu. Laliari aceitou o oferecimento.

Seu instinto a impelia a devorar a lebre imediatamente, mas a lei do clã ditava que Bellek deveria comer primeiro. Assim, ela mordeu nacos, mastigou, depois cuspiu a papa na palma da mão para ele lamber sofregamente. O processo era lento e trabalhoso, e o tempo todo o estranho permaneceu agachado, observando-os.

A saia de palha de Laliari parecia desconcertá-lo enquanto ele virava a cabeça, tocando as longas fibras secas com um dedo curioso. Ele puxou o cinto de relva tecida, como se intrigado com o mistério da relva brotar da pele dela. Depois ele olhou longa e firmemente para a agulha de marfim que perfurava o nariz dela, e quando esticou a mão para tocá-la, Laliari afastou-a com um tapa.

Quando o velho tinha comido até se fartar e fechado os olhos fatigado, Laliari devorou o resto da lebre, sugando até os ossos e lambendo a gordura dos dedos, o tempo todo de olho no estranho feioso.

Finalmente ele entediou-se e voltou para junto do fogo. Estava quente na caverna e todos acabaram caindo no sono. Laliari acordou durante a noite para ver o estranho deitado de bruços sobre o túmulo, soluçando. Ela estava intrigada. Entendia o pesar, mas será que ele não se dava conta de que estava atraindo má sorte para si ao permanecer tão próximo de um cadáver? A própria Laliari desejava poder fugir desta caverna. Mas a chuva agora estava caindo com mais força lá fora, e a perna ferida de Bellek o tornara incapaz de caminhar. Visões da criança morta na cova encheram de novo sua cabeça, e pensamentos de seu fantasma espreitando nas sombras tornaram o sono impossível.

Finalmente o estranho sentou-se e, após ficar sentado por longo tempo no monte de terra, como se avaliando uma decisão em sua mente, fez um gesto para que Laliari se juntasse a ele no fogo.

Ela relutou até que a curiosidade a venceu. Olhou para Bellek, que dormia intermitentemente, depois foi até a fogueira, mantendo distância da sepultura da criança.

Quando cruzou as pernas e sentou-se, relanceou os olhos para os pertences do estranho amontoados perto de seu leito de peles: lanças com ponta de sílex e machadinhas, pequenas bolsas de couro estofadas com conteúdos misteriosos, tigelas ocas de pedra cheias de nozes e sementes. Ela mantinha as mãos acima do fogo para aquecê-las. Conservando a cabeça baixa, estudou o estranho por entre as pestanas. Colares de tendão animal com penduricalhos de osso e marfim pendiam sobre o peito peludo. O cabelo longo e emaranhado estava amarrado com contas e conchas. Pequenas tatuagens de cor púrpura pontuavam braços e pernas. Em outras palavras, ele se assemelhava aos homens de seu próprio clã, com exceção das feições grosseiras.

Ela perguntava a si mesma por que ele estava sozinho ali, para onde seu povo tinha ido.

Por fim, olhou-o diretamente e perguntou:

— Quem é você?

Ele sacudiu a cabeça. Não entendia.

Usando gestos repetitivos, apontando para si e depois para ele, Laliari finalmente transmitiu sua pergunta. Ele bateu no peito e de sua boca saiu algo que soava como "Ts'ank't". Mas quando ela tentou repetir, o mais próximo a que pôde chegar disso foi "Zant". E "Laliari" estava tão acima da capacidade dele, não importava quão atentamente observasse os lábios e a língua dela enquanto pronunciava o nome, que acabou virando "lali" e assim ela era Lali.

Tentaram maior comunicação com Zant dando nome a outras coisas — a caverna, o fogo, a chuva, até mesmo Bellek — usando palavras de sua própria língua. Mas Laliari tinha dificuldade em repeti-las. E quando disse palavras na língua dela Zant tentou pronunciá-las, mas logo desistiu. Finalmente ficaram em silêncio, reconhecendo os limites de suas capacidades de comunicação, olhando as chamas para avaliar este milagre de conhecer um humano de outro mundo. Uma pergunta, porém, dominava a mente de Laliari e por fim ela não se conteve mais. Apontando para o monte de terra fofa no centro do chão da caverna, lançou um olhar indagador a Zant.

Ela ficou atônita ao ver as lágrimas inundarem os olhos dele. Poucos homens no seu clã choravam abertamente, e quando as lágrimas desceram por suas faces, ficou ainda mais alarmada. Havia poder nas lágrimas, tal como havia poder em sangue, urina e saliva. Mas ele meramente enxugou-as e proferiu uma palavra incompreensível. Quando lançou-lhe um olhar intrigado, ele repetiu a palavra e, enquanto a repetia vezes sem conta, apontando para o monte, Laliari percebeu que estava dizendo o nome da criança.

Laliari ficou de pé, horrorizada. Olhou rapidamente em volta da caverna procurando o fantasma do garoto, fazendo gestos frenéticos para se proteger.

Zant não entendia. Gostava de dizer o nome do menino, pois trazia-lhe conforto. Por que isto a assustava? Erguendo-se de junto do fogo, arrastou-se de volta à sepultura, onde se ajoelhou e amorosamente bateu de leve na terra recém-socada. Mas Laliari só conseguiu sacudir a cabeça, temerosa.

Zant pensou a respeito. Voltou à fogueira e, agachando-se de novo, procurou dentro da pele que cobria seu torso e tirou uma pequena pedra cinzenta. Estendeu-a para Laliari.

Como ela não a pegou, ele grunhiu uma palavra e, para grande espanto de Laliari, sorriu. Isto transformou seu rosto. De repente, a brutalidade desapareceu e ele pareceu tão comum como qualquer um de seus próprios parentes. Continuou a oferecer a pedra e ela afinal aceitou. Segurando-a na palma da mão, franziu o cenho sobre a pedra, sem compreender.

A pedra cinzenta, que tinha claramente sido moldada por ferramentas, enchia sua mão. Pontuda no topo e no fundo, a parte do meio era formada por protuberâncias macias e redondas. Laliari não fazia idéia do que era até que Zant tocou-lhe o peito nu com a ponta de um dedo e depois tocou uma das saliências redondas na pedra. Ela olhou com mais atenção e, depois de um segundo, o formato tornou-se reconhecível. Era uma mulher grávida.

Laliari ofegou. Nunca vira antes a representação de um humano. Que magia era esta que lhe permitia segurar uma pequena mulher na sua mão?

E então a luz do fogo reproduziu a estatueta em lampejos penetrantes e Laliari viu que, fixada no abdome da estatueta, estava a mais linda pedra azul que já vira. Parecia água congelada, ou um pedaço do céu de verão. Era como o azul dos olhos de Zant, e quando captou a luz do fogo, disparou de volta reflexos tão deslumbrantes que Laliari ficou mesmerizada.

Trouxe a pedra para mais perto e olhou atentamente para seu núcleo translúcido. A fogueira estalou. Bellek ressonou no seu canto. Laliari continuou a olhar fixamente para as profundezas de azul cristalino até que viu — e gritou.

No interior da pedra azul pôde ver um bebê num útero!

Zant tentou explicar que muito tempo antes seus antepassados haviam tomado a pedra azul de invasores do sul e uma curandeira de seu povo a inserira na barriga da estatueta de pedra. O que Laliari não podia saber era que quando os ancestrais de Zant seguiram rebanhos de animais para o sul rumo a climas mais quentes, haviam levado a pedra azul de volta para os territórios de seus proprietários originais, os descendentes de Mulher Alta, dos quais, ironicamente, Laliari era uma.

Agora ele estava tentando explicar a Laliari uma ligação entre a estatueta grávida e a criança morta na cova. Mas Laliari, por mais que desejasse entender, continuava no escuro.

De repente, um gemido alto encheu a caverna e Bellek gritou por Laliari. Quando foi até ele, viu que estava enrodilhado de lado e tremendo gravemente. Tentou esfregar seus membros frios e fazer respiração boca a boca, mas seu tremor só ficava cada vez mais violento e os lábios adquiriam um tom azulado. Afastando-a gentilmente, Zant acolheu o frágil ancião nos braços e carregou-o de volta ao fogo. Depositando Bellek no círculo de calor, Zant pegou um de seus próprios cobertores de pele e dobrou-o sobre o corpo trêmulo. Após um instante, Bellek se aquietou de novo, dormindo pacificamente. Zant pousou a mão desajeitada sobre a testa frágil e murmurou palavras que Laliari, mistificada, não entendeu.

O estado de Bellek piorou. O ferimento infeccionara e ele ardia de febre. Mas Zant cuidou do velho diligentemente. Apesar da chuva incessante, ele se aventurava todo dia fora da caverna e retornava com alimento que o velho podia comer — raízes macias, ovos e nozes moídas numa pasta comestível — e remédios — aloé para o ferimento, casca de salgueiro embebida em água quente para a febre. Enquanto Laliari observava o quão ternamente Zant cuidava do velho xamã, pousando a cabeça frágil de Bellek no seu braço forte para ajudá-lo a beber e cantando suavemente em sua língua estrangeira, começaram a desvanecer sua cautela e repulsa iniciais por ele.

Ainda assim, continuava sendo um homem misterioso.

Por que estava sozinho? Onde estava seu povo? Teria seu clã morrido porque não havia mais lua? Seria a criança na cova a última de sua espécie e agora Zant se achava sozinho?

O que tinha acontecido aos rebanhos de animais no vale, para onde tinham ido?

Finalmente havia a pequena mulher grávida com o bebê de pedra azul no abdome. O que significava?

Enquanto tais perguntas povoavam sua mente, Laliari preocupava-se também com seu próprio povo no acampamento junto ao lago. Sem os poderes de Alawa e Bellek, eles ficavam indefesos e vulneráveis. E certamente estariam apavorados agora — nunca antes seu povo passara tantos dias de aguaceiro interminável. Enquanto olhava na direção da abertura da caverna e via a chuva constante lá fora, ela pensava na lua perdida, nos animais que se foram do vale, em Zant como o último de sua espécie, e especulava: *Estará o mundo chegando ao fim?*

Enquanto Zant continuava a cuidar de Bellek para restaurar-lhe a saúde, era hora de exploração e descoberta para o homem e a mulher de raças diferentes. Zant instruiu Laliari no conhecimento de ervas curativas locais encontradas no vale, e Laliari colheu raízes e vegetais, demonstrando como seu povo os cozinhava. Mas Zant desprezava essas coisas. Seu povo só comia carne. Ele dispensou os vegetais com um desdenhoso aceno de mão. "Para cavalos", disse. "Não para homens". Ele explicou que pertencia ao Clã do Lobo e os lobos eram carnívoros. Laliari nunca tinha visto um lobo.

Espalhadas pela caverna havia peculiares tigelas de pedra, cada uma contendo resíduos de gordura animal queimada. Zant demonstrou sua utilidade ao pôr uma tigela no fogo e depois entregá-la a Laliari. Ela observou espantada. Era uma luz queimando constantemente. Uma vez que seu povo não habitava cavernas e vivia em abrigos com aberturas para o céu — e portanto para as estrelas e a lua —, nunca tinha inventado lâmpadas. E enquanto seu povo havia aprendido a carregar brasas para fazer um fogo futuramente, o fogo em si nunca era carregado!

Zant transportava coisas em sacolas confeccionadas de bexigas, estômagos e couros de animais. Laliari, procedente de um vale fluvial rico em relvas altas e juncos, carregava um cesto que espantou Zant, pois ele nunca vira palha trançada.

Como Zant e seu povo eram carnívoros, nunca tinham sido hábeis na captura de peixes. Por que seriam, com tanta caça à sua volta? Mas a caça agora escasseava no vale, e na chuva era mais pobre ainda. Assim, Laliari demonstrou como pescar com uma rede feita de fibras vegetais e tendões animais. Escolhendo um dia em que a chuva estiou brevemente e o sol despontou por entre as nuvens, eles desceram um córrego apinhado de peixes. Desenrolando a rede que carregava no cesto, Laliari pôs peso nela com pedras e lançou-a no riacho. Zant, excitado ao ver tantos peixes se contorcendo na rede, entrou na água para içá-la. Mas ele escorregou e caiu, fazendo Laliari se dobrar de riso enquanto ele subia de volta à margem, sacudindo-se comicamente. Sua túnica de pele estava encharcada, portanto ele a despiu e pôs sobre as pedras para secar. O riso de Laliari morreu ao ver seu torso nu.

A pele dele era branca como nuvens de verão, mas coberta por finos pêlos negros que reluziam com gotículas de água. O peito era fundo, os ombros e braços poderosamente musculosos. Uma tanga de couro fino cobria sua masculinidade, mas as nádegas estavam expostas, firmes e brancas, movendo-se enquanto o sol se escondia atrás de uma nuvem e o dia esfriava. Quando Zant ergueu os braços para torcer o comprido cabelo, Laliari viu músculos e tendões se retesarem sob sua pele molhada de um modo que lhe susteve a respiração.

Quando o sol surgiu um instante depois, Zant virou-se para ele e ergueu o rosto para receber os cálidos raios. Ele ficou completamente imóvel, sua nudez sarapintada de luz solar e sombra, brilhando com a água, o longo cabelo preto escorrendo pelas costas. Laliari observou-o de perfil, o peito poderoso empinado à frente, o cenho pesado e o nariz grande se impelindo na direção do céu, e ela imaginou em pasmo encantamento se era assim que um lobo se parecia.

E depois as nuvens cobriram o sol, o dia voltou a esfriar e o momento terminou, mas não o encantamento de Laliari. Enquanto observava Zant recuperar sua túnica encharcada, ela se maravilhava com o poder e o mistério sombrio dele, e sentiu um calor estranho começar a arder nas suas entranhas. Quando ele se virou de súbito e seus olhos azuis capturaram os dela, Laliari sentiu o coração pular de um jeito como nunca antes, como uma gazela no interior de seu peito — alegre, feliz, saltando de vida.

Mas depois ela ficou imediatamente triste, pois lembrou-se da solidão dele.

Todos os dias Laliari observava Zant deixar a caverna, com lança e machadinha em punho, e desaparecer na chuva. Regressava um bom tempo depois, sempre com uma caça, mas tremendo de frio, sem nada falar, esfolando o animal e lançando a carne no fogo. Ela o observava se agachar e olhar fixamente para as chamas, um olhar de tristeza desamparada no rosto, e especulava. *Por que ele ficava? Por que não partia?* De vez em quando ele olhava para cima, como se sentisse que ela o observava, seus olhos se encontravam e Laliari sentia alguma coisa — ela não sabia o quê — tomar lugar no interior aquecido e fumacento da caverna.

Passado algum tempo, Zant começou a levar o alimento cozido para ela e Bellek. Certificava-se de que ambos tinham comido antes de se servir, embora fosse ele o responsável pela caça. E enquanto comia, Laliari sentia os olhos dele sobre ela, olhos cheios de solidão, indagando, ansiando.

Passavam as manhãs à procura de comida, as tardes em comunicação canhestra e as noites em sono inquieto. Não possuíam as palavras para descrever o que estava acontecendo, nem podiam explicar o fluxo de emoções estranhas que os capturara. Laliari e Zant cuidavam de Bellek, trazendo-o de volta à saúde, mas ambos sentiam algo mais acontecendo na caverna, algo tomando forma, como um fantasma, porém não inamistoso, talvez como o fantasma do fogo, porque cada qual sentia um calor crescendo dentro de si. Laliari se perguntava como o povo de Zant extraía prazer, e Zant queria saber como os homens e mulheres do povo dela se acasalavam. Tabus desconhecidos permaneciam entre eles, bem como o temor de quebrá-los.

Quando Laliari deixou a caverna subitamente um dia, levando seus pertences e algum alimento, murmurando palavras de estímulo ao velho Bellek, Zant entendeu. As mulheres de seu próprio clã praticavam a segregação durante seu fluxo lunar.

Quando ela retornou à caverna, cinco dias depois, Zant exibiu-lhe uma visão espantosa que abriu sua mente e explicou muitas coisas.

A chuva tinha estiado e o sol rompeu por entre as nuvens. Certificando-se de que Bellek permanecia quente e confortável, Zant tomou Laliari pela mão, levou-a para fora da caverna, e subiram uma trilha estreita que ia até o cume dos penhascos. Lá, parada no topo do mundo sob um céu que continuava ao infinito, Laliari sentiu o vento invadir seu espírito e erguê-la a grandes alturas. Abaixo, viu as planícies e colunas ondulantes, agora começando a se cobrir com o verde da primavera, e ao longe o imenso lago de água doce, onde seu povo estava acampado. Laliari nunca estivera tão alto, nunca tivera uma tal visão do mundo.

Mas esta não foi a única visão que ia explicar muitas coisas. Zant, sem dizer uma palavra, guiou-a até a distante e abrupta beirada do platô. Laliari ficou apavorada ao chegar a uma queda tão repentina e precipitosa, mas Zant agarrou seu braço e sorriu encorajando-a. Ela moveu-se até a beirada e, com medo de que o vento pudesse carregá-la, olhou para baixo.

Lá, viu algo que lhe interrompeu a respiração.

Abaixo deles, erguendo-se do fundo de uma ravina profunda, estava uma montanha de carcaças de cavalo. Animais inteiros, apenas com as barrigas rasgadas, tinham as peles, ossos e caudas intactos. O fedor era atordoante, pois as carcaças estavam apodrecendo. Por meio da gesticulação e mímica de Zant, o horrível quadro começou a se formar na mente de Laliari: Zant e seu povo tinham conduzido aquela manada à destruição. Era assim que eles caçavam. Ela se lembrou da montanha de carcaças de antílopes que seu povo tinha encontrado semanas antes, de como o fato havia chamado a atenção de todos. Agora entendia que eles tinham sido impelidos a galope do penhasco para sua destruição.

Mas, ela se deu conta com evidente horror, eles só haviam utilizado uma pequena parte dos animais. À medida que Zant falava com suas palavras canhestras e gesticulação inábil, Laliari imaginava a carnificina: o povo de Zant rasgando a barriga dos animais, muitos deles ainda vivos, e tateando dentro para arrancar os órgãos tenros, banqueteando-se com corações pulsantes e fígados fumegantes, pintando-se com sangue, ganhando poder com o espírito do cavalo.

A princípio, Laliari ficou horrorizada com o desperdício. Seu próprio povo teria feito uso de cada órgão e tendão, até mesmo das crinas de cavalo. Mas depois viu que o tabu mais horrendo havia sido quebrado: a maioria desses animais compunha-se de fêmeas. Quando seu clã caçava só visava aos machos, uma vez que estes, incapazes de parir filhotes, não eram necessários para a sobrevivência de um rebanho. Matar as fêmeas significava matar sua futura prole e, definitivamente, matar o rebanho por completo. Enquanto ela olhava em desalento para o desperdício da matança — algumas das fêmeas tinham morrido prenhes —, percebeu que seu povo não havia encontrado cavalos durante sua viagem desde o Mar de Juncos. Seriam estes os últimos da espécie?

Ela voltou-se para o homem que a excitara e aturdira, e que agora a horrorizava e causava repulsa, como fizera na noite em que se conheceram. Um homem capaz de aplicar um toque tão gentil no ferimento infeccionado de um velho frágil, e ainda assim capaz de impelir centenas de cavalos a uma morte inútil sem sequer pensar neste desperdício. Enquanto ele continuava a falar, gesticulando para o norte com a mão nodosa, batendo no peito, exibindo orgulho e bravata, mas com os olhos traindo a completa solidão que o dominara nestas semanas, uma revelação rompeu como uma aurora na mente de Laliari: que Zant não era o último de sua espécie, afinal. Seu povo, tendo matado em demasia neste vale, via-se agora forçado a seguir para o norte em busca de outros rebanhos. Eles eram o Clã do Lobo, explicou ele, e portanto estavam seguindo as alcatéias que iam atrás das manadas. Seu povo estava acampado a apenas uns poucos dias de jornada para o norte, depois do lago e na direção das montanhas, onde esperavam por ele.

Finalmente Bellek ficou curado e Zant declarou que era hora de ele partir. Recolheu seus pertences e depois iniciou uma triste despedida. Agora era o momento do toque permissivo, pois iam separar-se.

— Lali — disse ele de uma maneira tão desesperada que tocou-lhe o coração, e os dedos rudes dele nas suas faces enviaram ondas de calor por seu corpo. Ela cobriu a mão dele com a sua e pressionou-a contra o rosto, virando a cabeça de modo que seus lábios encontrassem a palma da mão calosa num longo e doloroso beijo.

Sob as espessas sobrancelhas, lágrimas brilhavam nos olhos azuis. Ele falou seu nome de novo, mas nenhum som saiu. Emoções sem nome e sentimentos indefinidos inundaram Laliari, que nunca havia sido tocada desta forma — nem no primeiro abraço de Doron, nem ao testemunhar a morte dele. Este estrangeiro sombrio e desconcertante de outro mundo havia entrado em seu íntimo de uma forma que Laliari desconhecia, despertando um novo espírito, um que ansiava, ardia e acreditava que ela morreria sem Zant.

Ele puxou Laliari para os seus braços e ela roçou-lhe a face com a boca. A respiração de Zant era quente no seu pescoço; sentiu a masculinidade contra si. Zant baixou-a para o chão da caverna e Laliari o atraiu para cima dela. Ele a chamou de Lali e febrilmente acariciou-lhe os membros. Ela murmurou "Zant" e abriu-se, oferecendo-se. Zant era maior do que Doron em tudo, e senti-lo a fez perder a respiração.

Bellek, esperando lá fora na saliência rochosa, e compreendendo essas coisas, agachou-se e começou a catar lêndeas no cabelo.

Zant ficou com Laliari por sete noites e sete dias, tempo que passaram se conhecendo e descobrindo um ao outro, gastando as horas do dia em caça e pesca e as horas noturnas em abraços apaixonados. Quando ele finalmente partiu, souberam que nunca mais se veriam. O lugar de Laliari era junto a seu povo, onde, embora nunca tivesse sabido, iria um dia usar os chifres de gazela. E Zant devia apressar-se rumo ao norte para juntar-se ao seu clã, ignorando que, por causa da sua forma de caçar, manadas inteiras de mamutes, cavalos, renas e cabritos-monteses seriam impelidos para a beira de penhascos, muitos deles para a extinção de suas espécies. Zant e seu povo migrariam para o norte, ignorando o fato de que sua própria raça estava à beira da extinção, por motivos que permaneceriam um mistério 35 mil anos no futuro, quando ele e sua espécie seriam chamados de Homens de Neandertal.

Após a partida de Zant, Laliari recolheu suas coisas tristemente e preparava-se para voltar ao lago com Bellek quando encontrou enfiada em um dos seus cestos a pequena estatueta com o bebê de pedra azul na barriga. Um presente de Zant.

Enquanto vagueavam pela planície, Laliari ajudando Bellek quando ele manquejava, especulavam em silêncio se o acampamento ainda estaria lá, já que haviam se ausentado por muito tempo. Mas então viram a fumaça das fogueiras e ouviram no vento o riso das crianças. E quando chegaram mais perto viram...

Fantasmas!

Bellek conteve-se e emitiu um som estranho de espanto. Mas a vista de Laliari estava melhor e assim ela pôde ver que os homens no acampamento não eram fantasmas mas sim seus próprios caçadores, dados como mortos no mar porém agora muito bem vivos. Eles apressaram o passo e logo Laliari estava correndo, procurando desesperadamente por um rosto familiar no grupo. E então o viu.

Doron, que havia sobrevivido ao afogamento no mar raivoso.

Eles tinham sido carregados por quilômetros correnteza abaixo, explicaram dramaticamente à excitada platéia, e foram depositados na praia — uma praia *oposta* àquela onde estavam as mulheres. E assim tiveram de esperar a maré mudar e o Mar de Junco recuar antes que pudessem fazer a travessia. Não sabiam para onde haviam ido as mulheres. Decorreram dias antes que achassem a trilha do grupo, depois do que haviam simplesmente seguido os símbolos mágicos, que Bellek entalhara nas árvores durante a caminhada das mulheres pelo vale fluvial acima.

E agora estavam ali, o clã reunido mais uma vez. Laliari olhou para Doron com lágrimas de alegria, mas com Zant no pensamento...

Naquela noite, enquanto Bellek regalava a todos com o relato da permanência deles nas cavernas — muito embora tivesse passado a maior parte do tempo adormecido — e enquanto Laliari passava a estatueta da fertilidade em torno do círculo para que todos se maravilhassem, veio de repente um grito da orla do acampamento. Um dos caçadores que haviam sido designados para observar a lua entrou correndo na luz, agitando os braços, uma expressão desvairada no rosto. Todos ficaram imediatamente de pé e correram para uma clareira onde então eles viram...

Todos arfaram.

A lua erguia-se grande, redonda e brilhante no céu iluminado pelas estrelas.

O Clã da Gazela fez uma grande comemoração àquela noite, na qual Bellek distribuiu cogumelos mágicos. Logo, todos ao redor da fogueira se deliciavam com alucinações, cores intensificadas e um sentimento glorioso de bem-estar. Os corações inflados de afeição mútua, as pulsações aceleradas pelo desejo. Casais se formaram, Doron guiando Laliari para a privacidade dos juncos e espadanas. Bellek se viu embalado nos braços de duas mulheres jovens extasiadas. E Libertador, o companheiro caçador de Doron, buscou conforto entre as pernas quentes e bem-vindas de Não-tem-nome, esquecendo a posição dela como pária.

Na manhã seguinte, todos concordaram que não poderia ser coincidência que a lua tivesse retornado com Laliari e Bellek. E Laliari, ela própria tentando explicar o fenômeno espantoso, disse que a lua devia ter vindo com a pedra azul que o estranho na caverna lhe dera.

Os outros duvidavam da conclusão de Laliari e silenciosamente decidiram que ela estava errada, até um mês depois, quando a maioria das mulheres do clã descobriu-se grávida, inclusive Não-tem-nome. A estatueta foi examinada mais detidamente desta vez e agora não podia haver engano: havia os seios e a barriga de uma mulher grávida, e ao centro do cristal azul um bebê podia ser visto claramente.

A pedra trouxera a lua, e portanto a vida, de volta ao clã.

E assim outra celebração teve lugar, com todos cantando em louvor de Laliari. Enquanto modestamente aceitava a honraria, pensando tristemente em Zant mas com felicidade em Doron, ela deixou de notar do outro lado do círculo um par de olhos observando-a — Keeka, que não estava nem um pouco satisfeita por sua prima ter regressado das cavernas.

A vingança estava na mente de Keeka.

Ela estivera secretamente satisfeita quando a exploração das cavernas por Laliari se estendera por semanas. Embora tivesse ficado assustada — como todos os demais — com o pensamento que Bellek poderia ter morrido e assim ficariam privados de alguém que lesse os presságios e os orientasse, ela secretamente esperara que a prima nunca mais voltasse. E então, quando Doron e os outros sobreviventes reapareceram, Keeka tinha visto a chance de conquistar Doron. Quase o havia conseguido, também. Ele começara a sentar-se perto dela durante a refeição da noite e demonstrara interesse em dormir com ela — e então Bellek e Laliari ressurgiram da névoa!

Nos sete anos desde então, Laliari subira no conceito do clã porque eles acreditavam que sua pedra da fertilidade retirara a lua do esconderijo. Tão poderosa era a pedra azul que mesmo a estéril Não-tem-nome dera à luz e agora readquirira o seu antigo nome e era respeitada como mãe. O clã havia escolhido Laliari como a nova Guardiã dos Chifres de Gazela. Agora tinha três filhos, Doron dormia na sua cabana em vez de com os caçadores, e todo mundo a amava. Keeka, no seu ciúme, não pôde mais suportar.

Mas o método de vingança tinha de ser cuidadosamente planejado. Laliari não devia saber que era Keeka quem a havia matado, pois do contrário o fantasma de Laliari iria assombrá-la por toda a sua vida. Mas como matar uma pessoa sem o conhecimento dela? Todos os métodos em que pôde pensar — usar uma lança ou um porrete, empurrar Laliari do alto de um penhasco — careciam do necessário anonimato. E ela não podia enganar a prima do modo como havia enganado a velha Alawa. Quando Keeka rastejara na cabana da velha para estrangulá-la — o que tinha sido obrigada a fazer após entreouvir Alawa contar a Bellek que deveriam matar os meninos, os meninos de Keeka! —, ela havia coberto o rosto com lodo e disfarçado o cabelo com folhas, convencendo a anciã de que era um fantasma. Mas Laliari tinha mente e olhos aguçados e saberia quem era sua assassina.

As mulheres tinham ido às planícies ondulantes para colher plantas da primavera. No seu novo lar o clã se havia adaptado a um novo ritmo sazonal. Em vez de serem governados pela inundação anual de um rio, como tinham sido no seu vale ancestral a oeste do Mar de Juncos, eles eram agora regulados pelo ciclo de nevoeiro outonal, pela neve do inverno, pela floração da primavera e pelo calor do verão. Tiveram de aprender os novos padrões migratórios da caça e dos pássaros, e quando sair em busca de cereais e frutos silvestres comestíveis. As saias de palha não mais protegiam contra o frio do inverno, e assim aprenderam a confeccionar túnicas e perneiras com as peles de animais. Nos invernos se recolhiam às cavernas quentes e secas nos penhascos, mas saíam na primavera para construir abrigos de relva junto ao lago de água doce.

E assim foi que Keeka, junto a outras mulheres, estava coletando comida quando deparou com uma planta que nunca vira antes. Tinha origem bem mais ao norte, nas montanhas de um país que um dia seria chamado Turquia, e ao longo dos séculos a semente desta planta havia sido carregada pelos ventos e enraizou-se nas margens do lago da Galiléia. Keeka, com seus cestos entretecidos e varas de cavar, fez uma pausa para contemplar os estranhos caules altos e vermelhos e amplas folhas verdes. O clã tinha encontrado muitos alimentos novos no vale, de modo que isto não constituiu nenhuma surpresa. Contudo, enquanto se inclinava para colher uma, viu algo que a fez congelar.

Roedores jaziam mortos no solo entre as novas plantas.

Keeka arfou e deu um passo atrás. Havia espíritos malignos neste lugar! Enquanto ela traçava um gesto protetor e murmurava apressadamente um encantamento, algo entre os roedores mortos a fez parar e chegar mais perto para examinar.

Após um momento, percebeu que os animais deviam ter mordiscado as folhas desta nova planta pouco antes de morrer. Na verdade, um ainda estava vivo, retorcendo-se em convulsões. Um instante mais tarde, enrijeceu-se e morreu. Keeka manteve distância, temerosa do espírito venenoso que residia na planta, mas não fugiu porque uma visão inesperada formava-se na sua mente: Laliari deitada no solo como os roedores, morta pelo espírito maligno da planta.

Viu de repente ali o seu instrumento de vingança.

Repleta de uma excitação irrefletida, Keeka correu para a beira da água e cobriu as mãos com lodo fresco. Depois entoou encantamentos protetores enquanto cautelosamente tirava o ruibarbo do solo. Jogando rapidamente a planta no cesto, correu de volta à água para lavar e esfregar as mãos. Sorriu por sua sagacidade, pois não seria ela a perpetrar o assassinato, mas sim o espírito maligno na planta. Enquanto se apressava de volta ao cesto com seu conteúdo maligno, pensou em como seria a sua vida depois que Laliari se fosse, e aí seu sorriso alargou-se numa deliciosa expectativa de seduzir o belo Doron na sua cabana.

As tentativas iniciais do clã de fabricar roupas resultaram em fracasso total — pois as peles dos caprinos que podiam encontrar se tornavam duras, rígidas e não-maleáveis —, e assim o povo de Laliari havia tiritado de frio no seu primeiro inverno nas cavernas. Mas Laliari tinha visto quão macias e flexíveis eram as peles de Zant, portanto ela e as suas parentas passaram todo o inverno seguinte esticando e raspando os couros até que secassem e adquirissem uma maciez confortável. Depois utilizaram agulhas de osso para perfurar as peles a fim de extrair fibras para costura. Era por isso que agora ela permanecia numa pequena colina ventosa usando uma longa túnica de pele de cabra e botas de couro, sua neném de oito meses abrigada numa bolsa de pele de ovelha às suas costas. Os dois outros filhos de Laliari, Vivek e Josu, estavam aquecidos em mantas e perneiras feitas da pele macia de gazela enquanto caçavam gafanhotos.

Laliari era uma figura destacada ao se postar alta e orgulhosa na colina, examinando a nova vegetação para os primeiros frutos da primavera, pois na cabeça ostentava os chifres de gazela do clã, atados firmemente sob o queixo com tendão animal. Ela estava pensando no canteiro de alho que vicejava córrego abaixo, mas infelizmente era cedo demais para colhê-lo. Seria preciso esperar pelos meados do verão, o que era péssimo para o clã, que havia desenvolvido um gosto por ele. Ela olhou para a antiga e maciça figueira que vicejava na colina e estudou o fruto ainda não maduro. Haveria outro ciclo lunar antes que o clã pudesse provar a doçura do figo. Finalmente, ela divisou um pé de amora de que se lembrava do ano anterior, e ficou deliciada ao descobrir as primeiras bagas prontas para serem colhidas.

Enquanto juntava as amoras no cesto, a brisa mudou e a banhou com um delicado perfume — o aroma do jacinto azul-escuro, brotando aos milhares sobre as colinas e prados. Também em floração, quase da noite para o dia, havia campos de narcisos brancos ofuscantes. Depois de passar os meses sombrios em cavernas fumacentas, o povo do Clã da Gazela estava se deleitando no renascimento da primavera.

A própria Laliari estava inundada de alegria inexprimível. A neném adormecida em suas costas e ao lado dela, na relva alta e doce, seus dois filhos preciosos.

O mais velho, Vivek, tinha seis anos de idade com espessas sobrancelhas sombreando os olhos, e já em tão tenra idade exibia os sinais da proeminente mandíbula que teria um dia. Sua semelhança com Zant não se constituiu numa surpresa para Laliari, já que fora a estatueta da fertilidade de Zant, com o bebê de pedra azul na barriga, que lhe tinha dado este filho. O segundo filho dc Laliari, Josu, era um garoto esperto de quatro anos com cabelo louro-acastanhado e braços e pernas gorduchos. Amanhã seria o dia de ele ter o nariz perfurado. Haveria uma grande celebração e ele ganharia sua própria machadinha e um colar de conchas feito com talismãs de boa sorte.

Era difícil se lembrar agora do terror que uma vez sentira naquela terra, ou que seu povo se considerara estranho ali. O clã chegara a amar aquele lugar por causa do lago de água doce. Ela ergueu o rosto para a brisa e pensou em Zant. Ela esperava que ele tivesse encontrado seu povo, que estivesse feliz agora e que fosse à caça com seus companheiros. Laliari nunca mais retornara à caverna onde se haviam conhecido, pois uma criança jazia sepultada lá e Bellek decretara que a caverna era proibida.

Ouvindo um assovio alto, Laliari voltou-se para ver a prima Keeka chegando. Apesar da friagem no ar, Keeka estava de seios nus e exibindo orgulhosamente um lindo colar de litorina que um dos caçadores fizera para ela. Keeka envelhecera desde a travessia do Mar de Juncos, e depois que o clã havia se estabelecido junto ao lago, retomara seu velho hábito de estocar comida.

Contudo, para surpresa de Laliari, Keeka tinha vindo partilhar esta ocasião. Trazia um cesto contendo folhas verdes largas e declarou que era uma nova planta maravilhosamente deliciosa que havia descoberto. Grata, Laliari aceitou o cesto e em troca ofereceu a Keeka um cesto de amoras. Enquanto Keeka se afastava sorrindo, já enchendo a boca com punhados de amoras, Laliari deu uma pequena mordida na nova planta e não achou nada de especial na folha castanho-amarelada.

— Mamãe.

Ela olhou para baixo, viu Josu com as mãozinhas estendidas e deu-lhe uma folha, em seguida dando outra ao garoto mais velho. Vivek provou a folha e, fazendo uma careta, cuspiu-a. Mas Josu mastigava na maior felicidade a sua folha de ruibarbo.

Tendo enchido de amoras dois cestos grandes, Laliari chamou os dois filhos e seguiram de volta ao acampamento. Outras mulheres estavam chegando agora com suas coletas: dentes-de-leão verdes e pepinos silvestres, sementes de coentro e ovos de pomba, bem como um bom arrasto de juncos, que serviam para fazer cestos e tinham um núcleo comestível. Os homens retornaram com peixes na rede, cestos de lapa e duas cabras jovens recém-esfoladas. Tudo seria repartido segundo as normas e todos comeriam bem.

Enquanto eram entoados os encantamentos ritualísticos, a carne foi cortada, assada e distribuída, primeiro para as mães dos caçadores, a seguir para os idosos e assim por diante, com os próprios caçadores sendo os últimos da fila. Laliari amamentava a neném e verificava se seus outros filhos recebiam comida suficiente. Enquanto Vivek engolia feliz uma gema de ovo, o pequeno Josu continuava a segurar a folha de ruibarbo, mordiscando-a o tempo todo. Alguém deparara com um campo de trigo temporão e o tinha partilhado. Cada pessoa enfardava os caules unidos e segurava as espigas sobre o fogo até que a palha estivesse quase toda queimada. Depois esfregavam as espigas entre as palmas das mãos para soltar os grãos enquanto os iam enfiando na boca.

Depois da refeição, o acampamento ficava barulhento como de costume, com as mulheres se enfeitando e tecendo cestos, os homens afiando facas de sílex e comentando a caçada do dia. Isto foi momentos antes de Laliari notar que Josu estava se queixando de dor na boca. Ela deu uma olhada e viu curiosas lesões no interior de suas bochechas e lábios. Ficou instantaneamente alarmada. Será que um espírito maligno tinha entrado nele? Josu ainda não usava as perfurações protetoras no nariz e nos lábios.

— Aqui também — acrescentou ele, pressionando o abdome com as mãos.

— Está doendo aí?

Ele fez que sim com a cabeça.

O coração de Laliari saltou. O fantasma tinha entrado pela boca e agora estava no estômago do menino!

Enquanto tentava pensar no que fazer, Josu começou a estremecer. Ela o trouxe para seus braços.

— Está com frio, meu tesouro?

Os grandes olhos redondos a fitaram de volta quando os tremores subitamente pioraram.

Agora outras mulheres se aproximavam, inspecionando o garoto, pondo as mãos nele e murmurando preocupação.

Laliari o estreitou nos braços e embalou-o. Quando ele de repente começou a dar chiados e ofegar, Laliari chamou Bellek. Quando o ancião chegou com seus amuletos e encantamentos, o clã se agrupou em torno para observar. Bellek examinou o garoto e se pôs a trabalhar imediatamente com seus remédios. Enquanto as chamas das várias fogueiras dançavam sob as estrelas, lançando os humanos alternadamente em brilho e sombra, ele colocou talismãs poderosos no corpo de Josu, entoando encantamentos místicos enquanto o fazia. Depois mergulhou os dedos em potes de corantes e pintou símbolos curativos na testa, peito e pé do garoto.

A respiração de Josu piorou.

À frente do grupo, enquanto enfiava nozes na boca com suprema indiferença, Keeka observava. Devido à sua própria cobiça básica, não lhe havia ocorrido que Laliari ofereceria as folhas primeiro aos filhos. Assim o espírito do mal tinha entrado no garoto em vez de em Laliari. Keeka era inteligente o bastante para saber que não teria outra chance e que Doron não seria dela. Ainda assim, extraiu alguma satisfação com a expressão de terror no rosto da prima, e as lágrimas que escorriam por suas faces.

A esta altura Josu estava inconsciente e todo o clã olhava, sem fala.

E então, de repente, ele começou a ter convulsões.

— Salve-o! — gritou Laliari, segurando-o.

Enquanto o velho Bellek tremia sem saber o que fazer, as convulsões pararam.

— Josu? — chamou Laliari em súbita esperança.

O peito do garoto inflou numa profunda inspiração, depois ele soltou o ar num tremor prolongado e desigual. E então ficou imóvel.

A assembléia silenciosa foi a mais profunda e pesarosa assembléia que o clã já havia realizado, e mesmo quando começaram a desmontar o acampamento — pois agora eles deviam partir e entregar o corpinho de Josu aos elementos — ainda assim ninguém falou, seus movimentos pesados e laboriosos, os rostos marcados pelo pesar.

Mas urgia que partissem, agora que o ritual tinha sido realizado, e enquanto punham seus fardos nos ombros para começar a viagem mais distante ao longo da praia, Laliari não se moveu. Permaneceu ao lado do cadáver do filho, o rosto dela mais branco do que a neve remanescente nas montanhas distantes. Os membros do clã moviam-se nervosamente, aterrorizados com a má sorte que ela estava trazendo para eles.

Quando subitamente recolheu o frio menininho nos braços e lamuriou-se para o céu, os outros se afastaram de medo. Devemos deixá-la, sugeriu metade deles. Mas ela tem os chifres de gazela, argumentaram os outros. Doron acocorou-se perto dela, a indecisão sombreando seu belo rosto. Ele estendeu a mão, porém não ousou tocá-la.

Depois de um choro amargo pelo filho, Laliari finalmente silenciou e um estranho ânimo se abateu sobre ela. Ficou mortalmente calma, os olhos fixos e sem expressão. Estavam fixos nas cavernas dos penhascos próximos. De repente, pensou na caverna onde havia conhecido Zant e na criança lá sepultada. Procurando numa pequena sacola que pendia de sua cintura, ela pegou a estatueta de pedra com o bebê de cristal azul no abdome. Enquanto o olhava fixamente, se recordou da noite em que Zant a mostrara pela primeira vez, a noite em que ele havia enterrado a criança. Não entendera à época o que ele estava tentando lhe dizer, mas agora ocorria-lhe: o cristal não representava um útero com um bebê dentro — era um túmulo com uma criança nele.

Meu filho não será deixado para os animais selvagens. Não será deixado ao vento e aos fantasmas. E não será esquecido.

Enquanto os outros observavam, perplexos, Laliari primeiro certificou-se de que a neném estivesse a salvo na bolsa às suas costas, depois recolheu o corpo de Josu, instruiu Vivek a agarrar-se em sua saia e começou a se afastar do acampamento.

Os outros pararam, perguntando-se o que ela estaria fazendo. Mas quando Bellek começou a capengar atrás dela, os demais começaram a segui-los. Mas mantiveram distância, ficando atrás do velho xamã cheios de curiosidade. Ele ordenaria que abandonasse o garoto e voltasse? E para onde estaria indo Laliari?

Tiveram a resposta quando ela chegou ao sopé do penhasco e iniciou a desajeitada subida pela trilha rochosa que tinham usado pelos sete anos passados. Precisou parar diversas vezes para depositar o corpo de Josu e ajudar Vivek a subir e ultrapassar penedos, depois pegava de novo o trágico fardo e retomava seu caminho, resoluta.

Ela não olhava para trás.

A caverna que Laliari escolheu era uma que não tinha sido habitada e por isto era pequena e pouco profunda, o teto baixo demais. Mas estava protegida dos elementos e o chão era macio e arenoso. Depositando Josu gentilmente, pegou o graveto de cavar que sempre pendia de seu cinto e começou a escavação.

Todos se agruparam à entrada, espiando, sussurrando, ninguém corajoso o bastante para entrar. Alguns minutos depois, a neném de Laliari começou a chorar. Ela fez uma pausa na escavação para soltar a bolsa das costas e levá-la ao peito. Quando a neném se satisfez e dormiu de novo, Laliari colocou-a num local seguro e recomeçou a escavar.

Quando já havia produzido uma cova, ergueu o corpo de Josu e ternamente o colocou lá dentro, ajeitando-o numa posição confortável, como se estivesse adormecido. Depois se levantou e saiu da caverna, os outros abrindo caminho para ela passar. Todos se posicionaram no precipício rochoso para observar, enquanto ela se movia em meio a penedos e arbustos colhendo flores silvestres e ramos fragrantes. Quando seus braços estavam cheios, voltou com as folhagens e gentilmente espalhou-as sobre o corpo de Josu. A seguir cobriu-o com terra arenosa, enchendo a cova e socando a terra até que estivesse firme.

Foi então para a entrada da caverna, onde seu filho de seis anos de idade estava com Doron. Pegando Vivek pela mão, o levou até a sepultura e disse:

— Você não precisa ter medo. Seu irmão está dormindo agora. Está a salvo de fantasmas e de danos. E ele não pode lhe causar nenhum mal. O nome dele é Josu e você vai se lembrar dele para sempre.

Todos arfaram. Laliari tinha mencionado o nome do morto!

Ela não se importava com ninguém, nem mesmo com Bellek, que estava mortalmente pálido. Estava consciente apenas do tremendo alívio que a inundou ao saber que o filho ficaria a salvo ali naquela caverna, para continuar junto a sua família para sempre.

Quando finalmente ela emergiu sob a luz da lua, com a neném atada às costas e o pequeno Vivek a seu lado, Laliari ergueu a estatueta com a pedra azul para que todos a vissem. Todos permaneceram em silêncio para ouvi-la, pois afinal era a Guardiã dos Chifres de Gazela.

— A Mãe dá a vida, e para a Mãe a vida retorna. Não devemos nos esquecer desta dádiva que ela nos dá. Deste dia em diante, o nome dos mortos deixa de ser tabu.

Laliari sabia que não seria fácil para seu povo superar um antigo tabu. Mas manteve-se firme em sua nova resolução. Seu povo não sofreria mais, como ela e as mulheres haviam sofrido por seus homens supostamente afogados, sem o consolo de pronunciar o nome de seus entes queridos. Os mortos não deviam ser esquecidos, ela entendia agora. Uma sabedoria aprendida de um estrangeiro chamado Zant.

Ínterim

Todos passaram a temer Laliari depois disso — pelo menos por um tempo. Mas quando viram que nenhuma má sorte se abatera sobre o clã por ela ter pronunciado o nome de uma criança morta, que de fato a nova estação trouxe uma fartura de alimento ao vale, começaram a especular se ela possuía algum novo poder. Quando Bellek morreu na primavera seguinte, Laliari falou seu nome durante a assembléia silenciosa, narrou os feitos dele durante sua longa vida. Depois deitou-o para descansar na caverna junto a Josu. Quando mais uma vez não ocorreu má sorte ao clã por Laliari ter quebrado o tabu do nome, os outros começaram a perder o medo e a pronunciar o nome daqueles que partiram muito tempo atrás — filhos e irmãos que tinham perecido às mãos dos invasores.

Quando os fantasmas não mais os assombravam e o vale continuou a prover alimento farto, o povo começou a se esquecer do antigo tabu até que se tornou normal falar dos falecidos nas assembléias silenciosas — de modo que não era mais uma assembléia silenciosa, mas sim uma assembléia memorial. Como foi a tosca estatueta com a espantosa pedra azul que havia instruído Laliari nessas novas leis, tornou-se o costume em cada assembléia memorial passar a pedra de mão em mão para cada participante segurá-la enquanto falava palavras de louvor e se recordava dos falecidos.

Quando, anos depois, Laliari foi posta a repousar na caverna, junto ao filho, cada integrante do clã se revezou para contar as melhores coisas que se lembrava da idosa Guardiã dos Chifres de Gazela, mas o que mais sobressaiu foi a época, muitas estações atrás, antes que a maioria do clã tivesse nascido, que Laliari trouxera a lua e a fertilidade de volta a seu povo e os havia ensinado a relembrar os mortos.

◆ ◆ ◆

Agora que a raça de humanos que quase havia levado a vida selvagem à extinção tinha partido, ela gradualmente retornava ao vale do rio Jordão, e o povo do Clã da Gazela seguia as manadas, movendo-se com as estações, veraneando em frescas nascentes ao sul, hibernando nas aquecidas cavernas ao norte. E sempre, para onde quer que fossem, a pequena estatueta da fertilidade os acompanhava.

O milagre da pedra azul residia na sua beleza. Se ela tivesse sido mais vulgar como o jaspe, ou opaca e embotada como a cornalina, poderia ter sido deixada de lado, extraviada e esquecida. Mas seu brilho estonteante fascinava as pessoas, e cada geração subseqüente ficou tão enfeitiçada que a pepita tremeluzente de meteorito cósmico foi passada adiante e mantida a salvo, para ser reverenciada, adorada e admirada.

A pedra azul por fim se tornou tão especial que o clã parou de carregá-la por toda parte como se fosse um amuleto vulgar. Como era engastada no abdome de uma mulher de pedra, um abrigo em miniatura foi construído para ela, uma pequenina cabana feita de madeira e lodo entregue aos cuidados de um zelador especial. Tal como o Guardião dos Chifres de Gazela e o Guardião dos Cogumelos, havia agora um Guardião da Pedra.

Dez mil anos depois que Laliari e Zant tinham caído nos braços um do outro, um inverno particularmente frio atingiu o vale e o mar da Galiléia ficou coberto de neve. O povo do Clã da Gazela sentou-se agrupado nas suas cavernas e o Guardião da Pedra teve um sonho. No sonho o cristal azul falou com ele e disse-lhe que estava farto de viver num corpo pequeno. Assim, os anciãos do clã conferenciaram e decidiram que a pedra deveria ser transferida para um novo corpo, melhor e mais amplo, como era merecedor o seu poder. Artesãos foram incumbidos de esculpir uma nova estatueta, mais detalhada e mais real, desta vez com feições faciais e até mesmo um comprido cabelo de mulher delineado em sua cabeça. O cristal azul foi então amorosamente inserido no seu abdome, pois o cristal era o espírito da estátua. A pequena casa da estátua foi também ampliada e construída com material mais durável e, por ficar mais pesada, exigia agora dois homens para carregá-la até uma plataforma entre dois postes. Toda vez que o Clã da Gazela se mudava, a estátua seguia com eles na sua casa especial, e os homens disputavam a honra de ser um dos carregadores.

À medida que o tamanho da estátua e de sua casa cresciam, aumentava em poder na mente das pessoas. Vinte mil anos depois de Laliari ter enterrado seu filho numa caverna da Galiléia, o povo do Clã da Gazela sabia que uma deusa habitava entre eles. Ela vivia no útero de cristal de uma mulher de pedra que vivia na sua própria casa de pedra.

O clã cresceu em tamanho e número até que se tornou amplo demais para ser sustentado pelas fontes locais de alimento. E assim grupos menores se dispersaram para reclamar outros territórios de caça e coleta. Mas todos continuavam a pertencer à mesma tribo, reverenciando os mesmos ancestrais e a mesma deusa, e todos se reuniam em um Encontro de Clãs anual no verão, junto a uma nascente perene, bem ao norte do mar Morto e a oeste do rio Jordão.

Havia dois clãs principais agora, o ocidental e o setentrional, que eram divididos em famílias. A família de Talitha era do Clã da Gazela, no norte; Serophia pertencia ao Clã do Corvo, no oeste. Tinha se tornado costume, quando as famílias e clãs se reuniam anualmente no oásis ao norte do mar Morto, passar a guarda da deusa para outra família a fim de ser mantida em segurança até o ano seguinte. Gerações futuras iriam declarar que não havia sido nenhuma coincidência o fato de Talitha ter descoberto o suco de uva mágico exatamente no verão em que a deusa estava sob sua guarda.

E foi então que toda a encrenca começou.

Mas, na realidade, diriam os contadores de história, a encrenca realmente começara anos antes, quando Talitha e Serophia eram jovens e os clãs estavam acampados ao norte do mar morto, enfrentando o ressequido calor do verão. Não era incomum aparecerem estranhos ocasionais, caçadores que preferiam viver e perambular sozinhos, sem ligações com famílias ou clãs. Tais homens surgiam das colinas com caça fresca e procuravam o acampamento em busca de uma lareira, onde partilhariam sua caça com quem quer que a esfolasse e cozinhasse para eles. Talitha, a roliça mãe de cinco filhos, era conhecida por possuir uma boa lareira, cujo fogo nunca se extinguia. Suas pedras de cozimento estavam sempre quentes, e ela conhecia segredos acerca de condimentos. Também tinha um corpo voluptuoso e gostava de usufruir o prazer com os homens. Assim foi que o estranho chegado naquele verão, um caçador forte chamado Bazel, carregando uma bela ovelha sobre os ombros, dirigiu-se à tenda da Talitha, onde permaneceu por uma semana, desfrutando de seu leito e de sua comida. Quando ele deu sinais de que ia partir, pois perambular era parte de sua natureza, Talitha decidiu que queria mantê-lo, e assim o seduziu com deliciosos grãos assados e suco prensado das uvas, habilidades que ela aperfeiçoara e que não partilhava com ninguém.

Ele ficou mais uma semana na tenda de Talitha, e então, certa manhã, foi para as montanhas caçar gazelas. Quando voltou, não foi para Talitha, mas para um abrigo de palha do outro lado da nascente, onde outro clã estava acampado. Este segundo abrigo era mantido por uma mulher chamada Serophia, mais nova e mais esguia que Talitha, e com menos filhos. Ali Bazel passou outras duas semanas de prazer antes de mais uma vez virar os olhos inquietos para o horizonte. Enquanto os homens do clã ficaram para lá de satisfeitos em saber que o recém-chegado ia partir, pois eles próprios ambicionavam Talitha e Serophia, as duas mulheres não gostaram nem um pouco da decisão de Bazel. Cada qual queria ficar com o caçador para si permanentemente.

A competição que se seguiu tornou-se a principal diversão naquele verão e foi comentada durante muitos anos. Talitha e Serophia desfecharam uma campanha que os caçadores declararam ser comparável às melhores táticas de qualquer batalha ou caçada, com Bazel alegremente no meio, dividindo seu tempo entre tenda e choça o mais democraticamente possível. Ele nunca se alimentara tão bem, nem desfrutara de tanto sexo. Foi um verão que jamais esqueceria.

Mas então chegou o dia em que videntes anunciaram ser a hora de desfazer o Encontro e os clãs começarem a voltar para seus lares de inverno. Talitha e Serophia ficaram desesperadas, pois Bazel ainda não assumira um compromisso.

Ninguém pôde dizer realmente o que aconteceu depois. Acusações partiam de todos os lados: alguns diziam que Talitha havia posto mau-olhado em Serophia; outros diziam que Serophia fizera magia negra para Talitha. As duas mulheres foram acometidas de um fluxo sangrento que provocava urinação dolorosa, tornando-as incapazes de fazer sexo, e que só foi melhorar no inverno. Nem os videntes nem as curandeiras puderam adivinhar qual era o problema, nem descobrir uma cura. Ainda assim, ficou claro que cada uma tinha sido invadida por um espírito maligno. Uma noite, durante um escurecer da lua, Bazel decidiu partir antes que o acusassem de ter trazido este espírito maligno para o acampamento. Pegou sua lança e escafedeu-se do acampamento para nunca mais ser visto.

Enquanto os clãs viajavam para o oeste e para o norte rumo às terras ancestrais, ambas as mulheres estavam doentes e infelizes, cada qual culpando a outra por este infortúnio, e cada qual alimentando um rancor tão profundo e negro que estava fadado a ter repercussões nos séculos por vir.

"E agora chegamos ao Verão das Uvas." Era como os contadores introduziam o assunto. "O verão em que toda a encrenca começou."

A esta altura o caçador Bazel estava esquecido. Somente o ódio mútuo entre as duas mulheres persistia. Com o passar dos anos, cada qual subira de posição no respectivo clã. Ambas haviam produzido um número prodigioso de filhos, sendo agora avós reverenciadas, cheias do poder lunar pós-menopausa. Talitha desenvolvera ossos largos e estrutura pesada porque trazia o sangue de Zant nas veias. Serophia ainda era esguia, mas sem nenhum traço de fragilidade. Ambas eram feitas de boa têmpera e tinham personalidade indomável. À medida que as estações passavam e os clãs continuavam a se reunir anualmente, a guerra continuava, surda. "Argh, os grãos-de-bico de Serophia têm gosto de estrume de porco!" Talitha resmungava para as mulheres dos outros clãs. "Cada ovo em que Talitha toca apodrece!" Serophia dizia a quem quisesse ouvir.

A rivalidade entre elas tornou-se uma lenda e uma fonte de divertimento para os mexeriqueiros do clã. Abelhudos corriam de lá para cá, a fim de repassar as novidades. Quando Serophia declarava: "Quando um homem se enfia entre as pernas de Talitha, ela cai no sono!" Talitha replicava: "Quando um homem se enfia entre as pernas de Serophia, quem cai no sono é *ele*!" Mesmo os homens — aqueles que à ocasião não estavam envolvidos com mulheres e que portanto reuniam-se ao lado de fora da tenda comunal dos caçadores, homens que raramente se envolviam em questões femininas — acabaram se envolvendo. Pontos eram ganhos por um lado e outro, apostas eram feitas. A cada encontro de verão, as mais recentes notícias sobre a briga Talitha-Serophia tornavam-se o divertimento noturno em todas as fogueiras de acampamento.

Por causa de uma febre e uma fraqueza, a pendenga terminou durante o que em breve seria o lendário Verão das Uvas.

O clã de Talitha, na sua jornada pelas cavernas do norte, tinha sido retardado por uma febre de início de verão que se disseminara entre as crianças, de modo que o clã de Serophia foi o primeiro a chegar à nascente do sul. Vendo que estavam sozinhos, e sabendo que Talitha tinha uma paixão por uvas, Serophia ordenou aos seus parentes que colhessem todas as uvas silvestres, limpando as videiras. Quando os outros clãs menores chegaram, Serophia alegremente trocou as uvas pelas mercadorias que os outros tinham a oferecer — fibra de linho do sul, sal do leste. Mas quando o enorme bando de Talitha chegou, não havia mais uvas para comerciar, e nada restava nas videiras. Quando Talitha soube do que tinha acontecido, ficou furiosa.

Ela marchou até a tenda de Serophia e quando viu manchas frescas de suco de uva na saia de couro de corça da sua rival, ela explodiu:

— Você deixa os bodes montarem em você!

— Os escorpiões fogem quando vêem você chegar! — cuspiu Serophia de volta.

— Os abutres nem tocariam na sua carcaça!

— Quando as cobras mordem você, *elas* morrem!

As famílias tiveram de apartá-las, e enquanto Serophia apreciava o presunçoso sentimento de vitória, Talitha tramava secretamente a retaliação.

No verão seguinte, Talitha providenciou para que seu clã chegasse primeiro. Lá, o seu povo limpou as videiras até a última uva. Comeram parte da colheita e negociaram parte com os clãs, menores. O que sobrou, Talitha mandou que estocassem em cestos estanques e depois os escondessem numa caverna de calcário próxima. Quando os clãs retornassem no verão seguinte, Serophia poderia colher todas as uvas que quisesse, pois Talitha já teria um suprimento secreto.

Mas quando os clãs se reuniram um ano mais tarde na nascente perene para erguer suas tendas e choupanas, para acender suas fogueiras para cozinhar e começar os rituais de verão de fazer negócios, formar alianças e julgar infratores da lei, o povo de Talitha teve um choque. Os cestos cheios de uvas, tão bem escondidos, que tinham permanecido intocados na caverna escura e fria por um ano, haviam sofrido uma estranha transformação.

As uvas tinham continuado a amadurecer até que as peles se romperam e se misturaram com as polpas, de modo que os cestos continham agora um mingau amolecido. Mas o aroma não era desagradável, e quando um dos videntes mergulhou um dedo no suco e o provou, descobriu um sabor exótico e intrigante.

Talitha então mergulhou a mão, encheu a palma com o caldo púrpura e o sugou. Todos esperaram enquanto ela estalava os lábios e a língua percorria o interior da boca, com um ar de indecisão no rosto.

— O que você acha, Talitha? — perguntou Janka, o atual Guardião da Deusa, um homem solene e enfadonho dado a ares de empáfia.

Talitha lambeu o restante da mistura na palma da mão e depois encheu a mão em concha de novo. Ela não conseguia decidir se gostava do sabor ou não. Mas havia algo mais, alguma coisa que ela não podia pôr o dedo para...

Ela bebeu um pouco mais, pensou a respeito um pouco mais e descobriu-se de súbito em animada disposição. Declarando bebível aquele suco de uva, Talitha ordenou aos homens que arrastassem os pesados e inflados cestos de volta ao acampamento deles, que era apenas parte de um maciço acampamento com centenas de tendas e abrigos na planície que circundava a fonte borbulhante. Na hora em que o grupo de Talitha voltou com os cestos, inúmeras fogueiras de cozinhar enviavam fumaça para as estrelas, risos e gritos enchiam o ar, famílias ocupavam-se com a indústria da vida — então o povo do Clã da Gazela se reuniu para avaliar o novo mistério que os envolvia.

Sentada num amplo escabelo, os cotovelos firmados nas coxas monumentais, Talitha mergulhou uma taça de madeira em um dos cestos da caverna e bebeu de novo. Enquanto todos observavam e esperavam, ela mais uma vez estalou os lábios e fez a língua percorrer o interior da boca. Um gosto estranho, pensou, mas palatável. Não havia nada da habitual doçura encontrada no sumo de uva, mas sim uma espécie peculiar de secura. Sinalizando para os outros, todos enfiaram suas taças de madeira na beberagem e provaram-na, alguns hesitantes, outros destemidamente. Lábios estalavam ruidosamente, opiniões percorriam o círculo, a indecisão impelia as taças de volta ao suco vezes sem conta.

Numa coisa todos concordaram: eles não faziam a menor idéia do que estavam bebendo.

Decorrido algum tempo, contudo, sintomas estranhos começaram a se manifestar: fala engrolada, marcha vacilante, soluços e explosões de riso sem razão aparente. Talitha ficou um tanto alarmada. Teria seu povo sido possuído por espíritos malignos? Lá estavam seus dois irmãos, segurando-se um no outro enquanto cambaleavam. E suas irmãs, uma rindo à toa, a outra chorando. Ela própria sentia-se um tanto acalorada. Quando o normalmente reservado Janka soltou gases, todos explodiram em riso. Apreciando esta reação, ele repetiu o gesto de propósito, e quando todos riram a mais não poder como se fosse a coisa mais engraçada de suas vidas, ele fez sons grosseiros com a boca até que todo o grupo estava rolando de rir, segurando a barriga. Talitha também ria, mas um medo pairava no fundo de sua mente. Não era assim que eles agiam habitualmente. O que os estava possuindo? Infelizmente não podia pensar com clareza e, à medida que bebia mais do suco de uva, ia se esquecendo do assunto. E então quando Janka, o enfadonho e solene Guardião da Deusa, agarrou-a de repente e começou a beijá-la, em vez de sentir-se ultrajada — Talitha certamente não dera a entender que estava interessada em copular com ele —, ela riu e alegremente levantou a saia para ele para sua grande surpresa.

Ele terminou rapidamente e logo rolou de lado para cair no sono ao seu lado. Talitha serviu-se de mais suco de uva e percebeu chocada que seus joelhos não doíam mais.

Fazia meses que os joelhos a incomodavam, as juntas inchando a ponto de ela ter de ser carregada por toda parte. Até mesmo o curto trajeto até a caverna de calcário a havia afligido com tamanha dor que exigira dois homens robustos para carregá-la de volta. Mas agora, estranhamente, os joelhos não só se apresentavam em bom estado, como também pareciam os joelhos de uma mulher jovem!

Isto tanto a espantava quanto a agradava — certamente estavam tomando uma bebida mágica. Uma bebida repleta dos espíritos da felicidade e da saúde. Uma bênção da deusa!

Porém quanto mais bebia, em vez de continuar a sentir-se jovem e alegre, começou a sentir-se emotiva e, depois de outra dose mais forte ainda, conseguiu se pôr de pé e seguiu cambaleando pelos acampamentos, esbarrando nas pessoas, quase chegando a derrubar uma tenda, até entrar no recinto de Serophia, onde todos caíram no mais absoluto silêncio.

Talitha começou a chorar e a bater no peito.

— Nós somos primas, Serophia! Somos parentes! Devíamos amar uma à outra, não nos odiarmos! Estou errada. Sou muito ambiciosa e egoísta. — Ela se ajoelhou. — Pode me perdoar, minha cara prima?

Serophia estava em tal estado de choque que só pôde olhar fixamente de boca escancarada. Dois dos sobrinhos de Talitha, que estiveram procurando-a, entraram no círculo e, ao verem a tia em tal estado, imediatamente a pegaram pelos cotovelos, ergueram-na e saíram do recinto, com Serophia e seus parentes olhando abobados.

Quando chegaram à tenda de Talitha, ela estava incoerente — tal como os demais membros da família. Quando os sobrinhos a depositaram sobre suas peles de dormir, ela caiu no sono imediatamente, seu alto ressonar enchendo a noite.

Na manhã seguinte a história foi diferente.

Todos começaram a despertar lentamente para descobrir que se sentiam absolutamente mal. Demônios martelavam suas cabeças e agitavam seus estômagos, espíritos malignos provocavam cólicas nos seus intestinos e desencadeavam diarréia. Suas mãos tremiam, a visão estava turva. Mortificação e embaraço os assolaram enquanto subitamente se recordavam das momices da noite anterior. Pior, afligiam-se com a perda de memória.

Quando Talitha saiu cambaleando de sua tenda, agarrando a cabeça, semicerrou os olhos na luz da manhã para ver Ari de quatro, vomitando violentamente; Janka bebendo de uma cabaça de água como se todos os rios do mundo não pudessem saciar sua sede; e todos os outros agarrando a cabeça e gemendo. Algumas mulheres estavam temerosas de descobrir evidência física de envolvimento em intercurso sexual do qual não conseguiam se lembrar.

Talitha estava tão perplexa, quanto assustada. Como podiam ter ficado tão alegres na noite anterior, e ainda assim se sentir à beira da morte na manhã seguinte? Certamente haviam sido possuídos por espíritos que a princípio os fizeram sentir-se felizes e alegres, mas depois os deixaram doentes e infelizes — os mais ardilosos espíritos!

A própria Talitha não se lembrava de sua visita ao acampamento de Serophia até que viu a expressão envergonhada de seus dois sobrinhos, os únicos que não haviam bebido o suco de uva na noite anterior. Enquanto ela especulava por que eles não a fitavam nos olhos e por que pareciam crianças travessas a ponto de levar uma sova, ocorreu-lhe a razão. *Ela se ajoelhara pedindo o perdão de Serophia.*

"Pelas tetas da Deusa!" ela berrou. Todos eles estiveram possuídos pelo espírito do mal?

Não obstante, Talitha não queria abrir mão por completo da nova bebida. Afinal, *tinha* havido bom humor. Ela instruiu os videntes e o Guardião da Deusa para que lessem os sinais e presságios, que meditassem a respeito do que havia acontecido e que orassem à Deusa por orientação. E depois de um dia de retiro e prece, jejum e ingestão de cogumelos mágicos, os profetas do clã declararam que a bebida tinha sido transformada pela Deusa e dado a eles, filhos eleitos, como uma dádiva especial. Afinal, os videntes e o Guardião da Deusa também se lembravam das boas sensações da noite anterior. E assim abordaram a situação com cuidado, olhando o suco transformado como uma bebida sagrada, não para ser tomada levianamente mas sim com grande solenidade.

A notícia espalhou-se pelo vasto acampamento até que todos só falavam no suco de uva mágico. Talitha convidou os chefes dos outros clãs a beber o suco e dar sua opinião. Serophia não foi convidada ostensivamente. Eles passaram a taça de mão em mão e provaram o vinho. Sentiram as veias se aquecerem e os ouvidos zumbirem agradavelmente. Os chefes de clã e videntes conferenciaram e debateram, beberam mais vinho e por fim concordaram que o suco encantado não era uma coisa má. Afinal, deixava a pessoa alegre, amortecia a dor e proporcionava um sono pacífico. De fato, era claramente uma bebida sagrada, imbuída pela Deusa do espírito da vida.

O Clã da Gazela hibernou nas cavernas do norte e na primavera seguinte chegou ao local do Encontro antes dos outros clãs. Eles colheram as uvas e as transportaram direto para as cavernas secretas acima do mar Morto. Esperaram uma semana e voltaram para provar o suco. Mas tudo que encontraram foram uvas. Esperaram mais uma semana, e ainda não havia nenhum suco mágico. Finamente Talitha declarou que era preciso esperar um ano para que ocorresse a transformação, e assim mantiveram-se afastados da caverna, cuja existência não revelavam aos outros clãs. E quando retornaram no verão seguinte, foram direto para sua caverna secreta, onde provaram o suco com grande apreensão. A transformação ocorrera! Desta vez Talitha partilhou a bebida especial com os outros clãs e aceitou artigos em barganha.

Na quarta vez em que a família visitou a nascente perene, Talitha disse que não fazia sentido voltar às cavernas para o inverno quando podiam construir abrigos firmes ali. Melhor ficar e vigiar as uvas, ela ponderou, do que partir e correr o risco de outras pessoas se apoderarem delas.

Mas sua antiga tradição dizia: *o que foi, é; o que é, sempre será*. Eles fizeram o circuito anual norte-sul-norte simplesmente porque sempre o tinham feito. Mas agora, tal como Mulher Alta havia determinado que, para a sobrevivência, o povo deveria partir, Talitha decidiu que seu povo deveria ficar. Assustava-os não retornar às cavernas para o inverno, mas ao mesmo tempo descobriram que gostavam de ficar ali na nascente perene. Também temiam secretamente que, caso partissem, nunca mais pudessem provar da bebida mágica. Portanto, Talitha enviou um contingente ao norte para desenterrar os ossos de seus ancestrais da caverna e trazê-los de volta para um novo sepultamento. Ponderava que se os ancestrais fossem enterrados ali, então aquela seria a terra ancestral.

Assim, construíram abrigos sólidos e autonomearam-se guardiões do vinho alegre. Ao voltarem no verão seguinte, com a uva já madura, Talitha liderou a família na colheita, na produção do suco e estocagem da bebida mágica. Desconhecendo a levedura que ocorria espontaneamente na casca das uvas, ou sua ação química sobre o açúcar na fruta, transformando-o em álcool, ou que o processo era chamado de fermentação, eles acreditaram que fosse a Deusa instilando a uva, de outra forma inócua, com propriedades que deixavam os homens alegres e as mulheres grávidas.

A família de Talitha monopolizava as videiras, mas felizmente trocavam o vinho por mercadorias que os outros clãs tivessem a oferecer. Mas enquanto ela excluía o clã de Serophia deste vívido comércio, que dava a ela uma vitória na sua rixa com a prima, Talitha não sabia que outra descoberta secreta estava ocorrendo.

Uma segunda colheita valiosa vicejava naturalmente junto à nascente perene, e a cada verão os clãs desfrutavam de mais cevada do que necessitavam, assando as espigas nas suas fogueiras e comendo os grãos. Serophia decidiu que, em retaliação pela vitória de Talitha, iria monopolizar a colheita de cevada, negociando com os outros mas excluindo o clã da sua rival. Também decidiu que, tal como o clã de Talitha, sua família permaneceria na nascente para garantir a posse da cevada. Mas nenhuma caverna secreta estava envolvida; as sementes de cevada colhidas eram armazenadas em cestos em uma das tendas de Serophia, e divididas para consumo ou comércio.

E mais anos se passaram, com o clã de Talitha trocando vinho por mercadorias de um lado da nascente e o clã de Serophia permutando grãos de cevada do outro, até o Verão da Chuva, quando um segundo milagre ocorreu.

A chuva era bastante rara no vale do rio Jordão, mais ainda durante o verão, e então quando uma tempestade desabou, enviando um dilúvio que durou dias sobre o acampamento, os infelizes colonos descobriram goteiras nas suas tendas que nunca antes tiveram de enfrentar. Não só dormiram com as roupas ensopadas, como a chuva inundou os cestos com os grãos de cevada armazenados, estragando-os.

Serophia, no seu orgulho, não mandou esvaziar os cestos. Ela manteve segredo do suprimento de cevada estragada para que o fato não chegasse ao conhecimento de Talitha e lhe desse um motivo para tripudiar. E então, num dia de outono, um sobrinho notou que a tenda onde estava estocada a cevada estragada tinha um cheiro peculiar. Fazendo uma inspeção, a família descobriu que os cestos estavam inchados e distendidos, e que dentro deles, em vez de sementes encharcadas de cevada, havia um líquido espesso que desprendia um aroma pungente. Como Talitha, o clã de Serophia nada sabia acerca de levedura transportada pelo ar e seu efeito sobre a cevada ensopada de água e a resultante fermentação. Tudo que sabiam era que a bebida transformada deixava as pessoas exultantes.

Com o tempo, os descendentes de Serophia aprenderam a fabricar cerveja intencionalmente e assim nasceu um novo comércio.

Como os clãs não mais perambulavam, o povo descobriu que tinha tempo extra nas mãos, e assim transformaram o seu tempo e energia despreocupadamente à fabricação de jóias, ferramentas e instrumentos musicais, e aperfeiçoando os métodos de curtição de couro. A comida tornou-se mais sofisticada. Em vez de comer grãos de trigo silvestre direto da espiga, as mulheres descobriram que moer o grão entre pedras e cozinhá-lo com água produzia um mingau nutritivo. Num dia de outono uma mulher chamada Fara foi subitamente retirada dos seus afazeres e, na sua pressa, entornou a mistura de água e grão nas pedras quentes. Quando ela retornou descobriu uma iguaria mais gostosa do que mingau, e que se conservava bem. E assim uma terceira família decidiu tornar a nascente perene o seu lar permanente, e se dedicou à lucrativa indústria da panificação.

Mais famílias chegavam, e uma vez que as pessoas começaram a cultivar seus próprios vegetais, que eram regados pela nascente borbulhante, fornecendo assim uma fonte de alimento pronto, o povo não via mais necessidade de perambular em busca de comida fresca. Começaram a construir moradias permanentes e a permanência significava que a riqueza material não mais se limitava ao que um indivíduo pudesse carregar. Casas particulares feitas com tijolos de lodo começaram a se encher com mercadorias e pertences pessoais, bugigangas e penduricalhos, criando pela primeira vez duas novas categorias de pessoas: o rico e o pobre.

E a Deusa, com sua miraculosa pedra azul que transformava uva em vinho e cevada em cerveja, tornou-se o foco de uma nova tendência de preces. Não eram mais apenas preces para os mortos, para fertilidade e saúde; agora havia preces para a chuva e para fazer as lavouras vicejarem, preces por uma colheita farta, preces para mais fregueses.

O pobre orava para tornar-se rico, e o rico orava para ficar mais rico.

Livro Três

VALE DO RIO JORDÃO
10.000 ANOS ATRÁS

Por tudo que Avram sabia, a noite poderia ter sido preenchida com portentos e aparições, cometas e a lua se eclipsando — uma noite sinistra e assustadora, anunciando o Juízo Final e o Armagedom. Ou poderia ter sido uma pacífica noite de verão. Niguém saberia disto por Avram — ele estava num mundo todo seu.

Que sonho ele tivera! Marit nos seus braços, luxuriante e complacente, cálida e acessível, inclinando-se, erguendo os quadris e os lábios para ele. Um sonho tão repleto de paixão que mesmo agora, enquanto percorria o vinhedo na luz fria do alvorecer, a pele de Avram ainda ardia de febre. Enquanto subia a escada de madeira da torre de observação, mão após mão, rodelas de pão de cevada balançando de uma corda a um dos ombros, um odre de cerveja diluída pendendo do outro — pois Avram passaria o dia na torre, observando saqueadores —, sentiu sua excitação recomeçar. Quando chegou ao topo, tinha de novo uma ereção plena. Em toda a sua vida Avram nunca estivera tão apaixonado, ou tão infeliz.

Estava com 16 anos de idade.

O objeto de seu amor era uma garota de 14 anos, com seios em botão e olhos como os de uma gazela. Tinha membros longos, era graciosa como o vento, de temperamento doce e afável. A sua infelicidade residia no fato de Marit pertencer à Casa de Serophia, ao passo que Avram integrava a Casa de Talitha. A rixa entre as famílias já durava dois séculos e o ódio mútuo era lendário. Se alguém soubesse do amor secreto de Avram pela proibida Marit, ele seria humilhado publicamente, amaldiçoado, surrado, confinado à míngua, e talvez até mesmo castrado. Pelo menos era assim que a mente jovem de Avram imaginava a punição que poderia sofrer.

Mas não podia parar de pensar nas palavras que seu *abba*, Yubal, pronunciara três anos antes, quando Avram começara a notar mudanças no seu próprio corpo. "A vida é dura, companheiro. É uma labuta diária preenchida com dor e sofrimento. Assim, na sua sabedoria, a Deusa nos concedeu o dom do prazer para compensar toda essa infelicidade. Ela o fez para que homens e mulheres possam se dar prazer, a fim de fazê-los esquecer sua infelicidade. Portanto, quando o desejo cair sobre você, companheiro, extraia seu prazer onde puder, pois é isto que deseja a Mãe de nós todos."

Evidentemente Yubal estava certo, pois parecia a Avram que os cidadãos do Lugar da Nascente Perene estavam singularmente preocupados em agradar a Deusa neste aspecto. O passatempo tradicional do assentamento era um círculo interminável de paixões, se estabelecendo e se rompendo. Cidadãos brincalhões, que sempre gostaram de mexericos, sentar-se-iam sobre barris de cerveja e fariam apostas sobre quanto tempo um novo casal duraria, ou quem estaria rastejando diante da cabana de quem. Às vezes, a ruptura de um relacionamento era mútua, porém com mais freqüência devia-se ao tédio de um dos parceiros, que se afastava. Era quando irrompiam as brigas, em especial se um dos parceiros tivesse ido viver com outra pessoa. Todos ainda comentavam sobre o dia em que a parteira Lea havia flagrado Uriah, o fabricante de flechas, com uma das irmãs Cebola. Lea arrancara o couro cabeludo da mulher e depois jogara água fervente em Uriah. O fabricante de flechas escapara do assentamento para nunca mais voltar. Mas também houve aquelas raras pessoas que ficaram juntas por uma vida inteira — sua própria mãe e o seu *abba* tinham sido um tal exemplo —, e era assim que ele visualizava agora para si mesmo e a deliciosa Marit: amantes pela eternidade.

Enquanto permanecia sob a plataforma sombreada no topo da torre — a cobertura de palha sendo vital, pois agora era verão e os dias iam ficando mais quentes —, Avram tentou atrair com profundas inspirações o ar gélido da manhã, esperando que ele esfriasse seu ardor de modo a poder concentrar-se na busca de sinais de saqueadores através das colinas e ravinas. E estava determinado a fazer um bom trabalho. No ano anterior, quando saqueadores tinham vindo do leste, não houvera nenhum aviso. Sua mãe havia sido brutalmente chacinada e suas duas irmãs raptadas. E por isso a torre fora construída, e era trabalho de Avram sentar-se lá em cima como um guarda contra futuros ataques.

Os saqueadores não vinham a cada ano, não havia como prever seus ataques. Uma raça selvagem, sua terra ficava do outro lado das montanhas orientais, que vivia da caça e do roubo. Ninguém sabia quem eles eram ou como viviam, porque ninguém tivera coragem de segui-los após uma incursão. Mas circulavam rumores. Dizia-se que os saqueadores comiam pedra e bebiam areia, que não tinham nenhuma mulher de sua própria raça, mas que se perpetuavam raptando as mulheres de outras tribos. Que suas almas podiam deixar os corpos enquanto dormiam. Que podiam mudar de forma e com freqüência espreitavam o povo da nascente perene disfarçados como corvos e ratos. Que comiam seus mortos.

Portanto a vigilância era essencial. Mas não era fácil examinar constantemente o horizonte procurando saqueadores, ou proteger as fileiras de videiras dos ladrões, especialmente enquanto Avram não pudesse excluir de sua mente a bela Marit e o delicioso sonho que tivera na noite anterior. Certamente nenhum homem jamais tinha sido tão afligido pelo desejo como ele. Nem mesmo o seu *abba*, Yubal, que chorara abertamente quando a mãe de Avram tinha sido morta, declarando que era a única mulher que já amara.

O rapaz aprumou os ombros e começou sua vigilância.

O céu estava róseo acima das montanhas orientais e o assentamento chamado de Lugar da Nascente Perene — e que situava-se a meio dia de viagem a oeste do rio que o povo chamava de Jordão, que significava "o descendente", pois fluía do norte para o sul — despertava na névoa matinal, fogueiras crepitavam para a vida, aromas de pão fresco e carne assada enchiam o ar, vozes se elevavam em raiva, alegria, surpresa e impaciência. De onde se encontrava Avram podia não apenas ver o vinhedo de seu *abba* como também os campos de cevada de Serophia — e bosques de oliveiras e pomares de romãzeiras e plataformas de tamareiras — e uma excelente vista do assentamento central, um vasto conglomerado de cerca de duas mil almas vivendo em casas de tijolos de lodo, choupanas de palha, tendas de pele de cabra ou simplesmente dormindo no chão enrodilhados em peles e com seus bens terrenos protegidos sob a cabeça.

Enquanto muitas pessoas viviam aqui permanentemente, algumas chegavam num dia para partir no outro. Pessoas vinham ao Lugar da Nascente Perene para trocar obsidiana por sal, conchas de cauri por óleo de linho, malaquita verde por fibra de linho, cerveja por vinho, e carne por pão. E no centro desta colméia de humanidade, com longos canais de irrigação se expandindo como as patas de uma aranha, borbulhava a nascente perene de água doce, onde mesmo agora na luz do dia que rompia, meninas e mulheres mergulhavam seus cestos e cântaros.

Avram suspirou, inquieto. Todas aquelas fêmeas e nenhuma delas era tão linda ou fascinante quanto sua amada Marit.

Como muitos garotos de sua idade, Avram não era inexperiente nas questões de sexo. Embora a diversão consistisse principalmente em ir para as colinas com seus amigos para capturar uma ovelha selvagem e passear montado nela, ele se empenhara em algumas limitadas experiências sexuais com garotas. Mas com Marit ele nunca tivera qualquer experiência, afinal. Em todos aqueles anos vivendo em propriedades adjacentes eles jamais haviam trocado uma única palavra. Ele tinha certeza de que sua avó o mataria se tentasse.

Avram desejava ter vivido nos Velhos Dias, que ele imaginava terem sido bem melhores que os atuais. Ele adorava ouvir as histórias dos ancestrais — não de Talitha e Serophia, mas dos ancestrais *muito antigos* — quando seu povo era nômade e tinha vivido em uma única tribo e homens e mulheres extraíam seu prazer com quem lhes aprouvesse. Mas agora não havia mais nômades viajando em grandes clãs, mas sim pequenas famílias que viviam em uma casa no mesmo trato de terra e que de algum modo fazia o povo pensar que aqueles que viviam no mesmo trato de terra eram melhores do que os que viviam em outro. "O vinho de Yubal tem gosto de mijo de jumento", Molok, o *abba* de Marit, vivia falando. "A cerveja de Molok foi espremida dos testículos de porcos" Yubal, o *abba* de Avram, contra-atacava. Não que os dois homens expressassem tais opiniões cara a cara. Membros das Casas de Talitha e Serophia não se falavam havia gerações.

Portanto era esperado que nunca, *jamais*, se visse um rapaz e uma moça dessas famílias nos braços um do outro.

Avram não achava justo. A rivalidade pertencia aos ancestrais, não a ele. Os ancestrais tinham tido sua hora e sua opinião. Agora era a vez de Avram. Ele fantasiava acerca de fugir com Marit (uma vez imaginou um modo de falar com ela primeiro), levá-la para longe do vinhedo dele e do campo de cevada dela, para longe das tendas, cabanas e casas de tijolos de lodo, para explorarem o mundo juntos. Porque Avram tinha nascido sonhador e indagador, a alma inquieta, a mente eternamente perguntando e especulando os porquês. Em outra época ele teria sido um astrônomo ou um explorador, um inventor ou um erudito. Mas telescópios e navios, a metalurgia e o alfabeto, até mesmo a roda e os animais domesticados ainda eram coisas muito distantes.

Desatando uma rodela achatada de pão de cevada, ele arrancou um pedaço e, enquanto mastigava, voltou os olhos para o amontoado das humildes moradias de tijolos de lodo que se acocoravam à beira do campo de cevada de Serophia — a cabana de secagem, o galpão, onde os barris de grãos de cevada fermentavam para virar cerveja, e a casa particular, onde a família de Marit vivia — e soltou um suspiro repleto de anseio, seu ardor muito mais aguçado porque não fazia idéia de como Marit se sentia em relação a *ele*.

Pensou nas ocasiões em que havia capturado o olhar dela. Apenas umas poucas semanas antes, no festival do Equinócio da Primavera, ela havia subitamente desviado a vista e um rubor apareceu em seu rosto. Era um sinal de boa sorte? Significava que ela correspondia ao seu sentimento? Se ao menos ele soubesse!

À medida que o sol distante rompia sobre as montanhas, Avram tentava vislumbrar Marit no assentamento — nesta hora tão adiantada, ele consideraria um vislumbre dela como um sinal de boa sorte, significando que o restante do dia correria bem. Mas tudo que viu foi a gorda Cochava correndo atrás dos filhos com uma vara; dois oleiros discutindo aos brados a respeito de um barril de cerveja (aparentemente não haviam parado de beber durante a noite toda); Enoch, o tira-dentes, e Lea, a parteira, se empenhavam numa cópula apressada contra uma árvore. Viu o pescador Dagan cambaleando deploravelmente para fora da cabana de Mahalia, seus pertences voando atrás dele, arremessados por uma mão furiosa lá dentro. No mês passado Dagan estivera vivendo com Ziva, e nos mês retrasado com Anath. Avram imaginava o que haveria de errado com Dagan, que fazia as mulheres se cansarem dele tão rapidamente e expulsá-lo. Pobre Dagan — sem uma mulher e sua lareira, como um homem ia viver?

Então Avram teve uma visão que o fez rir bem alto. Ali estava o louco Namir com outras das suas experiências com cabras! Dois anos antes, Namir insistira na noção de que em vez de caçar as cabras nas colinas, matando o que precisavam e depois retornando ao assentamento, seria bem menos trabalhoso trazer as cabras vivas para casa, guardando-as num cercado, e abatendo-as como alimento ou comércio sempre que houvesse necessidade. Assim, ele e seus sobrinhos foram para as colinas e capturaram o máximo possível de cabras. Mas como desejavam que o rebanho se perpetuasse por si mesmo, capturaram somente as fêmeas, deixando os machos para trás. Mas depois de um ano, as cabras paravam de dar cria e a remanescente do pequeno rebanho era comida ou negociada. Enquanto seus vizinhos riam, Namir dedicava-se a fazer seu plano funcionar.

"Afinal", ele dizia a seus amigos por cima dos tonéis de cerveja, "se os rebanhos de cabras se perpetuam nas colinas, por que não no meu cercado?"

Então ele ia lá de novo e capturava outras cabras, trazendo-as para o redil com cercas feitas de gravetos, galhos e arbustos. Desta vez nenhuma das cabras havia dado cria, mas em época alguma o rebanho cativo fora comido ou vendido. Então aqui estava ele de novo, determinado a manter o seu rebanho de cabras, liderando seus atrapalhados sobrinhos pelo assentamento que despertava, enquanto carregavam as cabras, balindo e se contorcendo amarradas em varas compridas. Avram simplesmente podia ver, através do acúmulo de fumaça, quatro homens sentados sob uma árvore e partilhando um barril de cerveja, que gritavam insultos para Namir e faziam apostas sobre quanto tempo duraria *este* rebanho capturado.

Avram achava que todo mundo no assentamento tinha um esquema, e não tão absurdo quanto o de Namir. Ele se lembrava de quando todos haviam zombado de um outro homem, Yasap, que chegara dez anos antes e plantara campos de flores. O povo tinha rido: Para que serviam as flores? Todos pararam de rir quando as abelhas descobriram os campos e Yasap manteve colméias e estocou mel. Pela primeira vez desde que se lembravam, as pessoas tiveram açúcar o ano todo, e tão grande era a procura que Yasap se tornara o terceiro homem mais rico do assentamento.

Cada vez mais pessoas, chegando ao Lugar da Nascente Perene pela primeira vez, olhavam em torno e viam oportunidades para uma vida mais fácil, construíam abrigos e paravam de perambular. Pessoas com habilidades especiais trocavam seus serviços por comida, roupa e jóias: barreiros e tatuadores, adivinhos e leitores dos astros, entalhadores de ossos e polidores de pedra, pescadores e curtidores de couro, parteiras e curandeiras, armadilheiros e caçadores. Todos vinham, a maioria ficava.

Se eu fosse livre e dono do meu nariz, Avram pensou, *nem tentaria pensar em maneiras de permanecer aqui. Eu empacotaria pão e cerveja, pegaria minha lança e iria ver o que há do outro lado das montanhas.*

Ao ouvir gritos estridentes, ele olhou para baixo e viu seus irmãos pequenos correndo por entre as filas de parreiras, expulsando os pássaros. Respectivamente com 13, 11 e 10 anos, os garotos adoravam o vinhedo e fizeram dele o seu mundo. Na colheita da semana seguinte, eles se alinhariam com os adultos para encher cestos com fruta madura, e mais tarde, quando todas as uvas estivessem colhidas, os pezinhos dos garotos iriam trabalhar duro na prensa, esmagando as uvas para produzir suco.

Avram já ia acenar para Caleb, o mais velho de seus irmãos menores, quando viu algo que o fez congelar. Uma mulher idosa, de seios nus e trajando uma saia comprida de pele de corça, o cabelo trançado exibindo estrias brancas debaixo da tintura de hena, caminhava penosamente ao longo da trilha, sobrecarregada pelos muitos colares de pedras e conchas que pesavam sobre seu corpo murcho. Mas ela era saudável, e era dever de uma mulher ostentar assim a riqueza da família.

Os olhos de Avram quase saltaram das órbitas. Por que sua avó seguia pela trilha rumo ao Santuário da Deusa? Isto o espantou e alarmou. O que ela estava fazendo do lado de fora tão cedo? Só podia ser uma mensagem urgente. Teria ela descoberto acerca do seu desejo secreto por Marit? Estaria indo pedir à Deusa que lançasse um encantamento sobre ele? Como muitos rapazes, Avram tinha pavor da sua avó. As anciãs possuíam poder inimaginável.

Ele alcançou automaticamente o talismã que pendia de um cordão de couro em volta de seu pescoço. Por tradição, quando uma criança chegava aos sete anos e dava a impressão de que chegaria à idade adulta — pois muitas morriam precocemente —, ela ganhava um nome permanente e uma pequena algibeira na qual levava talismãs preciosos: o seu cordão umbilical, seco e enrugado, o primeiro dente, um cacho do cabelo da mãe. Talvez um pequeno fetiche animal, algumas folhas secas de uma planta protetora, tudo destinado a pessoa saudável e livre de dano. Enquanto apertava o talismã que continha seixos mágicos, pedaços de osso e de galhos, Avram especulava se seria poderoso o bastante para protegê-lo de sua própria avó.

Ele observava a velha caminhar entre as cabanas e abrigos, contornando pilhas de vísceras animais, apressando-se em meio ao mau cheiro que circundava o curtume onde couros sangrentos estavam sendo estendidos ao sol, e por fim subindo a trilha que conduzia à pequena estrutura de tijolos de lodo que abrigava o Santuário da Deusa. Avram viu Reina, a sacerdotisa, emergir da pequena casa para recepcionar a visitante.

Mesmo dali, Avram podia ver os seios magníficos de Reina. No verão, todas as mulheres do assentamento ficavam de seios nus de modo que os homens pudessem banquetear os olhos com os tesouros de suas mulheres. Era isto que havia desencadeado seu novo desejo por Marit: quando ela havia se transformado de menina em mulher? Os seios de Reina eram empinados e firmes, nem um pouco caídos como costumavam ser os das mulheres de sua idade, porque nunca tivera filhos. Quando havia sido designada sacerdotisa, dedicara a sua virgindade à Deusa. Mas isto não a fazia menos feminina. Reina avermelhava os mamilos com ocre e perfumava os cabelos com óleos fragrantes. Seus quadris eram amplos e a cintura de sua saia de pele de corça ficava bem abaixo do umbigo, pouco acima do triângulo abençoado que não era domínio de nenhum homem.

Avram suspirou de novo em desejo e confusão típicos da juventude, imaginando por que a Deusa tinha criado esta fome perturbadora entre homens e mulheres. Reina, em quem nenhum homem podia tocar, fazendo com que os homens ansiassem tocá-la acima de tudo. Marit, a dona do seu coração e a quem nunca teria. Onde estava o prazer nisto tudo?

Quando viu sua avó sair pouco depois do Santuário da Deusa, onde a estátua sagrada com o núcleo de cristal azul era guardada e cuidada, ficou surpreso com a pressa da anciã em voltar para casa, como se estivesse premida pela urgência. Logo depois Avram ouviu duas vozes na casa se elevando. Vovó e seu *abba* estavam discutindo!

Um momento depois, o *abba* irrompeu da casa como se tomado pela fúria, e disparou pela trilha de terra que levava aos campos de cevada e à casa onde Marit morava.

Avram ficou incomodado ao ver Yubal tão aflito. Uma lembrança: *Yubal carregando-o nos ombros, as enormes mãos dele apertando seus tornozelos, as passadas largas de Yubal sustentando-os através dos prados e cruzando regatos. Avram sentira-se como um gigante e cavalgara aqueles ombros largos com tamanho orgulho que não queria mais descer.* Avram não conhecia quaisquer outros garotos que tivessem usufruído de um tal relacionamento com seu *abba*.

Nem todos os homens mereciam o honorífico "*abba*", que signifcava "senhor", ou "mestre", habitualmente acima de um negócio próspero, por vezes acima da casa e dos filhos de uma mulher que se tornara devotada a ele. Embora poucos homens ficassem com uma mulher por longo tempo, especialmente se começassem tendo filhos, Yubal era uma rara exceção, pois tinha sido claro na sua afeição pela mãe de Avram, e vivera na casa dela por vinte anos.

Avram observou Yubal — belo em roupa de pele excelente, o cabelo longo e a barba ricamente lubrificados como convinha à sua posição elevada — dar alguns passos e depois parar subitamente, coçar o queixo, e voltar-se para pegar a trilha em direção ao assentamento, como se tivesse mudado de idéia de repente. Momentos depois, Avram viu Yubal sentar-se debaixo da árvore umbrosa de Joktan, o mercador de cerveja. Yubal foi saudado com palavras de boas-vindas, pois era um dos mais estimados e admirados no assentamento. Depois ele fez sinal para Joktan, que apresentou um canudo de junco que quase chegava a dois braços de comprimento. Yubal afundou o canudo no alto tonel, afastando a espuma do processo de fermentação que sempre entupia a superfície, e começou a sugar o líquido abaixo. A cerveja de Joktan era muito inferior à de Molok, mas Yubal jurava que preferia beber mijo de serpente a permitir que a cerveja da família de Serophia passasse por seus lábios.

Ao ver Yubal, Avram redobrou seus esforços como vigia. Era por causa de seu *abba* que ele queria fazer um bom trabalho. Queria que

Yubal se orgulhasse dele. Contudo, por mais que se esforçasse para ser um bom atalaia, havia lembretes em toda parte da sua nova obsessão por Marit e sexo.

Reluzindo brilhantemente no sol da manhã sobre a porta da casa do polidor de pedra estava um retrato recém-pintado da genitália feminina. O velho estava esperançoso de que isto ajudasse na gravidez de suas filhas. Muitas famílias pintavam tais símbolos ao lado de suas portas da frente — em geral seios e vulvas — na esperança de convidar a fecundidade para suas casas. Tais mulheres esperançosas procuravam a sacerdotisa Reina em busca de encantamentos mágicos, poções de fertilidade e ervas com poderes sobrenaturais.

Os homens não tomavam parte na busca da fertilidade porque o povo de Avram ainda não estava ciente de que eles contribuíam para a procriação. A concepção era um mistério trabalhado unicamente pelas mulheres, através do poder da Deusa.

Um grito trouxe sua atenção de volta ao assentamento e às suas atividades. Um dos criminosos atados a um poste de punição perto da nascente borbulhante gritava para as crianças que lhe arremessavam fezes e coisas podres. Embora habitualmente fossem os trapaceiros e mentirosos, invasores de propriedade e mexeriqueiros maliciosos os candidatos aos postes de punição, o homem que estava lá agora, nu e indefeso, tinha ficado bêbado, subido num telhado e urinado em passantes incautos. Sua punição teria sido mais leve se uma das vítimas não fosse a avó de Avram. Mais dois homens estavam amarrados aos postes, punição pelo estupro de uma filha da Casa de Edra. Como estes homens eram o alvo das mulheres iradas, que jogavam pedras e estrume neles, um grupo de circunstantes apostava se os estupradores sobreviveriam até o pôr-do-sol.

A justiça na comunidade era rápida e brutal. Ladrões tinham a mão cortada. Assassinos eram executados. Do seu ponto privilegiado na torre, Avram pôde ver, do outro lado dos campos de trigo, o cadáver de um assassino que pendia de uma árvore, a execução tão recente que os corvos ainda estavam bicando seus olhos.

Avram congelou.

Em seguida protegeu os olhos e tentou aguçar o alcance de visão. Aquilo era uma coluna de poeira? Vindo de nordeste?

Ele sentiu um nó na garganta. Saqueadores!

Mas então seus olhos se arregalaram e ele arquejou. Não eram saqueadores, afinal, mas sim a caravana de Hadadezer!

— Mãe Abençoada! — gritou ele, e, como não podia descer os degraus com rapidez suficiente, se jogou da metade da escada para o chão.

Avram correu gritando e agitando os braços — os mercadores de obsidiana tinham chegado! Esta noite haveria um banquete sem igual. E num ajuntamento tão feliz, com tantas pessoas bebendo e se deleitando, quem notaria se dois jovens se arriscassem a trocar um olhar proibido?

A caravana era sempre uma visão a ser contemplada: um rio virtual de humanidade que havia fluído por cima de montanhas, campinas e riachos, mil almas marchando como vadios, cada homem um animal de carga vergado ao peso de mercadorias e suprimentos. Alguns levavam cangas de madeira nos ombros com fardos pendendo de cada extremidade; outros sustentavam nas costas cestos presos por tiras de couro que passavam por suas testas; mercadorias mais pesadas eram rebocadas sobre trenós por equipes de homens emparelhados. Era um esforço longo, lento, opressivo para cobrir muitos quilômetros, tropeçando em cardos e pedras, assando debaixo do sol, congelando sob a chuva, através de desfiladeiros e de desertos abrasadores. Mas não havia outra maneira de fazer isto. O povo do sul queria o que o povo do norte tinha a fim de comerciar e vice-versa. Embora alguns montanheses valentes do norte fossem experientes com gado para domá-lo e treiná-lo a fim de que se tornassem animais de tração e carga, os resultados até então tinham sido malsucedidos. Assim, às costas dos homens chegavam malaquita e azurita, ocre e cinabre; artigos feitos de alabastro, mármore e pedra; de peles e chifres; e os finos artigos de mesa pelos quais o país do norte era famoso — molheiras, oveiros e travessas minúsculas com cabos entalhados. Tudo isto era trazido para o sul, onde seria trocado por papiro e óleos, especiarias e trigo, turquesa e conchas, que seriam transportados para o norte nas mesmas costas arqueadas.

Na caravana também havia mulheres, da mesma forma sobrecarregadas com roupas de cama, tendas, aves vivas e apetrechos de cozinha — as mulheres que estavam seguindo seus homens ou que se juntaram ao comboio no meio do caminho, algumas carregando crianças no ventre, poucas delas tendo nascido durante o impressionante progresso da caravana para o sul. Algumas dessas mulheres deixariam a caravana quando ela chegasse ao Lugar da Nascente Perene, ao passo que as mulheres locais abandonariam a Nascente Perene e desapareceriam rumo ao sul com a caravana.

À frente deste enorme comboio humano viajava um mercador de obsidiana chamado Hadadezer, cujo meio de transporte pessoal era outro portento digno de nota. Hadadezer não caminhava — para lugar algum. E certamente não os 3.200km que compreendiam o percurso de sua caravana. Uma plataforma de transporte consistindo de duas estacas firmes com uma cilha de galhos e juncos era carregada nos ombros de oito homens robustos. Nela Hadadezer viajava em esplendor, sentado de pernas cruzadas sobre esteiras, com macias almofadas estofadas de penas de ganso apoiando braços e costas. Uma vez que todo mundo sabia que um homem gordo era um homem rico, a julgar pela generosa cintura de Hadadezer, ele devia ser o homem mais rico do mundo.

O comprido cabelo preto de Hadadezer era impressivamente lubrificado e trançado, alcançando a sua cintura, bem como a sua enorme barba preta, também lubrificada e trançada, e entremeada com uma opulência de contas e conchas. Ele usava uma túnica de couro que alcançava os joelhos e era inteiramente coberta de conchas de cauri, um traje tão esplêndido que fazia as pessoas babar em assombro. Seis mil anos depois, os descendentes de Hadadezer se enfeitariam com ouro e prata, diamantes e esmeraldas, mas naquele tempo, quando os metais e gemas preciosos ainda estavam para ser descobertos nos recessos secretos da terra, o cauri era o ornamento opcional. Serviam também como moeda no comércio.

Hadadezer era conhecido em toda parte como sendo um homem astuto. Na sua juventude ele iniciara um comércio de olíbano, uma resina colhida de uma árvore chamada *lebonah* — que significa "branco" — que crescia no norte. Quando aceso, o incenso liberava um delicioso perfume, tornando-se imediatamente popular, com uma grande demanda nos dois vales do rio. No entanto, embora cobrasse caro pelo produto, Hadadezer também pagava um alto preço aos coletores da resina, sobrando-lhe uma pequena margem de lucro. Mas em determinada estação, enquanto atravessava o país densamente florestal do norte, ele descobriu que a madeira fragrante dos juníperos e pinheiros, quando pulverizada, adulterava de tal maneira o incenso de olíbano que ninguém poderia reclamar que estava recebendo um produto diluído. Desta maneira ele aumentou seu suprimento de resina, cobrou o mesmo preço e conseguiu um lucro muito maior.

Hadadezer nunca deixava escapar uma oportunidade. Uma razão para seu sucesso como mercador era que utilizava uma forma complexa de contabilidade que só ele entendia. Como papel e escrita ainda estavam a 4.000 anos no futuro, o mercador de obsidiana confiava num sistema de símbolos gravados em tábuas de argila que só ele podia identificar, amarradas em vários cordões que pendiam do seu cinto.

O povo do assentamento apressou-se a recepcionar a caravana em ansiosa expectativa da noite iminente em que velhas camaradagens seriam renovadas, amantes se reuniriam, inimigos resolveriam suas pendências, contratos seriam acertados, promessas cumpridas e negociados todos os tipos de mercadorias e serviços. À medida que o sol se erguia e liberava um dia abrasador, tendas eram armadas, fogueiras acesas, odres de vinho e barris de cerveja abertos. E tal como os cidadãos do assentamento buscariam diversão e prazeres no acampamento da caravana, os componentes do serviço braçal da caravana, tendo trabalhado por tanto tempo, iriam para a aldeia à procura de pão, cerveja, jogo e sexo.

Hadadezer ficaria no Lugar da Nascente Perene por cinco dias, após o que seus homens levantariam acampamento, colocariam os fardos nos ombros e prosseguiriam rumo ao sul para o vale do rio Nilo, onde acampariam de novo, antes de dar meia-volta e refazer toda a jornada para casa ao norte.

Hadadezer fazia todo o percurso, do seu lar montanhês no norte ao delta do Nilo no sul, em um ano e suas visitas ao Lugar da Nascente Perene coincidiam com cada solstício de verão e de inverno.

Cada homem e mulher capazes de caminhar, rastejar ou ser carregados estariam no banquete da noite, pois ia ser uma noitada de prazer e diversão. Os cidadãos diligentes do Lugar da Nascente Perene passavam as duas metades do ano na expectativa da chegada da caravana de Hadadezer. Esta noite eles próprios iam se divertir.

Com uma exceção infeliz.

Depois de ter tido permissão para observar a Procissão da Deusa enquanto ela percorria o acampamento da caravana para abençoar os visitantes e todo o comércio que ali seria realizado, Avram fora mandado de volta ao vinhedo, onde seus irmãos mais novos estavam em patrulha contra os ladrões.

Carregando sua tocha flamejante enquanto subia e descia pelas fileiras de parreiras, Avram pensava ansiosamente nos homens da caravana e nas histórias maravilhosas que sempre contavam de caçadas selvagens, de mares que afogavam homens, de mulheres com fogo entre as pernas e gigantes altos como as árvores. Eles tinham viajado Nilo acima e encontrado povos com a pele escura como a noite. No extremo norte viram um animal que não era nem cavalo nem antílope, mas alguma coisa entre essas espécies, com duas corcovas no dorso. Avram ansiava por ser um mercador. Não queria ficar esmagando uvas com os pés até o fim de sua vida.

Também sabia que Marit estaria em algum lugar naquela grande aglomeração de humanidade feliz, talvez comprando hena ou admirando um colar de conchas. Talvez se afastasse da companhia da mãe e das irmãs para assistir a um macaco amestrado fazendo estripulias, ou comprar uma das guloseimas condimentadas pelas quais as mulheres da montanha eram famosas. E enquanto estivesse lá, fora do olho vigilante de sua família, sob a lua e as estrelas, em meio aos sons de riso, de disputas e festança, e rodeada pelos aromas inebriantes de fumaça, perfume e comida sendo cozinhada, talvez nem se importasse com a proximidade de um certo rapaz, talvez ele até tocasse acidentalmente em seu braço.

A paixão era mais forte do que a obediência. Avram não pôde mais agüentar. Entregando a tocha a seu irmão Caleb com uma desculpa murmurada, ele escapuliu do vinhedo como uma sombra.

O acampamento cobria a planície além dos campos de trigo e cevada e se estendia quase até o rio Jordão, a fumaça de seus fogos se elevando até as estrelas. Havia tanta coisa acontecendo, tanta coisa para ver e fazer que, enquanto Avram se entregava à multidão de festeiros, sua mente quase se desviou da obsessão por Marit. Parou agora e então observou entretenimentos tais como acrobatas e mágicos, dançarinos e malabaristas, encantadores de serpentes e espertalhões — todos ávidos por separar o espectador incauto de suas preciosas conchas de cauri.

Em toda parte em que Avram ia, comida era oferecida. Espetos maciços continham carne assada de porco ou cabrito, esteiras e junco estavam amontoados de pilhas de pão de cevada e tigelas de mel, e nem se podia contar o número de tonéis de cerveja com canudos compridos para beber. E ele continuou a procurar por Marit.

Aproximou-se de uma multidão assistindo a uma dançarina que nada vestia exceto um colar e cinto feitos de conchas. Ela era linda e voluptuosa, toda curvas, suor e carne, remexendo-se e dançando mais sedutoramente a uma batida de tambor e acompanhamento de palmas. Avram não sabia quem era, mas queria entocar-se com ela, incendiar-se no seu recesso mais profundo. Sentiu um calor elevar-se nele, ardendo mais do que mil sóis. A garganta ficou seca. A língua enchia sua boca. Os olhos disparavam como flechas para as coxas da moça. Pensou em Marit. Uma fome dolorida o invadiu.

Desviou os olhos da dançarina e viu, a uma curta distância, o *abba* de Marit pechinchando passionalmente com um vendedor de marfim. Molok era um homem baixo, de pernas tortas compactas e uma barriga generosa pendendo por cima do cinto, um sinal de prosperidade e uma paixão pela sua própria cerveja. Um homem de temperamento intenso que podia cortar os testículos de qualquer homem descendente de Talitha que olhasse na direção de uma mulher do clã de Serophia.

Avram sentia o coração chegar à garganta. Que loucura era esta? Por que persistia nesta obsessão fadada a não ter um final feliz?

Estava a ponto de decidir que sua procura por Marit só traria má sorte e que deveria voltar para patrulhar o vinhedo com seus irmãos, o que era esperado que estivesse fazendo, quando viu um grupo de damas reunido em torno de um vendedor de hena. Não foi a aparência das mulheres que captou sua atenção, mas sim o modo como elas soavam: seu riso, e de uma em especial, alto e ritmado como o canto de um certo passarinho que vivia nos salgueiros às margens do rio.

Num instante o acampamento sumiu. A terra desapareceu sob os pés de Avram. O céu acima dissolveu-se no nada. Até que só restou a doce Marit e seu riso delicioso.

— Abra caminho, garoto! — gritou um açougueiro que estava tentando passar com uma carcaça de ovelha.

Mas Avram parecia feito de pau — apalermado e imóvel. Seu mal de amor o lavava como chuva morna. Os pulmões se esforçavam para respirar. Ele imaginou se era possível morrer de amor.

E então Marit virou-se e olhou para ele. E um milagre ocorreu.

A noite subitamente retornou com todas as suas estrelas e a lua, reluzindo mais brilhantemente do que fizera em um milênio, e a terra voltou a sustentar seus pés, boa, sólida e cheia de promessa; o acampamento se materializou de novo com todas as pessoas rindo, música e dançarinos rodopiando, e uma sensação festiva no ar fumacento. O coração de Avram deslizou de volta ao peito enquanto outra parte dele se erguia, e o calor brotou por toda a sua pele. Porque Marit estava olhando para ele — direto para ele, os olhos escuros grudados nos dele, prendendo-o, bebendo-o, tomando-o para dentro de si, como fizera muitas vezes nos sonhos de Avram.

Ele engoliu em seco. Não podia haver nenhum equívoco naquele olhar.

O Vale dos Corvos era um leito de rio que se enchia de água turbulenta durante as tormentas de inverno, mas que ficava seco durante o verão.

A sombra de Avram iluminada pela lua o seguia como uma cúmplice, intensamente delineada nas paredes rochosas do cânion estreito. Ele prestava atenção ao silêncio, aos uivos solitários dos chacais, ao vento assoviando através da ravina rochosa. Havia uma friagem no ar noturno, mas sua pele ardia de febre. Ele observou a lua, cheia e brilhante, traçar o seu eterno curso no céu.

Nutria pouca esperança de que Marit viesse. O subterfúgio era simples: recorrera à ajuda de um amigo para passar uma mensagem secreta a Marit quando ela visitasse o poço. Ele diria a ela que Avram havia encontrado uma flor rara no Vale dos Corvos e que gostaria de lhe mostrar. Marit saberia que se tratava de uma mentira, mas era a desculpa necessária para ela, *se* quisesse mesmo vir.

Avram acocorou-se e esperou. Quando a brisa mudou, ele ouviu a música e os risos da festa de despedida da caravana, e seu nariz captava um ocasional aroma de cozinha. Seu estômago roncava, mas ele não estava faminto. Sua impaciência e nervosismo cresciam.

O tempo passou. A lua continuou a viajar pelo céu. Avram pôs-se de pé e ficou medindo passos. Marit não viria. Tinha sido um tolo em pensar o contrário.

E então lá estava ela, como se houvesse deslizado de um raio lunar e pousado silenciosamente.

Olharam um para o outro pelo curto espaço rochoso. Era a primeira vez na vida deles que ficavam sozinhos — sempre havia por perto as irmãs dela ou os irmãos de Avram, ou outras pessoas do assentamento. Mas agora eram somente eles, sozinhos sob as estrelas.

Avram percebeu que estava tremendo, tanto de medo quanto de excitação. Em todas as suas fantasias ele nunca havia se deparado com o medo. E, súbita e tardiamente, ocorreu-lhe que as ancestrais estariam aqui com eles neste cânion: Talitha e Serophia, combatentes fantasmagóricas vigilantes para ver que tabus a sua progênie iria quebrar. Ele sentiu um suor frio percorrer-lhe as costas e traçar trilhas gélidas espinha abaixo. Avram tinha certeza de que, se acaso se voltasse de súbito veria Talitha de pé atrás dele, furiosa, irada, pronta a separar-lhe a cabeça do corpo.

Ele viu Marit esfregar os braços e olhar furtivamente para a esquerda e a direita, como se também esperasse ver sua vingativa ancestral assomar sobre ela para desferir um golpe mortal.

Mas o momento se estendeu e tudo que ouviam era o vento assoviando por entre as rochas, e tudo que viam eram sombras, a luz da lua, e um ao outro. Avram clareou a garganta. Sua voz lhe soou como um trovão.

Marit olhava para as próprias mãos.

— A flor — disse suavemente. — Você...

Ele engoliu em seco.

— Eu...

Ela esperou.

Ele achou que as chamas fossem irromper todas sobre ele.

— Eu... — recomeçou.

Todas as fantasias acerca deles trocando as primeiras palavras não o haviam preparado para a realidade. De repente sentiu os olhos de sua avó e seu *abba* sobre si, e de seus ancestrais por todo o caminho de volta até Talitha, e sentiu uma estocada de medo. Um suor frio extinguiu o calor na sua pele e o fez tremer. O que ele estava fazendo? Quebrando o mais sério tabu da sua família!

E aí ele viu que Marit também tremia e percebeu o risco que assumira ao vir encontrá-lo, quão perigoso era igualmente para ela. Molok produziria estrias vermelhas nas suas costas nuas se soubesse!

Eles poderiam desistir agora e ainda se salvarem. Ele correria para o alto das colinas e deixaria Marit voltar para casa. Nada teria sido mais sábio.

Mas nenhum dos dois se moveu. Estavam prisioneiros do luar e do seu desejo mútuo, a garota de 14 anos de idade e o garoto de 16 a um passo de se tornarem homem e mulher.

Mais tarde, nenhum dos dois saberia dizer quem foi que tomou a iniciativa. Mas um passo era só o que bastava, etapas restantes seguindo-se numa ordem rápida, e num instante aquilo anulava todos os séculos e éons de tempo que os precederam antes que estivessem nos braços um do outro.

Avram pressionou os lábios contra os de Marit, cujos braços enlaçaram-lhe o pescoço. No seu desesperado, apressado e muito desajeitado primeiro beijo, cada qual imaginava as paredes do cânion se fendendo e desabando para sepultar os dois numa avalanche. Eles imaginavam ouvir os gritos dos ancestrais ultrajados e sentir o hálito frio da morte cair sobre eles.

Mas no fim eram apenas Avram e Marit, abraçados e em fogo, alheios a quaisquer fantasmas que pudessem estar observando, esquecidos de tabus e repercussões, de linhas de sangue e vingança. E quando tomaram fôlego suficiente para proferir uma palavra, ambos escolheram a palavra "amor".

Na manhã seguinte, Avram ficou atento aos sinais de má sorte para a família. Acordou esperando encontrar a casa em ruínas, ou o telhado em chamas, ou uma erupção de pústulas em sua pele. Mas a manhã estava calma e sua avó tomava seu desjejum de cerveja, como de hábito. Ela não se queixou de sonhos maus, não exibiu quaisquer sinais de que algo estivesse errado. Yubal, todavia, parecia num ânimo mais pensativo do que habitualmente, mas Avram atribuiu isto à colheita de uva iminente.

Avram consumiu sua cerveja e pão em silêncio nervoso e, antes de sair de casa, prestou obediência extra aos ancestrais, deixando a maior porção do seu desjejum para eles como costumava, orando para que não assombrassem a casa por causa de uma transgressão com Marit.

Embora vivesse em medo constante de retaliação, do solo subitamente engolindo-o, ou de um raio do céu de verão atingindo-o, os dias passaram sem nenhuma evidência de má sorte entrando na casa. Avram ganhou confiança e conseguiu arranjar outro encontro secreto com Marit no Vale dos Corvos. Ela também não relatou nada fora do comum em sua casa — nem assombrações, nem má sorte —, de modo que estava tudo bem com os ancestrais que eles tivessem feito o que fizeram. "É vontade da Deusa que tenhamos prazer", Avram argumentou, enquanto a atraía para seus braços. "Portanto, quem são os ancestrais para desobedecer à Deusa?"

Como conseguiram manter suas atividades clandestinas em segredo foi um milagre que os convenceu de que a Deusa devia estar do lado deles, pois nas semanas e meses que se seguiram, os dias preenchidos com beijos roubados, noites de abraços proibidos, ninguém nas famílias suspeitou e os dois nunca foram descobertos. Avram conseguia escapar a pretexto de ir pescar e ninguém percebia nada de estranho no comportamento de Marit, pois estava na idade em que as garotas ficavam sonhadoras e davam caminhadas ao luar. Sua mãe até mesmo a encorajava, porque caminhadas ao luar com freqüência resultavam em gravidez.

Enquanto Avram e Marit expressavam seu amor secreto ao longo das estações, esquecidos do resto do mundo, perdidos nos olhos um do outro, uma mudança ocorreu no jovem de 16 anos. Quando estava com Marit, ele se sentia completo, como se fossem uma só alma partilhando dois corpos. E quando se viam afastados, ele sentia-se vazio e sem objetivo. Pior eram os cinco dias por mês que ela passava na cabana da lua em comunhão especial com a Deusa — em tais ocasiões Marit não só ficava separada dele fisicamente, como também em espírito, pois os dias confiscados eram gastos em prece e ritual e em comunhão direta com Al-Iari.

Avram e Marit partilhavam não só o seu amor e seus corpos, mas também seus sonhos. Ele contou a ela que ansiava por ser um mercador como Hadadezer. Não queria esmagar uvas com os pés por toda a sua vida. O problema era que o sonho conflitava com seu coração, pois se optasse pela vida de mercador nunca estaria em casa e não veria Marit por longo tempo. Como conciliar as duas coisas?

Marit tinha uma visão diferente: "Eu amo ser parte de uma longa corrente de vida, saber que saí da minha mãe, que saiu da mãe *dela*, todo o percurso de volta a Serophia e até a própria Deusa Al-Iari. Isto me dá um grande consolo e também uma sensação maravilhosa de saber que minhas filhas, quando as tiver, vão crescer para dar continuidade à corrente."

Avram foi subitamente golpeado pelas injustiças da vida. A estirpe de uma mulher continuava enquanto a de um homem não, exceto por suas irmãs.

À época em que meio ano tinha se passado e estava quase na hora do solstício de inverno e do retorno da caravana de Hadadezer, Avram e Marit orgulhavam-se de como haviam mantido o seu segredo. Tinham até mesmo conseguido fingir, na frente dos outros, que eles se detestavam. Na sua ingenuidade juvenil acreditavam que poderiam continuar com isto para sempre.

Não havia prova maior do poder criador de vida da Deusa do que na feitura do vinho. Então não era a caverna o útero da Mãe Terra? E não era o suco de uva do vinhedo de Yubal como o fluxo lunar mensal de uma mulher? Todo mundo sabia que quando o fluxo lunar de uma mulher era mantido dentro de seu útero, uma criança começava a crescer. E assim se dava com o milagre do vinho: o suco da uva era carregado para a caverna-útero e lá conservado em mistério e escuridão até que, seis meses depois, os homens chegavam para descobrir que ele tinha sido miraculosamente transformado numa bebida com "vida".

Portanto, a degustação da vindima era o mais importante e solene rito religioso no Lugar da Nascente Perene. A própria Deusa, carregada nos ombros de homens robustos, seu núcleo de cristal azul reluzindo aos primeiros raios solares, liderava a procissão até a caverna sagrada no sul. A estátua havia sido esculpida cem anos antes a partir de um único bloco de arenito. Tinha 90cm de altura e era maravilhosa em seus detalhes, desde os olhos amplos e sábios de Al-Iari até as delicadas sandálias nos seus pés. A pedra de cristal, antiga e mágica, e poderosa além de tudo conhecido até então, assentava-se entre os seios nus da Deusa.

O ar da manhã era revigorante e gélido, o solstício de inverno estando a poucos dias dali enquanto o cortejo marchava solenemente ao longo da planície e descia para o rio, continuando rumo ao sul para o mar Morto, onde ficavam as cavernas de vinho sagradas. Os penhascos foram alcançados ao meio-dia, onde a sacerdotisa ordenou que todos dessem uma parada. Vendo que a Deusa estava sobre seu trono de pedra, Reina conduziu uma prece. Uma ovelha foi sacrificada e colocada sobre o altar.

Então a avó de Avram, seu *abba*, Yubal, Avram e seus irmãos mais novos continuaram a subir sozinhos a estreita trilha até a entrada da caverna.

Nem um som era ouvido em meio à sussurrada reunião, pois a primeira degustação da vindima de verão diria às pessoas como seria o ano dali para a frente.

A avó parou na entrada e, erguendo os braços, orou em voz alta para a Deusa e para quaisquer espíritos e fantasmas que pudessem estar nas proximidades. Ela pronunciou palavras que retroagiam aos dias de Talitha, quando o primeiro vinho foi criado nesta caverna, depois empoou a soleira com olíbano e folhas de loureiro, uma mistura sagrada com o intuito de santificar a área. Ela entrou primeiro, para fazer fogo com sílex e acender as lamparinas que tinham sido colocadas lá no verão. Ela pisava de leve para sua intrusão não perturbar a sacralidade da caverna.

Quando ela se convenceu de que os odres de vinho estavam intocados, que nenhum sacrilégio havia sido cometido ali durante os meses de fermentação — pois a morte era a punição para qualquer um que entrasse na caverna do vinho — ela chamou Yubal. Ele era o *abba* da casa, era também o *abba* do vinhedo, e portanto devia ser o primeiro a provar.

Para surpresa de Avram, Yubal tocou seu braço e indicou que deveria juntar-se a eles. Avram nunca cruzara a soleira da caverna sagrada. Estava cheio de espanto enquanto seguia Yubal na escuridão e podia *sentir* a presença do poder da Deusa a sua volta. Pensou em Marit lá fora entre os circunstantes e encheu-se de orgulho por ela poder vê-lo entrar na caverna sagrada.

Yubal fez uma pausa diante dos odres de vinho, estocados em prateleiras de calcário esculpidas das paredes da caverna, e olhou para o rapazola a seu lado, alto e bonito, com os primeiros vestígios de barba no rosto. Yubal não podia explicar por que se sentia daquela maneira em relação ao garoto. Acontecera enquanto a mãe de Avram estava grávida. Eles deitavam-se juntos em sua esteira de dormir e Yubal olhava admirado para o grande volume em sua barriga, observando-o se mexer quando o bebê estava ativo. Yubal pousava a mão naquela maravilhosa protuberância e sentia o bebê mover-se sob os dedos, e alguma coisa miraculosa baixava sobre ele — parecia que o bebê estava se mexendo dentro dele próprio.

— Antes de continuarmos, Avram — disse Yubal numa voz baixa e ressonante que não ia além da entrada da caverna —, tenho algo a lhe contar. — Ele sorriu. — Novidades maravilhosas.

Ele fitou os olhos expectantes do garoto e tornou-se mais sombrio. No passado nunca tivera dificuldade para falar com Avram. Eles haviam sido muito chegados e nunca tiveram problemas de comunicação. Nem mesmo naquela vez em que Avram completou 13 anos e Yubal tivera de explicar os regulamentos e tabus em relação às mulheres, sobre a tenda especial para onde elas se recolhiam uma vez por mês, o fluxo lunar que criava vida nova e que era o único campo de ação das mulheres. Havia sido difícil explicar tudo isto ao garoto. O poder do mistério feminino simplesmente quase lhe bloqueava as palavras na boca.

Apesar de toda a sua riqueza, Yubal era um homem simples. Entendia do seu vinhedo e do seu vinho, mas as mulheres escarneciam dele. Havia aquele segredo sobre elas... aquele lugar escondido dentro delas onde um homem extraía seu prazer mas também onde a vida começava, onde a Deusa morava. O medo do sangue menstrual era forte em Yubal, tal como na maioria dos homens. Até mesmo entrar em contato com ele, segundo os mitos, significava morte instantânea para um homem, pois o sangue lunar carregava o poder da Deusa, o poder da vida e da morte. Quando o sangue de uma mulher parava de vir, isto significava que uma nova criança estava sendo formada. Mas quando o fluxo aparecia, isto significava que a vida havia morrido.

— Nossa casa está para receber um novo membro — disse Yubal, agora à luz bruxuleante da caverna.

Avram fitou-o, surpreso. Na sua fascinação por Marit, Avram estivera tão cego a tudo que nem soubera que seu *abba* se achava envolvido em planos para unir sua família a outra. Mas, claro, era um passo que, cedo ou tarde, deveria ser dado.

As tradições e leis das alianças familiares começaram com as primeiras famílias do assentamento, gerações atrás, quando atacantes chegaram e saquearam lavouras e casas. Os ancestrais haviam decidido que, para a sobrevivência do assentamento, as famílias deviam proteger-se. Através de gerações descobrira-se que o meio mais exitoso de garantir proteção mútua em tempos de invasão ou calamidades era a permuta periódica de filhos e filhas. No caso da família de Avram, havia poucos varões para trabalhar no vinhedo e proteger a safra dos saqueadores. Yubal costumava contratar homens para ajudar, mas eles tendiam a comer as uvas e fugiam à chegada dos invasores. Do mesmo modo, não havia mulheres agora na Casa de Talitha, exceto a idosa avó. Contando somente com Yubal e Avram e os três garotos mais novos, a casa iria morrer. Assim, uma mulher seria agregada à família, de preferência uma com muitos irmãos e tios, homens dispostos a proteger o vinhedo e não roubar da família à qual se haviam juntado.

— Quem vai ser? — perguntou Avram, com várias candidatas povoando sua mente — as filhas de Sol, o plantador de milho, as sobrinhas de Guri, o fabricante de lamparinas, a mais nova das irmãs Cebola.

Yubal pigarreou e mudou de posição.

— Uma filha da Casa de Serophia vai se juntar à nossa família.

Avram olhou fixamente para ele.

— Serophia — murmurou bobamente.

Yubal ergueu a mão.

— É um choque para você, eu sei. Mas a Deusa foi consultada e falou por intermédio de Reina. Também consultamos o leitor dos astros e os videntes. Todos concordaram que uma família tão antiga e nobre como a nossa só pode aliar-se a uma casa de igual estatura. Qual seria ela senão a de Serophia?

O próprio Yubal não ficara muito feliz com a idéia, e argumentara a respeito com a avó. Edra era uma boa Casa, ele havia sugerido, e também a linhagem de Abihail. Mas a avó — e a Deusa — havia prevalecido. Não seria nenhuma outra casa. E assim, por meio de um representante (já que era impensável que *abbas* rivais se falassem), Yubal abordara Molok sobre a questão de criar uma aliança entre as duas famílias. Mas Yubal tivera uma vantagem. Soubera pelo mercador Hadadezer que Molok estava ficando preocupado com o seu comércio cervejeiro. Estava se tornando cada vez mais fácil fabricar cerveja — tudo que tinha-se de fazer era comprar pão de cevada, colocá-lo de molho para formar uma pasta e estocar o produto até que fermentasse, sem precisar se incomodar com um campo de cevada que exigia cultivo, colheita e proteção contra gafanhotos e ladrões. Corria o boato de que o negócio de Molok estava começando a fracassar e que ele procurava maneiras de diversificar para manter a prosperidade da família. Porém Molok era rico em outra área: sua casa tinha muitos filhos fortes, e assim Yubal decidiu que a proteção dos filhos de outro homem em troca de uma prensa de vinho e uma parte da colheita de uva era uma boa barganha. Depois de séculos de rivalidade, uma aliança foi acertada.

— Embora os descendentes de Serophia devam ainda nos odiar — disse Yubal —, eles protegerão a irmã em caso de ataques, protegendo também a nós e ao nosso vinhedo.

— Com qual filha, *abba?* — perguntou Avram num sussurro.

— A mais nova. A garota Marit.

Avram sentiu-se como se atingido por um raio e empanzinado por mel ao mesmo tempo. Seu choque e sua alegria colidiram para deixá-lo tonto.

Yubal apressou-se ao perceber o choque nas feições de Avram.

— Não o culpo por ficar furioso. Mas isto é pelos ancestrais e pela linhagem de sangue. Mas agora tenho notícias melhores!

Avram tentou encontrar voz para dizer: "O que haveria de melhor do que ter minha amada Marit debaixo de meu próprio teto", porém Yubal continuava a falar rapidamente:

— Entrei em acordo com Parthalan, da Casa de Edra. Vamos nos unir mandando você para morar com eles. Pense nisso, Avram! Morar com os fabricantes de conchas! Uma posição muito invejada, uma vez que o trabalho deles é limpo, sem suor, sem calos, as mãos deles estão sempre macias e limpas. E eles têm várias filhas bonitas com as quais você pode ter prazer.

Yubal estava contente com sua própria esperteza — veja só a expressão no rosto do garoto! Ele está prestes a desmaiar com a sua súbita boa sorte. Uma vez que Avram era um sonhador, sempre imaginando o que haveria do outro lado das colinas e não se interessando pelo vinhedo ou pela produção do vinho, Yubal achara que a melhor solução estava em Parthalan, pois ele e suas filhas viajavam anualmente para o Grande Mar, onde coletavam conchas de cauri, mariscos, vieiras e madrepérola, que traziam para ser esculpidas em forma de jóias, fetiches, amuletos e adornos mágicos. Parthalan era rico e estivera procurando um varão saudável para agregar a sua família. Portanto, Yubal fechou um acordo com Parthalan: Avram ia se juntar à Casa de Edra e, em troca, Parthalan faria um pagamento anual à Casa de Talitha em conchas de madrepérola.

O rosto de Yubal reluzia de alegria à luz bruxuleante.

— Finalmente você verá o que existe do outro lado das colinas! Que vida melhor você poderia pedir?

— Oh, *abba* — gritou Avram, a voz ressoando das paredes da caverna. — Estas são notícias terríveis.

A face de Yubal murchou.

— O que quer dizer? Você devia estar jubiloso. Nunca se sentiu feliz trabalhando no vinhedo ou na prensa de vinho. Agora lhe está sendo oferecida a chance de ver o que existe do outro lado do horizonte. Estou realizando o seu sonho e você fica furioso?

— Meu sonho é Marit! — replicou Avram.

Yubal o olhou fixamente.

— Do que está falando?

— Marit. Eu amo Marit.

— Você tem uma paixão pela garota? Eu nem fazia idéia. Você por certo manteve isto em segredo.

Avram baixou a cabeça.

— *Abba*, não posso deixá-la.

— Mas tem de fazê-lo.

— Não posso ser separado de Marit.

— Você ainda é muito jovem, companheiro. Uma vez que passar as mãos nas coxas suculentas das filhas de Parthalan...

— Não quero as filhas do fabricante de conchas. Quero Marit!

O rosto de Yubal ficou sombrio. Amava o garoto, mas Avram estava passando dos limites na caverna sagrada.

— Você não pode tê-la, Avram, e fico de coração partido agora, ao saber o que fiz. Mas todos os arranjos já foram feitos com Parthalan, os acordos estabelecidos. Juramos diante da Deusa. Não podemos voltar atrás em nossa palavra. — Yubal pousou a mão pesada no ombro de Avram. — Mas pense nisto: Marit estará em nossa casa, a salvo e protegida. E estará aqui quando você voltar do Grande Mar.

Avram sentia-se totalmente infeliz.

— Os caçadores de madrepérola se ausentam por um ano a cada vez.

— Mas eles retornam para esculpir e vender suas conchas. Você ficará com Marit então.

— Eu morrerei no Grande Mar.

Yubal suspirou. O dia não correra como ele esperara. Ainda assim, nada se podia fazer a respeito. Além disso, Avram era jovem, superaria o problema. Era hora de prosseguir e se lembrar do que tinham ido fazer na caverna. Mas, primeiro, havia algo mais que Yubal queria fazer.

Ele usava uma presa de lobo numa tira de couro em volta do pescoço. Certa vez estivera caçando nas colinas e fora atacado por um lobo. Yubal por pouco não morrera — seu corpo ainda exibia as cicatrizes. Os homens que o trouxeram para casa, coberto de sangue, também tinham trazido o lobo morto, com a faca de Yubal enterrada em seu peito. Yubal mais tarde retirou uma das presas do lobo como troféu e a colocou num pingente: um grande canino amarelo ainda com as manchas cor de ferrugem de seu próprio sangue. Era uma poderosa proteção contra malefícios porque possuía o espírito do lobo.

Ele tirou a presa do pescoço e a pendurou no pescoço de Avram.

— Para protegê-lo enquanto estiver no Grande Mar.

O jovem ficou sem fala. Olhou para o poderoso talismã e sentiu uma constrição na garganta. Custou a encontrar a voz.

— Juro honrar a família e o seu contrato com Parthalan, *abba*.

E na sua mente ele viu Marit, acenando adeus de um outeiro, sua figura ficando menor até se perder de vista.

Só mesmo um cego, pensou Hadadezer cinicamente, *não veria que Yubal tinha cometido um terrível erro.*

Enquanto devorava um pernil de cordeiro, o mercador de obsidiana vez por outra limpava as mãos gordurosas na sua farta barba e olhava em torno, achando que o banquete mais parecia um funeral do que uma festa. Os irmãos da garota do clã de Serophia contemplavam o dote. Molok bebia demais. A mãe de Marit exibia um falso riso, demasiadamente alto. Usando jóias de conchas e ossos em excesso, parecia que a qualquer momento desabaria sob todo aquele peso. A avó da Casa de Talitha, exibindo um rosto nauseantemente doce, bajulava os convidados. E havia comida demais, mesmo para estas famílias ricas. O que esperavam? Que uns poucos gestos, um ritual prescrito, juras diante de sua deusa — e de repente todo o ódio que tinha sido entranhado neles desde o nascimento desapareceria? Pelo Grande Criador! Havia má sorte demais pairando sobre o banquete. Pela primeira vez, em todos os seus anos de comes e bebes no Lugar da Nascente Perene, Hadadezer estava ansioso por voltar para sua própria tenda e afastar-se daquela atmosfera aziaga.

Infelizmente, era um convidado de honra — sua caravana deveria partir no dia seguinte para o norte — e portanto não podia se retirar. Tinha de ficar sentado naquela festa deplorável e depois seguir a procissão que sairia da casa da garota até seu novo lar. Uma curta distância separava a Casa de Serophia da de Talitha, mas na mente de Hadadezer seria um cortejo interminável. Suspirou. Felizmente não se esperava que adiasse sua partida para juntar-se à procissão que levaria o taciturno garoto do clã Talitha, Avram, para seu novo lar com os fabricantes de conchas.

Pelo menos a garota parecia feliz, sentada no seu pequeno trono decorado com flores de inverno, na cabeça uma coroa de flores de loureiro, o peito mal se elevando e baixando ao peso de tantos colares de conchas de cauri, presentes da família e de amigos. Mas seus novos parentes, Yubal e Avram, pareciam tão desolados quanto duas almas poderiam estar. E estavam bebendo demais, mesmo para os padrões de Hadadezer.

A noite arrastou-se com um falso ar de felicidade até que finalmente a sacerdotisa Reina deu o sinal para que se efetivasse o estágio final da unificação das duas famílias. Hadadezer suspirou de alívio e sinalizou para seus carregadores, que imediatamente se apresentaram e puseram nos ombros a liteira. Seguiram a garota e sua família a uma distância discreta, depois o mercador fez outro sinal e seus carregadores desviaram-se da procissão e levaram o amo para o acampamento da caravana, onde duas jovens adoráveis aguardavam para partilhar a cama dele.

Yubal mal podia caminhar. Lamentava tanto o contrato que fizera com os caçadores de madrepérola — na verdade achara que Avram receberia a notícia com satisfação — que enfiara mais vinho pela goela abaixo do que estava acostumado. Uma dor profunda que nenhuma quantidade de bebida fermentada poderia amenizar também afligia Yubal: a realidade de que ele tivera de procurar Molok para propor esta aliança. Embora de início se sentisse presunçoso ao saber do desespero de Molok para salvar seu decadente negócio de cerveja, até mesmo saindo das negociações achando que fizera um favor ao homem, a realidade do passo que tinha dado agora estava cravada na sua garganta como um espinho. Por maiores que fossem as bênçãos da Deusa ou os bons augúrios dos amigos, as garantias dos videntes e dos leitores de astros de que fizera a coisa certa, nada podia afastar a sensação amarga no estômago de Yubal. Ele ainda odiava o clã de Serophia, Molok acima de todos, e agora lamentava não ter encontrado outro jeito de proteger seu vinhedo.

Avram também estava infeliz porque partiria em uma semana para passar um ano fora. E, assim, também bebera mais vinho do que estava acostumado.

Quando o cortejo chegou à casa de Talitha, Reina invocou as bênçãos da Deusa e o grupo reunido saudou e desejou felicidades às suas famílias. Molok e sua irmã deram um beijo de despedida em Marit, os carrancudos irmãos dela olharam para Yubal e mandaram-lhe uma mensagem silenciosa de que estariam muito atentos ao bem-estar da irmã. E então o grupo se desfez, com Yubal e Avram cambaleando bêbados para seus catres enquanto a avó conduzia Marit para a parte da casa destinada às mulheres.

A lua estava cheia, amarela e protuberante, mais parecendo uma lua de primavera do que de inverno, e penetrava através do telhado de palha com mil raios minúsculos. A luz radiante também penetrou pela pequena janela na parede de tijolos de lodo e caiu em frente a Marit enquanto ela se deitava de olhos arregalados em sua nova cama. Ela aguardava por Avram. Haviam combinado que, quando todos estivessem dormindo, ele viria para a cama dela.

Mas onde ele estava?

Ela prestou atenção no silêncio na casa, quebrado apenas pelo ressonar da velha e dos irmãos mais novos. Depois, decidindo que não esperaria mais, deslizou para fora da cama, nua, e foi pé ante pé até o outro lado.

No mesmo momento, Yubal agitava-se num sonho afetado pela lua no qual a sua amada parceira de cama, a mãe de Avram, lhe aparecia, dizendo que não estava morta, afinal, e que voltara para ele. Mas enquanto a tomava nos braços e eles começavam a fazer amor, acordou de súbito e piscou numa névoa de embriaguez, incapaz de distinguir entre sonho e realidade. Para onde ela tinha ido?

Ouvindo um som, virou a cabeça para o lado e a viu — a mãe de Avram, jovem, esguia e nua, atravessando na ponta dos pés o cômodo comunal. Ela estava vindo para o lado masculino da casa, para ele.

Yubal conseguiu se levantar e se aproximar dela, puxando-a rudemente para seus braços.

O grito de Marit acordou Avram. Ele piscou na escuridão e franziu o cenho para as duas figuras humanas capturadas brevemente na luz irregular da lua. Teve dificuldade de se livrar da visão dupla. Esfregou os olhos e observou de novo.

Ele levantou-se e caiu de joelhos. Não, devia estar sonhando. Era uma alucinação.

Olhou para eles novamente. A imagem nadava diante dele, como se a casa houvesse de alguma forma afundado na nascente perene, estivesse debaixo da água. Viu braços pálidos contorcendo-se como serpentes, e duas cabeças realizando uma dança estranha. Pernas trôpegas, corpos se agitando. Amantes num abraço aquático.

E então vivenciou um daqueles momentos de clareza absoluta em meio a um estupor embriagado: Marit! Nos braços de Yubal!

Tentou outra vez se pôr de pé, mas o chão debaixo dele oscilava e balançava como a torre de observação numa tempestade. A bile subiu-lhe à garganta e ele percebeu que ia vomitar.

Correu para fora a tempo, vomitando no pequeno canteiro de repolho de sua avó. Aspirou o ar noturno e quando começava a voltar para a casa, a náusea recomeçou.

As mãos de Yubal no corpo de Marit.

Tentou voltar, porém um mal-estar pior do que aquele causado pelo vinho o sobrepujou. Yubal e Marit! Seus pensamentos voavam e colidiam, sem coesão, não passando de uma mixórdia de conceitos e sentimentos borrados.

Assim, ele virou-se e correu. Suando e sentindo-se mal, com o mundo rodopiando a sua volta, se embrenhou no vinhedo, onde seu cérebro intoxicado explodiu com pensamentos irracionais. À mente perturbada de Avram chegou a noção de que Yubal planejara tudo aquilo só para ter Marit.

— Não — sussurrou, enquanto desabava no chão. — Não pode ser.

Tentou achar um sentido para o que seus olhos tinham visto, mas o cérebro estava encharcado de vinho, os pensamentos não vinham numa ordem lógica. De repente, raiva e ciúme explodiram dentro dele.

Erguendo o punho em direção ao céu, gritou:

— Você me traiu! — Engasgou nos seus soluços enquanto se equilibrava nas pernas trôpegas. — Fez tudo isto de propósito! Trazendo minha amada para a casa e me enviando para o Grande Mar. Você queria ela para si o tempo todo! Maldito seja, Yubal! Que sofra mil mortes terríveis!

Soluçando cheio de náuseas, o mundo rodopiando a sua volta, Avram correu de novo, chocando-se com as videiras, os olhos cegados pelas lágrimas, a doença de corpo e alma engolfando-o enquanto mergulhava numa escuridão que o engoliu por completo.

◆ ◆ ◆

Luz brilhante. Gemidos.

Avram jazia completamente imóvel, imaginando por que se sentia tão mal. A cabeça martelava e o estômago roncava. A boca parecia tão seca como poeira e amarga.

Outro gemido. Ele percebeu que saíra de sua própria garganta.

Pouco a pouco, ergueu as pálpebras e se acostumou com a luz. Luz do sol, filtrando-se por uma abertura numa tenda.

Por que ele estava numa tenda?

Quando tentou se sentar, a náusea o percorreu numa onda tão poderosa que ele caiu de costas no leito. Um leito de peles. Não o seu próprio leito.

De quem era aquela tenda? E por que ele estava nela? Como chegara ali? Tentou se lembrar, mas sua mente estava escura como um tanque de lama. A memória chegou-lhe em vagas reminiscências: o banquete celebrando a aliança das duas famílias, o cortejo para casa. Sua avó conduzindo Marit para o setor feminino da casa, ele e Yubal se deitando nas suas esteiras de dormir.

A partir daí, nada.

Quando ouviu um som sussurante, voltou-se na sua direção e viu uma mulher de pele escura embalando utensílios de cozinha num cesto. Tentou falar e, quando ela viu que ele estava acordado, deu-lhe um odre de água para beber, explicando que ela e suas irmãs o haviam encontrado do lado de fora da tenda, jazendo sobre o próprio vômito. Trouxeram-no para dentro e o limparam, depois deixaram-no dormir.

Ele sentou-se e aninhou a cabeça, que estava cheia de demônios furiosos. O jovem de 16 anos não se lembrava de ter-se sentido tão mal em sua vida. *Estava doente? Vomitando? Mas por que ali no acampamento da caravana? Por que não na sua casa?*

Ele conseguiu se ajoelhar, depois se pôr de pé, mas oscilou instavelmente e sua cabeça martelou sem piedade. Confuso, observou a mulher azafamada em levar coisas para fora da tenda. De fato, tudo que restava era o leito onde tinha dormido. Então lembrou-se: a caravana de Hadadezer estava partindo esta manhã.

Devo voltar para casa antes que notem que saí.

Mas a luz cegante do sol o fez parar na abertura da tenda. Pondo a mão sobre os olhos, combateu a náusea crescente e tentou aprumar-se. Sua bexiga estava cheia e ele tinha urgência em aliviar-se.

Havia privacidade atrás da tenda. Enquanto urinava, viu o vasto acampamento sendo desmontado. Então virou-se na direção do assentamento, onde percebeu que um grande coro de choro e lamento erguia-se para o céu, um som que só ocorria quando alguém importante tinha morrido.

Contornando a frente da tenda onde a mulher de pele escura estava descravando as estacas, Avram perguntou-lhe o que havia acontecido no assentamento. Ela explicou que um vinicultor estivera fazendo amor com uma garota e morrera nos braços dela.

Avram pestanejou para ela. Um vinicultor? Fazendo amor com uma garota?

E tudo retornou: Avram acordando para ver Yubal beijando Marit. A fuga para a horta, o punho erguido e a maldição gritada aos céus. E então...

Agora se lembrava, uma cena indistinta e horrenda que observara do seu esconderijo entre as videiras: um grito, seguido por Marit correndo da casa. Sua avó saindo, chorando e golpeando o peito. Os irmãos de Avram cambaleando como se atingidos por um raio. Outras pessoas chegando, indo para a casa. Os vizinhos gritando: "Yubal está morto! O *abba* da Casa de Talitha foi juntar-se aos seus ancestrais."

Avram agora lembrava-se do seu choque embriagado à ocasião, escondido nas videiras, sem conseguir sair do lugar em estupefação. Yubal estava morto?

E então a lembrança: *Avram, sacudindo um punho para o céu. "Que sofra mil mortes horríveis!"*

Ele correu às cegas do vinhedo, nauseado e confuso, descobrindo-se no santuário da Deusa.

A memória retornou-lhe, indistinta e obscura. A casa de Al-Iari, pequena e de teto rebaixado, o interior escuro iluminado por lamparinas que lançavam luz sobre prateleiras repletas de amuletos mágicos, ervas curativas, poções, pós e encantos para fertilidade. E acima o altar dela...

A estátua.

E, deslumbrante à luz das lamparinas, a pedra azul. O coração da Deusa. O seu coração *clemente*. Em seu desespero embriagado, Avram tinha impulsivamente lançado os braços em torno das pernas de pedra de Al-Iari, perdendo o equilíbrio e levando a imagem ansiada com ele. Um estalido alto.

Avram agora cambaleava contra a tenda como se tivesse sido atingido. *A Deusa caída estilhaçada no chão.*

Não podia ter sido real! Não passava de um distorcido e monstruoso pesadelo.

Quando ouviu alguém fazendo-lhe uma pergunta, ele piscou para a mulher de pele escura.

— Você conhece o vinicultor? — repetiu ela.

Mas tudo em que ele conseguia pensar era na estátua estilhaçada de Al-Iari. Não houve nenhum pesadelo, tinha sido real. *Ele havia matado a Deusa!*

E então outra lembrança: o cristal azul, sua mão buscando-o cegamente, enroscando-se em volta dele, tateando por seu talismã, enfiando a pedra dentro da macia bolsa de couro.

A respiração suspensa pelo choque, Avram trouxe agora a mão para cima e pousou-a sobre o peito, onde podia sentir, sob a túnica, a protuberância do talismã. Mas agora estava maior e tinha uma nova solidez.

A pedra azul, o coração da Deusa.

Tentou se mover, tentou gritar, forçar lágrimas, impelir os pulmões a expressar seu ultraje e pesar. Mas nada dentro dele se moveu, seu corpo não obedecia. Como um homem sob um encantamento, observou as mulheres desmontarem a tenda e a empacotarem num trenó. E quando começaram a caminhar com o restante da caravana, um êxodo em massa se retirando do Lugar da Nascente Perene, Avram, sem hesitar, juntou-se a ela.

Era uma família de sete mulheres: avó, mãe, três filhas e duas primas. Disseram-lhe que eram emplumadoras e que seria bem-vindo se quisesse acompanhá-las. E assim ele seguiu com as emplumadoras, um rapaz mudo e sem nome que teria deixado as mulheres precavidas se não fosse tão bem-apessoado e nitidamente o filho de uma família rica.

Os dias e semanas se passaram numa névoa. Avram fazia o trabalho pesado para as mulheres durante o dia e à noite elas o acarinhavam e beijavam, dizendo que ele era um garoto muito bonito, e o atraíam para seus corpos cheios de luxúria. Passado algum tempo, o entorpecimento se desvaneceu e Avram reconheceu o completo infeliz em que se transformara. Ele matara seu *abba*, trouxera desgraça para sua linhagem e rompera um contrato com Parthalan, tinha abandonado Marit e, ao roubar o coração da Deusa, a havia matado igualmente. E assim ele permitia que as mulheres, que desconheciam os detalhes de sua tragédia, o consolassem e lhe oferecessem refúgio.

Elas ignoravam que o garoto viajando em sua companhia não passava de uma sombra, uma carapaça sem alma que não tinha nenhum objetivo. Seu corpo movia-se por instinto — para dormir, comer, urinar. Quando uma xícara era colocada em suas mãos ele bebia, e quando as mulheres visitavam seu leito à noite, o corpo de Avram reagia como o de um homem e ele extraía seu prazer. Mas o próprio Avram não sentia nenhum prazer, nenhuma fome ou dor. Ele se movia num domínio que não pertencia nem aos vivos nem aos mortos.

A caravana seguia rumo ao norte, um lento rio de humanidade sobrecarregada, parando em pequenos assentamentos e depois prosseguindo, passando pelo lago de água doce e a Caverna de Al-Iari, na floresta luxuriante onde crescia a árvore *lebonah*. Avram puxava o trenó das emplumadoras e montava a tenda delas à noite enquanto suas companhias femininas o alimentavam e se deliciavam com sua juventude e inocência. E embora ele houvesse perdido todo cuidado com sua própria segurança e bem-estar, alguma coisa nele o fazia manter-se escondido de Hadadezer, que tinha sido amigo de Yubal.

Entorpecido em mente, corpo e espírito, Avram observava as emplumadoras no seu habilidoso trabalho. O talento delas, conhecido ao longo da rota da caravana, que ia das montanhas do extremo norte ao delta do Nilo, residia no seu instinto para dispor penas sobre couro do modo como eram assentadas em camadas num pássaro. Eram também peritas no uso da cor, de modo que seus leques, capas, cintos e capuzes obtinham os mais altos preços.

Sabendo que havia um espírito mau de doença dentro dele, a matriarca alimentava Avram com infusões medicinais destinadas a afastar os maus espíritos. Ela cantalorava sobre Avram e pousava nele as mãos curativas. Suas filhas e sobrinhas o rodeavam num adorável círculo e cantavam para ele, especialmente quando ele acordava dos pesadelos nos quais via-se correndo atrás de Yubal, tentando chamá-lo de volta.

Talvez não houvesse um espírito maligno dentro dele, afinal, a matriarca por fim decretou quando as suas ministrações não apresentaram reação. Talvez o próprio espírito do rapaz tivesse morrido. E uma vez morto, um espírito não podia ser revivido.

Era primavera quando a caravana finalmente emergiu de um desfiladeiro da montanha e serpenteou para seu platô imenso e relvoso onde outras famílias estavam acampadas junto a um lago raso. As emplumadoras convidaram Avram a continuar com elas até a sua aldeia de casas de pedra, situada a apenas um dia de viagem, onde ele poderia viver uma vida de ócio com elas por dois anos, antes que se juntassem de novo à caravana de Hadadezer. Mas ele sentiu uma compulsão em movimento, o sol poente chamando-o por motivos que não entendia. Ele descobriu que este era um acampamento de inverno e que uma vez que as chuvas cessassem as famílias ali acampadas descravariam as estacas das tendas e seguiriam os rebanhos que migrariam em busca da relva de primavera. Portanto foi até as tendas e ofereceu-se como trabalhador braçal caso lhe permitissem viajar com eles.

E assim Avram continuou a sua fuga do Lugar da Nascente Perene. As emplumadoras deram-lhe um adeus lacrimoso e uma linda capa feita com penas de ganso, e com sua nova família ele viajou através do platô da Anatólia, uma suave planura de relva baixa, salgueiros atrofiados e tulipas e peônias silvestres. Eles seguiram enormes manadas de cavalos, burros e antílopes selvagens. Avram viu os camelos de corcova dupla, marmotas gordas se aquecendo ao sol, estorninhos cor-de-rosa agrupados aos milhares, e grous que construíam os ninhos no solo. Mas, no que lhe interessava, todas essas maravilhas poderiam ter sido cinza e pedra. Avram não dissera seu nome nem contara sua história à família nômade, mas trabalhava duro para eles e mantinha sua paz. Quando as mulheres rastejavam para o seu leito, reagia tão objetiva e mecanicamente como tinha sido com as emplumadoras. Ele dava-lhes prazer com seu corpo, mas não dava nada do seu coração.

Quando chegaram à orla ocidental do platô, ele acenou para a família e continuou a descida para o litoral, onde alcançou um exíguo corpo de água que erroneamente tomou por um rio, não sabendo que era de fato um estreito ligando dois grandes mares e separando dois continentes. Avram também não sabia do encolhimento de geleiras no continente europeu e da resultante elevação do nível do mar, que ao longo dos milênios transformaria este pequeno estreito numa ampla passagem de navegação que seria um dia chamado de Bósforo.

Foi aqui que ele viu barcos pela primeira vez e conheceu um homem que o levaria para o outro lado. Avram acabara de completar 18 anos e achava que sua vida chegava ao fim.

Ele viajava sozinho.

Se percebia sinais de humanos, fazia um longo contorno para evitá-los. E na sua auto-suficiência adquirida durante a inflexível jornada para o ocidente, Avram o sonhador tornou-se gradualmente Avram o caçador, aquele que preparava as armadilhas, o pescador. Ele desenvolveu armadilhas para pegar coelhos e lanças para pescar salmão. Escavava em busca de crustáceos ao longo das praias e dormia ao lado de uma fogueira solitária à noite. A capa de penas o protegia do vento e da chuva e durante o verão inclemente ele a pendurava em estacas para fazer sombra. Seu corpo adolescente magro começou a ganhar musculatura, e a barba despontou. Ele prosseguia para oeste quando podia, mas quando encontrava litorais e via-se à orla de mares sem praias do lado oposto, movia-se rumo ao norte, sem saber que estava traçando rotas que oito milênios depois seriam seguidas por homens chamados Alexandre, o Grande, e São Paulo.

No estuário na costa leste da terra que um dia seria chamada Itália, ele se deparou com uma aldeia onde pessoas comiam uma quantidade tremenda de amêijoas; tinham até mesmo uma ferramenta especial de sílex para abri-las. Aquele povo vivia em abrigos de palha que vinham abaixo a cada tempestade. Como Avram fizera uma exaustiva viagem e necessitava de descanso, decidiu permanecer com eles por uma estação e depois seguir em frente. Mas não dissera aos comedores de amêijoas o seu nome e sua história, nem aprendera a língua deles, pois agora considerava a vida uma efêmera impermanência, e saber de nomes e histórias não tinha mais importância. Sempre que ansiava por seu lar no Lugar da Nascente Perene, ou experimentava sentimentos cálidos naquela direção, ele endurecia seu coração juvenil e se recordava do crime que havia cometido e da desonra que trouxera para sua família. Era um homem amaldiçoado e destinado a ser excluído para sempre de seu próprio povo.

O horizonte continuava a chamá-lo, tal como na sua infância, só que agora ele o seguia não para ver o que havia do outro lado, mas sim porque não tinha mais para onde ir. E na sua necessidade irracional de pôr cada vez mais chão debaixo de seus pés, em lugar nenhum encontrou outro assentamento igual ao seu na nascente perene. Certa vez havia imaginado que em toda parte as pessoas viviam em casas feitas de tijolos de lodo e mantinham seus próprios pomares, mas agora via, enquanto viajava para o norte, atravessando rios e prados sem nome, subindo colinas e picos, que os habitantes do Lugar da Nascente Perene eram únicos no mundo.

Soube também algo mais: por causa da presa de lobo que Yubal lhe dera na caverna sagrada do vinho, ele não podia sofrer dano algum. Nos dias e semanas viajando para a nascente do rio Jordão e além, e depois para oeste através do platô anatoliano, e finalmente ao fazer a travessia num barco de fundo chato, nenhum dano sofrera. Se os comedores de amêijoas o receberam bem, outros o trataram com cautela. Os animais o deixavam em paz. E assim ele veio a perceber que era o poder do espírito do lobo que o protegia.

Mas a proteção não lhe trazia nenhuma alegria ou auxílio, pois havia uma certa ironia no fato de Yubal ter dado a ele a presa de lobo. Se Yubal a tivesse conservado para si, a maldição de Avram não o teria matado.

Ele continuou rumo ao norte, seguindo rios caudalosos e sobrevivendo em montanhas mais altas do que qualquer uma que já vira. Descobriu florestas e bétulas, pinheiros e carvalho nas quais a caça principal era o cervo vermelho e gado selvagem. Ali deparou com uma raça de caçadores de bisões. Ele trocou sua capa de penas, que já não era mais excelente mas ainda assim uma novidade, por peles, botas e lança adequadas. Juntava-se a grupos de caça, ficava com eles por um tempo e depois seguia viagem. Ele nunca revelava o seu nome, jamais contava a sua história. Mas era um bom caçador, sempre dividia a caça, respeitava as leis e os tabus dos outros e nunca se deitava com uma mulher sem o consentimento dela.

Em todo este tempo mantinha a pedra azul junto ao peito, escondida, um símbolo de seus crimes e sua vergonha. Desde sua fuga do Lugar da Nascente Perene que ele não a tirava de sua bolsinha-talismã. Mas nem um dia se passava sem que não estivesse ciente de sua presença ali: fria, impessoal, sentenciosa. E à noite, quando era visitado por sonhos — de Marit procurando por ele no Vale dos Corvos, Yubal chamando-o para baixo da torre de observação —, nada contava aos companheiros a respeito do seu tormento.

Chegou o dia em que a inquietação lhe sobreveio novamente. Olhando para o norte, perguntou aos caçadores de bisão o que havia naquela direção. "Fantasmas", eles disseram.

Assim, Avram disse adeus aos caçadores de bisão e seguiu rumo ao norte para a terra dos fantasmas.

Enrolado em peles, com lanças e flechas amarradas às costas, e viajando sobre as raquetes de neve que os caçadores lhe tinham dado, Avram finalmente chegou à orla de uma vasta e branca região selvagem. Havia mais neve do que ele já vira, neve infinita sem nenhuma montanha oposta, nem mesmo um horizonte, e os ventos sopravam mais ferozmente do que jamais imaginara, produzindo rajadas uivantes, mais parecidas com os gritos de mil demônios, que lhe atravessavam a pele até congelar seu próprio núcleo. Ele pensou: *Cheguei ao fim do mundo. Este é o meu destino.*

Enquanto começava a caminhar, o vento mudou e soprou seu capuz de pele para trás, fulminando seu rosto com um bafo gélido. Pegando rapidamente o capuz e mantendo-o com firmeza debaixo do queixo, ele prosseguiu em frente, ignorando que de fato estava cruzando um mar, que não se encontrava mais em terra firme. Não fazia idéia do que havia no fim de sua jornada, exceto uma vaga noção de que se dirigia para a terra dos mortos. Enquanto lhe ocorria que já deveria estar morto e que isto era uma mera formalidade, o gelo sob seus pés subitamente cedeu, mergulhando-o na água gelada.

Avram lutou freneticamente por um apoio no gelo, que continuava a se quebrar sob suas luvas de pele. Enquanto se debatia na água, algo chocou-se contra suas pernas e ele vislumbrou um enorme monstro marrom nadando em volta dele. Foi dominado pelo terror. Não desejava mais estar morto, mas sim bem vivo. Porém seus esforços eram fúteis enquanto sentia as pernas se entorpecerem na água, um entorpecimento que começava a se arrastar por todo o corpo. Quando o último ponto de apoio no gelo se rompeu e a água gélida cobriu-lhe a cabeça, seu último pensamento foi para Marit e para o cálido brilho do sol.

Avram estava voando. Mas não como um pássaro, percebeu, pois estava meio sentado, meio reclinado, os braços dobrados confortavelmente sobre o peito, debaixo de uma pilha de peles. *É assim que os mortos viajam para a terra dos ancestrais?*

Enquanto piscava através de uma camada de pele em volta da face, viu a paisagem toda branca passar correndo. Franziu o cenho. Não voava, tampouco estava correndo, pois suas pernas estavam esticadas diante dele e igualmente embrulhadas em peles quentes. Olhou direto à frente e quando seus olhos foram capazes de focalizar, viu que estava sendo transportado por uma alcatéia de lobos. *Sou o jantar deles*. Talvez fosse uma vingança por Yubal ter matado aquele lobo tantos anos atrás. Portanto, a presa não mais servia como proteção.

Podem me comer então, gritou sua mente. *É o que mereço*. E de novo caiu na inconsciência.

Quando acordou em seguida, a sensação de voar tinha diminuído e ele viu pequenas colinas redondas e brancas se delineando mais perto. Olhou para os lobos de novo e desta vez percebeu que não eram lobos comuns e que pareciam estar atrelados a tiras de couro. Quando ouviu um grito, notou que alguém estava de pé logo atrás, elevando-se acima dele, gritando comandos para os lobos. Tentou ver um rosto, mas ele estava coberto com peles.

Decidindo que não tinha certeza de que preferia estar morto, desmaiou de novo e quando acordou foi para descobrir-se num pequeno lugar escuro que cheirava a óleo queimado e a suor humano. Piscou e tentou ajustar a visão. O teto era feito de gelo. Estaria ele numa caverna de gelo? Nada disso, ele podia ver as suturas onde os blocos de gelo se uniam. Era uma casa — feita de gelo. E estava deitado em algum tipo de leito, e por debaixo das peles estava nu. Alguém lhe tirara as roupas! Tentou apalpar seu talismã, mas havia algo errado com seus braços. Não conseguia movê-los.

Uma voz próxima, a seguir uma sombra na parede. Piscou de novo e viu um rosto entrar em foco. Velho, enrugado e com um sorriso desdentado. Ela falou. Por fim, ele achou que era uma mulher. E então, para seu espanto, ela retirou suas cobertas, expondo-o ao ar. "Mulher indecente!", gritou, só para perceber que o grito tinha sido dentro de sua cabeça. Ele não podia mover a mandíbula, nem mesmo abrir a boca. Enquanto Avram jazia alquebrado e indefeso, a velha escancarou sua boca e espiou dentro; depois inspecionou seu umbigo e estimulou os testículos. Finalmente, as mãos rudes começaram a trabalhar na sua carne congelada, primeiro apertando e pressionando seus dedos, depois massageando a vida de volta a eles. Ergueu as mãos dele até sua boca e soprou nelas. Ele não sentiu o hálito quente nem o toque das mãos. E quando ela se inclinou sobre seu corpo, continuou a não sentir nada.

Ela parou e lançou-lhe um olhar preocupado. Após proferir algumas palavras incompreensíveis, rastejou para fora do abrigo por uma abertura que não havia notado antes. "Você não tem que deitar em cima de mim!" ele queria gritar, mas seus lábios e a língua não obedeciam.

Ela não o deixou por longo tempo e quando saiu e retornou, estava acompanhada de outra pessoa, uma figura alta e de ombros largos. Avram observou intrigado a outra pessoa despir camadas de roupas para revelar seios fartos, cintura fina e quadris deslumbrantes. Ela deitou-se ao lado dele e o tomou nos braços. A velha os cobriu e saiu da cabana de gelo.

Avram vagueou dentro e fora da consciência muitas vezes antes de ficar plenamente desperto. A primeira coisa que notou foram as pestanas douradas jazendo no alto de faces pálidas, um nariz afilado e uma larga boca rosada. Bem mais tarde, ele descobriria que o nome dela era Frida e que fora quem salvara sua vida ao puxá-lo do gelo.

Sua recuperação levou semanas e deveu-se principalmente a Frida e à velha, que o massageavam e alimentavam com peixe e sopa e ervas curativas. Homens vieram olhá-lo, agachando-se no interior da pequena casa e fazendo perguntas que não entendia. A cada noite ele sentia-se adormecer nos braços cálidos de Frida e despertar na manhã seguinte para descobrir o cabelo cor de linho dela espalhado sobre seu peito. Na manhã em que acordou com uma ereção, a velha declarou-o curado e Frida não dormiu mais com ele depois disso.

Mais tarde, ele descobriria por que salvaram sua vida e por que dividiram com ele o pequeno estoque de comida que tinham. Antes que ele houvesse caído no gelo, antes que tivesse começado sua jornada através do mar congelado, um vento soprara o capuz da sua cabeça e Frida o tinha visto. Ignorando que havia gente por perto, Avram pegara o capuz de volta e começava a seguir pelo ermo congelado, mas não sem Frida ter visto o cabelo preto e a pele trigueira. Entre os deuses deles, ela explicaria mais tarde, depois que Avram aprendeu a língua, os de cabelo escuro eram os guardiães das florestas e cavernas e possuíam poderes prodigiosos.

Certa manhã, finalmente, a velha depositou as roupas de Avram diante dele, novamente secas e macias, e ele ansiosamente as vestiu. Não conteve a alegria ao ver seu talismã, ainda na bolsinha de couro, e que pareceu-lhe estar intocado. Mas mesmo assim a abriu, para certificar-se de que nada de valor se tivesse perdido na sua luta com o gelo. Embora a velha observasse curiosa à medida que os objetos eram retirados — a tira que era o seu ressequido cordão umbilical, um dente de bebê, a presa de lobo de Yubal —, foi só quando viu o cristal azul que ela gritou.

Para espanto de Avram, ela rastejou apressada retirando-se da casa de gelo e ele pôde ouvi-la gritando lá fora. Um momento depois, o homem mais corpulento que Avram já vira espremeu-se para dentro. Por um instante, Avram pensou que o estranho ia roubar o cristal. Em vez disso, ele se acocorou no chão de gelo e olhou maravilhado para a pedra. Olhou para Avram e fez uma pergunta à qual este só pôde responder: "Não entendo a língua de vocês." O homem assentiu e começou a se retirar. Depois parou e fez sinal para que Avram o seguisse.

Com o talismã em segurança em torno de seu pescoço e oculto de novo sob a túnica de pele, Avram deu seus primeiros passos para descobrir que a "manhã" tinha raiado apenas em sua imaginação, pois descobriu-se numa terra de escuridão constante.

O povo reuniu-se em volta dele, timidamente curioso acerca do recém-chegado. Usavam jaquetas com capuz, calças e botas, à prova de água, de pele de foca, e todos eram tão parecidos que ele imaginou como os homens e mulheres podiam distinguir seus parceiros nos momentos de prazer. Mas a maioria deles se assemelhava a fantasmas, pois a pele era como fumaça branca e o cabelo tinha a cor de trigo desbotado. E como eram altos! Até mesmo as mulheres superavam Avram em altura. Elas pareciam considerar uma novidade a sua baixa estatura, cabelo preto e pele azeitonada.

O líder do clã apresentou-se como Bodolf.

Na sua jornada pelo continente, Avram havia encontrado ursos. Bodolf lhe lembrava um urso — um urso enorme e pálido, com uma risada trovejante. Bodolf não usava nenhum óleo em sua barba, como faziam os homens no clã de Avram, mas trançava o longo cabelo louro. Todavia, suas tranças não eram adornadas com conchas e contas, mas sim com ossos de dedos humanos. "Arrancados dos cadáveres de nossos inimigos", Bodolf vangloriou-se mais tarde.

Avram foi então apresentado a um homem chamado Eskil, a quem considerou irmão de Bodolf, tão forte era a semelhança. Mas então reparou que Eskil era consideravelmente mais jovem — tio e sobrinho talvez? E então tudo se esclareceu quando Bodolf disse:

"Eskil e eu não somos parentes de sangue. Ele é filho de minha parceira de fogueira, a mulher com quem passei todos os meus invernos." Bodolf era um daqueles que não buscavam variedade, mas satisfazia-se com a mesma mulher a cada ano.

Aquela noite — embora o sol nem tivesse despontado — o clã realizou um banquete em homenagem ao seu visitante que possuía um pedaço do céu. Avram comeu foca pela primeira vez na vida, e também experimentou azeite de baleia e a carne de um urso cuja pele era branca como a neve. Eles ansiavam impressioná-lo com sua iguaria favorita — um ganso assado que tinha sido alimentado apenas com peixe podre, o que supostamente conferia à carne um sabor exótico, que Avram porém achou repugnante. Ainda assim, ele estava grato por continuar vivo e na companhia de uma raça tão hospitaleira. Especialmente as mulheres, com seus cabelos parecendo barbas de milho e a pele macia como fruto, que o consideravam uma novidade intrigante.

Ele continuou a partilhar a casa de gelo da velha e ganhava seu sustento entretendo o clã com o que eles chamavam de mentiras: descrições de palmeiras e desertos arenosos, girafas e hipopótamos, e verões tão quentes que a água caída numa pedra chiava e evaporava.

Aos primeiros sinais da primavera, o clã de Bodolf, que se autodenominava o Povo da Rena, deixou as casas de gelo e viajou de trenó para uma região montanhosa, onde pinheiros e bétulas estavam derramando suas camadas de neve. Ali o povo se pôs a trabalhar cortando troncos de árvores. O trabalho prosseguiu noite e dia até que uma robusta casa de troncos foi construída, ampla o bastante para que todos lá vivessem e dormissem. Avram ajudava, brandindo machados e aplicando resina de pinheiro, comendo com eles na hora das refeições mas dormindo sozinho à noite. Avram não queria aprender a língua deles, não queria saber seus nomes.

Quando tinha seus momentos a sós, ele olhava para o verde novo crescendo e, lembrando-se da primavera no Lugar da Nascente Perene, voltava os olhos para o sul. Uma vez que não podia mais prosseguir nem para o norte nem para oeste — ele havia chegado à orla do mundo —, talvez fosse hora de voltar.

Mas... para onde? Para o Lugar da Fonte Perene, onde só conheceria desonra? Só havia uma razão para voltar: ele fantasiava Marit vivendo na sua casa, em companhia da sua avó e irmãos.

"Fique com a gente", Bodolf disse, pondo o braço em torno dos ombros do rapaz. "Nós lhe contaremos nossas histórias e você nos contará as suas. E beberemos juntos e alegraremos os corações de nossos ancestrais."

Eles apresentaram Avram ao hidromel, uma bebida feita de mel fermentado que consumiam em quantidades copiosas nos meses de verão. Quando Avram provou a bebida e viu quão atrativamente o cabelo de Frida capturava a luz do fogo, decidiu que não havia pressa em partir.

Ele os observava na caça, ouvia-os conversar e, gradualmente, embora a contragosto, aprendeu a língua deles.

— Como vocês vieram viver num lugar como este? — perguntou ele, pensando na sua terra abençoada pelo sol, que parecia um lugar mais adequado para se viver.

— Nossos ancestrais viveram originalmente no sul. Quando as renas ouviram os chamados para o norte, elas para lá se dirigiram e nossos ancestrais as seguiram. — Bodolf apontou para as montanhas se elevando da terra como facas e os grandes rios de gelo no meio. — Os chamados vinham daquelas geleiras. Eles foram se retirando para o norte e deixaram para trás o líquen e o musgo de que nossa rena tanto gostava. Assim, pode-se dizer que aquelas geleiras nos trouxeram para cá.

— Por que elas estão se retirando?

Bodolf deu de ombros.

— Talvez o céu as esteja chamando de volta.

— E voltarão de novo? — perguntou Avram, tentando imaginar um mundo inteiramente coberto de gelo.

— Isso depende dos deuses. Talvez. Algum dia.

Avram olhou para o cercado onde os estranhos lobos eram mantidos. Para seu espanto, os homens os estavam alimentando e não eram atacados.

— Como isto é possível? — indagou Avram.

— Vocês não têm cães lá na sua terra?

— O que são cães?

— Primos dos lobos.

— Vocês os domaram?

— Eles é que nos domaram — disse Bodolf com um sorriso. — Eles se aproximaram dos nossos ancestrais e disseram: "Se nos alimentarem, trabalharemos para vocês e lhes faremos companhia nas noites escuras."

Avram aprendeu que o povo de Bodolf venerava a rena, como fornecedora de alimento e peles, mas também como criadora de vida.

Os magníficos animais eram mantidos num amplo cercado onde tinham liberdade para circular, belos animais com pêlo escuro e mantos brancos, e chifres tão esplêndidos que pareciam árvores. Ver tais animais domesticados pelos homens era um assombro para Avram, porém mais espantoso ainda era como as renas permitiam-se ser ordenhadas. Ele pensou em Namir e suas experiências para domesticar as cabras e de repente adquiriu um novo respeito pelo homem, porque não pensava que fosse possível domar os animais.

Bodolf contou-lhe acerca dos dias dos seus ancestrais, quando eles costumavam caçar rebanhos de renas no gelo e como um homem havia se extaraviado de seu grupo de caça. Enquanto ele jazia na neve, congelado, faminto à beira da morte, uma rena se materializou e agachou-se junto a ele, mantendo-o aquecido com seu corpo maciço, permitindo depois que ele bebesse o seu leite. E enquanto Rena o trazia de volta à vida, ela disse para o homem: "Não nos cacem e não nos abatam. Levem algumas de nós para viver com vocês e os alimentaremos e manteremos aquecidos. Mas deixem meus rebanhos vaguearem livres." Assim, eles capturaram fêmeas por algum tempo, e então Rena chegou ao ancestral num sonho e falou de novo: "Você não pode separar minhas fêmeas dos machos, pois como os homens e mulheres, minhas renas devem ter prazer." Assim, os ancestrais trouxeram um macho para viver com as fêmeas, e o povo teve leite para sempre depois disso.

Avram franziu o cenho.

— Mas como é que os animais obtêm prazer? — perguntou, tentando imaginar isto.

Bodolf riu e fez um gesto com as mãos.

— Do mesmo jeito que os humanos! Os animais não são diferentes!

Tendo visto animais apenas quando os haviam caçado nas colinas, perseguindo-os com lanças, arcos e flechas, Avram nunca presenciara este comportamento. Se a Deusa criou ato de prazer íntimo para as pessoas, por que não também para os animais?

— Com a chegada da primavera — disse Bodolf com satisfação —, os novilhos terão nascido.

Avram cerrou as sobrancelhas.

— Como sabe disso? A lua escolhe quando os novos vão nascer. Os homens não têm como prever isto.

Bodolf lançou-lhe um olhar impaciente.

— Vocês não têm animais na sua terra?

— Temos muitos.

— E eles não dão cria?

— Quando caçamos na primavera, vemos filhotes entre os rebanhos.

— Então isto pode ser previsto! Porque é desta maneira — disse Bodolf, mais uma vez fazendo um gesto rude do ato sexual com suas mãos — que o espírito de Rena provê as fêmeas de cria. Ela faz o mesmo com os humanos. Quando uma mulher sonha com uma rena, ou inala a fumaça da carne de rena no fogo, ou se usa um amuleto de rena em volta do pescoço, ela ficará grávida. A rena é a doadora de vida de todas as coisas. Não acontece o mesmo entre seu povo?

— Na minha terra é a lua que deixa uma mulher com criança — disse Avram, ainda não convencido acerca de animais e prazer sexual.

Contudo, mais intrigante para Avram do que o enigma da rena era o das próprias pessoas. Ele observou mais casais permanentes entre o Povo da Rena do que entre sua própria espécie. Não havia alianças entre famílias, mas sim entre duas pessoas: a mulher fornecia lareira e abrigo, enquanto o homem provinha alimento e proteção. Talvez isto se devesse aos invernos prolongados e inclementes que tornavam a vida mais dura aqui, fazendo portanto a sobrevivência depender de cooperação. Avram pensou: *Um homem aqui não tem como sair vagando à noite em busca de mulher, não é como nas noites quentes e abafadas no Lugar da Nascente Perene, onde a cópula é freqüente e sob as estrelas.*

Quando o verão se foi e o inverno era iminente, Bodolf propôs a Avram que escolhesse uma companheira para a estação fria. Quando Avram disse que estava acostumado a dormir junto aos homens, Bodolf e os outros irromperam em riso e disseram: "Escolha uma mulher. O que há de melhor para se manter aquecido?"

Ele pensou em Frida e descobriu que ela ainda não havia escolhido um parceiro para o inverno. No entanto, para obter acesso ao abrigo de uma mulher o homem primeiro tinha de demonstrar que era um bom provedor de alimento. E assim Bodolf e Eskil levaram Avram para fazer sua primeira caçada.

Os caçadores deslizaram através dos ermos congelados sobre esquis e trenós puxados por cães enquanto iam à caça do urso polar e do alce. Avram jogou para trás seu capuz e ergueu o rosto para o céu. Que velocidade! Que liberdade! Ele chamou os outros e eles acenaram de volta, e por um momento Avram se esqueceu de sua condição desolada e amaldiçoada, de que era um assassino, um rompedor de juramentos, um homem que havia abandonado sua amada e maculado a honra de sua família. Durante estas poucas horas ele se sentiu limpo e livre, e por um breve tempo se permitiu pensar com sentimentalismo nos três irmãos, imaginando como eles teriam apreciado esta aventura no gelo.

Mas quando viu Bodolf e Eskil juntos, e seu vínculo especial, isto o fez se lembrar de seu relacionamento com Yubal, e seu coração doeu de novo com pesar. Alguma coisa ele podia dizer a esta gente: que era possível matar um homem com um juramento proferido.

Os dias ficaram mais curtos e o Povo da Rena deixou a floresta e dirigiu-se ao ermo congelado para construir suas casas de gelo. Bodolf testou a neve com sua faca em vários lugares antes de encontrar o peso e a textura certos para a construção.

— A neve é muito irregular aqui... macia demais no topo e dura demais no fundo. Mas é o melhor que podemos encontrar.

Ele e Eskil cortaram o primeiro bloco de gelo. Avram ajudou-os a virar o enorme pedaço; a seguir, Bodolf esculpiu um bloco utilizável do meio dele. Os blocos foram fixados camada por camada numa espiral e quando o domo foi completado, Bodolf escavou uma plataforma de dormir ao varrer com a pá para fora do pequeno buraco de entrada o excesso de neve na base do domo.

Depois de construírem o abrigo deles, Bodolf e Eskil levaram Avram à caça da foca, que era feita no oceano congelado. Bodolf explicou que, como as focas precisavam respirar, elas faziam buracos no gelo quando ele começava a congelar e depois retornavam periodicamente em busca de ar. Avram observou enquanto os caçadores usavam seus semilobos para localizar estes buracos pelo odor, depois eles deslizavam um osso de baleia fino pelo gelo e esperavam. Quando o osso de baleia trepidava, isto significava que a foca estava subindo à superfície e assim o caçador rapidamente arremessava o seu harpão. Isto exigia que um homem ficasse totalmente imóvel por várias horas, uma tarefa à qual Avram estava acostumado, graças aos seus turnos de vigia na torre de observação de Yubal.

Embora todos rissem das tentativas frustradas de Avram em arpoar uma foca, eles finalmente se uniram e o ajudaram a capturar uma, de modo que ele não teria de passar os meses de inverno com velhos que roncavam. Era costume trazer uma carcaça de foca diretamente a uma mulher, pois ela devia oferecer-lhe uma caneca de água como sinal de hospitalidade, tornando assim propício o espírito da foca. Portanto, Avram trouxe sua foca para Frida. Ela ofereceu água ao animal e convidou Avram para sua lareira.

Eles estavam na casa de gelo de Bodolf e sua mulher de muitos anos, Thornhild, com Eskil e uma garota de sorriso tímido, e Avram e Frida, que se sentaram de mãos dadas. Eles ouviam os lobos uivando na noite e a explicação de Bodolf para Avram.

— Ninguém sabe por que os lobos uivam. Talvez eles vejam fantasmas, ou estejam possuídos pelos espíritos dos homens que mataram. Talvez gostem do som das suas próprias vozes — disse Bodolf com um sorriso. — Eles bebiam o último hidromel do verão e apreciavam o calor das peles e de um braseiro fumegante na aconchegante casa de gelo. — Os lobos têm grande satisfação em uivar juntos. Já os ouvi uivar quando saúdam um ao outro depois de uma caçada.

— Como as pessoas — disse Avram com um sorriso.

Ele sentia-se cada vez mais à vontade com o Povo da Rena, muito embora se achasse superior a eles e soubesse que eles próprios se consideravam superiores a ele. Sua rivalidade era bem-humorada. Quando Avram tentou descrever sua casa, Bodolf perguntou:

— Vocês vivem na mesma casa o ano todo?

— Sim, e por muitos anos.

Seus companheiros ficaram chocados. Empinaram os narizes e fizeram caras e bocas.

— Nós as varremos — disse Avram na defensiva. — Mantemos as casas limpas.

— Por que ficam na mesma casa?

— Para tomar conta do vinhedo.

— Têm de tomar conta do vinhedo?

— Foi o que eu disse.

— Se não tomarem conta as uvas não vão crescer?

— Oh, as uvas crescerão.

— Então por que tomar conta do vinhedo?

— Para evitar que outros peguem as uvas.

— Por que evitar que outras pessoas peguem as uvas?

— Porque elas são nossas.

Bodolf trocou olhares com os outros.

— Então quando estrangeiros aparecem a uva não é para eles?

— Isso mesmo.

— Por que não? O fruto está na parreira.

— Mas meu *abba* plantou as parreiras e portanto as uvas são dele.

Eskil franziu o cenho.

— Se o seu *abba* morresse, as uvas também morreriam?

— Bem, não.

— Então como é que elas são *dele*?

Avram explicou a história de Talitha e Serophia, que contou com grande solenidade. Para sua indignação, eles explodiram em risos. Mas então, enquanto continuava a beber o mel fermentado e a contar sua história, ele também começou a achá-la engraçada e, após um instante, viu-se agarrando o estômago e rindo das extravagâncias daquelas mulheres impossíveis tanto tempo atrás.

No final, apesar de suas diferenças, Avram e o Povo da Rena concordavam numa coisa: que bebidas fermentadas eram maravilhosas.

Finalmente eles quiseram ouvir sua própria história, e quando a contou Avram assim concluiu:

— Não sei por que fujo ou por que continuo fugindo. Poderia ter ficado com as emplumadoras e levado uma vida confortável. Mas fui impelido para o oeste e agora pareço ter chegado ao fim do mundo.

— Talvez você esteja numa busca de visão — disse Bodolf, e os outros concordaram solenemente.

Assim Avram passou seu segundo inverno entre o Povo da Rena, caçando focas e trazendo-as para Frida, dormindo nos braços dela à noite, rindo com ela durante o dia — embora noite e dia fosse tudo a mesma coisa. Ela mostrou-lhe luzes no céu setentrional, fantasmas dançantes de cores fabulosas. Ele contou-lhe sobre o deserto e o mar de sal sem nenhuma forma de vida. Faziam amor no seu casulo de peles e gelo, e nos braços de Frida ele se esquecia por instantes da vergonha que o impelira até ali e do crime que havia cometido. Ele enterrava o rosto no cabelo de barba de milho e declarava que ela era o amor da sua vida. Mas Frida limitava-se a rir e o provocava, pois ouvira-o chamar por Marit durante o sono, e sabia que sua rival era uma mulher de sonho com cabelos negros.

Avram aprendeu a viver num novo ritmo de luz e escuridão. Os dias eram mais brilhantes da primavera ao fim do verão, e mais escuros entre o outono e a primavera. Por três meses o sol nunca caía abaixo do horizonte e por três meses nunca despontava. O ciclo de mudança das estações era o surgimento e desaparecimento de gelo sólido no mar. Ele aprendeu acerca dos deuses de Bodolf e da superstição de seu povo e respeitou suas crenças. Aprendeu a gostar do sabor da carne de foca, e no verão acompanhava Frida ao cume dos picos nevados, de onde podiam ver o mundo inteiro. O Povo da Rena se tatuava usando uma fina agulha de osso para desenhar um traçado coberto de fuligem sob a pele, e numa primavera Avram corajosamente submeteu-se à arte da agulha na testa. O Lugar da Nascente Perene tornou-se um sonho. Marit e os outros pareciam produto de sua imaginação. Aquela terra de calor e luz solar, tão distante desta terra de frio e neve, talvez nem existisse.

Quando uma das cadelas de trenó pariu uma ninhada de filhotes, Avram descobriu uma cachorrinha mais afetuosa do que os outros e começou a visitar o cercado onde eram mantidos. O sentimento deve ter sido mútuo, pois a filhote começava a gemer sempre que Avram ia embora. Finalmente começou a pular o cercado e a seguir Avram até a casa de troncos. Avram deu-lhe o nome de Cadela e ela tornou-se sua companhia constante depois disso.

Foi durante seu quinto verão com o Povo da Rena que os sonhos começaram. Cenas envolvendo Yubal e Marit, a sacerdotisa Reina, seus irmãos, e até mesmo Hadadezer; sonhos cálidos e sedutores, coloridos nos verdes e dourados da primavera do Jordão. A mente adormecida de Avram nadava como um bebê buscando aquecimento, os dedos alcançando papoulas vermelhas e peônias rosadas, tâmaras doces e romãs suculentas. Os sonhos eram tão reais que quando ele acordava ficava atônito por ver-se de volta ao gélido norte, e especulava como sua alma fora capaz de viajar uma distância tão grande em tão curto tempo.

Os sonhos aumentaram em freqüência e intensidade até fazê-lo chorar e se lamentar como um cão doente. Bodolf e Frida ficaram cada vez mais alarmados. Portanto consultaram a leitora de pedras.

A leitora de pedras era pequena e velha, seu corpo parecendo uma castanha murcha dentro do seu invólucro de peles de foca e rena. Mas os olhos eram aguçados como a estrela polar, e piscavam com uma intensidade que fez Avram acreditar que ela teria as respostas.

Todos se sentaram num círculo e observaram o oráculo soprar numa sacola de couro e depois jogar as pedras num quadrado de pele de foca macia. Ela apontou com um dedo arqueado para cada uma delas. Sua voz soou estalada:

— Esta pedra detém suas esperanças e medos. Esta pedra é o que não pode ser alterado e deve ser esperado. Esta aqui fala de sua atual situação. — Ela olhou para Avram. — Você deseja ficar. Você deseja partir. Este é o seu dilema.

— As pedras podem me dizer o que fazer?

Ela respirou lenta e suavemente.

— Existe um espírito animal do seu lado, um que não reconheço. Um pequeno animal com chifres altos que ondulam como fumaça. Seu couro é da cor do hidromel, listras pretas delineiam sua barriga branca. — Ela ergueu os olhos. — É o espírito do seu clã.

— A gazela — disse ele, pasmo. Como a velha podia descrevê-la tão bem, se nunca tinha visto uma antes? — O que ela quer que eu faça?

A velha sacudiu a cabeça.

— Não é o que *ela* quer que você faça. — A velha o encarou fixamente por um momento, os olhos parecendo duas pontas de agulha no rosto enrugado. — Há outra pedra — disse ela, por fim. — Não as minhas. Mas esta aí. — Apontou para a bolsa que pendia sobre o peito dele. — Azul como o céu, transparente como o mar. Esta pedra possui a resposta.

Avram ergueu o amuleto que tinha sob a jaqueta de pele e abriu-o com cuidado. Trazendo o cristal para fora, ele o embalou na palma da mão, a poderosa pedra que tinha sido dada a seu povo pela própria Laliari antes do começo dos tempos. Quando olhou no seu núcleo, viu a poeira do diamante cósmico e percebeu que se tratava da nascente borbulhante que era o coração do seu lar. Ele pensou: *O cristal é o coração da Deusa, pertence ao santuário no Lugar da Nascente Perene.*

Era também onde seu próprio coração pertencia, entre seu próprio povo. Ele sabia disso agora. Durante sua estada entre o povo da Rena, Avram ignorava a lenta mudança que ocorrera no seu íntimo. O pesar se dissolvera, e com seu declínio uma nova emoção tomara o seu lugar: um anseio de voltar para casa.

Quando disse adeus ao Povo da Rena, Avram deu a presa de lobo para Bodolf, porque o lobo era inimigo deles. Em troca, Bodolf deu-lhe um pedaço de âmbar entalhado na forma de um urso polar. Ele beijou Frida, que estava grávida de nove meses, e desejou-lhe o melhor. Depois pendurou seu fardo às costas, pegou a lança e o arco e, com Cadela trotando a seu lado, dirigiu-se para o sul, rumo à ponte de gelo que o levaria ao outro lado do mar, de volta à trilha que o trouxera para cá cinco anos antes.

À época em que Avram alcançou a aldeia da montanha que era o lar de Hadadezer, fazia quase um ano desde que deixara Bodolf e seu povo, e mais de nove anos desde que fugira do Lugar da Nascente Perene. Ele e Cadela tinham vivido uma aventura juntos, viajando de volta pelas montanhas e rios de que Avram se lembrava ter atravessado na vinda. Eram bons companheiros, dormiam juntos para se aquecerem, Cadela dava o alarme quando havia perigo próximo e Avram partilhava sua caça todas as noites com a fiel canina. Haviam também salvado a vida um do outro — uma vez, quando um urso atacou Cadela e a teria matado não fosse a lança habilidosamente arremessada por Avram, e outra vez em que um felino selvagem pulou sobre Avram e o teria dilacerado até a morte não fossem as fortes mandíbulas de Cadela. Para Avram fora também um tempo de descoberta. Seu único relacionamento com animais tinha sido para usá-los como alimento ou vestuário. Mas este novo contato com a cachorra trouxe uma alegria tranqüila que Avram jamais conhecera.

Quando chegaram à fortaleza de pedras nas montanhas, a dupla causou uma comoção enquanto os homens de guarda queriam matar o "lobo". Mas Avram foi capaz, ao invocar o nome de Hadadezer, de forçá-los a poupar sua companheira. E quando ele foi conduzido por um labirinto de altos muros e túneis de pedra, as pessoas murmuravam embasbacadas entre si a respeito do animal selvagem.

A cidade fortificada era um peculiar aglomerado de casas tão coladas umas às outras que partilhavam paredes comuns, formando uma estranha colméia de moradas sem janelas ou portas, servindo de entrada as aberturas nos tetos. Avram foi conduzido a um pátio tão sombreado por muralhas e pelos picos de montanha circundantes que nenhuma luz solar tocava as pedras do pavimento. Aqui Hadadezer estava vivendo seus dias derradeiros, numa esplêndida plataforma forrada com almofadas e peles, cercado por criados que atendiam todas as suas necessidades. Seu rosto estava redondo como a lua cheia e reluzia de suor, o corpo enorme e pesado com pés inchados, dando a impressão de que não tocava o solo havia anos. Seus olhos quase saltaram das dobras de carne que os envolviam quando viu seu visitante.

— Grande Criador, é meu velho amigo Yubal!

Avram parou de chofre e imaginou se o mercador estaria vendo fantasmas. E então percebeu que Hadadezer estava olhando para *ele*.

— Está equivocado, pois sou Avram, filho de Chanah, da Casa de Talitha. Não deve se lembrar de mim...

— É claro que me lembro de você! — o velho exultou. — Grande Criador, que dia abençoado este para ver o filho de meu bom e querido amigo, que seu espírito possa conhecer a paz!

— Filho? — disse Avram.

Hadadezer agitou os braços, tão grossos como pernis de cordeiro.

— Falo de modo figurado, já que obviamente, um homem não pode ter filhos. Mas sua semelhança com Yubal, possa ele descansar com a Deusa, é prova do forte espírito e influência do estimado homem sobre você! — Ele deu uma ordem e o objeto mais espantoso foi trazido ao pátio: uma lousa de obsidiana quase tão alta e larga quanto um homem, polida como uma faca e tão plana quanto o mar Morto, encaixada numa moldura de concha. Quando angulada na posição certa, o fantasma de Yubal materializou-se dentro do vidro vulcânico. Avram pulou para trás e traçou no ar um sinal protetor.

Hadadezer riu.

— Não tenha medo, companheiro! Trata-se apenas de você, num reflexo espelhado!

Aturdido, Avram girou a cabeça para lá e para cá, ergueu um pé calçado de pele e depois o outro, e concluiu que a imagem era mesmo a dele.

Isto o deixou subitamente nervoso. O único lugar onde uma pessoa podia ver seu reflexo era na água, e considerava-se de muito mau agouro alguém olhar-se fixamente na água, pois ela poderia roubar-lhe o espírito.

Agora ele olhava fascinado para o homem barbudo que o observava do vidro preto. E era Yubal, sem tirar nem pôr.

— Vamos, vamos, sente-se — disse Hadadezer. — Iremos comer, beber e conversar sobre os velhos dias, que eram melhores que os atuais. Desde o início dos tempos, os velhos dias sempre foram os melhores.

Enquanto os criados do anfitrião traziam um enorme barril de cerveja com dois canudos compridos, Avram relatou sua longa e extraordinária jornada, omitindo apenas o motivo que o levara a partir.

— E o que é *isto*? — disse Hadadezer, notando Cadela pela primeira vez. Ela se enroscava aos pés de Avram e descansava a cabeça sobre as próprias patas.

— É minha fiel companheira.

— Você viaja com uma loba? E eu que pensava já ter visto de tudo! Que tipo de mundo é este? — perguntou Hadadezer, após sugar uma boa quantidade de cerveja e limpar a boca com a mão.

— É tão diferente como as pessoas são diferentes. Há homens que vivem como ursos, homens que vivem no gelo, homens que rastejam sobre as barrigas e pintam as imagens dos animais que mataram.

— E cidades? Você viu cidades?

— Só aqui e no Lugar da Nascente Perene. — De repente, ele encheu-se de melancolia ao mencionar o local onde nascera e por estar de novo na companhia de alguém que fazia parte do seu passado. As lembranças voltaram, deixando um nó na sua garganta.

Hadadezer deve ter notado a névoa nos olhos de Avram, pois disse em voz baixa:

— Nós todos nos perguntamos para onde você teria ido. A maioria o considerou morto. Você fugiu porque Yubal tinha morrido? Sim, claro que foi por isso. Você era jovem e estava assustado. É compreensível. Depois que Yubal morreu e você desapareceu, ficou óbvio para todos que tinha sido um grande erro tentar unir as duas famílias. Era claro que as maldições de Talitha e Serophia pairavam sobre todos.

Travessas de comida foram postas diante deles: galinha cozida recheada, vegetais no azeite, pão sem fermento, tigelinhas de sal e uma repelente infusão chamada iogurte.

— Sim, suponho que tenha sido um choque para você, pobre companheiro — continuou Hadadezer enquanto se servia de pombo assado recheado de cogumelo e alho —, saber da morte de Yubal. Não foi porém uma surpresa para mim, nem um pouco.

A mão de Avram, segurando uma noz em salmoura, parou diante da boca.

— O que quer dizer?

— Yubal andava se queixando da cabeça. Acredito que nunca lhe contou para não preocupá-lo. Toda vez que ele se enfurecia ou fazia esforço excessivo, sua cabeça martelava dolorosamente. Ele me perguntou se eu tinha um remédio e respondi que não. Contudo, avisei-o para controlar seu temperamento e corpo, já que eu tinha visto este mal afligir homens muito mais jovens. Dizem que ele morreu enquanto se empenhava com uma jovem. — Hadadezer assentiu sabiamente. — Foi isto que o matou.

Avram olhava em franco aturdimento para aquela montanha humana, cuja barba estava salpicada com o jantar da véspera. Yubal já tinha um problema que acabaria por matá-lo? Então não havia sido a maldição de Avram a causa de sua morte?

Ele estava estupefato. Depois de carregar o peso da culpa todos aqueles anos, e tendo ele sido subitamente suspenso...

Yubal já trazia a morte dentro de si.

Eu não matei meu adorado abba.

Avram mal pôde conter um choro de alegria. Subitamente extasiado, ele queria sacrificar-se de imediato para a deusa e para quaisquer deuses locais que existissem. Sentia vontade de pular e lançar os braços em volta do montanhoso Hadadezer. Ele queria dançar e contar a todos como o mundo era um lugar maravilhoso. Em vez disso, tomou um generoso gole de cerveja e estalou os lábios com prazer.

Hadadezer acomodou seu enorme peso na plataforma, que lhe servia não só de liteira como também de leito.

— Muita coisa aconteceu depois disso, meu rapaz — disse. Dois anos depois da morte de Yubal, os saqueadores chegaram, desta vez em maior número. Muita gente morreu. E então, no ano seguinte, vieram os gafanhotos.

Avram ficou repentinamente solene, e ávido por notícias de casa.

— Minha avó ainda está viva? E como vão meus irmãos?

— Por acaso, a noite em que Yubal morreu representou minha última visita a sua casa. Quando retornei para cá para as montanhas, percebi que meus dias de mercador haviam chegado ao fim. Passei o comércio das caravanas para os filhos de minha irmã, de modo que pudesse desfrutar os anos que me restavam. Meus sobrinhos só relatam as novidades mais importantes: saqueadores, gafanhotos, colheitas devastadas. Mas os nomes de quem está vivo, de quem morreu... — Ele abriu as mãos gordas como presunto. Continuou para explicar que seu comércio de caravanas passava por tempos difíceis, devido em parte aos infortúnios do Lugar da Nascente Perene. — Eles não mais comerciam vinho — disse —, e isto é uma coisa que lamento profundamente.

O canudo de beber caiu da mão de Avram.

— O que aconteceu com o vinho?

Hadadezer deu de ombros.

— Eles agora só o produzem para consumo próprio.

Avram imaginou seus irmãos labutando no vinhedo, homens agora, não mais garotos, pelejando para plantar as videiras, colher as uvas, encher a pensa de vinho e depois transportar as cascas para a caverna sagrada. Tudo isto sem a sábia e inflexível supervisão de Yubal.

— Está voltando para lá? — perguntou Hadadezer, enquanto discretamente puxava uma bexiga de cabra e urinava dentro dela. Avram imaginou como o homem devia fazer para esvaziar os intestinos e tentou não pensar mais nisto.

— Sim, estou indo para casa. Já faz quase dez anos.

Hadadezer assentiu, entregando a bexiga a um criado e limpando as mãos na barba.

— Estou pensando, meu jovem amigo, que podemos tocar um negócio juntos, eu e você. — E quando o astuto mercador esboçou o plano que tinha em mente, Avram teve de reconhecer que ele servia a seus dois objetivos. Quando a caravana partisse de novo para o sul em seu circuito anual, Avram estaria à testa dela.

Ele passou o verão na peculiar cidade montanhesa de Hadadezer, apreciando a hospitalidade do mercador e aceitando os recatados convites feitos pelas sobrinhas de Hadadezer para partilhar da cama delas. Enquanto estava lá ele viu muitos prodígios novos, pois aquele povo intrépido era de uma estirpe industriosa e inventiva: experiências em cerâmica feita de barro e cozida num forno; pepitas de cobre sendo derretidas e moldadas em ferramentas; homens começando a treinar gado para puxar arados. Quando Avram comentou sobre uma mulher que amamentava um cordeiro no próprio seio, Hadadezer disse:

— Observamos que um bebê e um cordeiro neonato formam um rápido vínculo com sua mãe. Quando separado do rebanho ao nascer e amamentado por uma ama-de-leite humana, o cordeirinho liga-se à mãe postiça e vive docilmente com a família humana. Descobrimos isto por acidente. Uma mulher que havia perdido seu bebê adotou sem remorso um filhotinho selvagem e amamentou-o, e desde então ele a segue por toda a aldeia. Agora nós temos cabras domesticadas. Agora não é preciso caçá-las — acrescentou Hadadezer, um homem devotado a encontrar meios para conservar sua energia.

Avram foi levado a uma fieira de baias de madeira onde as vacas eram abrigadas, animais que não haviam nascido na terra agreste, mas aqui, nos estábulos da montanha, onde eram mantidas por causa do seu leite, tal como as renas de Bodolf.

— Você notou que reverenciamos o touro, Avram — disse Hadadezer, que tinha sido trazido aos estábulos na sua liteira. — O touro é o criador da vida. Nossas mulheres se banham no sangue do touro a fim de engravidar.

Avram notara os chifres de bezerro que estavam presentes em muitas casas, e símbolos do touro em toda parte. Ele olhou com assombro para os plácidos animais que se deixavam manipular pelos homens. Que magia possuía este povo para domar animais?

— No tempo de nossos ancestrais — disse Hadadezer enquanto oferecia a Avram uma taça de iogurte —, antes de construirmos esta cidade de montanha, quando ainda vivíamos em tendas e vagueávamos pela planície, adorávamos a terra e o céu, pois nada sabíamos de como o touro dava à vaca sua cria. E então os deuses disseram aos nossos ancestrais que parassem de vaguear e construíssem este lugar, e que trouxessem animais das planícies e os mantivessem aqui, de modo que o espírito do Grande Touro pudesse tornar nosso povo frutífero. É isto que faz o meu povo tão forte, Avram, o espírito do Grande Touro, ao passo que o *seu* povo nasceu da lua, o que o torna fraco. Não pretendo insultar, mas apenas falar a verdade. Você verá por si mesmo como a vida no Lugar da Nascente Perene perdeu vigor e vitalidade. Se pudesse, eu mandaria um touro com você, mas eles são impossíveis de controlar.

Avram notou que Hadadezer falava de touros tal como Bodolf havia falado da rena, de modo que imaginou que cada raça era propagada por um deus diferente. Isto explicava por que os povos do mundo variavam na sua aparência e características — o Povo da Rena, com cabelos e pele claros por beber o leite da rena; o povo de Hadadezer, com suas feições avermelhadas do sangue do touro. *E meu povo é pequeno e escuro, pois nascemos da lua e o domínio dela é a noite.*

Enquanto residiu entre os muros de pedra e o povo de pele rosada, aprendendo seus costumes e dormindo com suas mulheres, acostumando o estômago com iogurte, queijo e leite, uma estranha doença começou a se insinuar na alma de Avram. Não era uma doença carnal, alardeada por sinais ou sintomas físicos, mas sim por um distúrbio do espírito. Entrou no corpo de Avram por meio de sonhos que eram sinistros e turbulentos, e as lembranças que traziam eram espontâneas, sombrias e inquietantes, tudo centrado num único tema: a noite em que Yubal morreu. No sono Avram era forçado a reviver aquela noite vezes sem conta, vendo-se despertar, flagar as duas figuras nuas abraçadas na escuridão, percebendo que Yubal havia maquinado tudo de modo a ter Marit para si. A dor daquela descoberta voltava com força renovada a cada manhã em que Avram despertava de sonhos que o deixavam banhado em suor. Em todos aqueles anos viajando por terras estrangeiras, pouca atenção dedicara à duplicidade de Yubal, o próprio motivo que o levara a amaldiçoá-lo, em primeiro lugar. Mas agora sabia que não fora sua maldição que tinha matado Yubal. Agora que estava livre para recordar outros aspectos daquela noite fatídica, Avram foi assolado com a verdade inevitável e brutal de que o homem que tinha amado e reverenciado havia arranjado para que partisse com os caçadores de madrepérola de modo a ter Marit para si.

Por fim, o calor do verão se foi e Hadadezer consultou o vidente local, que declarou ser uma ocasião propícia para a partida da caravana.

Na noite que antecedeu a partida, Hadadezer confidenciou a Avram que não deveria ter entregue o negócio aos filhos de sua irmã, porque eles eram um bando de indolentes que desprezavam o trabalho duro e que não possuíam tino comercial. Ele admitiu francamente achar que o estavam trapaceando. Infelizmente a tradição ditava que a herança deveria permanecer no seio da família.

— Mas isto não significa que eu não possa colocar agentes ao longo da rota, homens com cuja lealdade possa contar.

Avram seria o representante de Hadadezer no lugar da Nascente Perene. Os quatro outros agentes eram os filhos da mulher com quem o mercador vivera por muitos anos. O mais velho exibia uma tal semelhança com Hadadezer que Avram foi levado a se recordar de Yubal e dele próprio, e de Bodolf e Eskil. Hadadezer confiava nestes três homens porque eles o amavam e honravam, além de manterem uma contabilidade honesta do comércio nos assentamentos onde viviam: no país das árvores *lebonah*, na costa do Grande Mar, na embocadura do delta do Nilo e na aldeia que estava florescendo e crescendo rapidamente nas margens meridionais do rio. Hadadezer ofereceu presentes ao seu hóspede e Avram os escolheu cuidadosamente, pensando em Parthalan, Reina e Marit. Estes presentes seriam o começo de sua reparação a eles. Em troca, deu a Hadadezer o urso polar de âmbar de Bodolf, que o velho mercador apreciou como uma criança.

Na manhã da partida, Avram viu outra curiosidade: burros treinados para carregar grandes cargas. Embora o Povo da Rena tivesse domado as renas para dar leite e os cães para puxar trenós, certamente não havia pensado em utilizá-los para transporte de carga. Isto era espantoso.

— Existem limites — avisou Hadadezer. — Se tratar e alimentar bem os burros, eles carregarão as cargas para você. Não tente montar neles, pois se verá desagradavelmente jogado de volta ao chão.

Avram riu e pensou que o velho mercador devia estar bêbado, pois quem alguma vez ouvira falar de um homem *montando* um animal?

Hadadezer tinha os burros e os homens carregados com mercadoria para comerciar — sementes para cultivo, obsidiana para fabricar ferramentas e armas —, bem como provisões de peixe salgado, cerveja e pão.

— Como um investimento — disse ele para Avram, bufando pelo esforço de ter dado tantas ordens, muito embora não tivesse saído de sua liteira —, refortifique o assentamento na primavera, Avram. Torne-o de novo um lugar próspero, deste modo minha caravana voltará a ser lucrativa.

Avram deu um beijo de adeus nas sobrinhas rechonchudas de Hadadezer e, enquanto conduzia a caravana pelo portão principal da cidade murada e rumo ao desfiladeiro sul da montanha, animou o coração e aferrolhou o espírito. Estava preparado para pedir perdão aos irmãos por ter fugido e desonrado a família; ele se lançaria diante de Parthalan e restauraria a honra familiar; suplicaria perdão a Marit e voltaria a dedicar seu coração a ela. Mas nunca pediria perdão ao fantasma de Yubal, pois ele é que lhe devia perdão.

A caravana percorria a mesma rota para o sul que levara um jovem desolado para o norte dez anos antes, mas agora Avram via o interior com olhos abertos. Naquela jornada no passado em companhia das emplumadoras ele era um rapaz sem alma que tinha olhado a paisagem com olhos desinteressados e nada observara. Mas agora via florestas de cedro fragrantes e suntuosas, a Caverna de Al-Iari e o lar dos seus ancestrais, e um rio tão docemente familiar que caiu por terra e chorou com alegria cheia de remorso.

O céu estava cinzento e uma chuva fina de inverno caía quando a caravana chegou ao Lugar da Nascente Perene. A multidão de boas-vindas na colina estava menor do que no passado, e Avram imaginou se era porque não havia mais torres de observação, ninguém para alertar os cidadãos de que a caravana estava chegando. Mas à medida que chegava mais perto, caminhando à frente de sua tropa de burros, ele viu que o próprio assentamento estava muito menor desde que o vira pela última vez, e percebeu em choque que não havia mais estruturas de tijolo de lodo, nem a casa onde havia crescido. Reconheceu o homem que veio correndo para saudá-lo como Namir, o domesticador de cabras, mais velho e grisalho e caminhando desajeitado por causa de uma coxeadura. Atrás dele vinha gente que Avram não conhecia, de modo que imaginou que talvez toda a população tivesse se mudado em dez anos.

Namir então parou de súbito, piscou como uma coruja e gritou:

— É um fantasma! — E correu de volta para o assentamento antes que Avram pudesse assegurar-lhe de que não era Yubal retornando de entre os mortos.

Os outros, os cidadãos mais velhos, pararam igualmente embasbacados, as faces pálidas de medo, enquanto os mais jovens comiam com os olhos Cadela e a tropa de burros, pois nunca tinham visto tais coisas.

Avram deu o sinal para a caravana armar acampamento. Homens exaustos descarregaram seus fardos, rezingando em voz alta como era o seu direito, fogueiras de cozinhar foram acesas — embora mais fumaça do que chama se elevasse dos galhos e gravetos umedecidos — e as tendas se ergueram à luz garoenta. Avram achou que era um deplorável negócio de ralé, sem comparação com os grandes dias de Hadadezer. Mas seu ânimo estava elevado enquanto procurava ansiosamente por rostos familiares na multidão crescente. Seus irmãos, será que os reconheceria? Sua avó já deveria ter morrido. E Marit, ainda uma garota em sua mente, estaria ela aqui?

Finalmente um homem de baixa estatura mas com a pose empertigada de um galo de briga se adiantou, caminhando com um imponente cajado de madeira. Levou algum tempo para Avram reconhecer Molok, o *abba* de Marit.

— Bem-vindos, bem-vindos! — gritou ele com entusiasmo, mas Avram notou o ar de curiosidade no rosto do velho enquanto o fitava com o cenho franzido de um homem tentando identificar alguma coisa. Agora todos vinham saudar a caravana à medida que a notícia se espalhava pelo assentamento e mais gente ia chegando.

Três homens vieram correndo, ainda empunhando suas enxadas. Avram mal os reconheceu. Em todos os seus anos de viagem, os irmãos tinham permanecido jovens em sua mente, ele nunca os imaginara crescendo. Mas eles eram adultos agora, robustos e bonitos. Para choque de Avram, Caleb caiu de joelhos e enlaçou suas pernas com os braços.

— Abençoado seja este dia que traz nosso irmão para casa! Pensávamos que estivesse morto!

— Levante-se, mano — disse Avram, erguendo Caleb pelos cotovelos. — Eu é que devia cair a seus pés.

Abraçaram-se, derramando lágrimas nos ombros um do outro, e depois os irmãos mais novos recepcionaram Avram, chorando abertamente de alegria.

— Conheço você, homem? — perguntou Molok, semicerrando os olhos tomados pela catarata. — Não me é estranho.

— *Abba* Molok — disse ele, respeitosamente. — Sou Avram, filho de Chanah, da Casa de Talitha.

— Avram?! Disseram que você estava morto. Mas está carnudo demais para ser um fantasma! — Molok ergueu os braços, dando-se ares de importância, e decretou que o resto do dia seria de comemoração, um anúncio desnecessário, uma vez que barris de cerveja já vinham sendo rolados, bodes e ovelhas recém-abatidos chegavam às costas dos homens, rodelas de pão de cevada se materializavam juntamente com potes de mel, travessas de peixe salgado e fartura de frutas. O som de flautas e chocalhos encheu o ar antes que todas as tendas estivessem erguidas, com gritos de congraçamento e reconhecimento e risos de boas-vindas enquanto o pessoal da caravana se misturava com o povo do assentamento.

Afinal, era que nem nos velhos dias.

Ao crespúsculo todo o assentamento, ao que parecia, tinha se apresentado, partilhando comida e fogareiros, mexericos e novidades. Mas os dois rostos que Avram procurava ainda não haviam surgido. Ele receava perguntar aos seus irmãos o que fora feito de Marit e da sacerdotisa Reina.

Embora o assentamento fosse o seu lar, Avram montou um pequeno acampamento no interior da caravana, ainda incerto da sua posição entre sua gente. Apesar de não mais sentir-se culpado pela morte de Yubal, havia ainda a questão da desonra. Mas nada parecia errado enquanto seus irmãos, na maior felicidade, traziam patos para assar, cestos de pão e odres de vinho. Eles estavam cheios de novidades para contar, mas também ansiavam por ouvir as novidades de Avram, notando a tatuagem em sua testa e querendo saber onde ele estivera em todos aqueles anos.

Quando Avram viu como seus velhos amigos e vizinhos se entregavam prazerosamente à celebração improvisada, seus infortúnios momentaneamente esquecidos, suas preocupações com o dia de amanhã voando como um pássaro, algo que não lhe ocorrera em todos aqueles anos de ausência ocorreu-lhe agora: que o povo do assentamento não sabia quem havia roubado o coração de cristal azul da Deusa. Além disso, ignoravam que ele havia fugido por covardia, ou que propositadamente desonrara o contrato que Yubal firmara com os caçadores de madrepérola. A reputação de desgraça e vergonha entre seu povo, na imaginação de Avram, devia-se apenas ao fato de que, como dissera Hadadezer, não sabiam o que acontecera com ele. *Eles acharam que eu tinha sido morto, ou seqüestrado, ou vagueado para escapar do pesar e de alguma forma morrido. Como posso pedir-lhes perdão se nem sabem o que há para perdoar?*

E então viu alguma coisa mais nos olhos deles, repletos de esperança: não queriam conhecer a verdade. Deu-se conta num momento de sobressalto que, tão grandes tinham sido os fardos e os infortúnios sofridos durante sua ausência, seria a maior crueldade introduzir agora desonra, vergonha e culpa em suas vidas. Assim, inventou uma vívida história envolvendo pesar, sumiço, perda de memória, ter sido capturado, e sua luta para voltar — uma história épica recheada com deuses e monstros, mulheres lascivas e façanhas heróicas. A maioria duvidou da narrativa mas adorou-a como entretenimento e, enquanto passavam de mão em mão o odre de vinho, ninguém o culpou pelo que havia acontecido dez anos antes. O passado se fora. Embebedar-se era tudo com que se preocupavam agora.

E foi então que seus irmãos lhe contaram sua própria história triste.

Houve outras épocas de má sorte enquanto ele estava ausente, contaram-lhe, não apenas os saqueadores, mas também alguns verões desafortunados e depois os gafanhotos que em um único ano devoraram todas as lavouras, de modo que muitas famílias retomaram a vida nômade. O assentamento, uma vez tão amplo e próspero, ficou reduzido a uns poucos abnegados. "De que vale plantar e cultivar uma colheita só para ela ser roubada?"

Ele perguntou acerca da colheita de verão da uva, já que o solstício de inverno era iminente e eles teriam de ir em breve à caverna sagrada para a degustação da nova vindima. Mas Caleb sacudiu tristemente a cabeça, dizendo que houvera uma colheita deplorável naquele verão, apenas o suficiente para comerciar com viajantes em trânsito.

— Os nômades vieram, acamparam aqui e se alimentaram das nossas uvas. Como só nós três os impediríamos? Não podemos montar guarda dia e noite.

— Mas e quanto aos filhos de Serophia?

— Depois que Yubal morreu, Marit voltou para sua família — explicou Caleb, com amargura — e assim não mais tivemos a proteção dos seus irmãos. Quando os saqueadores chegaram, os filhos de Serophia se apressaram em salvar sua safra de cevada, enquanto o nosso vinhedo foi devastado. Levamos dois anos para ter de novo uma boa safra, mas aí vieram os gafanhotos e nos arruinaram mais uma vez. Desde então, mal somos capazes de produzir vinho suficiente para o nosso consumo, pouco sobrando para comerciar.

Eram notícias alarmantes, pois o comércio vinícola era o esteio do assentamento, fora o vinho que tornara aquele povo próspero, fazendo com que largasse sua vida nômade para se fixar ali.

— Isto agora vai mudar — garantiu Avram ao irmão. — Faremos o vinhedo florescer novamente, e da próxima vez que os saqueadores vierem estaremos preparados.

Ele já formulava um plano em sua mente: ofereceria aos homens locais um odre de vinho em troca de partrulhamento noturno do vinhedo.

— Onde está Reina, a sacerdotisa? — perguntou, por fim, em voz cautelosa, receoso do que fossem lhe contar.

Reina estava vigiando seu santuário, disseram. A Deusa não mais aparecia entre seu povo, suas procissões tinham sido interrompidas dez anos antes. Mas ela ainda estava lá, bem como a sua fiel criada.

Escusando-se da companhia dos irmãos e convidando-os a comer e beber à vontade e ficar junto à sua fogueira, Avram ergueu-se sobre pernas instáveis e se afastou do acampamento ruidoso. Dirigiu-se primeiro ao que restava do vinhedo de Talitha e ficou desolado ao encontrá-lo mirrado e empobrecido à luz mortiça de um dia nublado. Seus irmãos tinham erguido as defesas possíveis em torno de uma pequena parcela de videiras, mas o resto do que um dia foram campos vastos e florescentes estava agora abandonado e tomado por ervas daninhas. Não havia nenhum vestígio da torre de observação que um dia estivera ali, e onde se situara a boa casa de tijolos de lodo havia agora uma ampla tenda feita de pele de cabra.

Com um senso crescente de pavor, Avram prosseguiu pelo assentamento, que estava silencioso, já que a maioria dos cidadãos se divertia no acampamento da caravana. Aqui ele recebeu um choque até maior. As condições eram piores do que imaginara de início. A moradia de Guri, o fabricante de lamparinas, a tenda dos seis irmãos fabricantes de linho, a casa das irmãs Cebola, a residência de Enoch, o arranca-dentes, e de Lea, a parteira, a casa de tijolos de lodo de Namir e a de Yasap, o coletor de mel — tudo se fora. O assentamento estava caindo aos pedaços e tinha o aspecto temporário da época dos ancestrais, sem nenhum sinal de permanência.

Quando encontrou Parthalan, o caçador de madrepérola, Avram quase sucumbiu. O velho estava sozinho e quase cego, mal subsistindo num abrigo de palha e mal conseguindo esculpir as poucas conchas que lhe chegavam. Ele chorou ao ver Avram, não denotando qualquer acusação ao rapaz pelo seu próprio infortúnio.

— A vida é uma maldição — disse Parthalan. — A morte é uma bênção.

Avram pensou nos presentes que trouxera para Parthalan: lindas conchas para esculpir que se estragariam sob as mãos vacilantes do homem quase cego.

Enquanto deixava o velho artesão de conchas, Avram sentiu a bile subir-lhe à garganta. Nada acontecia por acaso, ele sabia, tudo tinha uma causa. Enquanto olhava em torno do empobrecido assentamento e notava o selo da má sorte em tudo que via, ele soube qual era a causa. Tudo era culpa de Yubal. Se não fosse a duplicidade de Yubal, maquinando alianças que traziam má sorte a fim de obter Marit para si, ele talvez não tivesse morrido e hoje o vinhedo estaria florescente, a comunidade próspera.

Com o coração pesado de amargura, Avram tomou a última trilha que sabia ser preciso seguir: a que levava à residência de Serophia. A Marit.

Ali também não existia mais a casa de tijolos de lodo, seu alicerce dilapidado visível nas extremidades da tenda que havia sido erguida no local. Ela se encontrava à entrada, alimentando o forno, as rodelas de pão de cevada dourando nas pedras quentes. Ela não olhou para cima, mas Avram sentiu que ela sabia da sua presença.

Marit se tornara lindamente roliça durante sua ausência. Não mais esguia, ela estava feminil, com carne e curvas para encher os braços de um homem. Mas não os braços *dele*, pensou resolutamente, pois embora seu coração ainda doesse de amor por ela e seu corpo estivesse faminto pelo contato, a lembrança daquela última noite, quando a viu nos braços de Yubal, era mais dolorosa do que mil ferimentos de faca. Ele sabia que nunca seria capaz de fitá-la novamente sem se recordar do logro de Yubal, nem de pousar as mãos sobre a pele dela sem ver as marcas das dele, nuas e aferradas num abraço febril.

— Por que você veio? — perguntou ela numa voz tão inexpressiva quanto poeira.

Avram ficou sem saber o que dizer. Havia imaginado que ela ficaria satisfeita em revê-lo. Ou pelo menos contente por saber que ele estava vivo.

Ela virou-se e o fitou com olhos pétreos. O rosto, ainda redondo e lindo, estava delineado com rugas, e os cantos da boca descaídos por tantos anos de penúria e desapontamento.

— Eu sabia que você estava vivo, Avram. Todos os outros diziam que deveria estar morto, mas aqui no meu coração eu sabia o que lhe havia acontecido. Você nos viu naquela noite, Yubal e eu. Você acordou, nos viu, e depois fugiu. Esperei que voltasse e, como não o fez e os dias e semanas se passaram, me dei conta de que você tinha fugido, e por quê.

— Eu tinha todo o direito — replicou ele em justa indignação.

— Você não tinha nenhum direito! Ficou com ciúme de mim e Yubal sem sequer saber o que estava vendo. Você tirou sua conclusão e julgou nós dois. Achou que eu e Yubal estávamos tendo prazer juntos.

— Foi o que vi.

— Avram, você já observou a lua por tempo demasiado? Se tivesse observado por mais um momento, teria me visto repelir o abraço de Yubal, teria ouvido Yubal me chamar pelo nome de sua mãe. Teria visto ele se desculpar embaraçado, o teria visto começar a voltar para o seu leito, e depois o teria visto agarrar a cabeça e desabar no chão. Não confiava em nós? No seu *abba* e na sua amada?

Ele pestanejou.

— Eu pensei...

— Este é o seu problema! Pensar demais! — Ela enxugou uma lágrima no rosto.

Ele a olhou fixamente, atordoado demais para falar.

— Nenhum homem se deitou comigo depois daquilo. Tornei-me uma mulher intocável porque acreditavam que eu fosse amaldiçoada e que fazia cair mortos os homens que me tocassem. Em todos esses anos jamais experimentei o conforto de um único abraço.

— Por que não esclareceu tudo? — gritou ele.

— Como combater um boato, Avram? O povo sempre acreditará naquilo que deseja acreditar, quer seja verdade ou não. — Ela acrescentou, amarga: — Certamente, você acreditou.

— Como você deve ter me odiado em todos esses anos — sussurrou ele, roucamente.

— A princípio odiei. Depois amadureci para sentir apenas desprezo. Enquanto todos diziam que devia estar morto e eu ficava orando por você, guardei segredo. De qualquer modo, quem me daria ouvidos? Uma mulher com uma maldição pesando sobre ela! — Colocando as mãos nos quadris, ela espichou o queixo e disse em tom desafiador: — Você é o único homem com quem me deitei. Pode dizer a mesma coisa, Avram? Com quantas mulheres você se deitou nestes dez anos?

Ele a fitou, um tolo indefeso, enquanto sua mente contava as mulheres: as emplumadoras, as nômades, as comedoras de amêijoas, as caçadoras de bisões, Frida, as sobrinhas de Hadadezer.

Marit deu-lhe as costas e alimentou mais o forno.

— Dez anos jogados fora. Eu e você estamos no meio das nossas vidas, Avram. Sua avó viveu até os 62 anos, mas ela era abençoada. Ninguém vive tanto tempo. Tudo que podemos esperar por enquanto é alguns anos a mais de boa saúde, antes de nos tornarmos um fardo para nossas famílias. E um fardo eu serei, pois a Deusa optou por me negar filhos. Sou estéril, Avram, e não há nada menos merecedor de alimento e abrigo do que uma mulher estéril. Agora vá embora. Vá sentir piedade por si próprio em outro lugar. Não vai encontrar nenhuma piedade aqui.

Ele saiu cambaleando para a noite, atordoado e confuso. Grande Deusa! gritava sua mente. O que foi que eu fiz?

Seus pés o conduziram para o único lugar que restava para ir. O santuário da deusa era menor e mais humilde do que aquele de tijolos de lodo que ele se recordava, e era feito apenas de madeira e palha com uma cabana anexa onde morava a sacerdotisa. Soubera por seus irmãos que Reina havia sido reduzida a baixas condições, embora fosse ainda a sacerdotisa de Al-Iari. Ela fora raptada pelos saqueadores, disseram, e a experiência a deixara amarga. Para culminar, por causa do desaparecimento da pedra azul, muitas pessoas se afastaram da Deusa — especialmente depois dos saqueadores e dos gafanhotos, seguidos pelo verão de má sorte em que as colheitas goraram. O povo culpava a sacerdotisa por ter interpretado mal os sinais, e portanto Reina não mais recebia os presentes generosos do passado, mal tendo o bastante para a mera subsistência.

Encontrou-a mexendo uma panela de mingau no fogo, adicionando ervas para economizar. Seu cabelo estava grisalho agora, mas esmeradamente penteado e trançado. Não usava mais o vestido de linho fino; uma pele de corça manchada cobria sua estrutura esguia. Ela parecia cansada, derrotada. Avram sentiu-se perdido de repente. Tinha vindo em busca de consolo e orientação, ter seu mundo posto em ordem novamente. Mas a sacerdotisa parecia mais necessitada de ajuda do que ele. Ficou sem saber o que dizer, então arrastou os pés para anunciar sua presença.

Ela ergueu a vista e seus olhos se arregalaram.

— Yubal!

— Acalme-se, Senhora Sacerdotisa — disse ele, depressa. — Não sou Yubal, não sou um fantasma. Sou Avram.

— Avram? — Ela pegou uma lamparina e trouxe para perto dele. À luz ele viu os círculos escuros sob os olhos de Reina, a idade que os últimos dez anos tinham posto sobre ela, e as cavidades nas suas faces. Isto o alarmou. Nem mesmo a sacerdotisa estava imune à má sorte deste lugar.

Os olhos dela se encheram de lágrimas enquanto inspecionava cada centímetro da face de Avram, tocando o seu comprido cabelo entrançado, sua barba de adulto, até mesmo o grisalho nas têmporas, embora não tivesse ainda trinta anos. Os olhos de Reina pareciam banquetear-se nele enquanto passeavam pelos ombros largos e o peito musculoso, depois para o rosto, e detinham-se um momento na curiosa tatuagem. Então ela sorriu. O sorriso suavizou-lhe as feições e a fez parecer mais jovem.

— Sim, é Avram. Agora posso ver. Mas como se parece com Yubal! Ouvi dizer que a caravana chegou, mas ninguém me disse que você havia chegado com ela. Vamos, temos de beber e relembrar, e agradecer à Deusa pelo seu retorno a salvo.

Ela não lhe perguntou por que fora embora, nem para onde tinha ido e por que regressara. Era como se toda a curiosidade tivesse ido embora dela. Ou talvez, pensou ele, dez anos de privações a tivessem ensinado a aceitar e não mais questionar. Reina não tinha nenhum vinho para oferecer e a cerveja estava diluída e choca, mas ele aceitou-a com grande gratidão e sentou-se com ela ao lado de um braseiro fumegante, pois a noite invernal estava esfriando.

Reina bebeu, e Avram ficou chocado por ela não ter servido primeiro uma libação para a Deusa.

— É bom revê-lo, Avram — disse ela, calorosamente. — Ver você é como ter Yubal de volta. Eu era apaixonada por ele, você sabe.

Isto o pegou de surpresa.

— Eu não sabia.

— Era um segredo meu. Mas apesar de nunca ter tido prazer com ele havia desejo no meu coração, e portanto creio que a Deusa me puniu por quebrar meu voto de castidade. Quando os saqueadores atacaram e me usaram brutalmente, isto matou dentro de mim todo o desejo por Yubal ou por qualquer outro homem, e ensinou-me que o prazer entre homem e mulher não é prazer, mas sim dor.

Ele olhou para seu caneco de madeira, para a ínfima ração de cerveja com resíduos flutuando na sua superfície, e sentiu o coração retumbar dentro do peito.

— Sinto muito, mesmo — sussurrou, sentindo-se tão desolado quanto as terras incultas do povo de Bodolf. — Como foi que tanta má sorte chegou para nosso povo?

Ela sacudiu a cabeça.

— Não sei nem mesmo quando começou. Talvez tenha começado com alguma coisa pequena, talvez alguém invadindo a sombra de outro, ou uma criada quebrando uma panela, ou um ancestral sendo insultado.

— Eu fugi — revelou ele.

Ela assentiu com a cabeça, os olhos fixados na pequena chama da lamparina.

— Vi uma coisa que interpretei mal, e como um covarde...

Reina ergueu a mão endurecida pelos calos.

— O que passou, passou. E o amanhã pode jamais chegar. Assim, devemos viver o momento presente, Avram.

— Vim em busca de perdão.

— Não tenho nada que perdoar.

— Refiro-me ao perdão da Deusa.

Ela lançou-lhe um olhar atônito.

— Você não sabia? A Deusa nos abandonou. — Ela falava com simplicidade e sem rancor, como se toda raiva tivesse sido drenada de dentro dela. Isto o alarmou mais do que se ela houvesse descarregado sua fúria sobre ele, tal como fizera Marit.

E de repente deu-se conta da magnitude de sua transgressão. A má sorte deste lugar não fora conseqüência de uma panela quebrada ou da afronta sofrida por um ancestral. Era culpa *dele*. Avram, filho de Chanah, da estirpe de Talitha. *Ele* havia causado esta calamidade.

— Grande Deusa — murmurou, enquanto o quadro terrível desdobrava-se diante dela: seu equívoco em relação a Yubal e Marit, o roubo do cristal e sua fuga covarde para o norte.

Tirando o amuleto de debaixo da túnica, ele abriu e despejou a pedra azul na mão. Entregou-a para Reina, o cristal captando a luz da lamparina e refletindo-a na forma de estrelas.

Ela arfou.

— Você trouxe a Deusa de volta!

— Não — disse ele. — Ela é que *me* trouxe de volta. Você deve mostrar a pedra às pessoas, de modo que saibam que a Deusa voltou para elas.

Reina chorou por um momneto, o rosto enterrado nas mãos, os ombros finos tremendo. Então se recompôs e pegou a pedra gentilmente, como se fosse frágil como casca de ovo.

— Não contarei ao povo por enquanto, porque existem aqueles que vão se lembrar de que a pedra desapareceu na mesma noite da sua fuga, e concluirão que ela voltou no mesmo dia do seu regresso. Planejarei um momento especial para revelar o milagre às pessoas, de modo que nenhuma suspeita recaia sobre você. Construirei para ela um novo santuário, maior e melhor que o antigo. Darei um enorme banquete e direi ao povo que a Deusa voltou para nós.

— Acho que regressei com uma nova sabedoria — disse Avram —, pois pude ver o mundo e a gente que nele habita. Mas descobri que não tenho nenhuma sabedoria, afinal, e que estou tão destroçado quanto na época em que as emplumadoras me levaram para o norte. Toda esta má sorte aconteceu por minha causa. O que devo fazer para me redimir e trazer mais uma vez a boa sorte para nosso povo?

Ela pousou a mão no braço dele.

— Já prestou seus respeitos a Yubal desde que regressou? Tem de fazê-lo, Avram. Vá honrá-lo imediatamente, e reze por ele. Yubal era sábio. Ele lhe mostrará o caminho. E — acrescentou, com voz trêmula — bendito seja por trazer de volta o espírito da Deusa, pois agora ela trará prosperidade para nossos filhos!

Enquanto se preparava para partir, ele fez uma pausa.

— Marit não tem filhos — disse. — Pode ajudá-la?

— Ela já me procurou e tentamos, ano após ano. Dei-lhe amuletos e poções, preces e encantamentos. Dei-lhe placenta para comer e fumaça para inalar. Mas todo mês seu fluxo lunar aparece. — Reina segurou o cristal azul junto ao peito e seu sorriso brilhou como nos velhos dias. — Mas talvez agora haja esperança, pois Marit ainda está na sua fase fértil.

Avram retornou à tenda dos irmãos e encontrou o nicho ancestral onde viviam as pequenas estátuas dos antepassados. A de Yubal tinha a forma de um lobo e Avram se lembrou da presa de lobo que Yubal lhe dera. Disse agora ao seu venerado *abba*:

— Em todos aqueles dias e noites de minha fuga para o oeste, enquanto atravessava terras estrangeiras e hostis, pensei que era o espírito do lobo que me protegia. Mas agora sei que era você, *abba*, caminhando comigo, me guiando, mantendo-me a salvo. — Ele pegou a minúscula presa de lobo e beijou-a. — Juro, *abba*, sobre o seu espírito e os espíritos de nossos ancestrais, que reverterei a má sorte que trouxe para nosso povo.

Ele teve um sonho no qual Yubal lhe falava. Yubal segurava a pedra azul da Deusa e dizia:

— Você deve construir defesas para o assentamento. Uma muralha e uma torre.

— Começarei a cortar árvores — respondeu Avram no seu sonho.

— Não, árvores não. As defesas não devem ser feitas de madeira, pois a madeira pode queimar.

— Tijolos de lodo, então. Começarei a trabalhar imediatamente.

Mas Yubal sacudiu a cabeça.

— Tijolo de lodo se dissolve na chuva. — Ele estendeu a pedra azul a Avram. — É como isto que você deve construir. As paredes devem ser tão duráveis quanto o núcleo da Deusa.

Quando acordou, Avram já sabia o que tinha de fazer.

Após um desjejum de pão e cerveja, calçou suas perneiras de pele e as botas, mas ficou nu da cintura para cima. A seguir, antes do sol despontar sobre os penhascos a leste, ele pegou os burros de Hadadezer e subiu para as colinas próximas. À medida que o céu se nublava e um vento frio soprava, Avram seguia trabalhando. Escavou a terra com as mãos nuas e recolheu pedras de um peso tão grande que o fizeram ofegar com o esforço. Hora após hora, ele laboriosamente foi desenterrando pedras e colocando-as nas alcofas dos burros. Quando retornou ao assentamento seguiu direto para a fonte borbulhante e esvaziou as alcofas no solo. Depois, sem uma palavra sequer aos circunstantes, voltou para as colinas.

Continuou indo e vindo, mourejando sob o céu cinzento, mudo acerca de seu trabalho enquanto trazia pedras e mais pedras para depositar junto à fonte — e os cidadãos se agrupavam e observavam. Ele labutou até bem depois do crespúsculo, sem dizer uma palavra a ninguém, levando os burros para fora do assentamento e retornando com as pedras. Sua única companhia era Cadela, que trotava fielmente a seu lado.

Naquela noite Avram caiu na cama exausto, dormiu só um pouco e levantou antes da aurora para alimentar os animais, afagando-os e sussurrando nas suas orelhas. E depois os conduziu de volta às colinas.

Mais pessoas se agrupavam para observar sua desconcertante atividade. Alguém arrastou um barril de cerveja para o local e vendeu canudos. Os homens começaram a especular o insano projeto de Avram. Uma pilha de pedras ao lado da fonte borbulhante. Teria ele enlouquecido?

Quando finalmente começaram a dirigir-se a ele, indagando sobre o que estava fazendo, Avram não respondeu. Seu rosto era uma máscara de firme determinação. E quando ele fazia uma pausa, era apenas para mergulhar as mãos no escoamento da fonte, pois as palmas estavam esfoladas e sangrando. Quando Caleb e seus outros irmãos chegaram, Avram não falou com eles. Somente quando a muralha e a torre estivessem concluídas é que ele expiaria seus pecados.

Ele trabalhava até o ponto da exaustão, nunca descansando, mal comendo, até finalmente desmaiar junto à fonte, ao lado da sua montanha de pedras.

Os circunstantes receavam tocá-lo, pois achavam que estava possuído. Quando Marit chegou correndo e o viu jazendo inconsciente no solo, cuspiu para eles e perguntou:

— Vocês não têm nenhum orgulho? Não têm honra? Não movem um dedo para ajudar seu amigo?

Caleb surgiu e ajudou a carregar Avram para a tenda de Marit, onde o depositaram na cama dela, no compartimento feminino do abrigo. Os irmãos de Marit, que tinham vindo do campo de cevada para almoçar, olharam para seu velho rival com desdém, mas um olhar feroz da sua irmã os silenciou.

— Peguem sua refeição e voltem para o trabalho — disse e eles obedeceram, pois Marit se tornara a chefe da família desde que sua mãe morrera e Molok ficara perturbardo da cabeça.

Marit lavou as mãos de Avram e aplicou um ungüento curativo, depois as envolveu em ataduras de linho. Ela limpou-lhe o rosto e lavou seu peito e os membros, e enquanto o fazia suas lágrimas caíam sobre a pele nua de Avram. Ela contou a Avram que ele havia olhado para a lua por tempo demasiado, mas seu corpo estava gasto e a pele acinzentada, e ela soube que demônios o tinham impelido a escavar pedras nas colinas. Cadela enroscava-se a seus pés e Marit não conseguia afastar o animal.

Quando Avram acordou, Marit estava afagando sua testa e dizendo:

— Avram, nem consigo começar a entender o que aconteceu a todos nós, ou por que a Deusa escolhe tais sinais para nós. Sou uma simples mulher. Mas de uma coisa *estou* certa: de meu amor por você. Ela se estendeu ao lado dele e Avram debilmente a tomou nos braços. Ele já sentia a boa sorte retornando.

Na manhã seguinte ele acordou com gritos de júbilo.

— O que está havendo?

Marit estava penteando e trançando seu cabelo. Ela sorriu-lhe e parecia quase jovem outra vez.

— Reina está dizendo que o coração da Deusa retornou. — E ela caiu nos braços dele para expressar sua alegria.

Quando se viu forte o bastante, Avram retomou a tarefa de reunir pedras para a muralha e a torre. Marit juntou-se a ele, carregando dois cestos. Ao meio-dia, Caleb e seus outros irmãos aumentaram o grupo. E ainda assim os cidadãos continuavam só olhando.

No terceiro dia Namir chegou com um cesto, trazendo quatro de seus sobrinhos. Ao anoitecer, a pilha de pedras aumentara consideravelmente.

Na manhã seguinte, Avram acordou para descobrir homens e garotos já no trabalho, indo e voltando constantemente do assentamento, despejando pedras e retornando às colinas. A visão do cristal azul no peito da Deusa tinha animado os cidadãos da nascente perene, dandolhes uma nova esperança.

Avram ordenou que uma trincheira fosse cavada para ser a fundação da muralha. As mulheres tomaram parte, prendendo a bainha de suas saias nos cintos e agachando-se com gravetos de cavar e cestos. À medida que a trincheira se transformava num enorme perímetro em volta do poço, os homens rapidamente decidiram que queriam suas casas no interior da muralha, e assim a indústria manufatureira de tijolos começou até que todo o assentamento reviveu com a tarefa de sua reconstrução, o poder da Deusa mais uma vez dentro deles. Eles labutaram por todo o inverno e a primavera, com os garotos em torres de observação provisórias para vigiar os invasores. E a primeira camada de pedras foi erguida.

Enquanto isso, Avram contratara homens para patrulhar os vinhedos em troca de vinho. Seus irmãos trouxeram as videiras de volta à vida e agora elas estavam florescendo e produzindo frutos. Outros cidadãos uniram-se para ajudar a manter o vinhedo saudável. Podavam e tiravam as ervas daninhas, fertilizavam e regavam, pois todos gostavam de vinho e mantinham afastados os ladrões de uvas com varas e porretes.

E então ocorreram dois milagres para os quais Avram não estava preparado.

O primeiro aconteceu depois do desaparecimento de Cadela numa tarde. Isto deixou Avram preocupado por vários dias até que, certa manhã, ela se materializou à porta, o pêlo coberto com as urtigas das colinas, e caiu exausta a seus pés. Decorrido algum tempo, Avram notou que a barriga de Cadela começou a inchar, e quando ela pariu uma ninhada de filhotes, ele soube que uma nova população havia fixado residência no Lugar da Nascente Perene.

Então ocorreu o segundo milagre.

— Estou grávida — disse Marit com tal assombro na voz que se pensaria que ela havia visto o próprio rosto da Deusa.

Foi de fato um milagre, um sinal de que a Deusa trouxera as suas bênçãos de volta a seu povo. Mas enquanto fazia um terno amor com Marit aquela noite, Avram estava ciente de que alguma coisa no fundo de sua mente, como uma borboleta translúcida, perturbava e provocava sem que conseguisse capturá-la.

Naquele verão, enquanto novas camadas eram acrescentadas ao perímetro da muralha, casas de tijolo de lodo iam sendo erigidas no interior do círculo e uma robusta torre de pedra começava a se erguer sob as mãos dos pedreiros, o vinhedo de Avram produziu uma farta colheita e todos fizeram uma pausa na construção para esmagar as uvas na prensa de vinho.

Reina e a Deusa lideraram o cortejo até a caverna sagrada, e à medida que se aproximavam soprou um vento suave e tranqüilizante, adocicado e fresco. Avram fez uma pausa para observar a planície que se estendia até o mar Morto e teve a estranha sensação de que alguém com hálito perfumado o estava bafejando. Seu cabelo e barba se agitavam à brisa de verão e então a luz do sol dardejou sobre o mar morto em lanças de luz dourada. O dia assumiu um ar surreal. De repente, ele ouviu o zumbido pesado dos insetos, as cores ficaram mais brilhantes do que antes, como se toda a natureza a sua volta estivesse tentando lhe dizer alguma coisa.

Ele fez a procissão parar na base dos penhascos e semicerrou os olhos para a sombreada abertura da caverna. Ela o golpeou de novo, como golpeara gerações anteriores, com aquela forma parecida com um útero. E no útero da Mãe Terra o suco de uva seria carregado e colocado nas prateleiras esculpidas, onde permaneceria a salvo no escuro enquanto a Deusa elaborava sua transformação mágica e dotaria de vida o suco, fazendo-o virar vinho.

Enquanto Avram olhava fixamente para a caverna, a borboleta translúcida voltou para os recessos de sua mente, para esvoaçar com intangibilidade enlouquecedora: era um pensamento esperando para ser formado, uma idéia prestes a se tornar conhecida. Porém, por mais que ele tentasse agarrá-la, ela não vinha a ele.

Depois que os odres de vinho foram colocados na caverna, todos retornaram ao assentamento para continuar trabalhando na muralha e nas casas de tijolo de lodo. Mas a mente de Avram estava distraída. Ele ajudava a misturar palha ao lodo para fazer os tijolos, inspecionava o progresso da muralha de pedra e trabalhava com os outros homens para montar a escada interna da nova torre, mas parte de sua mente sempre continuava a caçar o fogo-fátuo que nela fixara residência.

Então, um fim de tarde, quando estava sentado debaixo de um caramanchão, bebendo cerveja enquanto Marit amassava ervilhas e cebolas para a ceia, seus olhos caíram sobre Cadela amamentando as crias. E ocorreu-lhe algo que não havia notado antes: que quatro filhotes eram brancos como Cadela, mas dois eram cinzentos como os lobos selvagens das colinas.

Pela primeira vez Avram imaginou como Cadela tinha engravidado. Cadela procedia de uma terra bem afastada da soberania da lua. Era oriunda do território da deusa Rena. Teria o poder de fertilidade de Rena se estendido tão longe? Além disso, como o espírito do *lobo* entrara no útero de Cadela?

O ânimo de Avram tornou-se filosófico enquanto olhava para Marit, muito adiantada em sua gravidez, e ele se perguntou: É isto que cria vida? Bodolf e seu povo acreditavam que era o espírito da rena. Hadadezer acreditava no espírito do touro. E o povo da Nascente Perene sabia que era a lua quem criava vida. Será que haveria um poder mais amplo, um poder mais difuso que o da rena, do touro e das luas locais? Pensou de novo na caverna do vinho e no suco de uva armazenado na escuridão fecunda, sendo transformado de suco em vinho, recebendo a "vida" doada pela Deusa. E mais uma vez o pensamento impalpável, aquela borboleta irritante, que recusava-se a ser capturada.

Nas semanas seguintes, Avram descobriu-se dando longas caminhadas pelas campinas e cânions desertos, para ficar a sós consigo mesmo e seus pensamentos indefiníveis. À noite ele se revirava em sonhos estranhos envolvendo Bodolf e Eskil, Yubal e ele próprio, Hadadezer e os filhos da mulher com quem o mercador vivera por muitos anos. O significado dos sonhos lhe escapa até uma tarde de outono, quando ele foi mais uma vez impelido a separar-se da companhia dos homens, com apenas Cadela trotando fielmente nos seus calcanhares. Avram chegou a um lago. Agachou-se e viu Yubal olhando para cima. Foi então que o significado dos sonhos lhe ocorreu: os homens mais novos assemelhavam-se aos seus anciãos.

Tal como os filhotes de Cadela eram parecidos com a mãe, mas assemelhando-se também aos lobos das colinas.

Uma tarde foi visitar Namir, que estava resmungando com uma aljava de flechas, tentando em vão endireitá-las. Depois de oferecer a Namir um odre de vinho e tomar assento à sombra, Avram perguntou ao velho o que ele havia observado entre os rebanhos de cabras.

— Você os viu fazer isto? — E fez um gesto com ambas as mãos.

Namir deu de ombros.

— Vi as cabras fazerem muitas coisas. Elas correm, brincam e lutam, como fazem as pessoas.

— Mas você viu isto? — E repetiu o gesto.

Namir trouxe uma haste de flecha para perto dos olhos e examinou-a com desprazer.

— Sim, suponho que sim.

— Por que elas fazem isto?

Ele finalmente desviou a vista do seu trabalho.

— Avram, você olhou para a lua por tempo demais?

— Quando você prendia as cabras, só prendia as fêmeas?

— É claro! Os machos são inúteis. A não ser que seja para comê-los diretamente.

Avram contou-lhe sobre as renas de Bodolf e os touros de Hadadezer. Namir coçou a cabeça.

— Está dizendo que os animais sentem prazer como nós humanos? Algum daqueles seus burros deu-lhe um coice na cabeça, Avram?

— Quando nós caçamos, os animais fogem de nós. Tão logo sentem o nosso cheiro, eles se dispersam, não param para ter prazer um com o outro. Como sabemos o que eles fazem quando não estamos por perto?

Namir torceu o nariz.

— Hã?

— Animais num cercado, alimentados e domesticados, não fogem de nós. Namir, vi com meus próprios olhos animais tendo prazer da mesma maneira que os homens.

— Loucura! — disse o velho com uma risada, mas Avram percebeu a curiosidade rastejando nos olhos dele.

Esta noção não abandonava a mente de Avram. Ele pensou de novo no cercado das renas — os machos montando as fêmeas. À época não sabia que os animais faziam isto. Explorou as lembranças dos dias iniciais de sua fuga, quando viajara através da planície da Anatólia com os nômades. Haviam acampado entre rebanhos selvagens e vez por outra ele vira animais montando um no outro. Avram havia pensado que talvez fosse uma forma de luta, ou brincadeira. Recordou-se do touro de Hadadezer dando prazer às vacas. E de Cadela desaparecendo nas colinas e voltando para parir filhotes mestiços de lobo.

Era *este* ato que criava vida nova? Não espírito-criado mas sim macho e fêmea, homem e mulher. Mas como? Porque isto não ocorria a toda hora. Havia porém o velho Guri, o fabricante de lamparinas, que gostava de ter seu prazer com garotas novas, e elas nunca engravidavam. E a mais velha das Irmãs Cebola, que deitava com muitos homens e nunca teve filho. E então ele pensou: *garotas e mulheres mais velhas não têm o fluxo lunar*.

Ficou atônito. Era isso? Todos sabiam que o fluxo lunar era o que a Deusa usava para criar bebês. Mas e se o fluxo lunar fosse como suco de uva? Porque este era o milagre essencial da vida: as uvas não se fermentavam em vinho, nem o suco de uva fermentava-se contido numa taça de madeira. Uvas eram uvas e suco era suco. Era necessário o poder da Deusa na sua caverna para transformá-los em vinho.

Mas são necessários homens para carregar o suco de uva até a caverna.

Avram paralisou-se como se atingido por um raio. Virando o rosto para a brisa, perscrutou a distância e viu na planície ondulada que circundava a fonte borbulhante os novos campos arados para plantio.

E percebeu o que não tinha visto antes: como os sulcos no solo pareciam as partes íntimas de uma mulher. E então visualizou a semente sendo espalhada pela mão de um homem.

Homens e mulheres juntos é que criavam vida?

Não, ele se corrigiu. *É a Deusa quem cria vida — este poder é só dela. Mas ela usa tanto o macho quanto a fêmea para formar esta nova vida.*

Ele quase caiu sob o peso da revelação: *O vinho é feito do mesmo modo que são feitos os bebês, através do poder da Deusa. Mas simplesmente como as uvas colocadas na caverna não se transformam numa bebida sagrada, mas sim exigem o esforço colaborativo do homem para se transformarem em vinho, então resulta que o fluxo lunar por si só não pode se tornar uma criança, pois exige o envolvimento de um homem. E sementes espalhadas forçadamente em solo não preparado não são propensas a brotar como aquelas semeadas em campos arados. Caverna, campo e mulher: todos são a Mãe. Cada qual traz a vida. Mas não por si próprios; cada qual necessita da colaboração de um homem.*

E então vinha a mais perturbadora percepção de todas: Marit, que não havia se deitado com homem nenhum em onze anos, agora estava grávida.

Avram foi para o santuário da Deusa buscar aconselhamento. Ele orou e silenciosamente perguntou: *Estou entretendo pensamentos blasfemos?* Mas então viu Reina e lembrou que, muito tempo antes, ele a tinha olhado com desejo juvenil e que havia se perguntado à época por que a Deusa criara esta ânsia confusa entre homens e mulheres. Agora lhe parecia, como na sua atormentada juventude, que a intimidade entre homens e mulheres não era *só* prazer, como Yubal o fizera acreditar. "A Deusa deu-nos este prazer para nos ajudar a esquecer nossa dor", seu *abba* dissera tempos antes. Mas agora não fazia sentido para Avram. A busca do prazer íntimo era acompanhada pela dor e com freqüência seguida por tragédia. Por que tinha a Deusa criado este magnetismo inescapável entre homens e mulheres?

E então ela falou para ele: *É para garantir que a vida seja criada, Avram.*

Ele começou a tremer de excitação. Sua pergunta seguinte quase o aterrorizou: *E portanto isto é homem e mulher, macho e fêmea?* ele perguntou referindo-se à estátua com o coração de meteorito.

Como se em resposta, o cristal azul pareceu tremeluzir e emitir pontos de luz. Avram olhou fixamente para a pedra mística e procurou profundamente no seu coração, lutando para ver uma resposta. E no instante seguinte sua mente abriu-se numa epifania cegante: onde tinha visto uma vez a essência láctea no núcleo do cristal como a nascente perene, ele agora a reconhecia como uma essência do homem quando extrai seu prazer com uma mulher. *O fluxo lunar e o fluido de um homem, combinando-se na caverna da mulher, para a Deusa operar seu milagre.*

De repente, tudo se encaixava. Como se tivesse observado o mundo com olhos turvos por toda a sua vida e subitamente sua visão estivesse aguçada. Tudo isto fazia sentido, o milagre completo da coisa. Agora ele o via em todo lugar que ia: pássaros construindo ninhos juntos, macho e fêmea, para produzir ovos e alimentar suas crias; peixes nadando nos riachos, as fêmeas para depositar ovos, os machos para nadar sobre eles e abençoá-los com sua essência procriadora. Ele se sentiu ligado a tudo do gênero humano e a tudo da natureza de um modo como nunca sentira antes. Não mais um espectador na criação, mas uma parte integral dela. Recordou-se do que Marit dissera certa vez acerca de ser um elo numa longa corrente. Agora ele também era parte da corrente, sem o qual os elos subseqüentes não se ligariam aos precedentes. Marit, grávida — *do seu filho.*

Era como se o céu tivesse se aberto. Por toda a sua vida Avram especulara e desejara desvendar os mistérios da natureza. Enquanto olhava em volta de si mesmo, tudo de repente fez sentido, de repente ele entendeu.

Voltou direto para sua tenda, onde se prostrou diante dos avatares dos ancestrais, e falou para Yubal, abrindo o coração e oferecendo a alma, declarando seu amor e reverência pelo homem, derramando lágrimas de alívio e alegria enquanto chamava o seu *abba*, desta vez acrescentado uma nova interpretação à palavra, pois embora tivesse sempre significado "mestre" ou "intendente de uma casa", a partir de agora significaria também "pai".

Avram não divulgou este seu novo conhecimento, pois sabia que o povo se limitaria a rir e a declarar que havia fitado a lua por tempo demais. Mas discretamente aconselhou Namir a colocar os machos junto das fêmeas da próxima vez em que capturasse um rebanho, e assinalou a Guri, o fabricante de lamparinas, que o seu projeto de criar porcos não era uma noção bizarra. A Marit, porém, ele contou as novidades miraculosas, e ela as aceitou por terem vindo da Deusa. Avram sabia que, no devido tempo, à medida que os homens criassem burros e cães, cabras e porcos, eles iriam fazer as mesmas observações que ele fizera, e chegar às mesmas conclusões.

Por fim, a muralha foi concluída.

Todos se reuniram para celebrar a inauguração da nova torre, que iriam chamar de Jericó, significando "abençoada pela lua". Avram subiu pela nova escada de pedra doze anos depois do dia em que subira a escada de madeira da torre de observação de seu pai no vinhedo, num fatídico amanhecer que parecia tão distante no tempo. À época, era um garoto imberbe, repleto de incertezas e falta de objetivo, impulsionando-se para cima degrau por degrau, tentando extrair sentido de um mundo confuso. Agora era um homem, confiante e cheio de propósito, pousando os pés com firmeza, um após outro, nos degraus de pedra.

Entre os orgulhosos espectadores estava Marit, carregando seu filho no quadril, um menino robusto de treze meses. Ao seu lado estava Cadela, sua barriga outra vez inchada e flanqueada por uma nova geração de filhotes. Avram tinha visto as primeiras crias de Cadela crescerem para a maturidade e depois fazer travessuras e montar uma na outra até que as fêmeas engravidaram, de modo que uma nova geração de cães domesticados estava prestes a juntar-se ao assentamento. Namir estava sorrindo à luz do sol, o gordo, próspero e muito orgulhoso proprietário de um florescente rebanho de cabras, porque aceitara o conselho de Avram. Guri estava de novo fazendo experiências com porcos e as irmãs Cebola acrescentando um cercado de patos no seu terreno, descobrindo, tal como Avram descobrira, que havia uma harmonia maior na natureza do que pensavam anteriormente, uma assombrosa interdependência que era como uma linda e tremeluzente teia de aranha, com animais, espíritos e humanos — todos ligados num contrato sagrado.

Avram alcançou o topo da torre, e quando emergiu na brilhante luz do sol, um rugido elevou-se da multidão. Os cidadãos de Jericó olhavam para sua realização com grande orgulho e segurança, pois em nenhum lugar do mundo havia muralhas como aquelas, que nenhum invasor seria capaz de derrubar. Enquanto recebia bem o rugido ensurdecedor, sentindo-se em paz e perdoado de seus pecados passados, Avram permitiu que seus pensamentos flutuassem acima das distâncias até alcançarem o Povo da Rena — Frida e o filho que estava carregando quando ele partiu. Seu filho.

Avram deixara seu sangue lá no norte congelado, a estirpe de Talitha, a estirpe de Yubal, para ser carregado por outros, a tantos quilômetros de distância.

Ínterim

Avram nunca entendeu por que lhe havia sido dado o conhecimento da paternidade. Mas a Deusa tinha suas razões e pelo resto da vida ele agradeceu-lhe dia e noite, suas preces repletas de louvores para a Mãe de todos. Com o tempo, embora não nos dias de Avram ou nos dias de seus filhos e netos, a Mãe de Todos se juntaria ao Pai de Todos, até que um dia, no futuro não muito distante, a Mãe seria suplantada inteiramente pelo Pai.

Jericó prosperou. Avram e Marit tiveram mais filhos, o rebanho de cabras de Namir aumentou, novas ninhadas nasceram para Cadela e suas crias. Guri deixou de fabricar lamparinas para ser um próspero criador de porcos. Novas safras foram plantadas, trigo e milho, algodão e fibra de linho, mais animais foram domesticados e criados para dar leite, ovos e lã. Com rendimento aumentado e boa sorte, o povo fez sacrifícios para a Deusa. Seu santuário foi ampliado e o número de sacerdotisas cresceu. Com o passar dos séculos, a muralha não mais guardava semelhança com aquela arquitetada por Avram, pois, como era de se esperar, ao longo das eras as muralhas de Jericó cairiam para ser reconstruídas vezes sem conta.

A manufatura de têxteis chegou a Jericó, e também o alfabeto e a escrita. Dois mil anos após Avram e Marit juntarem seus ancestrais, um homem chamado Azizu estava na sua roda de oleiro e acidentalmente a derrubou. Enquanto a observava girar ao seu lado, uma idéia ocorreu-lhe. Resultaria em muita tentativa e erro, mas Azizu teve êxito em fazer duas rodas rolarem sobre um eixo, acima do qual ele colocou um carro. Agora ele podia transportar dez vezes mais cerâmica do que antes, e creditava sua inspiração a uma visita ao santuário da Deusa, onde beijara seu coração de cristal azul para ter sorte. Quatro mil anos depois de Hadadezer espantar Avram com pepitas de cobre extraídas com as mãos em concha do leito de um riacho, homens estavam garimpando cobre e latão e fundindo-os juntos para produzir bronze. Mil anos depois disso, os homens descobriram o ferro e como dominá-lo, e o mundo mudou para sempre.

À medida que as populações aumentavam, assentamentos se tornaram aldeias e aldeias se tornaram cidades. Líderes se destacaram das massas e se chamaram reis ou rainhas para governarem os outros. O poder de Al-Iari cresceu, seu santuário tornou-se um tabernáculo e depois um templo com sacerdotes e sacerdotisas. Seu povo chamou a si mesmo de cananitas, e viajantes de Babilônia e Suméria a reconheceram como a sua adorada Ishtar e Inanna. Perto de Baal ela era venerada por sua fertilidade, e embora sua fisionomia mudasse com o passar dos anos, sendo sua estátua substituída muitas vezes, o velho cristal azul ainda era o seu coração.

E assim ela sobrevivera, protegida e adorada por milhares de gerações desde a época da Laliari e Zant. E então invasores chegaram do vale do Nilo, liderados por um faraó, conquistador feroz, chamado Amenófis que levou de volta não apenas escravos como também se apossou de deuses e deusas. Entre eles figurava a Deusa padroeira de Jericó, que foi abrigada temporariamente e respeitada no santuário de deusas egípcias menores, onde seu coração cristalino capturou o olhar de uma rainha adúltera.

Quando a rainha foi depositada para seu repouso final numa esplêndida tumba além da imaginação (devido à consciência culpada do rei que a envenenara) o cristal azul a acompanhou, e ali rainha e cristal dormiram num mundo escuro e sem ar, anônimos e esquecidos por milhares de anos até que ladrões de tumbas, bêbados, cheirando a urina e cobertos de picadas de pulga, abriram caminho na tumba e trouxeram a antiga pedra azul de volta à luz do dia. A lágrima de meteorito azul-do-céu mudou de mãos ao longo de uma sucessão de anos enquanto foi trazida, vendida, roubada, disputada e apostada até parar em poder de um importante funcionário romano, que mandou engastar a pedra num lindo colar para sua esposa.

Ele pretendia que o presente fosse uma punição.

Livro Quatro

ROMA, 64 D.C.

A prece da Sra. Amélia era de desespero.

Por favor, permiti que a criança seja saudável.

O santuário dos deuses domésticos continha várias divindades romanas, portanto a Sra. Amélia tinha de recorrer a alguma das mais poderosas no panteão. Mas uma vez que as circunstâncias exigiam a interferência especial de uma deusa que tivesse empatia com o apelo de uma mãe, a Sra. Amélia havia escolhido uma a quem o povo chamava de Virgem Abençoada (porque concebera um filho sem a assistência de um homem), uma deusa que conhecera o sofrimento quando seu filho fora pendurado numa árvore para morrer, descer ao submundo e depois voltar ressuscitado. Portanto era a esta piedosa mãe, a Rainha do Céu, a quem a Sra. Amélia fazia agora o seu pedido:

— Permiti por favor que a criança nasça sem defeitos ou incapacidades. Permiti que caia nas boas graças do marido de minha filha e que seja aceita na família.

Suas palavras sussurradas morreram no silêncio da manhã. Morreram porque não havia nenhum significado por trás delas, nenhuma fé. Sua prece era uma impostura, uma devoção da boca para fora. A Sra. Amélia fazia esses apelos de piedade porque era o que se esperava dela; como uma matrona modelo romana ela sempre fez a coisa certa, sempre manteve as aparências. Mas seu coração estava completamente vazio de fé. Como podia uma mulher acreditar em deusas quando os homens tinham o direito de dispor dos bebês das mulheres?

Terminada a prece, ela persignou-se, tocando a testa, o peito e os ombros, porque uma vez tinha visto isto sendo feito por um devoto de Hermes, o antigo deus-salvador conhecido como a Palavra Tornada Carne. O sinal-da-cruz vinha de anos de hábito. A Sra. Amélia não mais acreditava no seu poder. Ela se lembrava de um tempo em que as preces eram um consolo, em que os deuses eram um consolo. Mas agora os deuses se tinham ido e não havia nenhum consolo no mundo.

De repente a casa foi tomada por gritos, ecoando das paredes, colunas e estatuária. Sua filha estava em trabalho de parto havia um dia e meio e as parteiras começavam a se desesperar.

A Sra. Amélia deu as costas à Virgem Abençoada Juno, mãe do deus-salvador Marte, e passou pela colunata sombreada que envolvia o jardim interno da vila, onde uma fonte jorrava docemente neste dia quente de primavera. A Sra. Amélia não se incomodava em visitar o santuário dos ancestrais. Fazia anos que não orava para eles. Sem deuses não poderia haver vida após a morte, e sem vida após a morte os ancestrais não poderiam existir.

Ela deslizou silenciosamente pelo átrio onde rapazes jogavam dados e riam, despreocupados com os gritos que rasgavam a paz matinal. Eram três filhos dela e dois genros, bem como amigos íntimos da jovem cujo filho estava lutando para vir ao mundo. Enquanto atravessava o umbral da porta aberta viu o marido da sua filha, um jovem prestes a ser pai reclinado à vontade, bebendo vinho e jogando dados como se não desse a menor importância ao mundo.

Talvez ele não dê, pensou com um rancor que não lhe era peculiar. O parto era somente problema das mulheres.

Um pensamento voejou como uma sombra pela mente de Amélia, rápido e negro como um corvo: *Nós mulheres carregamos filhos dentro de nossos corpos, os alimentamos com nosso fôlego e nosso sangue, nossos batimentos cardíacos bombeiam a vida neles, e por quase dez meses a criança e a mãe são um único ser. E então chegam as dores do parto, o dilacerar da carne e o fluxo de sangue, a agonia de impelir a nova vida para o mundo. Porém para você, jovem pai, não há dor nem sangue. Um momento de prazer e, nove meses depois, você bebe vinho, joga dados e decide o destino do recém-nascido.*

Amélia experimentou uma pontada de ressentimento. Não apenas em relação ao seu genro, mas a todos os homens que decidiam sobre a vida e a morte tão cegamente como se estivessem num jogo de dados. Ela nem sempre se sentira assim. Houve um tempo em que Amélia, esposa do poderoso e nobre Cornélio Gaio Vitélio, acreditava nos deuses e pensava que a vida era boa. Mas toda a alegria e fé se extinguiram no dia em que a morte prevalecera sobre a vida.

Um dia não diferente do de hoje.

Seu caminho foi bloqueado de repente por um homem idoso, o Leitor dos Pássaros, que ela contratara para interpretar os sinais. O velho grego exercia um lucrativo negócio porque os romanos eram um povo supersticioso, sempre observando sinais e presságios, lendo significado em cada nuvem e ribombar de trovão. Para um romano o dia não podia começar sem que antes não fosse determinado se era um dia auspicioso para tratar de negócios, para se casar, para fazer molho de peixe. E entre todos os instrumentos de augúrio, desde os nós dos dedos às folhas de chá, o vôo dos pássaros era o mais importante — até mesmo a palavra "auspicioso" derivava de *auspicium*, que significava adivinhação por meio do vôo dos pássaros.

— Li os auspícios, senhora — começou o Leitor dos Pássaros. — Vejo um homem. Seus braços estão abertos, prontos para abraçá-la.

— A mim? Certamente se refere à minha filha. Ou ao seu recém-nascido.

— Os sinais são muito claros. Um homem está vindo para sua vida, senhora. E está abrindo os braços em boas-vindas.

O único homem em quem podia pensar era seu marido, Cornélio, que deveria voltar em breve do Egito. Mas isto não seria possível. Fazia anos que ele não abria os braços para ela.

— O que dizem os pássaros sobre minha filha?

O adivinho deu de ombros — um gesto rápido — e estendeu a mão para receber o pagamento.

— Nada dizem sobre ela, apenas sobre a senhora.

Amélia deu ao homem uma moeda de ouro e apressou-se ao longo da colunata rumo ao quarto onde sua filha pelejava para trazer uma nova vida ao mundo.

A Sra. Amélia havia tomado todas as precauções para assegurar o êxito desta gravidez, a primeira de sua filha mais nova. Tão logo Cornélia lhe anunciara a gravidez, Amélia insistira para que ficasse em casa por esse tempo, casa, neste caso, sendo a vila no campo onde a família Vitélio havia produzido vinho e azeite durante gerações. Amélia teria preferido sua casa na cidade, mas sempre que seu marido Cornélio estava ausente, como agora, insistia para que ela e a criadagem se retirassem para o campo. Apenas Amélia conhecia a razão secreta para esta regra inflexível. Só ela sabia que era uma forma de punição.

Ela entrou no quarto, que estava repleto de parteiras e suas assistentes, as tias e primas de Cornélia, sua irmã mais velha e duas cunhadas, além do astrólogo que sentava-se a um canto com seus mapas e instrumentos, pronto a registrar o momento do nascimento da criança. Seguindo uma tradição muito antiga entre as famílias aristocratas, a filha de Amélia recebera seu nome em homenagem ao pai, portanto Cornélia (tal como o filho mais velho era Cornélio), o que às vezes gerava confusão. Amélia gostaria que a filha tivesse o seu nome, mas assim não ocorrera.

O coração de Amélia tendia para Cornélia que, aos 17 anos, tinha a mesma idade que ela própria ao dar à luz seu primeiro filho, que estaria agora com 26 anos se tivesse vivido. A segunda gravidez de Amélia resultara em aborto, mas a terceira, quando estava com 21 anos, gerara seu filho mais velho, Cornélio, de 22 anos, estudando direito para seguir as pegadas de seu ilustre pai. Amélia engravidara sete vezes depois disso: uma tinha lhe dado seus gêmeos, agora com 20 anos, uma produzira Cornélia, duas geraram bebês que morreram na infância, uma outra dera-lhe Gaio, seu filho de 13 anos, mais uma terminara em aborto e a gravidez final, seis anos antes, quando ela estava com 37 anos, tinha sido aquela que alterara sua vida e seu universo para sempre.

Aproximou-se da cama da filha e, olhando-a com simpatia e preocupação, colocou a mão na testa febril de Cornélia num desejo sincero de que pudesse ser capaz de transferir a dor para si.

A jovem afastou-lhe a mão.

— Onde está papai? — perguntou, mal-humorada. — Quero papai.

Amélia sentiu uma estocada de dor. Cornélia não tinha concordado finalmente em ficar na casa de campo porque quisesse estar com a mãe, mas sim porque desejava estar lá quando seu pai retornasse do Egito.

— Mandei uma mensagem para Óstia — disse Amélia. — Tão logo o navio chegue, ele será avisado.

Cornélia desviou a vista da mãe e ergueu as mãos para a irmã e as cunhadas. As jovens mulheres se agruparam em torno dela até que Amélia viu-se fora do círculo. Ela não protestou. Já tinha sido excluída do círculo familiar anos antes, quando o desgosto a impelira a cometer um ato imperdoável. Meninas pequenas que um dia a adoravam e a seguiam por toda parte como raios de sol, tinham virado as costas para uma mulher que decidiram não ser mais digna do seu amor.

Sim! ela queria gritar, assim como quisera gritar nos últimos seis anos. *Cometi adultério. Busquei consolo nos braços de outro homem. Mas não foi por necessidade de sexo ou amor — fui movida pelo pesar, porque minha filha nasceu aleijada e meu marido a jogou fora!*

Mas o grito foi mudo, como sempre acontecia — ninguém se importava com o motivo que havia levado Amélia a dormir com outro homem, somente com que o *tinha* feito — e ela apertou as mãos com força enquanto observava a parteira em seu trabalho. A mulher havia lubrificado o canal de parto com gordura de ganso, e mesmo assim o bebê não vinha. Ela então extraiu uma comprida pena branca da sua sacola, subiu no leito para montar na mulher em trabalho de parto e começou a atiçar o nariz de Cornélia para que ela espirasse.

A Sra. Amélia fechou os olhos enquanto uma lembrança dolorosa lampejava em sua mente. Seu próprio trabalho de parto durante o nascimento de seu último filho, o bebê que Cornélio se recusara a aceitar, ordenando a uma criada que o levasse, com poucos minutos de nascido, para ser deixado exposto às intempéries num monte de lixo. Amélia nem chegara a ver o bebê. Tinha sido tirado direto de seu útero para Cornélio, que dera uma olhada no pé deformado e declarara a criança inadequada. Amélia passara os anos que se seguiram tentando entender o que tinha feito para causar a deformação, pois certamente só devia culpar a si mesma. De que outro modo explicaria a má-formação do pé? Com o coração cheio de pesar ela havia revivido vezes sem conta os meses da gravidez, tentando descobrir o único erro, o único deslize que cometera e que causara a deformação. E então lhe ocorrera: o dia em que estivera sentada no jardim de sua casa citadina. Lia um livro de poesia e não sentira a borboleta pousar no seu pé. Foi só quando olhou para baixo que a viu, e como ficara tão absorta pela sua proximidade e beleza, e sua evidente falta de medo — pois continuara pousada ali, agitando suas asas frágeis —, não a tinha enxotado. Não sabia quanto tempo a borboleta ficara descansando no seu pé, mas era claro que tinha sido o suficiente para deixar uma marca no bebê que tomava no seu útero naquele momento, pois três meses mais tarde ele nasceu com um pé deformado, marcando-o para ser jogado num monte de lixo.

Por este motivo, a Sra. Amélia tinha sido tão protetora em relação à filha nos últimos meses, lendo os auspícios várias vezes por dia, atenta aos sinais, tomando cuidado para não quebrar quaisquer tabus ou atrair má sorte para a casa. Quando um gato preto aparecera no jardim, ela mandara matá-lo de imediato. Mas um gato branco extraviado tinha sido trazido e mimado para dar sorte. A Sra. Amélia não suportaria ver a filha passar pela agonia que ela própria passara com aquele último bebê perdido.

Uma vez que a pena não produzira resultados, a parteira procurou de novo em sua sacola e extraiu uma medida de pimenta que esvaziou na palma da mão. Levando-a ao nariz de Cornélia, mandou-a inalar profundamente. A jovem o fez e produziu um espirro tão violento que o bebê foi impelido para baixo.

— Eis a cabeça! — gritou a assistente.

Momentos depois, o neonato escorregou para o cobertor à espera. Enquanto a parteira atava e cortava o cordão umbilical, a Sra. Amélia se postou apreensiva ao lado da cama.

— É um menino? — perguntou Cornélia, arquejante. — Nasceu perfeito?

Mas Amélia não disse nada. Tendo nascido o bebê, a questão agora saía das mãos das mulheres. O que acontecesse a seguir dependia do marido de sua filha. Se ele rejeitasse o filho, então era melhor Cornélia não ficar sabendo de nada, pois ele seria levado da casa e depositado num monte de lixo para ser exposto aos elementos.

Tão logo a parteira enrolou o neonato num cobertor, a Sra. Amélia tomou-o dela e, embalando gentilmente o bebê, apressou-se para fora do quarto. Atrás de si, Amélia ouviu Cornélia perguntando à parteira se era menino ou menina. Mas a mulher, já escaldada, sabiamente ficou em silêncio. Quanto menos a mãe soubesse do bebê, melhor.

A Sra. Amélia penetrou no átrio e de imediato ganhou a atenção dos rapazes lá reunidos: seu filho mais velho, Cornélio, que já era pai de duas crianças; o filho seguinte, gêmeo da filha de 20 anos de Amélia; o filho mais novo, de apenas 13 anos; o jovem marido de sua filha de 20 anos; primos e amigos íntimos; e finalmente o marido de Cornélia, de 19 anos, espigando-se alto e orgulhoso, ciente da solenidade da antiga tradição que estava prestes a seguir e da gravidade de suas ações seguintes.

Ela depositou o bebê aos pés dele e recuou. Ninguém se moveu ou respirou enquanto ele se inclinava e abria o cobertor para ver o sexo da criança. Se fosse menina, e não tivesse defeitos, ele a reconheceria como sua e depois a entregaria para amas-de-leite escravas, como ditava o costume. Mas se fosse menino, e sem defeitos, ele o pegaria no colo e o declararia seu filho diante da família e amigos.

O momento se prolongou. Amélia estava quase em pânico. *Seis anos atrás, Cornélio abrindo o cobertor, vendo que era uma menina, e a seguir vendo o pé defeituoso que a deixaria aleijada por toda a vida. Virando-se de costas. Gesticulando furioso para a escrava que desapareceu com a criança como se fosse um lixo derramado. E Cornélia, de apenas 11 anos, entrando às pressas no quarto e dizendo: "Mamãe, o papai mandou jogar fora o bebê. Era um monstro?"*

E agora a própria Cornélia estava esperando pelas mesmas notícias...

O recém-nascido era um menino, perfeito e imaculado. O jovem pai abriu um sorriso e ergueu o bebê do chão.

— Tenho um filho! — gritou, e todos deram vivas e o cumprimentaram.

A Sra. Amélia quase desfaleceu de alívio. Mas quando já ia correr de volta à filha com as boas novas, houve uma súbita comoção do lado de fora. Filo, o mordomo da vila, materializou-se à porta com seu bastão de madeira e postura majestosa.

— Senhora, o amo chegou — anunciou.

Ela levou a mão à boca. Não estava preparada!

Amélia não seguiu diretamente para recepcionar Cornélio. Em vez disso observou das sombras enquanto escravos se apressavam em receber seu amo com vinho e bebida, para livrá-lo de sua toga, para alvoroçar em torno dele em nítido excitamento: quando o amo estava fora, a vida no campo era mortalmente tediosa. Cornélio aceitou a adulação com a afabilidade de um rei. Aos 45 anos, Cornélio era alto e bem-apessoado, com apenas um leve tom grisalho nas têmporas. Amélia quase pôde se lembrar de como era quando estava apaixonada por ele. Mas isto foi antes que descobrisse seu frio e implacável coração, quando ele soubera por amigos de sua breve indiscrição com um poeta de passagem por Roma. Ela havia confessado e pedido perdão, dizendo a ele que tudo se devera ao pesar pela perda de seu último bebê, e que o poeta tinha entoado as palavras que ela precisava ouvir. Mas Cornélio replicara que nunca a perdoaria, e então tudo mudou.

Ela seguiu silenciosamente o marido enquanto ele ia direto para o quarto de parto, onde cumprimentou seu genro e pegou o bebê da ama-de-leite para cumulá-lo de atenções. Depois ele sentou-se no leito e inclinou-se sobre Cornélia, que sempre tinha sido a sua favorita. Quando os dois estavam juntos, Amélia sempre se sentia excluída. Que segredos estaria ele sussurrando agora para a filha?

Um garotinho chegou correndo e gritando:

— Papai! Papai!

Lúcio, um garoto gorducho e mimado de nove anos, era seguido por um velho cachorro chamado Fido, o nome romano mais popular para um cachorro, significando "fiel". Fido era um nome adequado também para o menino, pois ele adorava o pai e o seguia por toda parte. Amélia observava Cornélio envolver o menino num amoroso abraço. Ele não era realmente filho deles, apenas adotivo. Cornélio adotara o garoto quando ele ficou órfão aos três anos. Lúcio era filho de primos distantes, e portanto da família. Amélia tentara amar Lúcio, mas não conseguira encontrar lugar no seu coração. Não era culpa do garoto. Amélia jamais se esqueceria de que Cornélio tinha aceitado um filho de outra mulher enquanto se livrara do seu.

Amélia estava com 37 anos quando concebera seu último filho. Já havia começado a sentir as mudanças no corpo, sinais de que sua fertilidade estava chegando ao fim. E portanto aquela tinha sido uma gravidez especial porque seria a sua última, e ela havia amado a vida no seu útero mais profundamente do que qualquer um de seus outros filhos. Seria a companhia na sua velhice, quando os outros filhos teriam crescido e seguido suas vidas, o filho especial a receber da velha mãe atenção e sabedoria.

E então Cornélio o havia jogado fora.

Amélia tentara lembrar a si mesma de que na verdade deveria ser grata: ter cinco filhos sobreviventes em dez gestações era um sinal de favorecimento dos deuses. Crianças romanas nem sequer recebiam nome até completarem um ano de idade, a mortalidade infantil era portanto comum. Teria aquele ser precioso sobrevivido ao monturo? Haveria em algum lugar de Roma uma orfãzinha manquitolando com um pé aleijado? Pessoas que escavavam lixo para recuperar vasos quebrados, lamparinas, sobras de papiro e roupa, às vezes recolhiam bebês ainda respirando. Tais resgates não eram feitos por compaixão, mas sim por lucro: uma criança podia ser criada com um mínimo de alimentação e cuidados e depois, se vivesse até os três ou quatro anos de idade, poderia ser vendida no mercado de escravos por um lucro quase puro. Se tivesse sorte, a criança cresceria para servir a um senhor bondoso. O mais provável porém era que fosse vendida para uma servidão brutal e, se de todo atraente, para entretenimento sexual.

Após observar a reunião da família como se através dos olhos de um estranho — pois sabia que nunca seria incluída, não importando que fosse esposa e mãe —, Amélia saiu de seu lugar nas sombras e foi dar instruções ao cozinheiro para o banquete da noite. A tensão da manhã dispersada, a casa agora estava em plena atividade. O fato de o recém-nascido ter sido aceito na família pelo jovem senhor era motivo suficiente para comemoração, mas agora havia a perspectiva extra e excitante de retorno à cidade.

Mas enquanto Amélia inspecionava a caça recém-abatida e discutia os molhos com o cozinheiro, para sua grande surpresa o mordomo Filo apareceu inesperadamente anunciando que seu marido queria vê-la. Amélia não confiava em Filo. Sabia que suas pálpebras sonolentas escondiam um arguto intelecto. Desconfiava que ele a espionava e relatava suas atividades a Cornélio.

Amélia não seguiu direto para os aposentos privativos do marido: parou na sua própria suíte para verificar o cabelo, a roupa, o perfume. Ficou subitamente nervosa. Por que ele pedira para vê-la? Amélia e o marido mal se falavam, até mesmo depois de uma separação de sete meses.

Cornélio Vitélio, um dos advogados mais populares de Roma e presentemente um favorito da plebe, tinha ido ao Egito para supervisionar os negócios que a família mantinha lá. Amélia e o marido eram muito ricos. Enquanto Cornélio era dono de minas de cobre na Sicília, uma frota de navios cargueiros e lavouras de grãos no Egito, Amélia possuía vários imóveis de aluguel no coração de Roma.

Ela o encontrou sentado a uma pequena escrivaninha. Havia acabado de chegar de uma jornada tão longa e já se inteirava da correspondência e das novidades. Ela ficou ali plantada pacientemente. Então limpou a garganta e finalmente perguntou:

— Como estava o Egito, meu senhor?

— Egípcio — respondeu ele, de modo desinteressado.

Amélia gostaria de ter ido com ele. Desde criança que sonhava em visitar as ruínas do Egito, mas claro que tais sonhos estavam agora além de toda esperança de se tornarem realidade. Enquanto esperava nervosa que Cornélio dissesse por que mandara chamá-la, pensou freneticamente acerca dos últimos sete meses para ver se havia alguma coisa que o marido pudesse remotamente considerar uma infração das regras que lhe impusera.

Mas era impossível se lembrar de algo. Cornélio poderia interpretar sua mais leve palavra ou gesto como um ato de rebelião. Fosse o que fosse, o que faria com ela desta vez? Deixá-la na casa de campo enquanto retornava para Roma? Achava que não ia agüentar por muito mais tempo aquela exclusão.

Sua punição sempre se manifestava de modo sutil. E parte de seu controle sobre ela era que nem sempre permitia-lhe abordar o assunto a ser explicado. Cornélio a tinha julgado e ponto final. Ela queria dizer-lhe: "Deixe-me contar por que fiz aquilo."

Mas o assunto estava encerrado, muito embora fosse o assunto *dela*, parte de sua vida, e ela teria controle sobre qualquer coisa que fosse discutida ou não. Cornélio não a interrogara como outros maridos costumavam fazer. Não erguera a voz ou a xingara. Ela com freqüência pensava que, se ao menos fizesse essas coisas, então o "monstro" poderia ser trazido à tona e talvez expulso de suas vidas. Mas Cornélio bloqueara todas as saídas, assegurando-se de que o fantasma sem nome não pudesse escapar, que continuasse a viver entre eles como seu tormento particular.

O adultério foi algo que tinha simplesmente acontecido. Ela ficara desconsolada com a perda do bebê. O caso de amor só durara uma semana, mas tinha sido o bastante. Em vez de divorciar-se e bani-la para o exílio, como era o seu direito, Cornélio a surpreendera ao continuar casado com ela. À ocasião havia achado que era seu modo de perdoá-la. O verdadeiro motivo, porém, era exatamente o oposto.

Cornélio agora controlava por completo a sua vida e periodicamente, como parte de sua punição contínua, ordenava que permanecesse no campo. Amélia adorava a cidade, onde estavam todos os seus amigos e seus amados teatros e livrarias. Sempre que era obrigada a ficar no campo lembrava-se de Júlia, a filha de Augusto, que fora exilada para a ilha de Panolateria, um árido afloramento vulcânico no oceano que era tão pequeno que ela podia percorrer toda sua extensão e largura em menos de uma hora. Júlia não tinha direito a vinho nem alimentos preferidos, nem animais de estimação ou entretenimentos ou companhia — nenhum tipo de luxo. E lá tinha morrido após anos sem ver ninguém a não ser o velho que trazia peixe da praia. Tal era o destino das esposas adúlteras quando não eram de fato executadas por seu crime.

Cornélio porém escolhera uma punição mais lenta, mais dolorosa. Em vez de simplesmente abatê-la com um golpe e bani-la para o exílio, ele mantinha Amélia de modo a poder rebaixá-la lentamente, privando-a de autoconfiança e orgulho. Havia a estátua de uma deusa no jardim, exposta aos elementos, e a cada estação ela ficara um pouco menor, um pouco mais reduzida enquanto o vento e a chuva a erodiam. Muito tempo atrás tinha sido uma bela e perfeita estátua, com feições faciais distintamente cinzeladas, mas agora o nariz, as faces e o queixo estavam desgastados, o rosto sem forma a ponto de não mais se saber que deusa tinha sido. Era assim que Amélia agora se via: era uma estátua exposta aos ímpetos do marido. E, como uma estátua, permanecia imóvel sem poder fugir. Algum dia, temia, estaria tão descaracterizada que sua identidade não mais seria conhecida.

Cornélio ergueu-se por fim da escrivaninha e entregou-lhe uma pequena caixa de ébano.

Amélia olhou para ela.

— O que é isto?

— Fique com ela.

Ele havia lhe trazido um presente? Seu coração pulou com uma breve esperança. Os meses passados no Egito e a ausência de casa teriam lhe dado uma pausa para refletir e reconsiderar? Ela pensou na profecia do Leitor de Pássaros, de um homem recebendo-a de braços abertos, e imaginou num ímpeto de excitamento se Cornélio por fim a perdoara.

Amélia inspirou fundo quando abriu a caixa e viu o que havia dentro dela: o mais estranho colar em que já havia pousado os olhos.

Atordoada de alegria e súbita esperança, cuidadosamente tirou a corrente de ouro da caixa e segurou-a de encontro à luz. Engastada com perícia no ouro estava uma atordoante pedra azul, lisa e em forma de ovo, emitindo tonalidades dos céus, do arco-íris e lagos. Enquanto colocava o colar no pescoço, Cornélio disse:

— Diz a lenda que foi encontrado no túmulo de uma rainha egípcia que enganou o marido e foi condenada à morte por isso.

A alegria e a esperança de Amélia desmoronaram. Neste instante, ela viu a verdade de sua vida: uma mulher cujos filhos não mais precisavam dela, cujo marido era frio e cruel, e cujos poucos amigos mexericavam sobre ela pelas costas. Uma situação intolerável. Ainda assim, nunca poderia partir, pois a lei dava a Cornélio direito absoluto de vida e morte sobre ela. Além disso, ela errara e merecia ser punida.

Amélia acordou com um sobressalto.

Prestou atenção na noite e ouviu, através da janela aberta, o barulho incessante da cidade. O tráfego sobre rodas era proibido nas ruas de Roma durante o dia, e portanto a noite era preenchida pelo clape-clape de cascos e pelo rangido das carroças. Mas não fora a cidade que a tinha acordado.

— Quem está aí? — sussurrou na escuridão.

Como não houve resposta, continuou imóvel, prendendo a respiração. Estava certa de ter sentido uma presença no quarto.

— Cornélio? — chamou, mesmo sabendo que seria impossível.

Sua pele de repente arrepiou-se e sentiu o couro cabeludo comichar. Tomada por um pavor inominável, sentou-se. O quarto estava inundado por um radiante luar. Olhou em torno do quarto mas não viu ninguém.

Levantando-se da cama, atravessou o quarto para olhar pela janela. Roma dormia. Telhados, torres, colinas e vales, tudo estava banhado pela luz brilhante da lua e das estrelas. E o inflexível tráfego nas ruas, estranhamente solene e abafado, como se fantasmas fossem os condutores dos cavalos e mulas.

Sentiu um gélido arfar às suas costas. Virando-se num sobressalto, examinou o quarto mais uma vez. Seus sentidos estavam aguçados. A mobília destacava-se com soturna nitidez à luz sobrenatural da lua. De repente, nem parecia mais seu quarto, afinal. Ele a fazia pensar em túmulos e morte.

Atravessando o chão frio, alcançou a penteadeira e olhou para a caixa de ébano que Cornélio trouxera do Egito. E de repente ela soube: *Aí jaz a presença sem nome.* O cristal azul odioso que repousara por mil anos sobre o peito de uma mulher morta. Aquilo a aterrorizou. Quando Cornélio o entregara a ela, Amélia olhara longa e detidamente para as profundezas azuis da pedra, e o que tinha visto a inundara de tamanho pavor que pusera de lado o colar, jurando nunca mais trazê-lo de novo à luz.

Porque tinha visto o fantasma da rainha assassinada.

Enquanto um raio de sol matinal filtrava-se através da janela, Amélia sentou-se à penteadeira como sempre fazia, aplicando maquiagem, examinando as jóias, arrumando o cabelo: um ritual necessário. Amélia conservava sua sanidade mantendo as aparências. Ao arrumar o cabelo, ela arrumava suas emoções. Ao fazer o que se esperava dela, não precisava pensar ou tomar decisões. Sendo uma mulher de certa posição, havia regras que deviam ser seguidas, e Amélia as seguia quase obsessivamente. Era como um mímico no teatro, toda gestos e nenhuma substância. Tinha amado Cornélio uma vez, muito tempo antes, mas agora não conseguia relembrar como tinha sido — amar Cornélio ou simplesmente amar. Ela não ficara apaixonada por seu amante, um homem que conhecera por somente uma semana e cujo rosto mal podia invocar agora. Em retrospecto, não podia se recordar das emoções que a impeliram ao abraço dele, e por certo não restava nenhum vestígio daquela fortuita paixão física.

O adultério era uma coisa estranha. Tudo dependia de quem o cometia, e com quem. Entre as classes baixas, a traição conjugal era quase um esporte nacional e uma grande fonte de piada para o teatro. Mas a nobreza se pautava por um padrão diferente, e uma esposa transviada era vista como traidora não só pelo marido, mas também por toda a classe social a que pertencia. Como Lucilla, a linda viúva de um senhor famoso, lhe dissera uma vez despudoradamente, o pecado não era o adultério em si, mas sim a adúltera ser flagrada. Amélia tinha agido na maior estupidez, e por isso os senhores e damas de Roma não podiam perdoá-la.

— Cuidado com o número quatro, senhora — grasnou o astrólogo numa voz envelhecida enquanto consultava um mapa astral.

A Sra. Amélia desviou a vista do espelho. Estivera aplicando pó-de-arroz nos círculos escuros sob os olhos, porque, uma vez que conseguira voltar a dormir, os pesadelos a assolaram com terrificantes cenários de túmulos, sarcófagos e rainhas mortas vingativas.

— O número quatro? — perguntou ela.

— É o seu número de má sorte hoje — explicou o velho que lia o horóscopo de Amélia a cada manhã. — Deve ser evitado a todo custo.

Ela olhou para o seu reflexo. Por que evitaria um número que era tão prevalente? O universo era feito de quatros: os quatro elementos, os quatro ventos, as quatro fases da lua. E as pessoas: quatro membros, os quatro ventrículos cardíacos, quatro paixões.

Suas garotas escravas estavam arrumando seu cabelo para o dia e fazendo um belo trabalho, pois gostavam da sua ama. Amélia era mais gentil do que muitas senhoras da sua classe e não espetava as escravas com grampos de cabelo se não fizessem as coisas de modo correro.

As duas jovens escravas trabalhavam com o cuidado necessário para uma senhora variar o estilo do seu cabelo; usar o mesmo cabelo dia após dia simplesmente não se fazia. Nesta manhã os longos cachos de Amélia, tingidos com hena para cobrir fios grisalhos, estavam assentados com uma tiara na sua cabeça. Como esposa de um Vitélio, era importante que sempre se apresentasse no melhor de si. Amélia usava vestidos feitos de seda chinesa, colares feitos de pérolas do oceano Índico e jóias de prata espanhola e ouro da Dalmácia. Uma estranha poderia até mesmo invejá-la.

— Existe algo nos seus mapas acerca de um homem me saudando com os braços abertos? — perguntou.

O idoso adivinho arqueou as espessas sobrancelhas brancas.

— Braços abertos, senhora?

— Como se para me abraçar ou me acolher.

Ele sacudiu a cabeça e recolheu seus apetrechos.

— Nada, senhora — disse e saiu.

Amélia mordeu o lábio. O Leitor de Pássaros na casa de campo nunca errava. Suas profecias se confirmavam com freqüência fantástica. Infelizmente o leitor de auspícios não acompanhara o séquito familiar na volta à cidade.

Ela estremeceu — não de frio, mas de medo. O colar. Ele a assustava, mesmo oculto na caixa. O cristal azul, duro e frio a fazia pensar em morte. Era da cor da crueldade e da intransigência. Não havia piedade na pedra, tal como não havia nenhuma no doador. Agradável à vista, mas duro e frio com um coração ilegível, como o próprio Cornélio.

Pensou no poder do marido, no poder dos homens em geral. Que poder tinham as mulheres? A virgindade de Amélia, e portanto sua sexualidade, havia sido guardada por seu pai e seus irmãos. Quando se casou, fora entregue pelo pai ao seu marido. Em nenhuma fase da sua vida tinha sido dona de si própria. Quando os irmãos chegavam de visita, eles a saudavam, como todos os parentes homens romanos saudavam suas parentes mulheres, com beijos em ambas as faces. Não era um gesto de afeição, mas um meio dissimulado para detectar vinho no hálito da mulher, pois beber álcool era considerado inadequado. *Não tenho sequer o direito de decidir o que entra em meu estômago!*

Amélia estremeceu de novo, quase receosa de mirar-se no espelho por medo do que poderia ver — o espectro da rainha morta pairando atrás dela. Aquele colar horrível. Era como se Cornélio tivesse trazido um fantasma para o lar. Se ao menos ela pudesse orar! Houve uma época em que a prece tinha sido um consolo. Mas agora só havia um deserto espiritual, onde a fé tinha um dia florescido.

Como invejava sua amiga Raquel, tão devota, tão ativa na sua comunidade religiosa, e tão certa do seu lugar no mundo. Raquel sabia da sua perda de fé e tentara, a sua maneira persuasiva e gentil, trazer a amiga para a fé judaica. Mas a religião de Raquel apenas frustrou e confundiu Amélia. Se uma centena de deuses romanos não conseguiam inspirar a fé, como é que apenas um conseguiria?

Com os pensamentos agora em Raquel, Amélia se recordou da sua surpresa da noite anterior, quando recebera um convite para comparecer hoje à casa da amiga. Era um dia em que normalmente Amélia não teria visto Raquel, pois era o dia sagrado da sua religião, chamado *Sabbath*. Mais espantoso ainda era que o convite mencionava uma *refeição*. Como a lei rabínica proibia os judeus de comer com gentios, em todos aqueles anos de amizade nem uma única vez ela e Raquel haviam repartido um pão. E portanto Amélia estava excitada e ansiosa pelo dia. Mas precisava ser cautelosa para não demonstrar sua alegria a Cornélio, ou ele poderia ordenar que ficasse em casa.

Amélia sabia por que Cornélio tinha permitido que continuasse sua amizade com Raquel, quando a havia privado de quaisquer outros privilégios e liberdade: era para ter algo que mantivesse seu poder sobre ela, uma coisa preciosa que pudesse tomar e assim conservá-la com medo dele. Se Cornélio negasse todos os seus prazeres e a tornasse sua prisioneira, nada mais teria com que ameaçá-la, controlá-la. As saídas para a casa de Raquel eram o constante lembrete de Cornélio acerca de seu poder sobre a esposa. E ele a mantinha em suspense. Amélia nunca sabia até o último minuto se ele lhe daria permissão para sair de casa. Portanto, embora ela estivesse feliz por rever Raquel, permanecia aquela nuvem: seria esta a última vez?

— O dia é o mais favorável para apresentar seu caso no tribunal, excelência. — O astrólogo pessoal de Cornélio assentiu com satisfação sobre seus cálculos. — Mais favorável, de fato. Eu diria que o caso estará resolvido ao meio-dia.

Enquanto três escravos penavam para arrumar a toga de seu amo, medindo acuradamente as pregas, Cornélio relanceou os olhos para a porta aberta. Sabia que Amélia, pairando como um pardal, espreitava logo além dela.

Ela nem sempre tinha sido tímida. Houve um tempo em que Amélia fora uma mulher forte com uma personalidade adequada a sua própria posição de relevo na sociedade romana. A triste ruína tinha sido por sua própria culpa. E o divórcio com banimento era a punição adequada. Mas somente Cornélio sabia de sua razão secreta para continuar casado com ela. Os romanos não gostavam de solteiros, especialmente os ricos. O Imperador Augusto tinha ido tão longe a ponto de quase transformar a solterice em crime. Se Cornélio se divorciasse de Amélia, cada mãe de uma filha solteira, cada viúva ou divorciada, cada mulher casadoura no Império estaria atrás dele. Assim sendo, Amélia era o seu escudo. Ele de fato estava contente com o modo como manipulara sua vida tão bem. Amélia não era mais uma esposa ingerente nem um obstáculo, não constava mais em sua agenda de obrigações — realmente podia ignorá-la por completo —, embora ainda fosse uma barreira conveniente contra as caçadoras de marido. Muito bem arranjado, de fato.

E aquele colar! Um golpe de gênio, poderia dizer de si mesmo. No momento em que o mercador egípcio lhe oferecera o colar roubado de uma tumba, Cornélio soubera que era perfeito para Amélia — a quinquilharia extravagante de uma rainha adúltera. E a ocasião não poderia ter sido melhor. A indiscrição de sua esposa já fazia seis anos e as pessoas começavam a esquecer. O cristal azul com sua lenda escandalosa era a maneira perfeita para refrescar a memória das pessoas. Era também um meio excelente de anunciar de modo sutil o seu crescente poder em Roma, pois o cristal dizia: *Se eu posso fazer isto com minha esposa, imagine o que posso fazer com você.*

Uma pequena multidão o aguardava no átrio. Só fazia dois dias que Cornélio estava em Roma e já se espalhara a notícia de que o rico patrono estava de volta.

Eles sempre chegavam ao raiar do dia. Jovens famintos buscando favores, referências, apresentações. Eles se apressavam de seus alojamentos decrépitos em cortiços para vir prestar seus respeitos ao patrono do qual dependiam para a subsistência. Em troca de presentes e alimentos, estes ansiosos clientes acompanhavam Cornélio nas suas rondas pela cidade. Era uma tradição romana: quanto maior o séquito, mais importante o patrono. E Cornélio Gaio Vitélio tinha umas das maiores claques em Roma.

Cornélio era um advogado bem-sucedido e influente, com muitos contatos nos altos escalões. Sempre que era anunciado que ele ia se apresentar nos tribunais, multidões afluíam para assistir. Sua generosidade era também bastante notória. Cornélio patrocinava dias grátis nos banhos, com seu nome exibido com destaque num estandarte sobre a entrada. Na arena, um dos toldos para abençoado alívio da luz do sol tinha o nome de Cornélio estampado, informando ao populacho que esta sombra tinha sido fornecida por ele gratuitamente. Ele enviava escravos para as ruas soprando trombetas e proclamando sua grandeza, seguidos por mais escravos distribuindo pão. Cornélio aspirava ser cônsul algum dia, perdendo em poder apenas para o imperador, o que lhe dava o direito de ter um ano batizado com seu nome, de modo que fosse lembrado por toda a eternidade. Pães e toldos eram um preço ínfimo a pagar por tal glória.

Ele pensou em Amélia, de pé em frente a sua porta, esperando.

Um homem tinha somente uma verdadeira posse: o seu bom nome. Que lhe tirassem suas terras, sua fortuna e suas realizações, e mesmo assim ninguém tocaria nele enquanto mantivesse intacto o seu bom nome.

Esta era uma coisa que um homem tinha o direito de defender a qualquer preço. E não havia humilhação pior em Roma do que ser motivo de riso. Ser alvo de piadas era para outros homens, não para Cornélio Gaio Vitélio, cujo sangue patrício corria mais puro do que o do próprio imperador (embora Cornélio fosse o último a ousar relembrar Nero deste fato). Banir sua esposa adúltera para o exílio teria sido fácil demais, a saída do covarde. Cornélio mostrava a Roma de que têmpera era feito ao mantê-la e fazer dela um exemplo contínuo para as outras esposas.

O casamento deles tinha sido arranjado, a unificação de duas famílias poderosas por meio do contrato esponsalício de Cornélio e Amélia quando tinham 11 e 8 anos de idade, respectivamente. Oito anos depois se casaram e passados mais cinco já eram pais. Após o primeiro filho, que ganhou o nome do pai, houve uma sucessão de gestações, resultando em abortos, partos de natimortos e bebês saudáveis — uma mistura normal. Com o passar dos anos, Cornélio estabeleceu sua reputação pela oratória e por ganhar causas nos tribunais, e Amélia era uma esposa exemplar. Um homem não podia querer mais.

Então ela veio a tornar-se amiga de Agripina, mãe de Nero e a mais poderosa mulher do Império romano — uma mulher que certa vez assistira aos jogos usando mantos tecidos inteiramente com fios de ouro, de modo que havia ofuscado os espectadores! Agripina estava morta agora, graças aos deuses, mas Cornélio jamais se esqueceria daquele momento de humilhação seis anos antes no circo, quando ele e Amélia, ela grávida à época, entraram no camarote imperial como convidados e a multidão se levantou com um rugido de aprovação. Cornélio tinha erguido os braços em agradecimento pela adulação e Agripina dissera: "Estão saudando a sua esposa e não a você, seu idiota."

Como ele saberia que Amélia tinha convencido pessoalmente o mais popular auriga de Roma a sair de sua aposentadoria para uma última corrida? As atividades de uma esposa não eram da conta do marido, desde que seus filhos estivessem sendo criados adequadamente, a casa fosse bem administrada e ela mantivesse ilibados o seu nome e a sua reputação. Tudo mais a que as esposas se dedicassem — caridade, festas, compras — não dizia respeito aos maridos. Assim, como Cornélio poderia saber que Amélia liderara uma delegação de senhoras patrícias para adular e implorar ao arrogante auriga que voltasse para mais uma corrida? Como Amélia tinha sido bem-sucedida onde outros haviam fracassado e como Roma adorava o auriga a ponto de quase endeusar o homem, a turba elevara Amélia à posição de heroína.

E seu marido completamente por fora.

Cornélio virou alvo de piadas durante meses depois disso. As pessoas recitavam rimas e rabiscavam versos nos muros, tornando "Cornélio Vitélio" um eufemismo para marido tolo. E não havia nada que pudesse fazer a respeito sem que parecesse mais tolo ainda. A humilhação e o ressentimento o haviam devorado como um câncer até que ocorreu-lhe uma idéia de vingança. Não poderia derrubar Amélia do seu pedestal popular, mas por certo seria capaz de derrubá-la do pedestal pessoal. Mesmo que o bebê tivesse nascido perfeito, ele o teria declarado inadequado e o mandaria para o lixo. Por sorte tinha sido uma menina, e ninguém olhara de perto o bastante ou tivera coragem para contestar a existência de um pé deformado. Retirada a criança, apesar das súplicas histéricas, para ficar exposta numa pilha de lixo a ser consumido por pássaros, ratos e pelas intempéries, o domínio de Cornélio estabelecia-se mais uma vez.

E então a tola mulher tinha ido dormir com outro homem — um poeta popular! E ainda fora estúpida o bastante para não ser discreta, e aí sua indiscrição foi descoberta. Mais uma vez, Cornélio tivera de agir. Mas não para bani-la de Roma. Já que era tão queridinha da ralé, que a ralé fosse constantemente lembrada de que não passava de uma puta.

Tendo os escravos finalmente ajeitado sua toga, Cornélio afastou-se e foi examinar-se num espelho de corpo inteiro feito de cobre polido.

— Suponho que queira visitar a judia — disse ele para ninguém em particular. Cornélio nunca se referia a Raquel pelo nome. Não gostava de judeus e opunha-se à política imperial de tolerância em relação a eles e sua seita secreta. Havia também convenientemente se esquecido de que fora o marido da judia, um médico chamado Solomon, o salvador da vida de um de seus filhos.

Amélia finalmente entrou pela porta aberta.

— Se eu puder.

Ele agitou a toga, virou-se de um lado e do outro diante do espelho, deu uma ordem aos criados, examinou as unhas perfeitamente manicuradas, e depois perguntou:

— É algo que você realmente deseja fazer?

Ela mordeu o lábio inferior.

— Sim, Cornélio. — Queria desesperadamente ter permissão para ir à casa de Raquel. Após visitar a amiga, esperava parar nas livrarias perto do Fórum para ver se havia chegado uma nova coleção de poesia. Mas teria de ser uma parada rápida, e teria de esconder o livro de Cornélio.

Ele finalmente a fitou.

— Você não está usando o meu presente.

O coração dela saltou. O colar!

— Pensei... ele não parece caro demais para...

— A judia é sua melhor amiga. Achei que você gostaria de mostrá-lo a ela.

Amélia engoliu em seco.

— Está bem, Cornélio. Eu o usarei, se assim deseja.

— Neste caso, pode ir visitá-la.

Ela tentou não demonstrar seu intenso alívio.

— Esteja de volta antes do pôr-do-sol — acrescentou ele. — Teremos convidados à noite.

— Quem...

— E nada de parar nas livrarias perto do Fórum. Venha direto para casa. Eu saberei, se assim não fizer.

Ela baixou a cabeça e sussurrou:

— Está bem, Cornélio.

Ele a dispensou e Amélia retornou aos seus aposentos; lá, retirou da caixa o colar de ouro com o odiado cristal azul e colocou-o no pescoço. Quando sentiu o peso dele contra o peito, intuiu sombras se agrupando a seu redor. Não teve escolha senão levar consigo o fantasma da rainha egípcia.

Enquanto percorria as ruas na sua liteira acortinada, Amélia recebia bem o barulho e os odores de Roma. Acostumadas com o ar puro do campo, suas narinas experimentaram um choque, como sempre ocorria durante os primeiros dias de regresso à cidade, devido aos odores e miasmas que envolviam esta metrópole eternamente malcheirosa. Não precisou abrir a cortina para saber que estavam na rua dos Pisoeiros, pois estes usavam urina no tratamento da lã e portanto sempre punham jarras do lado de fora das lojas para que os passantes urinassem nelas. O odor era tão familiar quanto de pão assando. Em outras ruas, fezes animais e humanas assavam ao sol para desprender um fedor que se mesclava aos aromas de cozinha, bem como de peixe se deteriorando. Mas para Amélia o cheiro mais penetrante e mais bem-vindo de todos era o de humanidade.

As ruas de Roma estavam congestionadas de gente buscando excitamento e diversão; gente comprando, gente vendendo, homens desejando ser vistos ou ver quem podiam ver, mulheres fazendo escândalo ou mexericando. Cada esquina tinha seus artistas itinerantes — malabaristas, palhaços, adivinhos e encantadores de serpentes. O caminho podia ser bloqueado por uma multidão assistindo a um engolidor de espadas ou um trio de acrobatas esperando ganhar algumas moedas. Mágicos com pombos competiam contra anões com macacos. Havia cantores e artistas de calçada, engolidores de fogo e mímicos. Oradores subiam em caixotes e falavam de tudo, desde as virtudes da alimentação natural aos males do sexo. Marinheiros com perna de pau divertiam as pessoas com papagaios treinados para falar palavrões; poetas declamavam em grego e latim; charlatães vendiam poções e elixires que curavam tudo. Fosse nas praças de mercados, nos parques no Fórum, nas ruas estreitas ou largas, as turbas romanas remoinhavam como cardumes de peixes incansáveis, eternamente em busca de entretenimento. Elas lotavam lojas e tavernas com seu apetite por vinho e carne; mexericavam e flertavam, brigavam e marcavam encontros amorosos em mil lugares animados. Os becos escuros ofereciam diversão mais abjeta: lutas selvagens de cães, dançarinas nuas, prostitutas infantis. Sexo era comprado barato e consumado rapidamente sem qualquer sentimento. Mulheres sofrendo privações se ofereciam, bem como suas filhas e até suas crianças por uma bisnaga de pão. E assassinatos eram cometidos, em acessos emocionais ou por meio de frio planejamento.

A Sra. Amélia, que navegava por tudo aquilo na sua liteira transportada por quatro escravos fortes que gritavam para abrir caminho, adorava aquela atmosfera. Roma a fazia reviver, e a ajudava a esquecer o fantasma que viajava em sua companhia.

Na hora em que a liteira parou diante de um muro alto com um sólido portão, o sol tinha alcançado seu auge. Amélia puxou uma corda e ouviu um sininho em algum lugar no interior. Quando o portão se abriu e Amélia começou a entrar, ela esticou o braço e esfregou a ponta dos dedos sobre uma pequena peça de argila inserida no muro. Era chamada de *mezuzah* e continha um papiro com palavras sagradas inscritas. Ela o tocou automaticamente, da mesma maneira como fazia o sinal-da-cruz de vez em quando, não porque acreditasse no poder das palavras, mas por respeito a Raquel, que acreditava.

Para Amélia, a melhor parte de estar com Raquel era a sensação de ficar à vontade. Raquel não era uma mulher competitiva ou mexeriqueira. Amélia nunca se sentia como se estivesse sendo silenciosamente avaliada ou criticada, como acontecia com outras mulheres do seu círculo social. Com Raquel, qualquer pessoa podia ser falante ou calada na sua companhia. Quando se encontravam, o passatempo preferido delas era dar caminhadas ao longo do rio Tibre, percorrer as prateleiras de livros, observar os divertimentos de rua, ou passar horas sem fim no jardim de Raquel num jogo amistoso de cães-e-chacais, onde só se ouvia o rolar dos dados e o claque-claque produzido pelo movimento das peças do jogo. Mas elas nunca haviam ceado juntas, e portanto Amélia estava na expectativa de uma nova experiência.

Sua amiga desceu para recepcioná-la, uma mulher mais velha, rechonchuda e de rosto redondo, com uma riqueza de colares de prata reluzindo no peito.

— Minha querida Amélia — disse Raquel enquanto se abraçavam. — Como senti sua falta! — Lágrimas brilhavam nos seus olhos. — E você ganhou outro neto!

— Um menino saudável!

— Graças a Deus! Cornélia está passando bem?

— Ela e o marido ainda estão no campo. Deverão retornar a Roma dentro de poucos dias. Mas você, Raquel, você parece ótima! — Fazia sete meses que não se encontravam, e embora sua amiga sempre se apresentasse no ápice da saúde, Amélia não pôde deixar de notar que a mulher mais velha refulgia por completo. Trajando uma onerosa seda azul-escura, orlada com adornos de prata, Raquel realmente parecia anos mais jovem. Ao enlaçar o braço no de Amélia, Raquel explicou que ela e suas filhas tinham acabado de retornar da sinagoga e que Amélia era a primeira convidada a chegar.

— Hoje é o *Shavuot*, o feriado que celebra o dia em que Moisés recebeu de Deus a Torá e os Dez Mandamentos no monte Sinai. Em Jerusalém, o povo está levando oferendas dos primeiros frutos das suas colheitas para o templo. É por isso que minha casa está decorada especialmente com flores e plantas, para nos lembrar que se trata de um feriado da colheita. É um festival de peregrinação, e Solomon e eu sempre esperamos algum dia celebrar o *Shavuot* em Jerusalém.

Ela parou a meio caminho porque algo tinha reluzido à luz do sol, chamando sua atenção: uma corrente de ouro em volta do pescoço de Amélia.

— O que é isto? Um colar que você esconde?

Quando Amélia trouxe o cristal azul para a luz, Raquel fez menção de tocá-lo.

— Não o faça — disse Amélia, puxando-o de volta.

— Por quê?

— Há uma maldição nele.

Os olhos de Raquel se arregalaram em choque.

— Este colar foi tomado da múmia de uma rainha egípcia.

Raquel pôs a mão no peito.

— Roubado da morta? Deus nos proteja, Amélia, por que usa uma coisa dessas?

— Porque Cornélio me obrigou.

Raquel não disse nada. Todas as palavras que tinha a dizer sobre Cornélio haviam sido proferidas muito tempo antes.

— Sinto-lhe a presença.

— De quem?

— Da rainha morta. É como se Cornélio tivesse trazido o fantasma dela para casa.

— Não há fantasmas nesta casa — disse Raquel dando o braço a Amélia. — Estará a salvo aqui.

Enquanto entravam no frescor do átrio, Raquel parou e tomou as mãos de Amélia entre as suas com uma calidez especial na voz.

— Não posso lhe esconder as boas-novas por nem um minuto a mais. Oh, minha cara amiga, que coisa maravilhosa aconteceu enquanto você estava no campo! Você sabe como a vida tem sido desolada para mim desde o falecimento de Solomon.

O marido de Raquel tinha sido um médico treinado na escola grega — um médico hipocrático muito requisitado por sua perícia e honestidade. As duas mulheres se conheceram quando um dos filhos de Amélia foi ferido e mandaram chamar Solomon. Ele e Raquel eram recém-chegados a Roma, procedentes de Corinto. Solomon tinha explicado que seus pais e irmãos eram médicos lá, e como não queria tomar a clientela deles preferiu vir para Roma, onde descobriu que havia carência de bons médicos. Raquel e Solomon tinham usufruído de um daqueles raros casamentos em que os cônjuges se adoram. Em Roma era altamente deselegante maridos e mulheres apaixonados, e especialmente reprovador demonstrações de afeição diante dos outros. Amélia se recordava do quanto ficara chocada ao ver Solomon beijar a esposa na face. Raquel não tinha sido mais a mesma desde a sua morte, pois havia ficado um vazio incapaz de ser preenchido.

Mas agora ela parecia fervilhante de alegria.

— Eu — disse para Amélia — costumava pensar: se ao menos pudesse ter uma garantia de que tornaria a ver Solomon! Bem, agora tenho esta garantia. — Raquel continuou para contar acerca de um herói judeu que chamavam de Redentor, de uma promessa de vida eterna. — Cristo é o nosso meio de obter paz espiritual. Na sua morte ele unificou judeus e gentios ao romper com aquilo que os dividia, a velha lei, o que resultou na criação de uma nova.

Quando viu o ar intrigado de Amélia, ela riu.

— É confuso — disse —, mas em breve ficará tudo claro. Há respostas aqui também para você, minha cara amiga.

Os outros começaram a chegar. Amélia ficou surpresa com a mistura de convidados, pois certa vez Raquel lhe dissera que ela era sua única amiga não-judia e, ainda assim, havia gentios no grupo. E nem se restringiam à categoria social de Raquel, mas pareciam ter sido extraídos de todos os degraus da vida, incluindo escravos que, para espanto de Amélia, eram recepcionados com a mesma calidez. Era um acontecimento. Como o judaísmo era tão misterioso para a maioria dos romanos, Amélia tinha imaginado que seus rituais religiosos fossem acontecimentos silenciosos e solenes, como aqueles nos templos de Ísis e Juno. Mas Raquel explicou à espantada amiga que estas reuniões eram padronizadas com base nos encontros semanais na sinagoga, que tinham propósitos tanto sociais quanto espirituais.

Havia três mesas de jantar circundadas por nove sofás, com três convidados por sofá. Neste dia Raquel exibia sua habilidade como boa anfitriã, pois era considerado falta de educação ter menos de nove pessoas a uma mesa, ou mais de 27 pessoas numa festa. Todas as lareiras tinham sido acesas na noite anterior, pois era proibido acender fogueiras no *Sabbath*.

— É um prazer receber os gentios entre nós hoje — disse Raquel, quando todos haviam se acomodado.

Um homem idoso usando um solidéu e um xale franjado protestou em voz alta sobre a presença de não-judeus e saiu.

Mandando um rapaz atrás dele, Raquel explicou a Amélia:

— Muitos de nós ainda estão divididos em questões de prática. Cada comunidade tem suas próprias regras e dogmas de crença. Os anciãos estão tentando unificar as comunidades, mas o mundo é um lugar grande. Os irmãos e irmãs em Corinto mantêm práticas diferentes das nossas, e os irmãos e irmãs em Éfeso mantêm práticas diferentes daquelas de Corinto e de nós em Roma!

Amélia viu que o velho vinha sendo conduzido de volta pelo rapaz, que dizia:

— Lembre-se das palavras do profeta Isaías quando disse: "Farei de vós uma luz para os gentios, para que possais levar minha salvação para os confins da terra."

O idoso assumiu seu lugar no sofá, mas ainda não parecia convencido ou contente com a presença de não-judeus.

— *Sh'ma Yisrael: Adonai Elohenu Adonai Ehad*! — entoou Raquel, conduzindo os judeus à prece.

— *Barukh Shem Kevod Malkhuto le-olam vaed*! — entoaram eles de volta.

Raquel então sorriu para os novos convidados e repetiu a prece em latim para que entendessem:

— Ouve, ó Israel: o Senhor é nosso Deus, o Senhor é Único! Abençoado seja o Seu glorioso Reino para todo o sempre!

A reunião parecia consistir de leitura de cartas e narração de histórias. Amélia reconheceu algumas das histórias, uma vez que a ressurreição de deuses não era novidade. O deus Marte havia sido martirizado e descido ao inferno por três dias e voltara. Outros salvadores tinham feito o mesmo em épocas anteriores; até mesmo Rômulo, o primeiro rei de Roma, aparecera em carne e osso aos seus seguidores após sua morte e dissera a eles que estava sendo levado aos deuses. Júlio César e Augusto eram agora deuses. Homens se tornando deuses era lugar-comum. E quanto a uma vida após a morte, Ísis já prometera isto. O grupo falou da crucificação de seu redentor. Isto nada significava para Amélia, pois criminosos eram crucificados todo dia. Cruzes se enfileiravam nas estradas que levavam a Roma, e era raro ver uma desocupada. E quanto a Jesus realizando milagres e curando doentes, isto também não era coisa rara, pois em Roma milagres eram observados nas ruas diariamente, mágicos que transformavam água em vinho, e curadores fazendo o aleijado andar. Ainda assim, ela ouvia educadamente e se espantava com a atenção dos ouvintes.

A prima de Raquel de Corinto estava presente, aquela que trouxera cartas para ser lidas em voz alta.

— Não temos sinagogas — sussurrou Raquel para Amélia —, nem templos, nem centros estruturados de veneração. Reunimo-nos em casas particulares. Minha prima, tal como eu, é uma benfeitora da nova fé e dá festas na sua casa em Corinto. A sua cunhada, que vive em Éfeso, é também benfeitora e dá banquetes em sua casa. É assim que nos reunimos. Mas não somos iguais em nossas regras e crenças. Existe um grupo em Alexandria, por exemplo, que é formado inteiramente de gentios, e portanto escolheram organizar suas reuniões no domingo, o dia sagrado de Mitra, em vez de no *Sabbath*. E não seguem a regra *kosher* de alimentação, mas comem aquilo que sempre comeram: porco e crustáceos, leite com carne. Os companheiros que conheceram o Mestre enviam cartas para as muitas comunidades numa tentativa de nos juntar sob uma única ideologia. Mas é difícil, sendo o império tão vasto.

Amélia não via tanta influência gentia nesta reunião. A maioria era de judeus. Havia um menorá sobre a mesa. A cabeça de Raquel estava coberta, como a dos homens, e a maioria deles usava xales franjados e filactérios na testa. Primeiro eles recitaram preces em hebraico, depois em latim. E os pratos, embora variados e fartos, nada continham de porco ou crustáceos, nem leite ou queijo. Mas havia peixe no vapor com um molho saboroso, galinha ensopada e uma vitela doce e tenra.

Raquel, presidindo, explicou aos recém-chegados que era um banquete em homenagem à chegada Daquele Que Era Aguardado — o Messias que trará o reino de Deus para os judeus. Depois os apresentou:

— Hoje temos novos amigos entre nós. Alguns de vocês desaprovam gentios em nosso meio. Mas Paulo nos disse que perante Deus não somos nem judeus nem gentios, mas todos iguais diante Dele.

Raquel repartiu pedaços de pão e passou-os ao redor.

— Bem-aventurados sejam os humildes — cantou ela.

— Pois eles herdarão a terra — entoaram os outros em resposta.

E assim por diante, num belo cântico antifonário.

Amélia notou que eles dirigiam suas preces a alguém chamado Abba.

— Abba é o nome do seu deus? — perguntou ela.

— O aramaico era a língua de nosso Senhor, e "abba" é a palavra aramaica para "pai". Jesus se dirigia a Deus como Abba, e assim fazemos agora.

Embora o ânimo deles fosse alegre, Amélia sentia uma tensão subjacente. Havia uma estranha ansiedade entre o grupo e, à medida que ouvia suas histórias, ela começou a entender a fonte desta ansiedade: o redentor deles havia sido crucificado trinta anos antes e poucos dos seus seguidores originais ainda estavam vivos. Todos diziam isto dando a entender que seu retorno se daria em breve.

— A qualquer dia agora — garantiu Raquel ao grupo.

Aquilo era novidade para Amélia, pois não conseguia imaginar um único deus salvador que tivesse prometido voltar, ou que tivesse voltado de fato após ressuscitar. Raquel continuou, contando sobre tribos nas fronteiras do império que fomentavam rebelião contra Roma, e depois citou sinais e prodígios que anunciavam o fim do mundo.

As palavras de encerramento foram pronunciadas por um homem idoso a quem eles chamavam de Pedro, o que soava estranho para Amélia, pois estavam falando em latim e portanto chamando-o de Rocha. Nunca antes soubera de um homem chamado Rocha. Quando perguntou por que tinha um nome tão estranho, Raquel replicou:

— Porque ele é Simão, a Rocha, que se refere a sua tenacidade e lealdade. Ele foi o primeiro discípulo de nosso Senhor.

Pedro não parecia fazer jus a seu homônimo. Baixo, velho e frágil, ele teve de ser ajudado a ir até o sofá, onde começou a falar numa voz tão suave quanto uma pluma. Começou louvando a Deus e depois falou sobre a sacralidade da vida. Boa parte disso pouco significava para a Sra. Amélia, que ouvia educadamente exortações como: "Sois um povo eleito, um sacerdócio régio, uma nação sagrada. Uma vez não formastes um povo, mas agora sois o povo de Deus", e "O fim dos tempos está próximo, portanto viveis vossas vidas aqui como estrangeiros em medo."

Finalmente houve uma coleta de dinheiro, parte do qual seria distribuído entre os pobres de Roma, o restante sendo enviado para comunidades cristãs carentes do império. Quando todos se preparavam para ir embora, Raquel pediu que Amélia ficasse, pois estava ansiosa por ouvir a opinião da amiga. Mas Amélia teve de confessar que não entendia esta nova crença, nem podia aceitar que o mundo estivesse próximo do fim.

— Muito obrigada, minha querida amiga, por me incluir no encontro de hoje. Mas isto não é para mim. Não possuo a fé que você exige dos seus correligionários. Nem sinto que o seu redentor se interessaria por mim. — Ela se calou de súbito.

O frágil e velho apóstolo chamado Pedro preparava-se para liderar o grupo numa prece final, e ante os olhos atônitos de Amélia ele se levantou, abriu os braços e começou a recitar:

— Pai Abençoado no Céu...

Ela olhou chocada para os braços abertos e se lembrou da profecia do Leitor de Pássaros. Era *este* o homem previsto?

O calor do verão se abatia sobre eles e portanto Raquel preparava o jardim do peristilo para a reunião do *Sabbath*. O grupo aumentara e ela não mais podia manter o banquete em três conjuntos de três sofás. Agora os convidados sentavam-se no chão ou em bancos, e comiam de tábuas de pão que ela passava de mão em mão. Como não possuíam um lugar formal de veneração, eles chamavam seu grupo de uma *ecclesia*, uma palavra grega que significava "convocado à assembléia" e que gerações futuras chamariam de igreja. A casa de Raquel era agora uma casa-igreja, como era o lar de Cloé em Corinto, o de Ninfa em Laodicéia, e assim por diante. E todas as casas-igrejas reunidas estavam começando a ser chamadas de Igreja Universal.

A fé crescia com tal rapidez que Raquel agora realizava batismos diariamente na fonte do seu jardim no peristilo, com sua pequena estátua de Baco no topo, despejando água sobre os cristãos convertidos. Ela levava a cabo o ritual da maneira como sua prima Cloé lhe ensinara, que tinha aprendido do missionário Paulo, que aprendera de Pedro em Jerusalém. Havia conforto no ritual e na corrente inquebrantável, pois o próprio Jesus tinha sido assim batizado no rio Jordão. E agora, quase quarenta anos depois, seus seguidores faziam o mesmo. Raquel teve também de batizar sua melhor amiga.

Ela olhou para Amélia, cuja contribuição para a refeição comunal era de pãezinhos assados por ela mesma e estampados com a cruz de Hermes.

Amélia não fazia idéia de quão intensamente Raquel orava por ela. Não era apenas para trazer a amiga para o alegre redil de Jesus Cristo — uma razão mais urgente deu força às preces de Raquel: a salvação da alma imortal de Amélia. A própria conversão de Raquel havia ocorrido em janeiro, num dia chuvoso que nunca esqueceria, quando ouvira a mensagem da Palestina de que o salvador havia muito esperado dos judeus tinha chegado afinal e que, quando ele retornasse, as pessoas se reuniriam com os falecidos, pois como prometera Paulo, a morte era somente sono, uma "noite entre dois dias", e que aqueles batizados em nome do Senhor reviveriam. Pedro pousara as velhas mãos nodosas na cabeça de Raquel e ela sentira-se de imediato aliviada de seu pesar. Desejava que Amélia tivesse a mesma alegria.

Quando Solomon morreu, Amélia a havia consolado, vindo à casa com qualquer tempo, com palavras ou silêncio, dependendo do seu estado de espírito à ocasião, mas sempre partilhando o pesar e o fardo de se ver subitamente sozinha no mundo. Muitas vezes, naqueles dias tristes, Raquel imaginara como poderia ter suportado tudo aquilo sem Amélia.

E então os papéis se inverteram.

— Sinto como se estivesse perdendo minha alma — confessara Amélia uma tarde, enquanto a escuridão suavemente se insinuava no jardim privado. — Cornélio está me sugando, Raquel, e não tenho a força para combatê-lo.

Raquel desejou poder arrancar o colar do pescoço da amiga e triturar o venenoso cristal azul debaixo dos seus calcanhares. Mas Cornélio cuidara para que a esposa o usasse todos os dias; e pior, Amélia acreditava merecer o castigo.

— Cometi adultério — dizia, com tristeza.

— Amélia, ouça-me: um dia o Senhor apareceu a um grupo de pessoas prestes a apedrejar uma mulher por adultério. Ele os interrompeu e ofereceu a primeira pedra a qualquer um na turba que não tivesse cometido um pecado. E ninguém aceitou a pedra, Amélia! Cornélio não tem pecados?

— Para ele é diferente. Para os homens é diferente.

Raquel não pôde argumentar contra isso, pois a desigualdade entre homens e mulheres era a mesma tanto nas tradições romanas quanto judaicas, que situavam o pai ou marido acima das mulheres na casa. Mas Jesus havia prezado a igualdade entre homens e mulheres, e a própria Raquel não era a prova disso? Na sinagoga ela devia sentar-se num balcão, atrás de uma cortina, sem tomar parte ativa no serviço, ao passo que nos banquetes do *Sabbath* em sua casa, para celebrar a ressurreição do Senhor, ela era a diaconisa, aquela que presidia ao serviço, às preces, que repartia o pão comunal. E quando Jesus retornasse e o novo reino de Deus tivesse início, esta seria uma nova era tanto para homens quanto para mulheres.

Raquel não desistiria em relação à amiga. Quando Jesus retornasse, somente aqueles que fossem batizados seriam admitidos no novo reino. E iria retornar em breve, pois Pedro disse que o Senhor prometera voltar durante a vida dos seus discípulos. Jesus tinha morrido havia mais de trinta anos, seus seguidores que ainda viviam estavam em idade avançada, como Pedro, que era tão frágil a ponto de parecer que cada expiração sua seria a última. Enquanto provava o guisado que estivera cozinhando desde o início do *Sabbath* na noite anterior, com pedaços de cordeiro tão tenros que desmanchavam na boca, Raquel jurava que, custasse o que custasse, qualquer que fosse a força e objetivo mental que tivesse de empregar, iria salvar a alma da amiga.

Amélia cantarolava enquanto arrumava as pequenas fôrmas de pão nas travessas. Essas pequenas tarefas a faziam sentir-se útil. Na sua própria casa ela não era mais necessária. Cornélio passava cada vez mais tempo no palácio imperial, já que se tornara um integrante do círculo íntimo de Nero. E embora Amélia tivesse cinco filhos, um genro, duas noras e quatro netos, sua casa no Aventino era um lugar estranhamente silencioso e deserto. Só restavam os dois garotos: Gaio, que dentro de dois anos receberia a toga da maioridade e que já passava a maior parte do tempo com colegas de escola e tutores, não tendo mais tempo para dedicar à mãe; e o pequeno Lúcio, que não era seu filho legítimo, que tinha babá e tutores e a atenção de Cornélio quando o marido estava em casa. Amélia percorria os cômodos, colunatas e jardins da sua residência na colina como que procurando alguma coisa. Raquel disse-lhe que era por fé que ela ansiava, mas Amélia não tinha muita certeza. Se fosse fé que estivesse procurando já não a teria encontrado a esta altura, neste viveiro de zelo e fervor religioso? Em algumas reuniões, as pessoas caíam no chão em acessos de êxtase religioso, falando incoerentemente ou profetizando o fim dos tempos. O grupo orou, cantou e batizou novos convertidos, atestou o Senhor como o seu salvador e hipotecou a alma a Deus. Mas até então nada disso sensibilizara Amélia.

Dedicou sua atenção ao preparo de comida especial para o pobre Jafé que, não tendo língua, sentia dificuldade para comer. Sua língua havia sido cortada por um amo sádico e ele se juntara à casa-igreja de Raquel porque o Deus judaico ouvia a prece muda. Um sacerdote no templo de Júpiter tinha cobrado uma taxa para recitar em voz alta a prece de Jafé, dizendo: "Como espera que o deus o ouça se não pode falar?"

Quando Amélia passou uma travessa de pão para Cleandro, um jovem escravo com um pé deformado a quem Raquel libertara recentemente, não pôde deixar de pensar no seu bebê, novamente especulando se havia sobrevivido ao monturo ou se já estava no além esperando para reunir-se à sua mãe, como Jesus havia prometido. Se ao menos ela pudesse acreditar! Amélia não se juntara ao grupo de Raquel movida pela fé, mas por amizade. Sentia-se útil agora, e parte de uma família: Gaspar, o escravo liberto com apenas um braço; Jafé, o mudo sem língua; Cloé, a evangelista de Corinto; Feba, uma diaconisa idosa que vivia aqui em Roma. Para Amélia não importava que Jesus fosse muitas coisas para muita gente — sábio, rebelde, mestre, curador, redentor, filho de Deus —, pois não tinha o próprio Jesus falado em parábolas que cada um deveria interpretar sua mensagem segundo a própria crença? Amélia via Jesus como um professor da vida moral. Não via divindade nele, nem poderes miraculosos, à exceção de que sua mensagem trouxera a felicidade de volta à sua vida. *Aquilo* era um milagre.

Imaginou se Cornélio havia notado a mudança nela. E se por ventura pensasse nela, o que poderia supor que estivesse fazendo? Será que no seu quadro mental ela e Raquel seriam duas matronas contentes, comparando os netos e se queixando dos penteados da moda? Provavelmente não poderia imaginar que nas reuniões semanais Amélia se descobrira integrada, especialmente na mistura social. Estremeceu ao pensar na reação dele ao fato de sua esposa estar repartindo o pão com homens e mulheres de baixa extração, ou descobrir que ela doara um bracelete — que tinha sido o seu presente de casamento a ela, 27 anos antes — para ajudar a tirar da prisão um judeu de Tarso.

Cornélio. Após tantos anos, ainda não o compreendia. Por que, por exemplo, depois de seis anos, ele estava aumentando sua punição a ela, aproveitando cada oportunidade para humilhá-la, quando por certo já era hora de deixar o assunto cair no esquecimento? Mas então começou a perceber os olhares enviesados na sua direção e a ouvir os sussurros às suas costas. Logo após seu retorno a Roma, os rumores por fim chegaram ao seu conhecimento: Cornélio levara a bela viúva Lucilla para o Egito. Amélia ficou arrasada. O colar de cristal azul era um meio de manter em destaque o pecado dela, enquanto ele tranqüilamente seguia em frente com seu próprio pecado.

Desde o retorno do campo, ela e Cornélio tinham mergulhado de volta no turbilhão social de jantares toda noite e festividades nos feriados, já que a alta sociedade romana pouco mais tinha a fazer. Cornélio sempre insistia para que Amélia usasse o colar egípcio, e embora ela o escondesse sob o vestido, ele a obrigava a mostrá-lo aos outros, enquanto contava a lenda da rainha adúltera. A Imperatriz Popéia, a esposa de Nero, sopesara na mão o pesado pingente de ouro, estreitara os olhos ao brilho do cristal azul e dissera com alegria deliciada: "Que escândalo!"

Pesadelos assombravam Amélia e durante o dia, estivesse cuidando do jardim, tecendo, ou inspecionando a casa, sentia a sombra negra da rainha egípcia nos seus calcanhares, um fantasma malévolo a recordar seu pecado. Mas quando ia aos alegres banquetes do *Sabbath* na casa de Raquel, onde os convidados eram ruidosos e seguiam as leis do seu deus, Amélia sentia o coração leve. Desejava poder dizer a Raquel: "Sou uma crente." Mas como ocorria isto, este milagre da fé? O que era isto que atuava dentro das pessoas, que vivenciavam súbitas epifanias, exatamente ali no jardim de Raquel, forçando-as a cair de joelhos e a falar numa língua incompreensível? E por que este poder misterioso funcionava em algumas pessoas mas não em outras? Toda semana, congregantes cantavam, batiam palmas e gritavam "Aleluia!" E lançavam-se num frenesi, ficavam cada vez mais febris de devoção e muitos caíam em acessos de êxtase religioso e histeria, enquanto os demais simplesmente olhavam em frustração.

Estavam todos tão convencidos de que o mundo estava chegando ao fim — não só os do grupo de Raquel, mas também os visitantes das casas-igrejas de todo o império —, que muitos tinham aberto mão de todas as suas posses. Até mesmo a casa de Raquel estava mudando: ela libertara seus escravos, boa parte da sua mobília cara se fora, e seus vestidos de seda tinham sido substituídos por roupas feitas em casa. E ela constantemente coletava dinheiro para enviar aos seus irmãos mais pobres em Jerusalém, e sua exótica coleção de colares de prata tinha sido sacrificada para financiar missões evangélicas na Espanha e na Germânia.

Mas Amélia descobrira que a falta de uma fé unificada entre os cristãos estava crescendo. Mais gentios se juntavam, pessoas de todas as classes sociais trazendo com elas sua próprias crenças, de modo que quando Raquel encerrou, liderando-os na prece "Ouve, ó Israel!", vários se persignaram, ou fizeram o sinal sagrado de Osíris. Ocasionalmente, visitantes especiais vinham falar para a assembléia, alguns que até mesmo tinham conhecido Jesus, mas estes eram homens muito velhos que falavam em voz coaxada, seu grego tão coloquial que precisavam de intérpretes mesmo num grupo que falava grego! Para perplexidade de Amélia, mesmo estes homens podiam não concordar com o que acontecera na Galiléia havia mais de trinta anos. Havia os seguidores de um homem chamado Paulo, que nunca conhecera Jesus pessoalmente mas que era popular porque as pessoas interpretavam a sua pregação como se pudessem prosseguir levando a mesma vida de antes (Paulo continuava escrevendo epístolas para orientar as pessoas nesta questão, mas elas aparentemente continuavam a interpretá-lo mal). Outro grupo, formado principalmente de gregos, interpretava a mensagem de Cristo de acordo com a filosofia grega. Os seguidores de Pedro, o homem mais popular no movimento cristão, acreditava na observância estrita da lei judaica e que os gentios deveriam ser convertidos ao judaísmo antes de se tornarem cristãos. E depois havia os místicos, procedentes de religiões misteriosas. Eles alegavam que a nova seita não deveria se desenvolver em torno de homens comuns, mas apenas pela união mística com Cristo. Cada grupo se achava mais correto e superior aos outros.

Crenças individuais variavam igualmente: embora todos acreditassem na volta iminente de Jesus, alguns diziam que ele chegaria numa carruagem de ouro, outros diziam que chegaria humildemente montado num burro; alguns argumentavam que ele deveria vir para Roma, outros diziam que deveria aparecer primeiro em Jerusalém. Sobre o Reino de Deus, eles discordavam quanto a sua natureza, onde se situava e quando seria estabelecido. Alguns olhavam Jesus como um príncipe da paz, outros como um profeta da guerra.

Para aumentar a confusão, havia os muitos evangelhos que circulavam em pergaminhos, cartas e livros, cada qual declarando ser a "autêntica" mensagem de Cristo, embora todos tivessem sido escritos muito tempo depois de sua morte. Para aumentar ainda mais a confusão, havia o fato de que poucos homens que conheceram Jesus realmente ainda estavam vivos. Uma nova geração que nunca ouvira a pregação de Jesus estava interpretando eventos de trinta anos passados, cotejando-os com questões e maneiras contemporâneas. O debate sobre a conversão dos gentios continuava acirrado: batismo ou circuncisão. Os que defendiam a circuncisão alegavam que era fácil demais juntar a fé, que os convertidos não renunciariam aos seus velhos deuses, meramente acrescentando Jesus ao seu panteão. Cristãos gentios estavam começando a louvar o nome de Jesus no 25º dia de dezembro, quando comemoravam o nascimento de Mitra, e adeptos de Ísis, a Rainha do Céu, diziam que a mãe de Jesus, Maria, era a Deusa encarnada. Cada pessoa acreditava que era do *seu* deus o reino que Jesus proclamava.

Havia até mesmo um debate acerca do nome do Senhor. Ele era Joshua, Yeshua, Iesous, ou Jesus, dependendo da nação e língua de cada um. Alguns o chamavam de Bar-Abbas, significando "filho do pai", ao passo que outros argumentavam que Bar-Abbas, cujo primeiro nome era também Jesus, fora um homem completamente diferente. E aqueles que o chamavam de Jesus bar-Joseph eram contestados pelos que alegavam que se o Senhor se autodenominava o filho de Deus, então ele não tinha nenhum pai terreno, como outros salvadores que o antecederam.

Mas Amélia não estava preocupada com regras e ideologia, ou com quem estava certo ou errado, ou com qual fosse o verdadeiro nome do Senhor, pois ao contrário dos outros ela não acreditava em Jesus, nem no seu deus, nem nas promessas que tinha feito. Amélia comparecia às reuniões semanais pela amizade e boa companhia, para estar entre pessoas que não mexericavam, que não julgavam seus erros passados, que davam-se as mãos e cantavam juntas e partilhavam um farto banquete em nome de um mártir crucificado. Vinha principalmente porque, como Raquel havia prometido, o fantasma maligno que habitava o cristal azul que ela usava sob o vestido ficava do lado de fora da porta — e pelo conjuro de uma tarde Amélia conhecia paz e amor e sentia-se livre do medo.

Finalmente todos haviam chegado e a reunião do *Sabbath* estava prestes a começar. Raquel se preparava para ler a Torá. Havia escolhido uma passagem do Deuteronômio:

— *Que outra nação é tão grande a ponto de ter seus deuses próximos a ela do modo como o Senhor nosso Deus está próximo a nós sempre que oramos a ele?*

Raquel tinha finalmente rompido com a sinagoga, onde as mulheres eram proibidas de ler a Torá para a congregação. Quando o rabino lhe disse que devia interromper tal prática, ela lhe recordou que Míriam fora uma profetisa por seus próprios méritos e que ajudara seu irmão Moisés a tirar os israelitas do Egito como uma igual, não como uma subordinada dele.

Antes que pudesse desenrolar o pergaminho, um dos seus escravos libertos veio correndo ao jardim para avisá-la que um retardatário tinha chegado. Irrompeu um grande alvoroço quando todos souberam quem era.

— Quem é? — perguntou Amélia ao se voltar para a idosa Feba.

— Seu nome é Maria e conheceu o Senhor — disse Feba com a reverência e hesitação na voz que uma presença tão importante merecia. — Uma mulher de posses e influência, que alimentou e abrigou Jesus e os apóstolos que deveriam divulgar a mensagem.

Amélia sabia que Jesus tivera muitas mulheres entre seus adeptos, mulheres que deram sua riqueza a ele e sua causa, tal como Raquel, Feba e Cloé faziam hoje. Mas não sabia que alguma delas ainda estivesse viva.

— Maria foi sua companheira mais íntima — prosseguiu Feba —, seu primeiro apóstolo. Quando Jesus foi preso, Pedro e os outros negaram conhecê-lo. Quando Jesus foi crucificado, foram só as mulheres que choraram ao pé da cruz. As mulheres recolheram seu corpo e o colocaram na tumba. E depois que a tumba foi lacrada, foram as mulheres que mantiveram vigília do lado de fora, porque Pedro e os homens estavam se escondendo com medo. Quando Jesus saiu da tumba foi para as mulheres que ele apareceu primeiro e falou-lhes da sua ressurreição. Creio secretamente — disse a anciã com uma luz nos olhos — que quando o Senhor retornar, virá primeiro para esta mulher, para Maria.

A visitante não tinha uma aparência marcante. Mulher de idade avançada, era baixa e encurvada e trajava roupa branca tecida em casa. Caminhava com uma bengala e com a ajuda de uma mulher jovem, e quando falou foi numa voz tão fina quanto a asa de uma borboleta. O seu grego era o dialeto coloquial da Palestina, e sua jovem acompanhante o traduziu para o latim em benefício da assembléia. Ela falava claramente, mas do fundo do coração.

O dia de julho era quente; moscas voejavam no jardim, abelhas enchiam o ar com seu zumbido. Dificilmente soprava uma brisa, de modo que as pessoas tinham de se abanar. A um canto, um velho começou a cochilar.

Maria primeiro pediu que todos orassem com ela. Todos se levantaram com os braços abertos e a cabeça para trás numa imitação do Ser Crucificado, os olhos abertos e voltados para o céu enquanto cantavam alto e em uníssono. Depois, vários se persignaram. Maria então começou sua história:

— Meu Senhor é o mais bondoso dos homens. Ele amava as criancinhas e seu coração chorava à visão de doença, pobreza e injustiça. Ele curava, abençoava e ensinava bondade.

O calor do dia se fixou no jardim, como um convidado desejando ouvir a história, trazendo com ele uma espécie de calidez mágica, um efeito soporífero que transformava as palavras da anciã num cântico hipnótico. Embalada pelo calor e pela cadência das palavras de Maria, Amélia sentiu-se deslizar para uma espécie de consciência alterada, como se tivesse bebido vinho sem adicionar água, e após um momento começou a não mais ouvir palavras, mas sim a ver imagens. Viu-se caminhando com Jesus nas verdejantes colinas da Galiléia; de pé à margem do lago e ouvindo-o pregar de um barco de pesca; ela sentada entre rochas e relva enquanto ele falava de cima de um outeiro a respeito de misericórdia e bondade e de oferecer a outra face; provou seu vinho durante um casamento e sentiu o sorriso dele esfregar sua face quando passou por ela.

Maria falou de cambistas e sacerdotes, de uma menininha em coma, de um homem chamado Lázaro. Amélia viu um banquete de peixe e pão, cheirou a poeira das estradas e atalhos da Palestina e ouviu o tropel dos cascos quando os soldados romanos passaram.

O ar pesado, o calor, o zumbido de abelhas, e o jardim deslizou para uma outra era, outro lugar, levando Amélia junto. A voz débil de Maria pintando retratos vívidos. E então, de súbito...

Ele estava lá! No jardim de Raquel! O judeu renegado e o pregador da paz, o fanático armado e o filho de Deus, suas imagens múltiplas espiralando das pedras quentes do calçamento, tremeluzindo como fantasmas, finalmente se reunindo para formar um *homem*.

Amélia estava paralisada. As palavras de Maria, voejando no ar túrgido com as abelhas e libélulas, tinham trazido o homem para a companhia deles, e Amélia *viu* a carne, o sangue e os tendões dele. Quando Maria falou que Jesus questionou por que Deus colocara este fardo sobre ele, Amélia viu o embaraço nos seus olhos e o suor na sua testa. Quando contou como Jesus orou, Amélia viu a glória irradiada do rosto dele. Todos os Jesus que tinham pregado e debatido por toda parte estavam ali agora, entre os brotos e o verdor de um jardim romano, na forma de um homem, não mais um mito ou mistério, mas um homem nascido de uma mãe, pleno de todas as esperanças e dúvidas e defeitos que eram o quinhão da humanidade.

— E então ele foi traído — disse Maria, a voz falhando. — Soldados romanos o desnudaram e zombaram dele, perfuraram sua testa com espinhos e lanharam-lhe as costas com chicotadas. E depois o meu Senhor foi forçado a carregar as traves da sua cruz por toda Jerusalém enquanto o povo apupava e jogava sujeira nele. Pregos foram cravados nos seus pulsos e pés, e a seguir ele foi içado para que todos vissem. Meu precioso Senhor ficou pendurado como um animal deplorável, sangrando e indefeso, humilhado e envergonhado. Quando as moscas começaram a se banquetear nos ferimentos, quando o ar começou a abandonar seus pulmões e o rosto se contorceu na agonia final, ele falou. Pediu ao Pai que perdoasse os homens que lhe tinham feito aquilo.

Alguns no jardim começaram a chorar, um suave som sussurrado, mais angustiado na sua contenção do que todos os uivos de pranteadores da terra. Outros estavam chocados demais até mesmo para respirar. Amélia viu-se profundamente tocada. Nenhuma das pregações de Pedro, das exortações de Paulo e das leituras de pergaminhos, epístolas e evangelhos haviam conseguido aquilo que as palavras faladas suavemente pela anciã Maria tinham feito: trazer Jesus para a vida.

Amélia pressionou a mão contra o peito, pois sentia o ar preso nos pulmões. Quando sentiu o colar sob o tecido, imaginou o que seria. Então, lembrando-se, retirou o pingente e olhou para o cristal azul à luz difratada do jardim de Raquel. Enquanto olhava fixamente o cristal, pôde ver a pobre criatura que tinha sido torturada pelos soldados romanos, seu corpo emaciado por meses de privação e sacrifício, o rosto escorrendo sangue, a pele tenra ferida e lanhada, os pés escorregando e vacilando nas pedras ásperas de uma rua de Jerusalém. Amélia já vira muitos criminosos crucificados, ainda assim nunca tinha visto o *homem*, nunca parara para pensar sobre a mente e o coração sob a carne torturada. Quantos deles, aquelas pobres criaturas pendendo de vigas ao longo da via Ápia, tinham sido inocentes? Quantos tiveram famílias, mulheres que amavam, crianças com quem sonhavam? Quantos haviam sido pendurados em cruzes injustamente, enquanto as famílias choravam a seus pés?

— Sim — repetiu Maria, a voz cansada pela lembrança daquela tragédia ocorrida trinta anos antes —, depois de tudo que sofreu, nosso Senhor pediu a Deus que perdoasse os que o haviam torturado.

Amélia sentiu um aperto na garganta. Via o cristal azul em meio às lágrimas; parecia liqüefazer-se em suas mãos. *Jesus, depois de tudo que fizeram com ele, no seu último alento, pediu a seu deus que perdoasse aqueles que tanto o haviam maltratado*. E de súbito viu claramente o coração do cristal. Não era o fantasma de uma rainha egípcia, afinal, nem Simão Pedro em prece, mas sim Jesus, pendendo na cruz, os braços abertos em boas vindas, pronto para abraçá-la. Tal como havia profetizado o Leitor de Pássaros!

Amélia gritou. Estivera-o carregando todas aquelas semanas contra o peito sem saber — o homem com os braços abertos para recebê-la.

Amélia foi batizada.

Todos compareceram, todos os seus novos amigos. Festejaram depois, e oraram, choraram e riram juntos. Raquel teve a honra de realizar a cerimônia no tanque de sua fonte, com lágrimas de alegria escorrendo pelas faces enquanto a água escorria sobre a cabeça de Amélia. Não importava para Amélia que a família nada soubesse da sua recém-conversão religiosa. Eles não entenderiam e ela não iria tentar explicar. Talvez com o tempo, disse a si mesma, começasse a falar de sua experiência pessoal, e talvez pudesse trazer um dos filhos para sua nova fé. Era sua esperança secreta: ver Cornélia e os outros ajoelhados em alegria na fonte batismal de Raquel.

— O que é isto? — ouviu Cornélio perguntar quando entrou no jardim. Como era seu hábito, ele falava sem um cumprimento ou introdução.

Amélia estava regando as flores e especulava se as rosas de verão sempre tiveram este aroma tão peculiar. Sentia como se estivesse vendo o mundo com novos olhos, como o evangelista Paulo disse ter ocorrido quando as escamas caíram dos seus olhos. Tudo em torno dela assumia uma nova cor, nova vibração. Como aquelas rosas. Decidiu que cortaria um buquê para Feba, que estava de cama com um resfriado de verão, e lhe faria uma visita. Era uma das obrigações dos membros da casa-igreja realizar o *Bikur Cholin* — o grande *mitzvah*, ou ato louvável, de visitar os doentes —, mas Amélia não encarava isto como um dever. Considerava Feba como uma irmã.

Sua fé ainda não estava consolidada como a de Raquel. Embora se sentisse enlevada, ainda continuava confusa. Não era algo que pudesse explicar a alguém, não havia palavras suficientes. A aceitação total não era instantânea. Ainda era preciso pensar muito a respeito. O conceito de um deus totalmente aceito embora não visto, por exemplo. Não havia estátuas nem imagens dele. Amélia nunca antes rezara para um espírito. Seu cristal azul ajudava, pois nele podia ver a imagem do Redentor crucificado. Outros na casa-igreja também empregavam imagens, pois as pessoas adoravam seus símbolos familiares e reconfortantes e não viram razão para abrir mão deles: Gaspar orava para sua estátua de Dioniso, ele próprio tendo sido um deus-salvador crucificado; Jafé continuava a usar sua velha cruz de Hermes; e um recém-chegado da Babilônia, que um dia adorara Tamuz, o Pastor, tinha pintado um pequeno mural no jardim de Raquel representando Jesus como um pastor com um cordeiro nos ombros. O conceito de haver apenas Deus e não Deusa era igualmente difícil para Amélia aceitar, pois toda a natureza não era feita de macho *e* fêmea? Portanto, como os cristãos que ainda oravam a Ísis, Amélia conservava sua fé em Juno, a Virgem Abençoada. Outros dogmas da nova fé também eram novos e ela lutava para aceitá-los, mas de uma coisa não tinha dúvida, que Jesus a perdoara por seus pecados e fraquezas e que uma nova vida a aguardava.

— Amélia — repetiu Cornélio, com impaciência —, o que é isto?

— Bom-dia, Cornélio. — Ela não se voltou.

— Quero saber o que é isto.

— Há uma coisa interessante acerca das rosas de verão — disse ela, olhando para os frágeis botões nas mãos. — Sempre ensinei a remover todos os botões e folhas fenecidos para estimular a planta a rebrotar. Mas nem todas as rosas rebrotam, sabia disso? Algumas são apenas brotações de primavera e para esse tipo de rosa mesmo que você as apare nada acontece. Mas para aquelas que rebrotam, tais como estas rosas-chá, este procedimento estimulará a nova leva de brotos.

— Amélia — disse ele exasperado —, olhe para mim quando estiver falando com você.

Ela voltou-se, e o olho de Cornélio captou o lampejo de luz solar azul no peito de Amélia. O colar estava visível, aparente.

— Não acha interessante, Cornélio? — continuou ela. — Que ao remover flores mortas você promova o crescimento de novas?

— Diga-me o que é isto.

Ela olhou de relance para o objeto na mão dele.

— Parece um pergaminho, Cornélio.

— É o balanço dos aluguéis coletados no quarteirão de cortiços no Décimo Distrito. Ou melhor, dos aluguéis *não* coletados. Você não pressionou os inquilinos a pagar. Por quê?

— Porque eles não podem. Há mães com crianças e ninguém para provê-las. Há homens libertos sem emprego. Há doentes e idosos. Não têm condições de pagar o aluguel.

— Isto não é problema nosso. Quero esses aluguéis cobrados imediatamente.

— O prédio é meu, Cornélio. *Eu* decidirei sobre os aluguéis.

Suas palavras, e seu tom, o silenciaram por um momento.

— Você nunca teve qualquer tino comercial, Amélia — disse. — Mandarei Filo com o guarda da cidade para cobrar aqueles aluguéis.

— O prédio é meu — repetiu ela, terna mas firmemente. — Meu pai o deixou para mim. Sou a proprietária legal. E decido quem paga aluguel e quem não.

— Não percebe quanto dinheiro estamos perdendo?

Ela o olhou de cima a baixo, detendo-se na fina toga branca com bainhas púrpuras em dobras exatas sobre o corpo dele.

— Você não olha para os carentes alimentados por ele.

Os olhos dele chamejaram.

— Muito bem — disse, batendo com o pergaminho na palma da mão, como se para pontuar as palavras. — Eu mesmo vou cobrar os aluguéis.

Cornélio levou um mês com um pelotão de guardas para arrancar o exorbitante aluguel dos assustados inquilinos; Amélia levou uma tarde para devolvê-lo.

— Todos os nossos amigos estão comentando, Amélia. Você fez de mim motivo de chacota.

Estavam de novo no jardim. Cornélio ostentava uma expressão tempestuosa.

— Cornélio — disse ela, usando o tom que costumava empregar para dirigir-se ao pequeno Lúcio —, eu lhe disse que não ia cobrar aluguel daquela gente. Não até que as condições deles melhorem.

Ele semicerrou os olhos para o colar, novamente sobre o vestido.

— Não sei o que deu em você, mas acho que precisa permanecer em casa por uns tempos. Não vai mais visitar a judia. — Ele virou-se para sair, depois parou: — Amélia? Você me ouviu?

— Sim, Cornélio, ouvi.

— Está resolvido, então. Você não vai visitar a judia.

Enquanto olhava para Cornélio, ela pensou na crença de Raquel de que o mundo estava chegando a um fim. Muitos cristãos partilhavam da crença e portanto nas reuniões do *Sabath* ocorreram muitos debates acerca da natureza deste fim. Iria o mundo se transformar numa bola de fogo? Haveria terremotos e inundações? Nações se sublevariam e lutariam até que só restasse uma única? Muitos viam anjos com trombetas no caminho, outros viam pragas e morte. Qualquer que fosse a possibilidade, Amélia imaginava como Cornélio reagiria. Fantasiou-o andando de um lado para o outro, como fazia nos tribunais, e gritando: "Ei, esperem um minuto, não podem fazer isto!" Ela quase sorriu.

— Amélia? Você me ouviu?

— Sim, Cornélio, ouvi.

— Muito bem, então. Você nunca mais irá à casa da judia. — Começou a se retirar de novo, depois parou. — Amélia?

— Sim, Cornélio?

Os olhos dele chamejaram para o peito dela, onde o colar egípcio estava atrevidamente exposto, o cristal azul lançando agudos reflexos à luz do sol.

— Acha que isto é apropriado? — disse, apontando para o colar.

Ela olhou para baixo.

— Foi um presente seu, Cornélio. Não quer que eu o exiba?

Depois que a apóstola chamada Maria partira, naquele memorável dia da epifania de Amélia, ela havia perguntado a Raquel como poderia obter este perdão que Jesus pedira para seus torturadores e ficou atônita ao saber que a pessoa não tinha de pagar taxas a um templo nem sacrificar um animal. Nem teria de recorrer a um intermediário como um sacerdote ou uma sacerdotisa. "Basta falar diretamente a Deus," Raquel dissera, "peça o perdão Dele, conserve isto no seu coração e será perdoada."

Amélia voltara da casa de Raquel num turbilhão de emoções. Grata por não haver ninguém em casa quando chegou, seguiu direto para seu santuário particular, um pequeno jardim com uma fonte e uma estátua de Ísis, e lá refletiu durante a tarde e a noite sobre o que tinha acontecido. A raiva dos homens que torturavam seres inocentes permanecia com ela até que ficou mais focalizada. Cornélio, recusando-se a perdoá-la. Mas depois que dormiu e despertou para um novo amanhecer, suas paixões se destilaram para um elemento singular: um novo poder. Não mais repleta de fúria, não mais em dor e confusão, não mais se sentindo fraca e indefesa, Amélia despertara para uma nova aurora e um novo ser. Então deslizou o colar por cima da cabeça e o deixou pender exposto sobre o vestido, enquanto pensava: "se sou uma mulher marcada, então é melhor deixar que o mundo veja."

Cornélio estreitou os olhos. Não era hábito de Amélia fazer encenações. Esqueceria o assunto do colar por enquanto.

— Então está decidido — disse ele. — Você não verá mais a judia. — Esperou. — Você me ouviu?

— Ouvi.

— Então obedecerá.

— Não, Cornélio. Continuarei a visitar minha amiga Raquel.

— Amélia!

— Sim, Cornélio?

Ela notou pela primeira vez que ele começara a pentear o cabelo de trás para a frente. A calvície não era admirada em Roma, era de fato considerada um sinal de fraqueza. Os homens portanto se submetiam a grandes sacrifícios para compensar, os mesmos homens que ridicularizavam suas esposas por gastar tempo demais com seus cabeleireiros. Esta constatação sobressaltou Amélia, mais ainda porque despertava-lhe não um sentimento de desdém pelo marido, mas sim de pena. Bustos de Júlio César mostravam-no como um homem de cabelo muito ralo. Ainda assim era um herói, um deus, ninguém pensava no seu couro cabeludo quando admirava o homem. Ela queria dizer a Cornélio, que passava horas com seu pente e óleos: lustre sua calvíce, faça-a reluzir, e depois siga em frente para a grandeza.

— Proíbo-a de voltar a pôr os pés lá — disse ele.

Ela examinou as rosas.

— Amélia, você me ouviu?

— Não sou surda, Cornélio.

— Então nunca mais irá à casa da judia.

Ela continuou cortando os botões e folhas murchas e colocando-os numa cesta.

Cornélio franziu o cenho.

— Está passando mal?

— Por que diz isto, Cornélio?

— Você está febril.

— Não, não estou.

— Então por que está agindo de modo tão estranho?

— Estou?

— O que há com você?! — explodiu ele e instantaneamente se arrependeu. Cornélio se orgulhava de nunca perder a compostura. Oradores e advogados habilidosos tinham tentado tanto e jamais causaram mais que uma fratura na sua compostura. E agora sua esposa, entre todas as pessoas, o estava desconcertando. Ele não ia tolerar isto. — Você me ouviu — disse num tom definitivo. Depois girou nos calcanhares e saiu.

A mudança espantosa permaneceu com ele toda aquela tarde e à noite, mas recusou-se a ser arrastado para qualquer tipo de jogo que estivesse em andamento. Sabia que nada tinha a temer. Nem em mil anos Amélia ousaria desobedecê-lo.

Mas mesmo assim, na manhã seguinte, ela fez justamente isso.

— Onde está a Sra. Amélia? — perguntou ao mordomo Filo.

— A senhora saiu, meu senhor.

— Para onde?

— Para onde ela sempre vai no sábado, senhor. Para a casa da judia.

Cornélio ficou rubro. Ela ousara desobedecê-lo. Não haveria uma segunda vez.

Naquela noite, quando Amélia retornou, ele estava à espera.

— Retire esse colar.

— Mas agora que comecei a gostar dele...

— Sei que isto é uma espécie de manobra para me forçar a perdoá-la...

— Ora, Cornélio, não preciso que você me perdoe. Já fui perdoada por alguém maior que você.

— Quem? — perguntou ele com um riso seco. — A judia? Pare com isso, Amélia.

— Se devo ficar marcada como uma adúltera, Cornélio, então deixe que todo mundo saiba da minha vergonha.

— Quero que tire esse colar.

— Você deseja que eu seja sempre lembrada do meu pecado, não é assim?

— Isto tudo é por causa daquele maldito bebê, não é?

Amélia arqueou as sobrancelhas.

— "Maldito bebê"? Refere-se à nossa filha, nosso último bebê? Sim, suponho que este momento tenha suas raízes naquele outro momento, seis anos atrás. Tentei ser obediente quando você jogou fora a minha filha, mas entrei em depressão. E você nem se importou, Cornélio. Assim busquei consolo nos braços de outro homem. Talvez isto tenha sido um erro, não sei. Mas sei que aquilo que você fez com minha filha foi errado.

— A lei diz...

Ela empinou o queixo.

— Não me interessa o que diz a lei. Leis são escritas pelos homens. Um bebê pertence a uma mulher e a ninguém mais. Você não tinha o direito de jogar minha filha fora para ficar ao relento e morrer.

— A lei me dava todo o direito — replicou ele, descartando a acusação.

— Não. Esta é a lei do homem, uma lei fabricada. Para uma mulher, o nascimento de um filho é a lei da natureza, e nenhum reles homem pode subordiná-la.

Quando Amélia se virou para sair, ele disse:

— Fique, Amélia. Ainda não acabei de falar com você.

Mas ela continuou andando, saindo do aposento.

◆ ◆ ◆

O uso espalhafatoso do cristal azul por parte de Amélia tornou-se o mexerico da sua classe social e mais uma vez foi o estopim de novas piadas sobre Cornélio. Ele por fim exigiu que Amélia lhe devolvesse o colar e Amélia se recusou. Para que ficasse a salvo, ela o colocava debaixo do travesseiro, de modo que, se Cornélio tentasse pegá-lo, ela despertaria e o impediria. Mas ele nunca tentou.

Quando se falaram de novo, Cornélio estava irrompendo pela casa e berrando ordens para que os escravos começassem a empacotar as coisas para uma mudança para a casa de campo. Amélia presumiu que Cornélio a estivesse punindo de novo, mas quando ele disse que havia um surto de malária e que enquanto o Campus Martius não fosse drenado ninguém estaria a salvo, ela captou um fundo de verdade nas palavras dele.

A malária vinha assolando a cidade havia séculos, e ao mesmo tempo em que ninguém conhecia uma solução para erradicar a doença em definitivo, tinha sido notado que se os pântanos no Campus Martius fossem drenados, a doença regrediria. Solomon, o marido médico de Raquel, havia sugerido que a doença não era de fato causada pelo ar viciado — o *mal aria* —, mas sim pelos mosquitos que proliferavam nos pântanos. Contudo, como Solomon era um judeu, os magistrados da cidade não lhe deram a menor atenção.

O que definitivamente convenceu Amélia de que esta mudança nada tinha a ver com o seu recente desafio foi que Cornélio também insistia para que toda a família fosse para o campo — Cornélia com o bebê e seu jovem marido, os gêmeos, de 20 anos, e suas esposas e bebês, o Cornélio Filho, de 22 anos, com sua esposa e duas crianças, Gaio, o caçula de 13 anos, e Lúcio, o filho adotivo, com Fido nos seus calcanhares. Acompanhado por babás e tutores, criados pessoais e uma enorme comitiva de escravos e guardas, o clã Vitélio partiu da cidade de Roma no início de uma manhã de julho, a maioria deles procurando evitar o calor, o mau cheiro e o barulho da cidade por algum tempo.

Somente Amélia tinha suas dúvidas.

Embora a propriedade de Vitélio, tal como as de todas as famílias romanas ricas, tivesse escravos que nada mais faziam senão tecer e produzir as roupas da família, Amélia acreditava, como muitas matronas, na virtude fora de moda de realizar ela própria tais tarefas.

E assim sentava-se à sombra de um sicômoro, com uma sacola de lã a seus pés, cardando as fibras em preparo para transformá-las em fios. Não estava sozinha. Suas duas filhas e duas noras, cada qual balançando um berço ou segurando uma criança se debatendo, seus filhos menores Gaio e Lúcio, e uma variedade de garotos e meninas, filhos dos escravos, reuniam-se ao seu redor para ouvir histórias que ela contava sobre um homem chamado Jesus e os três magos que lhe trouxeram presentes quando nasceu.

Era outra das divisões da nova fé: enquanto os cristãos judeus enfatizavam obediência a Deus e à lei de Deus, os cristãos gentios adoravam histórias sobre o seu redentor. E uma vez que pouco se sabia da vida do Senhor antes dos anos finais de seu ministério, e como poucos que realmente o conheceram ainda estavam vivos, os hiatos eram alegremente preenchidos pelos adeptos que forneciam histórias que achavam *adequadas* a Jesus. Outros deuses-salvadores, como Dioniso, Mitra e Krishna, tinham sido visitados por magos e pastores ao seu nascimento, tal como foi Jesus, pois fazia pleno sentido. Fazia alguma diferença que as histórias tivessem ou não autenticidade histórica? Na sua familiaridade universal, elas serviam para tornar mais fácil a aceitação de Jesus pelos neófitos.

Quando Amélia terminou a história, o pequeno Lúcio pôs os braços em volta de Amélia.

— Jesus também me ama, mãe? — perguntou ele.

— Crianças, vão brincar — ordenou Cornélia de repente, queixando-se de que fazia muito calor para ter crianças por perto. Sua irmã e cunhadas, entediadas com as histórias e com o calor, recolheram seus bebês e se dirigiram para a residência, onde os chafarizes ofereciam algum alívio. Mas Cornélia permaneceu debaixo da árvore, ordenando a um escravo que trouxesse mais vinho gelado e a outro que aplicasse mais vigor à pena de avestruz que usava para abaná-la. Balançando o berço onde seu bebê se agitava nas suas fraldas molhadas, ela disse:

— Tive um sonho esta noite. Alguma coisa está errada na cidade.

Ganhou imediata atenção de sua mãe. Sonhos eram importantes. Suas mensagens não deviam ser ignoradas.

— Não era nada específico — continuou Cornélia, olhando fixamente para o muro do jardim, como se pudesse ver além dele, por sobre os quilômetros e as montanhas, até onde Roma assava no calor de julho. — Gostaria que papai viesse se juntar a nós.

— Ele tem muitas obrigações.

— Obrigações! — replicou Cornélia, mal-humorada. — Ele está em Roma com sua amante! Não sabia disso, mãe, que papai tem uma amante?

Amélia havia muito que suspeitava. Cornélio tinha um apetite sexual saudável, e como fazia anos que não visitava seu leito, ela presumia que buscasse alívio em outra cama. Continuou a cardar a lã.

— Como pode tolerar isto?

Amélia olhou para a filha. Cornélia estava representando a parte injuriada, com se o pai estivesse sendo infiel a *ela*.

— O que seu pai faz é da conta dele.

— Sabe quem é, não sabe? É Lucilla. Ele a levou para o Egito. Sabia disso?

Amélia não queria falar a respeito, pois era de mau gosto e, além do mais, sua filha não tinha nada a ver com isso.

Cornélia olhou para a mãe e disse, franzindo o cenho:

— Você está ganhando peso.

Amélia se examinou. Era verdade, ela estava ficando rechonchuda. Mas que mulher não fica, depois de dez gestações?

— Acontece que as pessoas envelhecem, Cornélia — disse, especulando à inesperada crítica.

— Mesmo assim, isso não fica bem. — Cornélia gesticulou com impaciência para que a ama-de-leite levasse o bebê. — E esta nova religião. Venerar um judeu morto! Não tem cabimento.

Amélia depôs a cardação.

— Cornélia, por que está tão furiosa comigo?

— Não estou furiosa com você.

— Bem, então alguma coisa a deixou de mau humor.

Cornélia, com 17 anos de idade e detestando a monotonia da vida campestre, enxotou uma abelha do braço.

— A amante de papai. Você o forçou a isso.

— Este assunto é entre mim e seu pai.

— E depois por que usa esse colar? Não é correto ostentá-lo.

Amélia contornou sua impaciência.

— Foi presente do seu pai.

— Francamente, mamãe, não sou criança. Sei por que ele o deu a você. Roma inteira sabe. Portanto, deveria evitar usá-lo.

Amélia passou a mão sobre a lã cardada, sentindo a preciosa lanolina na ponta dos dedos. O fato que acontecera seis anos antes nunca fora abordado entre as duas. E havia desejado que nunca fosse.

— Cornélia, querida — começou.

— Não tente se defender — disse Cornélia enquanto pegava um cacho perdido de cabelo na nuca suada e o enfiava de volta no coque. — Você fez papai se afastar — disse com petulância. — Ele é apenas um homem. Com a sua infidelidade, você o impeliu para outra mulher.

— Cornélia!

— É verdade. Do contrário, papai jamais cometeria adultério.

Amélia olhou fixamente para a filha, totalmente chocada.

— E ele continua se encontrando com ela — continuou Cornélia, irritada. — E tudo por sua culpa!

— O que seu pai faz no tempo que lhe sobra...

— E não é só isso. Tem esse garoto, Lúcio. — O órfão que Cornélio adotara.

Amélia olhou para onde Lúcio estava brincando com Fido.

— O que tem ele?

— Ele a chama de mãe.

— Sou a mãe dele, pelo menos legalmente — disse Amélia, e um terrível pressentimento começou a pairar sobre ela. — E ele *é* um parente de sangue — continuou, a garganta se apertando com um presságio enregelante. — Seus pais eram da família Vitélio.

— Oh, mãe, como pode ser tão cega?

De repente, tudo veio à luz. O que Amélia tinha sabido inconscientemente por algum tempo, mas que ela ignorara enganando a si mesma: a semelhança com Cornélio devia-se ao sangue Vitélio. Mas agora percebia claramente o que Cornélia estava a ponto de revelar: que Lúcio era filho de Cornélio.

Pressionando a mão contra o colar, extraindo consolo ao sentir o cristal sob dos dedos, ela recitou uma prece silenciosa: *Deus, dai-me força...*

— Não vamos mais falar neste assunto — disse de modo áspero, procurando por mais lã.

— E não a incomoda o fato de Lúcio ser filho de Lucilla? Que todos em Roma saibam que papai adotou o bastardo de sua amante e que continua se encontrando com ela?

— Já basta! — disse Amélia. E enquanto enfrentava o olhar desafiador da filha, notou pela primeira vez que a forte semelhança de Cornélia com o pai não era natural. Amélia se recordou de uma época em que Cornélia possuía feições mais suaves, um rosto mais clemente. Mas à medida que os anos passavam ela desenvolvera o hábito de apertar as narinas e enrijecer os lábios em constante desaprovação, tal como Cornélio. O resultado foi moldar seu rosto como o dele. — Cornélia, o que a faz me desprezar tanto?

A filha desviou os olhos.

— Você traiu papai.

— Depois que ele jogou fora meu bebê. — Pronto. Estava dito.

— Ele fez a coisa certa. Ela era deformada! Você deve ter feito alguma coisa errada!

Amélia ficou atônita ao ver sua filha à beira das lágrimas.

— Foi tudo culpa sua! O bebê... tudo!

E no exato momento em que Cornélia fazia a acusação, um escravo chegou correndo e gritando:

— Senhora! Senhora! Roma está em chamas!

Eles viram as labaredas por seis dias, recebendo informes de mensageiros que iam diariamente se inteirar da catástrofe. A rotina na vila se alterou. Houve uma pausa nas atividades cotidianas enquanto a família e os escravos subiam no telhado e viam o céu vermelho a distância. Roma, pegando fogo...

Era o fim do mundo? Amélia especulou. *Era isto que Raquel e seus amigos estiveram profetizando? Jesus estava prestes a entrar em Roma?*

Cornélio mandou avisar que estava tudo bem. Tinha ido a Anzio para dar as notícias ao imperador. Mas era com seus amigos que Amélia estava preocupada: Feba, que estava velha e doente; Jafé, que, sendo mudo, não podia pedir socorro; e Gaspar, o maneta. Com eles iriam escapar das chamas?

Mais tarde saberiam que o fogo tinha começado no circo, onde se juntavam o Palatino e as colinas Celina. Irrompendo em lojas que vendiam produtos inflamáveis e incentivado pelo vento, o incêndio se alastrara instantaneamente, já que não havia mansões muradas nem templos para detê-lo. O fogo tinha se propagado primeiro pelos espaços planos, depois pelas colinas, evitando todos os esforços capazes de interrompê-lo. As ruas estreitas e sinuosas da cidade velha e os cortiços irregulares tornaram o seu progresso rápido e fácil. Mas o pior foi o pânico que tomou conta da população enquanto tentava escapar por avenidas e becos congestionados de gente. Testemunhas oculares traziam relatos do caos — os mais fortes pisoteando os indefesos. Quando o povo corria às cegas, berrando pelas ruas repletas de fumaça, encontrava uma muralha de chamas diante dele ou flanqueando-o. Quando alguns conseguiam escapar para um quarteirão vizinho eram seguidos pelo fogo — como uma besta com vontade própria. Finalmente o populacho aterrorizado conseguiu fugir para as estradas que levavam aos campos e fazendas.

Houve relatos bizarros de gangues ameaçadoras impedindo que se combatesse as chamas. Tochas eram abertamente arremessadas por homens que declaravam estar cumprindo ordens. E então começava a obscena e desenfreada pilhagem. Pessoas que jaziam nas ruas, ainda vivas, eram despojadas de roupas e jóias. Homens tentando salvar suas casas eram ameaçados com porretes enquanto vândalos se apressavam em saquear.

Quando Nero retornou para a cidade que ainda ardia em chamas, certificando-se de que todos soubessem que havia deixado a segurança de Anzio, arriscando portanto a própria vida por amar tanto o seu povo, ele mandou abrir o Campus Martius, os prédios públicos de Agripa, até mesmo seus próprios jardins para refrigério das massas desabrigadas. Mandou que trouxessem alimentos das cidades vizinhas e o preço do milho foi reduzido. Ainda assim, essas medidas não lhe valeram nenhum elogio, pois começara a espalhar-se um boato de que, enquanto a cidade queimava, Nero havia se exibido para o seu círculo íntimo, cantando sobre a destruição de Tróia. E um boato ainda pior: que o próprio Nero, desejando construir uma nova cidade, havia ordenado o incêndio.

Por volta do sexto dia, as chamas em fúria só encontravam solo nu e céu aberto, e o fogo finalmente se extinguiu ao sopé da colina Esquilina. Dos catorze distritos de Roma, somente quatro permaneceram intactos. Três ficaram completamente ao rés do chão, os outros foram reduzidos a ruínas fumegantes. Era impossível contar as mansões, casas de cômodos e templos destruídos. E o número de desabrigados, crianças órfãs e viúvas estava além de qualquer avaliação.

Por uma semana Amélia ficou com o coração na garganta enquanto pensava nos seus amigos, aguardando ansiosamente por notícias. Se não tivesse sua própria família para pensar, teria ido pessoalmente, pois levas de refugiados estavam agora se amontoando nas estradas e esmolando junto às vilas dos ricos. Ela teria aberto suas portas caso não houvesse maus elementos entre eles, bandidos que, tirando vantagem do desastre, passaram a saquear o interior, a atacar refugiados e residências, até que uma coorte de soldados foi despachada para restaurar a ordem.

Até receber uma mensagem da própria Raquel, Amélia nada pôde fazer senão esperar, preocupar-se e orar.

Cornélio finalmente retornou para relatar que embora suas propriedades na cidade tivessem sido poupadas, boa parte das outras na colina eram ruínas enegrecidas, e a casa da família fora danificada pela fumaça. Ele providenciara imediatamente a construção de uma nova residência, e nesse meio-tempo toda a família iria permanecer no campo, onde a água e o ar eram puros e frescos, ficando a salvo de doenças que estavam agora grassando na cidade destruída.

Levaria ainda quase um ano antes que retornassem, mas nesse ínterim Amélia recebeu uma carta de Raquel dizendo que a casa dela havia sido poupada e que a maioria dos membros da casa-igreja, graças a Deus, passaram incólumes pelo desastre. Eles estavam retomando as reuniões semanais do *Sabbath* e incluindo Amélia nas suas preces. Raquel também conseguiu enviar visitantes e cartas de Paulo, e aproveitando-se de que Cornélio passava a maior parte do tempo na cidade, Amélia organizou uma pequena casa-igreja e convidou a família e escravos para participar. Cornélia nada tinha a ver com as atividades de sua mãe e passava a maior parte do tempo irascível por causa da sua segunda gravidez, mantendo um pavilhão de veraneio adjacente à vila, onde recebia seus próprios amigos.

Enquanto isso, Roma foi reconstruída e muitos lucraram com isso. Nero contratou empreiteiros para retirar entulho e despejá-lo nos pântanos de Óstia em embarcações que desciam o Tibre. Ele decretou que uma parte de cada prédio novo fosse feita de pedras à prova de fogo vindas de Alba. Proprietários eram obrigados a manter em suas casas aparatos de combate a incêndio, tais equipamentos podendo ser comprados de distribuidores locais. Roma se mantinha viva com o tilintar das moedas trocando de mãos.

Passado algum tempo, Amélia começou a especular a nova jovialidade de Cornélio. Sempre que visitava a vila de campo, ele anunciava que iam ficar incrivelmente ricos com a reconstrução de Roma. Seus navios foram os únicos a obter o contrato para transportar os novos materiais de construção. Ele tivera a previsão, gabava-se, de monopolizar o mercado nas pedreiras. Após um momento, relembrando como ele tinha insistido para que *toda* a família se mudasse para o campo, e a pressa nesta mudança, um pensamento terrível começou a assombrar Amélia: Cornélio teria sabido do incêndio antes do tempo?

Chegou finalmente o dia em que ele anunciou que estava tudo pronto para retornarem à cidade. Ninguém ficou com o coração mais feliz do que Amélia.

— Poderia ser roubado — disse Cornélio, franzindo o cenho para o cristal azul que reluzia tão impudentemente no peito de Amélia. — Um ladrão poderia arrancá-lo do seu pescoço. Seria melhor deixar o colar em casa, Amélia.

Mas ela limitou-se a dar a resposta habitual.

— Foi um presente seu, e deverei usá-lo sempre.

— Então pelo menos use-o sob o vestido.

Mas Amélia não fez qualquer movimento para ocultar o cristal azul.

Na sua liteira acortinada eles estavam chegando ao grande circo na colina Vaticano. Era um grande dia para o imperador e toda Roma se dirigia para lá. Amélia na verdade não queria ir, mas sabia que sua ausência seria notada pela família imperial. Além disso, seu marido era um dos patrocinadores dos eventos do dia; ela dificilmente poderia perdê-los. Jamais apreciara os combates dos gladiadores nem os torneios de matança de feras. Mas iria suportar aquilo, pois Cornélio prometera que no dia seguinte poderia visitar Raquel.

Fazia menos de uma semana de seu retorno a Roma e Amélia tivera pouco tempo para se inteirar das notícias mais recentes junto a seus amigos cristãos. Como Cornélio havia prometido, sua nova casa na colina Aventino era ainda mais espaçosa e luxuosa do que a antiga mansão, e Amélia tivera as mãos e as horas ocupadas com compra de mobiliários, pintura dos murais, aquisição de novos escravos. E então Cornélio anunciara que Nero estava oferecendo jogos em agradecimento aos deuses pelo renascimento da cidade.

Multidões entravam pelas rampas e pelas fileiras ascendentes, se empurrando, acotovelando, engalfinhando para ocupar a metade superior dos inúmeros assentos sobranceiros à enorme arena. Agitado e barulhento, despido de educação e boas maneiras, o povaréu se espremia, homens, mulheres e crianças, gritando, rindo e suando na sua paixão por entretenimento. Mais abaixo as primeiras filas estavam ocupadas por senadores, sacerdotes, magistrados e outros funcionários proeminentes. As fileiras seguintes estavam abarrotadas de cidadãos ricos e bem-situados. Era onde o clã Vitélio tinha um camarote exclusivo.

Toda a família comparecera. Sentados atrás de Cornélio e Amélia, estavam Cornélia e o marido, Cornélio Júnior e a esposa, os gêmeos com as esposas e os jovens Gaio e Lúcio. As mulheres jovens já juntavam as cabeças, mexericando sobre quem estava lá e com quem; quem estava vestindo as cores erradas naquele ano, usando penteados fora de moda, quem parecia mais velho, mais gordo, menos aceitável socialmente. Amélia esforçou-se para ignorar a presença da bela viúva Lucilla, que sentava-se desacompanhada a dois camarotes de distância, convidada de um senador. Lucilla reverberava ao sol com seu cabelo tingido de louro, num atordoante vestido e estola de seda cor-de-rosa.

No decorrer do ano do Grande Incêndio, Amélia e a filha não discutiram mais sobre a amante de Cornélio. Não obstante, ainda era possível sentir a tensão entre elas, um bolsão de ar gélido que apartava mãe e filha.

Um céu impecável pairava acima; mais tarde, os toldos seriam desdobrados para proteger os espectadores do sol. Aromas de fritura flutuavam sobre a multidão enquanto vendedores ambulantes preparavam alimentos que seriam vendidos durante o dia: salsichas de porco e pão quente, pombos assados e peixe ensopado, tortas de fruta e bolos de mel. E acima do burburinho dos que chegavam havia o rugido das feras inquietas e assustadas nas jaulas. O estado de espírito era febril, pois espalhara-se pela cidade que Nero estava oferecendo uma surpresa especial naquele dia, uma que ele e seus patrocinadores tinham conseguido manter em segredo. Não restava nenhum assento vago quando as trombetas anunciaram a chegada da família imperial. Retardatários tiveram de ficar de pé no topo do estádio, que já estava totalmente lotado. Irrompeu um tumulto nos portões de entrada para a arena, enquanto avisavam a uma turba furiosa que não havia mais lugares. Com lanças e porretes os guardas a dispersaram, com pessoas sendo pisoteadas no processo. Um dia típico no circo.

Os jogos foram abertos com grande pompa e fanfarra e cerimônias religiosas, pois tinham suas raízes na propiciação ritual dos deuses séculos antes. Sacerdotes e sacerdotisas sacrificavam carneiros e pombos e os ofereciam a Júpiter e Marte, a Apolo e Vênus. Incenso flutuava no ar, água sacra era espargida na areia. Cada um dos espectadores sabia que havia um lado solene para os entretenimentos na arena, que tal esporte sangrento era necessário para a saúde e contínua prosperidade do império.

Nero chegou, atravessando a areia com grande cerimônia, deixando a turba eufórica. Uma vez acomodado no camarote imperial, ele ordenou a abertura dos jogos. Uma fanfarra de trombetas introduziu um espetáculo de mímica, seguida por xamãs e mágicos, acrobatas e palhaços, ursos bailarinos e destemidos ginetes a cavalo, trupes de garotas dançarinas em trajes sensuais, bandas marciais e desfiles de elefantes, girafas e camelos. Um espetáculo cômico com avestruzes, mantidas em cativeiro por tanto tempo que ao serem libertadas, literalmente brincavam em volta da arena; era um grande prazer para a turba, pois arqueiros apareciam de súbito e caçavam as aves cômicas e assustadas com flechadas até dizimar todas elas. A seguir começaram os jogos sangrentos: combates de gladiadores, caçada a feras, batalhas simuladas, até que a areia ficasse toda vermelha. Nos intervalos, vinham os escravos com ganchos e correntes para arrastar cadáveres e carcaças e espalhar areia limpa, enquanto os espectadores comiam, bebiam e se aliviavam.

O dia avançava e ficava mais quente. As latrinas transbordantes começavam a feder e o odor de sangue, não importava o quanto estivesse coberto por areia, enchia o ar. Quando a turba começou a se inquietar, trombetas ressoaram e Nero anunciou que, pela vontade dos deuses, havia descoberto os autores do incêndio que destruíra a sua adorada cidade e matara e ferira tantos de seus amados cidadãos. Portões se abriram e um esfarrapado grupo de pessoas saiu, piscando à luz do sol. Amélia olhou, surpresa. Ela esperara ver bandidos rudes, desertores do exército, o tipo de gente que sempre via nestas execuções criminais. Mas este grupo parecia constituído de...

Mulheres! Velhos! Crianças!

— Cornélio — disse Amélia com veemência, mas silenciosa o bastante para que ninguém mais ouvisse —, certamente Nero não acredita que estas pessoas sejam responsáveis pelo incêndio!

— Ele tem provas.

— Mas olhe para elas. Dificilmente são...

Ela franziu o cenho. Estava vendo rostos familiares entre eles? Inclinou-se à frente e sombreou os olhos. Aquele velho... possuía uma forte semelhança com Pedro, o pescador, que tinha sido convidado para a casa-igreja de Raquel.

Ela ofegou. *Era* Pedro! Sendo chicoteado por um soldado até cair de joelhos e a multidão rugir com aprovação. E lá estava Priscila! E Flávio, e o velho Saul.

— Mãe Abençoada Juno! — sussurrou Amélia. — Cornélio, eu conheço aquelas pessoas!

Como Cornélio não disse nada, Amélia olhou para ele e ficou atônita ao ver o sorriso presunçoso em sua face. Cornélio não a fitou nos olhos, mas manteve o olhar no entretenimento de cuja organização participara: a execução dos pretensos autores do Grande Incêndio.

E então Amélia viu algo que fez seu estômago embrulhar e a garganta se contrair. Suas mãos voaram para a boca e ela deu um grito. Raquel, lá na arena ensangüentada, sendo impelida pela ponta de uma lança. O cabelo estava solto e caindo sobre os ombros. Mesmo daquela distância, Amélia pôde ver cortes e hematomas. Sua amiga tinha sido torturada.

Amélia sentou-se, congelada e sem fala, enquanto observava o grupo cambalear até onde cruzes tinham sido fixadas na areia — os guardas golpeando velhos, mulheres e crianças até pô-los de joelhos e obrigando-os a rastejar até as vigas de madeira cruzadas e a deitar de costas enquanto 25 mil espectadores riam, zombavam e gritavam:

— Morte aos judeus!

— Cornélio, é preciso parar com isso — disse Amélia num esforço sobre-humano.

— Shhh! O imperador!

Amélia olhou para Nero, que por acaso, naquele momento, olhava na direção deles. Quando ele deu um aceno amigável e Amélia não notou qualquer malícia no seu sorriso, nenhum rancor no olhar, ela percebeu que o imperador não fazia a menor idéia de sua ligação com as pessoas que iam morrer.

Olhou de novo para Cornélio, o belo perfil dele apresentado a ela como a efígie de uma moeda.

— Interrompa isto — repetiu com mais firmeza. — Não pode permitir tal coisa. Aquelas pessoas são inocentes. São amigos meus.

Cornélio por fim se virou para ela com um ar que a congelou até a medula.

— Por que eu deveria fazer o que você pede? Por acaso *eu* não lhe fiz pedidos que preferiu ignorar? — Seu olhar se fixou de modo significativo no cristal azul no peito de Amélia.

Ela sentiu-se subitamente arrasada.

— Está fazendo isto para me punir? Está matando inocentes por causa... — Foi tomada pela náusea. — ...por causa de sua raiva contra *mim*? Por tudo que é mais sagrado, Cornélio, que tipo de monstro é você?

— O gentil, Amélia — disse ele com um sorriso —, que sabe como agradar uma multidão. — Ele acenou um braço abarcando os espectadores, cujo rugido de aprovação era ensurdecedor.

As mortes de Raquel e dos outros foram tornadas grotescas. Aqueles não condenados à crucificação foram vestidos com peles de animais e dilacerados por cães e leões. As crucificações ficaram para o final, ao pôr-do-sol, de modo que o efeito dos corpos queimados fosse o mais espetacular possível. Amélia ficou chocada ao observar as cruzes se erguerem no ar com cordas puxadas por outros cristãos condenados. Ouviu os cânticos e preces e gritos das deploráveis criaturas pendendo das cruzes enquanto punham fogo em uma a uma. A platéia gritava em aprovação enquanto as vítimas gritavam e se contorciam sob as chamas.

— Morram! — gritavam. — Morram os incendiários de nossa cidade!

Amélia via desejo de vingança nos rostos, pois muitos haviam perdido seus lares ou entes queridos no Grande Incêndio. Depois disto eles voltariam para casa apaziguados, um pouco menos queixosos, um pouco menos infelizes com sua sina, e os boatos de que o próprio Nero incendiara Roma iriam gradualmente se extinguir.

— Preciso parar com isso! — Amélia começou a se levantar do assento, mas Cornélio agarrou-lhe o braço com força.

— Está louca? — sibilou ele. — Pense na sua família!

Olhou por sobre o ombro para Cornélia e a irmã unidas enquanto apontavam para alguém na frisa dos magistrados. Os dois garotos, Gaio e Lúcio, tendo se entediado com o espetáculo, estavam na fileira de cima, cuspindo nos espectadores abaixo. Seus filhos adultos e genros estavam se espreguiçando com os braços enganchados nos encostos de seus assentos, meio observando o espetáculo com taças de vinho nas mãos.

Amélia começou a soluçar. À medida que a fumaça e o odor de carne queimada atingia suas narinas, ela foi sentindo o fogo das cruzes descer por sua garganta abaixo e queimar-lhe o coração. Sentia a alma inflamar-se enquanto seus amigos ardiam na arena abaixo. O enjôo aumentou e a dor percorria cada nervo e fibra do seu corpo. Raquel já estava irreconhecível, e embora seu corpo carbonizado se movesse, Amélia orou para que fosse apenas reflexo e não porque sua amiga ainda estivesse viva.

Ninguém questionou a matança. Ninguém parou para pensar que, para pôr um fim aos boatos que o ligavam ao Grande Incêndio, Nero havia decidido inculpar outros. Ninguém questionou a escolha de um grupo de judeus renegados chamados cristãos, que já possuíam má fama na cidade. Dentre as áreas poupadas pelo fogo, uma foi a região ao longo do rio Tibre onde vivia uma enorme população judia. E todos ainda se lembravam de quando, apenas quinze anos antes, o Imperador Cláudio banira alguns judeus ricos de Roma por causarem princípios de tumultos nas sinagogas com suas disputas a respeito de Cristo.

Com a dor desvanecendo para choque e embotamento, Amélia olhou para o rosto de Cornélio enquanto seus amigos cristãos ardiam. As feições do marido conservavam um tal ar de ódio puro, não-diluído, que ela ficou chocada. E então percebeu que não era a primeira vez que via tal expressão no rosto dele. Tinha vindo à tona uma vez antes, também na arena, quando haviam sido convidados para o camarote imperial e a multidão saudara Amélia. Cornélio tinha erguido os braços, entendendo que a adulação fosse dirigida a ele. E aí a mãe de Nero o humilhara, chamando-o de idiota, e por um instante Cornélio lançara este mesmo olhar venenoso sobre ela.

De repente, Amélia soube a verdade.

◆ ◆ ◆

Amélia chorou como nunca havia chorado antes. Nem mesmo quando Cornélio jogara fora seu bebê ela derramara lágrimas tão angustiadas. Enquanto a casa dormia e tudo estava em silêncio, deitou-se de bruços e enterrou o rosto no travesseiro, os pulmões liberando grandes soluços, a dor dilacerando-lhe o corpo. Por todo o tempo que lhe restasse de vida, jamais a imagem da morte de Raquel sairia de sua mente. Nem ela queria que saísse. Seria o seu memorial particular para a querida amiga, o lembrete diário do martírio de Raquel.

Outras emoções a inundaram juntamente com o pesar: fúria, amargura, ódio. Saíram com suas lágrimas como veneno, ensopando o travesseiro até que, bem depois da meia-noite, seu choro começou a se extinguir.

Sentou-se na cama, sentindo uma nova hostilidade estranha no coração. Não em relação ao Imperador Nero, nem à turba na arma, mas a um único homem: um monstro chamado Cornélio.

Foi até os aposentos e postou-se sobre Cornélio enquanto ele dormia, as perguntas sussurrando na sua mente: *Por que Nero puniu os cristãos? Como ele soube de nós? Em Roma parece haver uma seita religiosa em cada esquina. E não passamos de um ramo dos judeus. Informações sobre nosso grupo não chegariam tão alto quanto aos ouvidos de Nero... a não ser que alguém nos delatasse a ele. Alguém que desejasse nos ver destruídos. Foi você, Cornélio? Foi mais uma de suas maneiras de me punir? Que monstro você é! Jesus, pendurado na cruz, foi capaz de perdoar seus verdugos. Mas não posso perdoá-lo, Cornélio.*

Ocorreu-lhe que podia matá-lo naquele momento, enquanto dormia. Podia esfaqueá-lo ali mesmo e depois dar o alarme, rasgar seu vestido e dizer aos guardas da casa que um invasor tinha sido o criminoso. E ela escaparia livre. Mas Amélia sabia que jamais mataria Cornélio. A liberdade não viria com a morte dele, porque ela já estava livre.

Amélia ergueu o cristal azul à luz da lua e viu o espírito benevolente abrigado no seu peito. O fantasma da rainha egípcia se fora. Um salvador assumira o seu lugar.

Ela foi com um único escravo, um africano enorme que era cristão. Ele iluminou o caminho com uma tocha grande o suficiente para deter quaisquer possíveis ladrões nas ruas tomadas pela noite. Quando chegaram à barulhenta casa de cômodos, uma das poucas não atingidas pelo Grande Incêndio, o africano liderou o caminho por uma estreita escadaria de pedra repleta de odores repulsivos, ratos em fuga, paredes cobertas com inscrições raivosas. Não havia portas nos batentes, apenas trapos pendentes que forneciam alguma privacidade.

Amélia não tinha medo. Era uma nova mulher. E viera buscar respostas.

Chegando à porta que lhe havia sido indicada, abriu a cortina de trapo e espiou. A ocupante, uma velha decrépita, olhou para cima, com um sobressalto. Estava comendo mingau de uma tigela de madeira, sua única luz sendo a proveniente da lua.

Amélia tirou o véu que lhe cobria a cabeça e aproximou a tocha do rosto de modo que a mulher pudesse vê-la claramente.

— Você me conhece, mãe? — disse ela, usando o título respeitoso para mulheres idosas.

A mulher olhou-a chocada e com medo.

— Não tenha medo. Não vim lhe fazer mal. — Amélia tirou algumas moedas e as depositou sobre a mesa. — Diga, não está me reconhecendo?

A parteira olhou para as moedas, a seguir para sua espantosa visitante. Baixou a tigela e limpou os dedos na roupa

— Eu me lembro de você — disse.

— Você fez o parto de uma criança sete anos atrás. Uma menina.

A velha assentiu.

— A criança era deformada?

A parteira baixou a cabeça.

— Não...

E tudo se encaixou então. A ira de sua filha, gritando: "É tudo culpa sua. O bebê... tudo." Cornélia tinha 11 anos de idade quando o bebê nasceu e foi depositado aos pés de Cornélio. Ela voltara correndo para o quarto, medo nos olhos, exigindo saber por que seu pai tinha recusado o bebê. Agora Amélia entendia. A criança nascera perfeita e a pequena Cornélia, adoradora incondicional do pai, não havia entendido por que Cornélio faria tal coisa.

Agora Amélia sabia a verdade: não era a mãe que Cornélia odiava.

◆ ◆ ◆

Quando chegou em casa na colina do Aventino, Cornélio sentia-se de bem com a vida. Acabara de ganhar uma causa no tribunal e a platéia tinha aplaudido. Seu lar estava de novo em paz e Amélia era outra mulher. Desde que testemunhara a punição dos cristãos na arena, ela mais uma vez se tornara uma mulher calada e dócil. E parara de ostentar aquele maldito colar para que todos vissem.

Ao entrar no átrio imaginou onde estariam os escravos. Era hábito do mordomo recepcioná-lo, porém não havia qualquer sinal de Filo. Estava a ponto de chamar por ele quando ouviu vozes cantando em uníssono. Aproximou-se mais do jardim e ouviu as palavras em latim: "Pai-nosso que estais no céu, abençoado seja o vosso nome. Venha a nós o vosso reino, assim na terra como no céu. E o pão nosso de cada dia nos dai hoje, perdoai nossos pecados e livrai-nos do mal."

Cornélio atravessou a porta aberta e olhou para o jardim. Um grupo de pessoas — a maioria estranhos, mas seus escravos entre eles, inclusive Filo — estava de pé com os braços abertos, as cabeças jogadas para trás e olhos fechados enquanto oravam. Então viu Amélia diante do grupo, liderando-o.

Quando todos fizeram o sinal-da-cruz e disseram "amém", Amélia abriu os olhos e lançou-lhe um olhar direto.

Mas ambos sabiam ter chegado a um ponto decisivo.

Como a casa e todos os escravos e bens de Raquel haviam sido confiscados por Nero, a reunião semanal de *Sabbath* seria realizada na casa de Feba. Mas ela estava muito idosa e a artrite a incomodava, e portanto necessitava de assistência. Amélia estava no mercado, comprando comida para o banquete. Apesar do que acontecera com Raquel e os outros, mais pessoas do que nunca estavam se juntando à fé cristã, especialmente quando Nero parara de persegui-los. Por isso esperava-se uma multidão. Enquanto pechinchava pelo melhor preço do vinho, os pensamentos de Amélia estavam naqueles sacrificados na arena.

Boatos haviam percorrido a cidade. Após o Grande Incêndio, todos diziam, Nero tentara aplacar os céus. Depois de consultar livros sibilinos, preces foram dirigidas a Vulcano, Ceres e Prosérpina. Juno também foi propiciada. Mas nem os recursos humanos, nem a munificência imperial, nem o apelo aos deuses puderam eliminar suspeitas sinistras de que o incêndio tinha sido perpetrado a mando do próprio imperador. Para abafar este boato, Nero precisou de bodes expiatórios. E escolheu os cristãos.

Ninguém soube por que escolheu aquele grupo em particular, embora Amélia tivesse suas próprias suspeitas sombrias. O povo dizia que provavelmente era porque os cristãos fossem na maioria ricos, e os romanos sempre invejaram e suspeitaram dos ricos, perguntando como eles podiam possuir tanta riqueza. Circularam boatos de magia negra e sacrifícios de crianças. Estranhamente, após o espetáculo na arena, a perseguição aos cristãos teve um fim. O plano de Nero voltara-se contra ele, à medida que as vítimas ganharam a simpatia do povo, que sentia que inocentes tinham sido sacrificados em lugar do interesse nacional pela brutalidade de um homem. E, de qualquer modo, ninguém se importava muito com uma seita insignificante, até o próprio Nero se esquecera dos cristãos por causa de seus próprios problemas pessoais. E assim os cristãos estavam de novo a salvo.

— Desculpe-me, por acaso é a sra. Amélia, esposa de Cornélio Gaio Vitélio?

Amélia virou-se para deparar com um oficial da Prefeitura parando diante dela, o rosto sombreado pela viseira do capacete. Estava acompanhado por seis guardas robustos.

— Sou — disse ela.

— Poderia nos acompanhar, senhora?

A Prefeitura romana, que abrigava a principal prisão da cidade, situava-se junto ao Fórum como uma presença imponente. Do lado externo, uma impressionante fachada de mármore branco com lindas colunas estriadas e estatuária dava para a praça aberta, mas seu interior era um emaranhado de corredores e celas escuras e ameaçadoras.

— Por que me trouxeram aqui? — indagou Amélia enquanto era levada para os porões abaixo do prédio principal. Sua escolta nada respondia, mas marchava inflexível ao seu lado, o clangor das suas couraças ecoando das paredes úmidas.

Pararam diante de uma pesada porta de madeira. O guarda a abriu e deu um passo para o lado, indicando a Amélia que entrasse.

— Sou uma prisioneira? — perguntou em descrença. À luz da tocha do guarda ela pôde ver o interior sinistro da cela, pequena e cheirando mal.

— Por favor, senhora — disse, gesticulando de novo.

O impulso de Amélia foi protestar, até mesmo fugir. Mas sabia que não adiantava. Qualquer que fosse o equívoco cometido, em breve seria esclarecido. De cabeça erguida, entrou na cela como se estivesse entrando num templo iluminado pelo sol.

A porta foi batida com estrondo atrás dela, que ouviu o giro das chaves na fechadura. Enquanto os guardas se afastavam, levando a tocha, a escuridão caiu sobre Amélia, que foi tomada imediatamente pelo pânico. Correu até a porta e fez pressão contra ela. Havia uma pequena abertura pouco acima de sua cabeça, coberta com barras e além do seu alcance. Mesmo na ponta dos pés não conseguia ver lá fora. Mas uma luz tênue filtrava-se de candelabros no corredor e por fim seus olhos se ajustaram à escuridão.

A cela era escura e cheirava a mofo e urina, com correntes nas paredes e palha podre amontoada nos cantos. Podia ver antigas manchas de sangue no chão, podia ouvir os gritos débeis dos outros prisioneiros. Combatendo o medo e o pânico que ameaçavam capturá-la, tentou ordenar os pensamentos. Claro que havia um equívoco! Mas... os guardas tinham sabido onde encontrá-la no mercado; haviam-na identificado à primeira vista e sabiam seu nome. Isto significava que alguém os instruíra. Mas quem? E, mais intrigante ainda, por quê?

De repente, um terrível pressentimento a invadiu: Poderiam mantê-la encarcerada ali para sempre? Desabou no chão de pedra, o ouvido pressionado contra a porta maciça e sentada com os joelhos encolhidos. A escuridão fechava-se em torno, e a miríade de odores desagradáveis enchia sua cabeça. Sentiu alguma coisa passar correndo por seu pé e gritou. Certamente a família daria por sua falta e iria investigar! Mas ela ouvira falar de gente sendo encarcerada nesta prisão para sempre, esquecida...

Juntou as mãos e começou a rezar.

Cornélio Vitélio chegou à prisão vestindo sua toga de bainha púrpura, uma vestimenta para poucos privilegiados, e a usava agora de propósito, não tanto para impressionar os guardas da Prefeitura, mas para relembrar Amélia de sua posição e poder.

— Ela está aqui? — perguntou ao homem de serviço.

— Esteve aqui desde o primeiro turno de guarda, excelência — disse o comandante da guarda, dando a Cornélio o tipo de saudação breve que os militares de carreira dispensavam aos civis importantes. — Já faz dez horas.

— Sem comida e água?

— Nem uma gota ou naco, como o senhor ordenou. Mas demos a ela um balde para suas necessidades. Por quanto tempo deveremos mantê-la aqui?

— Eu lhe informarei. Por enquanto não diga nada a ela.

O comandante da guarda aprendera ao longo dos anos que era melhor manter a boca fechada. O popular advogado — ele próprio já bebera diversas cervejas pagas por Cornélio Vitélio — não era o primeiro homem a ter um parente incômodo mantido na prisão como um meio de reprimir um comportamento indesejado. Ele deu uma piscadela e voltou ao seu jogo de dados.

Cornélio seguiu o carcereiro pelo corredor malcheiroso e parou do lado de fora da porta para entrar com a mente organizada, como freqüentemente fazia diante de um tribunal. Depois fez um sinal para o carcereiro.

— Pelos deuses, Amélia! — disse enquanto se apressava para dentro, a porta batendo atrás dele.

— Cornélio! — Ela correu para os braços do marido.

— Não pude acreditar quando me disseram que estava presa!

— Por que estou aqui? Estou sob prisão? Ninguém me disse nada.

— Sente-se, fique calma. Parece que alguém a denunciou como cristã.

Ela olhou para ele.

— Mas Cornélio, não é segredo eu ser cristã. E não é um crime ser.

— Receio que Nero ainda esteja buscando vingança contra os cristãos, mas faz isto em segredo, por causa da antipatia pública. — Quando viu que Amélia acreditava nele, pois ficara muito pálida e parecia assustada, ele acrescentou: — Nero permitiu que eu viesse falar com você antes que o interrogatório de verdade comece.

— Está se referindo a... tortura? — disse ela com a boca tão seca que mal podia falar.

— Renuncie a esta nova fé, Amélia. É só me dar o nome dos adeptos e estará livre.

— E se eu não der?

— Então está fora das minhas mãos. — Ele as espalhou para enfatizar.

Amélia pensou nas pessoas que se haviam tornado preciosas para ela — Gaspar, Jafé, Cloé, Feba — e começou a tremer violentamente. Seria capaz de dar os nomes sob tortura?

— Até quando... — começou ela. — Até quando Nero insistirá nisso?

Cornélio deu de ombros, do modo como ela o vira fazer durante um julgamento. Um gesto mais expressivo do que palavras.

— Cornélio, me ajude! Quero viver! Quero ver nossos netos crescerem. Quero ver Gaio receber sua toga de adulto. — Naquele momento a vida nunca parecera tão doce. E jamais ela sentira-se tão desesperada. — Por favor, Cornélio! Peço-lhe em nome dos nossos filhos. Ajude-me!

Ele a pegou pelos ombros.

— Eu quero, Amélia. Pelos deuses, por tudo que houve entre nós, jamais desejaria que passasse por isto! Mas Nero pôs isto na cabeça. Diga o que eles querem saber e sairá daqui comigo hoje mesmo.

Ela o fitou, os olhos cheios de terror.

— Não... posso.

— Então me diga que passarei para os guardas. Eles permitirão. Quando e onde acontece a próxima reunião dos cristãos? E quem são eles?

Amélia não tinha como saber que Cornélio não faria nada com os nomes — que ele não contaria aos guardas e os amigos dela escapariam incólumes. Ela acreditava que eles seriam prejudicados e permaneceu em silêncio. Cornélio tentou outra tática.

— Desista desta nova fé, Amélia, e podemos voltar a ser como antes, anos atrás, quando éramos felizes. Levarei você para o Egito. Gostaria disso?

Ela procurou o rosto do marido à luz da tocha que bruxuleava através da pequena grade na porta. Cornélio pareceu genuinamente incomodado.

— Nero pode matar o meu corpo, Cornélio — disse, por fim —, como fez com meus amigos. Mas eles não estão mortos. Portanto, ele não tem poder sobre a morte. No fim, o que ele realmente ganha?

Cornélio lançou-lhe um olhar perscrutador. Estaria Amélia se referindo a Nero, ou havia uma referência velada a ele próprio? Não, não percebia nenhuma malícia nos olhos dela.

— Se permitir que isto aconteça, você não pode me amar nem à sua família. Você não está pensando em nossos filhos!

— Mas eu estou! — gritou ela. — Oh, Cornélio, é por meus filhos que faço isto!

— Se não quiser me dar ouvidos, Amélia, então não há nada que eu possa fazer. — Ele virou-se para sair.

— Não! — gritou Amélia. — Não me abandone aqui!

— Basta uma coisa bem simples para obter sua liberdade, Amélia. Qualquer criança pode ver isto.

Ela o fitou horrorizada.

— Vai mesmo deixar-me aqui neste lugar horrendo?

— Como eu disse, está fora das minhas mãos.

Cornélio certificou-se de parecer tão impotente e abjeto quanto possível quando a porta da cela foi fechada e aferrolhada, mas enquanto seguia o carcereiro pelo corredor sentiu-se levemente aborrecido com a recusa de Amélia em cooperar. Havia esperado pelo último minuto de súplica e choro e depois pela sua vitória. Portanto disse ao comandante da guarda para manter Amélia sem comida e água durante a noite. Ele pensou por um momento.

— Pode providenciar para que ouça sons de tortura? — perguntou.

— Posso fazer melhor que isso, excelência — disse o soldado, que freqüentemente aliviava o tédio do seu serviço com diversões sádicas. — Posso entrar na cela da senhora com as mãos cheias de sangue. Sempre funciona.

Amélia acordou com o som da chave na fechadura de ferro. Sentou-se devagar, sentindo dores em todas as juntas por ter dormido num chão de pedra. Havia mordidas em sua pele; algumas coçavam, outras doíam. Jamais experimentara tanta sede.

— Cornélio? — sussurrou.

Mas era sua filha. Amélia ficou surpresa com a aparência terrível de Cornélia.

— Mãe — disse a jovem de 19 anos enquanto se reunia a Amélia num abraço cheio de lágrimas. — Que coisa terrível!

— Você trouxe... — começou Amélia. Estava chocada com sua própria fraqueza física. — Posso beber um pouco de água?

Cornélia bateu na porta e gritou o pedido da mãe. Um minuto depois o carcereiro — não era o mesmo da noite anterior — voltava com uma moringa de água, uma tocha acesa e dois banquinhos para sentar. Tinha o ar de um homem não muito satisfeito com seu serviço.

— Eu soube por Cornélio — disse Cornélia, referindo-se ao irmão, não ao pai. — Ele esteve visitando um cliente aqui na prisão e ouviu falar que você tinha sido detida. Oh, mãe, não pude acreditar! Por que está aqui?

Amélia teve primeiro que aplacar a sede, bebendo direto do gargalo e apreciando a sensação da água escorrendo por suas mãos, braços e pescoço. Imaginou que nem cem banhos a tornariam limpa. Por fim relatou a conversa que tivera com Cornélio, especulando por que *ele* não estava lá.

— Mas — disse Cornélia, com uma carranca — não ouvi falar de nenhuma nova perseguição. Nero está preocupado demais com o próprio pescoço ultimamente para dar atenção aos outros.

E então Amélia soube. O que ela realmente sabia, no fundo coração — o que a havia visitado em sonhos e sussurrado a ela em cadência com o rumor dos ratos e os gritos intermináveis dos outros prisioneiros: que tudo aquilo era obra de Cornélio. Ao forçá-la a renunciar a sua nova fé, ele triunfaria sobre ela novamente.

E, no instante seguinte, Cornélia também soube.

— É papai, não é? — sussurrou. — Por quê? Por que ele odeia você?

— É tudo por causa de vaidade ferida. Fui a causa de um grande golpe no orgulho de seu pai. Não o fiz de propósito. A multidão na arena...

— Eu me lembro! Todo mundo falou disso por semanas, Papai achou que a turba o estava saudando, quando era a você. É por isso...

— Por isso o que, Cornélia?

A jovem baixou a cabeça.

— Vi o bebê. Era perfeito. Não havia nenhum pé deformado. Mas papai ordenou que o levassem. Foi horrível. Não soube o que pensar dele.

— Seu pai era o seu herói e se transformou apenas num homem.

— E ele continua a punir você. Não permita, mãe. Dê o que ele quer e ficará livre.

Amélia sacudiu a cabeça.

— Se der o que Cornélio quer, nunca mais serei livre.

— Será, sim. Eu a ajudarei! Ele não poderá perseguir nós duas, mãe — o tom de Cornélia ficou frenético —, ele não é Nero! É somente papai que a está fazendo passar por isto.

— Filha, ouça-me. Não importa que seja Nero, ou um estádio cheio de gente, ou apenas um homem. Não posso renunciar à minha fé.

Cornélia caiu de joelhos e, pousando a cabeça no colo da mãe, soluçou. Enquanto acariciava o cabelo da filha, Amélia admirou-se de que dois anos antes, no dia em que Cornélia deu à luz seu primeiro filho, ela, Amélia, era uma mulher sem fé. Mas agora tinha uma fartura de fé e gostaria de poder partilhá-la com a filha, passando-a para ela como uma taça de esperança efervescente.

— Vá agora, filha — murmurou ela. — Tome conta da família por mim. Cuide para que todos fiquem bem. E quanto ao pequeno Lúcio, trate-o como seu irmão, Cornélia, pois ele de fato é.

Abraçaram-se, beijaram-se e disseram adeus, com Cornélia protestando que devia cuidar era da libertação da mãe. Mas Amélia sabia que não seria fácil, pois Cornélio detinha todo o poder ali.

Sua filha tinha ido embora fazia poucos minutos quando Cornélio chegou. Amélia suspeitou que ele já estivesse lá fora, à espera.

— De uma vez por todas, mulher, vai renunciar a esta loucura? — perguntou. E quando sacudiu a cabeça, Amélia viu a autêntica frustração no rosto dele.

— Cornélio, acho que quando você me levou ao circo, foi para me assustar — acusou ela. — Creio que esperava que testemunhar a morte de Raquel me faria desistir da nova fé. Mas teve o efeito contrário. Por causa daquilo que vi, por causa do que você me forçou a testemunhar — sua voz ficou mais forte —, por ter assassinado meus amigos, estou mais firme do que nunca em minha resolução. Jamais darei os nomes dos meus companheiros cristãos, e nunca renunciarei à minha fé.

Ele se avultou sobre ela em sua impressiva toga profissional — um traje que fazia as multidões lhe abrirem caminho — e ela viu a raiva fervilhar em seus olhos. Mas Cornélio não disse mais nenhuma palavra, e quando girou nos calcanhares e saiu, a porta fechando-se atrás dele, Amélia soube que sua causa estava perdida. Quer Nero estivesse envolvido quer não; quer as acusações contra ela fossem verdadeiras quer não, ela sabia que de alguma forma Cornélio ia arquitetar sua desforra final sobre ela. Iria vê-la punida na arena. E Amélia não estaria só: ele crucificaria Jafé, Cloé e todos os outros, deixando-a por último.

Descendo o corredor úmido e subindo as escadas escorregadias que deveriam ter provocado tamanho pavor na sua esposa a ponto de torná-la obediente a ele de novo, Cornélio galgava furioso cada degrau. Mas uma nova idéia já se formava em sua mente, um meio de transformar em vantagem esta situação posta a perder. Diria a Amélia que conseguira obter sua libertação ao usar seu peso político e o prestígio de seu nome e reputação. Ela então comentaria isto com os seus amigos até que, em brevíssimo tempo, ele, Cornélio, despontasse como herói.

Assim, foi com alguma impaciência que ele quis dar a ordem para o comandante da guarda libertá-la, como os dois tinham previamente combinado. Porém o comandante não estava. Um subalterno explicou que seu superior se ausentara momentaneamente e levara consigo o molho de chaves.

— Vá procurá-lo! — berrou Cornélio, ansioso agora para obter a libertação de Amélia e o realce de sua reputação.

Na cela escura, Amélia sentia-se mal e aterrorizada. Suava em bicas e tremia da cabeça aos pés. Pensava nos anos que ainda lhe restariam. Sua família, os bebês que ainda iam crescer, sua casa na cidade, e até mesmo a vila no campo, tudo se tornou de repente precioso para ela. Queria assistir às cerimônias da toga de Gaio e Lúcio, ver o filho mais velho ganhar sua primeira causa nos tribunais, embalar os novos bebês de suas filhas, ficar velha e sábia e aproveitar cada crepúsculo flamejante. Como havia prezado tudo isto, sua vida, sua família, em que teria louvado cada alvorecer, abraçado cada dia!

Ela orou como nunca havia orado antes, esta mulher que em certa época não tivera fé, mas que estava agora tão repleta de fé que orava não só ao seu novo redentor, mas também à Mãe Abençoada Juno. Orou por um sinal. *O que devo fazer?*

Esperou pela resposta, mas tudo que ouvia era o silêncio opressivo das paredes maciças que a aprisionavam e os gritos débeis de prisioneiros suplicando por liberdade, comida e água. Ouvia os batimentos do seu próprio coração, os temores sussurrados da própria consciência. Ela orava e prestava atenção. E finalmente, exausta de medo, fome e sede, Amélia tirou o colar de debaixo do vestido e olhou fixamente para o coração do cristal azul, o amontoado de poeira cósmica que tomara a forma de um salvador crucificado. E foi assim que a resposta lhe veio.

Foi esta pedra que lhe devolvera a fé nos deuses e fortalecia sua fé agora. E soube o que devia fazer.

Com mãos trêmulas, esforçou-se para soltar o cristal do seu engaste de ouro. Quando o conseguiu, segurou-o contra a débil luz e quase gritou ante tamanha beleza. Devido ao engaste de ouro, não tinha visto sua linda transparência, a nitidez e a claridade totais da imagem de Jesus no seu interior. Como era estranho agora pensar que havia considerado esta pedra amaldiçoada, que a imagem era a de um fantasma. Mas, claro, era exatamente assim que Cornélio queria que ela pensasse.

E então pensou na dor que estava por vir, na tortura e agonia, e por fim na morte ignominiosa na arena. Sabia que sob tortura não teria força para não revelar os nomes e paradeiro de seus amigos. Seu coração martelou. Em espírito queria ser forte, mas sabia que a carne poderia fraquejar. Porém talvez adquirisse a força antes de a tortura começar.

De repente viu-se pensando de novo naquele dia, oito anos antes, em que Cornélio, decidindo sobre a vida e a morte, optara pela morte. Agora Amélia enfrentava a mesma escolha. Pensando no bebê inocente exposto ao relento para morrer, ela escolheu a vida: a vida eterna.

Tendo tomado a decisão, Amélia sentiu uma estranha calma pairar sobre si e, de repente, todos os mistérios ficaram claros. *Talvez*, pensou, *quando falou sobre o fim do mundo, Jesus não quisesse dizer que o fim chegaria para todas as pessoas de uma vez, mas sim para cada qual em seu tempo, à medida que alguém morresse e uma nova vida começasse. Para mim, esta noite, o mundo chega a um fim.*

Ela susteve a respiração e ficou atenta. Ouviu vozes murmuradas no fim do corredor. Tinha de agir rapidamente, antes que viessem buscá-la.

Engolir a pedra não foi fácil. Tão logo a pôs na boca, começou a suar e sentiu o estômago embrulhar. E pensou em toda a vida que ainda teria pela frente, a bela casa e o marido querendo agora ser amoroso com ela, querendo começar de novo, cumulá-la de presentes. Mas tudo em que podia pensar era no homem na cruz que perdoara seus crucificadores e que a tinha purificado pelo batismo.

Pôs a pedra mais fundo na boca e ainda assim não conseguiu engolir. Portanto impeliu-a com o dedo e quando começou a ter náuseas, receou vomitá-la de volta ou que perdesse os sentidos e os guardas extraíssem a pedra antes que completasse o seu trabalho.

Nauseada e sentindo uma dor cruciante, forçou o cristal mais fundo na garganta, rezando mentalmente: "Deus, perdoai-me por tirar minha própria vida, mas sou feita de carne fraca. Não posso suportar o fato de levar meus amados amigos para a arena comigo, embora nossas mortes sejam aquelas dos mártires."

E então entrou em ação o selvagem instinto de sobrevivência, e ela entrou em pânico. O coração disparou e as mãos aferraram a garganta. Embora quisesse morrer, o corpo resistia. Os pulmões lutavam para respirar. A boca se arreganhava buscando ar. Estocadas de dor disparavam pelo peito, e a cabeça parecia a ponto de explodir. Ela caiu ao chão e se contorceu como um peixe fora da água. Sentia os pulmões em fogo e sinos repicando em seus ouvidos. *Querido Deus, terminai com meu sofrimento!*

E então veio de repente uma estranha paz e a vida refluiu do seu corpo como as pétalas de uma rosa de verão, caindo uma a uma. E assim fez o cristal azul, este fragmento do cosmo — maravilhoso no seu mistério e perfeição, tendo muito tempo antes orientado uma garota da África chamada Mulher Alta, tendo levado uma outra chamada Laliari a perder o medo dos mortos e tendo mostrado a um homem chamado Avram o seu lugar no mundo —, alojado firmemente na garganta de uma mulher de tremenda fé. À medida que a escuridão começou a engolfá-la, enquanto se preparava para a morte e para reunir-se a Raquel e seus queridos amigos, e talvez à criança abandonada que nascera perfeita, Amélia não deixou de notar a ironia: o objeto com o qual seu marido pretendera puni-la veio a ser o instrumento da sua redenção.

Ínterim

Os guardas não sabiam como ela havia morrido, mas seu rosto estava congestionado de sangue, a língua púrpura e projetada. O médico da prisão disse que a sra. Amélia tinha o aspecto de alguém que sofrera um ataque cardíaco. O medo da tortura na arena deve ter sido grande para ela, disse. Cornélio se recordava de que Amélia tinha dito que sua idéia de levá-la ao circo fracassara. Era verdade. Ele *desejara* causar medo nela, mas não a ponto de matá-la.

Então Cornélio viu uma coisa que os outros não perceberam — estava faltando a pedra do colar — e nesse momento soube o que Amélia tinha feito.

Mas não desejando que sua esposa adquirisse o prestígio de mártir, preferindo em vez disso que o povo acreditasse que havia morrido por covardia, ele nada revelou sobre a falta da pedra azul e o heróico método de morte que ela empregara. Manteve-se em silêncio e tornou-se o modelo de marido pesaroso.

Sua filha Cornélia, por sua vez, ficou furiosa de pesar, culpando o pai pela tragédia. Proibiu-o de cremar a mãe e, em vez disso, Amélia teve seu repouso final num belo mausoléu que parecia uma casa, com falsas janelas, portas e um jardim. E toda semana Cornélia ia visitar o túmulo, fazendo uma grande demonstração do seu pesar. Como uma desforra particular contra o pai, Cornélia abraçou a religião de sua mãe — embora não acreditasse nela — e praticou o cristianismo abertamente, transformando seu lar numa casa-igreja, ostentando isto sempre que podia, até chegar o dia em que percebeu ser realmente uma cristã. No seu novo zelo ela fez campanha para manter viva a memória da mãe e assim insistiu para que os cristãos comemorassem o martírio de Amélia todo ano na data de sua morte. Cornélia fazia um panegírico anual sobre como Amélia desafiara as autoridades e morrera por sua fé.

Quando o primeiro filho de Cornélia — o menino nascido no dia do retorno de Cornélio do Egito, trazendo consigo o colar com o cristal azul roubado da tumba de uma rainha — chegou à idade adulta e tornou-se um cristão apaixonado e destacado diácono da igreja, ele ordenou que fosse feito um relicário de prata para abrigar os restos de sua avó. Num dia de grande veneração, perante uma assembléia de centenas de devotos, os ossos envoltos num sudário foram reverentemente mudados do caixão para o relicário e colocados num santuário onde todos podiam vir a venerá-los.

Nos seus dias finais, Cornélia seguiu os passos da mãe e tornou-se mártir à época do Imperador Domiciano, que mandou cortar sua língua durante um espetáculo no circo.

Cornélio, não tendo sofrido grande perda com a morte da esposa, finalmente foi indicado para cônsul, obtendo assim um ano batizado em sua homenagem e garantindo, ele presunçosamente acreditava, sua lembrança na história. Infelizmente, o império passou para um novo governo e a lista dos cônsules caiu no esquecimento. Ao mesmo tempo, Amélia veio a tornar-se conhecida pelo martírio que sofreu e até mesmo ganhou uma igreja em sua homenagem. E Cornélio Gaio Vitélio desapareceu da história.

Os ossos de Santa Amélia foram removidos da cripta familiar durante a era de ouro do Imperador Marco Aurélio e colocados numa igreja recém-construída onde milhares iam venerá-la. Lá ela dormiu pacificamente, os descendentes louvaram anualmente sua memória na data do martírio, até que, no ano de 303 d.C., irrompeu a última e mais brutal das perseguições aos cristãos sob a gestão do Imperador Diocleciano.

O primeiro edito de Diocleciano foi proibir as assembléias cristãs. E as igrejas e livros sacros deviam ser destruídos, e todos os cristãos obrigados a renegar sua religião e sacrificar-se somente aos deuses do Estado. A penalidade para os recalcitrantes era a morte. Durante uma reunião secreta de bispos e diáconos, ficou combinado que, embora a morte significasse martírio instantâneo e portanto união com Jesus no céu, era também necessário para a fé que alguns de seus integrantes sobrevivessem para levar a palavra além do império. Muitos foram atraídos para selecionar estes missionários. Relíquias, livros e objetos sacros, entre os quais o relicário contendo os restos de Santa Amélia foram reunidos e escamoteados de Roma no meio de uma noite tempestuosa, e embarcados num navio sobre um mar encapelado.

Rompendo ondas tão altas quanto prédios numa noite negra como breu, a Sra. Amélia, ex-mulher de Cornélio Gaio Vitélio, foi trasladada para a província da Britânia, onde simpatizantes cristãos viviam num assentamento chamado Portus, certa vez uma guarnição romana, mas agora uma florescente cidade conhecida por suas enguias.

Livro Cinco

INGLATERRA, 1022 D.C.

Madre Winifred, prioresa do convento Santa Amélia, olhou pela janela do *scriptorium* e pensou: *primavera!*

Oh, abençoadas cores da natureza, pincel de Deus em ação: botões de cereja rosa pálido, amoras vermelhas e pretas, bagas escarlates de pilriteiro e junquilhos amarelo-sol. Oxalá sua própria paleta de pintura fosse tão rica e variada! As iluminuras que poderia criar!

As cores davam esperanças. Talvez *este* ano o abade lhe permitisse pintar o retábulo do altar.

Seu entusiasmo murchou. Ela tivera o sonho de novo, embora não pudesse realmente chamá-lo de um sonho, pois lhe viera enquanto estava acordada. Uma visão, então, enquanto orava para Santa Amélia. E na visão contemplou o que já tinha visto inúmeras vezes: a vida da santa abençoada, desde a adolescência à conversão ao cristianismo, desde sua prisão por soldados romanos a uma morte de mártir nas mãos do Imperador Nero. Embora Winifred não fizesse idéia de como eram os soldados romanos, ou até mesmo um imperador romano, nem como as pessoas se vestiam e viviam mil anos atrás — e claro que ninguém sabia como Amélia tinha sido, por certo seus ossos não eram examinados havia séculos —, tinha certeza de que a visão era acurada, pois procedia de Deus.

O problema agora era como convencer o abade. Tal qual um osso entre dois cachorros, o retábulo era uma questão que havia preocupado os dois por mais tempo do que Winifred podia lembrar. Ela pedia para trabalhar em algo mais desafiador do que um manuscrito, e o abade (tanto o atual quanto seus antecessores) se opunha, alegando que sua vontade era inconveniente e de fato beirava os pecados do orgulho e da ambição. Embora Winifred aquiescesse a cada vez, pois assumira votos de obediência, sua mente rebelde pensava secretamente: os homens pintam quadros, as mulheres só são boas para letras maiúsculas.

Porque era exatamente isto que Madre Winifred e as irmãs do convento faziam: pintavam letras maiúsculas, conhecidas como iluminuras, que eram tão famosas em toda a Inglaterra. O único problema era que Winifred não queria pintar iluminuras, e era isto que o *abade* queria que ela pintasse.

Suspirou e lembrou a si mesma que a vida de uma freira se resumia a obediência.

Enfiando as mãos nas volumosas mangas de seu hábito, ia afastar-se da janela, onde se distraíra com os arco-íris da primavera, quando viu Andrew, o idoso zelador do priorado, correndo pelo jardim e acenando com as mãos. Ao perceber o ar de preocupação no rosto dele, Madre Winifred inclinou-se para fora. Nas janelas do convento não havia vidros, já que as freiras não podiam arcar com tal despesa.

Mourejando com seu topete grisalho, Andrew pediu o perdão da prioresa e disse que estava subindo numa árvore, a fim de cortar galhos velhos para servir de lenha, quando vira Padre Edman na estrada vindo nesta direção.

— Suponho que levará uns quinze minutos para chegar aqui.

Winifred reagiu com um brando alarme. Por que ele estava chegando *agora*? O abade vinha apenas uma vez por mês ao Santa Amélia para ouvir confissões e pegar manuscritos. Ele costumava rezar a missa muito bem, mas agora era ocupado e importante demais para perder tempo com um punhado de freiras idosas. Padres em funções menores eram designados para este dever incômodo.

— Acho que deve haver más notícias, madre.

Winifred franziu os lábios. Nunca soubera que o abade alterasse sua agenda para trazer *boas* notícias. Ainda assim, não havia necessidade de disseminar pânico.

— Talvez tenha vindo nos informar que nosso telhado será consertado este ano.

— Seria uma notícia abençoada, por certo.

— Mas por enquanto não conte nada às outras. Não precisamos perturbá-las sem necessidade. — Agradecendo e pedindo ao zelador que a avisasse quando Padre Edman tivesse alcançado o portão, saiu da janela. Guardando para si a notícia da visita do abade, pois temia que isto preocupasse suas irmãs, seguiu pela fileira de freiras que já estavam no trabalho naquela gloriosa manhã de primavera do século XI de nosso Senhor.

O *scriptorium* do convento era uma sala ampla contendo uma comprida mesa e escrivaninhas em toda extensão das paredes, onde as irmãs do Santa Amélia se ocupavam no seu requintado trabalho. As persianas ficavam abertas para deixar entrar a luz matinal. As irmãs trabalhavam em silêncio, as cabeças com véus pretos inclinadas sobre a tarefa. Winifred uma vez visitara o *scriptorium* da abadia de Portminster, onde o silêncio era imposto aos monges beneditinos, embora copiar textos sacros não fosse uma ocupação silenciosa. Alguns monges estavam começando a experimentar a nova leitura silenciosa, mas a maioria ainda lia do modo como as pessoas tinham feito por séculos: em voz alta.

Enquanto os monges na abadia de Portminster escreviam o texto autêntico de um livro, ali no Santa Amélia elas acrescentavam a primeira letra numa página deixada em em branco por eles. E embora fossem as iluminuras e não o texto que haviam ganhado fama em toda a Inglaterra, eram os monges que recebiam o crédito. Madre Winifred aceitou isto como a ordem natural das coisas, pois era obediente a Deus, à Igreja e aos homens. Mesmo assim, às vezes achava que seria ótimo se a perícia, talento e devoção das suas irmãs fossem reconhecidos de uma vez por todas.

Isto levou de volta seus pensamentos para o abade. Sua visão tinha sido tão forte esta última vez que sentiu uma urgência de tocar no assunto com ele. Claro que nunca poderia se dirigir ao abade, mas sim esperar que *ele* se dirigisse a *ela*. Em quarenta anos de vida no priorado, Winifred raramente se aventurara além dos seus muros, e mesmo quando o fazia era para percorrer uma curta distância — nas ocasiões em que membros falecidos de sua família eram enterrados no cemitério da aldeia. Uma vez, ela comparecera à posse de Padre Edman como o novo abade de Portminster.

O abade... Muito estranho que estivesse fazendo uma visita não programada naquela manhã específica. Seria a mão de Deus agindo? Seria um sinal de que o abade iria finalmente se abrandar e satisfazer sua vontade? Entenderia ele por fim que o retábulo não era o próprio prazer ou orgulho de Winifred, mas uma dádiva à santa abençoada em gratidão pelo que fizera por ela?

Quando Winifred era criança, vivendo na mansão do seu pai, havia sido possuída por uma misteriosa habilidade para encontrar coisas perdidas, um alfinete, um broche, e certa vez até mesmo um pastelão de carne que fora carregado por um cachorro. A avó disse a Winifred que ela possuía o dom da visão, herdado dos seus ancestrais celtas, mas avisou-a para não contar a ninguém, pois poderiam considerá-la uma feiticeira. Portanto Winifred havia mantido a sua segunda visão em segredo até o dia em que, por acidente, toda a mansão fora vasculhada, de cabo a rabo, em busca de uma colher de prata que sumira. A Winifred de 14 anos a tinha "visto" na despensa, atrás de uma batedeira. Depois de recuperada a colher, todos exigiram saber como ela adivinhara que estava lá. Sem conseguir explicar, foi considerada malévola e culpada. Ganhou uma sova e o pai do garoto a quem havia sido prometida desmanchou o compromisso, alegando fraqueza de caráter por parte da garota. Foi então que se dirigiu à capela de Santa Amélia e orou por ajuda.

Enquanto sua mãe e irmãs continuavam a oferecer preces na capela, Winifred saíra para explorar o local, e quando entrou no *scriptorium*, onde as irmãs se inclinavam sobre seu trabalho, e viu suas paletas e pigmentos, suas penas e pergaminhos, soube que era ali que desejava permanecer.

O pai de Winifred ficara muito feliz com o pedido da filha de entrar para o convento, e nele Winifred estava vivendo desde então. Nem um dia se passava sem que ela deixasse de oferecer uma prece de graças a Santa Amélia, que a tinha resgatado de um futuro deplorável: uma filha sem casar, sem produzir netos, pouco contribuindo para seu sustento, estava destinada a se tornar a mais desdenhada das criaturas, a tia solteirona cujas famílias eram obrigadas a sustentar e em troca tendo de agüentar maus humores e rabugices.

O *scriptorium* no Santa Amélia cheirava a óleo e cera, fuligem e carvão, enxofre e matéria vegetativa. Uma névoa pairava no ar enquanto lamparinas ardiam dia e noite, não para iluminar mas para a coleta do negro-de-fumo necessário para a fabricação de tintas. As freiras também faziam seus próprios pigmentos: o mais fino azul-escuro era extraído do lápis-lazúli, que só vinha do Afeganistão; para obter tinta vermelha usavam zarcão, cinabre ou besouros quermes esmagados; e a fabricação de umas poucas cores constituía um segredo só conhecido dentro daquelas paredes.

À cabeceira da mesa central estava Irmã Edith, que era a mais hábil na aplicação de folha de ouro, o primeiro estágio da iluminura. Era preciso mão especial para aplicar a base de gesso e depois a folha de ouro por cima; um olho arguto para saber quando a fundação estava na umidade *certa*, para absorvê-la no ponto *certo*, para pressionar a seda, manejar a ferramenta de polimento *até um ponto*. Mão mais pesada ou um olho menos arguto que os da Irmã Edith e a ornamentação com folha de ouro seria, na melhor das hipóteses, de segunda classe.

Outra irmã estava pintando uma miniatura de Adão e Eva no Jardim do Éden. Estavam ambos nus, ambos femininos com quadris e ventres arredondados, já que a freira não fazia idéia de como era um homem nu. Quanto à genitália, folhas de figueira eram uma dádiva divina, pois as irmãs não tinham noção de como os homens eram sob suas vestimentas. A própria Madre Winifred, com toda a sua idade, era totalmente ignorante da anatomia humana, mesmo a feminina, jamais tendo assistido num parto ou visto uma mulher desnuda. Era familiarizada com metáforas: a chave do homem para a fechadura da mulher, a espada dele para a bainha dela, e assim por diante. Mas o assunto de copular e procriar estava além da compreensão de Madre Winifred.

Ela nunca pensara em sexo, ou imaginara que sentia falta dele. Até onde entendia (principalmente das histórias que ouvira de damas convidadas ao convento), o sexo tinha sido criado como um esporte para os homens e um suplício para as mulheres. Lembrava-se de quando sua irmã mais velha tinha contraído matrimônio e as primas vieram ajudar a embalar as coisas para sua viagem, de como as garotas deram risinhos ao ver a *chemise cagoule*, uma camisola volumosa com um pequeno buraco na frente, para permitir fecundação com o mínimo contato corporal.

— Por que não descansa um pouco, irmã? — perguntou Winifred para a freira idosa que estava prestes a pintar a serpente.

— Sinto muito que eu esteja demorando tanto, madre, mas minha vista...

— Isto acontece a todas nós. Ponha o pincel de lado e feche os olhos por alguns minutos. Talvez uns goles de água possam ajudar.

— Mas o abade disse...

Winifred franziu os lábios. Desejou que Padre Edman, durante sua última visita, não tivesse sido tão veemente em suas queixas sobre a lentidão cada vez maior da tarefa. Não havia necessidade de perturbar as irmãs com sua crítica. E ainda havia as enfermidades para complicar. Agnes era idosa, era de se esperar que seu trabalho demandasse mais tempo.

— Esqueça o abade — disse Winifred, gentilmente. — Deus não deseja que nos esgotemos a serviço Dele. Descanse os olhos e reassuma depois. — Mentalmente acrescentou mais um item a sua lista de pedidos a fazer ao abade: um colírio medicinal para a Irmã Agnes.

Sinos replicaram então, convocando as freiras paras as terças, a terceira das sete horas canônicas estabelecidas durante o dia para cântico religioso. Depondo cuidadosamente os pincéis e penas, as freiras sussurraram uma prece sobre o trabalho por terminar, fizeram o sinal-da-cruz e saíram em silêncio.

Depois de passarem pelo claustro velho de séculos, elas se reuniram no coro que era o coração de sua capela: à direita ficava o altar onde as irmãs celebravam a missa; à esquerda, sob um tabique de madeira, situava-se a nave onde as pessoas locais, peregrinos e convidados do convento vinham participar da missa. A capela, um pequeno e modesto prédio feito de pedra, era o coração das humildes estruturas que constituíam o priorado de Santa Amélia, construído três séculos antes. As irmãs, vivendo sob o Regulamento de São Benedito, que exigia silêncio, celibato, abstinência e pobreza, dormiam em celas em um dormitório e comiam num amplo refeitório. Um dormitório levemente mais suntuoso era destinado às residentes permanentes que não eram freiras e sim damas de posses que tinham vindo em retiro. Havia também uma casa de hóspedes para peregrinos e viajantes, embora permanecesse vazia ultimamente. Perto da pequena igreja ficava o capítulo onde as freiras se reuniam para ler o Regulamento e confessar seus pecados, e finalmente o *scriptorium* onde passavam a maior parte de suas horas. Todas estas estruturas de pedra estavam dispostas em volta do claustro, um retângulo de colunatas arqueadas onde as irmãs faziam seu exercício. Do interior destes muros frios, cinzentos e silenciosos vinham os mais espantosamente belos manuscritos de toda a Inglaterra.

Winifred observou o punhado de irmãs enquanto entravam na frisa do coro para cantar. Certa vez tinham formado um grupo amplo, mas agora estava reduzido, suas componentes frágeis e idosas, sem uma única noviça jovem entre elas. Não obstante, Winifred era uma rígida disciplinadora e inspecionava suas freiras todas as manhãs para ver se os hábitos estavam imaculados: túnica preta, escapulário e véu; touca branca e faixa na cabeça. Em tempo inclemente ou para raras viagens fora do convento, elas usavam pelerines pretas com capuz. Cada uma tinha um cinto de corda em volta da cintura, do qual pendia um rosário e uma faca de pão. Suas mãos nunca deviam ser vistas a não ser dentro de luvas, os braços cruzados à cintura por trás do escapulário. Os olhos estavam sempre voltados para baixo em modéstia e humanidade. Embora as conversas fossem permitidas, as vezes eram mantidas em tom baixo com um mínimo de palavras.

Como em todos os conventos na Inglaterra, o noviciado só era aberto às mulheres da nobreza. Mulheres da classe média tinham pouca esperança de ser aceitas num convento e camponesas não possuíam a menor chance. Winifred gostaria de abrir a irmandade para mulheres de classe média com vocação e posses, e talvez até para a ocasional garota camponesa que merecesse. Mas as regras eram aquelas e não podia mudá-las. O Santa Amélia estava também equipado para receber moças estudantes residentes — filhas de ricos barões — para aprender bordado, etiqueta, e aquelas com pais de mente liberal, a ler e escrever latim e treinar a aritmética básica, de modo que um dia se tornassem capazes de administrar uma casa. O Santa Amélia também costumava abrigar viúvas com dinheiro e nenhum lugar para ir e mulheres buscando refúgio de maridos e pais abusivos — um santuário feminino livre de homens e da dominação masculina.

Elas já tinham formado uma comunidade próspera de quase sessenta almas. Agora havia apenas onze, incluindo a própria Madre Winifred. Os demais eram sete irmãs veladas, duas idosas da nobreza que já viviam lá havia muito tempo para se mudarem para o novo convento, e Andrew, o idoso zelador, criado no convento desde a infância, quando tinha sido abandonado no portão dentro de um cesto.

Era por causa do novo convento a dezesseis quilômetros de distância, construído cinco anos antes e abrigando uma relíquia muito mais importante que os ossos de uma santa, que o Santa Amélia agonizava. O outro convento estava atraindo as noviças, damas convidadas, garotas estudantes em busca de instrução, peregrinos e viajantes, todos enchendo os alojamentos e os cofres do Convento da Vera Cruz. Winifred tentava não pensar nas escrivaninhas vazias no *scriptorium*, nos tinteiros havia muito tempo secos e em suas irmãs remanescentes que labutavam nas iluminuras e que, tal como ela, estavam envelhecendo. O priorado do Santa Amélia tinha perdido pupilas e noviças para o Convento da Vera Cruz porque houvera relatos de curas miraculosas por lá: esposas ficando grávidas, barões fazendo fortunas. O abade dissera a Winifred que já fazia muito tempo que nenhum milagre era realizado no Santa Amélia. Mas Winifred achava que Amélia realizava milagres todo dia — era só olhar para as iluminuras!

Não obstante, os peregrinos tinham parado de vir. Como se podia competir com o Vera Cruz? Os peregrinos raramente visitavam *ambos* os santuários — quando se viaja muitos quilômetros por uma bênção ou uma cura, a pessoa escolhe uma lasca da árvore do sofrimento de Cristo em vez dos ossos de uma mulher — e assim o Santa Amélia ia ficando cada vez mais para trás a cada ano.

E, por fim, quem podia competir com juventude e riqueza? Winifred estava na casa dos cinqüenta e não tinha mais família. Quando seu irmão rico e com ligações políticas ainda era vivo, seu lugar estava seguro. Mas ele estava morto agora, suas irmãs e cunhados todos falecidos, sua família sem um tostão e recentemente desaparecida. O novo convento, porém, era mantido pelo pai da nova prioresa, Oswald de Mercia, que era muito rico e muito generoso. E, claro, tinha pleno apoio da abadia.

A Abadia de Portminster, situada no alto de uma colina sobranceira à pequena cidade de Portminster e ao rio Fenn, originou-se de uma guarnição romana estabelecida em 84 d.C. na costa oriental da Inglaterra que tinha se desenvolvido numa cidade portuária adequadamente chamada Portus, famosa por sua baía protegida e comércio de enguias, uma atividade que continuou até os dias de Winifred. No século IV, os restos mortais de Santa Amélia haviam sido trazidos de Roma para Portminster por cristãos buscando refúgio da perseguição do Imperador Diocleciano. Um grupo de monges eremitas, vivendo num *monasterium* nos arredores de Portus, adotou a santa fugitiva e deu-lhe refúgio. Ao longo dos séculos a influência anglo-saxã corrompeu a palavra "*monasterium*" para "*mynster*", e quando surgiu uma igreja recém-construída deram-lhe o nome de Portus Mynster. No ano de 882, dinamarqueses pilharam e incendiaram Portminster, mas os restos mortais de Santa Amélia foram mais uma vez resgatados e escondidos numa pequena comunidade de irmãs sacras que viviam num priorado que se situava no fim de uma esquecida estrada romana.

Um século depois, quando monges beneditinos chegaram e construíram uma abadia em Portminster, houve discussão sobre o que fazer com os ossos de Santa Amélia. Decidiu-se por fim permitir que continuassem no modesto priorado porque à época uma reputação já se estabelecera acerca dos milagres realizados pela santa, atraindo peregrinos e visitantes de toda parte. Santa padroeira das doenças do peito, dizia-se que Amélia curava tudo, desde pneumonia a colapso cardíaco — alguns chegavam a declarar que a santa abençoava outras aflições do coração, ou seja, mal de amor. Assim, o priorado cresceu em fama e riqueza, enquanto a Abadia de Portminster, que ficava a doze quilômetros de distância e governava o priorado, já havia alcançado uma reputação espantosa por sua produção de exóticos manuscritos com iluminuras.

Enquanto as freiras entoavam o cântico religioso para a terça, os olhos de Winifred desviaram-se para o altar onde ficava o pequeno relicário que continha os ossos de Santa Amélia. Ela retratou seu retábulo imaginado por trás dele: um tríptico de três painéis de madeira com debruns dourados, cada um com quatro braços de altura e três braços de largura. No primeiro ela iria retratar a conversão de Amélia ao cristianismo; no segundo suas missões aos doentes e pobres; e por fim, Amélia agarrando o peito e comandando seu coração a parar antes que os soldados romanos pudessem forçá-la a renunciar a sua fé.

Os olhos de Winifred voltaram-se para o andaime empoeirado que abraçava o teto acima do altar. As escoras e abraçadeiras que tinham sido erguidas cinco anos antes, quando o abade prometera reformar o teto. Contudo, com a abertura do novo convento e todo o dinheiro de Oswald vertendo naquela direção, o abade considerara este projeto de reforma um desperdício, e ele foi cancelado. Mas os operários tinham deixado o andaime, e para Winifred a sua presença era quase uma zombaria.

Enquanto as irmãs erguiam as vozes em *Salve Regina*, Winifred vislumbrou uma sombra do outro lado da tela destinada a separar os leigos das freiras. Era Andrew.

— O abade está no último trecho do caminho — disse ele baixinho, os olhos arregalados de preocupação.

— Obrigado, Andrew — murmurou ela. — Vá recebê-lo no portão.

Deixando as irmãs com seu cântico, Winifred apressou-se pelo claustro em direção à cozinha, onde uma mulher de cabelos grisalhos num avental simples estava fervendo mingau sobre um fogo. Era *Dame* Mildred, que viera para o convento há 25 anos, após a morte de seu marido. Como nenhum de seus filhos havia sobrevivido até a idade adulta e seus próprios parentes já estivessem mortos e enterrados, ela adotara a comunidade de freiras como sua família. Quando sua fortuna acabou e ela não pôde mais pagar pela hospedagem, alegremente assumiu as funções de cozinheira, e havia muito tinha se esquecido de que já fora uma dama da nobreza.

— Vamos precisar de cerveja para o abade — disse Winifred. — E de algo para ele comer.

— Ai de mim, por que ele vem? É cedo demais!

Embora Mildred tivesse recebido uma ordem para buscar cerveja, ela abandonou seu posto e seguiu Winifred até o portão, onde ambas observaram ansiosas a aproximação do abade.

— Mãe reverenda! — disse Mildred em súbita alegria. — Olhe! O abade traz uma braçada de faisões! — Sua alegria murchou. — Não, é só um faisão. Somos onze aqui, mal temos para ir levando, e se o bispo decidir cear conosco...

— Não se preocupe. Daremos um jeito.

Madre Winifred observou o progresso do abade enquanto trotava em seu belo cavalo na trilha do jardim. Pela postura dele Winifred podia dizer que seus temores eram justificados. O abade trazia mais do que livros sacros em sua mochila. Também trazia más notícias.

— Deus a abençoe, prioresa — saudou ele, enquanto apeava do cavalo.

— E também ao senhor, abade.

Madre Winifred olhou para o insignificante faisão, pensando que não haveria nenhuma ceia farta naquela noite, ao mesmo tempo que o abade farejava o ar discretamente mas sem detectar qualquer aroma convidativo vindo da cozinha. Ele se lembrou dos dias em que podia ficar na expectativa do famoso *blankmanger* de Winifred, que ela fazia pessoalmente, de pasta de galinha misturada com arroz cozido, leite de amêndoas, açúcar e anis. Ela costumava fazer deliciosos bolinhos de peixe e frituras de dar água na boca. E suas tortas de ameixa... Ele suspirou com as lembranças. Uma pena, aqueles dias não existirem mais! Agora, se ficasse para cear podia esperar pão dormido, sopa rala, repolho murcho e feijões que lhe causariam flatulência a semana inteira.

Entraram juntos no capítulo com os estômagos roncando.

Enquanto caminhavam, falaram do tempo e outras amenidades, "tópicos de circunlóquio", como a prioresa os considerava, pois conhecia o abade muito bem para saber quando ele estava ocultando notícias desagradáveis. E o olho arguto de Winifred não deixou de notar que ele estava usando roupas novas. Seu manto, embora preto, ofuscava distintamente ao sol, tal como o ponto brilhante no seu couro cabeludo, onde os cabelos tinham sido raspados para uma tonsura. Ela também notou que a cintura havia se expandido desde a última vez em que o viu, apenas duas semanas antes.

Mas a prioridade em sua mente era o propósito desta visita inesperada, o assunto que o abade estava evitando. Ele não precisava se incomodar; Winifred já sabia qual era a má notícia: não haveria consertos no teto este ano. Ela e as irmãs iriam sofrer outro inverno de baldes e panelas e camas encharcadas.

Talvez ela pudesse transformar em vantagem esta visita funesta. Sendo o portador de notícias tão decepcionantes, o abade dificilmente poderia continuar recusando o seu pedido para pintar o retábulo do altar. Ela apelaria a qualquer resíduo de caridade abrigado no coração dele.

Winifred acreditava na Bíblia ao pé da letra, mas deixando espaço para interpretação. Embora acreditasse que Deus havia criado os homens *primeiro*, duvidada que os tivesse criado *mais espertos*. Não obstante, assumira votos de obediência e portanto iria obedecer ao abade — dentro da razão. Se ele não podia dar-lhe um telhado novo, então deveria consentir na questão do retábulo. Ela merecia tamanha consideração. Beirando os sessenta, Winifred era uma das mulheres mais idosas que ele conhecia. Era de fato mais velha que muitos homens — mais velha certamente que o abade — e achava que somente isto a habilitava a um privilégio especial.

Quando entraram na casa do capítulo, um salão ventoso mobiliado com cadeiras de espaldar reto e dominado por uma enorme lareira cheia de fuligem, Winifred perguntou ao abade se ele trouxera chá de casca de salgueiro.

— Não é a primeira vez que faço este pedido, abade.

Enquanto baixava o traseiro numa cadeira confortável, o abade especulou se Winifred usava sua touca apertada demais ou se o rosto estava naturalmente contraído. Depois captou um vislumbre das mãos dela e concluiu, pelas manchas azul-escuro, que Winifred passara a manhã recolhendo folhas de isate. A erva arbustiforme de folhas largas, que continha a matéria-prima de uma tintura azul, era um excelente substituto para o índigo indiano importado que entrava nos pigmentos das freiras, mas que era raro e dispendioso.

— Não se deve pensar só no seu conforto, Madre Winifred — admoestou ele, gentilmente.

Ela franziu os lábios.

— Estava pensando na artrite da Irmã Agatha. A dor é tão forte que ela mal pode empunhar um pincel. Se minhas irmãs não puderem pintar... — replicou ela, deixando a ameaça pairar no ar.

— Está bem. Mandarei o chá tão logo retorne à abadia.

— E carne. Minhas irmãs precisam comer. Elas precisam de energia para trabalhar — disse enfaticamente.

Ele fez uma carranca. Sabia que ela estava por cima. Winifred tinha uma maneira de manter suas iluminuras como reféns em troca de confortos materiais. Mas não estava em posição de barganhar. A procura pelas iluminuras estava crescendo, embora cuidasse para não deixar Winifred saber disso.

Seria incorreto dizer que o Abade Edman detestasse mulheres. Ele simplesmente não via nenhuma utilidade para elas e imaginava por que Deus, na Sua sabedoria infinita, optara por criar uma tal adversária como meio de reproduzir Seus filhos. Porque Edman estava convencido de que homens e mulheres jamais iriam, por toda eternidade, aprender a conviver. Se não fosse por causa da mulher, Adão teria permanecido no Éden e todos os homens estariam vivendo no Paraíso até hoje. Infelizmente, a Inglaterra não era nenhum paraíso e este convento caía sob sua esfera de ação como abade de Portminster, e portanto era seu dever realizar visitas regulares. Mas ele nunca se demorava, fazendo o que tinha de fazer e partindo tão rapidamente quanto a polidez permitisse.

Enquanto tentava relaxar nesta atmosfera totalmente feminina — por que as mulheres nutriam uma paixão tão frívola por flores? —, ele pensou nos irmãos da sua ordem que tinham dificuldade em manter seus votos de celibato. Edman era celibatário, embora como um sacerdote isto não lhe fosse exigido. Grande parte dos padres eram casados, o que estava além de sua compreensão, e mais espantoso foi o incidente em 964, quando o Bispo Ethelwold deu aos padres casados na Catedral de Winchester a opção de conservar suas esposas ou seus empregos, e eles optaram pelas esposas. O celibato nunca havia sido um problema para Edman, porque jamais tivera qualquer desejo de entrar em conjunção com uma mulher, e estava completamente além de sua compreensão por que qualquer homem racional desejasse isto. Nascido na pobreza com apenas a mais vaga lembrança de sua mãe e órfão após a morte do pai pescador, Edman sobrevivera na cidade portuária por esperteza, permitindo aos lavradores e peixeiros que o usassem como animal de carga. Tinha recebido mais repreensões injustas do que sua cabeça podia contar, o que lhe ensinou a não ter compaixão ou ternura por qualquer mulher viva. Foi a amabilidade de um padre local, que o ensinou a ler e escrever, que resgatou Edman de uma vida de humilhação e desespero esmagador. Ele entrou nas ordens sacras e, com ambição, raciocínio ágil e capacidade de fazer os amigos certos, galgara a escada clerical até que agora chefiava uma ilustre abadia e uma próspera ordem de escribas beneditinos.

Portanto, ele se agastava com essas visitas obrigatórias ao priorado de Santa Amélia. Certamente isto podia ser delegado a um preposto e, de fato, certa vez mandara um de seus subordinados ao convento para buscar um manuscrito com iluminuras. Madre Winifred ficara tão afrontada que dissera que o manuscrito não estava terminado, dando a entender ainda que não estaria até que o próprio abade viesse buscá-lo. A criatura tinha uma estranha maneira de ser obediente e desafiadora ao mesmo tempo. Mas em algumas questões Edman batera pé firme — por exemplo no pedido dela para pintar o retábulo — e nisto ela cumprira suas ordens. Graças a Deus, pois o abade não podia dispor do tempo que ela gastaria no Santa Amélia enquanto suas artes fossem necessárias para atender à demanda crescente por iluminuras.

Ainda assim, apesar de seu desprazer em visitar o convento, tinha de admitir que lugares como este serviam a um propósito útil. Muitas mulheres indesejadas eram mandadas para um convento para viver de modo respeitável, em segurança e sem causar problemas para os homens da família. É claro que havia as criaturas que preferiam a companhia de sua própria espécie, mulheres que se recusavam a obedecer homens, mulheres que se achavam iguais ou superiores aos homens, mulheres que tinham a estranha noção de que poderiam cuidar de si mesmas. Os conventos, portanto, serviam aos objetivos tanto dos homens quanto das mulheres. O abade desejava apenas que as criaturas não fossem tão fanáticas por higiene. O odor de suor honesto nunca matou ninguém, mas Winifred e suas companheiras, como todas as damas bem-nascidas, sempre cheiravam a lavanda e tanásia, que espalhavam nos seus colchões para enxotar as moscas.

— Como foi a sua visita a Canterbury, abade? — perguntou Madre Winifred, não de todo interessada e esperando que a resposta dele não se alongasse demais. Pela protuberância na mochila, ela podia dizer que ele trouxera mais trabalho para suas irmãs, o que significava que ela deveria ocupar-se da preparação de novos pigmentos.

Edman achava tão penoso explicar que semicerrou os olhos. Na Catedral de Canterbury ele havia testemunhado uma estranha visão. Alguma coisa chamada peça, na qual os homens vestidos a caráter representavam uma história. A peça fora encenada como parte dos serviços da Páscoa e era uma nova invenção dos padres de lá. Quando um monge vestido como o Demônio entrou no palco, a congregação tinha irrompido em medo e fúria e quase matara o pobre homem ao investir contra ele. O argumento era que tais encenações ajudariam o povo a aprender as histórias da Bíblia com mais facilidade, porém o abade tinha suas dúvidas. Se as pessoas pudessem simplesmente *ver* uma história, por que perderiam tempo ouvindo os sermões? Os homens cultos parariam de ler a Bíblia? Talvez esta coisa chamada "peça" não pegasse. Ele por certo não tencionava fazer tais encenações na sua abadia.

Especulava se as peças não seriam um sinal da mudança dos tempos. Embora tivesse havido um dia, apenas 22 anos antes, em que a Igreja achara que os tempos fossem mudar tão drasticamente que chegou a anunciar literalmente o fim do mundo.

Em que decepção se transformara o milênio! Toda a preparação e histeria, os banquetes e orgias, as pessoas afluindo à abadia para confissão, os suicídios e profetas do apocalipse, todos pensando que Jesus estava voltando e que o mundo se aproximava do fim. E os debates intermináveis! Nós contamos mil anos a partir do nascimento ou da morte de Cristo? O milênio assinala o segundo advento de Cristo ou o início do reino de Satã? A destruição do Santo Sepulcro em Jerusalém pelos muçulmanos foi um sinal? Mas isto ocorrera em 1009. Poderiam nove anos mais tarde ainda fazer parte do milênio? O abade Edman, à época um jovem clérigo, havia-se juntado ao movimento Paz de Deus num esforço para refrear a violência dos senhores feudais. Claro que a febre do Juízo Final tivera seus benefícios. Um rico barão do condado doara todas as suas terras e riqueza à Abadia de Portminster e viajara para passar a véspera do milênio no Vaticano vestido de trapos de penitência e cinzas. E então, na manhã de 1º de janeiro do ano 1000 — nada. Apenas outra manhã fria com as habituais dores e flatulência.

— Minha viagem correu bem, graças a Deus — disse ele, por fim, esperando que estas amenidades não levassem de novo ao pedido de pintar o arruinado retábulo, que assunto enfadonho! Não importava quantas vezes tivesse dito a ela que estava fora de questão. Será que não sabia que ir contra a vontade do abade era ir contra a vontade de Deus?

Claro que sabia, por isso não o havia desobedecido. A mulher era um modelo da complacência cristã, embora usasse a oportunidade da confissão para introduzir sorrateiramente suas pequenas rebeliões. "Sou culpada do pecado da gula", murmurava através da tela do confessionário, "e desejo que o abade forneça mais comida para mim e minhas irmãs." Ele ignorava a trapaça e ordenava três padres-nossos para o pecado da gula.

Mas a contrariedade do abade era temperada com piedade. Pobre Winifred. Tão logo se espalhara a notícia do novo convento e de suas generosas amenidades, tinha havido um êxodo embaraçoso de freiras, damas e pupilas do Santa Amélia. Mas como poderia ser de outra maneira? Winifred dificilmente seria conhecida por ter uma mesa farta. Era parcimoniosa com carvão e lenha, e não admitia animais de estimação. As damas convidadas com freqüência queixavam-se a ele das condições precárias. E agora estavam abrigadas confortavelmente no novo lugar, onde lareiras afastavam o frio e na mesa da ceia havia fartura de carne e vinho. A pobre Winifred foi deixada aqui nestes alojamentos ventosos com um grupo de seguidoras descarnadas e leais. Não fosse a contínua produção de iluminuras fabulosas, ele já teria fechado este velho lugar havia muito tempo.

Dame Mildred tinha assado bolos de aveia com mel, um alimento saudável muito necessitado pelas irmãs. Mas como a despensa estava com estoque reduzido de aveia e mel, ela fizera exatamente onze bolos pequenos, um para cada uma das irmãs e um para Andrew, o zelador. Como não podia permitir que a prioresa passasse pelo embaraço de nada ter a oferecer ao abade, ela anunciou o prato, pensando em abrir mão de seu próprio bolo para que o abade pudesse conhecer a hospilidade delas. Para seu espanto e de Winifred, o abade pegou três bolos de uma vez e os devorou. Observaram-no mastigar o precioso alimento e depois servir-se de mais três. Os bolos desapareceram e Madre Winifred ficou ultrajada.

Enquanto empurrava os bolos com uma caneca de cerveja fraca, o Padre Edman não deixou de notar os olhares que as duas mulheres trocaram e os ignorou. O abade não se desculpou por seu apetite, pois acreditava que Deus gostava de ver seus servos bem alimentados. Como poderia converter pagãos ao cristianismo se ele próprio parecesse um espantalho? "Como pode o seu Cristo ser bom se deixa seus filhos passando fome?"E o Abade Edman levava a sério sua evangelização, pois embora a Inglaterra tivesse todas as marcas exteriores do cristianismo, o abade estava mais do que ciente de que muitos compatriotas adoravam árvores e círculos de pedra. Antigas superstições e comportamentos pagãos jaziam sob uma superfície muito fina de pretensa piedade e portanto a luta pelas almas humanas era uma batalha sem fim. Ele se via como um guerreiro de Cristo, e todos sabiam que soldados deviam comer. Limpando os dedos no seu hábito, passou ao assunto que interessava e pegou na mochila as novas páginas que necessitavam de letras maiúsculas. Ele também trouxera um livro para Winifred pôr iluminuras — era mais um sinal da mudança dos tempos que pessoas que não os clérigos estivessem começando a demonstrar interesse por livros.

— O patrono quer ter este retrato na página de rosto, usando armadura, montado no cavalo com escudo e com uma equipe de justa. Ele deseja que sua dama seja ilustrada no começo de um dos salmos.

Winifred assentiu. Este era um pedido comum. Ela costumava escolher o salmo 101 para a dama de um cavalheiro. Em latim começava com a letra "D", que emprestava a forma certa e espaço para uma figura humana. Além disso, a frase de abertura, traduzida, era "Cantarei do seu amor", da qual as damas sempre gostavam.

Embora uma variedade de livros estivessem sendo atualmente publicados com iluminuras na Inglaterra e na Europa, desde os Evangelhos e livros litúrgicos às obras do Antigo Testamento e coleções de antigos autores transcritas pelos copistas carolíngios, a especialidade regional do Padre Edman eram os livros de salmos ilustrados com cenas bíblicas de uma excelência encontrada somente na Inglaterra, graças a Winifred. A ilustração era executada num estilo vívido, com figuras humanas em posturas animadas e usando roupagens adejantes. Como Winifred tinha sido instruída quando menina por um artista treinado no estilo Winchester de iluminuras, sua arte-final se manifestava em ricas colorações de azul e verde, suntuosas bordaduras de ornamentação de folhas e animais, mas também acrescida de sua própria marca registrada nos padrões em espiral, entrelaçando animais reminiscentes de trabalho em metal.

A competição entre os centros produtores de livros era feroz, cada abadia ou catedral querendo que seus livros fossem os mais populares entre reis e nobres. Mas a manufatura das iluminuras era um processo lento, com a maioria das catedrais e mosteiros produzindo apenas dois livros por ano. Foi um dos antecessores de Edman quem teve a idéia de pôr as freiras do Santa Amélia neste trabalho, pois com suas mãos menores, visão mais aguçada e dom para o detalhe, elas podiam trabalhar sobre as letras maiúsculas enquanto os monges se dedicavam a toque de caixa ao texto principal. O orgulho tinha impedido o ex-abade de revelar que a arte-final era realizada por mulheres, portanto todos creditavam aos monges da Abadia de Portminster a produção de uma arte tão miraculosa e numa rapidez tão fenomenal. "Eles trabalham com a velocidade de Deus", o abade gostava de dizer.

Mas agora havia um problema: as noviças não estavam mais vindo para o Santa Amélia e as freiras-artistas estavam morrendo. Foi o bispo quem apresentou uma solução. E foi uma solução razoável e brilhante, achava Edman, mas sabia que Winifred não veria desta maneira.

Seu movimento seguinte tinha de ser cuidadoso, pois não fazia idéia de como ela reagiria ao que ia dizer. Devia levar em conta aquela rebeldia peculiar da madre. Se não a manipulasse com cuidado, tudo poderia se perder. E o abade era um homem ambicioso. Dirigir uma abadia era uma prova de sucesso, é claro, mas ele sentia-se destinado a coisas maiores. Uma nova catedral estava sendo construída em Portminster, o que significava que um bispo lá seria instalado, e Padre Edman pretendia ser este bispo. Mas grande parte do seu sucesso dependia de Winifred continuar produzindo iluminuras.

Enquanto o abade devorava os bolos destinados a alimentar onze pessoas, Winifred pedira que os manuscritos completados fossem trazidos à casa do capítulo. Edman os examinava agora. Como sempre, as cores eram empolgantes e vívidas. Ele podia jurar que se a pessoa tocasse no vermelho poderia sentir uma pulsação, se farejasse o amarelo sentiria a fragrância de ranúnculo. O abade achava uma estranha ironia que a própria Winifred fosse tão melancólica e sem cor enquanto suas criações eram estupendamente vibrantes.

Ele não elogiou o trabalho — nunca o fazia e Winifred jamais esperou isto. Mas mesmo assim viu a admiração nos olhos dele e experimentou um momento de orgulho. Portanto achou que já era mais do que hora de renovar seu pedido para pintar um retábulo no altar.

Ele ouviu pacientemente sua explicação.

— Desejo dar a Santa Amélia alguma coisa em troca de tudo que ela me deu.

Mas ele já pretendia baixar-lhe a crista. Edman não permitiria que Winifred assumisse um projeto que demandaria meses — um tempo precioso que poderia ser usado para ensinar as noviças a arte das iluminuras.

Ele pigarreou e tentou dar a impressão de que levara o pedido a sério.

— Tenho certeza de que Santa Amélia sabe que fez o suficiente a serviço dela por todos esses anos, prioresa.

— Então por que não consigo parar de pensar no retábulo? Está na minha cabeça dia e noite.

— Talvez você necessite orar — sugeriu ele.

— Já o fiz, e a única resposta que pareço ter é pensar mais ainda no retábulo. Agora chego a sonhar com isso. Sinto-me conduzida pela mão de Deus.

O abade franziu os lábios. Este era um pensamento perigoso: uma mulher receber ordens diretamente de Deus. E se *todas* as mulheres obtivessem tal noção? Nesse caso, esposas não mais obedeceriam aos maridos, filhas não obedeceriam aos pais e a sociedade seria lançada no caos.

— Acontece, prioresa, que um retábulo não terá nenhuma utilidade para o Santa Amélia.

As sobrancelhas quase inexistentes de Winifred se arquearam.

— Como assim?

Ele pigarreou de novo, desta vez mais nervoso.

— Receio que o Santa Amélia vá ser fechado.

Ela olhou fixamente para ele e o silêncio pairou no ambiente. Através das pesadas portas vinha o som de passadas curiosas.

— O que quer dizer? — perguntou ela, por fim.

— Quero dizer, Madre Winifred, que estes velhos prédios não têm mais jeito, e é um desperdício de dinheiro tentar reformá-los. Falei com o bispo e ele concorda com que a senhora e suas irmãs se mudem para o Convento da Vera Cruz e que este lugar seja fechado.

— Mas e o nosso trabalho... as iluminuras?

— Ele continuará, é claro. E vocês ensinarão suas habilidades para a nova geração de freiras, assim poderão continuar com a tradição.

Ela ficou sem ação. De todas as possíveis más notícias que previra, esta nem sequer lhe passara pela cabeça.

— E quanto a Santa Amélia?

— Ela terá sua própria capela na nova catedral em Portminster.

A hora era tardia, a capela estava vazia e silenciosa, exceto por uma figura solitária iluminada pelo bruxulear de uma única vela. Winifred ajoelhada.

Jamais conhecera tamanho desespero. O dia que se iniciara com tanta cor e promessa era agora tão sombrio quanto um inverno inglês. Mudar-se do único lar que já conhecera! Ter de começar, neste estágio final da sua vida, a ensinar habilidades e conhecimento de uma existência inteira a jovens noviças. Ter de informar a suas queridas e idosas irmãs que seriam transferidas para alojamentos estranhos onde teriam de se adaptar, após anos de uma rotina familiar, a novos costumes e comportamentos. Como comunicar uma coisa dessas? Décadas de dedicação não valiam nada?

Mas o pior, oh, o pior era se ver separada de sua santa abençoada.

Na maior parte de sua vida Winifred tinha rezado diariamente para Santa Amélia. Ela nunca começava ou terminava um dia sem dialogar com a santa. Winifred jamais viajara para longe do priorado porque não gostava de se afastar da sua santa. Era Amélia quem lhe dava sabedoria e força. Amélia era mais do que uma mulher que morrera mil anos antes, ela era a mãe que Winifred mal conhecera, a filha que nunca tivera, as irmãs que tinha enterrado no cemitério do convento. E agora, sentada solitária na capela em meio à luz tremeluzente e paredes de pedra silenciosas, Winifred estava sendo forçada a dizer adeus. Sentia-se como se estivesse sentada à beira de um grande e aterrorizante abismo.

— Abade — conseguiu dizer, quando se recuperou do choque provocado pela notícia —, vivi aqui por mais de quatro décadas. Não conheço outro lar. Este lugar é onde a abençoada Santa Amélia me concedeu o talento para a pintura. Como posso deixá-lo? Se for separada de Santa Amélia perderei meu dom.

— Bobagem — disse o abade. — O seu dom vem de Deus. E ainda poderá visitar Santa Amélia na catedral de vez em quando.

Visitar Santa Amélia de vez em quando. *Eu morrerei...*

Agora seu coração se dilacerava em conflito. Desde a infância tinha sido ensinada a obedecer a pai, marido, padre, igreja. Mas houve ocasiões em sua vida em que sentira possuir melhor discernimento e ser capaz de tomar decisões melhor do que os outros. Na virada do milênio, por exemplo, o antecessor do Padre Edman lhe havia ordenado que seguisse com as irmãs para a Abadia de Portminster a fim de orar pela salvação de suas almas. Mas Winifred sentira fortemente que estariam a salvo com Santa Amélia e portanto desobedeceu o abade. Aconteceu que a histeria irrompeu na abadia na virada do milênio, houve tumulto e pessoas ficaram gravemente feridas porque o abade não soubera conduzir as coisas. Seu próprio pânico em relação ao milênio iminente tinha meramente inflamado o povo já impressionável. Assim, graças à desobediência premeditada de Winifred, suas irmãs e hóspedes foram poupadas.

Mas o que ela deveria fazer nesse caso? As questões não estavam claramente definidas. Ela ergueu os olhos para o relicário no altar, brilhando opacamente à luz de vela. O fardo de governar e cuidar de sessenta freiras, damas e pupilas, além de supervisionar diariamente as necessidades físicas e espirituais de rebanhos de peregrinos, não chegava nem à metade da responsabilidade que agora enfrentava pela sua reduzida família de onze pessoas.

Winifred vivenciara um momento de recriminação amarga: não se tratava realmente de fechar um lugar antiquado, pensava, porque com algum dinheiro e um pouco de organização, o Santa Amélia poderia se tornar auto-suficiente de novo. Tratava-se de mulheres chegando ao ocaso de sua utilidade, pois o que o abade queria era que Winifred começasse a treinar as noviças na pintura de iluminuras. "Deixe que Agnes e Edith dêem um descanso às suas mãos cansadas e aproveitem seus últimos dias em paz. Deixe que mãos mais jovens assumam o fardo do trabalho", ele tinha dito. E ela replicara que suas irmãs adoravam o trabalho e que afastá-las dele seria como roubar dessas mulheres a sua razão de viver. Mas o abade se recusara a ouvir.

Isto fez Winifred sentir-se velha e decadente, um refugo inútil, como uma agulha de costura quebrada. A idade de nada valia; a juventude era tudo. E como uma pilha de folhas mortas a ser varrida de modo a permitir que folhas novas e verdes brotassem do solo, ela e suas idosas irmãs seriam varridas.

Pela primeira vez em décadas, Winifred viu-se no limite do desespero. Aquele doce e humilde priorado havia sobrevivido a três séculos de tormentas, inundações, incêndios e até mesmo às incursões dos vikings. Agora ia ser derrubado por uma lasca de madeira!

Repentinamente temerosa de que seus pensamentos fossem sacrílegos — pois não era uma lasca de madeira qualquer que o novo convento abrigava! —, Winifred uniu as mãos e gritou:

— Ó abençoada Amélia, nunca vos pedi nada!

Era verdade. Enquanto as pessoas procuravam a santa pedindo favores, curas e respostas para desejos, Madre Winifred, zeladora da santa por quarenta anos, havia oferecido apenas preces de agradecimento. Mas agora tinha um pedido, e não era material. Não estava buscando alívio para dor física, nem aconselhamento sentimental nem um marido — o que pedia agora era orientação.

— Dizei-me o que fazer. — Quarenta anos de autocontrole finalmente desmoronaram. — Por favor, ajudai-me! — gritou, e fez algo que nunca fizera antes: precipitou-se sobre o altar e apertou contra o peito o relicário de prata.

Percebendo horrorizada o que tinha feito — o relicário nunca fora tocado nem com um espanador —, ela rapidamente recuou, murmurando desculpas e fazendo o sinal-da-cruz, e acabou prendendo o pé na bainha de seu hábito. Perdeu o equilíbrio, buscou um ponto de apoio, agarrando a toalha do altar involuntariamente, caiu e derrubou tudo consigo — flores, candelabros, relicário.

Bateu nos degraus de pedra com impacto doloroso, rolou, bateu com a cabeça e ficou momentaneamente sem sentidos. Quando sua cabeça clareou, um minuto depois, Winifred se descobriu caída apática nos degraus do altar, os olhos fixados no andaime acima, uma dor aguda no crânio. Quando tentou se mover, descobriu o braço direito preso debaixo de um peso.

O relicário. Que havia se quebrado.

E os ossos da santa jaziam expostos pela primeira vez em quase mil anos.

Winifred se pôs de pé e sussurrou "Mãe de Deus!", enquanto olhava horrorizada para as relíquias profanadas.

Seu coração batia desenfreadamente enquanto tentava pensar no que fazer. Tinha havido profanação? Haveria um ritual especial para a substituição dos ossos da santa? O abade. Tinha de contar imediatamente ao abade.

E então algo a deteve. Contendo o impulso de sair correndo da capela, Madre Winifred ajoelhou-se lentamente e olhou maravilhada para os delicados objetos esparramados nos degraus. Pareciam conchas, ou minúsculas pedras encontradas num riacho — frágeis e vulneráveis, havia um osso de dedo aqui, um esguio osso de braço ali. Para seu espanto, o esqueleto, em sua maior parte, estava completo, embora todo desconjuntado agora e se esfarelando. O crânio ainda estava ligado ao pescoço, o pescoço às omoplatas. As costelas tinham caído havia muito tempo e a pelve se desmanchara em centenas de pedaços. Mas agora o que lhe chamava a atenção era o pescoço, pois havia alguma coisa entre os ossos...

Chegou mais perto e forçou a vista à luz fraca da capela. Na base do crânio, onde as duas primeiras vértebras se uniam...

Seus olhos se arregalaram. Cambaleando, pegou a lamparina e a trouxe para perto dos ossos. Prendeu a respiração enquanto observava como a chama bruxuleante dançava sobre os ossos pálidos e captava o brilho mais estranho e minúsculo no interior deles.

Franziu o cenho, pois ossos não faiscavam.

Aproximou mais a lamparina e inclinou-se, estreitando os olhos, focalizando, detendo-se entre as duas vértebras. Uma aragem soprou através da capela, fazendo a chama dançar, o brilho ocorrer novamente. Era como a faísca que se vê quando se golpeia um sílex, pensou.

O que era aquilo?

Uma sensação soturna a percorria enquanto se ajoelhava solitária na capela silenciosa junto aos ossos de mil anos. Winifred teve de súbito a mais forte noção de que não estava mais sozinha. Olhou em torno e viu que a capela se achava vazia. Ninguém, *nada*, estava ali à espreita. Ainda assim, o cabelo sob sua touca agitou-se como se para se pôr de pé; sua nuca se arrepiava como se alguém respirasse sobre ela.

Havia alguém ali.

E então ela soube. Num átimo, na mais espantosa clareza mental que jamais vivenciara em sua vida: era Santa Amélia, despertada de seu longo sono pela violação de seus ossos.

— Por favor, perdoai-me — sussurrou trêmula, enquanto tentava pensar num modo de juntar os ossos e recolocá-los no relicário. Teria de ser feito do modo mais religioso e reverente possível — e sem que ninguém soubesse. Estava mais do que certa de que os ossos tinham sido destinados a ser vistos somente por ela e ninguém mais. Foi um sinal. Santa Amélia estava tentando dizer-lhe alguma coisa.

Quando a chama tremeluziu de novo e mais uma vez produziu um brilho entre os ossos do pescoço, Winifred estendeu a mão trêmula e, com a ponta do dedo indicador em riste, tocou cautelosamente a espinha seca e gredosa. As vértebras separaram-se, de tão velhas e ressecadas estavam. E enquanto elas caíam, como as metades de uma noz, expuseram um objeto tão estonteantemente maravilhoso que Winifred, com um grito, caiu para trás e bateu de nádegas no chão.

Entre os ossos cervicais de Santa Amélia estava a mais linda pedra azul que já vira.

Winifred a manteve consigo secretamente, escondida num bolso profundo de seu hábito. O cristal azul da garganta de Santa Amélia. Não contou a ninguém, depois de recolocar os ossos no relicário e devolvê-lo ao altar, pois precisava avaliar o mistério que desvendara. Por que o cristal estava ali? Como havia se alojado nos ossos cervicais da santa? E seria mesmo um sinal de Santa Amélia? O que mais poderia ser, porém? Os ossos ficaram lacrados no relicário por séculos, por mil anos, pelo que Winifred sabia, então por que haviam escolhido aquele momento para se revelar? A resposta era óbvia: depois da saída do abade, fora tomada por um desespero tão grande que poderia ter acreditado que o sol nunca mais despontaria. E portanto Amélia havia falado através do cristal azul.

Mas qual era a mensagem? Teria algo a ver com a mudança para o novo convento? Se assim fosse, Amélia lhe dizia para ir ou ficar? Nada jamais pesara tanto na mente e no coração de Winifred quanto esta nova rodada de eventos. As mulheres a ela subordinadas dependiam de sua correta tomada de decisão.

E eram tão desamparadas! Lá estava a pobre *Dame* Odelyn, idosa e paralítica, esperando junto ao poço que alguém chegasse para pegar-lhe água. Odelyn viera para o Santa Amélia havia muito tempo, quando uma incursão dos vikings acabara com toda a sua família. Jóias que herdara, escondidas no poço atrás da mansão, haviam custeado sua residência permanente no convento. Mas desde aquele dia em que tivera de descer ao poço para recuperar o tesouro ali escondido por seu pai, mal conseguindo fazer a descida, pois tinha acabado de rastejar de seu esconderijo e visto os cadáveres massacrados dos pais e irmãos, Odelyn ficara traumatizada. E havia ainda Irmã Edith, que estava tão esquecida que precisava ser conduzida toda noite ao *necessarium* porque sempre errava o caminho. E Agatha, cuja artrite era por vezes tão dolorosa que necessitava de ajuda para comer. A lista era interminável. Como poderia Winifred dizer a estas mulheres que iriam ser privadas da única vida que conheciam, de tudo que era reconfortante e familiar, para ser lançadas em um ambiente totalmente estranho?

Em busca da resposta para sua charada, ela focalizou-se no cristal azul. Tornou-se obcecada por suas cores e tentava recriá-las quando misturava pigmentos. Segurando a pedra semitransparente contra a luz ela via explosões de cores, faixas de azul-do-céu e centáurea-azul, lagos de safira, tanques de água-marinha. Mas a cor continuava mudando. Olhava para a pedra à luz do sol e da lamparina, durante uma tempestade ou ao crepúsculo, e via tons de anil, turquesa, azul-marinho, ultramarino, lápis-lazúli, índigo. Winifred estava fascinada pela cor e composição do cristal. A pedra não era inteiramente transparente, pois havia uma turvação no seu núcleo, um aglomerado de partículas que reluziam quando o sol incidia direto nelas. Prata esbranquiçada, assumindo uma forma diferente segundo o ângulo que fosse observada. Ela pendurou o cristal num fio fino e o deixou rodopiar lentamente à luz do sol. A substância-alma pareceu se mover e mudar. Era hipnotizante. Conforme Winifred observava, ela quase acreditava estar vendo o fantasma de uma mulher ali, chamando...

Ela gostaria de capturar isto em um pergaminho mas seria um milagre, pois onde iria encontrar tais azuis, tanta luz e transparência, nuanças líquidas como aquelas?

— Não tocou no seu desjejum — disse *Dame* Mildred com grande preocupação depois que as irmãs tinham saído da reitoria para o *scriptorium*.

Era incomum a frugal Madre Winifred não limpar seu prato; nem mesmo tomara o seu tônico matinal. Winifred acreditava na antiga e saudável prática de enxotar o inverno do sangue bebendo-se uma infusão de ervas da primavera. Desde os seus dias como uma jovem noviça, ela revitalizava anualmente o corpo ao tomar um chá feito de raiz de bardana, folhas de violeta, urtiga, mostarda, dente-de-leão, brotos de hemerocale, e cebola silvestre. O gosto era ruim, mas bastante revigorante.

— Você tem estado diferente desde a visita do abade.

Dame Mildred sempre fazia Winifred se lembrar dos pequenos cães fraldeiros que as damas preferiam, a espécie que podia ser carregada numa manga e que espiava com grandes olhos aquosos. Winifred suspeitava de que nada escapava à atenção de Mildred, especialmente sendo a sua função tão crucial para o convento. As irmãs a procuravam com suas aflições e padecimentos, pedindo-lhe linimentos, tônicos, curas e alimentação fortificante. Mildred era uma mulher pequena, porém mais enérgica para todo o seu tamanho do que o desajeitado abade.

— As notícias dele foram tão ruins? — pressionou Mildred.

— Não teremos nosso telhado consertado este ano — disse, por fim, Winifred.

Não era toda a verdade, mas também não era mentira. Ela ainda não dera as más notícias às irmãs, querendo orar primeiro. Ganhara um pouco de tempo ao dizer ao abade que suas freiras não conseguiriam trabalhar nos manuscritos mais recentes se soubessem da iminente transferência para o novo convento, e assim ele lhe concedera um período de dois meses, decorridos os quais a mudança aconteceria. Nesse meio-tempo Winifred analisava o milagre e o mistério do cristal azul e tentava descobrir sua mensagem.

Deixando *Dame* Mildred com uma expressão de ceticismo no rosto, Winifred seguiu para o *scriptorium* onde as irmãs já estavam a postos, silenciosas e reverentes, criando cenas bíblicas de cor tão gloriosa e vibrante que seriam o assunto da Inglaterra. Os pigmentos eram o segredo da criação das notáveis iluminuras. Quão boa, afinal, era a perícia do artista quando tinturas inferiores eram usadas? Mas agora o seu estoque era baixo, e o que restava era de má qualidade. Winifred tentara extorquir algumas moedas do abade para a compra de novos suprimentos, mas ele recusara o pedido, sabendo que a madre operaria milagres com o pouco que tinha, tal como sempre fizera no passado.

Winifred pensava agora no anel novo que ela não deixara de notar na mão do abade. Um presente de um patrono da abadia, sem dúvida. O valor daquela jóia poderia suprir as freiras por um ano de pigmentos da melhor qualidade, talvez até ela pudesse comprar malaquita com a qual criaria verdes empolgantes. Mas ela e suas irmãs deviam estar satisfeitas em obter verdes de espinheiro e amora e, se realmente pressionadas, das bagas de madressilva e folhas de erva-moura. Provavelmente teriam que recorrer ao suco de íris, que era um processo delicado exigindo paciência e habilidade. As flores azul-escuro não pareciam ser uma fonte provável de verde, pois a cor apurpurada que precisava ser primeiro espremida não era prometedora. Mas assim que ela foi combinada com alume, um claro e lindo verde apareceu. O segredo, Winifred sabia, era remover todo o pólen.

Era correto o abade, com seu belo anel, obrigar as irmãs a tanto trabalho extra?

E estava claro que este ano iam ter de produzir seus amarelos a partir de casca de macieira. Se ao menos ela pudesse conseguir açafrão! O açafrão era o elemento indispensável para imitar o ouro. Uma pitada de açafrão seco num prato, coberto com clara de ovo e posto para ferver, produzia um amarelo forte, lindamente transparente. Winifred gostava de usar este açafrão vítreo para causar um efeito ornamental de pena em volta de iniciais coloridas, para molduras imitando ouro de painéis ilustrativos em livros, e para esmaltes e toques dourados em linhas de escrita em vermelho e preto.

Mas não tinham nenhum açafrão, ao passo que o abade possuía um lindo anel de rubi!

Ela quase gritou de frustração e desespero. O abade esperava que ela fizesse o melhor com seus parcos recursos e agora ia ter de ensinar tudo que sabia às jovens freiras! Não apenas a desenhar, pintar ou fazer pigmentos, mas também a comprar os ingredientes e impedir que fossem fraudadas. O abade não via que durante este processo de aprendizado as discípulas iriam produzir iluminuras muito pobres? Não podia ele prever que a reputação de seus livros seria prejudicada até que a habilidade das noviças alcançasse o nível de excelência das próprias irmãs que ele estava determinado a aposentar? Sua falta de antevisão a enfurecia. Típico da maioria dos homens, pensou amargamente, o abade só pensava no presente. As mulheres que se preocupassem com o amanhã.

— Madre Winifred! — soou a voz de *Dame* Mildred enquanto entrava apressada no *scriptorium*, as sandálias produzindo sons nas pedras do pavimento. — O mascate cigano está aqui! O Sr. Ibn-Abu-Aziz-Jaffar!

A alegria de Winifred foi instantânea.

— Deus seja louvado! — gritou ela. Por certo era outro sinal de Deus: justamente quando estavam mais carentes de suprimentos, o Todo-Poderoso trazia o vendedor de pigmentos até sua porta. — As bênçãos de Deus, Sr. Jaffar! — saudou ela, enquanto corria pela trilha com os véus negros se agitando a sua volta.

— O mesmo lhe desejo, cara senhora! — saudou ele de volta, tirando o chapéu da cabeça e inclinando-se com uma elegante mesura.

Um homem de origem estrangeira com pele azeitonada e barba prateada aparada rente, o mascate sempre saudava a prioresa de um modo que a fazia se lembrar de cortes e reis. Jaffar usava um manto adornado com estrelas e luas; seu chapéu era acolchoado e orlado com franjas. Era alto e imponente, e embora a madre o situasse com quase sessenta anos, ele conservava as costas retas e os ombros aprumados. Seu velho cavalo puxava uma carroça das mais curiosas, pintada com símbolos celestes, signos zodiacais, cometas, arcos-íris, unicórnios e olhos amplos que tudo viam. O mascate era amplamente conhecido como um fornecedor de sonhos e magia, poeira de estrelas e esperança. As pessoas gostavam do modo como o nome dele — Ibn-Abu-Aziz-Jaffar — rolava de seus lábios; as crianças seguiam sua carroça, entoando o seu nome, fazendo com que esposas saíssem de suas cabanas. Na realidade ele era Simão, o Levita, e era um judeu. Ele dizia a todo mundo que era dos "confins da Arábia, mas de fato tinha nascido em Sevilha, Espanha. Para seus fregueses ele era um cigano-cristão, mas sob o manto comprido usava um xale com borlas e à noite, quando estava sozinho, recitava "Ouve ó Israel". Simão não escondia sua identidade por causa do preconceito local (a perseguição aos judeus só irromperia plenamente na Europa 300 anos depois, quando a Peste Negra teria de ser atribuída a *alguém*), mas porque descobrira que gostava de representar a *persona* exótica e da notoriedade resultante disso. Ele gostava de vender mistério e ilusão; deliciava-se ao ver os rostos das crianças iluminados com sua magia e prestidigitação, pois o próprio Simão era jovem de coração. Tinha chegado à Inglaterra por acidente num navio que se dirigia a Bruges e que acabara perdendo o rumo. Ao descobrir que ele era diferente — em sua terra natal era simplesmente igual a todo mundo, mas aqui era diferente, único —, decidiu ficar, pois havia lucro em ser diferente. Levava uma vida solitária, fazendo um circuito anual de ida e volta entre Londres e a Muralha de Adriano, e sonhava com o dia em que se recolheria a sua pequena cabana e aposentaria o velho cavalo Seska, seu fiel companheiro havia quinze anos.

O Sr. Ibn-Abu-Aziz-Jaffar possuía porém uma fraqueza que em mais de uma ocasião quase resultara em sua ruína: ele adorava mulheres. Fossem jovens ou velhas, gordas ou magras, lentas ou ágeis, ele encontrava alegria e mistério maravilhosos em cada mulher que conhecia. Às vezes especulava se isto era porque procedia de uma família de oito irmãos homens. Mulheres eram uma dádiva de Deus aos homens, declarava, a despeito do que a Torá dizia acerca de Lilith e do desastroso envolvimento de Adão com ela. Simão adorava a maciez e o cheiro delas, seus humores inconstantes, como podiam às vezes ser mais fracas do que os homens, outras vezes mais fortes. O seu feroz instinto maternal. Seus sorrisos provocantes. E o cabelo longo — oh, como adorava o cabelo longo delas! Embora Simão já estivesse entrado em anos, não era tão velho a ponto de não gostar de um aperto firme, seios fartos e um coração cálido. Ele nunca forçou ou assumiu compromisso com uma mulher: ou ela vinha de livre e espontânea vontade ou então nada feito. Mas as mulheres em toda parte ficavam intrigadas com os forasteiros e imaginavam nos seus corações abençoados que um homem vindo de tão longe devia saber mais sobre a arte do amor do que as sobras locais. E a verdade era: ele sabia.

Ele viajava só e raramente era abordado, pois mesmo os salteadores respeitavam o curador e eles próprios às vezes necessitavam do tolo, ou adivinho. Embora as pessoas não os soubessem ler, os símbolos pintados nas laterais da carroça anunciavam suas habilidades como alquimista, adivinho, dentista, mágico. Ele comerciava tudo — botões, alfinetes, dedais e fio, poções e ungüentos, garrafas e colheres — com uma exceção: não negociava relíquias e bens religiosos. Pois Simão, o Levita, pertencia àquela mais rara das estirpes: era um mascate honesto. Portanto, deixava a venda de cabelos, dentes e ossos de santos para os charlatães e sacerdotes, e às vezes achava que não havia nenhuma diferença entre ambos. Também tinha sua própria opinião sobre a lasca da cruz de Cristo que estava abrigada no novo convento estrada acima, pois já encontrara outras lascas semelhantes em suas viagens pela Espanha e França e ouvira falar de outras pela Europa e na Terra Santa, e decidiu que os cálculos mentais de qualquer idiota revelariam que todas as pretensas lascas da Vera Cruz, se colocadas uma em cima da outra, alcançariam a lua.

Ele lembrava-se da loucura que acometera a Inglaterra 22 anos antes, quando uma coisa chamada milênio deveria ter ocorrido. Isto intrigou Simão, pois não havia nenhum marco de mil anos segundo o calendário judaico, nem segundo o calendário de seus irmãos de raça, os muçulmanos, que contavam seus anos a partir do tempo de Maomé. Aquilo significava que apenas um terço do mundo ia acabar enquanto o resto continuaria como antes? Tudo resultou numa questão discutível, pois a meia-noite fatal veio e se foi sem incidentes, e agora os padres declaravam que era no próximo milênio — mil anos a partir daqui, no impossível de imaginar ano 2000 — que Jesus e seus anjos desceriam à terra.

À medida que viajava pela zona rural inglesa, Simão era muitas coisas, mas toda vez que parava no priorado de Santa Amélia, perto do rio Fenn, ele era o Simão autêntico. Admirava a prioresa e sabia que ela podia ver através de sua simulação e reconhecia e respeitava sua sabedoria e erudição. E assim ele tirava o chapéu franjado e livrava-se do bastão e gestos místicos. Mas conservava o manto de mágico por achar que lhe emprestava dignidade.

Já fazia um ano desde que passara por aqui, e a decadência do lar das freiras o deixou alarmado: os muros desmoronando, os campos sem cultivo, a ausência de gansos ou galinhas, ervas daninhas crescendo sobre a trilha que uma vez tinha sido aplainada pelos pés dos peregrinos. Ele soubera que o novo convento estava crescendo em popularidade, mas não havia imaginado que a abadia próxima abandonaria aquelas mulheres a tal ponto. Por certo o abade gordo podia ver que as devotas irmãs precisavam de comida na mesa e cerveja nas taças.

Quando Winifred viu o sorriso de dentes alvos no rosto azeitonado, deu-se conta de que sentia-se muito feliz em rever o Sr. Jaffar. Winifred era muito pouco mundana, tendo nascido a trinta e dois quilômetros do priorado e nunca em sua vida viajado por uma distância maior do que esta. Ela sabia um pouco de latim e tinha lido a Bíblia, mas a extensão de sua leitura parava por aí. Winifred e suas irmãs nada conheciam do mundo, apenas o que ouviam dos peregrinos e viajantes. E como ambos haviam parado de vir ao Santa Amélia, as visitas do Sr. Ibn-Abu-Azziz-Jaffar eram por demais preciosas, pois o mascate itinerante trazia sempre novidades e mexericos.

Ele era um homem estranho, quase repelente em seu exotismo, embora possuidor de uma personalidade curiosamente intrigante. Tivesse ela se permitindo tais pensamentos mundanos, notaria que ele era muito bonito. Embora desconfiasse de que não fosse cristão, sabia que tinha o mais alto respeito por Deus. E às vezes dizia as coisas de maneira tal que acendiam pequenas velas em sua mente. Jaffar era diferente dos outros mascates que por ali passavam. Aqueles eram homens imundos, desonestos e grosseiros, ao passo que o Sr. Jaffar era limpo e gracioso, com um encanto estranho. Acima de tudo, era confiável.

No passado, outros mercadores de material de pigmento a haviam trapaceado. Azurita barata era fácil de passar como um caro lápis-lazúli. Para ser identificadas, as pedras tinham de ser aquecidas ao rubro: a azurita ficava preta, o lápis-lazúli permanecia inalterável. A azurita era comprada em pó, e havia trapaceiros que misturavam areia ao pigmento moído para aumentar o peso de venda e isto arruinava a coloração. Da mesma forma, mercadores desonestos punham o melhor azul no topo do saco e a parte de qualidade inferior no fundo. Mas não o Sr. Jaffar, que agora abria uma caixa ao lado de sua carroça e exibia uma tal riqueza de material de pintura que ela olhou como se fossem travessas de comida num banquete.

— O bom Deus o trouxe no momento mais propício, Sr. Jaffar, pois minhas irmãs e eu estamos necessitadas de suprimentos novos. Estamos desesperadas por amarelos.

Para seu júbilo, ele mostrou cálculos biliares.

Winifred enfiou a mão num bolso profundo e pegou o globo cheio de água que usava para amplificar seu trabalho. O Sr. Jaffar uma vez tentara lhe vender uma nova invenção de Amsterdam — vidro polido que chamavam de lente —, mas ela desistira da compra pelo seu elevado preço. Enquanto Winifred examinava os cálculos biliares através do globo, Simão pensou: aí residia o verdadeiro dom da mulher, pois Winifred era mais do que simplesmente talentosa em desenho e pintura, ela possuía o mais fantástico senso de cor. Sob os dedos ágeis e olhos argutos, o mais prosaico dos elementos ganhava a coloração mais gloriosa em toda a criação de Deus. Era só pegar o pigmento conhecido como verde-seiva, um substituto para o verdete, que era raro e muito mais caro. O verde-seiva era feito de bagas maduras de sanguinheiro misturadas com alume e deixado a se espessar por evaporação. O resultado era um verde-oliva transparente e rico. Embora outros mosteiros já tivessem dominado a cor, a perícia de Winifred residia em durabilidade criativa. Normalmente, o verde-seiva não durava muito, o que ficava evidente na pobre qualidade de manuscritos com apenas décadas de idade. Madre Winifred, contudo, conhecia o segredo do espessamento correto do suco, mantendo-o depois em uma bexiga como um denso xarope, em vez de deixá-lo secar. Quando usado desta forma num manuscrito, a cor não só era bonita de se ver mas também durável.

Enquanto Winifred examinava os pós e minerais, a metária-prima que iria criar animais vivos numa página, Simão a observava detidamente e achava que ela parecia diferente hoje. Havia sombras no seu rosto, correntes perturbadoras nos seus olhos. Ele sempre considerara a prioresa uma criatura plácida, se não um tanto séria e sem humor. Jamais a considerara capaz de sentir-se inquieta.

Winifred escolheu cuidadosamente o que ia comprar.

— Estou sem dinheiro no momento — disse. — O senhor vai permanecer na vizinhança por alguns dias, como é o seu costume, não?

Ele alisou o bigode impecavelmente aparado e pensou sombriamente. Ficou evidente para Simão que a prioresa possivelmente não poderia ficar com os artigos que havia escolhido. Como iria pagar? Não obstante, não queria embaraçá-la levantando a questão — Simão conhecia muito bem como era importante a pessoa manter seu orgulho. Se ao menos ela pudesse pagar com um ou dois de seus livros de iluminuras! Em Londres já lhe haviam perguntado se poderia obter manuscritos de Portminster. Um único livro de Winifred e ela poderia ter todos os pigmentos que desejasse. Mas ele sabia que a madre não pagaria com um manuscrito, pois acreditava que eles pertenciam ao abade.

— Muito bem, cara dama, concluiremos nossa transação daqui a três dias.

Ele imaginou que agora seria convidado para uma cerveja e talvez um bolo e, erradamente, tomou a hesitação dela como se significando que estivesse pensando a mesma coisa. Em vez disso, para sua surpresa, ela perguntou se ele, sendo um alquimista, poderia avaliar um objeto um tanto estranho que viera a cair em seu poder.

Esperando por um dente de santo ou um trevo-de-quatro-folhas, Simão ficou atônito quando ela entregou-lhe um cristal azul que era tão profundo e azul quanto o mar Mediterrâneo. Ele o farejou e sussurrou um juramento na sua língua nativa, depois aproximou o cristal de seu olho arguto e o examinou detidamente.

Simão mal podia falar, tal a beleza da pedra. Numa época em que era considerado danoso cortar uma gema, pois acreditava-se que isto destruiria a magia da pedra, raramente se via um cristal de transparência tão clara. Simão vira apenas uns poucos — ele já tinha sido lapidador de diamantes e mal podia acreditar que tão nebulosa peça de cristal pudesse abrigar tamanho brilho interior. Ainda assim esta pedra parecia não-lapidada, pois estava lisa e tinha uma vaga forma ovóide, apenas levemente mais larga do que um ovo de papo-roxo, porém de um azul mais espetacular. Poderia ser água-marinha? Certa vez ele tinha visto uma esmeralda das minas de Cleópatra. Aquela também havia sido lapidada e ofuscava a vista com seu brilho. Mas não, esta não era tão verde nem tão pura no núcleo quanto a esmeralda.

Embora não conseguisse identificar a pedra, sentia que possuía grande valor.

— Conheço um homem em Londres — disse Jaffar —, um comerciante de gemas.

Winifred tinha ouvido sobre Londres. A maioria das pessoas possuía escasso conhecimento do mundo além de poucos quilômetros em qualquer direção a partir de onde viviam; poucos sabiam da existência de outros países e sua única familiaridade com estrangeiros era saber que os vikings, que certa vez tinham flagelado a Inglaterra, eram demônios do além-mar. Mas Winifred sabia que Londres era uma cidade do sul, um próspero centro de comércio onde vivia o rei.

— Londres é o lugar perfeito para vender semelhante gema — continuou Jaffar.

— Vender!

— Ora — disse ele, devolvendo-lhe a pedra —, não era isto que queria me pedir?

— Vender a pedra de Amélia? — replicou ela, como se o mascate houvesse acabado de lhe pedir para cortar o braço. E então prevaleceu o bom senso. — Ela é assim tão valiosa?

— Minha cara prioresa, eu poderia conseguir-lhe uma fortuna por esta pedra. Sua singularidade valeria um resgate em ouro.

Winifred arregalou os olhos e sua mente prática subitamente zumbiu com novos pensamentos e planos. Com um resgate em ouro ela poderia consertar o telhado, reforçar os muros, providenciar camas novas e depois talvez plantar algumas safras e comprar umas poucas cabras, contratar mão-de-obra local para ajudar a tornar o convento auto-suficiente de novo, atrair novas noviças e damas com suas doações e o patrocínio de suas famílias. Instantaneamente, no ofuscante lampejo azul de um cristal, Winifred viu um novo futuro brilhante para o Santa Amélia.

E então franziu o cenho.

— Devo consultar o abade.

— Ele decide o que fazer com a pedra?

— O abade nem sabe ainda que ela existe.

O Sr. Ibn-Abu-Aziz-Jaffar alisou a barba.

— Hum — murmurou, e Winifred leu o significado do resmungo.

— Eu *deveria* contar ao abade — disse ela em tom não muito convincente. — Não deveria?

Ele perguntou como ela obtivera aquela gema e quando ela contou, Simão, o Levita, disse:

— Na minha opinião, minha cara prioresa, esta gema foi dada apenas à senhora. Como um presente da santa. — Quando ela mordeu o lábio em incerteza, Simão disse seriamente. — A senhora foi apanhada num dilema.

Ela inclinou a cabeça velada.

— Sim, fui.

— Um dilema entre fé e obediência.

— Sinto que Deus está tentando me dizer alguma coisa. Mas Ele disse ao abade exatamente o oposto. Como vou escolher?

— Cabe à senhora decidir. Deve olhar dentro de seu coração e ouvir o que ele está dizendo.

— Refiro-me a Deus, não ao meu coração.

— Não são a mesma coisa? — Ele perguntou mais sobre o cristal, especificamente como ela achava que se alojara nos ossos cervicais da santa. Winifred então contou-lhe como Amélia comandara seu próprio coração a parar antes que as autoridades pudessem torturá-la para que denunciasse os outros cristãos.

— Nesse caso — continuou ele — pareceria, se esta pedra está passando uma mensagem, como a senhora crê, que a mensagem é para ser seguida a seu próprio critério.

O rosto dela se iluminou.

— É este o meu pensamento! — E de repente estava contando-lhe acerca do seu sonho de pintar um retábulo para Santa Amélia.

— E o que mais a perturba — disse o sábio forasteiro — é que, se for viver no novo convento, terá de abandonar este sonho.

— Sim — arfou ela. — Sim...

— Nesse caso, deve ouvir seu coração.

— Mas Deus se manifesta por intermédio do abade. — Quando o mascate nada falou e ela percebeu o ceticismo no rosto dele, apressou-se em acrescentar: — Sr. Jaffar, estou desconfiada de que não seja cristão.

Ele sorriu.

— Desconfiou corretamente.

— Não há sacerdotes na sua fé?

— Não como os seus. Temos rabinos, porém eles são mais conselheiros espirituais do que porta-vozes de Deus. Acreditamos que Deus nos ouve e nos fala diretamente. — Ele quis acrescentar que o Senhor crucificado de Winifred havia sido um rabino, mas decidiu que não era hora nem lugar para abordar semelhante tópico. Preferiu dizer: — Estarei acampado no riacho por alguns dias enquanto visito as fazendas das redondezas, após o que seguirei para Portminster. Antes de eu partir, poderá me contar sobre sua decisão. E espero, cara prioresa, que seja a decisão certa.

◆ ◆ ◆

Madre Winifred decidiu ir sozinha à abadia. Embora as integrantes de sua ordem costumassem viajar em duplas ou em grupos, esta era uma viagem que ela sabia que deveria fazer sozinha. Ainda não havia transmitido as más notícias às outras, embora as ordens do abade fossem para deixar o Santa Amélia o mais cedo possível. Talvez ela o tivesse feito sem hesitar não fosse o incidente com o relicário e a descoberta do cristal azul. Mas o incidente *tinha* ocorrido, e ela *estava* de posse do notável talismã de Santa Amélia, e agora sentia a compulsão de conferir com o abade o que fazer em seguida.

Ela havia rezado a noite inteira e, apesar de não ter dormido, sentia-se estranhamente revigorada. Seus pés pisavam firmes ao tomar a trilha que saía do convento, resolução e espírito fortes, pois levava consigo o cristal azul de Santa Amélia.

Quando chegou à alameda principal, Winifred viu que afinal não ia fazer a viagem sozinha. Juntou-se a um grupo de peregrinos que se dirigia ao convento da Vera Cruz — *eles haviam passado direto pelo Santa Amélia.*

— Temos de chegar ao convento ao meio-dia — explicou o líder. — É a hora em que as irmãs põem a mesa. Disseram-me que hoje teremos nossa fartura de cordeiro e pão. — Então viu o hábito de Winifred e, alma obtusa que era, percebeu por fim a sua identidade. Enrubescendo, disse sem jeito: — Não quisemos incomodar as boas irmãs do Santa Amélia, sendo os maltrapilhos que somos. — E seguiu para a dianteira do grupo, onde podia se livrar de seu embaraço.

Encontraram mais pessoas na estrada: fazendeiros levando sua produção para a feira de Portminster, cavaleiros acompanhados de seus guardas, damas em liteiras acortinadas. A estrada serpenteava através de florestas de olmos, pilriteiros e faias, onde ravinas se abriam subitamente para revelar canteiros de campainhas e córregos se reunindo em laguinhos escuros salpicados de sol. Trilhas conduziam da estrada para casas de fazenda e campinas onde ovelhas pastavam. E vez por outra encontravam calçamentos de pedra com manufatura antiga, fazendo-os lembrar que legiões romanas haviam passado por ali. E em meio a toda aquela gente, e às cores da primavera, inalando o ar florestal animado pelo canto matinal dos pássaros, Winifred sentiu a confiança aumentar. Estava fazendo a coisa certa, muito embora, caso tivesse sabido, o abade a acusaria de desobediência.

Os mais velhos no grupo falavam dos vikings, demônios altos e de barbas amarelas que usavam capas vermelhas sobre cotas de malha, e eram notórios por combater com um frenesi sedento de sangue, como lobos enlouquecidos. As lembranças dos vikings davam a estes anciãos uma espécie de prestígio, pois fazia trinta anos desde a decisiva Batalha de Maldon, quando os dinamarqueses, com a ajuda do mais temido rei viking, Olaf, derrotaram os anglo-saxões e assolaram a Inglaterra. E muito embora a derrubada do Rei Ethelred pelo dinamarquês Rei Sweyn, alçando o dinamarquês Canuto ao poder, fosse de memória mais recente, os mais novos no grupo viajante não tinham nenhuma experiência com tal temor. Embora ainda corressem rumores de ataques aqui e ali por vikings que se recusavam a aceitar a nova paz com a Inglaterra, o terror constante dos últimos cem anos acabara afinal. A Inglaterra aprendera a dormir tranqüila à noite, e o verso "Que o bom Senhor nos livre da fúria dos nórdicos" tinha sido retirado da litania.

Chegaram a um poste sinalizador com a seta "Portminster" apontando direto à frente, outra estava voltada para a esquerda, apontando uma estreita alameda, marcada "Mayfield", e a terceira seta, mais nova, indicava à direita e dizia "Convento da Vera Cruz". Não havia sido intenção de Winifred visitar o novo convento, embora ela descobrisse seus pés voltando-se para esta nova alameda, com o grupo de peregrinos, cujo tópico da conversa havia mudado para o que os aguardaria na mesa das freiras.

Vislumbraram os muros através das árvores, e a primeira coisa que Winifred ouviu foi o som de risos. Risos femininos, vindo do convento.

E a seguir ouviu vozes — chilreando, cacarejando, como galinhas excitadas. Franziu o cenho. Como alguém poderia se concentrar em questões espirituais com todo aquele barulho? Enquanto atravessavam a campina externa, ela parou e olhou: duas jovens em trajes de noviças estavam jogando uma bola uma para outra, rindo, seus hábitos esvoaçando indecentemente à brisa. Uma terceira estava atiçando um cachorrinho com um osso, fingindo arremessá-lo e depois rindo quando ele corria para buscá-lo. Duas outras noviças estavam em escadas apoiadas em macieiras, as saias arregaçadas, colhendo frutos e gritando alegremente uma para outra. Atravessando os portões principais e entrando no pátio interno, Winifred ficou atônita ao encontrar um mundo ativo de comércio em funcionamento, com peregrinos, gente da cidade, damas hóspedes e freiras, todos se misturando. Quiosques de madeira tinham sido erguidos para a venda de bugingangas de convento — emblemas bordados para que os peregrinos provassem ter visitado o santuário, frascos de água benta, contas de rosário, estátuas, simpatias para boa sorte, doces e pães — e com as freiras envolvidas no comércio!

Enquanto passava pela multidão que se assemelhava a uma feira de aldeia, seu choque inicial virou preocupação. Nada havia de pio neste lugar, nenhuma dignidade ou decoro. O abade lhe assegurara que estas irmãs seguiam a Regra de São Benedito, mas Winifred não via nada de modéstia, pobreza, humildade ou silêncio aqui.

Quando subia os degraus para a casa do capítulo, uma certa ironia a acometeu: que riqueza atraía riqueza. Enquanto parecia óbvio a qualquer observador casual que era o convento de Santa Amélia que estava terrivelmente necessitando de dinheiro, os gastos do abade eram desperdiçados neste novo convento, fundado por um barão rico que não media despesa. Os pomares fora dos muros! Winifred pressionou a mão contra o estômago roncando como se para acalmar uma criança petulante. Chegou a pensar em roubar algumas maçãs e levá-las para suas irmãs famintas.

O interior da casa do capítulo era igual ao lar de um homem rico, com candelabros de prata, bela mobília e tapeçarias nas paredes. E quando a Madre Rosamund chegou para recebê-la, Winifred sentiu um segundo choque.

Era isto que diziam ao povo: quando o dinamarquês Canuto tornou-se o rei de toda a Inglaterra, Oswald de Mercia induziu outros ingleses a declarar sua aliança a ele. Por isto ele foi recompensado com terras no condado de Portminster. E quando Canuto, no seu zelo para tornar-se "o mais cristão dos reis", anunciou sua intenção de construir novos mosteiros, Oswald requisitou o privilégio de construir um convento em honra de seu novo suserano. O que convenceu o conquistador dinamarquês foi o relato que Oswald fez de uma história sobre o ano em que viajou até Glastonbury, para onde, segundo diziam, José de Arimatéia tinha trazido o Cálice Sagrado de Cristo. Lá chegando e acampando uma noite ao longo da estrada, Oswald teve um sonho no qual a localização de uma preciosa relíquia lhe foi revelada. No fundo de uma caverna estava um cofre de ferro contendo uma peça da cruz de Cristo, enterrada ali pelo próprio Arimatéia. Oswald a trouxera para abrigá-la na capela de sua família. Aconteceu que a filha mais velha de Oswald, Rosamund, era devotamente religiosa e havia orado, durante as batalhas entre os dinamarqueses e ingleses, pela vitória dinamarquesa por sentir que era vontade de Deus — ou assim disse Oswald. Por causa das preces da filha, e da peça da Vera Cruz, Canuto graciosamente permitiu a fundação do novo convento em seu nome.

Assim dizia a história. Mas a verdade era: Oswald de Mercia, um covarde até a medula, foi lutar ao lado do rei inglês Ethelred quando viu o rumo que a guerra estava tomando. Assim ele trocou de lado, voltando para seus camaradas ingleses. Quanto a sua filha Rosamund, ela não era lá tão religiosa e detestava os homens. Preferindo a companhia de mulheres, ela se recusava a casar, não importando o quanto o pai a ameaçasse ou subornasse. Ela também queria poder. Assim, ele achou a solução perfeita: deixá-la dirigir um convento. Não poderia ser um convento qualquer, mas um que tivesse prestígio e importância. E que melhor meio de dar prestígio a uma instituição do que depositando uma relíquia muito importante dentro de seus muros — e o que poderia ser maior do que a cruz na qual tinha morrido o próprio Cristo? Claro que não houve nenhuma visita a Glastonbury, nem sonho, nem caverna, e nenhum cofre de ferro contendo a Verdadeira Cruz. O relicário no altar da capela do novo convento não continha nada mais do que ar.

Winifred agora via-se frente a frente com a prioresa do convento que estava levando o Santa Amélia à ruína. Madre Rosamund era espantosamente jovem. Não teria mais do que seis anos na ordem. Levaria quase trinta anos antes que pudesse obter o posto de prioresa. Um cacho extraviado do lindo cabelo ruivo tinha escapado de dentro da touca de Rosamund, e Winifred teve o pensamento maldoso de que fosse de propósito. Ela imaginou a fútil jovem diante de um espelho e escondendo debaixo do tecido branco engomado uma agulha de costura só para puxar o cacho perfeito. O mais chocante de tudo, porém, eram as mãos da jovem mulher — elas estavam por todo o lugar, como borboletas frenéticas atadas por fios aos seus punhos. Agitavam-se para cima e para baixo, para dentro e para fora, suas mangas caindo para expor os braços até os cotovelos! Estava claro que Rosamund não tivera nenhum treinamento formal na disciplina beneditina. E se assim fosse, então como poderia ela, como prioresa, treinar suas irmãs?

O coração de Winifred estava pesado. Como iria ensinar àquelas garotas frívolas a arte da iluminura sagrada? Simplesmente não poderia. Iria, sim, dizer ao abade que este novo convento era uma afronta à ordem e que ele deveria intervir pessoalmente e restaurar a disciplina. Winifred não se importava com o quão rico fosse o pai de Rosamund; este convento era uma ofensa a Deus.

— Minha cara Madre Winifred, como deve estar ansiosa por usufruir seus anos de descanso depois de tanto servir a Deus. Despir o manto de prioresa para ser de novo uma freira.

Winifred olhou para ela. Do que aquela garota estava falando? E então tudo lhe ficou claro como o cristal azul da pedra de Amélia: claro que não poderia haver *duas* prioresas num convento! Uma vez que o abade nada dissera a respeito, era óbvio que esperava que Winifred fizesse a dedução lógica. Mas mesmo assim ela chegou como um choque. Ela perderia o seu título e seria reduzida de novo a uma freira comum, e obrigada a reportar-se como "madre" a uma garota jovem o bastante para ser sua neta — isto era inimaginável!

— Não que vá deixar de ter responsabilidades! — acrescentou suavemente a jovem. — Minhas meninas estão ansiosas para aprender a pintar aquelas adoráveis iluminuras!

Winifred balançou a cabeça. Rosamund fazia a coisa parecer uma brincadeira de criança.

— Há algo mais nisto do que simplesmente pintar retratos — respondeu. — Terei de ensinar a feitura de pigmentos, seu uso adequado...

— Oh, mas meu pai vai nos fornecer tintas! As mesmas tintas que são usadas em Winchester! Ele as trará a cada mês especial!

Winifred sentiu os ossos congelarem. Usar pigmentos que já tinham sido misturados por outros?

— Mas sempre comprei minha matéria-prima do Sr. Jaffar — disse num tom que pareceu quase de súplica.

— Não fazemos negócio com ele — disse Rosamund com indisfarçado desprezo. — Ele ofendeu meu pai. Aquele patife está proibido de pôr os pés em nossa propriedade. E isto se estende por todo o caminho da estrada principal.

Winifred sentiu o chão tremer sob os pés. Os cantos da sala ficaram indistintos. Estava a ponto de desfalecer com o choque do que acabara de transpirar. Não mais ser a prioresa, não mais ter controle sobre a manufatura dos pigmentos, que era a sua própria razão de viver. E agora mais essa: nunca mais ver o Sr. Jaffar!

Enquanto Rosamund escoltava sua convidada num giro pelo novo convento, alegremente apontando todos os maravilhosos luxos e amenidades, Winifred mal ouvia uma palavra. Caminhava com a dificuldade de uma mulher que havia subitamente envelhecido vinte anos. Sua cabeça balançava de pesar, decepção e choque. Mas enquanto era conduzida de um cômodo a outro, através de um jardim enclausurado e descendo alamedas de piso de laje, o choque se transformou em percepção, até que seus olhos gradualmente se abriram e perguntou a si mesma: Como podia ter pensado que ela e suas irmãs nunca se mudariam para este lugar?

Era um outro mundo, um mundo maravilhoso. Cada quarto de hóspedes tinha seu *necessarium* exclusivo — um pequeno *closet* construído fora da parede externa com um cano levando os dejetos para uma fossa abaixo. Que luxo, não ter de se arrastar penosamente sob qualquer tempo quando a natureza pedia! Havia amenidades só encontradas nos lares da nobreza rica: velas marcadas para assinalar o tempo, lanternas de chifre de boi transparente, pisos recém-varridos cobertos com ceras de aroma doce. E mais luxos: no pátio atrás da cozinha, criados contratados ferviam trajes, lençóis e roupas de baixo numa tina de madeira contendo uma solução de cinzas de lenha e soda cáustica. Garotas trabalhavam numa horta, mulheres alimentavam bandos de galinhas e gansos gordos. Um velho contratado fabricava barras de sabão perfumado.

A cozinha era cinco vezes maior que a do Santa Amélia e suas despensas plenamente abastecidas ainda cheiravam a madeira e cal frescos. Os olhos de Winifred se arregalaram à visão da refeição do meio-dia: um presunto inteiro, tiras de bife malpassado, pão crocante, barris de cerveja e vinho. Quando Rosamund lhe serviu um generoso prato, Winifred alegou que tinha comido bastante antes de sair do Santa Amélia, mas, sem querer ofender, ela levaria a comida para o convento para consumi-la à noite. Na verdade, pretendia dividi-la com as outras, que havia muito não provavam uma iguaria.

Foi depois levada à capela principal onde os peregrinos — cavaleiros e mendigos, nobreza e clero, doentes e aleijados — esperavam em fila para orar diante do magnífico santuário da Vera Cruz. Esta igreja tinha algo que a sua própria capela não possuía: uma janela de vitral. E quanto ouro! E quantas velas, todas brancas e retas. Tudo para reverenciar um pedaço de pau, enquanto os ossos de uma mulher de verdade, martirizada em nome de sua fé, estavam abrigados em lugar simples onde as velas eram atarracadas e cheiravam mal. Winifred não se sentia amarga em relação a este contraste, apenas triste, e de repente quis juntar Santa Amélia nos seus braços e sussurrar: "Isto aqui pode ser grandioso, porém você é mais amada."

Por fim, este lugar tinha uma enfermaria que humilhava o Santa Amélia. Oito leitos e uma irmã-enfermeira. Winifred arregalou os olhos ao ver o armário de remédios: as poções, loções, ungüentos e pomadas, pílulas e pós. Vários frascos de colírio. Remédios para artrite. Tônicos para males renais.

Encantada com o generoso estoque de medicamentos e pensando no *necessarium* particular que Irmã Edith deveria ter no seu próprio aposento, de modo a não precisar de acompanhante à noite, e no rapaz no pátio externo sempre pronto a tirar água do poço, acabando assim com o trauma de *Dame* Odelyn em relação a poços...

Winifred suspirou. Não havia como negar. Este lugar seria um refúgio para suas irmãs idosas. Elas seriam bem alimentadas e cuidadas. Pouco importava que não tivessem mais funções. Paz e conforto valiam mais.

Ela havia sido convidada para pernoitar nos alojamentos de hóspedes, onde os colchões eram estofados com penugem de pato êider, mas Winifred estava ansiosa para voltar ao seu lar antes do escurecer. Agradecendo a hospitalidade de Rosamund, saiu da casa do capítulo tão rápido quanto o decoro permitia. Depois de cruzar os portões e descer a trilha para a estrada principal, parou debaixo de uma faia frondosa e, sozinha nas sombras, retirou o cristal azul do bolso.

Enquanto ele repousava em sua mão, captando a luz do sol que se filtrava através dos galhos acima, Winifred percebeu que o cristal não tinha sido um sinal, afinal de contas. Não havia nenhuma mensagem de Amélia, nenhum significado para a descoberta da pedra. Tinha sido um acidente, nada mais. Winifred sabia agora que ela e suas irmãs deveriam ir para lá e viver suas vidas naquele convento. Daria o melhor de si para ensinar às noviças a arte das iluminuras, mas sabia que a excelência, que uma vez houvera em seus trabalhos, não se repetiria, pois já sentia a centelha criativa se desvanecendo. O talento com que o Santa Amélia a havia dotado tantos anos antes já rendera o máximo. Daqui em diante, Winifred seria uma artista comum; ela ensinaria garotas comuns a executar pinturas comuns. E arquivaria de uma vez por todas o seu sonho banal de criar um retábulo esplêndido para Santa Amélia.

◆ ◆ ◆

O Sr. Ibn-Abu-Aziz-Jaffar retornou três dias depois, conforme prometera. E Winifred tinha o dinheiro que devia a ele, pois vendera o único artigo de valor que o convento possuía, uma bela tapeçaria unicorne que pendia na casa do capítulo. Que necessidade havia para ela agora que o Santa Amélia ia ser fechado?

Jaffar disse que lamentava ouvir que ela ia perder seu lar, e acrescentou que rezaria por sua felicidade e sucesso no novo lugar. E então ele fez uma coisa surpreendente: deu-lhe um presente, algo que ele poderia claramente ter vendido por um bom preço: um maço de caríssimo cinabre espanhol. Ele o depositava agora gratuitamente nas mãos da prioresa, manchadas e calejadas pelo trabalho.

Winifred olhou sem fala para o presente. A pedra vermelha, moída, daria uma excelente tintura, da qual estavam extremamente necessitadas.

— Obrigada, Sr. Jaffar — disse ela com toda humildade.

Ele a chocou ainda mais ao pegar a mão dela entre as suas. Em quarenta anos Winifred numa sentira um toque humano, e certamente não de um homem! E naquele instante a coisa mais estranha ocorreu: Winifred sentiu a pele cálida sob seus dedos e pela primeira vez na vida viu um membro do sexo oposto não como um pai ou irmão, um mercador ou padre, mas como um *homem*. Ela olhou nos vívidos olhos negros de Simão e sentiu alguma coisa estranha mover-se dentro do peito.

E então teve uma visão, uma função da premonição celta que certa vez a levara a achar colheres e tortas de carne perdidas, mas desta vez era algo perdido no passado: num lampejo viu-se encontrando este mesmo homem no dia que antecedeu sua primeira visita ao Santa Amélia, mais de quarenta anos antes. Mas agora ele era um jovem andarilho carregando bolas de malabarista e uma caixa de truques mágicos. Seus olhos se encontraram enquanto passavam pela alameda, depois se desencontraram. Porém mais tarde, na capela do Santa Amélia, a Winifred de 14 anos pensa no belo jovem com quem cruzou na estrada. Ela não percorre o convento e não descobre por acaso o *scriptorium*; em vez disso volta para casa com a mãe e irmãs, a fim de viajar no dia seguinte para a feira na cidade, onde encontra o jovem pela segunda vez.

Nesta ocasião eles se falam, e a magia entre ambos é instantânea. Ele fala com um sotaque carregado e suas roupas são estrangeiras. Ele diz ter vindo da Espanha e que deseja percorrer o país levando sonhos e alegria ao povo. Promete voltar algum dia, e assim Winifred espera por ele. Cinco anos se passam até que ela o vê de novo, e lá está ele no portão da mansão, com uma carroça nova em folha e cavalo, e pede que ela vá com ele. Percorrerão o mundo juntos, ele diz, e terão muitos filhos e muitas aventuras. Então Winifred foge com o estrangeiro sem olhar para trás.

Ela piscou, prendeu a respiração e fitou os olhos escuros do Sr. Jaffar. E se deu conta de que tivera apenas um vislumbre do *que poderia ter sido*.

— Para onde vai depois daqui? — perguntou ela, de repente.

A pergunta o surpreendeu.

— Para a abadia, prioresa. Vendo remédios para os monges de lá.

— Vá para o interior — disse ela. — Viaje primeiro para Mayfield.

— Mas Mayfield fica fora do meu caminho, são mais dois dias de viagem. E depois, para fazer o caminho de volta...

— Por favor — disse ela com urgência.

— Pode me dizer por quê?

— Tenho um pressentimento. Uma *sensação*. Deve seguir daqui para o interior, viajar por Bryer Wood.

Ele pensou no que ela dissera.

— Discutirei isto com Seska, prioresa — disse ele, referindo-se ao cavalo. — Se ele concordar, faremos o desvio.

A seguir, ele subiu na carroça, pegou as rédeas e acenou um adeus pela última vez.

— Onde está a Irmã Agnes? É hora de partirmos.

Dame Mildred chegou à casa do capítulo com os últimos pacotes de suas coisas — velhas panelas e frigideiras, um rolo de pastel quebrado, artigos inúteis mas com valor sentimental que não poderia deixar para trás, muito embora Winifred a tivesse informado de que não precisaria mais cozinhar.

— Agnes está no cemitério — disse Mildred, respirando ofegantemente pelo esforço. Ela se recusara a deixar para trás até mesmo uma colher; todos os apetrechos de cozinha tinham sido limpos e embalados em sacos. O homem incumbido de fazer a mudança para o novo convento ia precisar de mais de uma carroça. Era irônico: embora as irmãs tivessem assumido votos de pobreza, a exigência para entrar num convento era um pagamento em dinheiro e mercadorias para uso comum. E embora Winifred e suas damas fossem elas próprias pobres, não obstante tinham os efeitos acumulados de gerações de mulheres acompanhando-as.

Winifred não ficou surpresa em saber que Agnes estava no cemitério do convento. Ela o visitara a cada domingo durante sessenta anos. Agora deveria dar adeus a este ritual.

A prioresa foi encontrar a freira idosa ajoelhada junto a um pequeno túmulo à sombra de um olmo que recentemente tinha sido atacado por uma praga de folhagem. Ela estava retirando as folhas mortas com os dedos artríticos. E estava chorando.

Winifred ajoelhou-se ao lado dela, persignou-se e fechou os olhos em oração. O caixão em miniatura abaixo delas continha o cadáver de um bebê que vivera somente umas poucas horas. Sessenta anos antes, durante um ataque nórdico a Portminster, Agnes e suas primas tinham sido capturadas no rio por um bando de vikings. Enquanto as outras garotas logravam escapar, Agnes havia sido apanhada e estuprada. Quando engravidou, poucas semanas depois, fora trazida ao convento com ordens para lá ficar, pois na opinião de seu pai ela havia desonrado a família. As freiras a acolheram, mas o bebê não viveu muito tempo. Depois de ele ser enterrado no cemitério do convento, Agnes permaneceu de vez e nunca mais viu sua família. Ela assumiu os votos e aprendeu a pintar iluminuras, passando cada domingo a prantear num túmulo que tinha a simples inscrição: "John — m. 962 Anno Domini".

Ela olhou para os galhos nus e imaginou por que Deus havia atacado a árvore com praga justamente agora, pois as folhas choviam sobre o túmulo e dentro de horas ele estaria completamente coberto. Depois que as freiras se mudassem não haveria mais ninguém para limpar as folhas do túmulo.

— Em breve meu pequenino Johnny estará coberto e esquecido.

Ela já juntara uma pilha de folhas ao lado do túmulo, que Andrew queimaria mais tarde. Só que Andrew não estaria mais lá; ele estava de mudança com elas para o novo convento.

Winifred ajudou a anciã a se levantar.

— Andrew diz que o novo convento é enorme — disse Agnes.

— É, sim, Irmã Agnes, mas é também belo e novo. E... — e olhou através de suas próprias lágrimas para a árvore consumida pela praga — ... todas as árvores lá são saudáveis e verdes.

— Nunca acharei meu caminho por lá.

Winifred ouvira o mesmo temor expressado pelas outras freiras. Ela própria tivera de aprender a se orientar pelo labirinto de corredores, pátios e prédios.

— E nunca mais poderei pintar — lamentava-se Agnes, enxugando os olhos.

— É hora de você descansar. Passou toda a sua vida a serviço de Deus.

— Quem se aposenta é cavalo velho — replicou Agnes, petulante. — Por acaso sou uma inútil? Ainda posso enxergar e empunhar uma pena. O que farei comigo mesma? E quem cuidará do meu pequeno Johnny aqui?

— Venha — disse Winifred. — É hora de irmos.

Reuniram-se na casa do capítulo, que era dominada por uma enorme lareira que havia sido instalada duzentos anos antes por uma prioresa que era particularmente sensível ao frio; seu irmão rico pagara pela ostentosa lareira, que era grande demais para o recinto, mas negligenciara no fornecimento constante de lenha e carvão que ela exigia, e portanto a lareira caíra em desuso. Gravadas na cornija maciça estavam as palavras de Cristo por meio das quais Winifred e suas irmãs tentavam viver: "*Mandatum novum do vobis: ut diligatis invicem*" — "Dou-vos uma nova lei: amai-vos uns aos outros."

Dame Mildred hesitava em se desfazer de sua panela gigante. Fazia anos que não era utilizada por causa da cada vez mais reduzida população do convento.

— É uma excelente panela — queixou-se. — Ela nos alimentou durante vários invernos rigorosos. Não deveríamos deixá-la para trás.

— É grande demais, irmã — disse gentilmente Winifred. — Não vamos conseguir carregá-la. Talvez, mais tarde, possamos mandar alguns homens vir buscá-la.

Mildred parecia indecisa, o olhar pesaroso voltando-se na direção da cozinha como se ela estivesse abandonando um filho.

Foram interrompidas por gritos do lado de fora e o som de cascos de cavalo no pátio. Andrew entrou correndo, rosto pálido e tagarelando algo sobre um ataque. Enquanto Winifred corria para ele, outro homem entrou, o rosto afogueado pela dura cavalgada. Usava o emblema da abadia e portava uma alabarda.

— Desculpem — disse sem fôlego. — Os vikings atacaram e recebi ordens de escoltar as senhoras à abadia para protegê-las.

— Vikings! — Winifred fez o sinal-da-cruz e as outras começaram a gritar.

O homem contou rapidamente o que acontecera: os nórdicos tinham desembarcado em Bryer's Point e percorrido a curta distância até o Convento da Vera Cruz. Os relatos eram vagos, mas acreditava-se que todo o complexo havia sido saqueado e incendiado. Pouco sabia dos peregrinos e das irmãs, só tinha certeza de que Madre Rosamund conseguira escapar e fora à abadia para dar o alarme.

— Ela disse que suas freiras correram para se refugiar na capela, e lá os demônios as encontraram, todas abraçadas, e foram massacradas ali onde estavam, como gansos num cercado. E agora fui mandado para buscar a senhora e suas freiras. Venham rapidamente, o tempo é curto.

— Mas a abadia fica a alguma distância daqui! — protestou Winifred. — Não poderíamos encontrar os vikings no meio do caminho?

— Com certeza não estarão a salvo aqui, prioresa — disse o homem, impaciente. — Depressa! Escoltarei vocês. Tomaremos a carroça do homem. — Referia-se ao homem que havia sido contratado para transferi-las para o novo convento.

Enquanto as irmãs choravam e se agitavam à beira do pânico, Winifred tentava pensar. Os invasores não haviam atacado a cidade portuária nem a abadia, mas optaram por um convento desprotegido. O que os impediria de voltar-se nesta direção na esperança de um segundo massacre fácil? Se assim fosse, o soldado e suas indefesas escoltadas dariam de cara com os invasores.

Cada instinto lhe dizia que estariam mais seguras permanecendo lá. Topar com os vikings na estrada era suicídio certo, mas permanecer no Santa Amélia daria tempo aos soldados de Oswald de dar caça e talvez expulsar os invasores.

Winifred sentiu a pedra no seu bolso e recordou como Santa Amélia havia enfrentado seu destino com coragem, como não sucumbira à tortura dos homens. Santa Amélia tinha feito mais do que desafiar as ordens de um mero abade, ela havia se rebelado contra a autoridade do imperador de Roma.

— Não — disse ela, de súbito. — Nós ficaremos.

Os olhos do soldado se esbugalharam.

— Está louca? Olhe, recebi ordens e pretendo levá-las. Agora, por favor, todas para a carroça.

Foi como se ele não tivesse falado. As freiras idosas e duas damas se agruparam em volta da prioresa como pintos em torno de uma galinha:

— O que devemos fazer? — perguntaram.

Winifred lembrou-se de um relato de muitos anos antes, quando ela era criança e os vikings haviam atacado uma aldeia do norte, ao longo do litoral. Os aldeões se agruparam na igreja. Os vikings puseram fogo no prédio e todos lá dentro pereceram. Lembrou-se também de como ela e seus irmãos se agrupavam durante uma tempestade assustadora. *Não devemos nos agrupar, pois é isto que eles esperam que façamos.*

— Agora me ouçam, caras irmãs. Lembrem-se de como nossa abençoada santa enfrentou um processo pior de que este, pois não era apenas a sua fé que estava sendo posta à prova, mas também sua carne. Mas ela reuniu coragem para passar a perna em seus verdugos, e assim faremos nós.

— Mas como, Madre Winifred? — perguntou *Dame* Mildred com voz trêmula.

— Cada uma de vocês deve encontrar um esconderijo individual, um lugar onde os invasores não esperem descobrir uma dama. Não se escondam debaixo da cama ou num guarda-roupa, pois são os primeiros lugares que os dinamarqueses vão vasculhar.

— Não podemos nos esconder todas juntas?

— Não — disse Winifred com firmeza. — Acima de tudo, não devemos nos esconder juntas, nem mesmo em duplas.

— Prioresa, é uma ordem do abade que... — O soldado da abadia insistiu.

— Eu sei o que é melhor para minhas mulheres. E você também ficará.

— Eu?! — Ele pôs a mão no peito, chocado. — Devo retornar para a abadia.

— Você permanecerá — comandou ela. — Encontrará um esconderijo e nele deverá ficar, em silêncio e quieto, até que dê um sinal de que está tudo limpo.

— Mas recebi ordens do...

— Jovem senhor, você está em *minha* casa, e sou a autoridade aqui. Faça como eu digo, e rápido.

Após um momento de agitação ineficaz, as mulheres finalmente deixaram a casa do capítulo, cada qual correndo para o local que mais amavam, achando que isto as protegeria, ou para aquele que mais temiam, acreditando que um vilão o temeria também, e assim *Dame* Mildred correu para buscar refúgio na sua amada cozinha; a Irmã Agnes para o túmulo de seu adorado Johnny; *Dame* Odelyn para o seu odiado poço no pátio. E assim continuou até que as onze remanescentes do Santa Amélia desapareceram ante os olhos atônitos do guardião da abadia. Ele achava que isto não daria certo e que todas elas seriam massacradas como ovelhas.

Mas ele subestimou a sagacidade de Madre Winifred. As freiras, sendo bem menores do que os corpulentos vikings, eram capazes de se espremer em esconderijos aos quais os invasores não teriam acesso, tal como camundongos num buraco na parede. E assim *Dame* Mildred removeu as teias de aranha que haviam crescido sobre a boca de sua enorme panela, entrou nela e recolocou as teias sobre a cabeça. Irmã Gertrude, encontrando força e sagacidade inimaginadas, subiu na chaminé da enorme lareira na casa do capítulo e dependurou-se como um morcego assustado nas dobradiças do fumeiro. A Irmã Agatha correu para o dormitório, onde rasgou a costura de um colchão, retirou um pouco do estofo de palha, jogou-o fora pela estreita janela, depois se enfiou dentro do colchão e segurou o rasgo na costura com a ponta dos dedos. *Dame* Odelyn pensou em descer no balde até o fundo do poço apavorante, mas então percebeu que o balde baixado dentro do poço poderia dar uma pista. Portanto ela arduamente desceu usando as pedras irregulares da parede do poço como apoio. A Irmã Agnes lançou-se sobre o túmulo do pequeno Johnny e cobriu-se com a pilha de folhas mortas pela praga. A Irmã Edith, que sempre tinha dificuldade em encontrar o *necessarium*, apressou-se direto para ele e espremeu-se no espaço malcheiroso entre o vaso e a parede.

Só depois de certificar-se de que todas estavam escondidas em segurança, incluindo Andrew e o soldado da abadia, é que Winifred finalmente subiu no andaime sobre o altar e ali escondeu-se.

Mal tinham acabado de se esconder, os vikings chegaram, irrompendo no pátio externo com uivos ferozes e gritos sedentos de sangue. Invadiram a casa do capítulo e a capela, os dormitórios e refeitórios, cozinha e *scriptorium* como um estouro de boiada. Como Winifred previra, eles procuraram sem descanso pelas irmãs escondidas: no confessionário, atrás do altar e tapeçarias, dentro de armários e baús, debaixo das camas. Dentro do poço *Dame* Odelyn mantinha o rosto voltado para baixo e viu na água o reflexo de um rosto aureolado com cabelos ruivos que olhava lá de cima. Mas ele não a viu, pois seu vestido azul-escuro confundia-se com as sombras no fundo do poço. Na cozinha, nenhum viking se incomodou em olhar dentro da panela gigante com a boca coberta por teias de aranha. Gertrude, no colchão, ouviu passos pesados e prendeu a respiração. Ouviu a porta sendo escancarada; sentiu um par de olhos examinar o cômodo; depois ouviu os passos ressoando no cômodo ao lado.

Cada mulher aterrorizada no seu esconderijo especial ouvia os vilões vasculhando tudo, pilhando, destruindo, e gritando maldições quando nenhuma mulher era encontrada.

Winifred, escondida no andaime, apertou com força a pedra azul enquanto observava com a respiração suspensa o líder viking irromper na capela, olhando lentamente ao redor. Era o homem mais alto que já tinha visto, com músculos que pareciam melões e o cabelo como fogo. Ele pegou o relicário de prata de Santa Amélia e abriu-o, esparramando os ossos e espalhando-os com os pés. Após uma busca debaixo e atrás do altar, no confessionário, em cada nicho ou recesso onde uma mulher poderia se esconder, ele pôs a caixa debaixo do braço e saiu.

Winifred não relaxou a postura. Embora cada junta e músculo doessem por causa da posição desconfortável entre as vigas, ela ficou tão imóvel quanto pôde, orando para que os invasores terminassem logo o seu trabalho de destruição e partissem. Sentiu o suor porejar por todo o seu corpo. Ele pingava no seu couro cabeludo e debaixo do véu. Suas mãos estavam úmidas. De repente, para seu desespero, o cristal azul escorregou de seus dedos molhados e bateu no chão diretamente abaixo.

Teve de morder a língua para não gritar, e rezou com toda a sua fé para que nenhum outro viking entrasse na capela. Mas para seu horror o líder voltou, como se tivesse se esquecido de alguma coisa ou sentido algo errado ali. Winifred observou com terror enquanto o gigante alto e louro, usando capacete com chifres, caminhava lentamente pela ala central até o fundo do altar. Fez meia-volta e seu pé chutou o cristal.

Winifred sufocou um arquejo.

O nórdico olhou para baixo, pegou a gema reluzente e depois olhou em volta, sabendo que o cristal não estivera ali um momento antes. Ergueu o rosto e perscrutou as sombras acima, a construção de tábuas, sarrafos e suportes. Olhou por um longo momento. Winifred viu um par de penetrantes olhos azuis, mas não sabia dizer se ele poderia vê-la.

De repente, o olhar circulante parou e seus olhos encontraram os dela. A madre susteve a respiração enquanto aferrava-se à madeira podre e tentava não agitar a poeira sobre as vigas.

O momento se prolongou, com o selvagem abaixo olhando para a freira aterrorizada lá em cima.

E então, na sua língua estrangeira, ele gritou uma ordem para seus homens e Winifred viu, através da janela do clerestório, os outros reunindo sua pilhagem. Quando dois homens chegaram com tochas, o líder rosnou para eles e gesticulou para que saíssem. Quando correram para fora, ele olhou para cima de novo, e desta vez houve um lampejo nos seus olhos, um leve erguer de sua boca. Outra pessoa poderia ter interpretado o olhar como uma saudação de coragem e ingenuidade; Winifred viu apenas como o poder de Santa Amélia atuando.

Ela esperou um longo tempo antes de descer. Seus ossos protestaram quando finalmente desvirou-se da posição incômoda e quase perdeu o pé de apoio enquanto descia para o chão. A seguir apressou-se subindo as estreitas escadas que levavam ao topo do campanário e olhou para fora. A distância ouviu o tropel de cascos de cavalo — os homens de Oswald perseguindo os invasores em fuga. Depois o tropel se desvaneceu e a tarde ficou silenciosa e quieta.

Ela chamou as irmãs de seus esconderijos, ajudando-as a sair dos espaços apertados para os quais poucas horas antes haviam deslizado com facilidade, e todas se reuniram na capela para rezar. Quando elas contaram como haviam escapado de ser descobertas, cada qual no seu respectivo esconderijo peculiar, e como Winifred pensou no andaime erguido havia cinco anos, quando os consertos no teto deveriam ter sido iniciados, como ela o amaldiçoara por todo esse tempo e no fim tinha sido o andaime que a salvara, e pensando no pavor que Odelyn tinha de poços, e no *necessarium* que havia sido a maldição da vida de Edith, e nas folhas que iam cobrir a sepultura do pobre Johnny, ela concluiu: o andaime, o panelão, o olmo atacado pela praga, o poço — itens que só provocaram irritação e dor de cabeça — não foram acidentais. Foram milagres. Nada nos salvaria se não tivéssemos a coragem de usá-los. A coragem de Amélia.

Winifred pensou na pedra azul que o viking havia pegado e esperou que a graça de Santa Amélia tivesse ido com ele e que, de alguma forma, algum dia trouxesse luz ao coração do bárbaro.

◆ ◆ ◆

Enquanto descia a alameda em seu excelente cavalo, o abade pensava quão conveniente o novo convento tinha sido para a abadia. Infelizmente, fora inteiramente destruído pelos vikings, ao passo que o Santa Amélia, por algum milagre, tinha sido poupado. E por ter sido poupado, era agora o único convento em Portminster. Por ironia, se ambos houvessem sido destruídos, a reconstrução seria feita em um só lugar, ficando o Santa Amélia entregue às ruínas.

Quando tomou a encruzilhada, juntou-se ao fluxo de peregrinos que se dirigiam ao priorado. A lasca da cruz de Cristo havia sido consumida pelo fogo no outro convento, portanto Amélia voltara a ser a única relíquia na área. O abade sabia que um milagre ocorrera ali. Por que os vikings não tinham também incendiado este lugar? Todo mundo dizia que Santa Amélia os havia detido. Mas, pensando na indomável Madre Winifred, ele especulou...

Mudanças ocorreram desde o milagre dos dinamarqueses. Odores maravilhosos vinham agora da cozinha, onde um gostoso ensopado estava fumegando na panela gigante de *Dame* Mildred. Lá fora, um rapaz tirava água do poço e entregava o balde à *Dame* Odelyn. Outro rapaz varria as folhas de um pequeno túmulo. Havia atividade por toda parte, e uma nova prosperidade.

Mas o abade não viera aqui hoje para cumprimentar as freiras do Santa Amélia. Estava aqui porque ouvira notícias perturbadoras: Madre Winifred não estava treinando pessoalmente as jovens noviças na iluminura de manuscritos, mas delegando a tarefa às freiras mais velhas. E em que a prioresa empregava seu tempo enquanto isso? Pintava aquele retábulo dilapidado!

Bem, ele ia pôr um fim a isto de uma vez por todas. Não ia mais tolerar desobediência daquela mulher.

Ele esperava que Winifred estivesse no portão para recebê-lo como sempre fizera no passado, mas ela não se encontrava lá. Era Irmã Rosamund, agora uma residente do Santa Amélia e rebaixada do posto de prioresa, embora parecesse não se importar. Agora era prioresa-assistente e alegremente encarregava-se de cuidar do conforto de viajantes, pupilas e damas, além de supervisionar a manutenção dos prédios, do abrigo das cabras, ovelhas e galinhas, e verificar se a mesa de jantar estava sempre com abundância de comida.

Rosamund graciosamente escoltou o abade até o novo solário onde Madre Winifred estava sentada a um cavalete, pintando. Ele estava começando a falar quando olhou para o painel e emudeceu. E depois viu algo ainda mais desconcertante: Madre Winifred estava sorrindo!

Ele sentou-se e permaneceu em silêncio enquanto ela trabalhava. Winifred havia criado uma excêntrica Santa Amélia, radiante e humilde, servindo aos pobres, disseminando a palavra de Cristo. No quarto painel do novo retábulo, Santa Amélia segurava um cristal azul na mão em concha, junto à garganta. O abade não via o sentido disto, mas era uma cena linda de tirar o fôlego.

Quando uma noviça lhe trouxe cerveja, que ele bebericou distraidamente, o Padre Edman não só havia decidido que deixaria Winifred terminar o retábulo, como já tinha pensado em pinturas futuras que ele a incumbiria de fazer. Os patronos iriam pagar generosamente por elas.

Ínterim

Quando viu a magnificência do retábulo de Winifred, o abade teve uma súbita mudança de opinião. Concedeu-lhe todo o crédito para estimulá-la e depois encomendou um tríptico para sua própria igreja. Ele nunca chegou a bispo, morrendo dois anos depois, engasgado com uma espinha de peixe durante sua terceira porção do jantar da Páscoa.

Madre Winifred viveu mais trinta anos, passando seus dias na produção de um número prodigioso de pinturas magníficas, retábulos e miniaturas — madonas, crucifixos e natividades —, todos identificados como de sua autoria pelo indefectível cristal, pois naquele tempo os artistas não assinavam suas obras.

Pouco depois do ataque dos vikings, o Sr. Ibn-Abu-Aziz-Jaffar voltou ao Santa Amélia para uma última visita, agradecer a Madre Winifred pelo aviso de que não fosse à abadia naquele dia, enquanto sua decisão de seguir para o interior e viajar para Mayfield o desviara do caminho dos vikings, salvando assim sua vida. Madre Winifred, se esquecendo da premonição que herdara dos ancestrais celtas, concedeu todo o crédito a Santa Amélia e convidou o mascate a descansar no priorado pelo tempo que desejasse. Ele decidiu se aposentar por lá, vivendo numa pequena cabana com seu fiel cavalo Seska e terminando seus dias num padoque. Simão, o Levita, vez por outra ajudava no convento, era popular entre visitantes e peregrinos, e continuou sendo o amigo e conselheiro de Madre Winifred. Eles desenvolveram um ritual de se encontrar todas as tardes para uma conversa amena — Simão, o judeu, e Winifred, a freira — até a morte dele, catorze anos depois. Embora ele nunca tivesse se convertido ao cristianismo, Winifred insistiu para que seu velho amigo recebesse os ritos finais e fosse enterrado em solo consagrado.

Enquanto Madre Winifred continuava a executar suas pinturas, as mãos e os olhos finalmente começaram a sentir o peso da idade. Às vezes ela fazia uma pausa no trabalho para pensar no viking que se apossara da pedra azul e imaginava o uso que ele teria feito do poder de Santa Amélia.

O que aconteceu foi o seguinte: quando os vikings retornaram ao seu barco, descobriram-no em chamas e foram cercados pelos soldados de Oswald de Mercia, que os massacraram até o último homem. O próprio Oswald tomou parte na pilhagem dos corpos e encontrou uma curiosa pedra azul, inacreditavelmente linda. Ele mandou engastá-la numa espada que mais tarde acompanhou um desditoso soldado cruzado a Jerusalém, onde a pedra foi removida do punho da espada e levada de presente para o califa de Bagdá. Lá ela ornamentou por um tempo o turbante preferido do califa. Num momento de fraqueza, o califa deu o cristal para uma dançarina do templo, que o usava no umbigo enquanto dançava para ele e depois, durante a noite, para seu amante ilícito. O cristal foi carregado em bolsos e algibeiras, teve donos e donas, foi vendido e comprado e roubado de novo, até ser trazido de volta através do canal da Mancha por um soldado voltando das Cruzadas. Tendo ficado cego em consequência de um combate perto de Jerusalém e esperando obter uma cura, ele juntou-se a um grupo de peregrinos a caminho de Canterbury. Foram atacados por bandidos que venderam seu butim no norte. Lá o cristal foi engastado na tampa de uma caixa de jóias de madrepérola por um jovem que esperava conquistar a afeição de uma dama com um presente extravagante. Mas quando a dama recusou o pedido de casamento do pretendente, ele partiu para o continente, onde jurou se matar tão logo encontrasse um lugar adequado. Então conheceu um homem de Assis chamado Francisco, que estava fundando uma nova irmandade baseada na pobreza e, num impulso, o jovem rejeitado juntou-se à ordem abdicando de todas as suas posses, incluindo a amaldiçoada caixa de jóias.

O camponês, que encontrou a caixa na pilha de oferendas de caridade dos franciscanos, retirou a pedra da tampa e com ela comprou um pão. Quando a mulher do padeiro viu a gema fascinante, trocou-a por uma nova invenção, um espelho de vidro, acreditando que um objeto que mostrava seu reflexo era mais precioso.

Em 1349, a Peste Negra matou um terço da população européia, e naquele tempo o cristal azul foi responsabilizado por sete mortes e seis curas enquanto passava de falecido para sobrevivente, de paciente para médico. Quase cem anos depois, quando uma jovem chamada Joana foi queimada viva na França por heresia, um homem na multidão que assistiu ao suplício não percebeu que estava sendo roubado. O ladrão levou-lhe dois florins de ouro e um cristal azul.

Em 1480, num dia quente de verão, uma multidão reuniu-se nas colinas perto de Florença para ver um artista-inventor de 28 anos demonstrar sua mais recente criação, que ele chamava de pára-quedas. Os espectadores alegremente apostavam se o jovem idiota quebraria ou não o pescoço, mas quando Leonardo da Vinci pousou ileso num campo gramado, o cristal azul passou das mãos de um príncipe Medici para um viajante erudito que levou a reluzente gema de volta a Jerusalém como presente para sua amada filha, só para descobrir que ela morrera de parto durante sua ausência. Tal foi sua amargura pela morte dela que escondeu o odiado cristal, pois ele o fazia se lembrar da única filha. E lá ele ficou, numa caixa de ouro numa linda casa com vista para a Cúpula da Rocha, esperando por seu próximo dono, sua próxima virada do destino.

Livro Seis

ALEMANHA, 1520 D.C.

Se lhe perguntassem, Katharina Bauer diria que iria se casar com Hans Roth por amor. Mas na verdade ansiava por fazer parte de uma família.

Poder chamar uma mulher de irmã, ou tia, ou um homem de irmão, ou tio, ou saudar alguém como prima, sobrinha ou sobrinho, este era o estofo dos sonhos de Katharina Bauer. Com 17 anos de idade e a filha única de uma viúva que vivia num quarto humilde em cima de uma *hofbrauhaus*, Katharina desejava acima de cada estrela, cada talismã de boa sorte, pertencer a uma família numerosa e feliz. E Hans Roth, 22 anos de idade, com os olhos azuis de centáurea, por acaso possuía uma família assim.

Um dos três filhos e duas filhas de *Herr* Roth, o fabricante de canecos, e de sua *hausfrau*, Hans vivia numa colméia repleta de parentes, agregados e uma variedade de parentela, todos envolvidos na fabricação e venda de canecos de cerveja. E agora que Katharina tinha recebido permissão para ajudar durante as fases mais movimentadas do negócio (embora não fosse paga para isso), fazendo-a sentir-se parte da família Roth, ela secretamente esperava que por esta época no próximo ano estivesse se dirigindo a *Herr* Roth como "papai".

Era assim o verdadeiro amor, dizia Katharina a si mesma enquanto alegremente ajudava Hans na sala de secagem — esta sensação de alegria silenciosa, paz e contentamento. Tinha visto isto em casais mais velhos, pessoas que se haviam casado *para sempre*. Que sorte seria para ela e Hans se pudessem começar já desta maneira. Que estrada perfeita se estendia diante deles!

Quanto aos outros aspectos do casamento — o leito conjugal e bebês — Katharina preferia não se alongar nisto, pois beijar Hans era até onde desejava ir. Durante aqueles poucos momentos roubados, quando ficavam a sós, nos bosques ou à beira do rio, fora das vistas de todos, e Hans se mostrava mais ansioso do que de hábito, Katharina tinha de afastar-lhe as mãos e lembrar a ele que ainda não estavam casados. Mas quando chegasse a época adequada ela faria seu dever e sofreria a breve união física necessária para produzir filhos.

Enquanto erguiam os canecos de cerveja recém-chegados das prateleiras de secagem, detectaram os aromas deliciosos infiltrando-se pela janela aberta: costeletas de porco chiando no fogo, repolho cozinhando numa panela, batatas assando, pão fresco saindo do forno — *Fray* Roth estava preparando sua habitual refeição pesada do meio-dia. Katharina sabia que não seria convidada; *Frau* Roth não era notada por sua generosidade. Mas Katharina não almoçaria com eles, de qualquer modo, não enquanto sua mãe estivesse em casa pensando no que fazer com queijo e ovo. Vez por outra um freguês satisfeito pagava Isabella Bauer com salsichas e batatas, que ela esticava por uma semana em refeições para si e Katharina. Mas o pão era farto, sempre havia pão, e como tinham a sorte de morar em cima da *hofbrauhaus*, e como o proprietário, *Herr* Muller era enrabichado pela mãe de Katharina, não faltava cerveja.

— Estes vão para a Itália — disse Hans, enquanto colocavam os canecos secos no forno de queima.

Katharina não deixou escapar a nota de reverência e admiração na voz dele enquanto dizia "Itália", pois Hans ansiava conhecer o mundo. Para Katharina, porém, o mundo era Badendorf, onde a praça do mercado central era dominada por uma fonte e rodeada dos dois lados por lojas e casas com fachadas de madeira e alvenaria; no terceiro lado ficava a *hofbrauhaus*; e no quarto lado a *rathaus* de trezentos anos que tinha sua porta de entrada no segundo andar, alcançada por uma escada que podia ser retirada em caso de perigo; ao lado ficava a igreja romanesca do século V, com fundações, dizia-se, que remontavam aos antigos romanos. A *marktplatz* era o cenário para os festivais anuais, casamentos, celebrações, para vendedores de frutas e vegetais e para a ocasional peça religiosa. No entendimento de Katharina Bauer, Badendorf *era* o mundo inteiro.

Ela não sabia o que havia em torno da margem do rio, ou do outro lado da montanha, nem queria saber. Não tivera notícia da coroação que acabara de acontecer, numa cidade chamada Aachen, de um rei chamado Carlos V, e que foi o maior evento deste tipo desde a coroação de Carlos Magno. Nem estava ciente de que um outro homem, um monge agostiniano chamado Martin Lutero, acabara de ser rotulado de herege pelo papa por disseminar novas e perigosas idéias, e que seus protestos iam se espalhar como fogo em madeira seca pela Europa devido à oportuna invenção de um terceiro homem chamado João Gutenberg. Katharina só sabia de sua cidade, da floresta, do castelo e dos cidadãos de Badendorf. Isto bastava.

Quando Hans pegou um caneco passado por ela, seus dedos se tocaram e ela viu um rubor se formar nas faces dele. Nenhum rubor se formou no rosto dela, pois o amor que Katharina sentia pelo jovem não era do tipo "fogoso", como ela achava ser o dele. Nem mesmo tinha certeza de que aquele tipo de amor realmente existisse fora das canções, poemas e contos românticos. O que contava era empatia, afeto, e uma profunda sensação de sentir-se confortável com alguém. Como tinha conhecido

Hans por toda a vida, este amor crescera lentamente com eles e quando os pais deles mencionaram casamento, parecera simplesmente natural para Katharina que deveriam continuar suas vidas juntos. E seria um casamento perfeito, sabia, com ela tornando-se a mais requisitada costureira em Badendorf e com Hans dirigindo a famosa fábrica de canecos de cerveja Roth.

Séculos antes, fontes naturais de águas termais trouxeram os romanos para esta região por motivos de saúde. Embora as fontes tivessem secado, no seu lugar restou uma argila que era perfeita para fabricação de faiança. E assim Badendorf ficou famosa por seus canecos de cerveja. Cada um começava como um punhado de argila crua que era modelada, esculpida e pintada à mão, e depois levada ao fogo e envernizada. A fim de secar a argila e dar consistência aos canecos, eles eram secados a ar por muitas horas na sala de secagem antes de ir para o forno de queima. O processo geral levava vários dias e exigia um bocado de paciência. Este era o segredo dos canecos Roth: quanto mais lentamente a água era extraída da argila, mais forte o produto final se tornava. E assim os canecos Roth eram procurados por toda a Europa e além. O que significava que algum dia Hans se tornaria um homem muito rico. Então Katharina teria condições de comprar uma casa grande para a mãe e cuidar para que ela nunca mais trabalhasse.

Terminado o seu trabalho da manhã, Katharina seguiu Hans ao ateliê, onde a fornada mais recentemente aquecida estava sendo equipada com tampas de peltre.

Duzentos anos antes, os médicos haviam deduzido que a peste era transmitida pelas moscas e assim, para evitar que a doença se espalhasse, aprovou-se uma lei exigindo que todas as bebidas ficassem cobertas. O problema era que uma tampa removível tirava o prazer de beber cerveja, pois o caneco ocuparia as duas mãos. Uma solução fez-se necessária e assim surgiu a tampa articulada, permitindo que as pessoas utilizassem somente uma das mãos sem deixar de cumprir a lei. Os canecos Roth eram famosos por suas tampas ornadas e decorativas que sempre complementavam o desenho do próprio caneco.

Enquanto Katharina ajudava dois primos de Roth com um fardo incômodo de palha prensada, Hans chegou por trás dela e, enlaçando-a pela cintura, sussurrou algo no seu ouvido. Katharina riu e escorregou do abraço, simulando ter apreciado o flerte. Mas secretamente esperava que, quando estivessem casados, ela não a tocasse tanto. E, de qualquer forma, não seria decente, uma vez que seriam um respeitável casal.

Quando ela já ia comentar acerca da hora e de que sua mãe a esperava, subitamente ouviram um grito lá fora. Alguém chamava freneticamente o nome de Katharina.

Ela saiu para ver Manfred, o filho do *hofbraumeister*, correndo pela praça, agitando os braços e procurando por todo mundo como um moinho.

— Katharina! — gritou. — Venha depressa! Houve um acidente. Sua mãe...

Katharina saiu. Manfred caiu no degrau ao lado dela. Estava sem fôlego.

— Ela estava atrás da carroça de cerveja quando o cavalo empinou. Um barril rolou da carroça e atingiu sua mãe. O doutor árabe está com ela.

Katharina agradeceu silenciosamente a Deus por isto. O idoso médico era o homem em quem mais confiava no mundo.

O Dr. Mahmoud fugira da Espanha 28 anos antes, quando os mouros foram expulsos pela Rainha Isabel. Ele estava no norte comprando remédios quando recebeu a notícia de que toda a sua família havia sido aniquilada e que era muito perigoso retornar a Granada. Após um ano vagueando pela Europa encontrara refúgio em Badendorf, onde Isabella Bauer, sabendo o que era ser um estrangeiro numa cidade estrangeira, o tinha tratado com gentileza e convencido os cidadãos a aceitá-lo.

O Dr. Mahmoud foi a primeira pessoa que Katharina viu quando chegou à porta aberta do quarto em cima da *hofbrauhaus* — seu corpo idoso vestido com os exóticos mantos da sua cultura, um turbante cobrindo o cabelo branco. O Frei Pastorius, um jovem irmão religioso com uma compleição franzina e um pé deformado, estava a um canto, rezando.

Quando viu sua mãe deitada inconsciente no leito, com uma atadura ensangüentada na testa, Katharina correu até a beira da cama e caiu de joelhos.

Isabella Bauer, a melhor costureira de Badendorf e de toda a região circundante, estava com 38 anos e embora tivesse conhecido uma vida de privação e fadiga, ainda conservava as feições da juventude. Mas agora, os olhos fechados em coma mortal, ela parecia ainda mais jovem, o rosto suavizado das linhas de preocupação e idade, a cútis pálida e imaculada.

— Mamãe? — chamou Katharina, pegando a mão fria e inerte da mãe. — Mamãe? — chamou um pouco mais alto. Olhou para o Dr. Mahmoud, cuja expressão era grave.

Katharina sentiu o coração parar. Sua mãe era a única família que tinha. Ela pouco sabia de seu pai, pois era apenas um bebê quando ele morreu vítima de uma febre virulenta que assolou a aldeia deles no norte. Não havia nem mesmo um túmulo para ela visitar. Os mortos tinham sido queimados, para deter a disseminação da febre. Ela e a mãe haviam escapado e vindo para o sul para se estabelecer em Badendorf. Quando Katharina ficou mais velha, com freqüência voltava os olhos verdes para o norte, para a margem do rio e o mundo que nunca tinha visto, imaginando a aldeia e o belo homem sorridente que fora o seu pai.

Embora Katharina e a mãe não pertencessem à florescente classe mercantil alemã, e sua existência fosse uma luta diária e com freqüência passassem necessidades (Isabella muitas vezes tinha de procurar seus clientes e quase implorar pelo pagamento que lhe deviam), elas não se consideravam pobres. Moravam num pequeno quarto em cima da cervejaria, o único lar que Katharina já conhecera, usavam vestidos consertados e sapatos remendados, e às vezes passavam fome ou ficavam sem aquecimento no inverno, mas se consideravam abençoadas por não pertencerem à classe camponesa que era explorada pelos nobres. Isabella Bauer costumava dizer à filha que poderiam não ter dinheiro, mas mantinham a dignidade.

E a vida, no todo, tinha sido boa. Havia um pequeno jardim murado nos fundos da *hofbrauhaus*, onde Frei Pastorius ensinava latim aos garotos e o Dr. Mahmoud atendia seus pacientes. E ali a luz também era melhor e portanto Katharina e a mãe costuravam no jardim enquanto o idoso médico árabe consultava os pacientes detrás de um biombo portátil que ele trazia de seu quarto, e Frei Pastorius martelava latim rudimentar nas cabeças teimosas dos filhos de comerciantes.

Numa manhã típica, enquanto Katharina e Isabella costuravam seus finos padrões, o ar enchia-se com o canto de pássaros e o recitar dos alunos do frade: "*Anima bruta, anima divina, anima humana...*" pontuados por uma tosse ocasional detrás do biombo do doutor. Assim, a mente jovem e ágil de Katharina, enquanto tecia rosas e folhas em linho, absorvia as lições destinadas aos garotos: "*Leone fortior fides.*"

Agora, ajoelhada ansiosamente junto ao leito da mãe, Katharina ouvia o canto dos pássaros filtrar-se do jardim através da janela aberta, e foi subitamente acometida por um sentimento premonitório de que os dias idílicos no jardim tinham acabado.

Finalmente, as pálpebras de Isabella se abriram. Seu olhar ficou momentaneamente sem foco, depois ela viu Katharina, seu cabelo dourado formando um halo à luz do sol que entrava pela janela. Isabella sorriu. Como ficara linda a sua menina! O cabelo, uma vez pálido como barba de milho, agora era de um dourado profundo. Pele imaculada. Olhos verde-claros. Isabella ergueu a mão para a face lisa e disse com grande esforço:

— Deus decidiu me chamar para Ele, filha. Eu tinha pensado que teria mais tempo.

— Mamãe — soluçou Katharina, pressionando a mão fria no rosto dela. — Você vai ficar boa. O Dr. Mahmoud cuidará disso.

Isabella sorriu tristemente e rolou a cabeça no travesseiro.

— Sei que só me restam alguns minutos. Eu pensei que seriam anos, mas Deus, na Sua sabedoria...

Katharina esperou. O Dr. Mahmoud continuava alerta, os olhos negros fixos na paciente, enquanto Frei Pastotius não cessava de murmurar suas preces. Uma multidão curiosa se havia aglomerado à porta, mas *Herr* Müller os mantinha do lado de fora.

Isabella inspirou fundo e falou de novo:

— Tem uma coisa que você deve saber, minha filha, uma coisa que preciso lhe contar...

Lágrimas rolaram dos olhos de Katharina sobre o lençol manchado de sangue.

— Ali — sussurrou Isabella —, na arca. — Apontou para a única peça de boa mobília que possuíam: uma arca de madeira que continha seus tecidos, linhas, agulhas e tesouras. — A caixa de fitas. Traga-a para mim.

Quando Katharina voltou ao leito com a caixa de fitas, Isabella disse:

— Agora devo... lhe contar, Katharina. Seja forte. Peça a Deus por força. É hora de você conhecer a verdade.

A garota esperou. O Dr. Mahmoud inclinou-se à frente. Uma abelha voou através da janela aberta, zumbiu em torno como se procurando alguma coisa, depois voou para fora.

— O que é, mamãe? — estimulou gentilmente Katharina.

Lágrimas brotaram nos olhos de Isabella enquanto dizia:

— Não sou a sua verdadeira mãe. Você não é minha filha autêntica.

Katharina olhou para ela, depois franziu o cenho. Olhou para o Dr. Mahmoud, para Frei Pastorius, que interrompera suas orações. Teria ouvido direito?

— É verdade, Katharina — disse Isabella com grande esforço. — Você não é uma filha do meu corpo. Você veio de outra mulher.

— Mamãe, você não está bem. O Dr. Mahmoud disse que sofreu um golpe grave na cabeça.

— Estou em meu juízo perfeito, Katharina. Agora preste atenção, pois não tenho muito tempo. — Isabella tomou uma profunda inspiração, soltou o ar, tomou outra. — Dezenove anos atrás, uma peste devastou minha aldeia no norte, levando meu marido e meus bebês, deixando-me sozinha. Nós, os poucos sobreviventes, nos espalhamos. Terminei numa estalagem onde trabalhei como camareira e também fiz serviços de costura. Uma família chegou certa noite, a esposa estava grávida. Incumbiram-me de bordar uma roupa de batizado para o bebê.

Mas a mãe morreu ao dar à luz. O marido me procurou... ele estava devastado pelo pesar. Nunca vi um homem chorar tanto.

Outra respiração dificultosa.

— Ele me disse que estava em viagem... que ele e seus filhos iam para muito longe e não poderiam levar um bebê. Ele chegou no meio da noite, Katharina, chorou como uma criança e pediu-me que criasse o bebê, prometendo que voltaria para buscá-lo. Este bebê era você, Katharina.

A multidão à porta murmurou até que *Herr* Müller ergueu os braços pedindo silêncio. O Dr. Mahmoud pegou o punho de Isabella e sentiu a pulsação. Sua expressão ficou mais sombria. Seu olhar revelou a Katharina que não havia muito tempo.

— Assim — continuou Isabella —, fiquei com o bebê para mim, prometendo cuidar bem dele até que seu pai retornasse. Depois disso, deixei a estalagem. Não confiava nos proprietários e achava que poderiam roubá-lo de mim, pois o estrangeiro me dera moedas de ouro para cuidar de você. Vim aqui para Badendorf, onde contei a todo mundo que era viúva, o que era verdade, e que o bebê era meu, o que era mentira. Achei que seu pai ainda poderia me encontrar, pois eu não tinha ido para muito longe...

A voz de Isabella morreu e ela passou a língua sobre os lábios secos. Gentilmente, o Dr. Mahmoud pôs a mão sob a cabeça da paciente e levou-lhe um copo de água à boca. Mas ela foi incapaz de beber.

— O homem... seu pai — disse, após uma longa pausa —, Katharina, me deu uma coisa... Abra a caixa e retire as fitas. O fundo da caixa... levante-a. Tem alguma coisa lá. Pertence a você.

Katharina ficou surpresa ao descobrir um fundo falso na caixa. Quando o levantou, encontrou um objeto enrolado num lenço. Desenrolando-o, viu, com os olhos marejados de lágrimas, uma pintura religiosa em miniatura do tamanho de sua mão.

— Esta é uma de um par... um díptico, como aquele em cima do altar de nossa igreja. Porém muito menor, como pode ver. Está vendo a pedra azul no retrato, filha? Ela está também na outra pintura. Juntas, elas contam uma história.

— Mãe... — interrompeu a voz de Katharina. — Não estou entendendo.

— Seu pai... ele tinha duas pequenas pinturas... um díptico em miniatura unido por uma dobradiça. Ele o dividiu ao meio... — Isabella fechou os olhos, recordando o ritual solene que tivera lugar no meio de uma noite dezessete anos antes — ... e deu-me esta metade, esta pequena pintura, dizendo que caso ele próprio não pudesse voltar para buscá-la, se fosse incapaz de viajar e tivesse que mandar um representante, este homem apresentaria a outra metade e, quando elas combinassem eu saberia.

Katharina olhou confusa para a mãe, depois franziu o cenho para a pequena pintura em suas mãos.

— É a Virgem Santíssima? — No pequeno painel, uma mulher vestida com trajes medievais estava segurando um cristal azul junto à garganta. Um gesto misterioso. Mas não havia nenhuma dúvida sobre o valor da pedra, pois era gloriosa na sua cor e transparência.

A voz de Isabella veio de muito longe, como se o seu espírito já estivesse partindo.

— Ele mostrou-me a outra pintura... Em latim, no topo, dizia: "*Sancta Amaelia, ora pro nobis.*"

— Santa Amélia, orai por nós — murmurou Katharina, incapaz de tirar os olhos da pintura em miniatura que havia pertencido a seu pai.

— Ele disse... o cristal azul na pintura é a Pedra de Santa Amélia, que possui propriedades curativas porque foi dada a Amélia pelo próprio Jesus.

Katharina ficou hipnotizada pela pintura. Como descrever a cor da pedra? Não era azul-celeste, pois era pálido demais, nem azul-marinho, pois este era muito profundo. E não era simplesmente uma coloração, mas sim camada sobre camada, como se não fosse a pintura de uma pedra, mas sim a própria pedra. Katharina não tinha como saber que a pintura fora feita na Inglaterra por uma prioresa chamada Madre Winifred, quinhentos anos antes.

— Seu pai estava trajado como um homem rico — disse Isabella num sussurro. — Poderia ter sido um nobre. Deixou uma sacola de moedas de ouro. Gastei só um pouco, apenas para nos estabelecermos aqui em Badendorf. Depois disso, nunca mais toquei no dinheiro porque é o seu legado. A cada ano, no seu aniversário... prometia a mim mesma que lhe contaria a verdade. Mas não consegui me obrigar a fazê-lo. Você entrou na minha vida num tempo em que eu estava repleta de pesar e dor pela perda dos meus bebês. Deus que me perdoe, mas uma parte de mim torcia para que o homem nunca voltasse para buscá-la. Mas agora que estou morrendo, você tem o direito de saber a verdade.

— Calma, mamãe. Conserve suas forças. Podemos conversar mais tarde.

Isabella sacudiu a cabeça, um gesto que lhe exigiu grande esforço.

— Você nunca me foi dada, Katharina. Era só para eu cuidar de você até que ele voltasse. Mas ele não retornou, e isto só poderia ser porque estava ferido, doente ou aprisionado em algum lugar. Talvez exatamente agora esteja rezando a Deus para que seja devolvida a ele. — Ela estendeu a mão e tocou nas tranças douradas de Katharina. — O cabelo dele era da cor do seu. Ele tinha uma barba amarela magnífica, como um raiar de sol. Olhe no verso da pintura.

Katharina virou-a e leu a inscrição: "Von Grünewald".

— É o nome da sua família — disse Isabella. — Como vê... você nunca deveria ter sido minha. Seu destino está em outro lugar. Você deve procurar seu pai, Katharina. Ele pode estar ferido. Talvez doente. Deve ir ao encontro dele.

— Mas não posso abandonar você! — gritou Katharina.

— Criança, tudo isto não era para mim. Talvez, se lhe tivesse dito a verdade muito tempo atrás, as coisas tivessem sido diferentes. Mas no meu egoísmo mantive silêncio. Agora tenho de fazer a reparação. O estrangeiro... ele merece ter a sua filha.

Katharina começou a soluçar.

— Mas como o encontrarei?

— Ele disse que ia em busca da pedra azul que está nessa pequena pintura, me contou que estava indo para Jerusalém, onde achava ser o paradeiro da pedra. Encontre-a... — disse Isabella, esforçando-se para respirar. — Encontre a pedra azul e encontrará seu pai. Quando comparar esta pintura em miniatura com o seu par, terá encontrado ele, é vontade de Deus.

A mão débil, que costurara tantas flores belas, e pássaros e borboletas, tremia contra a face da filha.

— Prometa-me que irá, Katharina. Porque aonde quer que esta pedra azul leve você, lá encontrará seu destino.

Com essas palavras, Isabella deu seu último suspiro. Katharina arremessou-se sobre o corpo da mãe e chorou, enquanto o Dr. Mahmoud e Frei Pastorius cuidavam para que os curiosos e *Herr* Müller se dispersassem em silêncio. Isabella Bauer foi enterrada no cemitério da igreja local depois de um serviço fúnebre no qual seus inúmeros fregueses louvaram sua habilidade e se gabaram de possuir muitas peças finas decoradas por sua mão talentosa. Ofereceram especiais condolências a Katharina, homens e mulheres que uma vez tinham feito Isabella Bauer e a filha esperar horas na entrada de serviço de suas residências, e que freqüentemente não pagavam por seu trabalho de semanas, mas que agora, que a garota poderia ser de linhagem nobre e herdeira de uma pequena fortuna, tratavam-na com grande respeito e deferência.

Katharina portou-se de modo apático durante os dias que se seguiram, chocada com a repentina e inesperada reviravolta em sua vida. E quando começou a se refazer um pouco de seu pesar, pensou na história incrível que sua mãe lhe contara, imaginando se era verdade. Assim, com o Dr. Mahmoud e Hans Roth acompanhando-a para dar proteção, Katharina deixou Badendorf pela primeira vez na vida, viajando rumo ao norte para uma aldeia situada a apenas dezesseis quilômetros de distância, mas que parecia outro mundo para a garota de 17 anos de idade.

Lá encontrou a estalagem onde havia nascido. Depois foi até a igreja próxima e o idoso padre se lembrou de uma mulher morrendo ao dar à luz, uma dama da nobreza, forasteira. Ela estava sepultada no cemitério. Katharina encontrou a sepultura: a data da morte era a do seu nascimento. E o sobrenome era Grünewald.

Enquanto se ajoelhava ao lado do túmulo, Katharina tentou sentir alguma coisa pela mulher ali sepultada, mas não conseguiu. Seu pesar era pela costureira que havia sido sua mãe de verdade. Mesmo assim, ali jaziam os ossos e o pó da mulher que lhe tinha dado vida, e Katharina sentiu-se inundada por uma estranha emoção. Enquanto pousava as mãos na lápide de Maria von Grünewald, falecida aos 26 anos, Katharina jurou procurar seu pai — o marido desta pobre mulher —, e não importava os obstáculos que tivesse de enfrentar, iria se juntar a sua verdadeira família.

A ida de Katharina Bauer para Jerusalém tornou-se o assunto do dia. Hans não ficou nada satisfeito.

— Você precisa mesmo ir?

Como era impensável que viajasse sozinha, Katharina pedira primeiro a Hans que fosse com ela, mas claro que não poderia, pois era imprescindível na direção da fábrica de canecos. Depois ela pedira a Frei Pastorius, mas o pobre homem não tinha constituição forte o bastante para empreender tal jornada, por mais que desejasse conhecer a cidade sagrada. Finalmente ela foi aconselhar-se com o Dr. Mahmoud, que respondera dizendo que conhecer um pai, e prestar respeito a ele, era muito importante. Acrescentou que, por coincidência estivera pensando em viajar para o Cairo, onde desejava terminar seus dias, o que não demoraria muito tempo, já que era um homem idoso. E assim decidiram que viajariam juntos.

— Fiz uma promessa, Hans — disse Katharina resolutamente enquanto retornavam de seu último passeio nos bosques que circundavam Badendorf. — Preciso encontrar minha família.

— Mas *eu* sou sua família. Quando se casar comigo...

Ela tomou-lhe as mãos e sorriu tristemente enquanto dizia:

— Sim, sei disso, Hans. Mas meu pai pretendia voltar para mim. Só pode ser por causa de uma grande calamidade que ele não voltou. Tenho sonhos... vejo-o na prisão, sozinho e esquecido, ou doente numa aldeia longe daqui. Preciso encontrá-lo. Devo isto a ele. E à minha mãe. Minhas *duas* mães. Depois que tiver feito isto, voltarei para você.

Frau Roth, que nunca acreditou que alguém fosse bom o bastante para casar com seus filhos e que apenas relutantemente testemunhava o "sim" deles no altar, sempre abrigara a esperança de que Hans, seu bebê, jamais se casasse. Era de conhecimento geral que *Herr* Roth sofria de uma doença cardíaca e que *Frau* Roth, sendo de constituição robusta e vontade férrea, provavelmente sobreviveria a ele por muitos anos. Ela não pretendia ficar sozinha e certamente, de modo algum, ser dependente de uma nora — menos ainda a filha de uma mera costureira (*Frau* Roth nem por um momento acreditou na história de um nobre rico). "Katharina deve ir, meu filho", tinha dito no tom mais cálido que pôde reunir. "É obrigação dela estar com seu pai."

— Então prometa que voltará para mim — disse Hans com uma tal paixão que embaraçou Katharina. — Faça o que tem de fazer, encontre seu pai, faça as pazes com seu passado. E depois volte para ser minha esposa.

E assim, em cima das pesadas promessas que Katharina fizera às suas mães — uma no leito de morte, a outra numa sepultura — ela acrescentou outra: voltar a Badendorf e ser a esposa de Hans.

A caravana mercantil chegou e toda a Badendorf foi ver a partida de Katharina. *Frau* Roth fez uma grande exibição da bolsa cheia de táleres de prata e *pfennigs* que estava dando a Katharina como um presente-surpresa. A sacola foi passada em volta para que todos olhassem e elogiassem a generosidade de *Frau* Roth, e então, quando ninguém estava olhando ela retirou metade das moedas, botou-as discretamente no bolso e entregou a sacola bem mais leve a Katharina.

O enorme comboio mercantil tinha sido formado por uma liga de mercadores e investidores que juntaram recursos para proteger suas mercadorias na estrada: peles e âmbar do litoral norte para ser trocados no sul por frutas; azeite e especiarias, que seriam então levados de volta ao norte. A caravana era fortemente protegida por soldados contratados, que cavalgavam lado a lado com as enormes carroças puxadas por cavalos robustos. Ao longo do caminho, certos bandidos ferozes receberiam pagamentos como "pedágio", e em troca manteriam afastados os outros salteadores. Civis se juntavam a essas enormes caravanas, o único meio de viajar com segurança.

Katharina e o Dr. Mahmoud iam viajar com o mais recente embarque para exportação dos canecos de cerveja de *Herr* Roth, e quando faziam uma despedida lacrimosa, Hans deu a Katharina um caneco especial: o motivo decorativo era uma cena de montanha com um pequeno camafeu da cidade de Badendorf, meticulosamente esboçado e pintado pelo próprio *Herr* Roth. Frei Pastorius, encabulado e com o rosto vermelho de embaraço, deu um presente a Katharina: uma bolsa de couro cru lustrado e encerado, à prova de água, atado a uma tira de couro para ser levada sob as roupas. Era do tamanho perfeito para a miniatura de Santa Amélia.

E então partiram, um comboio de um quilômetro e meio de extensão que se originara em Antuérpia e continuaria por Nuremberg, o centro comercial e financeiro da Europa. Seguiria uma das principais rotas comerciais terrestres e esperava chegar aos Alpes no verão, quando os desfiladeiros estariam sem neve. A trilha era conhecida como a Rota do Âmbar e fora estabelecida antes mesmo que os romanos tivessem invadido a Europa, milhares de anos antes, quando o povo da Idade da Pedra, no longínquo norte, juntava o precioso âmbar e o transportava por terra desde o mar do Norte até o litoral do Mediterrâneo e do Adriático. As legiões romanas haviam construído estradas e pontes, tornando os Alpes mais facilmente transponíveis. As Cruzadas e a súbita popularidade das peregrinações na Idade Média aumentaram o tráfego na rota, e à época da viagem do Dr. Mahmoud e Katharina, eles faziam parte de um desfile de mercadores, caminhantes, peregrinos, pedintes, nômades, cavaleiros e até mesmo carroças postais do rei. Era um cortejo colorido, com homens tocando gaitas, mulheres carregando pão e bebês, crianças perseguindo cachorros, um grupo barulhento puxando carroções, carretas e troles rangentes, alguns a cavalo mas a maioria a pé, mudando constantemente em cada encruzilhada, onde alguns deixavam o comboio e outros se juntavam. O percurso era retardado por muitas paradas, na medida em que cada fronteira ou divisa a ser transposta exigia uma inspeção de documentos e prova de que o viajante não sofria de peste. As paradas noturnas eram ao ar livre ou em rudes estalagens que cobravam preços exorbitantes. Nos desfiladeiros alpinos eram ajudados pelo povo local, treinado especialmente para carreto que exigia vigor.

Katharina estava achando a aventura maravilhosa, pois apreciava a segurança de viajar sob a proteção de mercadores prósperos que contratavam arqueiros para protegê-los e o conforto de viajar numa carroça fechada que lhe servia de cama à noite. E durante os fins de tarde, tranqüilamente junto à fogueira do acampamento, o Dr. Mahmoud ensinava-lhe sua língua nativa, pois acreditava que o conhecimento do árabe seria uma vantagem para ela na Terra Santa. Enquanto contava a ela histórias de sua juventude, suas lembranças eram todas literalmente doces, pois falava de um fruto dourado da Espanha chamado laranja, e de um suculento fruto egípcio chamado tâmara, nenhum dos quais Katharina jamais provara. Mas a facilidade relativa de sua jornada para o sul terminou quando ela e o Dr. Mahmoud tiveram de despedir-se da caravana em Milão, pois a agência exportadora dos Roth ficava em Gênova, e então foram aconselhados a não velejar a partir de Gênova, pois levaria mais tempo e ainda correriam o risco de ser atacados por piratas da Barbária. Então juntaram-se a uma caravana mercantil que levava têxteis franceses para ser trocados em Veneza por vidro de Murano, e seguiram a planície do rio Pó até virarem ao norte para Pádua, e dali para a costa do Adriático. De Badendorf até os Alpes estiveram entre amigos, porém agora se viam em companhia de estranhos, e assim resolveram se resguardar. O Dr. Mahmoud aprendera muito tempo antes o que era sobrevivência silenciosa. Ele nunca revelava ser muçulmano, pois corria o risco de ser considerado inimigo, principalmente agora que se aproximavam do Mediterrâneo, onde os odiados turcos dominavam os mares.

Veneza representou um choque. Embora no caminho tivessem atravessado cidades maiores, e até mesmo a impressionante metrópole de Nuremberg, estas não passavam de exibições comparadas com Veneza. Katharina jamais vira uma cidade tão *plana*. Não havia uma montanha ou colina à vista; as pessoas viviam em canais e circulavam em pequenos barcos com curiosas proas curvas; e os cidadãos vestiam-se mais suntuosamente do que pudera ver em qualquer das cidades do norte. Mulheres da classe alta cambaleavam em sapatos de plataforma alta e não cobriam o cabelo, como era moda na Alemanha, mas arrumavam seus cachos e madeixas com redes e fitas douradas. Katharina nunca vira homens com cabelos tão longos, especialmente os jovens, que lhe pareceram muito efeminados. Mas não havia nada de feminino no modo como lançavam sugestivos olhares em sua direção. Seu próprio cabelo era também uma atração. Muito embora sua coloração dourada fosse um tanto chamativa em Badendorf, não era incomum. Porém, quanto mais seguia para o sul, mais singular ele se tornava. Embora visse mulheres com cabelo louro, ele era tingido e obviamente artificial, de modo que Katharina freqüentemente atraía olhares de admiração de homens estranhos. Ela se mantinha próxima ao Dr. Mahmoud, agarrada aos seus fardos, e agora se dirigiam ao porto na vasta laguna.

Enquanto progrediam pelas ruas estreitas e ao longo de canais, puderam ver uma festa de casamento acontecendo em uma das magníficas mansões. De uma sacada, os noivos estavam alegremente jogando comida para a multidão abaixo: Katharina viu toda uma chuva de faisões assados, fôrmas de pão dourado, frutas cristalizadas e amêndoas açucaradas caindo para as mãos dos felizes receptores. A uma rápida sugestão do Dr. Mahmoud, eles se juntaram à multidão e pegaram uma pequena peça de queijo e um cacho de uvas rosadas, com que se banquetearam enquanto prosseguiam na sua jornada para o porto. Tais ostentações de riqueza e generosidade, souberam mais tarde, eram típicas desta poderosa cidade marítima. Igualmente excessivo, Katharina e o Dr. Mahmoud aprenderam, era o senso de justiça dos venezianos. Quando dobraram uma esquina se depararam com um bando furioso que momentos antes trucidara dois homens. As vítimas tiveram o peito rasgado e seus corações palpitantes espetados nas portas de uma pequena igreja. Era um ato de vingança, um dos circunstantes contou a Katharina. Na semana anterior os dois homens haviam assassinado o chefe de uma das famílias mais poderosas de Veneza.

Eles se apressaram rumo ao porto, onde depararam com mais visões espantosas. Em meio a uma floresta de mastros, castelos de proa, velas e cordames, Katharina viu a água flutuante com caravelas, carracas, galeões, navios redondos, latinas, navios mercantes, belonaves, canoas, dingas, lanchas, balsas e até dois juncos chineses de velas vermelhas surradas pela ação do tempo. O cais estava congestionado com hordas de peregrinos, tanto cristãos quanto muçulmanos, indo ou voltando de seus lugares santos. Havia marinheiros de todas as marinhas, mercadores, eruditos, oficiais, tripulantes inferiores esfarrapados e estivadores transportando fardos, barris, animais e mercadorias para bordo. O ar estava repleto de sons, uma centena de línguas estrangeiras, e cheiros estranhos. Katharina viu até mesmo uma coisa chamada livraria. Embora já tivesse visto livros impressos — a igreja de Badendorf orgulhava-se de sua Bíblia produzida numa prensa tipográfica —, nunca vira tantos livros quanto nessa loja: mais de quatrocentos em estoque!

Katharina jamais sonhara com viagem e aventura, e agora ambas tinham se imposto sobre ela. Seu espírito era uma curiosa dicotomia de alegria e tristeza, pois enquanto lamentava ter perdido sua mãe, Badendorf e Hans, emocionava-se com o pensamento de encontrar sua verdadeira família de sangue. Ela não acreditava que uma pessoa pudesse olhar para a frente e para trás ao mesmo tempo, e estava fazendo justamente isto.

Eles foram aos escritórios do porto, onde o árabe e o rústico espanhol do Dr. Mahmoud foram de pouca utilidade, mas o alemão e as noções de latim de Katharina ajeitaram as coisas. Infelizmente, em toda parte em que indagavam, recebiam uma variedade de respostas, de capitães recusando-se a levar um muçulmano, de capitães recusando-se a levar uma mulher, de capitães recusando-a levar passageiros de qualquer tipo.

A superstição secundava o medo na vida de um marinheiro: se um pagão não afundasse um navio, então uma mulher o faria.

O dia estava chegando ao fim e a esperança deles também. O Dr. Mahmoud sugeriu que procurassem alojamento para passar a noite e tentassem de novo na manhã seguinte.

Foi então que Katharina viu o estrangeiro. Ele chamou-lhe a atenção porque era diferente dos outros no cais, embora ela não soubesse explicar exatamente por quê. Tinha o aspecto de um nobre no seu gibão acolchoado branco, calções acolchoados azuis e meias também azuis. Usava um manto estranho que estava fora de moda, porque naqueles dias os homens já não mais usavam mantos. Era todo branco com uma cruz azul de oito pontas bordada nas costas, como se pertencesse a uma ordem religiosa. Cabelo e barbas cortados rente acima de uma gola de rufos. Alto e esguio. Espada elegante pendendo de um cinto no quadril esquerdo. Claramente um homem rico. Mas havia algo na maneira como olhava para o mar; um ar de mistério em torno dele, ou talvez fosse saudade, o que manteve o interesse de Katharina. Ele virou-se de súbito para falar com um dos carregadores, e Katharina captou uma sombra de tristeza nos seus olhos. *A tragédia assombra este homem*, pensou e surpreendeu-se consigo mesma. Estrangeiros em Badendorf raramente lhe chamavam a atenção, sem contar sua imaginação. Ainda assim, este homem simplesmente o fizera e ela não sabia por quê.

Ao se virar para o Dr. Mahmoud a fim de perguntar para onde iriam em seguida, desordeiros surgiram de repente sabe lá Deus de onde e os encurralaram para roubar seus pertences. Katharina gritou e viu seu idoso acompanhante cair por terra.

Vendo o que tinha acontecido, o estrangeiro de manto imediatamente interveio:

— Fora daqui, seus patifes nojentos! — gritou ele, alcançando-os e agarrando os dois pela gola. Tão logo largaram seu butim, os ladrões se escafederam, desaparecendo na multidão. — Está ferida? — perguntou o estrangeiro a Katharina, falando em latim, a língua universal dos viajantes cristãos.

— Estamos bem. Obrigada, senhor — disse Katharina, sem fôlego mais pela proximidade do estranho do que pelo ataque dos ladrões.

— Sou Dom Adriano de Aragão, um cavaleiro da Irmandade de Maria. Ele é um turco? — Acenou com a cabeça na direção do Dr. Mahmoud.

Katharina enchia os olhos com o estrangeiro. De perto ele era ainda mais impressionante. Não apenas bonito, mas também de feições interessantes. E as sombras de saudade e solidão ficaram até mais evidentes.

— O Dr. Mahmoud é da Espanha, tal como o senhor.

Isto não pareceu interessá-lo.

— Para onde estão indo?

— Para Haifa e depois para Jerusalém.

Ele examinou-a novamente. Uma garota, com o cabelo parecendo ouro torcido em trança e a ingenuidade de um bebê recém-nascido. O que ela fazia na companhia de um árabe idoso e dirigindo-se a Jerusalém? Isto não seria da sua conta, se ela não fosse uma cristã a caminho da Terra Santa, pois ele assumira um voto de ajudar peregrinos na sua jornada para Jerusalém.

— Posso levá-la até Haifa — disse ele, acrescentando rapidamente: — Mas só você. O velho não.

— Mas não posso abandonar o Dr. Mahmoud!

Dom Adriano ficou surpreso ao ouvir a paixão na voz dela e vê-la nos seus olhos verdes. Não poderia haver ligação de sangue entre a garota e o velho, portanto o que os ligava? Pensou mais um pouco. A família de Dom Adriano tinha lutado para expulsar os mouros da Espanha. Seu pai havia morrido combatendo os muçulmanos. E a irmandade a que pertencia, sediada numa fortaleza na ilha de Creta, dedicava-se a retomar a Terra Santa dos bárbaros muçulmanos e devolvê-la à cristandade.

Mas finalmente, decidindo que seu dever era com uma peregrina cristã, ele assentiu. Que o velho os seguisse de perto. Ele não seria de responsabilidade de Dom Adriano.

— Espere aqui — disse ele e se afastou, seu manto branco com a cruz azul se agitando à brisa.

Katharina o observou se empenhar com um capitão de navio no que parecia uma furiosa discussão, pois o capitão continuava sacudindo a cabeça. Mas Dom Adriano, sendo alto e de porte impactante — e não havia qualquer dúvida sobre sua patente e posição —, por fim levou a melhor e o capitão assentiu.

— Convenci o capitão — disse, ao retornar — de que levar um muçulmano a bordo poderia ser uma boa segurança se encontrarmos piratas da Barbária, pois eles deixarão um de seus homens santos escapar ileso, bem como qualquer um que esteja em sua companhia. Também ajudou o fato de seu amigo ser médico. Mas o capitão diz que sua tripulação não tem mulher a bordo. Marinheiros são uma raça supersticiosa Qualquer dificuldade e eles a culparão, *señorita*. Ele diz que só há um meio de levá-la. Vai ter de se disfarçar.

— Me disfarçar? Como?

— Viajará como o neto do velho.

Dom Adriano levou-os a uma pequena taverna e lá os deixou, dando ao proprietário um florim para ficar de olho neles. Quando retornou, pouco tempo depois, levou Katharina e o Dr. Mahmoud para um beco onde, após certificar-se de que estavam sozinhos e fora de vista, entregou a ela um frasco de uma pasta preta malcheirosa.

— Isto tornará seu cabelo castanho — disse, e depois deixou-a para fazer o trabalho.

Enquanto Katharina massageava a tintura no couro cabeludo e no comprido cabelo, o Dr. Mahmoud procurou na sua sacola de viagem um *galabeya* sobressalente, um comprido manto egípcio que pendia frouxo sem revelar a forma do corpo. Do xale de Katharina ele conseguiu fazer um turbante decente para cobrir o cabelo recém-tingido, que ela enrolou na cabeça, dobrando as pontas desgarradas. Quando estava vestida, ela emergiu detrás de uma pilha de barris. Foi com olho de médico que Mahmoud estudou o produto acabado. Detectou um problema com os seios, por isso pegou um rolo de ataduras de sua caixa de remédios e disse-lhe para atar o peito do modo mais plano que pudesse. Ele discretamente virou-se de costas enquanto Katharina completava o disfarce.

Quando voltaram ao cais viram Dom Adriano se apressar na direção deles, e quando seus olhos bateram em Katharina, sua boca abriu-se em leve surpresa. Ela estava tão esguia e tão bem disfarçada que seria tomada por um rapaz.

Ele havia comprado garrafas de água, pão, queijo, frutas e tiras de carne-seca, pois os passageiros tinham de se abastecer. Na hora em que subiram a prancha de embarque, o idoso muçulmano, seu neto e o cavaleiro cristão, o sol declinava no horizonte e os marujos rizavam as velas.

Era um navio português que acabara de trazer marfim da África e agora se dirigia à Índia com o porão cheio de lingotes de cobre para os artesãos de Bombaim. Houve um breve atraso enquanto o capitão ordenava que parte da carga fosse retirada e rearrumada, pois uma carga que se deslocasse no porão podia causar um naufrágio. Uma vez convencido de que o cobre estava estocado baixo o bastante para dar estabilidade ao navio, ele deu ordens de içar velas. Conduziu sua tripulação numa prece e Katharina ouviu sinceridade nos seus padre-nossos, pois embora o percurso oceânico fosse o meio mais rápido de se viajar, era também o mais perigoso. E depois dois garotos tocaram uma flauta e um tambor enquanto os marinheiros se azafamavam com cordas e sarilhos, o ritmo da melodia ajudando-os a trabalhar em conjunto. Finalmente estavam velejando para fora da laguna e entrando em mar aberto. Katharina ficou de pé na proa, o rosto exposto ao vento enquanto pensava, não no povo e na aldeia que deixara para trás, mas na família que a esperava em uma terra desconhecida.

◆ ◆ ◆

Tal como os marinheiros, eles dormiam em redes penduradas entre fardos de carga no porão do navio. O espaço era tão apertado que as refeições eram feitas numa pequena mesa calçada entre dois canhões. Mas na maioria das vezes, quando o tempo permitia, os três passageiros ficavam no convés, ao ar livre.

Katharina pensava no seu salvador, pois Dom Adriano permanecia com ela e o Dr. Mahmoud o tempo todo e anunciava com sua presença imponente que era o seu protetor, mas, por outro lado, não tinha nada a ver com eles. Ela notou que ele não tocava em carne nem vinho, e especulou se isto tinha a ver com os votos de sua irmandade. E quando o observava rezar — de joelhos, segurando a espada diante de si com ambas as mãos, o punho da arma parecendo um crucifixo —, suspeitava que fosse um homem profundamente religioso.

Mas um homem perturbado.

Havia rugas no seu rosto que de início achou tivessem sido criadas pela sabedoria e experiência. Mas depois pensou: *não, elas foram criadas pela dor*. E havia o ar de anseio enquanto ficava olhando o mar por horas sem fim. O que estava vendo? O que estava procurando? Adriano observava o pôr-do-sol, observava o céu escurecer e as estrelas surgirem uma a uma, o rosto erguido para o alto como se esperasse ver alguma mensagem escrita no céu. Ele carregava o silêncio em torno de si mesmo como o manto de cavaleiro que usava. Aquele silêncio estava enrolado nele. Era para manter as coisas de fora ou conservá-las dentro? Talvez as duas coisas. Katharina nunca antes ficara curiosa acerca de uma pessoa. Nunca especulara sobre o que Hans estava pensando, nunca desejara mergulhar na intimidade dele. O que via na superfície ela aceitava como a pessoa inteira. Nunca lhe ocorrera que segredos e paixões podiam jazer sob a superfície. Mas agora não podia parar de pensar neste estrangeiro enigmático que parecia, dia após dia, não ser deste mundo, mas em vez disso habitar a paisagem interior de sua alma.

Seus pensamentos a sobressaltaram. Ocorreu-lhe que eram os pensamentos sábios e elevados de um adulto. Considerou as centenas de quilômetros que tinham percorrido, todas as cidades e pessoas que viram, e agora se encontrava num vasto oceano, o que a fez se sentir subitamente adulta. Tinha comemorado seu 18º aniversário na Rota do Âmbar e agora não se achava mais uma garota, mas sim uma mulher. Gostava da sensação e acreditava que agora compreendia tudo acerca da vida. Havia passado por muita coisa num espaço de tempo muito curto, perdendo a mãe e conhecendo a verdade sobre o seu nascimento e identidade e agora, a meio caminho no mar Adriático, estava convencida de ter visto a maior parte do mundo. E quando pensou em Jerusalém e no dramático encontro com seu pai e família, imaginou-se voltando a Badendorf, sendo recebida como uma pessoa especial por ter viajado para tão longe e se tornado uma mulher sábia. Ela já sabia como descreveria Jerusalém para todo mundo, suas magníficas igrejas dispostas em fileiras, o povo totalmente pio e religioso, todos falando latim e concedendo bênçãos como uma coisa natural. E como ela seria a pessoa mais conhecedora do mundo em Badendorf, as pessoas viriam buscar seu conselho, até mesmo o Padre Benedict, cuja única alegação para a fama residia numa viagem que fizera a Roma. Mas ele nunca tinha ido a Jerusalém, onde o próprio Jesus havia caminhado.

À medida que os dias passavam e o horizonte se estendia diante deles, Katharina tornou-se terrivelmente enjoada, mas o Dr. Mahmoud amenizou seu desconforto com um remédio feito de gengibre. Ela também se sentia desconfortável com os olhares da tripulação, que ficava observando-a com expressões indecifráveis. E quando o navio passava um longo tempo sem visão de terra, ela sentia um pânico especial no coração. Para refrigério, ela freqüentemente tirava a pintura em miniatura da bolsa de couro que Frei Pastorius lhe dera e que usava sob o manto egípcio. Sentada no convés, joelhos puxados para cima, embalando a miniatura nas mãos, fixava os olhos no cristal azul e imaginava o que havia nele que fizera seu pai abandonar a filha recém-nascida para ir procurá-lo. E se o tivesse achado, e o poder do cristal fosse tal que tivesse varrido toda a lembrança de sua mente, fazendo-o se esquecer de suas obrigações na Alemanha?

Ela desejava poder também conservar o caneco que Hans lhe dera porque nestes lugares desconhecidos e assustadores ela extrairia conforto de um objeto tão familiar e da sensação da argila de Badendorf sob seus dedos. Mas o caneco havia sido embalado com sua trouxa de roupas, bastante protegido nas dobras de saias e corpetes, xales e estolas, para evitar que se quebrasse. Ela só poderia ver o caneco quando chegasse a seus alojamentos em Jerusalém. A casa de seu pai, talvez? Eles partilhariam uma bebida no caneco e o pai, sendo um nobre alemão e havia muito ausente de casa, iria chorar à visão de um caneco de cerveja tão excêntrico.

Uma semana após a partida de Veneza, a tempestade atingiu-os.

Metade dos marinheiros quis içar a vela mestra, a outra metade disse que não era hora, pois o vento estava aumentando. Irrompeu uma disputa. Decidiram por içar a vela mestra, mas então já era tarde demais, a lona se rasgou. Todos os fogos se apagaram: o do fogão do cozinheiro e das lanternas. O mar se erguia. Katharina e o Dr. Mahmoud se agarravam um ao outro. Trovão e relâmpago baixaram de súbito sobre eles, e uma chuva pesada desabou. O vento se intensificou até que o mastro principal se partiu com um poderoso som estalejante e desabou no convés. Os marujos caíram de joelhos e começaram a rezar em voz alta. Ondas gigantescas se ergueram por cima das amuradas e lavaram os conveses. Barris e fardos, soltando-se, se arrastaram de um lado para o outro e finalmente caindo no mar. O navio estava na verdade sendo engolido e indo para o fundo, mas no instante seguinte reerguia-se de novo como se num repuxo. E continuou para cima e para baixo na tempestade, com sua frágil tripulação humana gritando, rezando e se agarrando à vida.

Katharina acordou para se descobrir numa praia, as roupas ensopadas, seu longo cabelo emaranhado de algas. O céu estava cinzento mas a chuva havia cessado, e o oceano se turvava como um furioso metal líquido com pontos espumantes. Pranchas de madeira e retalhos de vela flutuavam nas ondas. Ela olhou para os lados e só o que viu foram os restos do navio e da carga espalhados entre as dunas. Não havia ninguém.

Lutou para se pôr de pé e olhou em volta atordoada. Onde estava o navio? Onde estava a tripulação?

— Dr. Mahmoud! — gritou. A única resposta foi o uivo zombeteiro do vento.

Ao caminhar ao longo da praia, seu *galabeya* se arrastando e esfarrapando na areia molhada, ela encontrou um corpo. Era o capitão, e caranguejos já se banqueteavam. Mais adiante encontrou os destroços de uma arca de madeira, mas pouco restava do seu conteúdo. Seguindo em frente, viu um caco de cerâmica branca. Pegou-o e limpou a areia. Era parte do caneco de cerveja que Hans lhe dera. Procurou pelo resto, mas não achou outros pedaços. Ainda entorpecida pelo choque, Katharina embalou o pequeno fragmento na mão — a pintura em miniatura de Badendorf aninhada nas montanhas.

Então viu uma figura à frente, cambaleando pela areia, o manto esvoaçando e rodopiando a sua volta. Dom Adriano! Katharina começou a correr, agitando os braços e chamando, tropeçando na bainha do *galabeya* rasgado.

— Graças a Deus! — gritou quando se alcançaram. Caiu nos braços dele, soluçando. Ele a envolveu no seu manto úmido, e os dois choraram e tiritaram de frio juntos até que finalmente se ajoelharam e rezaram por terem sobrevivido.

— Onde estamos? — perguntou ela, os lábios rachados e encrostados pelo sal.

Ele semicerrou os olhos para o sombrio oceano e o horizonte invisível.

— Não faço a menor idéia, *señorita*.

— Viu o Dr. Mahmoud?

Seus olhos encheram-se de tristeza enquanto dizia:

— Eu o vi se afogando. Procurei-o sob a água mas ele tinha ido para o fundo. Sinto muito.

Ela chorou de novo, sentando-se na areia e puxando os joelhos para o peito. Dom Adriano enrolou seu manto de cavaleiro em torno dela e saiu em busca de lenha seca para uma fogueira.

Algum tempo depois ela se lembrou da pequena pintura de Santa Amélia. Gritou de alegria quando ainda a encontrou em volta do pescoço na bolsa à prova de água, e quando a trouxe para a luz das chamas da fogueira de Dom Adriano, extraiu esperança da reconfortante imagem de Amélia e do cristal azul.

Adriano explorou as proximidades e descobriu que estavam numa ilha que era pouco mais que um afloramento rochoso no mar com nenhum sinal de verdor ou vida selvagem. Mas ele encontrou barris de água arremessados à praia e madeira seca o suficiente para conservar a fogueira. Juntos, ele e Katharina cavaram em busca de caranguejos e outros crustáceos, que cozinharam entre pedras quentes e algas secas.

O céu escureceu tanto que eles souberam que o sol tinha se posto, mas nuvens bloquearam as estrelas e uma névoa se arrastou do oceano. Dom Adriano protegeu o fogo para mantê-lo ardendo. Katharina olhava fixamente para as chamas como se em transe. Continuava imaginando o Dr. Mahmoud como o tinha visto pela última vez: sendo varrido pela borda do navio, o turbante solto, um ar de terror no rosto. Ela pensou nas semanas em que viajaram juntos, sua paciência gentil e nas coisas que lhe havia ensinado. Tinha esperança de que pudesse convencê-lo a ficar em Jerusalém com ela em vez de ir para o Cairo, pois o médico árabe tinha sido a pessoa mais próxima de um parente de sangue que já conhecera. Estava também cheia de pesar pela morte da mãe e isto a surpreendeu, pois aprendera a superar isto. Mas a recente morte havia renovado o velho pesar, de modo que Katharina, chorando, lamentava não só pelo Dr. Mahmoud, mas por sua mãe, por sua mãe biológica, pela tripulação e o capitão do navio português.

Nos dias que se sucederam, mais corpos de tripulantes apareceram na praia, e a dupla em dificuldades deu a eles um enterro cristão, Adriano recolhido em profundo silêncio, e o pesar e desespero de Katharina aumentando. Finalmente, certa manhã ela deparou com o cadáver pálido de um dos rapazes que tocavam flauta e tambor no navio, e ela sabia que não poderia continuar. Acreditando que sua sobrevivência tinha sido um acidente, que deveria estar no fundo do mar com o Dr. Mahmoud, correu para a arrebentação, tentando se afogar nas ondas.

Mas Adriano foi atrás dela e, depois de uma breve luta na água, conseguiu trazê-la de volta e depositá-la na areia. Lá, ele segurou-a pelos ombros e disse com paixão:

— Não sabemos qual é o propósito de Deus. Não podemos adivinhar Seu desígnio. Devemos apenas cumprir Sua ordem. Ele nos poupou, *señorita*, por qual razão, não sei. Mas cair no desespero é desafiar a vontade de Deus. Por amor a Ele, você deve continuar viva. — Era o máximo de palavras que tinha falado em vários dias, e meramente pronunciá-las pareceu renovar sua força.

Katharina chorou por um longo tempo depois disto, e embora ainda achasse que deveria ter morrido com o Dr. Mahmoud, não mais tentou se afogar. Comia um pouco e bebia um pouco, e vagueava pela pequena praia com os olhos fixos no horizonte distante, decidindo que ela e Adriano estavam provavelmente tão bem quanto os mortos, de qualquer forma.

Dormiram juntos para se aquecer e quando amanheceu Katharina acordou para sentir os braços do cavaleiro enlaçando-a, seu corpo sólido contra o dela, o batimento firme do coração de Adriano sob sua cabeça. Levantando-se, estudou o rosto dele à pálida luz da aurora, notando como a areia e os cristais de sal se grudavam às espessas pestanas e sobrancelhas castanhas e à barba cortada rente. Que sonhos perturbados, especulou, faziam os olhos dele rolarem sob as pálpebras? Que paixões o impeliam a permanecer vivo, e a *mantê-la* viva? Porque sabia que sem Adriano certamente iria se matar. Então se lembrou de ter acordado durante a noite aos gritos, e Adriano ali para agarrá-la e reconfortá-la. O que a fizera gritar? Sonhos de afogamento.

Pela primeira vez em dias, a aurora trouxe a luz do sol, pois as nuvens se haviam dispersado e o oceano até mesmo reluzia em alguns pontos. Enquanto Adriano conseguia pegar alguns peixes na água rasa, Katharina percorreu a praia e encontrou outro barril de água do navio. Especulou quanto tempo poderiam sobreviver numa ilha em que nem uma única árvore crescia. Tinha frutos do mar, porém nada mais. Pássaros não vinham aqui para desovar. Nenhuma vegetação irrompia das fissuras. Então ocorreu-lhe se era adequado um homem e uma mulher viverem juntos sem ser casados. A Igreja incluiria vítimas de naufrágio quando catalogava pecados?

Quando outro pôr-do-sol pareceu zombar do estado deplorável deles, pois era evidente que a tormenta desviara demais o navio da rota e portanto fora de vista de outros navios de passagem, Adriano encontrou voz e palavras.

— Por que vai para Jerusalém? — perguntou, enquanto atiçava o fogo.

Enquanto Katharina trançava o comprido cabelo que, para sua surpresa, continuava castanho, já que a tintura não fora lavada pela água do mar, ela contou-lhe sua história, terminando com:

— Portanto, vou em busca do meu pai.

— Um homem que abandonou você?

— Tenho certeza de que não foi intencional. Ele garantiu que voltaria para me buscar.

— Mas e este rapaz que mencionou, Hans Roth? Poderia ter-se casado com ele, vivido com muito conforto. Correu o risco de perder tudo isto?

Ela o fitou com olhos firmes.

— Meu pai poderia estar ferido, ou nas mãos de homens cruéis. É meu dever encontrá-lo.

Isto deu a ele algo sobre o que pensar. Para dizer a verdade, Dom Adriano ressentia-se amargamente das mulheres. Tinha amado uma única mulher na sua vida, e quando ela o havia traído com outro homem, jurara nunca mais amar outra mulher como a amara, nem confiar mais em mulher alguma. Ao ingressar na Irmandade de Maria e assumir votos de celibato, afastou as mulheres de sua mente.

— É um sacerdote? — perguntou ela, apontando para a cruz azul bordada no peito de seu manto branco.

Adriano lançou-lhe um olhar atônito e depois seu rosto se suavizou num sorriso.

— Não, *señorita*, sou apenas um servo do Senhor. — Ele caiu em silêncio e olhou sombriamente para as chamas. Por fim, disse: — Matei um homem que não era meu inimigo e arruinei a vida de uma mulher. Por um dia e uma noite prostrei-me diante de um altar, pedindo um sinal à Mãe Abençoada. Ela veio a mim numa visão e falou de uma irmandade dedicada a restaurar seu trono na Terra Santa. Ingressei na irmandade. Já faz vinte anos, e continuo servindo tanto à irmandade quanto à Mãe Abençoada. — Voltou seu sofrido olhar para Katharina. — Quem era o velho que chamava de Mahmoud?

— Quando fiquei órfã, ele tornou-se meu guardião.

— Um pagão?

— Ele acredita em Deus e reza. Talvez com mais freqüência do que nós. O Dr. Mahmoud é um bom homem. — Lágrimas brotaram em seus olhos. — Era — corrigiu-se, suavemente.

Dom Adriano tinha suas próprias opiniões sobre homens bons e homens ateus, mas as mantinha para si mesmo. Que criança inocente ela era, para lançar-se no mundo sem nenhuma proteção senão a de um velho e frágil pagão. Dom Adriano sentiu uma rara emoção agitar-lhe o coração, algo que não sentia havia muito tempo, desde que uma mulher chamada Maria destruíra sua vida e o fizera jurar nunca mais amar de novo.

E então ele rapidamente se afastou. Não havia lugar para mulheres na mente de um homem envolvido numa cruzada religiosa.

Enquanto Katharina observava as fagulhas se erguerem para as estrelas, lembranças vaguearam por sua mente: a mãe contando-lhe as histórias de Rapunzel e Chapeuzinho Vermelho. As duas saindo para passear na neve. Isabella varando a noite para terminar o bordado para uma freguesa, tirando o *strudel* ainda quente do forno, e o delicioso banquete que partilharam naquela noite. Dormindo juntas nas noites frias, Katharina observando a neve cair da janela e sentindo-se a salvo e amada:

— Minha mãe — disse, baixinho ao atiçar o fogo — poderia ter ficado com as moedas de ouro e me deixado na estalagem, ou talvez arranjado um marido rico com aquelas moedas de ouro. Mas não o fez. Ela me manteve, me criou e me amou. Passou fome mesmo tendo aquelas moedas de ouro escondidas em nosso quarto. Sacrificou-se tanto para conservar aquelas moedas para mim, e agora as perdi nesse oceano e a desapontei.

Adriano assentiu, sério.

— A mãe é a primeira a nos amar, e a primeira a quem amamos. O pai sempre vem depois. — Seus olhos pousaram no horizonte. — Eu sirvo a Deus, mas é a Mãe Santíssima que amo e a quem dediquei minha vida e alma. — Passou os olhos em Katharina. — Tanto quanto você, lamento ter desapontado minha mãe. Mas sairemos desta ilha, *señorita*. Não seremos deixados para morrer aqui.

Katharina olhou para as rochas estéreis atrás deles, escarpadas, escuras e proibidas, e pensou: *Nada cresce aqui, nada sobrevive aqui, como conseguiremos?* Então olhou para Adriano e maravilhou-se com a fé que ele tinha nos apóstolos.

Adriano mantinha-se vigilante enquanto a garota dormia, os olhos fixos no oceano escuro, observando os perigos que sabia que estavam à espreita. Não contou a ela que embora tivessem sobrevivido ao naufrágio, havia outras coisas a temer, pois a ameaça de que fossem encontrados por corsários da Barbária ou por uma belonave otomana era bastante real. E o destino provável para qualquer um deles — uma garota indefesa e um cavaleiro cristão — era cruel. Todavia, ele rezava e extraía esperança dos pensamentos de Deus de que um navio veneziano seria o primeiro a aparecer.

Seus salvadores resultaram não ser nem piratas nem turcos, mas sim predadores a bordo de uma caravela grega, um dos muitos navios mercenários oportunistas que varriam o Mediterrâneo em busca de qualquer coisa que pudesse ser negociada com lucro. Neste caso era um capitão que vendia escravos para a corte do sultão. Ele viu que valia a pena manter a garota virgem, por isso ameaçou matar qualquer tripulante que a tocasse. Da mesma forma queria conservar o cavaleiro em condição saudável, pois sabia que os turcos reservavam uma tortura de morte especial para os cavaleiros cristãos.

E assim, em vez de continuar a leste para Jerusalém e para o cristal azul de Santa Amélia, Katharina viu seu rumo subitamente alterado quando a caravela apontou para o norte e navegou para Constantinopla, o centro do Império Otomano.

— Para onde estão nos levando? Por favor, tenho de ir para Jerusalém. Se é dinheiro que desejam, meu pai...

As súplicas de Katharina caíram em ouvidos moucos. Agrilhoada e ignorada, ela se retraiu em espanto e infelicidade sombrios, rezando para que Adriano estivesse a salvo e que este pesadelo terminasse em breve.

A caravela grega tinha parado na ilha sem nome na esperança de encontrar água potável. Agora, acorrentada no porão e enfrentando um destino desconhecido, Katharina não sabia se agradecia a Deus por sua boa sorte ou se amaldiçoava sua má sorte. Afinal, não eram mais náufragos, mas agora se encontravam num navio de escravos. Se a caravela grega não tivesse aparecido, ela e Adriano poderiam ter ficado presos naquele afloramento estéril até o fim dos seus dias.

Quando a caravela aportou em Constantinopla, o porão estava repleto de mercadorias humanas que iam desde crianças a pessoas idosas, de todas as nacionalidades e línguas, pois havia parado no meio do caminho para atacar, seqüestrar, roubar e comprar escravos para o sultão. Durante a viagem, Katharina tinha sido mantida embaixo com os outros, aglomerada num espaço sem luz e malcheiroso, com pouca água e comida, sem comunicação com o mundo exterior, violentamente enjoada, e certa de que ia morrer. Só voltou a ver Adriano quando foram arrastados do porão superlotado para a luz do sol no porto azafamado. Com a luz perfurando seus olhos, ela o viu agrilhoado a uma fileira de homens de aspecto deplorável, Adriano destacando-se por causa de sua altura e porte. Estava seminu e parecia ter sofrido maus-tratos, mais ainda mantinha a cabeça erguida e ela o viu se abaixando para ajudar um companheiro cativo que tropeçara. Katharina tentou fazer-lhe um sinal, mas chicotes os impeliram para direções opostas, até que ela o viu desaparecer num aglomerado colorido e ruidoso.

A luz do sol e o ar puro pouco fizeram para reanimá-la. O cabelo tingido emaranhado e fervilhando de piolhos, o *galabeya* manchado de vômito, ela cambaleava descalça sobre o crestado calçamento de pedras arredondadas, com seus companheiros chicoteados e gritando de dor. Não foi longa a jornada até o portão imperial, uma imponente arcada de mármore branco aberta a todos e situado a uns cem metros do hipódromo e da basílica de Hagia Sophia, que havia sido convertida numa mesquita. Penduradas do outro lado do portão estavam as cabeças apodrecidas de criminosos, como um aviso à população. Por esta entrada maciça fluíam pessoas, desde dignitários de alto escalão às classes mais baixas — muçulmanos e cristãos, cidadãos e forasteiros — todos observados por guardas ameaçadores armados com cimitarras, lanças e flechas.

Impelidos por feitores com chicotes, as garotas e mulheres espancadas foram amontoadas num pátio menor guardado por negros enormes com lanças. Ali as cativas foram desnudadas e deixadas para tremer de frio sob o céu. Katharina quis gritar em protesto. Eles tomaram a bolsa de couro de Frei Pastorius que continha a miniatura de Santa Amélia e o caco de cerâmica de Badendorf. Tinha sido o seu pequeno pedaço da Alemanha, um caco de cerâmica feita em solo alemão, modelada por mãos alemães, e pintada com amor alemão. Onde quer que pudesse estar fisicamente, era lá que seu coração pertencia. Mas agora isto tinha sido tomado dela, com a pintura que a identificaria para seu pai. Como a obteria de volta?

Uma mulher de aparência imponente apareceu, equilibrando-se em sapatos muito altos e usando um penteado cômico que a tornava ainda mais alta. Ela parava diante de cada cativa e dizia: "Crente ou não-crente?" Às respostas sussurradas, ela realizava então um exame superficial e selecionava a pobre mulher ou garota com uma única palavra: "cozinha", "lavanderia", "caserna", ou "mercado". Quando a mulher chegou a ela, Katharina já havia deduzido que aquelas que alegavam ser crentes eram mandadas para o mercado de escravos ou, talvez pior, para as casernas próximas para servir de objeto de prazer para os soldados.

Antes que a mulher formulasse sua pergunta, Katharina deixou escapar "*La illaha illa Allah!*", que significava, "Não existe nenhum deus senão Alá", a prece essencial muçulmana que havia aprendido com o Dr. Mahmoud.

A mulher ergueu as sobrancelhas.

— Você é muçulmana?

Katharina mordeu o lábio. O Dr. Mahmoud ensinara-lhe o suficiente sobre o Islã e o Corão de modo que ela sabia passar como crente desta fé. Mas então pensou em Adriano e na devoção dele à Virgem Maria e no voto que fizera de ajudar viajantes cristãos. E sabendo que ele seria torturado por causa de sua fé, que nunca fingiria ser outra coisa senão um seguidor de Cristo, baixou a cabeça e murmurou:

— Não, senhora, sou cristã. Mas sei ler e escrever — acrescentou depressa, esperando que isto a poupasse do destino das outras mulheres, pois desconfiava que a vida na cozinha e na lavanderia do palácio era dura e curta.

A mulher ficou mais tempo com Katharina do que ficara com as outras, inspecionando suas mãos e dentes, indagando sobre sua linha sanguínea, ao que Katharina respondeu ser de uma estirpe nobre. Finalmente a mulher fez sinal a um assistente, que conduziu Katharina por uma porta que, para sua surpresa, abria-se para as termas, onde mulheres e garotas conviviam em diversas formas de roupas de baixo. Ali ela foi escovada e examinada em busca de piolhos, com a atendente resmungando que era bem notório que cristãos não se lavavam com muita freqüência. E então, para seu choque adicional, foi forçada à remoção de todos os pêlos do corpo, o que, descobriu mais tarde, era exigido de todos os homens e mulheres muçulmanos, segundo exigência do Corão.

Recebeu roupas limpas — um curioso enxoval de mantos compridos, calções e um véu para cobrir o rosto — e, depois de um breve interrogatório e de uma demonstração de sua perícia com uma agulha, foi designada para a equipe da Supervisora de Guarda-Roupa. Logo descobriu que esta função, por mais baixa e servil que fosse, permitia-lhe percorrer toda a ala feminina do palácio com um grupo de costureiras, cada qual especializada numa tarefa. Se Katharina trabalhasse bem, disseram-lhe, poderia um dia ser elevada ao cargo de Guardiã da Fiação, cuja única tarefa seria organizar e acompanhar a fiação de bordado, tendo suas próprias assistentes. Embora esta pequena informação significasse claramente uma boa notícia e ajudasse a animá-la, para Katharina representava uma sentença de prisão, pois indicava que passaria a vida inteira naquele lugar.

Foi assim que começou sua nova vida no palácio do grande sultão em Constantinopla. Ninguém se importava que ela fosse uma cidadã alemã à procura do seu pai, que fosse uma mulher livre com seus direitos, que pudesse até mesmo ter sangue nobre. De fato, ninguém ligava a mínima para ela, nem mesmo para seu nome, pois o palácio do sultão era povoado por milhares de escravos e criados que tinham vindo como cativos a uma época ou outra. Viviam suas vidas dentro daquelas altas muralhas com um ar resignado, e muitos até extraíam vantagem da situação, chegando ao topo de sua própria classe, acumulando riqueza e posição política.

Um complexo de pavilhões nas cercanias verdejantes, circundado por muros altos, o serralho situava-se numa colina com vista para o fórum de Teodósio e para os fabulosos estábulos do sultão que abrigavam quatro mil cavalos. Dentro deste mundo isolado e exótico, Katharina provou arroz pela primeira vez e aprendeu a beber café o dia inteiro. Também aprendeu a prostrar-se de joelhos cinco vezes por dia durante as chamadas para a prece, e a cada vez seu coração doía com a lembrança do Dr. Mahmoud, que tinha orado desta mesma maneira no jardim em Badendorf, durante a viagem ao longo da Rota do Âmbar e no convés do desventurado navio português. Nas suas preces também se lembrava de Adriano, desesperadamente esperançosa de que ele ainda estivesse vivo e em algum lugar próximo, e de seu pai, renovando sua determinação de ir para Jerusalém e encontrá-lo.

As mulheres que viviam no harém imperial eram divididas em duas categorias: as concubinas e aquelas que as serviam. As concubinas eram mulheres que, tendo alcançado os estritos critérios de beleza, postura e encanto, haviam sido separadas como parceiras sexuais para o sultão. As serviçais, que iam desde trabalhadoras braçais àquelas com talento e instrução, atendiam à miríade de necessidades das concubinas. Katharina foi posta para trabalhar acrescentando floreados e enfeites aos tecidos que já eram ricos e suntuosos além da imaginação. Mas pelo menos não foi designada para as cozinhas ou para as termas, onde as serviçais eram incumbidas de manter a água aquecida (em outras sociedades este serviço era feito por homens, mas nenhum homem tinha permissão de entrar no serralho).

Katharina sabia que um outro mundo — um mundo *real* de comércio, ciência e homens — existia em outra dependência do palácio. Havia uma câmara secreta no topo do Portão Imperial para que as damas do sultão observassem os desfiles sem ser vistas, e de onde Katharina assistia aos intermináveis cortejos de dignitários estrangeiros, visitantes, embaixadores, chefes de estado, cientistas e artistas. Esta era uma época de exploração e descoberta, e como o sultão se considerava um governante esclarecido, ele recepcionava o mundo à sua porta. Debaixo da arcada de mármore cavalgavam conquistadores espanhóis com índios trazidos do Novo Mundo, presenteando o sultão com astecas e incas. Emissários da corte de Henrique VIII traziam livros de astronomia e obras musicais compostas pelo próprio rei. E da Itália chegavam artistas com novas idéias para pintura e escultura. Quando via estes europeus passando montados abaixo, Katharina desejava gritar para eles: "Ei, estou aqui! Por favor, me levem embora!" Mas embora aquele mundo real ficasse além de umas poucas muralhas altas, ele poderia igualmente existir entre as estrelas, pois era tão inacessível quanto elas para as mulheres do Harém Imperial.

Embora às vezes Katharina achasse que enlouqueceria nesta gaiola de ouro, e chorasse com freqüência no travesseiro tarde da noite, ela mantinha-se em silêncio e inseria-se na rotina deste mundo de irrealidade, acompanhando as costureiras, fazendo a sua finíssima costura, observando e ouvindo enquanto ia contando os dias e esperava uma oportunidade de escapar. Discretamente indagou acerca de um homem que fora feito prisioneiro com ela e trazido para Constantinopla pelos mesmos mercadores de escravos. Um cavaleiro cristão espanhol, disse ela. Perguntou também sobre pertences tomados dos cativos, pois havia algo especial que era seu e que precisava desesperadamente obter de volta. Mas suas perguntas eram recebidas com indiferença e olhares vagos.

Assim, teria de encontrá-los por conta própria: Adriano e a miniatura de Santa Amélia.

Embora vivesse numa espécie de prisão, era uma prisão com sua própria forma de liberdade, pois enquanto permanecesse dentro dos muros do serralho Katharina estava livre para circular por onde desejasse. Os corredores sem fim com seus magníficos pilares e fontes de pedra, os bancos de mármore e os exóticos terraços, os jardins onde músicos tocavam sem parar, as súbitas e inesperadas praças onde malabaristas e dançarinos se exibiam, os labirintos de aposentos e banhos termais eram todos como uma cidade independente de luxo imponderável, seus residentes mimados tendo todas as vontades satisfeitas. O recinto inteiro estava repleto de um delicioso aroma de cítricos, já que todas as colunas e paredes de mármore eram lavadas diariamente com sumo de limão para fazê-los brilhar. Mas havia um lugar onde Katharina estava proibida de ir: uma linda colunata arqueada chamada o Portão da Pérola. Este levava, ela foi prevenida, aos aposentos privativos da Sultana Safiya, a concubina favorita do sultão, onde só aqueles sob convite podiam entrar.

Havia sempre alguma coisa excitante acontecendo naquele palácio, quer fosse um feriado religioso com música e banquete, uma festa comemorando o aniversário de alguém, ou um festival de veneração ao sultão, com paradas e trombetas e artistas visitantes. No Harém Imperial os momentos mais excitantes aconteciam quando uma garota era selecionada para a cama do sultão. Embora as mulheres do palácio, da mais humilde escrava à sultana, fossem todas propriedade pessoal do sultão para fazer tudo que ele desejasse, poucas realmente o encontravam. Era por isso que havia tão poucas crianças no harém: apenas garotinhas que tinham sido geradas pelo sultão. Três garotos haviam morrido na infância, deixando somente um filho vivo para o sultão, de uma concubina que Katharina jamais tinha visto. Se tais mulheres ficassem grávidas (em geral de um guarda ou de um visitante que conseguira se introduzir) eram condenadas à morte. Garotas entravam virgens entre aquelas paredes e passavam toda a vida sem conhecer o toque de um homem. Portanto, quando o sultão escolhia uma garota para sua cama (e ninguém sabia exatamente como a seleção era feita, já que ele nunca visitava o harém), os dias de preparação incluíam-se entre os de celebração mais animada, com muita excitação, mexericos e especulação cercando o evento enquanto a afortunada era banhada e massageada e vestida com os trajes e jóias mais finos, tratada como uma rainha e recebia instruções sussurradas sobre como agradar o sultão. Na manhã seguinte, a empolgação continuava enquanto todos ficavam na expectativa dos presentes que a garota receberia, especulando sobre a generosidade do sultão, todos genuinamente felizes por ela, celebrando sua boa sorte e ansiosos para saber como havia sido a noite. Embora a garota nunca mais fosse ser chamada de novo para a cama do sultão, ela contudo se tornava uma pessoa especial por ter sido escolhida, e sua posição de destaque no harém estava assegurada.

Outra diversão preferida entre as mulheres era embarcar em pequenos botes sobre uma enorme piscina interna, desenrolando os turbantes das cabeças dos eunucos e ver qual equipe conseguia puxar mais rápido os turbantes para a água. Havia diversões sem fim com macacos, papagaios e pombos adestrados que usavam pequenos adornos de pérola nas patas e executavam truques; horas sem fim passadas em torno de tabuleiros de gamão e xadrez; tardes intermináveis provando vestidos e véus, chinelos e jóias; escovando os cabelos umas das outras, ou fazendo experiências com cosméticos, misturando perfumes, testando este ou aquele creme e raspando pêlos imaginários de qualquer parte do corpo.

O mexerico era igualmente parte integrante do harém, à medida que concubinas e suas criadas adoçavam boatos tal como faziam frutos cristalizados: quem estava dormindo com quem (Jamila e Sara), quem partira o coração de quem (aquela bruxa da Farida e a pobrezinha da Yasmin), quem estava manobrando para obter favores com a Sultana Safiya, quem estava engordando, quem estava ficando velha. O tópico principal durante semanas tinha sido o escandaloso caso de amor entre Mariam e um dos eunucos africanos — quando descobertos, ambos foram decapitados e seus cadáveres pendurados no Portão Imperial como um aviso para todos.

O principal passatempo de Katharina, contudo, era simplesmente ocupar as horas ociosas. Boa parte de seu tempo era passada nos banhos — lavando-se, sendo massageada e depilada. As mulheres demoravam-se nas saunas por horas, beliscando frutas e bebendo refrescos enquanto mexericavam. Não havia banheiras nas termas, pois os turcos suspeitavam de que um demônio *jinn* espreitava na água parada, de modo que as mulheres sentavam-se em bancos de mármore e eram ensaboadas e esfregadas por escravos. Katharina estava atônita com a falta de pudor daquelas mulheres, pois usavam apenas uma tira para cobrir sua nudez e desfilavam de um lado para o outro a exibir peitos e nádegas firmes. Como raramente estas mulheres sensuais iam acabar nos braços de um homem viril — os eunucos geralmente não sendo de nenhum interesse —, elas buscavam prazer sexual umas com as outras e freqüentemente formavam ligações românticas que acabavam em violentas manifestações de ódio e ciúme.

Tanto tédio, languidez e falta de objetivo enchiam Katharina de uma vaga inquietude. Estas mulheres tinham sido todas trazidas para cá contra sua vontade, mas mesmo assim pareciam satisfeitas, felizes até, como se os seus corações e lembranças estivessem entorpecidos. Estavam levando vidas que eram uma espécie de morte agradável e Katharina temia que se passasse tempo demais neste lugar encantando também sucumbiria a sua magia. E isto jamais deveria acontecer. Tinha feito uma promessa de leito de morte para encontrar seu pai. E devia sua vida a Adriano.

Assombrada por visões do que poderia estar acontecendo com ele naquele momento, Katharina consumia-se de culpa por causa da vida de luxo que estava levando. A cada manhã, com a primeira das cinco preces do dia, lembrava a si mesma de que na ilha Adriano não a havia abandonado. Portanto, ela não faltaria a ele agora. De um modo ou de outro, pagaria a sua dívida.

Lá estava ele de novo, o eunuco desfigurado, observando-a. Katharina teve certeza agora de que não era coincidência. Depois de semanas encontrando-o nos locais mais estranhos, convenceu-se de que ele a estava seguindo. E isto a assustava.

Após oito meses no Harém Imperial, Katharina conseguira, por meio de sagacidade e astúcia, manter-se à parte da miríade de relacionamentos emaranhados, atritos e ciumeiras, politicagem e conspirações, golpes e contragolpes que constantemente fervilhavam entre as facções e grupos rivais. A hierarquia era crucial, e mudava e se alterava como dunas de areia, com as concubinas ascendendo ou decaindo dentro da hierarquia do harém, obtendo o favorecimento da maioria ou perdendo-o por causa de um capricho. Somente a Sultana Safiya, a favorita do sultão, permanecia acima de todas, e Katharina ainda não tivera sequer um vislumbre desta grandiosa personagem. Enquanto outras tentavam atraí-la para as diversas facções, ela conseguia manter-se neutra e, depois de um certo tempo passou a ser respeitada por isto, pois todas sabiam que podiam confiar nela e depender de sua honestidade. Também conseguira cair nas boas graças de suas temperamentais supervisoras — da Seda, da Fiação, das Chinelas — e embora não tivesse feito exatamente quaisquer amigas no harém, tampouco ganhara inimigas.

Mas os eunucos eram outro assunto, e mesmo depois de oito meses tentando se adaptar a este mundo impossível, e que era diferente do mundo lá fora, ainda não conseguia compreender as estranhas criaturas que guarneciam as mulheres.

O harém era supervisionado exclusivamente por eunucos negros que eram propositalmente feios ou deformados a fim de desestimular qualquer interesse romântico por parte das mulheres. Capturados na África quando jovens, eles eram castrados no caminho, em geral num deserto onde a areia escaldante era o único remédio contra a alta incidência de hemorragia fatal, sendo a operação tão extensa: pois para ser qualificado para o Harém Imperial o eunuco devia se submeter à remoção completa do pênis e dos testículos (resultando na necessidade de urinar por um canudo que o eunuco mantinha escondido no turbante). Os eunucos podiam alcançar grande poder e eles próprios tinham uma equipe de criados e escravos; podiam ser inimigos formidáveis se alguém incorresse no seu desagrado. Por isso, Katahrina preocupava-se com este que claramente a estava seguindo por toda parte e espionado-a. A quem ele se reportava, e por quê?

Suas suspeitas foram respondidas numa noite em que foi acordada em sua cama no dormitório pela mão que subitamente tapou sua boca. Não era incomum garotas desaparecerem misteriosamente e nunca mais se saber delas — dizia-se que era sempre por infração, desfavorecimento, ciúme. Para onde estas infelizes eram levadas ninguém sabia, e ninguém ousava tentar descobrir.

Katharina foi carregada do dormitório enquanto as garotas observavam fingindo dormir, temerosas de que o simples fato de testemunhar pudesse acarretar-lhes o mesmo destino.

Mas uma vez lá fora, à luz da lua, o eunuco a depositou no chão e fez um gesto para que ficasse em silêncio e o seguisse.

Conduziu-a até um aposento numa ala especial do harém, onde viviam apenas as damas mais altamente favorecidas. Katharina ficou atônita com a suntuosidade do local. Este santuário interno era mais grandioso do que tudo que já vira até então, com suas ricas tapeçarias, divãs estofados e mobiliário de ouro. Quem quer que vivesse ali tinha riqueza e poder.

E então Katharina a viu — uma mulher não muito mais velha que ela, esguia e graciosa, vestida em sedas bruxuleantes de tom carmim e cinabre, debruadas em ouro.

— Paz de Alá — disse a jovem mulher com um sorriso. — Por favor, retire o seu véu.

Katharina assim fez, expondo o longo cabelo que estava atado em tranças intrincadas ao redor da cabeça.

— E o seu chapéu — veio a segunda ordem, embora fosse mais um pedido, e Katharina retirou o pequeno chapéu de seda parecido com uma caixa que cobria o cocuruto de sua cabeça. A concubina estudou-a por um momento, depois irrompeu numa risada agradável. — Parece que você está usando um solidéu amarelo!

Katharina enrubesceu. Todas as garotas implicavam com ela sobre isto. Elas adoravam ouvi-la contar de como se disfarçara como um rapaz e de como tingira o cabelo para parecer uma egípcia. Porém mais hilariante ainda era que agora seu cabelo havia crescido parcialmente, os primeiros poucos centímetros mantendo a cor dourada natural enquanto as madeixas compridas ainda conservavam o tom castanho.

— Meu eunuco contou-me que você era loura — disse a jovem mulher, estendendo a mão. — Por favor, sente-se. Fique à vontade.

A seguir, gesticulou para que os criados servissem café em pequenas xícaras, café que Katharina achou intragável.

— Estive observando-a — disse a misteriosa anfitriã. — Ou melhor, meu eunuco esteve de olho em você e se reportando a mim. — Bebericou o café refinadamente. — Você não se juntou a nenhuma facção. Não há nenhuma concubina que possa, como se diz, alegar que a tem no bolso. Isto revela algo acerca do seu caráter, pois algumas delas podem ser bastante persuasivas quando recrutam seus capachos. Você conservou sua independência, o que é raro no harém.

Ela falava em árabe, língua que Katharina aperfeiçoara no decorrer dos meses; era capaz de entender sua anfitriã e fazer-se entendida.

— O que a sultana deseja de mim? — perguntou.

Katharina sabia que os sultãos otomanos tinham deixado de se preocupar com o casamento e que nesta dinastia fazia séculos que não surgia uma esposa. As concubinas favoritas, contudo, podiam ascender a uma posição especial e, por falta de um título melhor, a atual favorita recebia o honorífico de sultana.

A jovem mulher a corrigiu.

— Não sou a sultana. Mas *sou* a segunda favorita do sultão. Meu nome é Asmahan e mandei trazê-la aqui para pedir um favor.

Katharina ficou imediatamente em guarda.

— Um favor, senhora?

— Há oito anos fui raptada do meu lar em Samarcanda e vendida para a corte do sultão — falou Asmahan com voz suave e melíflua. — Como você — continuou —, tornei-me uma prisioneira do harém, condenada a passar a minha vida aqui. Mas tive sorte... fui escolhida para passar uma noite com o sultão. Como você sabe, tais mulheres ganham projeção, muito embora nunca se encontrem com ele de novo. Mas no meu caso, Alá seja louvado, fiquei grávida. Durante nove meses fui mimada, afagada e observada enquanto todos esperavam para ver se eu ia produzir um menino ou uma menina. Se fosse menina, ela seria criada no harém e preparada para um futuro casamento político. Mas se fosse um menino...

Katharina já ouvira falar que o sultão tinha um filho de uma concubina favorita. Asmahan era invejada por todo o harém.

— O sultão deve estar muito feliz — disse Katharina, por falta de algo mais a dizer e imaginando que favor esta mulher poderosa possivelmente lhe pediria.

— Sim. Ele adora nosso filho. Bulbul é freqüentemente recolhido e levado para passar alguns dias nos aposentos do sultão. — Mais um gole na forte bebida.

Katharina esperou.

Asmahan inclinou-se à frente e sua voz ficou mais tensa.

— A sultana também está grávida. Por certo você também sabe disso.

Katharina teve vontade de dizer que se um tordo botasse um ovo no palácio todos os seus milhares de habitantes saberiam.

— Ouvi dizer — disse. A Sultana Safiya, a mulher mais poderosa do Império Otomano, porque só ela era chamada repetidamente de volta à cama do sultão.

— Não é sua primeira gravidez — continuou Asmahan numa voz que mal passava de um sussurro. Katharina imaginou que mil olhos ocultos as observavam, que mil orelhas ouviam por detrás das cortinas. — As outras gestações resultaram em abortos, ou então deram à luz meninas. Mas os astrólogos dizem que desta vez é um menino. Sabe o que aconteceu com as outras mulheres que engravidaram do sultão?

Katharina tinha ouvido histórias. Uma pobre criatura, poucas semanas antes, estava no seu quinto mês de gravidez, foi chamada aos aposentos de Safiya e nunca mais foi vista. Os rumores eram de que Safiya havia chutado a barriga da garota, provocando um aborto que pôs fim à vida de mãe e filho.

— Por vários métodos a sultana conseguiu manter o caminho livre para seu próprio filho. Eu tive sorte... e fui esperta. Quando se aproximava a minha vez, pedi ao sultão para deixar seus médicos pessoais de sobreaviso. Safiya não poderia me tocar ou ao meu bebê. Sei que ela odeia meu filho. Mas mesmo assim ela não teve a desfaçatez de tentar removê-lo. Mas, uma vez que ela dê à luz um filho, então pode legalmente livrar-se do meu.

— Ela vai matá-lo? — indagou Katharina.

— Antes o fizesse! Mas um destino pior aguarda meu pequeno Bulbul se a sultana der à luz um filho. — Asmahan olhou em torno, muito embora estivessem sozinhas no luxuoso cômodo. — Existe neste palácio um lugar chamado a Gaiola. É um cômodo muito pequeno no fim de um longo corredor. As portas e janelas são lacradas de modo a não haver contato com o mundo exterior. Lá vivem príncipes turcos que não tiveram permissão de herdar o trono. São criados em isolamento completo por surdos-mudos, e após muitos anos finalmente enlouquecem.

— Mas que crueldade! Por que isto?

— Existe uma lei do governo turco que diz que o filho que herda o trono deve eliminar seus irmãos. Mas a remoção deve ocorrer sem derramamento de sangue. O aprisionamento em vida na Gaiola é a sua sentença. É o que acontecerá com o meu Bulbul se Safiya der um filho ao sultão.

— Não entendo, senhora. Seu filho é mais velho.

— Mas tenho um berço inferior ao de Safiya. Ela é oriunda de uma família turca muito nobre e antiga, ao passo que a minha é de nômades... somos ricos e poderosos em nossa terra, mas isto não conta aqui. Safiya não perde a oportunidade de lembrar isto ao sultão, e já o posso ver mudando de opinião.

— Mas como é que posso ajudá-la?

— Por vontade de Deus, você levará Bulbul de volta para minha família em Samarcanda.

Katharina soltou um profundo suspiro.

— Samarcanda? Mas por que eu, senhora? Entre centenas de mulheres dentro desses muros...

— Porque é a única que deseja escapar daqui. Tenho observado em você uma ânsia por sair deste lugar. Alguma coisa a espera além destas muralhas. As mulheres, na sua maioria, são felizes aqui, como certamente já notou. Muitas foram raptadas de aldeias pobres onde enfrentavam uma vida dura com maridos dominadores. Aqui, elas vivem no luxo e, pelo menos dentro destas paredes, usufruem de liberdade. E aquelas que não são felizes, pelo menos estão resignadas com seu destino. Também escolhi você — acrescentou, enquanto erguia os braços para tirar o elaborado véu escarlate da cabeça e revelar um cabelo dourado — porque também tem pele clara e é loura como eu. Bulbul passaria por seu filho.

Katharina ficou maravilhada ao ver um cabelo da cor do seu. Louras eram incomuns no Harém Imperial, mas como o cabelo louro era considerado um sinal de fraqueza e falta de paixão no sangue, mulheres deste tipo físico faziam o possível para tingir o cabelo.

— Eu faria isto pela senhora, pois está certa: desejo sair daqui. Mas não posso fazer como me pede.

Ela ergueu as sobrancelhas exoticamente pintadas.

— Por que não? Deseja sair deste lugar, não é verdade?

— Oh, mas é claro, senhora — disse Katharina com paixão. — Estou procurando minha família. Tal como a senhora, fui separada da família muitos anos atrás... jamais conheci meu pai e irmãos e descobri em mim mesma uma ânsia profunda de conhecê-los.

Asmahan assentiu, séria.

— Ser separada dos parentes de sangue é uma infelicidade. É por isso que Bulbul deve ficar com seus parentes. Mas por que não fará isto por mim?

— Tem um homem, um cavaleiro cristão, que foi capturado e trazido para Constantinopla. Não posso ir sem ele.

Asmahan franziu o cenho.

— Um cavaleiro cristão não duraria muito tempo numa cidade turca, tão profundo está enraizado o ódio. Ele já deve ter sido torturado e morto há muito tempo, que a misericórdia de Deus caia sobre ele.

— Mas não sei com certeza. Não posso partir até saber sobre o destino de Adriano. E se ele estiver vivo, deve ir comigo.

Asmahan levou isto em conta.

— Mandarei investigar — prometeu.

— Posso lhe pedir outro favor, senhora? — perguntou ela. — Quando fui trazida para o palácio, tinha uma pequena posse comigo, uma sacola de couro contendo lembranças sentimentais. Esta sacola me foi tomada. A senhora seria capaz de encontrá-la para mim?

Asmahan franziu o cenho.

— Como regra, as posses dos cativos são consideradas inúteis demais para o sultão e sua família para que se preocupem com isto, e portanto são dadas como pagamento aos homens que trouxeram os cativos para nós, ou para os pobres da cidade, como parte do programa de caridade do sultão. Verei o que posso fazer. Isto está acima de Deus. — Seu tom se tornou cauteloso: — Agora preste atenção. Este é um assunto perigoso. Há espiões por toda parte. A sultana está de olho em mim. Agora que ficou minha amiga, você não está mais a salvo e deve ficar atenta à sua retaguarda o tempo todo. Volte de novo amanhã à noite. E traga seu estojo de bordado.

Na sua visita seguinte aos aposentos de Asmahan, Katharina encontrou a bolsa de couro dada por Frei Pastorius jazendo miraculosamente no divã. Caiu sobre ela e abriu-a imediatamente. A pintura em miniatura de Santa Amélia ainda estava lá. E o caco de cerâmica de Badendorf.

Pressionando-os contra o peito, Katharina chorou:

— Deus a abençoe, senhora — disse. — Acaba de restituir minha vida.

Asmahan conteve a língua, achando que seria cruel demais deixar a garota saber que aqueles artigos eram tão insignificantes que ninguém quisera ficar com eles, nem mesmo os mendigos que iam ao hospital de caridade para ganhar roupas e um cálice de vinho medicinal. Mas via aquilo com simpatia, pois ela própria daria todo o seu ouro e jóias para sentir sob os dedos nada mais que um pêlo de carneiro do vasto rebanho de seu pai. Isto confirmava o velho adágio de que uma pérola para um valia menos que um seixo para outro.

Depois disso, Katharina passou a ir todas as noites aos aposentos de Asmahan, levando o estojo de bordado a pretexto de costurar alguma coisa para a concubina, mas na verdade para conhecer Bulbul, um garotinho roliço, louro e afável que, quando chegasse o momento, teria de seguir calado e de boa vontade com sua nova mãe.

Era uma manhã fria e nevoenta, com uma leve garoa caindo sobre a cidade de Constantinopla. A Supervisora do Guarda-Roupa chegou correndo ao Pavilhão das Pombas, onde suas assistentes estavam costurando um conjunto para a afortunada garota que tinha sido selecionada para a cama do sultão, e arrancou agulha e linha das mãos de Katharina.

— É a sultana! Mandou chamá-la!

O coração de Katharina saltou. A sultana! Teria ela descoberto o plano secreto de Asmahan?

Um eunuco esperava para escoltá-la, um homem de aspecto formidável que ela nunca vira antes. Trajando mantos elegantes, o turbante ricamente emplumado e feito de tecido dourado. O nariz havia sido cortado muito tempo antes e substituído por um bico de ouro, fazendo-o parecer uma criatura mitológica. Não proferiu uma única palavra a Katharina ao fazer meia-volta e liderar o caminho. Ela o seguia, curiosa, mas quando se aproximaram do proibido Portão da Pérola, ela começou a tremer de medo. Quantos já haviam passado por esta arcada e nunca retornaram? Se a sultana tivesse descoberto acerca de sua colaboração secreta com Asmahan, podia perder as esperanças de sair viva daqueles aposentos.

Katharina não acreditava que pudesse existir alojamentos mais suntuosos que os de Asmahan, mas a suíte particular da sultana a deixou sem fôlego. Ouvira dizer que a sultana era apaixonada por pérolas, mas o que viu suplantou toda a imaginação. Todas as cortinas, colgaduras, tapeçarias, escabelos, divãs e até mesmo os capachos no chão eram trançados com pérolas brancas, pretas e rosadas. E sentada numa cadeira que parecia um trono (também adornada com centenas de pérolas) estava uma mulher tão coberta de roupas decoradas com pérolas que parecia ter ficado parada sob uma nevasca. Katharina nunca tinha visto tantas pérolas em uma pessoa. Como ela podia andar com tanto peso em cima?

O olhar de Safiya era tão duro e permanente quanto suas preciosas pérolas, e estudava a costureira-assistente com franqueza inescrutável. Katharina tentou não ficar nervosa sob o olhar frio, e procurou não olhar fixamente. Rímel pesado delineava as pálpebras da mulher, quase lhe obscurecendo os olhos, e tinha tanto vermelho nos lábios que parecia ter comido geléia e esquecido de usar o guardanapo. Apesar da maquiagem exagerada, era evidente que a concubina favorita do sultão estava velha — o que era de surpreender. Katharina ouvira dizer que Safiya tinha quase quarenta anos. Como era estranho que o sultão convocasse esta mulher de volta ao seu leito quando tinha a opção de centenas de garotas núbeis.

A gravidez de Safiya estava bem avançada.

— Você tem visitado Asmahan. Por quê? — perguntou, a voz soou cortante e mortal como uma cimitarra.

Katharina tentou parar de tremer.

— Ela gosta dos meus bordados, senhora.

— Considero o seu trabalho medíocre. Asmahan não tem bom gosto. — Os olhos escurecidos de rímel perfuraram Katharina, que sentia o coração subir à garganta. — Por que está trêmula, garota?

— É que eu nunca... — Ela lambeu os lábios ressequidos — ... nunca estive em presença de uma figura tão magnífica, senhora. É como estar olhando para uma deusa.

Katharina não fazia idéia de onde as palavras brotaram, mesmo assim elas surtiram efeito. A sultana pareceu suavizar-se um pouco; mesmo uma mulher tão exaltada não estava imune a lisonja.

— Você vai fazer uma coisa para mim — disse ela, que não era mulher de perder tempo. — Se a fizer bem, darei o que você quiser.

Katharina mal conseguiu dissimular seu choque.

— O que é que deseja, senhora?

— Você vai espionar Asmahan. Observar o que ela faz, com quem se encontra, e ouvir tudo que é dito. Depois vem se reportar a mim. Está me entendendo?

— Sim, senhora. Há alguma coisa em particu...

— Tudo — cortou ela. — Conte-me tudo que acontece. Eu decidirei o que é importante. — Olhou pensativa para Katharina por um momento, depois disse: — Talvez você deva alguma lealdade ou aliança a Asmahan. É problema seu, não deixe que isto interfira na tarefa que lhe designei. Mas no caso de seu coração fraquejar, lembre-se de minha promessa de lhe dar *tudo que desejar*, caso seu relatório me agrade.

A sultana suspirou e pousou as mãos pesadas de jóias no ventre protuberante.

— Carrego o herdeiro do sultão — disse, um anúncio desnecessário e sem deixar espaço para equívocos: o filho de Asmahan não teria a menor chance.

Quando Katharina ia se retirar, a voz dura da sultana advertiu:

— Tome cuidado, garota, pois enquanto estiver espionando Asmahan também estará sendo vigiada. Cada passo que der me será relatado.

Katharina continuou visitando Asmahan todas as noites sob o pretexto de bordar para ela, mas agora carregando o fardo de um novo e terrível segredo. Enquanto brincava com Bulbul e lhe contava histórias e cantava para ele, com Asmahan olhando com grande tristeza porque estes eram seus últimos dias com o filho, Katharina imaginava o que ia contar à Sultana Safiya, pensava se deveria confidenciar este novo desdobramento a Asmahan, e especulava se Adriano seria algum dia encontrado. Durante o dia, aonde quer que fosse, Katharina imaginava-se observada por centenas de olhos ocultos. O palácio era uma parafernália de portas secretas, passagens ocultas e biombos com buracos para espiar. Era espião espionando espião. A cada noite, quando ia aos aposentos de Asmahan, ela perguntava se havia notícias de Adriano e a cada noite a resposta era de que não havia novidades. Até que Katharina começou a pensar seriamente que a sultana tinha mais poder que Asmahan. *Se eu relatar esta história à sultana, será que ela resgatará Adriano para mim e nos libertará?* "Darei qualquer coisa que desejar", dissera a poderosa Safiya.

Foi então que, certa noite, Asmahan disse:

— O perigo para meu filho está aumentando. Safiya jurou que ele não será o herdeiro do sultão.

— Mas e se a sultana tiver uma menina?

— Então ela matará meu filho por inveja. A cada dia a vida dele corre mais perigo. Fico cada vez mais temerosa. Meu eunuco encontrou um guarda-costas em quem podemos confiar. O homem permanecerá com Bulbul a cada minuto até o dia da partida.

— Tem certeza de que pode confiar nele? — *Não pode confiar nem em mim*! pensou Katharina e amaldiçoou o destino que a pusera em tal situação: ajudar Asmahan ou se tornar espiã e pedir ajuda à sultana para encontrar Adriano.

— Você se considera uma boa juíza de caráter, Katharina? Talvez possa me dizer se podemos confiar neste homem. — Asmahan apontou na direção de seu jardim particular, onde Bulbul gostava de brincar com barquinhos no tanque de peixes.

Katharina saiu sob o céu noturno e viu, parada debaixo de um salgueiro-chorão, uma figura humana alta trajando um manto — um homem, magro e macilento, com uma barba hirsuta e o cabelo passando dos ombros. E quando ele se voltou, Katharina viu olhos abrigados em escuras cavidades, e linhas profundas traçadas a cada lado de uma boca que não sorria havia muito tempo.

Ele a fitou por um momento, e então o reconhecimento inundou seu rosto.

— Graças a Deus em Sua misericórdia — sussurrou ele e deu um passo vacilante em sua direção.

Katharina o alcançou primeiro, e braços emaciados a enlaçaram no mais terno dos abraços. Ela sentiu pele e osso sob o manto e chorou num ombro emagrecido.

Adriano chorou com ela, pois imaginara que nunca a veria de novo.

— Como...? — começou ela, recuando e bebendo a imagem dele com os olhos.

Adriano enxugou as lágrimas:

— Enquanto estava no porão malcheiroso de um navio de escravos pensei numa garota que havia conhecido, uma garota muito valente que abandonou a segurança da sua cidade, deixou uma vida confortável e segura para sair pelo mundo em busca de seu pai. Nenhum perigo haveria de dissuadi-la do seu objetivo, nem mesmo depois de ter naufragado numa ilha com um estranho. Quando ouvi a determinação na voz dela, e vi a força no seu espírito, pensei: *Certamente posso ser como esta reles garota*. Ofereci uma prece à Virgem Santíssima, renovando o meu voto de restaurar Sua soberania em Jerusalém e de me juntar aos meus irmãos cavaleiros em Creta. E, enquanto dormia, a Virgem Santíssima me apareceu em sonho e me disse que eu de nada lhe servia morto, pois mártires não construíam igrejas, e que ela precisava de seus soldados vivos. Assim, lá mesmo no navio de escravos, descartei meu manto de cavaleiro e me livrei de qualquer evidência de minha verdadeira posição, de modo que quando fomos retirados do porão daquele navio no cais, ninguém sabia de minha identidade. Simulei ser mudo, mas quando viram meu tamanho, os supervisores mandaram-me para trabalhar nas olarias, pois as obras neste palácio nunca terminam. Desde então, estive construindo as próprias muralhas que nos prendem aqui.

Ele tomou as mãos lisas e suaves de Katharina nas suas mãos calosas.

— O que me manteve vivo foi o voto que fiz para a Virgem, pois devo retornar a Jerusalém. Mas pensar em você, Katharina, também me manteve vivo, pois eu sabia que teria a energia e a força para superar este infortúnio. — O espectro de um sorriso bailou nos seus lábios. — E pensei que certamente eu, um cavaleiro da Irmandade de Maria, poderia fazer o que uma simples garota faz.

Asmahan entrou no jardim, parou para observar o improvável casal à luz da lua — a carnuda garota em sedas, o homem esquelético em farrapos — e disse:

— Decidi, Katharina, que você não deveria viajar sozinha, pois poderia chamar muita atenção. Deveria ir na companhia de um homem que pudesse passar por seu marido, além de servir de proteção para você e meu filho. Tenho bastante dinheiro para arranjar um lugar para vocês dois e Bulbul numa caravana. Darei cartas para levar a minha família. Meu pai é o xeique Ali Sayid, um homem rico e poderoso. Ele a recompensará muito bem por tudo que tiver feito.

Katharina olhou para Asmahan com olhos marejados de lágrimas. Todos os pensamentos na sultana, em espionagem e intriga saíram de sua mente. Estava ciente apenas de uma coisa: das mãos rudes e calosas segurando as suas.

— Meus espiões — disse Asmahan — contaram-me que uma caravana vai partir para Samarcanda na primeira lua cheia. Pedirei permissão ao sultão para visitar a mesquita nesse dia. Direi a ele que é o aniversário de meu pai e que desejo homenageá-lo e oferecer-lhe preces. O sultão não recusará. Levarei Bulbul comigo e, claro, um grupo de eunucos e damas para proteção. Você e o seu espanhol estarão entre eles. Nós mulheres rezamos atrás de uma tela na mesquita, de modo que os homens não podem nos ver. Você poderá escapulir sem ser vista com meu filho, e meu eunuco levará você e Adriano ao local de partida das caravanas. Depois disso, retornarei ao palácio.

Katharina finalmente encontrou sua voz, embora fosse difícil na magia daquela noite.

— Mas certamente o sultão dará pela falta do garoto.

— O sultão está atualmente preocupado em derrubar o império dos Cavaleiros de Rodes — os olhos de Asmahan oscilaram para Adriano — e suas visitas ao nosso filho não têm sido freqüentes. Quando ele der pela falta de Bulbul, você e ele estarão bem no meio do caminho e ninguém saberá para onde foram.

Katharina não desejava perguntar, mas teve de fazê-lo porque era uma pergunta razoável.

— Por que a senhora não pode ir conosco?

— Se eu desaparecesse, isto seria notado de imediato e uma busca seria desfechada. Os guardas do sultão me achariam em poucos dias. Mas decorrerão semanas até que percebam que Bulbul se foi e, por esta ocasião, será tarde demais para que consigam rastreá-los. — Ela entregou um pacote a Katharina. — Vocês viajarão primeiro para Bagdá, que é a orla do Império Otomano. Nesta primeira parte da viagem viajarão sob a proteção do sultão. Obtive papéis que garantirão sua passagem a salvo. De Bagdá vocês se juntarão a uma caravana rumo a Samarcanda, e nesta parte da jornada estarão sob a proteção do meu pai. Mantive negociações secretas com o embaixador de Samarcanda, que providenciou os documentos necessários. Meu pai é um homem poderoso, seu nome é temido. Vocês estarão a salvo. Uma vez em Samarcanda, ele a recompensará generosamente pelo que fez. E uma vez que entregue Bulbul aos cuidados de minha família, estará livre para ir aonde quiser.

Bagdá, Samarcanda... Tão longe de Jerusalém, tantos quilômetros na direção errada! Mas Katharina pensou no pequeno Bulbul e depois em uma bebê que tinha sido dada fazia quase dezenove anos por um pai recentemente enviuvado que partira em busca de uma pedra azul. Esta situação difícil lembrava muito a sua. E aqui a vida dela corria perigo.

— Senhora — disse —, não tenho palavras para exprimir minha gratidão. Por ter encontrado Adriano e por...

Asmahan estendeu a mão cheia de jóias.

— Faço isto por meu filho, e por nenhum outro motivo. Mantenha-o a salvo e fale a ele de mim com freqüência.

Katharina não reviu Adriano depois disso, pois aos homens não era permitida a companhia de mulheres, e portanto apenas ela acompanhava Bulbul quando ele era convocado aos aposentos privados do sultão.

Mas Katharina continuou a visitar Asmahan a cada noite, levando sedas e bordados, e a cada manhã relatava para a sultana que Asmahan falara mal das outras concubinas e da politicagem do harém, imaginando se a arguta mulher poderia perceber seu subterfúgio. A cada noite, na alcova do dormitório, Katharina olhava para a pintura da Pedra de Santa Amélia e sentia o coração disparar cheio de esperança: faltava pouco agora, ela e Adriano mais uma vez se veriam livres e ela estaria de novo na estrada para o cristal azul e, se Deus permitisse, para sua família.

Dois dias antes de levarem a cabo o plano de fuga, a notícia espalhou-se pelo palácio como fogo: Safiya estava em trabalho de parto. Todas as atividades foram suspensas enquanto todos esperavam ansiosamente por notícias. Asmahan mantinha Bulbul por perto, enquanto Katharina aguardava as novidades no dormitório.

E então elas chegaram: a sultana dera à luz um menino.

Tiveram de correr contra o tempo. No instante em que teve o recém-nascido posto no seio, Safiya reclamou seu direito legal de ter o filho de Asmahan trancado na Gaiola. Quase de imediato, Asmahan foi abandonada por seus eunucos e guardas mais jovens. Não fazia mais sentido ir à mesquita para oferecer preces ao seu pai. Era apenas questão de horas até que os eunucos da sultana chegassem para levar Bulbul.

Embora Adriano ainda acreditasse que os turcos fossem pagãos ateus e seus inimigos jurados, mesmo assim esta concubina salvara sua vida e o reunira a Katharina, e assim ele era o seu protetor declarado. Ou pelo menos protetor do filho dela, pois, definitivamente, nada podia ser feito para salvar Asmahan. Com a ajuda do fiel eunuco de Asmahan, Adriano escalou o muro do jardim e, com Bulbul amarrado às costas — adormecido, pois tinham-lhe dado leite misturado com suco de papoula —, ajudou Katharina a subir atrás dele. Sob a cobertura da noite, seguiram o eunuco pelo labirinto de muros externos e alamedas que circundavam o palácio, e finalmente pela coelheira de ruas e becos sinuosos da cidade. Antes de saírem, Asmahan dera a Katharina um pequeno cofre de madeira repleto de dinares de ouro, a moeda do Império Otomano. Tinham-se abraçado e Asmahan beijou o filho pela última vez. Agora, enquanto Katharina e Adriano seguiam o eunuco até o vasto acampamento da caravana, ela soube que o destino de Asmahan tão logo sua trapaça fosse descoberta seria a mesma punição que todas as mulheres do harém recebiam ao transgredir os regulamentos do sultão: ela seria lacrada num saco com um gato e uma serpente e jogada nas águas do estreito de Bósforo.

A caravana partiu ao alvorecer, um comboio de mil camelos que levava perfume e cosméticos do Egito e no meio do caminho recolheria vidro colorido na Síria e couro nas estepes eurasianas — tudo destinado à China, onde as pessoas adoravam tais coisas — para ser trocados por seda e jade, que na volta seriam levados para as nações do Ocidente, onde as pessoas adoravam tais coisas. Ao longo do caminho encontravam artistas indo para a China — malabaristas, acrobatas, cantores, mágicos — e, voltando do Oriente para a Europa, monges, eruditos e exploradores. Embora fossem encontrar vida selvagem, Katharina e Adriano levaram provisões de pães, frutos secos, carne salgada e queijo curado, bem como farto suprimento de água. E eles se deliciavam em ser um trio despreocupado: Adriano, o protetor; Katharina, a nutriz; e Bulbul, o "filho" deles. Enquanto Constantinopla e seus terrores ficavam para trás, enquanto viajavam sob o sol e ao ar livre, comiam fartamente e descobriam miríades de motivos para rir. Adriano readquiriu vida e força. Seu corpo ganhou consistência e a animação recomeçou a brilhar nos seus olhos. Katharina disse-lhe somente uma vez que agora ele estava livre para seguir para Jerusalém, que não estava obrigado a fazer com ela a longa jornada para Samarcanda, mas Adriano a silenciou com a decisão de não sair de seu lado até que cumprisse a promessa feita a Asmahan. Depois disso, acrescentou, retornariam juntos para Jerusalém.

À medida que a caravana serpenteava em seu caminho para o leste, Katharina — que certa vez pensara ter visto a maior parte do mundo a apenas poucas milhas no Adriático — encontrou o deserto pela primeira vez e o terrível portento das tempestades de areia, que se erguiam tão repentinamente que a morte reclamava o viajante que não estivesse alerta. Ela e Adriano logo aprenderam a observar os camelos; se os animais começassem subitamente a rosnar e enterrar os focinhos na areia, isto significava que uma tempestade de areia se aproximava, muito embora o dia estivesse claro. Os viajantes imediatamente enrolavam com panos os narizes e bocas e, repentinamente, a tempestade se apresentava, feroz e rápida, para se desfazer num instante.

Ao longo do caminho acampavam principalmente ao ar livre, sob as estrelas, nos oásis e encruzilhadas, mas às vezes paravam em guarnições e caravançarás, onde encontravam estalagens e leitos adequados, e músicos e entretenimento animado. À medida que passavam entre areias douradas e céu de azul profundo, sob nuvens brancas impelidas pelo vento e à sombra de palmeiras de cor verde-esmeralda, a jornada adquiriu um aspecto irreal para Katharina, que segurava Bulbul nos braços enquanto o camelo os sacolejava e balançava num quase cochilo. À frente ela observava Adriano, com os ombros largos e costas retas, um homem de convicções profundas e devoção a Deus, um homem misterioso, também.

Katharina não soube precisar o momento em que se apaixonou. Talvez tivesse sido muito tempo antes, quando o viu pela primeira vez nas docas de Veneza. Ou ao observá-lo rezar no convés do navio português. Ou enquanto dormiam nos braços um do outro numa ilha deserta, sentindo-se como os últimos humanos na terra. Onde e quando quer que tenha começado seu amor por ele, Katharina o mantinha em segredo, pois Adriano tinha sua própria estrada a seguir, tal como ela. Nunca abriria o coração, mas sim conservaria seu amor junto a si, protegendo-o na câmara especial onde conservava a sua mãe, e seu pai, e agora até mesmo a infeliz concubina Asmahan, que lhes salvara a vida.

Mas estas emoções novas e estranhas a sobressaltaram, pois não vivenciara uma paixão assim por Hans Roth. Parecia incompreensível para ela agora, enquanto se inflamava com cada olhar de Adriano e o som da sua voz, que certa vez considerara o amor romântico um mito. Seu desejo por Adriano era maior do que qualquer fome ou sede que já tivesse experimentado; era uma ânsia do espírito que ocupava sua mente noite e dia. Portanto, o amor de Katharina necessitava de um escoadouro, e ela o descobriu na feitura de um novo manto para ele. Tendo secretamente pechinchado no mercado de Ankara por um novo manto branco e um pouco de fio de seda e agulhas, ela trabalhava na sua tarefa de amor a cada hora de descanso do dia, quando Adriano saía com os homens para caçar ou catar lenha para as fogueiras. Sabia que Adriano carregava uma dor no íntimo, mais profunda que as cicatrizes no pobre corpo torturado, uma dor que vislumbrara pela primeira vez nas rugas delineadas no rosto, e que tinha percebido na voz dele quando, naquela ilha deserta, ele falara de uma mulher que havia amado. Embora Katharina soubesse que jamais poderia ser o bálsamo para aquela dor profunda, rezou para que o novo manto ajudasse a restaurar um pouco da dignidade dele.

Adriano também ocupava seus pensamentos por causa de algo que a intrigava, um enigma que se aprofundava a cada dia que passava. Ele dissera-lhe ter assumido votos de celibato e austeridade quando se juntara à irmandade, e que esses votos foram assumidos como penitência por ter matado um homem. Mas agora que passavam dias e noites em privacidade, partilhando comida e abrigo, fingindo ser pai e mãe do pequeno e adorável Bulbul, Katharina ia se conscientizando da verdadeira extensão daqueles votos. Dias e noites num navio português, e alguns dias encalhados numa ilha, não haviam sido suficientes para ela observá-lo verdadeiramente. Mas aqui, no deserto sem fronteiras, debaixo de um sol que se estendia até a eternidade, Katharina observava Adriano com uma clareza que era transparente como vidro. E pareceu-lhe que seu voto de abstinência e austeridade iam além de limites razoáveis, pois ele não só abstinha-se de carne e vinho, mas também do alimento na porção adequada. Ele parecia quase à beira da inanição para punir seu corpo, impelindo-se além da resistência diária, continuando a trabalhar e caçar e cortar lenha muito tempo depois que seus companheiros se retiravam para junto das fogueiras. O crime que ele havia cometido (e ela não tinha certeza de que havia sido um crime, pois não estava lutando por uma mulher que amava, lutando por seus direitos?) acontecera havia mais de vinte anos. Penitenciara-se o suficiente? Ou — e esta suspeita crescia a cada distância que deixavam para trás, à medida que a caravana prosseguia para leste — havia mais na história do que tinha sido revelado?

Deu-se conta de que sua obsessão por ele a desviava do propósito de sua vida: encontrar seu pai. E portanto tinha de confiar cada vez mais no retrato de Santa Amélia a fim de relembrá-la do seu objetivo. Como uma suplicante na igreja com um desejo genuíno de oferecer preces, mas cuja mente instável se extraviava através das janelas de vitral para os campos de margaridas além, Katharina precisava cada vez mais de força de vontade para manter o coração no rumo certo. Noite após noite, no que se tornou um ritual, ela levava a pequena pintura para a luz e olhava para o cristal azul enquanto silenciosamente recitava a litania: *É aqui que jaz meu destino.*

Tão logo Bulbul fosse entregue à família de sua mãe, Katharina ia fazer meia-volta e seguir para Jerusalém, para procurar o cristal azul e encontrar seu pai.

E Adriano deveria seguir para onde seu destino o levasse.

A caravana era como uma criatura dinâmica em constante mutação, com gente entrando e saindo, clãs inteiros ou viajantes solitários, fazendo o comboio encolher ou se esticar como uma serpente enquanto coleava através do deserto, da pastagem e do planalto. Sentindo-se a salvo agora nas suas falsas *personas*, e estando tão distantes de Constantinopla e do perigo de serem encontrados, Katharina e Adriano faziam amizade com os recém-chegados, partilhando fogo e comida, e depois dando adeus a eles ao longo do caminho e recebendo a companhia de novos conhecidos.

A questão da língua começou a tornar-se um problema à medida que seguiam para leste, pois encontravam novos dialetos e mutações de idiomas que pensavam dominar. O árabe ficou cada vez mais difícil para Katharina, e o grego de Adriano tornou-se cada vez mais inútil. Embora o latim tivesse sido levado para leste ao longo de milhares de anos, os dois achavam difícil compreender como a antiga língua fora tão mudada e adaptada às regiões locais. Mas dava para se entenderem; a comunicação particular começou a confiar menos em palavras e mais nos gestos, expressões faciais e silêncios preenchidos com olhares significativos. Era, começavam a perceber à medida que passavam dia e noite na companhia um do outro, tudo de que precisavam.

No norte da Pérsia, a caravana parou num pequeno vale entre duas cordilheiras escarpadas, e aqui encontraram um curso de água mais marcante: nenhuma vegetação crescia às suas margens, tudo à volta era rochoso e estéril, mas a água corria morna e, para espanto de todos, corria verde brilhante. Isto era conseqüência de depósitos minerais na sua nascente, explicou o líder da caravana, que davam à água o seu notável tom de esmeralda. Mas ela era potável e até mesmo, alguns alegaram, saudável. E assim acamparam ao lado do riacho cor de esmeralda, mil tendas e uma centena de fogueiras à luz da lua.

Katharina apreciou a oportunidade de poder finalmente dar uma boa lavada no cabelo. Embora o tivesse lavado ocasionalmente no decorrer das semanas, a água tinha de ser racionada. Para manter o cabelo limpo ela usara um truque aprendido com beduínos locais, cujas mulheres esfregavam uma mistura de cinza e soda nos cabelos e depois passavam horas penteando-o. Deste modo a tintura escura, aplicada lá em

Veneza para que pudesse passar por árabe, começou a desvanecer para um castanho-claro, com as raízes recém-crescidas dando-lhe um "capuz" louro. Mas agora ela usava o sabão adequado, cobrindo o cabelo de espuma, escovando, massageando e enxaguando. Depois secava o cabelo ao vento, de modo que ele se encapelava como uma juba dourada. O efeito foi tal que todos no acampamento paravam para olhar.

Adriano principalmente.

Naquela noite, debaixo de uma lua reluzente, Katharina deu a Adriano o novo manto que bordara e ele ficou sem palavras. Tinha seu emblema às costas, a cruz azul de oito pontas da irmandade que dava significado a sua vida. Mais uma vez ele usaria dignidade como se fosse uma vestimenta, e proclamaria ao mundo sua dedicação à Virgem Santíssima.

E finalmente aqui, sob as estrelas, Adriano contou a Katharina sua história completa.

Ela já sabia que mais de vinte anos antes, em Aragão, ele se apaixonara perdidamente por uma garota chamada Maria, com quem assumira compromisso de casamento, quando então ela confessara que estava apaixonada por outro. Adriano se enfurecera e desafiara o rival. Lutaram. Adriano o matou e Maria, pesarosa, recolheu-se a um convento, onde ele supunha que ainda vivesse até aquele dia. Era tudo que Katharina sabia da história dele. Mas nesta noite, com a lua cheia, gorda e majestosa no céu noturno e o riacho cor de esmeralda gorgolejando suavemente no seu leito pedregoso, Adriano confessou a dor que o assolava em cada dia de sua vida.

— Eu sabia — disse, enrolando-se no seu manto de cavaleiro —, no fundo do coração eu sabia que Maria não me amava. Foram o orgulho e a arrogância que me cegaram para este fato. Acreditava que com o tempo poderia fazê-la me amar. Mas o outro homem... se tivesse sido qualquer outro homem eu poderia deixar passar. Poderia ter feito vista grossa e esperado que Maria voltasse para mim. Mas o outro homem era meu irmão, e isto não consegui suportar.

Ele voltou os olhos angustiados para Katharina.

— Sim, o homem que matei era meu irmão. Eu o matei por causa do ciúme cego. Ele era inocente de qualquer crime ou má conduta contra mim. Não tenho qualquer direito à felicidade, Katharina. Não tenho nenhum direito a amá-la ou ser amado por você.

Irrompeu em amargos soluços e Katharina pôs os braços em torno dele. Adriano enterrou o rosto nos cabelos dourados de Katharina e sentiu a calidez daquele corpo jovem contra o seu, os lábios dela nas suas faces e pescoço, as lágrimas de ambos se misturando, até que finalmente as bocas se uniram. Deitaram-se debaixo do manto com a cruz azul e por fim encontraram refrigério no amor.

Mais tarde, quando despertaram, Adriano levantou-se, tomou Katharina pela mão e levou-a até a margem do riacho cor de esmeralda. Ali enfiou sua espada no solo, a bela arma com punho de ouro que Asmahan lhe dera para a proteção de seu filho. Ele e Katharina se ajoelharam, como se diante de uma cruz.

— Embora estejamos muito longe de padres e igrejas — disse ele, pegando a mão dela —, somos vistos por Deus, pela Mãe Abençoada e por todos os santos. E é diante destas gloriosas testemunhas, minha adorada Katharina, que nos declaro marido e mulher e dedico meu corpo e alma a você, meu amor e minha devoção, até o fim da minha vida e depois que estivermos mortos e unidos no céu.

Katharina fez o mesmo juramento e, independentemente do que os esperasse no futuro, ela e Adriano estariam ligados para sempre.

◆ ◆ ◆

Desfrutaram uma semana de amor como marido e mulher, ambos imaginando o que tinham feito para merecer tamanha felicidade, cada qual prometendo a Deus realizar grandes obras e favores em recompensa por esta alegria.

Num amanhecer, eles rastejaram para fora da tenda a fim de se banhar no rio. Adriano enrolou-se no seu manto de cavaleiro, Katharina juntou-se às outras mulheres e crianças em outra parte do rio, brincando com Bulbul na água e dizendo-lhe, como fazia diariamente, que em breve ele se reuniria ao seu avô e seus primos. Quando ele perguntava, como sempre fazia, se sua mãe estava indo para lá, Katharina respondia:

— Não sei, talvez. — Era pelo menos uma meia-verdade. E acrescentava: — Mas ela quer que você fique com seu avô, que o ensinará a montar num cavalo. — Pela primeira vez, contudo, ela lamentou ter de entregar o garoto à família, pois nas semanas desde a partida de Constantinopla começara a amá-lo.

Ela o estava enrolando numa toalha quando ouviu o primeiro grito. Voltando-se, viu homens a cavalo, agitando enormes espadas, galopando pelo acampamento.

Katharina pegou o garoto e correu. Alcançou a parte do rio onde os homens se banhavam e viu que tinham sido pegos de surpresa. Na confusão viu Adriano, realçado pelo manto de cavaleiro, sua alvura reluzindo ao sol da manhã. Ela o chamou no justo momento em que uma espada era enfiada nas suas costas, diretamente no centro da cruz azul de oito pontas. Olhou horrorizada enquanto ele abria os braços e a seguir desabava sobre os joelhos, e depois caía sobre o rosto, uma faixa de sangue fluindo das costas. Ela viu a espada sendo erguida bem alto e depois baixada sobre o pescoço de Adriano. Virou-se e tapou os olhos de Bulbul enquanto ouvia o som seco de uma cabeça sendo decepada do corpo.

Katharina voltou-se e correu, mas foi alcançada pelos atacantes. Bulbul foi arrebatado de seus braços. Ela observou horrorizada enquanto o garoto voava pelo ar, como se fosse um pássaro sem peso, e depois caía de ponta-cabeça num rochedo, o crânio infantil arrebentando-se como um melão.

E a seguir uma dor aguda encheu sua própria cabeça e a escuridão a engolfou como uma noite súbita.

◆ ◆ ◆

Ao recobrar a consciência, Katharina viu-se num complexo com outras mulheres, algumas chorando, outras furiosas, e umas poucas abatidas e desoladas. Ela não se lembrava de nada. A cabeça doía e sentia-se nauseada.

Onde estava? Esfregou os olhos e olhou em volta. Pelo que pôde ver, ela e as outras estavam num recinto improvisado com paredes feitas com pele de cabra. Não havia nenhum abrigo debaixo do sol abrasador, exceto uma árvore desfolhada que espalhava galhos secos e quebradiços. Além das paredes de pele de cabra e da fumaça das fogueiras, ela pôde ouvir gritos, discussões e o galope de cavalos.

Quando a cabeça começou a clarear e a náusea passou, mas sem que ainda toda a sua memória retornasse, ela viu homens inspecionando rudemente as garotas, desnudando-as. Como lhe pareceu que não tinham nenhum interesse em usar as mulheres sexualmente, ocorreu-lhe que deviam ser traficantes de escravos.

A caravela grega! O palácio do sultão! *De novo, não*!

Katharina recuou até tropeçar e cair de encontro ao tronco de uma velha árvore morta. Levando a mão ao peito, sentiu alguma coisa sob o vestido. Tirou-a e ficou surpresa ao descobrir uma pequena bolsa de couro numa correia. Era vagamente familiar e ela suspeitou de que devia ser importante, de modo que a retirou apressadamente do pescoço e a enfiou num olho de nó no tronco da árvore, tomando cuidado para não ser vista.

Mas então os homens a alcançaram e começaram a comentar excitadamente acerca de seu cabelo. Embora não entendesse a língua, alguns gestos eram universais, e ela soube que tinha algum valor para eles. Despiram-na e a examinaram por completo. Finalmente, quando terminaram com todas as mulheres cativas, recolheram todas as roupas e pertences e distribuíram mantos grosseiros de lã barata. Quando as cativas foram deixadas em paz e o sol começou a se pôr, e as outras mulheres sentaram-se em grupos para lamentar e chorar, Katharina rastejou de volta à árvore e discretamente retirou a bolsa escondida, devolvendo-a ao seu lugar seguro em volta do pescoço.

◆ ◆ ◆

Foi durante a noite que tudo voltou a ela, pois sonhou com Adriano e Bulbul, e despertou aos gritos. E quando a percepção plena do que havia acontecido e da sua nova situação a atingiu com força brutal, ela começou a chorar tão amarga e desconsoladamente que as outras a deixaram sozinha.

Katharina viveu num estado de torpor depois disso, ignorando as abordagens das outras mulheres, não respondendo a perguntas, só bebendo água quando era posta nos seus lábios, mas recusando comida enquanto ficava sentada olhando fixamente para o horizonte distante.

Adriano, jazendo morto com uma espada enfiada entre as omoplatas.

Bulbul, com o crânio arrebentado num rochedo.

Ainda assim ela estava viva, e era novamente uma escrava.

Quando uma das mulheres da tribo veio lavar o cabelo de Katharina, ela não questionou nem protestou. A tarefa da mulher foi vigorosa e completa, e quando o cabelo secou ela penteou as madeixas douradas e chamou as outras no cercado para admirar os lindos cachos da cor do sol. No dia seguinte a mulher retornou com sabão e uma faca afiada, e desta vez raspou a cabeça de Katharina, juntando os cabelos num cesto. Mais uma vez Katharina não protestou e ficou olhando para o deserto que se estendia até o infinito.

Uma semana mais tarde, porém, Katharina viu uma mulher que, a julgar pelas muitas moedas que usava, era a esposa principal do chefe, orgulhosamente ostentando uma peruca loura feita de modo rudimentar. No seu estado de torpor, Katharina vagamente imaginou por que essas mulheres iriam se incomodar com perucas se tinham de manter as cabeças cobertas. E então, naquela noite, ela ouviu gemidos de êxtase sexual provenientes da tenda do chefe e se lembrou dolorosamente de como Adriano adorava passar as mãos pelo seu cabelo.

Na manhã seguinte, um homem entrou furioso no cercado. Agarrou a cabeça de Katharina e examinou-a como se fosse um melão. Depois começou a gritar pela mulher que lhe pelara a cabeça. Não entendendo a língua,

Katharina não podia imaginar do que se tratava, mas a palavra "Zhandu" repetia-se, e o homem gesticulava sem parar em direção ao leste.

Por intermédio de suas companheiras de cativeiro, Katharina descobriu que aquela gente era da tribo kosh, famosos mercadores de escravos da região, um povo arrogante que acreditava ser o primeiro a ser criado pelos deuses e que todas as outras raças vieram depois e portanto criadas para servi-los.

Uma sociedade nômade guerreira que não se miscigenava com outras raças por considerarem-nas inferiores, os kosh tinham rostos redondos e chatos e olhos oblíquos, e nunca tinham visto um cabelo como o de Katharina. Montavam cavalos fogosos de pelagem lanosa e crinas emaranhadas.

Quando desmontaram o acampamento e começaram a jornada para o leste, Katharina mais uma vez não questionou nem reclamou do seu destino. Mas enquanto cobriam muitos quilômetros, parando brevemente em assentamentos para vender sua mercadoria humana, sendo ela própria mantida à parte do leilão, Katharina começou a perceber que os kosh a estavam levando para um lugar chamado Zhandu.

Enquanto caminhava ao lado dos cavalos e dos camelos de duas bossas dos kosh, Katharina ignorava as areias escaldantes sob os pés descalços, a fraqueza dos ossos, a fome no estômago. Só pensava em Adriano: onde estava sua alma? Tinha voado de volta à Espanha e estava agora na sua amada Aragão? Ou seguira para Jerusalém e era agora uma das sombras numa pequena igreja dedicada à Virgem Santíssima? Ou pairava sobre as cabeças de seus camaradas na irmandade em Creta, incentivando-os silenciosamente na sua luta contra os infiéis? Às vezes, tarde da noite, quando o vento soprava lamentosamente e Katharina olhava para as estrelas, quase podia sentir Adriano a seu lado, um fantasma consolador ansiando tomá-la em braços corpóreos.

E então, uma noite, um homem veio inspecioná-la e discutiu animadamente com a mulher que se tornara responsável por ela. Katharina já ouvira o dialeto kosh o suficiente para captar algumas palavras rudimentares, e percebeu que a mulher estava cobrando um preço exorbitante por ela. Quando o homem exigiu saber por que, a mulher apontou para a barriga arredondada de Katharina e disse: "Há uma criança ali."

E Katharina saiu instantaneamente do seu estado de torpor.

Ela olhou para baixo, maravilhada, e deu-se conta de que a mulher estava certa, pois na sua apatia não notara que sua menstruação não aparecera, nem percebera que a barriga havia crescido apesar de comer pouco.

O filho de Adriano.

Por fim, conseguiu tirar a bolsa de couro do Frei Pastorius de debaixo do manto encardido e examinar seu conteúdo. E quando viu a pequena recordação de Badendorf e a miniatura de Santa Amélia com o cristal azul, ela chorou de novo. Mas mesclada com o seu pesar estava a centelha de uma nova esperança — uma parte de Adriano ainda vivia.

A imensa caravana dos kosh continuava seguindo para leste, só parando para vender escravos e se abastecer, aprofundando-se cada vez mais nas regiões mais misteriosas e distantes do mundo que Katharina conhecia. Embora seus captores a alimentassem, era apenas o bastante para mantê-la viva, e agora Katharina queria muito viver. Assim passou a lutar por nacos extras de comida e ainda roubava das outras, a fim de alimentar a nova vida que crescia dentro de si. Achava que os kosh eram uma raça selvagem, sem deus, e brutal além do imaginável. Quando um criminoso era decapitado, a tribo jogava pólo com a sua cabeça. Os casamentos eram primitivos, a noiva em potencial pulando num cavalo e afastando-se a galope com os pretendentes em sua perseguição. O homem que a capturse e a derrubasse por terra tornava-se o seu marido. Os kosh faziam seus escravos trabalhar até a morte e deixavam os corpos insepultos para trás. Ainda assim eles riam, dançavam e cantavam bastante, e tomavam uma bebida fermentada tão forte que apenas os seus eflúvios deixavam Katharina tonta.

Depois de algum tempo, observando e ouvindo, ela aprendeu a língua deles, como tinha uma vez aprendido latim e árabe, pois isto poderia significar sua sobrevivência e da criança no seu ventre.

Finalmente, enquanto os kosh hibernavam num platô entre antigas muralhas esfareladas construídas por uma raça esquecida, o bebê de Katharina nasceu, uma menina de cabelo claro que com seu choramingo abriu uma fratura no muro de pedra que envolvia o coração da mãe. Chamou-a de Adriana em homenagem ao pai e, à medida que os dias e semanas passavam, enquanto dava de mamar à criança e a embalava e mimava, Katharina experimentou uma mistura da sua tristeza com o início de uma nova alegria inesperada. A filha de Adriano, com seu cabelo parecendo um tosão. Mas ela havia nascido abaixo do peso e estava lutando para sobreviver. O leite de Katharina secou muito repentinamente e ela teve de brigar de novo por comida.

Quando o chefe e a esposa principal vieram inspecionar, viram o cabelo dourado da bebê e assentiram com satisfação, e mais uma vez Katharina ouviu-os dizer a palavra "Zhandu" e soube que ela e a filha estavam sendo guardadas para alguém especial.

Enquanto transpunham as montanhas da Grande Dor de Cabeça, os kosh acamparam num desfiladeiro circundado por altos picos nevados e uma noite ouviram um som parecendo um trovão que alarmou Katharina mas apenas excitou seus captores. Ao amanhecer, eles enxamearam à frente a pé, escalando o desfiladeiro até que chegaram ao local da avalanche recente. Cavaram freneticamente na neve, uma empreitada dura que exigia o trabalho de todos, mesmo das cativas, até que seus esforços foram recompensados. Dando gritos de alegria os mercadores de escravos descobriram os corpos e a carga da infeliz caravana que fora apanhada pela avalanche. Katharina de início pensou que estavam procurando sobreviventes. Mas quando uma vítima ainda viva foi descoberta, mataram-na a porretadas, pois os kosh só estavam interessados no butim. Enquanto ela observava a pilhagem obscena e ouvia os abafados gritos de socorro, os captores de Katharina aliviaram os mortos e moribundos de suas roupas e jóias e carregaram bastante riqueza aquele dia, pois tinha sido uma caravana procedente da China, abarrotada de ouro e seda. Quando a caravana kosh recomeçou sua jornada optou por uma rota alternativa, pois o desfiladeiro não estaria transitável antes da primavera, quando a neve derretida e os corpos de homens e animais seriam carregados para longe.

Katharina teve visões maravilhosas e terríveis durante sua permanência com os kosh, e os observou como duas pessoas: a Katharina que se maravilhava com a diversidade do mundo, e a Katharina que segurava a filha de Adriano no seu peito e chorava silenciosamente.

Somente uma vez tentou escapar. Numa encruzilhada haviam passado por um vasto acampamento onde centenas de cavalos, camelos e pôneis estavam bebendo e a fumaça de mil fogueiras erguia-se calorosamente para o céu. Quando os traficantes de escravas com cabelos de fogo acamparam rio acima, a uns dezesseis quilômetros da encruzilhada, Katharina esperou até que o acampamento estivesse silencioso e adormecido para escapulir da tenda das cativas, desatar um cavalo e, com Adriana amarrada com segurança a seu peito, cavalgar em fuga.

Foi capturada poucos metros além do perímetro, arrastada de volta e espancada severamente à vista de todos. Depois disso, sempre que a caravana se avizinhava de outros viajantes ou assentamentos, alguém tomava Adriana de Katharina e ficava com a bebê até que prosseguissem viagem. Isto evitava que tentasse novas fugas.

Atravessaram as dunas vermelho-douradas do amaldiçoado deserto de Takli Makan, onde miragens e sons sinistros assombravam os viajantes incautos até a morte. Aqui as areias mudavam tão rápida e imprevisivelmente que a trilha logo ficava coberta. Portanto, os que passavam por este caminho erguiam torres de ossos de animais para marcar o caminho para os outros. Quando os kosh construíram estas torres do deserto, elas eram feitas de ossos humanos. A caravana serpenteou através de gargantas de rios nevoentos e terras de pastagem ventosas. No calor do verão só viajavam à noite; no inverno enfrentavam nevascas e geleiras.

Levou mais dois anos até os kosh alcançarem o seu destino no alto das montanhas, num ponto remoto longe da Estrada da Seda, onde sentinelas montavam guarda em estranhas torres de pedra. E quando por fim chegaram ao ponto final de sua rota, na base de um platô coberto de nuvens onde diziam que nenhum estrangeiro podia ir, Katharina permanecera com os mercadores de escravos por quase quatro anos. Seu cabelo crescera de novo, descendo pelas costas, e ela estava com 23 anos de idade. Adriana, sua filha, estava com três anos.

O caminho para Zhandu era um íngreme e estreito desfiladeiro de montanha que cada vez mais se inclinava e estreitava. A subida era em fila indiana ao longo deste precipício, cercado de ambos os lados por enormes paredes de rocha montanhosa da cor do ferro. Ao fim da perigosa trilha erguia-se um elevado portão de madeira, da espessura de muitos braços, encimado com pregos e homens armados de lança. Não havia outro caminho para o platô a não ser este portão, e só aqueles com permissão do Governante Celestial podiam passar. Era desta maneira que Zhandu permanecera por séculos isolado do mundo.

Após ter permissão de cruzar o portão, a caravana dos kosh prosseguiu até transpor a Ponte Celestial, uma proeza de engenharia em mármore e granito fixada sobre pilonos maciços através dos quais rugia um rio verde-esmeralda e branco de espuma, inchado pela neve derretida das montanhas. Aqui se espalhava um platô que dava a sensação de se estar no topo do mundo — um panorama repleto de árvores verdes e campos férteis. Os olhos de Katharina se arregalaram maravilhados com os hectares de frutas, flores e relva, pois nunca vira nada que se assemelhasse tanto ao Jardim do Éden. E no centro deste fabuloso platô erguia-se uma cidade de cúpulas e espiras e muros brancos que parecia de fato ondular à luz intensa do sol.

Os kosh acamparam no platô à sombra de Zhandu, com seus domos resplandecentes cor de turquesa e torres de cristal por trás de muralhas intransponíveis. Não era qualquer um que recebia permissão de entrar; milhares acampavam na planície e somente podiam olhar em admiração para uma cidade que era às vezes engolfada por nuvens baixas, de modo que parecia estar flutuando.

Quando um representante cavalgou para fora da cidade a fim de confabular com o líder kosh, Katharina perguntou a uma das mulheres o que os kosh, e todos os outros mercadores acampados na planície, queriam de Zhandu. O que os motivara a empreender uma viagem tão longa e perigosa até aquele lugar no fim do mundo? A curta resposta foi que Zhandu possuía tanta riqueza que nem sabiam o que fazer com ela. Eles pagavam qualquer preço que fosse pedido e nunca regateavam. E então, quando Katharina viu iaques carregados com pilhas de maravilhosas peles brancas e lhe disseram que era o pagamento por ela, lembrou-se de quão valiosas eram essas peles, chamadas de arminho, lá em Constantinopla e até mesmo na Europa, e era espantoso como as entregavam como se fossem prosaicas fôrmas de pão. O que seus captores disseram era verdade. Claramente Zhandu pagava qualquer preço, não importava o quão exorbitante, e não ligava se era um preço justo ou não.

Katharina montou numa mula, com Adriana no colo, atada ao camelo de duas corcovas do representante, que viajava dentro de uma liteira acortinada, de modo que ninguém podia vê-lo. Acompanhando-os, ia uma centena de guardas em uniformes perfeitamente combinados de pantalonas azuis, túnicas escarlates e turbantes amarelo-canário. Enquanto o peculiar cortejo transpunha os monumentais portões da cidade, Katharina deu uma olhada para trás e viu que os kosh já desmontavam as tendas para partir, sem dúvida ansiosos para retornar à civilização e obter um lucro cem vezes maior com suas peles de arminho.

Katharina e a filha não foram levadas para muito longe na cidade. Quase imediatamente foram desmontadas da mula por uma equipe de criados vestidos de azul e vermelho usando chinelos peculiares com a ponta curvada para cima. Passaram rapidamente por uma porta num muro onde foram entregues a um camareiro suntuosamente trajado que, sem dizer palavra, as apressou por um comprido corredor. Depois subiram três escadarias sinuosas, desceram mais corredores, passaram debaixo de arcadas e através de portas muitas vezes mais altas do que um homem, até que sem a menor cerimônia e sem qualquer palavra foram depositadas num jardim contendo os pássaros de aspecto mais notável que Katharina já vira: criaturas enormes de um rosa brilhante que se apoiavam numa só perna.

Surgida não se sabe de onde, uma mulher de aspecto impressionante veio flutuando num mar de rosa. Tinha o mesmo rosto redondo e os olhos amendoados dos kosh, e faltava um dente no seu sorriso. Seu penteado era espantoso: as longas madeixas vermelhas arranjadas como duas enormes rodas, uma de cada lado da cabeça, com faixas coloridas e ornamentos de prata, ouro e pérolas. O bordado no seu traje de seda era impressionante além da crença, mesmo para Katharina, que já tinha visto trabalho de agulha excêntrico no palácio do sultão. O pavão turquesa e dourado bordado no traje da mulher parecia que ia subitamente espalhar as penas de sua cauda e andar pomposo para fora do tecido.

Ela vinha com uma expressão feliz e esperançosa, notou Katharina, mas seu sorriso murchou tão logo viu a cativa. A mulher franziu o cenho para o comprido cabelo louro de Katharina, depois fitou-a nos olhos.

— Ora, bolas! — disse ela e voltou-se para sair.

— Por favor, senhora — disse Katharina rapidamente na língua dos kosh.

A mulher se voltou, um ar de surpresa no rosto.

— Você fala nossa língua? — perguntou.

— Estive com o seu povo por quatro anos — disse Katharina, supondo pelas feições nítidas da mulher que ela era kosh. — Por favor, podemos ir, eu e minha filha?

A mulher olhou para Katharina como se ela fosse uma simplória, fez outro gesto impaciente, deslizando fora de sua nuvem de seda.

Voltando-se para o camareiro, um homem usando um comprido manto de seda escarlate e um chapéu preto de seda, Katharina disse:

— Devo partir. Vocês não podem me manter aqui.

Ele lançou-lhe um olhar igual ao da mulher:

— Você pode ir — disse, com indiferença. — A Suprema Irmã não quer você. — Ele também falou em dialeto kosk, mas uma versão modificada, que Katharina levou algum tempo para entender.

Ela pestanejou.

— Posso sair deste lugar? Posso deixar Zhandu? Eu e minha filha? Não somos prisioneiras?

— Você *deve* partir. Não mantemos prisioneiros e não gostamos de hóspedes. — Ele franziu o nariz como se detectando um odor. — Os guardas as levarão de volta ao portão.

— Agora? Mas não temos dinheiro nem comida.

— Isso não é da nossa conta.

— Então por que fomos trazidas para cá?

Ele fez um aceno, descartando.

— Houve um engano — disse, vagamente. — Você terá que partir.

Katharina observou-o se retirar. Tentou protestar quando homens em pantalonas e túnicas de seda coloridas a arrastaram para o jardim. Eles não eram ameaçadores, como tinham sido os guardas e eunucos no palácio do sultão, mas exibiam a impaciência de homens ansiosos por seu almoço. Ela tentou argumentar com eles.

— O povo que me trouxe para cá, os kosh, já estava partindo. Jamais conseguirei alcançá-los. Para onde vou com minha filha?

Mas eles apressaram o passo até que ela apertou Adriana nos braços e disparou por um longo corredor que parecia levar apenas a mais corredores. Quando olhou para trás, os guardas haviam desaparecido.

Olhou em torno, perplexa. O que deveriam fazer agora? Não podiam partir e não podiam ficar!

Quando Adriana disse "mamãe" e descansou a cabeça no seu ombro, Katharina percebeu que a provação a deixara fatigada. A pobre menininha, nascida abaixo do peso e agora pequena para a idade, conseqüência da vida dura e de privações entre os kosh. E como os kosh não se incomodaram em alimentá-las naquela manhã, mais provavelmente achando que seria desperdício de comida já que iam ser vendidas para Zhandu, Adriana estava mais enfraquecida ainda. Katharina decidiu que iria encontrar um lugar para esconder-se durante a noite e imaginar o que fazer pela manhã.

Depois de vaguear por mais corredores infinitos, descobriu que o palácio de Zhandu parecia uma colméia, com cortesãos elegantemente vestidos indo e vindo, inclusive mulheres, um agudo contraste com a corte segregada de Constantinopla. Todos tinham as feições asiáticas e o cabelo ruivo dos kosh, portanto Katharina especulou se as duas raças tinham brotado dos mesmos ancestrais remotos. Os homens usavam chapéus exagerados do tamanho de rodas de carroça, as abas debruadas com pele, as copas altas e pontudas. As mulheres armavam seus longos cabelos em estilos impossivelmente intricados, cada qual mais exótico que o outro, e todas pareciam ter um propósito enquanto passavam com papéis e livros, instrumentos musicais e travessas de comida, nenhuma prestando a menor atenção à mulher em farrapos segurando uma criança apática.

Tentando evitar guardas ou qualquer um que pudesse expulsá-las da cidade, Katharina apressou-se acima e abaixo de corredores de mármore polido até chegar a uma ala aparentemente deserta. Lá encontrou uma porta com teias de aranha no seu lintel e, achando que era um cômodo abandonado e portanto um lugar seguro para se esconder, empurrou a porta e entrou.

A luz filtrava-se pelas altas janelas estreitas, iluminando uma torre de pedra redonda cheia, do chão ao teto, de todos os tipos de armamento: espadas e lanças, machados e azagaias, arcos e flechas, e muitos estilos de cotas de malha e armaduras. Claramente tinha vindo parar num arsenal de armas, mas havia algo estranho — tudo estava coberto de poeira e festonado com teias de aranha, como se não tivesse sido usado por décadas.

Katharina foi até a janela e olhou para fora. Da base do muro de pedra, um precipício caía centenas de metros para uma vasta planície abaixo que se estendia pelo horizonte. De cada lado, montanhas escarpadas perfuravam o céu com picos permanentemente cobertos de neve. Lembrando o que lhe tinham dito acerca do estreito desfiladeiro ser o único meio de chegar a Zhandu, Katharina percebeu que nenhum inimigo poderia atacar este reino encarapitado no alto da montanha, e provavelmente nem tivesse tentado por gerações. Portanto, os cidadãos desta fabulosa cidade não haviam conhecido guerra ou invasores por séculos.

Ela encontrou mantas de lã estocadas numa arca e antigos capacetes de couro que, enrolados na lã, poderiam ser usados como travesseiros. Deixando Adriana a salvo no cômodo, advertindo-a para que não tocasse em nada, Katharina saiu e seguiu por um corredor onde se lembrou de ter visto o que parecia ser o santuário de uma deusa. A estátua no nicho era uma mulher esbelta com um sorriso piedoso; comida e velas ardendo tinham sido deixadas aos seus pés. Notando uma semelhança com a Virgem Santíssima, Katharina sussurrou uma prece e tirou um pouco da comida e uma das velas, sabendo que a deusa entenderia.

Ela e Adriana banquetearam-se com figos e bolos e uma pequena jarra do que tinha gosto de suco de fruta morno. Depois de comerem, Katharina realizou o ritual noturno que iniciara quase no momento em que Adriana nasceu: ela pegava a pintura de Santa Amélia e o caco de cerâmica de Badendorf e contava à filha a história de sua vida. Falava sobre Hans Roth e Isabella Bauer e das outras pessoas das cidade, e depois contava a Adriana sobre a família que esperava por elas onde quer que o cristal fosse encontrado — um avô e possivelmente muitos primos, porque Isabella havia mencionado os filhos de um nobre, que já teriam se casado e tido filhos.

— Qual é o seu nome? — Katharina perguntava à filha todas as noites.

E a cada noite a menina respondia:

— Adriana von Grünewald.

Quando via a filha bocejando, Katharina sabia que era hora de uma história, para ajudar a menina a dormir em paz durante a noite, porque Adriana com freqüência acordava com pesadelos nos quais sonhava com os kosh.

— Era uma vez... — começou ela. — Katharina tinha ensinado à filha a língua dos seus captores, pois algum dia isto poderia significar a sobrevivência, portanto nesta noite contou a história de Amélia e do cristal azul na língua kosh. Mas uma vez que Katharina nunca ouvira falar de Santa Amélia antes do dia em que sua mãe morreu, e não conhecia a verdadeira história da santa, ela inventou uma — ... uma boa e gentil dama chamada Amélia, que vivia nos bosques perto de Badendorf. Amélia era muito pobre, exceto por um tesouro precioso que lhe pertencia: um cristal azul perfeito que Jesus lhe dera quando caminhava um dia nos bosques, faminto, e ela deu-lhe pão e salsichas para comer. Bem, no castelo no alto da montanha morava um rei malvado que queria o cristal azul...

Ignorando as fugitivas escondidas no arsenal abandonado, um velho usando chinelas brancas e um longo manto branco percorria os corredores do palácio quando ouviu a voz. Parando para ouvir melhor, encostou o ouvido na porta. Quando, minutos depois, ouviu as palavras "e Amélia e o belo príncipe viveram felizes para sempre", empurrou a porta e bateu palmas.

Katharina olhou com um sobressalto.

— Conte outra história — disse o homem numa variação do dialeto kosh peculiar em Zhandu, e a seguir sentou-se no chão, cruzando as pernas.

Katharina olhou fixamente para o intruso. Ele era muito velho e sua cabeça era perfeitamente redonda, como uma laranja, e calva exceto por uma franja de cabelo branca. Os olhos eram amendoados como aqueles dos kosh, com uma qualidade estrábica que fazia-o parecer estar sorrindo quando na verdade não estava. Tudo nele parecia redondo: a barriga sob o manto branco, a ponta do nariz e as bochechas que se erguiam quando sorria, o que parecia ocorrer sem qualquer motivo. *Seria ele um retardado?* especulou ela.

— Outra história — repetiu, desta vez um tanto impaciente.

Katharina olhou para Adriana, que olhava fixamente para o peculiar visitante. Durante sua curta vida entre os kosh ela aprendera a ficar quieta na presença de estranhos e a não chamar a atenção para si.

Vendo que o peculiar homenzinho não iria embora até ter ouvido uma história, Katharina decidiu-se por “Chapeuzinho Vermelho”, que era curta, na esperança de que ele depois se fosse.

Mas quando acabou, tendo o caçador matado o lobo, o velho bateu palmas, riu com suas gengivas desdentadas e pediu-lhe que contasse outra. Katharina alegou que a menina estava com sono. Ele ficou irritado. Quando ela disse que seria bem-vindo se voltasse no dia seguinte, o velho começou a gritar e, de súbito, guardas armados de lanças se materializaram do nada.

Katharina ficou de pé, Adriana nos seus braços, e recuou das lanças com pontas de ouro. Enquanto o velho continuava a arengar de modo tão incoerente que Katharina não conseguia entender o que estava dizendo, outra pessoa apareceu subitamente como se do ar, fazendo-a imaginar se não andara à procura do velho.

Era a mulher do jardim, cujo camareiro chamara de Irmã Suprema, agora trajando um manto de seda bordado com flores tão impressionantes que Katharina pensou que podiam atrair abelhas.

— Por que ainda se encontra aqui e por que está afligindo meu irmão? — perguntou a mulher.

— Não tínhamos para onde ir....

Ela berrou para os guardas, que deram um passo à frente.

— Por favor, senhora — disse Katharina. — Deixe-nos ficar apenas mais um pouco. Minha filha não está bem.

— Isto não é da minha conta — rosnou a mulher.

— Mas é claro que é! Fui trazida para cá pelos kosh. Eles me venderam a vocês.

— Sim, mas não podemos usá-la. Portanto, tem que ir embora.

— Não posso ir! Minha filha não está bem!

Os olhos amendoados voltaram-se na direção de Adriana.

— O que há de errado com ela?

— Não fomos alimentadas direito pelos kosh. Deram-nos restos que nem seus cachorros comeriam. Ela não teve alimento suficiente quando era bebê. Preciso fazê-la recuperar a saúde.

— Os kosh são uns porcos — cuspiu ela no dialeto dos "porcos". — Ainda assim, você deve partir.

— Mas posso trabalhar para pagar por nossa estada — disse rapidamente Katharina, desesperada. — Sei bordar. Faço trabalho de agulha muito bom.

— Ora! Estamos cheios de mulheres fazendo bordado. Eu também bordo. E posso dizer que melhor do que você. — Quando já ia se retirar, a Suprema Irmã foi detida pelo velho, que a puxou pela manga e sussurrou-lhe algo no ouvido. Ela voltou-se e estreitou os olhos para Katharina. — Meu irmão diz que você conta histórias. Que histórias?

Katharina ficou logo na defensiva. Seria um crime contar histórias neste lugar?

— Eu só estava contando histórias para crianças, contos de fada, que não causam nenhum dano.

— Conte-me uma.

Que tipo de gente era esta? Será que tinham medo de histórias?

— Mas são apenas histórias de fada. São inofensivas, senhora.

— Quero ouvir. — E, para surpresa de Katharina, a mulher sentou-se no chão e cruzou as pernas, como o velho tinha feito.

Katharina tentou pensar na história mais inofensiva que conhecia, no caso de suas histórias causarem uma ofensa involuntária que lançassem ela e Adriana numa masmorra. Optou por "Rapunzel" e instantaneamente teve uma platéia embevecida, incluindo sua própria filha, o velho, a irmã dele e os guardas, que haviam se aproximado para ouvir. E quando chegou ao fim e contou como Rapunzel tinha enganado a bruxa, todos riram e bateram palmas com satisfação, de Adriana ao mais feroz dos guardas.

A atitude da mulher mudou instantaneamente.

— Esta foi uma boa história — disse, o rosto redondo irradiando um sorriso. — Conte outra.

— Mas, senhora, minha filha está cansada e fraca. Ambas estamos exaustas.

— Outra história, depois vocês podem dormir.

Quando Katharina chegou na metade de "A tartaruga e a lebre", Adriana estava adormecida em seus braços. Mas sua singular platéia continuava mais alerta e atenta do que nunca, mal respirando ou piscando enquanto bebiam cada palavra que ela pronunciava. E quando chegou ao final, todos riram e deram vivas à tartaruga.

Katharina maravilhou-se com a reação daquelas pessoas a histórias tão simples que achava que fossem universais. Em casa, só se podia contar tais histórias a crianças que nunca as tinham ouvido, pois do contrário a platéia se entediava e exigia alguma história nova. Teria o isolamento do povo de Zhandu resultado numa carência de novas histórias? especulou ela. E, entediados com os seus, ansiavam por novos mitos e lendas tal como as outras raças ansiavam por ouro e vinho?

A Irmã Suprema levantou-se.

— Você pode ficar. Contará histórias para nós.

A mente de Katharina disparou, cheia de esperança.

— Podemos ter um quarto para nós?

— Enquanto tiver histórias para nos contar.

— E comida para minha filha?

A mulher desviou os olhos, depois torceu o nariz e disse:

— Ela está franzina — disse. — Precisa engordar. Conte-nos histórias e terão um ótimo alojamento, roupas boas e comida farta. — Ela riu de seu próprio emprego das palavras. — Meu irmão está muito feliz — disse, dando uma pancadinha no braço do velho. — Ele providenciará para que vocês também sejam. — Mas Irmã Suprema acrescentou: — Vocês viverão conosco para sempre.

O alívio de Katharina transformou-se em pânico.

— Mas preciso ir para Jerusalém.

— Hã? Onde fica isso?

Katharina ficou momentaneamente sem fala. O mundo inteiro ouvira falar de Jerusalém.

— É uma cidade... — começou a explicar, mas foi contida por um gesto de impaciência.

— Depois de contar todas as histórias, poderá partir.

— Vou precisar de dinheiro para a viagem.

A mulher deu de ombros.

— Dinheiro não nos falta. Conte histórias e vai ficar rica.

Assim Katharina ficou sabendo que se tornara a contadora de histórias para o Governante Celestial, rei de Zhandu, e para Rosa de Verão, sua irmã.

Na primeira noite de histórias, quando ela e Adriana foram conduzidas aos aposentos reais, Katharina recebeu um choque. Em vez de apenas o rei e sua irmã, viu-se diante de uma platéia de centenas.

Não ficou intimidada. Contar uma história para uma criança ou para trezentos adultos era a mesma coisa: prender sua atenção, dar-lhes um herói, mantê-los numa expectativa angustiante, e depois recompensá-los com um final feliz. Enquanto narrava, escribas sentados em escrivaninhas elaboradamente entalhadas, com pergaminhos, penas e tintas, registravam suas histórias na intrincada caligrafia de Zhandu. Isto seria copiado, disseram-lhe, e distribuído por todo o reino para que outros contadores de histórias lessem para os mais influentes cidadãos.

Ela narrou para o Governante Celestial e sua corte histórias das florestas de sua terra natal — "O Príncipe Sapo", "Branca de Neve" e "As doze princesas dançarinas". Quando os contos folclóricos alemães se esgotavam, ela contava a vida de Jesus e dos santos, e depois histórias de Maomé que ouvira em Constantinopla. As preferidas eram histórias repletas de seres assombrosos tais como sapos falantes, macacos dançarinos, cavalos voadores e ogros que se escondiam debaixo de pontes para capturar passantes incautos. E milagres e maldições não faltavam. A cada noite ela deliciava a platéia crescente, e a cada dia era recompensada com a prometida moeda de ouro, comida farta e a liberdade que a cidade oferecia. Deste modo, Katharina aprendeu que as pessoas eram as mesmas em todo lugar, fossem campônios em uma fazenda na Alemanha, ou mágicos em algum antigo reino montanhoso, pois o povo de Zhandu ria quando camundongos enganavam os gatos, choravam quando belas heroínas morriam e aplaudiam quando valentes heróis saíam vitoriosos. Horrorizavam-se quando a rainha má acreditava estar comendo o coração de Branca de Neve; gritavam "Cuidado!" quando Chapeuzinho Vermelho encontrava o lobo na floresta; estremeciam quando Katharina descrevia as grandes florestas sombrias onde viviam sapos e ogros malignos; zombavam da pobre raposa que dizia que as uvas estavam verdes; e batiam palmas quando o heróico Siegfried tomava o tesouro mágico dos Nibelungos. Mas a história que preferiam era aquela da garota cuja mãe no leito de morte diz a ela que vá em busca do seu pai, e ao longo do caminho a garota encontra muitas aventuras e percalços. E quando Katharina concluía a história, todos perguntavam: "A garota encontrou o pai?" E então ela contava-lhes que era sua própria história e eles aplaudiam e diziam que era a melhor de todas.

Pela primeira vez desde o acampamento junto ao riacho cor de esmeralda, Katharina conhecia a felicidade. Zhandu era um fabuloso espetáculo de cumes de montanha nevados e vales musgosos, cúpulas douradas e espiras de marfim. Tudo tinha um nome deliciosamente sonoro: Portão de Jade, Palácio da Felicidade Celestial, Salão das Contemplações Alegres. Os poucos visitantes que vinham do mundo exterior eram trazidos para a frente do Espelho das Verdades Ocultas, e um feiticeiro — ele era o *Wu*, que na língua ancestral significava "mágico" — examinava o reflexo para julgar a honestidade da pessoa. A cada noite um exército de cozinheiros criava milagres culinários: torres de algodão de açúcar, maçapão moldado em forma de flores e animais, bolos multicoloridos que derretiam na língua. Raras e caríssimas ovas de peixe, trazidas em etapas persistentes do longínquo norte, eram arrumadas com esmero sobre pães e biscoitos finos. O vinho era gelado com neve trazida das montanhas.

Quando Katharina havia chegado lá com os kosh, ficara maravilhada com a riqueza em peles de arminho que os kosh receberam em pagamento por ela, e imaginava se o povo de Zhandu era tão rico a ponto de não se preocupar com dinheiro. Mas agora descobria que não havia nada que o mundo exterior pudesse oferecer: o povo de Zhandu usufruía de árvores que davam frutos e nozes o ano inteiro; campos de cereais e vegetais; caça em farta quantidade; uma floresta inteira de colméias fornecedoras de mel; e água fresca e saudável borbulhando de nascentes perenes. Poucos estrangeiros tinham permissão de entrar, e menos ainda eram convidados a comerciar. Emissários saíam, inspecionavam os produtos em oferta e com freqüência voltavam de mãos vazias. Zhandu tinha todas as sedas, jóias, alimentos, vinho e confortos que se poderia desejar.

Exceto histórias. Porque, pela primeira vez em gerações, alguém do mundo exterior trouxera algo novo.

Katharina e a filha ganharam aposentos fabulosos, com leitos amplos com colchas de seda, roupas e jóias novas, toda comida que podiam consumir, e a liberdade de circular pela cidade — desde que retornassem à noite para a história do Governante Celestial. Elas adotaram as maneiras e costumes de Zhandu. E Katharina descobriu o segredo dos inacreditáveis penteados das mulheres: penteados moldados a partir de jade muito fino eram primeiro firmados no couro cabeludo, e depois o cabelo comprido era penteado sobre a moldura, com cachos e tranças acrescentados de modo que nada do jade ficasse visível, dando a impressão de que o cabelo era natural, todo fixado no lugar com compridas varetas de marfim que pareciam agulhas de tricô. A mãe e a filha estrangeiras usavam mantos compridos de seda e chinelas com ponta virada para cima e a cada noite, depois de contar as histórias, Katharina conferia a lentamente crescente pilha de moedas, pensando no dia em que poderia retomar sua jornada.

À medida que se ajustavam à vida neste reino notável, os pesadelos de Adriana começaram a regredir: lembranças de ter visto um homem sendo queimado por simples prazer, tendo de brigar com cachorros por comida, ser tirada de sua mãe como uma forma de punição. Também começou a ganhar força e saúde. O médico da corte examinou a criança e disse que ela sofria de uma fraqueza no sangue causada por má alimentação enquanto estava no útero. Então prescreveu um chá especial de Zhandu, que juntamente com a água que Rosa de Verão alegava ser mágica e o ar puro devido à altitude, tinha maravilhosos poderes curativos.

Mas o médico avisou que seria perigoso a garota viajar, pois sua saúde estava garantida em Zhandu e iria piorar se ela se afastasse das influências saudáveis do lugar. Katharina aceitou o conselho, especialmente depois de uma vida repleta de perigo, quando muitas vezes achou que a filha não sobreviveria. Podia ver que aqui em Zhandu, afinal, Adriana estava a salvo e segura. A menina conheceu pela primeira vez a estabilidade de um lar, tal como Katharina conhecera certa vez com Isabella Bauer em Badendorf. Será que ela teria o direito de tirar isto dela?

E toda noite, após Adriana ter adormecido e o palácio mergulhado em silêncio, Katharina sentava-se junto a uma lamparina e olhava fixamente para a pintura de Santa Amélia e o cristal azul. Jerusalém estava tão distante que parecia quase inexistente, e agora fazia quase 25 anos desde que seu pai partira e a deixara aos cuidados de uma costureira sem vintém. Será que ele ainda estaria vivo?

Quando já estavam lá havia um ano e Katharina contava suas moedas de ouro e imaginava se já tinham o suficiente para deixar Zhandu, Rosa de Verão procurou-a.

— Venha comigo — disse ela.

Katharina automaticamente pegou a mão de Adriana, mas Rosa de Verão disse:

— Deixe a menina. Poderá ficar assustada.

Mas Katharina nunca ia a lugar algum sem a filha, e assim Adriana foi levada por um corredor desconhecido até uma parte do palácio que Katharina jamais visitara antes. Rosa de Verão parou diante de uma porta trancada e vigiada.

— Ele assustará você no início, mas não vai machucá-la — disse, seriamente.

— Quem vou conhecer, senhora?

— Meu filho, o príncipe herdeiro de Zhandu.

Katharina ficou chocada. Nunca ouvira falar de um príncipe, ou de quaisquer herdeiros do trono. Ficou ainda mais surpresa ao ser introduzida através de mais duas portas trancadas e vigiadas, e então ao mais deslumbrante aposento que já tinha visto.

Nem uma única janela perfurava as paredes; nem uma réstia de luz penetrava. Em vez disso, uma centena de lanternas pendiam dos tetos altos, e chamas ardiam de candelabros ao longo das paredes. O enorme aposento era encimado por uma alta abóbada que havia sido pintada de azul com nuvens brancas; o chão era dominado por um tanque cuja água se encrespava com peixinhos dourados, e até mesmo uma garça branca passeava entre os juncos. Árvores cresciam em enormes vasos, e arbustos e todas as variedades de flores floresciam em volta do tanque, dando a impressão de estar ao ar livre embora não houvesse nenhum céu de verdade acima. Tufos de grama cresciam aqui e ali e pisos de lajotas tinham sido assentados. Seguindo Rosa de Verão, chegaram a um agradável pavilhão igual àqueles dos jardins externos, brilhantemente iluminado por lamparinas. Katharina não podia crer nos seus olhos: gazelas pastavam entre os arbustos e um pássaro cantou acima, sobressaltando-a. Era como se, por alguma razão insondável, o mundo exterior tivesse sido trazido para dentro.

— Fique calma — disse Rosa de Verão. — No começo ele assusta as pessoas. Mas garanto-lhe que é inofensivo.

Katharina especulou se aquilo era uma espécie de prisão onde mantinham o príncipe herdeiro, longe da luz do sol e dos olhos de seus súditos, e tentou adivinhar qual tinha sido o seu crime. Ela apertou mais a mão de Adriana e tardiamente questionou sua decisão de trazê-la.

Seu nome era Lo-Tan, que significava "Dragão Feroz", e foi explicado a Katharina que toda noite, quando ela contava suas histórias para a corte de Zhandu, ele sentava-se escondido atrás de um biombo, ouvindo. Mas agora ele desejava conhecer pessoalmente a contadora de histórias.

Rosa de Verão continuou dizendo que por causa de seu filho Katharina havia sido trazida a Zhandu. O Governante Celestial expedira uma proclamação pedindo uma mulher que se adequasse a uma certa descrição, com o intento de casá-la com seu herdeiro. Quando Lo-Tan apareceu, Katharina percebeu imediatamente por que havia sido rejeitada tão logo

Rosa de Verão pusera os olhos nela: pois, por mais clara e loura que fosse, não era tão branca quanto este jovem, de fato tão pálido e sem cor que se tratava daquilo que Katharina ouvira chamar de albino.

Teria ele recebido seu nome na esperança de que se transformasse num dragão feroz? Porque para Katharina ele mais parecia uma pomba, uma pomba imaculada, suave, gentil e da cor de neve. Katharina ficou cativada pelos seus olhos — pupilas vermelhas em íris cor-de-rosa. Eles se fixaram nela de modo firme e confiante, e seu sorriso era amistoso e desconcertante.

Antes que Katharina pudesse retribuir sua saudação suavemente falada, Adriana livrou-se da mão da mãe e, em vez de fugir como Rosa de Verão tinha temido, correu até o príncipe.

— Você é um coelho? — perguntou, puxando a pantalona de seda amarela dele.

— Adriana! — ralhou sua mãe.

Mas o príncipe apenas riu. Apoiando-se num joelho, ele perguntou à menininha de cinco anos:

— Eu me pareço com um coelho?

Adriana franziu o cenho.

— Bem, você não tem as orelhas compridas.

Ele riu.

— É porque não as uso o tempo todo.

O rosto dela se iluminou.

— É mesmo? Onde você guarda elas?

Lo-Tan se pôs de pé novamente e falou para Katharina numa voz tão suave quanto nuvens.

— A jovem dama me honraria contando uma história?

— A honra seria toda minha — disse Katharina, enrubescida.

E Rosa de Verão sorriu com lágrimas de alívio e gratidão nos olhos.

Katharina e Adriana passavam as tardes no encantador jardim interno, descobrindo piscinas e quedas d'água, mais pássaros voando livremente, cervos domesticados. Como os médicos da corte tinham avisado que qualquer exposição ao sol podia adoecê-lo ou talvez até matá-lo, Lo-Yan nunca ia além daquelas paredes. Mas Katharina não se importava, pois encontrava paz e tranqüilidade na presença dele. E Adriana, a quem ele dera o apelido de Mosca Feliz, adorava brincar na sua terra encantada de mentirinha.

Timidamente, Dragão Feroz confessou a Katharina que achava o nome dela inadequado e difícil de pronunciar, portanto deu-lhe um nome novo: Wei-Ming, que significava Lótus Dourado. Assim, quando Rosa de Verão procurou Katharina uma tarde no Jardim das Reflexões de Paz, dirigiu-se a ela como Lótus Dourado e disse solenemente:

— Você está pensando em nos deixar.

Katharina percebeu a tristeza no rosto redondo da mulher e deu-se conta de quanto passara a gostar de Rosa de Verão e de como lamentaria deixá-la.

— Sim. Já tenho dinheiro suficiente para pagar a passagem numa caravana para Jerusalém.

— E levará sua filha?

Katharina não respondeu de imediato, pois ainda estava indecisa. Adriana estava agora com cinco anos, uma criança saudavelmente feliz com muitos amigos, sendo Dragão Feroz o seu preferido. Ela era uma presença tão alegre na corte, com seus mantos de seda em miniatura e o cabelo dourado trançado em pontas, tagarelando em kosh como se tivesse nascido ali, que se tornara a favorita de todos. Mas Katharina dissera o tempo inteiro que a sua estada era apenas temporária, que algum dia deveriam partir.

— Deixe-me fazer-lhe uma proposta — disse Rosa de Verão num tom amável, entendendo o dilema da jovem mulher, pois que mãe podia deixar sua filha para trás e partir numa longa e imprevisível viagem? — Esta Jerusalém de que fala é muito distante. Muitas coisas podem acontecer no tempo que se leva para chegar lá. Você já foi seqüestrada e vendida duas vezes. Poderia acontecer de novo. E Mosca Feliz ficaria órfã, se deixá-la aqui. Se levá-la consigo, poderia ser morta ou vendida para a escravidão, ou no mínimo ficar doente ao ser afastada das influências climáticas saudáveis de Zhandu.

Katharina assentiu. Rosa de Verão não estava dizendo nada que ela já não tivesse considerado. Parecia não haver solução: ela precisava partir, embora não pudesse levar nem abandonar a filha.

E então Rosa de Verão pronunciou palavras que, pela primeira vez em sua vida, deixaram Katharina sem fala.

— Case-se com meu filho e encontraremos seu pai para você.

Quando Katharina não conseguiu responder, Rosa de Verão falou rapidamente:

— Nossa dinastia precisa de herdeiros saudáveis. Você sabe que meu irmão não tem descendentes vivos, e Lo-Tan é meu único filho. Quinze anos atrás, quando Lo-Tan tinha doze, enviamos uma proclamação procurando uma mulher com as características dele. Achamos que era assim que deveria ser feito. Mas agora pensamos que jamais encontraremos uma mulher como ele.

Katharina se recuperou.

— Mas... eu não o amo.

Rosa de Verão olhou para ela, confusa.

— O que o amor tem a ver com o casamento? Eu não amei o pai de Lo-Tan.

— E eu já me casei — disse Katharina, suavemente.

Rosa de Verão bateu na mão dela.

— Minha querida criança, o homem do seu coração está morto. Você tem de viver sua vida. Estou certa de que ele desejaria isto. Diga-me: você pelo menos gosta de meu filho?

— Oh, sim — respondeu Katharina, que desenvolvera uma profunda afeição pelo gentil Lo-Tan, o homem mais amável e modesto que já conhecera e que gostava muito de Adriana.

— Se casar-se com ele — continuou Rosa de Verão —, poderá permanecer em Zhandu e expediremos proclamações como já fizemos quando procurávamos por uma mulher albina. Você já viu a que longas distâncias chegam as nossas proclamações. Não a pegamos lá nos confins da

Pérsia? Também podemos alcançar Jerusalém. Todas as caravanas param aqui, e todos os chefes de caravana conhecem as riquezas que os esperam se trouxerem o que procuramos. Desta maneira, Lótus Dourado, você não precisará ser separada de sua filha, nem correr os riscos de uma viagem tão longa e perigosa, e ainda encontrará seu pai!

— Preciso pensar a respeito — retorquiu Katharina.

E naquela noite rezou para Santa Amélia em busca de orientação, segurando a pequena pintura que tinha uma cópia em algum lugar do mundo, outra pequena pintura de Santa Amélia e seu sagrado cristal azul, mais provavelmente em poder de um nobre europeu com uma barba parecida com uma refulgência dourada de sol, esperando que sua filha o encontrasse. Rezou também pelo espírito de Dom Adriano, a quem amaria pelo resto da vida, e finalmente orou sobre a forma adormecida de sua filha, a pequena Mosca Feliz, reluzindo de saúde e livre por fim dos pesadelos.

À medida que a luz do sol filtrava-se através das cortinas de seda de seu quarto na manhã seguinte, e Katharina ouvia os sussurros dos cortesãos, e o retinir das fontes e o glorioso canto dos pássaros, ela se admirou de sua hesitação. Porque o que Rosa de Verão dissera era sábio: as proclamações de Zhandu de fato alcançavam os confins do mundo e se alguém fosse capaz de encontrar seu pai, seriam os emissários deste reino montanhoso.

E, afinal, Katharina gostava de Lo-Tan.

E ela disse sim e, num glorioso dia de verão, quando todos os cidadãos de Zhandu se uniram para a grande celebração, Katharina Bauer-von Grünewald, de Badendorf, Alemanha, mãe de uma criança de um cavaleiro da Irmandade de Maria, Dom Adriano de Aragão, Espanha, casou-se com o sobrinho albino do Governante Celestial e filho de Rosa de Verão, o príncipe Lo-Tan, tornando-se a princesa Wei-Ming de Zhandu.

Como prometido, o Governante Celestial enviou homens à procura da pedra azul e de seu pai: mensageiros e emissários carregando proclamações prometendo ricas recompensas a qualquer um que voltasse com informações sobre a pedra azul, ou trouxesse a própria pedra, ou um estrangeiro de barba amarela.

A notícia se espalhou, levada por camelos e iaques, pelas bocas de homens sonhando com as riquezas de Zhandu, em conversas nas guarnições, em diálogos nos caravançarás e encruzilhadas. Onde quer que dois viajantes se encontrassem numa fogueira de acampamento, o cristal azul de Zhandu e o estrangeiro de barba amarela eram discutidos. Tal como vento soprando através de dunas de areia, as proclamações se espalharam tanto que no espaço de um ano os primeiros frutos começaram a aparecer: pedras azuis de todas as espécies foram trazidas até o platô aos pés de Zhandu, algumas tão grandes quanto melões, outras tão pequenas quanto ervilhas; azul-pavão e azul-celeste, algumas mais para o verde, outras mais para o preto. Diariamente os guardas saíam para recolher as pedras e levá-las para Katharina inspecionar, e a cada dia a recompensa deixava de ser paga.

Então o Governante Celestial mandou seus artistas copiarem o díptico de Santa Amélia em papel durável. Os desenhos ficaram bem parecidos, apesar de não captarem o azul vívido do cristal e de a santa ter feições um tanto asiáticas. Estes desenhos saíram de Zhandu na forma de pergaminhos, com uma promessa de recompensa escrita neles em kosh, latim, árabe e alemão.

Anos se passaram. Embora o amor de Katharina nunca chegasse perto da paixão faminta que sentira por Adriano, sua estima pelo gentil marido se aprofundou. Ela partilhava com ele aquele mundo sem sol, e Adriana cresceu e floresceu para se tornar a irmã mais velha de dois meninos e uma menina. Quando teve idade suficiente, Adriana freqüentou a escola com outras crianças da corte, aprendendo as operações fundamentais num aparelho chamado ábaco e a pintar letras e palavras rudimentares em caligrafia. Embora ela nada aprendesse de geografia, pois o povo local acreditava que o mundo era plano e que Zhandu constituía o seu centro, havia lições de astronomia e matemática, poesia e pintura.

Pedras azuis continuavam chegando a Zhandu — grandes e pequenas, transparentes e opacas, de azul pálido a azul vivo — e com elas chegavam histórias de homens de barba amarela. Katharina ouvia cada uma com a mesma atenção com que examinava as pedras, mas nenhuma descrição combinava com o nobre alemão que fora para Jerusalém em busca de um cristal azul mágico.

Finalmente, no verão do décimo ano após expedida a primeira proclamação, e Katharina, embora feliz com Lo-Tan e seus filhos nascidos em Zhandu, começasse a achar que ela mesma deveria ter empreendido a jornada, chegou um mensageiro dizendo que mercadores haviam encontrado o homem que procurava a pedra azul.

— Vocês encontraram meu pai? — perguntou Katharina, sempre esperançosa.

— E o estamos trazendo para você!

O estrangeiro foi levado ao Jardim da Felicidade Eterna, onde a família real estava reunida em angustiante expectativa. O coração de Katharina martelava com ansiedade enquanto sua mente disparava com perguntas: *O que diremos um ao outro? Como me dirigirei a ele? Meus irmãos o acompanham?*

E então ele passou pela arcada e entrou na esplêndida luz do sol. Katharina deu um grito. Ela viu primeiro o manto e, embora já surrado e remendado, e não tão branco como tinha sido no riacho cor de esmeralda, ainda parecia belo e dignificante. A pele de Adriano estava bronzeada pelo sol e contrastava com o cabelo branco que caía à altura dos ombros. Embora o cabelo não mais fosse negro, os olhos ainda eram, e ele não tinha o rosto de um idoso, mas sim de um homem bem viajado.

Katharina correu para os braços dele, e enquanto todos olhavam em espanto e admiração, Adriano contou-lhe que estava em Tashkent quando havia encontrado um homem que andava exibindo o pequeno desenho, e soube então que conseguiria achá-la.

Katharina banqueteou os olhos sobre ele, tocou-lhe os braços, sentiu sua solidez e silenciosamente agradeceu a Deus por este milagre.

— Mas você foi morto junto ao riacho cor de esmeralda! Eu vi!

Adriano não conseguia se fartar da visão dela, mesmo esta Katharina estrangeira em mantos de seda e o cabelo dourado armado na cabeça como uma exótica gaiola.

— Havia um homem na caravana que cobiçava meu manto e o roubou enquanto eu me banhava. Teve a má sorte de, naquele exato momento, os kosh atacarem. Fui ferido e quase me afoguei no riacho. Mas fui resgatado por nômades que me levaram para suas tendas e cuidaram de mim até eu recuperar a saúde.

Percebendo que uma história estava a ponto de ser contada, Governante Celestial, Rosa de Verão e Lo-Tan se aproximaram para ouvir.

— Depois que me recuperei — explicou Adriano — e acenei adeus para meus salvadores, fui procurar você, Katharina. Mas não havia nenhuma pista, eu não tinha como saber qual a direção que você havia tomado e se até mesmo estava viva. Assim fui para Jerusalém, pois achava que se fosse encontrá-la em algum lugar só poderia ser lá. Procurei pela pedra azul, mas não estava mais por lá. Conheci um homem que me falou de um nobre saxão, o Barão von Grünewald, que também estivera em Jerusalém procurando a pedra azul. Chegamos com quinze anos de atraso, Katharina. O homem disse que o alemão seguiu depois para Bagdá, e portanto segui a pista dele até lá. Por todos estes anos estive seguindo a trilha de seu pai, na esperança de que me levasse até você.

— Mas nunca o encontrou?

— Não, mas encontrei você — disse ele com um sorriso.

— Mas e o seu trabalho em Creta? Aquele da sua irmandade? Não tinha de ir ter com eles?

— Enquanto estive em Jerusalém ouvi notícias dos turcos invadindo Creta, onde minha irmandade foi exterminada. — Ele fez uma pausa e olhou para sua platéia com o ar de um homem trazendo um segredo maravilhoso. — E agora as boas-novas... Katharina, embora não tenha encontrado seu pai, sei onde ele está.

Um arquejo coletivo encheu o jardim, pois todos estavam familiarizados com a busca de uma vida inteira empreendida por Katharina.

— Conte-me rapidamente — pediu ela.

— Quando estava em Tashkent, conheci um homem que me contou sobre um pai e três filhos, alemães, carregando uma pequena pintura como a sua. Estavam procurando uma pedra azul. Segundo me foi contado, eles descobriram que a pedra tinha sido vendida para monges viajando para Catai, onde foram encaminhados para a corte do imperador. É para onde foi seu pai, Katharina, para a China, e provavelmente continua por lá.

Trouxeram comida e vinho, e o incrível povo em deslumbrantes sedas adejava em volta dele como pássaros exóticos. Embora grisalho e conturbado, Adriano mesmo assim destacava-se em Zhandu e ria com toda aquela atenção, verdade seja dita, pois não fazia a menor idéia do que esperar quando estava sendo escoltado para este reino isolado no teto do mundo.

Mas quando uma jovem foi trazida diante dele, e inclinou-se respeitosamente chamando-o de pai, seu riso morreu. O jardim caiu em silêncio, até mesmo os pássaros e a fonte tilintante pareceram silenciar em respeito à reação deste homem ante a revelação de algo que nunca soubera: que tinha uma filha.

Levou alguns minutos até que pudesse falar, e foi numa voz embargada de emoção que disse:

— Em nossa casa em Aragão havia um retrato de minha mãe quando tinha a sua idade. Você poderia ser ela, Adriana, a semelhança é forte demais.

Pai e filha se abraçaram e todos choraram, ninguém tão alto quanto o Governante Celestial, que soluçava como uma criança e enxugava as lágrimas nas mangas brancas imaculadas.

Naquela noite, enquanto Katharina estava deitada nos braços de Lo-Tan, ele sussurrou para ela:

— Se quiser voltar para Adriano como esposa dele, eu entendo e a libero, pois ele é o seu primeiro marido. E se decidir seguir para Catai e procurar seu pai, dou-lhe a minha bênção. Mas suplico a Kwan Yin, minha querida Lótus Dourado, que me conserve para sempre em seu coração.

Mas ela replicou:

— Eu e Adriano nunca fomos casados de verdade. Não de acordo com nossas leis. Meu marido é você, Lo-Tan, e sempre será. — Quanto ao outro, seu coração estava pesado quando disse: — Uma pedra azul significou mais para meu pai do que sua própria filha. Ele não me deixou aos cuidados de uma estranha, ele *me abandonou*. E se eu fosse atrás dele agora, estaria abandonando meus próprios filhos. Mas, ao contrário de meu pai, meus filhos significam mais para mim do que uma impalpável pedra azul. Não irei atrás dele. Meu lugar é aqui, com você, com minha família.

Na manhã seguinte ela procurou Adriano, que estava maravilhado com toda a riqueza e glória de Zhandu.

— Não irei para Catai à procura de meu pai. — disse, pegando as mãos dele. — Creio que o cristal azul tornou-se a obsessão dele, tal como se tornou a minha. E acredito que em algum ponto ao longo do caminho perdi de vista meu verdadeiro objetivo, tal como meu pai perdeu o dele. Meu pai escolheu seu caminho, Adriano, e eu escolhi o meu. Ficarei aqui. Mas sentiria uma grande alegria se você encerrasse sua longa jornada e permanecesse neste lugar. Pode ficar aqui... como meu dileto amigo? — indagou, pois o seu casamento com Lo-Tan permanecia entre eles e ambos sabiam que jamais poderiam reacender a intimidade que tinham um dia partilhado.

O tom de Adriano foi profundo e sincero quando replicou:

— Quando você me conheceu, Katharina, eu era um homem intolerante. Carreguei ódio no coração por todos os homens de outra crença. Usei a religião como padrão para avaliar um homem. Se ele não abraçasse Cristo, então não podia ser um homem de valor. Em minha arrogância, acreditei ser meu destino trazer todos os homens para o verdadeiro Deus, fosse pela palavra ou pela espada. Mas quando readquiri consciência após o ataque no riacho esmeralda e me descobri na companhia de adoradores do fogo, eu estava à beira da morte e eles cuidaram de mim, me devolveram a saúde e trataram-me com bondade. Em outra época eu os teria chamado de adoradores do demônio, mas durante minha convalescença vi que eram apenas pessoas, como as de qualquer outro lugar, lutando para sobreviver, vivendo em medo e esperança, e adorando os poderes nos quais acreditavam. Eu ficaria feliz em permanecer aqui e ensinar sobre Jesus ao povo de Zhandu, Katharina, e se vierem a aceitá-Lo, então que assim seja. Não comungo mais da crença de que se deve quebrar crânios para trazer a verdadeira fé às pessoas, pois não estou mais convencido de que só existe uma fé verdadeira.

Adriano continuou para dizer que não tivera nenhum direito de desposá-la anos antes. Ele quebrara seus votos e acreditava que o que havia acontecido no riacho fora a sua punição. Passou os últimos dez anos penitenciando-se dos seus pecados, ao procurar o cristal azul e o pai de Katharina e mantendo-se no celibato.

Katharina aceitou isto, mas quando percebeu como as damas da corte olhavam para o robusto estrangeiro, e riam à socapa e cochichavam atrás de seus leques abertos, imaginou se o voto de celibato renovado de Adriano duraria muito tempo.

Ela se maravilhava com os mistérios do destino. E se sua mãe, Isabella Bauer, tivesse morrido antes que Katharina a tivesse alcançado? E se ela morresse guardando o segredo do seu nascimento? Katharina teria se casado com Hans Roth e se mudado para a casa dos fundos da fábrica de canecos de cerveja, e teria terminado os seus dias acreditando que Badendorf era o mundo.

— Tive de me disfarçar — disse a Adriano — como um rapaz e vivi num harém turco; naufraguei, fui raptada, vendida como escrava; fui cristã, muçulmana e adoradora de uma deusa; amei um homem, depois o perdi e o encontrei de novo; conheci o êxtase e a dor, plenitude e perda. Falei alemão, árabe, latim e a língua de Zhandu; viajei até os confins da terra e vi portentos indescritíveis. Mas Badendorf continuava sendo meu lar. E de certa maneira ainda é, com sua *marktplatz* e a familiar *rathaus*, o rio, a floresta e o castelo. Mas Zhandu é também meu lar.

E embora eu duvide de que algum dia vá encontrar meu verdadeiro pai, mesmo assim tenho um pai no Governante Celestial. Tenho um irmão em você, Adriano, e uma irmã e terceira mãe em Rosa de Verão. Primos, tias e tios não me faltam aqui em Zhandu, e tenho uma parentela maior até mesmo do que a dos Roth de Badendorf. E tenho Adriana, e Lo-Tan e meus filhos com ele. Por todos estes anos procurei por minha família, e só agora percebo que ela esteve aqui o tempo todo. Procurei pelo cristal azul, mas ele também esteve comigo o tempo todo, nesta pequena pintura de Santa Amélia. E portanto ficarei aqui, em Zhandu, no lugar a que pertenço.

Ínterim

Katharina viveu o que ainda tinha de vida no reino montanhoso isolado do mundo, vendo seus filhos crescerem, assumindo o trono ao lado de Lo-Tan quando ele sucedeu ao seu tio como Governante Celestial. Quando Rosa de Verão morreu e foi para seu repouso final, Katharina lamentou de novo pelas mães que tinha amado. E quando Adriano morreu, à idade de 93 anos, toda a população o pranteou, pois todos adoravam suas histórias.

Mais duas gerações vieram e se foram, contando e recontando as histórias de Katharina von Grünevald, até que finalmente o reino de Zhandu foi derrubado, não por um exército invasor, mas pela própria natureza — um terremoto tão poderoso que pôs abaixo as muralhas, cúpulas e espiras da fabulosa cidade, matando todos os seus habitantes. E depois vieram as tempestades, de chuva e neve, cobrindo as ruínas de Zhandu com lama, penedos e deslizamentos de areia maciços. Enquanto se passavam décadas e séculos, o clima mudou e as areias do deserto vieram enterrar a última ponta da última espira, de modo que nos cinco séculos seguintes arqueólogos vasculhariam o entulho tentando imaginar a cidade que certa vez se assentara ali.

O Barão Johann von Grünewald tinha de fato ido à China com seus filhos, depois de se inteirar, por intermédio de um mercador em Tashkent, que o cristal azul acompanhava um consórcio de monges cristãos que tencionavam evangelizar a corte do imperador. Ele jamais se esqueceu de que tinha deixado uma filha na Alemanha aos cuidados de uma costureira, e no fundo do coração acreditava que um dia voltaria para buscá-la. Mas o barão era um homem nascido para perambular, tudo de que precisava era uma busca. Tal como o Santo Graal de Cristo atraindo homens de mente nobre para terras estrangeiras, assim a Pedra de Santa Amélia era o seu ímã. Mas quando por fim a encontrou, em poder de um cortesão versado na arte do amor, e enroscou seus dedos em volta do objeto que procurara por quase toda a vida, seu objetivo morreu, e o mesmo sucedeu com ele. Ainda jurando voltar para casa e reunir-se à filha, Johann von Grünewald morreu na longínqua China sem jamais pôr os pés de novo na sua amada Europa.

Da China o cristal azul foi embarcado num navio de especiarias seguindo para as Índias Holandesas, onde a gema, tendo perdido toda a ligação com os santos cristãos, foi chamada de Estrela de Catai por um romântico capitão de navio que acreditava ser a pedra possuidora de uma magia de amor. De posse dela esperava convencer uma certa jovem dama de Amsterdam a casar-se com ele.

Ao longo da costa da Índia, o navio se deparou com o infortúnio, o capitão foi vendido como escravo e a Estrela de Catai foi levada para um templo em Bombaim, onde foi engastada na estátua de um deus, passando a ser conhecida por uns tempos como o Olho de Krishna. Mas quando o templo foi atacado e saqueado durante uma guerra religiosa, mais uma vez o cristal azul se viu libertado e levado para Amsterdam por um capitão de navio holandês que vendeu a pedra para um mercador de gemas chamado Hendrick Kloppman. Pelas cartas escritas anos antes pelo capitão do navio de especiarias à corporação dos joalheiros pedindo uma avaliação do valor da pedra, Kloppman a identificou como a Estrela de Catai e deduziu a partir das cartas que o capitão apaixonado tencionara levá-la para uma certa jovem na rua Keisersgracht. Agindo honradamente e como um homem consciencioso, Kloppman procurou a jovem dama e ofereceu-lhe a gema. Já não muito jovem e passado todo o desejo por casamento, ela aceitou o cristal com indiferença, dizendo ter apenas uma vaga lembrança do infeliz capitão do navio de especiarias, e vendeu-o no ato para Kloppman por dinheiro suficiente para abrir uma loja de roupas e se tornar independente. Kloppman seguiu para Paris, onde, esperando obter lucro dez vezes maior pela pedra, enfatizou o aspecto romântico da Estrela de Catai, inventando uma história acerca de um mágico na corte imperial da China e de como ele criara o cristal a partir das geleiras do norte e de ossos de dragão, do sangue de uma fênix e do coração de uma virgem.

Em Paris houve quem acreditasse nele.

Livro Sete

Martinica
1720 d.C.

Brigitte Bellefontaine tinha um segredo.

Envolvia amor proibido com um patife de olhos negros. Enquanto sentava-se à penteadeira, escovando os cabelos e removendo a maquiagem, tentava não pensar nisto, pois a cada dia que passava o peso da culpa crescia.

Um som rude a arrancou de seus pensamentos. Olhou para o marido refletido no espelho, atrás dela. Henri. Esparramado na cama e roncando. Bêbado de novo.

Brigitte suspirou. Não havia nada pior do que um francês que não sabia beber vinho.

E ele tinha *prometido*. Naquela noite, depois que os convidados partissem, ele iria proporcionar-lhe uma noitada especial sob as estrelas.

"Tal como antigamente, *ma cherie*, quando éramos jovens amantes", ele disse. E então os convidados chegaram e a festa transcorreu desenfreada, com o vinho sendo servido fartamente. E agora Henri estava deitado de costas na cama, a peruca torta, o colete manchado de amostras do cardápio da festa: bolinhos de bacalhau e crepes gotejando chocolate derretido.

Brigitte depôs a escova de cabelo e olhou tristonha para a peça de joalheria que havia usado na festa: um atordoante broche de ouro branco com um cristal azul no centro circundado por diamantes e safiras. A Estrela de Catai, que havia sido tão plena de promessa romântica na sua ingênua juventude.

Acreditava-se que a Estrela de Catai trouxesse amor e romance para a vida de quem a usasse. Não tinha sido o que o cigano também predissera? E assim *foi*... por um tempo. Na noite de núpcias de Brigitte, Henri (o homem que agora roncava na cama) havia sido um amante magnífico, e a Brigitte de 17 anos pensara ter morrido e ido ao céu. Mas agora, vinte anos mais tarde e com sete filhos, ela tinha tudo, mas abandonara a esperança de conhecer a verdadeira paixão novamente. Henri era um bom homem, porém não havia mais fogo nele. E Brigitte ansiava por fogo.

Inquieta demais para dormir, ela se levantou e foi até as portas que se abriam para uma sacada. Saindo para a noite tropical fragrante com os perfumes de frangipana e mimosa, ela fechou os olhos e *o* retratou — não Henri, mas o estrangeiro de olhos negros, alto e nobre, de feições aristocráticas e ostentando, impecavelmente vestido, o porte de um hábil espadachim e amante travesso. Ele surgia, súbita e inesperadamente, quando ela estava no jardim, ou observando peixes exóticos na laguna, materializando-se no dia abafado como as nuvens de tempestade que se formavam sobre a ilha escura e rapidamente alagavam a Martinica com um tórrido aguaceiro, depois se dissipavam e só restava a lembrança. *Ele* era assim. E o ato de amor deles era como uma tempestade tropical — feroz, fumegante, irresistível. O simples pensamento nele enviava tremores por todo o seu corpo.

Infelizmente, ele não existia.

Brigitte pensava que ia enlouquecer se nunca mais vivenciasse romance e paixão novamente. Mas como isso algum dia aconteceria? Era impensável que mantivesse um caso com algum dos colonos locais. Tinha de pensar na sua reputação e na do seu marido. E como ninguém mais havia, ela se refugiara num amante de fantasia, um cavalheiro diabólico de sua imaginação cujo nome mudava de acordo com seu humor e a história. Geralmente ele era francês, chamava-se Pierre, ou Jacques, e vinha à ilha apenas por um dia, encontrando-a na gruta onde usufruíam uma tarde inteira de amor apaixonado. E quando ia embora ele prometia voltar algum dia, uma promessa que nutria sua alma e a mantinha viva.

Suas fantasias não só serviam para trazer amor a sua vida, mas também para recapturar sua juventude, pois nelas era novamente jovem, esguia e linda, virando a cabeça dos homens como fizera muito tempo antes. Infelizmente, embora tais fantasias lhe dessem prazer, elas também a enchiam de culpa. Brigitte era uma boa católica e acreditava, como os padres pregavam, que um ato pecaminoso cometido no coração era equivalente a um cometido na carne. Ter pensamentos lascivos fora dos laços matrimoniais era um pecado. Se ela imaginasse fazer amor com um dos colonos, isto seria adultério. Mas seria adultério se o amante não existisse?

Ela pousou os olhos no horizonte distante, identificável apenas por sua ausência de estrelas. Céu noturno brilhante acima, oceano negro ameaçador abaixo. E além... Paris. A seis mil quilômetros de distância, onde seus amigos, família e filhos viviam num mundo tão diferente das Índias Ocidentais que bem poderiam estar vivendo na lua.

Brigitte desejou que pudesse estar lá com os filhos. Não sentia falta do frio ou das multidões de Paris, mas ansiava pela vida cultural e social, Nascida na nobreza, havia desfrutado da companhia de reis e rainhas e do melhor da sociedade francesa. Sentia falta das peças de Molière e Racine e dos espetáculos da Comédie Française, aqueles dias gloriosos em que o Rei Sol esbanjava dinheiro em artes. Mas que peças estavam encenando agora? Qual era o último chiste? O que as damas estavam usando na corte? Os colonos na Martinica dependiam do correio doméstico para todas as suas notícias, e às vezes elas chegavam tarde ou nem chegavam, por causa dos caprichos dos mares, do mau tempo e dos piratas. Três anos antes souberam que seu grande rei, Luís XIV, estava morto — e só souberam depois de dois anos! Agora o seu bisneto, Luís XV, um garoto de dez anos, ocupava o trono francês.

Chegou uma brisa noturna, agitando as frondes das palmeiras e as folhas gigantes das bananeiras, ondeando as dobras do penhoar de seda de Brigitte. Enquanto a brisa roçava sua pele nua como uma visão de amante, ela sentiu sua dor se aprofundar. E isto a assustava. Sentia-se fraca e vulnerável. Mandar os filhos para a metrópole era algo que todos os colonos faziam, para garantir que fossem educados como cavalheiros e damas. Assim Brigitte mandara sua animada prole para a irmã em Paris, a fim de que recebesse ensino adequado de conduta e etiqueta. Mas agora, sentia enormemente a falta dos filhos. Tinha tempo de sobra em suas mãos, luz do sol, perfumes tropicais, ventos alísios balsâmicos. Henri tinha os campos de cana-de-açúcar, o engenho e a destilaria de rum para ocupar seu tempo. Mas com a partida dos filhos e os criados cuidando de tudo, o que mais havia para uma dama fazer nestas ilhas? Brigitte era uma leitora ávida, mas até mesmo este passatempo, ultimamente, estava refletindo seu descontentamento crescente, pois sua predileção tendia para casais de amantes trágicos: dois franceses como ela própria, Abelardo e Heloísa; dois italianos, jovens mas não menos trágicos, Romeu e Julieta; dois ingleses, de muito tempo atrás, Tristão e Isolda; e um soldado romano e uma rainha egípcia, Antônio e Cleópatra. Ela devorava estas histórias tristes e românticas como suas amigas devoravam frutos suculentos e rum. Não havia tristeza melhor, ela achava, do que a doce tristeza. Na sua fantasia, ela e o seu amante viviam separados, e a dor deliciosa que isto trazia ao seu coração a mantinha suspirando durante as tardes abafadas.

Tentou convencer-se de que os sonhos eram muito mais satisfatórios do que a realidade. Além disso, os sonhos eram seguros, ao passo que a realidade podia ser repleta de perigos. Apesar de a Martinica ser um

Éden tropical, tinha também seus perigos — das tempestades súbitas e destrutivas, do vulcão no monte Pelée ameaçando uma erupção, das febres e doenças exóticas, e do pior dos perigos: piratas. No próprio jantar desta noite, a conversa não havia se restringido ao preço do rum e dos escravos, mas versado sobre piratas, e um deles em particular — um cão inglês chamado Christopher Kent. Um dos convidados, um plantador de abacaxi, sofrera um prejuízo apenas alguns dias antes, quando a escuna de Kent, *Bold Ranger*, atacou o navio mercante do homem, abordou-o, jogou a tripulação no mar e ganhou uma fortuna em moedas de ouro. Ninguém sabia como Kent era, embora os poucos sobreviventes de seus ataques o descrevessem como muito alto e com o aspecto do demônio.

A noite subitamente explodiu em gritos provenientes das senzalas — homens empenhados em lutas mangusto-e-serpente. Como os ventos alísios e palmeiras farfalhantes, era o som da ilha chamando-a. Isto fazia Brigitte pensar no povo nativo que vivera ali muito tempo antes, os índios com seus tambores e nudez, vivendo como Deus os criara, como Adão e Eva. Seus espíritos ainda estavam ali — nas árvores e riachos e nos picos de montanha encobertos pela névoa. Agora, novos primitivos habitavam por lá, procedentes da África; mais gente desnuda com tambores que enchiam as noites com sua batida e ritmos primevos, cantando e dançando à luz de fogueiras.

O ar ficou pesado, lembrando a Brigitte que estavam no início da estação dos furacões. Ela voltou para dentro, fechou as portas duplas e depois se dirigiu para a penteadeira a fim de devolver a Estrela de Catai a sua caixa. O cristal azul tinha, com o passar dos anos, se tornado simbólico dos mares azuis que a cercavam, do azul do céu que a cobria. E quando olhou no núcleo da pedra ela viu fogo e paixão. A *sua* paixão. Presa, lutando para se libertar.

Foi para a cama e puxou as botas do marido. Henri estava sorrindo no seu sono. Ela suspirou de novo. Henri não era um homem mau, apenas inconsciente. Enquanto deslizava entre as cobertas para perto dele, fechou os olhos e, embora suas fantasias secretas a enchessem de culpa, mais uma vez invocou a imagem *dele*, seu amante de fantasia. Quando se deixava levar para o sono começou a sonhar, e no sonho ele buscava por ela.

Henri Bellefontaine não estava alheio ao recente descontentamento de sua esposa. Afinal, ela não tinha mais os filhos para ocupar seu tempo. Henri, por sua vez, tinha a plantação para administrar. Ele plantava açúcar e exportava rum, com interesses paralelos na cultura e exportação de canela, cravo-da-índia e noz-moscada, em grande demanda na Europa para uso culinário, medicinal e perfumista. Portanto, Henri era muito rico, mas também muito ocupado. Mas o que Brigitte tinha? Considerando-se um adorável e atencioso marido, mas enganando-se inteiramente sobre a causa dos freqüentes suspiros e inquietude da esposa (saudade do lar, pensava, e falta dos filhos), Henri adquiriu o que achava ser o remédio perfeito.

Comprou um telescópio para ela.

Montou-o numa plataforma especial no telhado, um belo instrumento de latão importado da Holanda, fixado sobre um tripé com uma visão completa de 360 graus da ilha e além. Henri congratulou-se por seu brilhantismo. Brigitte não mais se sentiria tão só e isolada, pois a lente traria o mundo para a ponta dos seus dedos: o horizonte, com a França — e seus filhos — bem ali na sua orla; as ilhas mais próximas (retalhos de verde-esmeralda flutuando sobre o azul do mar); os azafamados portos da Martinica com navios chegando e partindo; e finalmente os quebra-mares e ameias, as alamedas e becos estreitos e telhados se erguendo em camadas nas colinas.

O gesto dele comoveu Brigitte, pois Henri *era* um homem gentil e seu coração estava no lugar certo. Afinal, ele não a havia levado para os confins da terra. A Martinica era o centro cultural das Antilhas francesas, uma ilha rica e aristocrática famosa por seu gracioso estilo de vida, bem como por sua luxuriante vegetação tropical, desfiladeiros profundos e penhascos elevados. A própria casa deles era uma magnífica plantação empoleirada nos contrafortes do monte Pelée, um vulcão que periodicamente despejava vapor e fazia o solo tremer, como se para lembrar aos humanos de sua mortalidade. A casa era desenhada em típico estilo *creole* com os cômodos principais no andar térreo e os dormitórios acima. Circundando-a havia gramados verdejantes parecendo tapetes fabulosos, ladeados por palmeiras cujas frondes se farfalhavam ao vento. Brigitte adorava o seu lar tropical, e adorava a Martinica. Ninguém sabia ao certo por que a ilha tinha este nome. Alguns diziam que derivava de um termo indígena que significava "flores"; outros diziam que vinha de São Martinho. Mas Brigitte Bellefontaine, com seu coração romântico, acreditava que quando Colombo a descobriu e achou a ilha fantasticamente linda, deu-lhe o nome de uma mulher que amava em segredo.

Tornou-se um hábito de Brigitte subir diariamente ao seu observatório no telhado ao crepúsculo, sua hora preferida do dia, quando o trabalho cessava e começavam os entretenimentos da noite; uma hora em que também mudanças ocorriam sobre o Caribe, o céu luminoso dando lugar a um negro firmamento salpicado de estrelas. Brigitte daria instruções aos escravos da cozinha para o jantar, depois tomaria um longo e langoroso banho, colocaria suas roupas de baixo, vestiria o seu diáfano penhoar e subiria ao telhado para observar o sol fazer sua espetaculosa saída do mundo.

Enquanto bebericava um cálice de rum, Brigitte mantinha o olho na lente, vasculhando o mar e a baía, as montanhas e as nuvens, as pequenas aldeias de pescadores, e pensou sobre a chegada da noite. Não haveria convidados esta noite, já que era domingo. A noite seria só dela e de Henri. Ficaria o marido com ela ou seria seduzido pelas tentações da ilha, na forma de jogatina em Saint-Pierre? Quando Henri acordou aquela manhã para perceber que pegara no sono antes de cumprir sua promessa, tinha ficado arrependido. "*Ma chere! Ma puce!* Sou indigno de ti." Depois lhe dera uma bicota no rosto e, vestido em seus trajes de montaria, saíra para inspecionar as plantações de cana-de-açúcar.

Brigitte viu luzes se acendendo na cidade portuária, portas sendo escancaradas para o pôr-do-sol, botes trazendo visitantes famintos dos navios ancorados. Quase podia ouvir a música e o riso, sentir o cheiro dos aromas de cozinha, ver os sorrisos das pessoas. Desviando o telescópio do assentamento, examinou os picos luxuriantemente verdes das montanhas e as cristas se erguendo e caindo como ondas do oceano, selvas tropicais alcançando cada tonalidade de verde conhecido do olho humano. E agora girava para leste, desviando-se do céu escarlate para o lado tranqüilo a barlavento da ilha, com suas praias imaculadas e lagunas verde-limão e angras ocultas...

Parou. Mastros? Velas enfunadas?

Focalizou a lente, trazendo o navio para a claridade e prescrutando atentamente. Tinha de ser uma escuna americana, a julgar pelos dois mastros e casco estreito, e pelo fato de ter um baixo calado para ser capaz de navegar em águas rasas e em uma enseada tão minúscula.

Brigitte franziu o cenho. Por que estava ancorado lá?

Girou o telescópio levemente, para o mastro principal, pelas vergônteas e enxárcias, até que viu a bandeira.

Um navio pirata! Não havia como confundir a insígnia, que os franceses chamavam deturpadamente de *joli rouge* — "belo vermelho" — e os ingleses de *Jolly Roger*. Em geral os navios piratas exibiam crânios e tíbias cruzadas; esta bandeira era desenhada com uma alfange pingando sangue.

— *Mon Dieu!* — sussurrou. Ela sabia que navio era este — o *Bold Ranger* — pertencente ao sanguinário Christopher Kent. Não pôde ver nenhum tripulante a bordo.

Começou a tremer. Onde eles estavam? Ouvira falar no método de Kent — atacar rápida e brutalmente. Atacar, saquear e ir embora antes que as vítimas pudessem se defender.

Freneticamente, perscrutou através da lente, examinando as colinas entre a angra e a plantação, uma distância de três quilômetros. Henri e seus homens estavam em algum lugar em todo aquele verde, inspecionando o corte da cana, mas não conseguia encontrá-los.

Christopher Kent era o pesadelo de todo colono. Era um daqueles bucaneiros que não se restringiam a atacar navios, mas que também faziam ousados ataques em terra. Todos os donos de plantação mantinham suas fortunas escondidas em algum lugar de suas propriedades. Era o único meio de garantir que ficassem a salvo. Kent sabia disso. Ele viria à noite, apanharia suas vítimas desprevenidas e as forçaria a revelar a localização do seu ouro. Geralmente empregando tortura.

— Por favor, meu Deus — sussurrou ela, sentindo a boca subitamente seca. — Não permiti que venham por este caminho.

E então os viu — os piratas estavam subindo a colina, dando estocadas nos supervisores e escravos através dos canaviais. Henri sendo derrubado do seu cavalo...

— Colette, traga o meu mosquete! — Ela sabia que não podia acertar coisa alguma daquela distância, mas talvez pudesse disparar tiros de aviso. Especulou se os soldados na fortaleza estavam cientes dos piratas. Duvidava. Se assim fosse, os sinos da igreja estariam repicando e os canhões disparando. Kent e seus homens haviam rastejado pelo lado barlavento da ilha e se esgueirado para a pequena enseada. Duas cristas escondiam o platô, onde a propriedade Bellefontaine se espalhava por muitos hectares. Os piratas atacariam, fariam o seu trabalho letal, silenciosa e rapidamente, e partiriam como fantasmas, deixando somente cadáveres e uma ruína em chamas. Levaria pelo menos um dia para os soldados se inteirarem do que havia acontecido e, a esta altura, o navio de Kent já estaria longe no mar.

— O que é, senhora? — perguntou a jovem negra sem fôlego enquanto subia a estreita escadaria, segurando desajeitadamente o comprido mosquete. Colette era uma escrava africana de terceira geração. Era nascida na Martinica, bem como sua mãe, mas sua avó havia sido trazida da África com milhares de outros para trabalhar nas plantações de açúcar e tabaco dos colonos franceses.

— Mande Hércules para a fortaleza — começou Brigitte, tentando localizar os piratas sem ajuda do telescópio. Mas o sol finalmente mergulhara além do horizonte e a luz se desvanecia. — Diga-lhe para ir correndo, Colette! Diga-lhe que são piratas...

E então ela o viu pelo telescópio: Christopher Kent, uma figura alta e ameaçadora, todo vestido de preto. Usava calções justos e um casaco comprido, os reluzentes botões de ouro de seu colete refletindo os últimos raios do sol. O rosto estava sombreado pela aba larga do chapéu tricorne, com uma copiosa pena branca se agitando à brisa. Quando ele se virou e seu rosto veio parcialmente à luz, ela percebeu com um choque que ele a fazia se lembrar do amante fantasma de suas fantasias.

A mente de Brigitte trabalhava rapidamente. A fortaleza ficava a dezesseis quilômetros, sobre terreno montanhoso, e a noite caía, mergulhando a selva e as trilhas em escuridão muito antes que um mensageiro pudesse ao menos sair. Os piratas tinham tochas acesas, que agora ardiam brilhantemente no lusco-fusco declinante, e as chamas estavam progredindo firmes como serpentes colina acima.

Dando uma última olhada em Kent pelo telescópio — ele mal era visível agora no dia que morria rapidamente, uma figura fantasmagórica caminhando através da densa vegetação, como um conquistador...

— Esqueça — disse Brigitte, e descartou o mosquete.

— Mas, madame — gritou Colette. — São piratas! Temos que avisar todo mundo!

— Calma — disse Brigitte enquanto descia as escadas e ia para o quarto. — Não conte a ninguém, Colette! — A situação de repente requeria outra estratégia. Mas também exigia cabeça fria.

Ela possuía um lindo vestido que nunca usara. Trouxera-o da França vinte anos antes, um vestido muito especial que havia planejado usar nas comemorações do aniversário do rei. Mas tinha ficado grávida durante a viagem à Martinica e, depois do nascimento do primeiro filho, não coubera mais no vestido. Engravidara de novo e o ciclo continuou até desistir de usar o vestido. E, de qualquer modo, havia outro rei agora, um que ela nem conhecia.

O vestido de seda era num deslumbrante rosa, o peitilho bordado em exuberante escarlate e tons de púrpura, com a anágua num amarelo forte constrastante, como era a moda na época, quando os vestidos visavam ofuscar e as cores deviam ser tão chocantes e contrastantes quanto possível. Assemelhava-se muito a um crepúsculo tropical: o sol dourado ardendo contra um céu avermelhado. Ela ficara com a cintura aumentada depois do nascimento do sétimo filho, de modo que o vestido finalmente coube (com a ajuda de um espartilho apertado), mas a esta altura o vestido estava irremediavelmente fora de moda. Um estilo tão elaborado e tedioso havia saído de moda por ocasião da morte de Luís XIV. Como poderia usá-lo? E assim o vestido se tornara um símbolo: de juventude acabada e de oportunidades perdidas, e a simples constatação disso recordava as suas paixões juvenis e beijos roubados nos jardins de verão.

Seu coração disparava enquanto tirava o vestido do baú e dava ordens a uma Colette muito aturdida. Era difícil se apressar com um aparato tão complicado — os espartilhos, saias e anquinhas e todos os cordões e fechos, e com Colette tão aterrorizada que estava prestes a fugir. A própria Brigitte estava nas garras do medo, mas conservava a imagem de Kent em primeiro plano na mente — uma figura sombria e ameaçadora. Prendendo a respiração enquanto Colette apertava o último cordão, Brigitte fez um rápido cálculo mental: os piratas deviam estar agora à beira da destilaria. A distância dali até a casa principal era de uns oitocentos metros.

Finalmente, mirou-se no espelho. Mas franziu o cenho ao se ver refletida. Embora o vestido fosse impressionante, ela própria ainda aparecia velha e roliça. Kent dificilmente lhe daria uma segunda olhada. Foi então que se lembrou da Estrela de Catai. Com dedos trêmulos, levou o broche ao ponto mais baixo de seu *décolletage*, de modo que os diamantes e safiras dessem ao cristal azul a aparência de uma borboleta — que havia pairado e pousado sobre o seu peito exposto.

A transformação foi instantânea. Uma nova mulher surgiu diante dela refletida no espelho. O cristal possui de fato magia! Brigitte Bellefontaine estava de novo jovem, esguia e bonita.

Antes de descer, tomou as mãos de Colette num aperto firme.

— Agora preste atenção — disse. — Logo iremos receber visitantes não-convidados. Não fique com medo. Não tente fugir.

— Mas, senhora...

— Colette! Ouça com atenção, pois você deve fazer exatamente como eu disser...

Antes de deixar o quarto, Brigitte deu mais uma olhada em si no espelho e sorriu aprovando. Relanceando o olhar para o mosquete encostado à parede pensou: *Às vezes um vestido é melhor que uma arma.*

Embora os Bellefontaine possuíssem mais de cem escravos — nos campos, no engenho e na destilaria de rum —, só havia um punhado de homens com pistolas e mosquetes para mantê-los intimidados e obedientes. Ao atravessar a sala de estar principal da casa, ela ouviu passadas lá fora, ordens resmungadas, o som ocasional de um chicote. As mulheres escravas, cujo trabalho se concentrava na casa-grande, nas hortas e terreiros de aves, vieram correndo à visão dos seus homens chegando cambaleantes ao pátio principal sob a mira de pistolas e espadas. Elas imediatamente soltaram uivos de lamento. Criados da casa correram às janelas e lá se amontoaram, olhando para fora com olhos assustados.

Brigitte parou para compor-se. Mal podia respirar. Lá fora ouviu gritos e tiros. Mas esperou atrás da porta da frente trancada, acalmando-se, como uma atriz prestes a fazer sua entrada triunfal. Controlando-se, pois seu impulso era fugir, ela aguardou por outro longo minuto e então alcançou a porta, abrindo-a lentamente.

Os piratas eram uma visão assustadora com seu arsenal de armas: mosquetes, bacamartes, alfanges, adagas e pistolas. Alguns brandiam até mesmo machadinhas de abordagem usadas para cortar redes e cordame. Eram uns cinqüenta, calculou Brigitte, e vestiam-se num arranjo de trapos e farrapos, com os cabelos longos imundos e botas que não combinavam. Contra o pano de fundo de tochas ardentes eles pareciam, ou assim Brigitte achava, o exército de ímpios e demônios de Satanás.

Henri estava amarrado com cordas e tinha sido posto de joelhos. Brigitte se conteve para não correr até ele.

A varanda era ornada com trepadeiras, que possuíam flores de todas as cores do arco-íris, e os pilares eram grossos e revestidos de parreiras verdes. O perfume combinado era forte e estonteante, enquanto a última de umas poucas abelhas industriosas zumbia ao redor das florações.

Assim emoldurada, como se num palco de teatro, Brigitte não disse uma palavra, mas ficou de pé ali até que, um por um, os homens silenciaram e olharam-na fixamente.

O Capitão Kent havia alcançado o primeiro degrau quando percebeu que todos haviam caído em silêncio. Virou-se e olhou para cima. Agora, na escuridão e à luz da tocha, Brigitte pôde ver melhor suas feições: eram penetrantes e duras. Kent estava usando um comprido casaco preto, bem-cortado, quase alcançando seus tornozelos. Era ricamente bordado com seda e fio de ouro, e os botões eram de ouro reluzente. Seus calções eram pretos, e usava meias brancas imaculadas e sapatos bem lustrados com fivelas de ouro. Franzidos brancos enfeitavam seu pescoço e punhos. Debaixo do seu chapéu tricorne de abas largas ele não usava nenhuma peruca, mas tinha o cabelo longo preso num rabo-de-cavalo com cachos laterais sobre as orelhas, na última moda. Cada centímetro de um garboso cavalheiro, pensou Brigitte, como se tivesse chegado para assistir a uma ópera em vez da pilhagem de sua casa.

Quando os olhos do pirata encontraram os seus, um pensamento alarmante veio-lhe de súbito à mente: *Na tenda do adivinho nos jardins de Versalhes, uma grande celebração pelo aniversário do rei, com atores, malabaristas e um autêntico carnaval. O velho cigano dizendo à Brigitte de 16 anos: "Esta pedra azul possui um tremendo fogo. Está vendo? Está preso dentro. Um dia este fogo será liberado e a consumirá. Em amor. Em paixão. Nos braços de um homem. Um homem que fará tanto amor com você que você quase sucumbirá ao êxtase."*

Agarrando as mãos fortemente diante de si, Brigitte se adiantou até a beirada da varanda.

— Bem-vindo a minha casa, *m'sieu* — disse suavemente, do modo mais gracioso e sem medo que pôde.

Ele a olhou fixamente. Depois sorriu. E pelo modo como a fitou de cima a baixo — ela sabia que apenas uma hora antes ele não a teria olhado daquela maneira. Mas ela estava linda agora, por causa da magia do cristal azul. Ele havia lançado um encantamento que a transformara.

— *Milady* — disse ele, tirando o chapéu com um floreio e estendendo uma perna enquanto fazia uma reverência.

A voz dela mal passava de um sussurro, ainda assim o silêncio era tanto entre os homens agrupados que todos ouviram.

— Oferecemos ao senhor a hospitalidade de nossa casa.

Brigitte agradeceu silenciosamente a Deus por ela e suas irmãs terem tido um tutor inglês na infância, pois seu pai acreditava que as filhas deveriam ter uma educação eclética a fim de atuarem com desembaraço nos mais variados círculos culturais. Uma de suas irmãs casara-se com um barão inglês e tinha se mudado para a Inglaterra, de modo que nos últimos vinte anos Brigitte escrevera cartas em inglês para seus sobrinhos — graças a Deus por isso também. Embora não fosse fluente na língua, conseguia fazer-se entender.

Kent arqueou as sobrancelhas.

— Hospitalidade! Não pretendemos ficar, senhora. Viemos buscar o ouro e em seguida seguiremos nosso caminho.

Vários metros atrás, seu marido, tendo sido posto de joelhos, gritou:

— Salve-se, Brigitte!

Ela umedeceu os lábios.

— Recusar hospitalidade é grosseria, *m'sieu*. E ouvi dizer que o senhor é um cavalheiro.

Ele sorriu.

— Então sabe quem sou — disse ele.

— É o Capitão Christopher Kent.

— E não tem medo de mim?

— Tenho — disse ela no tom mais descontraído que pôde, mas seu coração martelava de medo. — Mas independentemente de quem seja, senhor, ou de sua intenção aqui, é costume entre minha classe social oferecer hospitalidade ao visitante.

A risada dele foi curta e seca.

— Está pensando que alguns poucos mantimentos salvarão seu ouro?

Ela ergueu o queixo.

— Está interpretando mal minha intenção, senhor. Poderá ter seu ouro, já que é óbvio que não tenho como impedi-lo. Mas havia imaginado que, sendo um cavalheiro, entenderia as regras do comportamento civilizado.

Seus olhos escuros tremeram e ela soube que havia tocado num ponto sensível. Pirata ou não, Christopher Kent acreditava piamente que fosse um cavalheiro. Por que se vestia tão bem quando seus homens mais pareciam animais?

— Tenho seis leitões suculentos, prontos para ser assados —acrescentou ela.

Ele colocou as mãos nos quadris.

— Bem, este é um truque novo! — comentou e riu.

Enquanto alguns dos homens riam, um deles, mais velho do que Christopher Kent, com um cabelo comprido retorcido num ninho de tranças e um câncer crescendo ao lado do nariz, adiantou-se.

— Me desculpa, madama, mas cumé que prepara esses leitão? — perguntou.

Brigitte recusou-se a dar atenção ao homem. Continuou a dirigir-se a Kent.

— Eu os tempero com cravo-da-índia e alho, alcaparras e orégano, acompanhados de pão quente embebido em molho de alho, queijo de cabra com ervas e uma sopa fria de gengibre. Tortas de manga com calda de chocolate para a sobremesa.

— E que que tem pra beber? — perguntou o grosseirão, respeitosamente.

— Vinho francês e conhaque — respondeu ela a Kent.

O homem esfregou o lado bom do nariz.

— Até que a idéia não é má, Chris. Deus sabe que tem um tempão que a gente não come comida boa.

— E deixar os soldados nos pegarem com a guarda baixa? Não vê que é um truque, Sr. Phipps?

— Acho que os soldados nem sabem que a gente está aqui, Chris. Mas posso verificar. — Ele acrescentou, mais baixo: — E não acho que é um truque dela. A dama está só barganhando. Acha que a gente vai ter piedade.

Kent pensou a respeito. E enquanto o fazia Brigitte inspirou profundamente, fazendo o broche de cristal no peito reluzir seu fogo azul.

Como ela pretendia, isto capturou o olhar de Kent. Ele deu uma olhada no seio branco e fez um sinal para Phipps, que por sua vez mandou dois homens subirem em árvores para vigiar. Kent então fez outro sinal e um grupo de homens correu à frente, subiu ruidosamente os degraus da varanda, passou por Brigitte e entrou na casa.

Ela empregou todo o seu autocontrole para ignorar os sons de pilhagem e vandalismo no interior. Sua casa nada significava neste momento; toda a sua preciosa mobília e cerâmica, cortinados e jóias. Os piratas podiam ter tudo.

O Sr. Phipps voltou para relatar:

— Os vigias dizem que tudo está tranqüilo, nada de gritos de alarme, tudo normal no porto. E o banquete, o que acha, Chris?

Kent subiu os degraus e se aproximou de Brigitte. Ela mal podia respirar enquanto olhava para cima, pois ele era bem mais alto.

— Como vou saber que não pretende nos envenenar? — indagou. — Já fui enganado antes por uma mulher bonita.

Ela prendeu a respiração. Kent a havia chamado de bonita!

— Uma cautela compreensível, *m'sieu*. Então deixe que seus próprios homens façam o abate, preparem o espeto e supervisionem o preparo dos molhos e temperos. Meus escravos provarão tudo que for preparado.

Ela viu o movimento sombrio nos olhos dele enquanto avaliava o que era certamente uma situação inesperada.

— Espero que não me tome por um tolo — disse ele, suavemente.

Seus olhos se encontraram e se fixaram.

O momento se estendeu; Brigitte prendeu a respiração. Este era o momento crucial. E então Kent relaxou, os lábios curvados num sorriso.

— Muito bem, vamos comer! — disse.

Seus homens aplaudiram e Kent, inclinando-se na direção de Brigitte, disse:

— Agora vamos aos negócios. Onde está o ouro, senhora, ou teremos de arrancar a informação do seu marido?

Recordando-se das histórias que ouvira sobre Kent — como seus homens tinham amarrado donos de plantação pelos pulsos debaixo do sol abrasador do meio-dia até que contassem onde sua fortuna estava escondida —, ela disse:

— Por favor, não maltrate meu marido. Se prometer não causar dano a ele, eu lhe mostrarei o tesouro.

Certificando-se primeiro de que as covas de assar estivessem sendo preparadas e de que os escravos da cozinha entendessem suas tarefas, garantindo-lhes que se todos cooperassem nada sofreriam, Brigitte conduziu Kent e um punhado de homens do pátio principal até uma trilha pavimentada de lajes abaixo, uma das muitas passagens espalhadas neste paraíso tropical levando a jardins e chalés, bem como aos engenhos e destilarias de rum e, além destes, às senzalas dos escravos. Brigitte caminhava à frente de seus "convidados" com gracioso andar deslizante aprendido muito tempo antes na infância, suas volumosas saias rosa e amarelo flutuando ao longo da trilha como se não houvesse pernas humanas impulsionando-as abaixo. Era uma passada que aperfeiçoara nos jardins de Versalhes para ganhar a atenção dos rapazes namoradores; usava-a agora para guiar ladrões até um tesouro.

Chegaram a uma clareira em meio à vegetação luxuriante e viram-se diante de uma visão que fez até mesmo aqueles homens rudes arregalarem os olhos de admiração. Havia um mirante, aparentemente iluminado pelas estrelas, branco e bruxuleante na noite. Brigitte deu graciosamente um passo para o lado, como se fosse servir chá.

— Aí está — disse, apontando para o piso da estrutura. — Debaixo daquelas tábuas.

Fixando as tochas ardentes no chão, os piratas arremeteram à frente, as machadinhas quebrando e dilacerando as tábuas. Romperam o piso e içaram as arcas escondidas debaixo dele. Brigitte permaneceu muda enquanto os piratas arrastavam seu butim de volta à casa-grande. Uma fogueira tinha sido acesa, ela notou, usando-se a fina mobília de sua casa como lenha. À luz das chamas, os saqueadores abriram as arcas e gritaram alto quando viram as moedas de ouro, pois eram de moedas que os piratas mais gostavam.

Aquele foi claramente o sinal para que a comemoração tivesse início, pois uma rabeca surgiu sabe-se lá de onde e alguém começou uma animada jiga. Outros haviam arrombado a destilaria e rolavam enormes barris de rum. As escravas começaram a passar nervosamente em meio ao bando de homens com garrafas e taças de vinho, enquanto do outro lado da fogueira as covas de assar já tinham os porcos girando nos espetos. Brigitte viu seu marido e os outros cativos sendo impelidos a estocadas para dentro do chiqueiro, onde foram jogados no esterco enquanto seus verdugos se dobravam de rir.

Em algum lugar durante a penosa marcha desde os canaviais, Henri tinha perdido sua magnífica peruca. Grande e ricamente preta ela tinha sido, com cachos cuidadosamente dispostos elevando-se sobre sua cabeça e caindo em cascata pelos ombros e costas. Recém-chegados à ilha assinalavam que tais perucas estavam agora fora de moda, mas Henri não se importava. Era apegado às velhas tradições, que ditavam que um cavalheiro devia parecer elegante o tempo todo, não importava o tempo ou a tarefa em que estivesse empenhado. Mas ela havia sido arrebatada de sua cabeça e agora estava de cabeça nua, o cabelo grisalho se elevando em tufos enquanto os piratas o aguilhoavam, chutavam e zombavam dele.

Brigitte enterrou as unhas nas palmas das mãos e manteve a compostura. Ela queria agarrar uma das tochas ardentes e partir sobre o bando de piratas, usando-a como uma clava.

Mas no instante seguinte Kent estava olhando para ela, que lembrou-se da sua resolução e de que esta noite seria sua última chance.

— Hum — fez ele, estudando-a à luz bruxuleante da tocha. — O que a faz ser tão destemida, posso saber?

O comentário a sobressaltou. Poderia ele ver a pulsação em disparada no seu pescoço, o medo em seus olhos, o tremor em suas mãos?

— Não sou destemida — disse ela, o que era verdade. Mas do *que* ela tinha medo era outra questão.

— Quando saiu da sua casa não parecia estar surpresa em nos ver. Parecia que estava nos esperando.

Ela apontou para o telhado da casa.

— Há um telescópio naquela plataforma. Vi vocês vindo da praia.

Kent a fitou com grande interesse.

— Gostaria de ver este telescópio.

Ela assentiu e liderou o caminho. Passaram pelo pátio onde os leitões giravam em espetos cortados de galhos. Os homens de Kent estavam na maior felicidade esvaziando os barris de rum. No topo de duas palmeiras muito altas, vigias com lunetas estavam de olho na fortaleza e na cidade de St. Pierre. Ao menor sinal de movimentação militar, dariam o sinal e Kent e seus homens desapareceriam. Brigitte rezou para que nenhum sinal fosse dado.

A casa havia sido completamente saqueada, com cerâmica estilhaçada nos pisos de madeira polidos, móveis virados, peças de ouro e prata amontoadas numa pilha junto à porta, prontas para ser carregadas. Muda, Brigitte conduziu Kent através do jardim dos fundos, onde orquídeas púrpura e buganvílias laranja se misturavam com hibiscos escarlates e oleandros rosa pálido. Ela o precedeu na subida da estreita escadaria, as costas retas, a cabeça erguida, como se ela estivesse dando dignidade monárquica a um giro por sua casa. Mas estava ciente da aguçada alfange que pendia da cintura dele, da pistola e da adaga enfiadas no seu cinto. O espaço entre suas omoplatas se arrepiava de medo. Sentia como se estivesse sendo seguida por um animal selvagem, como a pantera-negra que o governador mantinha enjaulada em sua casa.

Quando chegaram ao telhado e à curiosa plataforma com um corrimão baixo, viram que a lua cheia estava começando a se elevar. Também tiveram uma boa visão do complexo abaixo, onde os aterrorizados escravos de Brigitte cozinhavam sob os olhos vigilantes dos piratas, sendo obrigados a provar tudo que faziam. Até mesmo o molho usado nos leitões era provado primeiro.

Ao som de tanta música, Brigitte lançou um olhar curioso a Kent, que sorriu.

— Somos uma tripulação privilegiada, pois temos músicos entre nós. Não é todo navio pirata que espera ter pelo menos um tocador de gaita e de rabeca. — Ele acenou com a cabeça enquanto se inclinava sobre a grade para observar as festividades lá embaixo. — Tenho uma boa tripulação. — Phipps, o homem com os muitos rabos-de-cavalo, era o imediato, o homem forte do navio, o juiz do navio e o encarregado de punir as infrações menores. Era também o responsável pela seleção e divisão do butim. Havia Jeremy, o mestre de cabotagem encarregado da navegação, e Mulligan, o contramestre, Jack, o artilheiro-chefe, Obadiah, o mestre de velas, Luke, o carpinteiro. Tinham até mesmo um cirurgião de bordo, embora ele fosse de pouca utilidade em águas tropicais, onde as principais causas de morte fossem as incuráveis febre amarela, malária e disenteria. Sua principal tarefa era fazer amputações.

Brigitte mostrou o telescópio e notou que ele teve de se abaixar para espiar por ele, já que era tão alto. Ela também percebeu um corpo de grande força física sob o casaco comprido e calções. Os colonos franceses, tendo escravos para fazer todo o trabalho e com tal fartura de comida e bebida, eram uma cambada de indolentes; homens que haviam se esquecido da prática da esgrima e da equitação. Mas ela suspeitava que Christopher Kent reunia a força muscular com a perícia na arte do duelo.

Kent olhou pelo telescópio e então, satisfeito, porque soldados não tinham sido despachados do forte distante, empertigou-se e voltou sua atenção à perplexa anfitriã. Seus olhos foram dos seios para o broche.

— Esta aí é uma bela peça — comentou.

— É uma pedra famosa, *m'sieu*, chamada a Estrela de Catai. Foi desenhada na longínqua China por um mágico que, diz a lenda, a criou para conquistar o coração de uma dama. A pedra supostamente traz amor e romance para quem a possuir.

Ele sorriu e estendeu a mão querendo tocar a pedra.

Brigitte pôs a mão protetoramente sobre ela. Ele não devia tê-la, ainda! Ela precisava estar linda, pelo menos por mais algum tempo. Se ele a tomasse agora, sua beleza iria com a pedra e o plano fracassaria.

— Eu a darei de presente a você quando partir.

Ele riu e seu olhar demorou-se na mão dela, que protegia não só o broche mas também o seio.

— E a que se refere quando diz que vai me dar de presente? O broche ou o tesouro debaixo dele?

Ela tentou não desviar a vista, mas sim enfrentar o olhar ousado dele, desafio por desafio.

— É assim que tratam as mulheres na ilha onde você vive?

Ele desviou os olhos para o horizonte distante e pareceu avaliar o que responderia.

— Não vivo numa ilha — disse, por fim. — Tenho uma plantação na colônia americana de Virgínia.

O choque de Brigitte foi evidente.

— Você vive entre gente civilizada?

— De fato, entre a assim chamada gente civilizada — disse ele com um sorriso torto —, que apóia minha pirataria. Afinal, pilhagem só é pilhagem até que seja vendida. Sem compradores não haveria razão para a pirataria.

— Não entendo.

— São os americanos que compram minhas mercadorias. Na Inglaterra, os piratas são tratados impiedosamente, mas nos portos da América dispõem de proteção, até de hospitalidade. São os americanos que aprovisionam meu navio e encontraram compradores para meus tesouros, por uma comissão, é claro. Assim, os americanos enriquecem comigo.

Ela franziu o cenho.

— É inimaginável.

— É política. Ao apoiar bucaneiros como eu, os americanos estão desferindo um golpe contra o governo britânico, uma luta que, com o tempo, está crescendo e se tornando mais amarga. Os ingleses criaram este regulamento chamado Lei da Navegação, que estipula que qualquer mercadoria só pode ser importada pelas colônias da Inglaterra, por navios britânicos com tripulação britânica. Os americanos não acham isto justo e burlam a lei britânica sempre que podem.

— Quer dizer que meus adoráveis castiçais e a porcelana de minha mãe...

— Mais provavelmente vão acabar numa cornija de lareira em Boston.

— Mas foi um presente do meu marido! — protestou Brigitte, quando ele começou a desatarraxar o telescópio.

Ele riu enquanto sopesava o instrumento na mão.

— Homem sentimental, o seu marido.

— Não está entendendo, *m'sieu* — disse ela com indignação.

— Pelo que entendo, as mulheres preferem presentes que tenham um significado romântico, mas um *telescópio*?

— É mais do que um mero telescópio, *m'sieu*. É um instrumento de poder.

— Como assim?

— Eu vi *vocês*, não vi? E vocês nem sabiam de minha presença.

— Sim — replicou ele, lentamente. — É verdade. Você nos viu chegando e não sabíamos. Mas podia ter dado o alarme. Muito curioso.

Kent caminhou até a escada e fez um sinal para que ela o precedesse. Portanto, Brigitte desceu para o piso abaixo e liderou o caminho até a sala de estar principal, onde, para sua surpresa, Kent tirou o chapéu e pediu algo para beber. Seu cabelo era do preto mais profundo, sem uma sombra de grisalho, embora ela situasse sua idade mais próxima dos quarenta que dos trinta, pois seu rosto, quando visto bem de perto, era marcado pelas rugas da vida e do tempo.

Recusando uma garrafa que já estava aberta e insistindo para que ela buscasse outra ainda lacrada, Kent foi até a varanda onde conferenciou brevemente com o Sr. Phipps.

— Continua tudo normal no forte e na cidade — disse a Brigitte, ao entrar. — Ainda não fomos percebidos.

Através das cortinas transparentes da janela principal, ela pôde ver a lua continuando a se elevar e a despejar sua luz sobre o pátio onde os piratas estavam se tornando ruidosos e algumas mulheres escravas eram encorajadas a ser amigáveis. Ainda não haviam começado a comer, mas aromas de fumaça e assado enchiam o ar.

Kent olhou para o retrato sobre a lareira, uma cena pastoral representando Henri e Brigitte Bellefontaine sentados debaixo de um enorme carvalho, com os filhos reunidos a sua volta. Quando Kent comentou sobre as crianças e sua semelhança fortuita com a mãe e não com o pai, Brigitte disse:

— Eles significam o mundo para mim. Meus filhos são a minha vida.

— Ainda assim, os mandou embora.

— Uma decisão que lamento. — Ela trouxe uma bandeja com dois cálices cheios de conhaque. Kent mandou-a provar os dois antes de escolher um.

— Você me insulta — sussurrou ela.

— *Milady*, há mil maneiras de matar um homem, mas o envenenamento é uma arte feminina. E existem mil maneiras de envenenar — replicou Kent e depois disse: — Teremos uma lareira acesa? A noite está começando a esfriar.

Brigitte chamou um dos escravos para acender a lareira e agora as chamas estavam lançando sobre as paredes a sombra alta de Christopher Kent.

Ele provou o conhaque, observando Brigitte por sobre a borda do cálice.

— Então seu marido arrasta você para este fim de mundo, onde não pode criar seus filhos.

— Meu marido não me "arrastou". Viemos para cá construir alguma coisa. Os Bellefontaine são uma antiga e nobre família, mas a geração anterior esbanjou a fortuna, de modo que não houve terras para meu marido herdar. Ele aceitou um oferecimento do rei para vir e ajudar a construir a colônia. Em troca, a terra seria nossa. Aqui é o nosso verdadeiro lar, *m'sieu*, que construímos para nossos filhos, pois eles voltarão para a Martinica. Estão em Paris apenas temporariamente, para seus estudos. E é por isto que lhe peço — continuou, um tanto sem fôlego — que não mate meu marido. Nossos filhos precisam do pai.

Kent olhou pela janela e viu o Sr. Phipps observando uma das escravas provar um naco de pão recém-assado antes de ele próprio servir-se de um pedaço. Tudo estava sob controle.

— Homens como seu marido — disse Kent agora, num tom sombrio e letal —, homens com riqueza e poder, precisam aprender lições. — Ele caiu num silêncio soturno, sua expressão cada vez mais turbulenta e ilegível enquanto observava seus homens dançando ao redor da fogueira. Depois se voltou, como se lembrando subitamente de onde estava, e disse em tom mais ameno. — De qualquer forma, o destino de seu marido não depende de mim, mas de meus homens.

— Mas certamente poderia ordenar a eles que...

— Está se vendo claramente que não entende a lei dos mares, *milady*. Posso ser o capitão do navio, mas somos uma tripulação democrática, como são as de todos os navios piratas. O que meus homens decidem é da conta deles fazer. Não lhes dou ordens nem os faço acatá-las. O que acontecer não é de minha responsabilidade.

Ele caminhou até as portas abertas para o jardim dos fundos.

— Que perfume é este? — perguntou, inalando o ar noturno. Era uma mistura estonteante de jasmim, lírio-do-vale, frésias púrpura e cor-de-rosa, lilás e madressilva.

— Que pirata é este que não assume responsabilidade por suas ações? — indaga ela atrás dele.

Ele voltou-se.

— Madame, você não conhece nada a meu respeito nem do meu mundo. Pense o que quiser. Por que eu me importaria?

— Então culpa o mundo pelos seus males?

— O que o mundo algum dia me fez?

— Você mata por vingança, não é? Até mesmo os inocentes?

— É a lei da sobrevivência. Como o gavião mata a cobra, como a cobra mata o rato. Só o forte sobrevive, foi tudo que aprendi.

— Mas por que só ataca os franceses?

— Ataco qualquer um. A humanidade é minha inimiga. Não faço distinção entre ingleses e franceses, espanhóis ou árabes. Sou um príncipe autônomo, madame. Tenho tanto direito de fazer guerra no mundo inteiro quanto quem comanda uma esquadra no mar ou um exército em terra.

Ela deu-lhe as costas, sem fala. Viu as flores no seu jardim brilhando intensamente ao luar como se fosse dia. Ouviu os chamados encantadores de um pássaro noturno. A ilha continuava adormecida sob a lua refulgente. Não havia nenhum canhoneio do forte. Nenhum sinal de navios, nem tochas sendo carregadas montanha acima. E os vigias no alto das palmeiras não haviam gritado nenhum alarme. Abaixo, fumaça picante e cozimento aromático enchiam o ar, e cantar embriagado e som estridente de rabeca eram quebrados por riso feminino alto.

Kent caiu em silêncio e pareceu retrair-se.

— Estranho — murmurou, após um momento. — Tenho visitado estas ilhas em todos estes anos, caminhei por suas terras e bebi das suas nascentes, ancorei nas suas águas e provei seus frutos. Ainda assim, realmente nunca *vi* estas ilhas.

Brigitte esperou, e a noite pareceu esperar com ela. Imaginou todos os pássaros exóticos com suas plumagens coloridas, todas as flores tropicais com suas folhas e pétalas suculentas, as estrelas cintilantes e a lua cheia e cor de marfim, até mesmo as arrebentações brancas na praia distante, imaginou que todo o universo havia parado por um instante para esperar com ela.

— Embora eu pareça estar vendo-as agora. A Martinica, pelo menos. Que magia atua neste lugar? — O olhar dele caiu sobre o cristal azul no peito de Brigitte. — Esta é uma pedra misteriosa. Nunca vi uma assim antes. Nem mesmo um diamante ou safira. É como um topázio azul, porém mais profundo e mais nevoento. E o que jaz no seu núcleo? Um feixe de estrelas, parece.

— Existe magia atuando aqui — disse, ao fixar os olhos nos dela. — Será a ilha? Ou você, madame? Que espécie de encantamento lançou sobre mim? — Seu cenho franziu-se e ele pareceu perturbado. — Eu e meus homens devíamos partir — disse decisivamente. — Fico nervoso ao permanecer tanto tempo num lugar. Fomos seduzidos, desconfio.

O coração dela saltou. Ele não podia ir embora!

— Seus homens ainda não comeram.

— Podem levar a comida com eles.

— Os leitões ainda não estão prontos. E alguns de seus homens... — Sua voz arrastou-se enquanto olhava para as árvores frondosas que circundavam a casa. Kent captou sua mensagem: ele também vira alguns de seus homens se esgueirando para os arbustos com as escravas.

Lançou-lhe outro olhar prolongado e curioso.

— Por que não tem medo de nós?

— Mas eu tenho.

— Você já disse, mas não consigo acreditar. Nunca vi uma mulher agindo como você. Estou acostumado com histeria, fuga, desmaios. Ou mulheres se escondendo atrás de seus homens. Você é feita de um estofo diferente. — Seus olhos se desviaram do rosto dela para os ombros, nus e brancos ao luar. — Mas está tremendo, madame. A noite está esfriando.

— Nesta altitude — disse ela sem fôlego, como se a altitude dificultasse a respiração — a temperatura cai à noite, muito embora desfrutemos de dias muito quentes.

— E como se aquecem à noite? — perguntou, enquanto a ironia bailava em seus olhos.

— A Martinica tem seus lugares quentes.

Kent notou o desafio nos olhos dela. E quando Brigitte se moveu levemente, captou o reflexo de fogo azul no seu peito. Outro desafio?

— Mostre-me esses lugares quentes — disse em voz baixa.

Enquanto atravessavam de novo o pátio fumacento, alguns homens de Kent se dirigiram a ele alegremente, fazendo comentários jocosos acerca de sua parceira. Agora eles estavam partindo pedaços de pão para si mesmos e entalhando abacaxis e cocos. Brigitte notou que estavam usando suas próprias adagas em vez das facas de cozinha fornecidas pelas escravas. Também notou que o Sr. Phipps havia encontrado as taças de peltre novas em folha chegadas recentemente da França, ainda na sua embalagem de palha, pois era nelas que os piratas bebiam, mais uma vez evitando a possibilidade de ser envenenados. Na verdade, eles não corriam quaisquer riscos, cuidavam para que cada cebola, cada pitada de pimenta que entravam nos pratos fossem testadas num humano, e uma vez que os leitões estavam assados preferiram cortá-los com suas próprias adagas.

Mas pelo menos estavam comendo e bebendo, que era com que Brigitte havia contado, impedindo que se retirassem tão logo se apossassem do ouro. Se fossem embora ela nunca mais teria outra chance com Kent.

Brigitte mantinha a cabeça erguida e tentava não olhar na direção do marido enquanto conduzia o capitão pirata em meio à multidão em festa, passava pela beira do gramado imaculado e entrava na fria e densa folhagem da selva.

Tão logo as folhas e frondes espessas se fecharam atrás deles, o som foi abafado e um estranho silêncio os engolfou. Brigitte ouviu atrás de si a alfange de Kent sendo sacada da bainha. Mas apressava-se à frente na trilha mal visível ao luar. Acima, a cobertura frondosa só permitia alguns lampejos da lua cheia; criaturas invisíveis rastejavam aos pés deles, e olhos dourados piscavam na escuridão. Finalmente chegaram à orla da floresta densa e puderam ouvir acima um curioso som precipitado.

Brigitte entrou primeiro, e quando Kent juntou-se a ela, parando abruptamente ao lado, ouviu a afirmação sussurrada do pirata. Porque estavam diante de uma visão além da crença.

A lagoa estava talvez a uns trinta metros abaixo, orlada por amplas pedras lisas, baixios juncosos, dunas relvosas, e uma estreita faixa de praia arenosa. Ela se abria para o céu de modo que a lua cheia refletia-se como uma moeda de ouro à superfície da água, que se agitava em círculos concêntricos provenientes da mais espantosa queda d'água, originada de um gêiser que borbulhava através de rochas altas acima e cascateava num jorro de espuma branca e vapor quente.

Embainhando sua alfange, pois percebeu que não havia nenhuma armadilha ali, Kent deu um passo à frente.

— Nunca em minha vida vi um lugar como este! — afirmou, de novo. — É como uma casa de banho! Como a água fica tão quente?

— É aquecida por nascentes vulcânicas muito abaixo do solo — explicou Brigitte, notando que uma fina transpiração tinha brotado na testa dele. Aqui, neste clima abafado, orquídeas silvestres cresciam em profusão e parreira verde-jade, flores de flamingo, muitas variedades de hibisco e outras plantas carnudas com caules intumescidos.

Caminhando até a margem, Kent pôs as mãos nos quadris e examinou a cena espantosa. A atmosfera tórrida já começava a enrolar as pontas de seu cabelo e contas de suor a aparecer em torno de sua boca. Ele tirou o chapéu e depois o comprido casaco preto, dobrando-o cuidadosamente no chão. Brigitte viu como a camisa de linho branca começara a grudar nele em partes úmidas, delineando os músculos.

Kent esfregou a testa, confuso. A névoa quente e o perfume floral estavam confundindo seu raciocínio. Este paraíso verdejante e opulento o havia privado da lógica e da sanidade. Em toda a sua vida nunca se vira tão seduzido, nem sequer pensara que algum dia poderia ser. Olhou para sua enfeitiçante companhia e de novo o refulgir do fogo azul no peito de Brigitte capturou seu olhar. Era o cristal que estava lançando o encantamento, ou era a mulher? Ou ambos?

Ele a alcançou em quatro passadas e tomou-a nos braços.

— Desde que chegamos — disse numa voz àspera — tive a sensação de que você queria nos manter aqui. Desconfiei de uma armadilha. Pensei que tivesse mandado mensageiros ao forte. Mas já era tempo agora de os soldados terem chegado, e meus vigias já os teriam detectado. Não mandou nenhuma mensagem, mandou?

Ela sacudiu a cabeça.

— Queria que eu ficasse?

Ela assentiu lentamente.

— Jure. Por tudo que lhe é mais sagrado. Jure que é verdade que queria que eu ficasse.

— Juro — sussurrou ela. — Pela vida dos meus filhos, juro que queria que você ficasse. — E *era* a verdade.

Ele a puxou para si e beijou-a. Separaram-se por apenas um instante, para tomar um fôlego apressado, depois ele a atraiu para si novamente enquanto a cachoeira se despejava cheia de vapor e a lua olhava para baixo com um olho imparcial. Brigitte, rendendo-se aos beijos dele, pensou no adivinho cigano de tanto tempo atrás e percebeu que a lenda era verdadeira: a Estrela de Catai *possuía* os poderes do amor e da paixão. Sem ela, Brigitte soube, esta noite nunca teria acontecido.

◆ ◆ ◆

Jaziam sobre a relva úmida, exaustos. Haviam nadado na lagoa aquecida e se abraçado debaixo da queda d'água.

— Você é mágica e rara, tal como esta pedra azul, e tão linda quanto ela. Venha comigo, Brigitte. Venha viver comigo na minha plantação na Virgínia. Eu a faria muito feliz — murmurou Kent.

Falou durante algum tempo sobre seu lar na América, e depois foi caindo no sono com Brigitte em seus braços, olhando para a lua tropical enquanto ela fazia seu lento progresso rumo ao horizonte ocidental.

Kent acordou com o som de pássaros. O céu ainda estava escuro, mas a lua se fora e o alvorecer não ia demorar. Viu Brigitte de pé à beira da água, tão vestida quanto poderia estar sem a ajuda de uma criada para dar os laços no espartilho.

Kent vestiu-se silenciosamente, envolto na magia do que tinha acontecido. E enquanto tomavam o caminho de volta para a plantação e a realidade, Kent soube de duas coisas: que desejava ficar com esta mulher e que estava com uma fome desesperada.

A maioria de seus homens estava espalhada em volta da fogueira quase extinta, cochilando, de boca aberta. Alguns cambaleavam em torno, gemendo e vomitando. As mulheres tinham desaparecido.

Colette apareceu de repente, como se estivesse esperando a volta de sua ama, trazendo um prato de comida quente e uma caneca de rum.

— Ela guardou um pouco para você — disse Brigitte a Kent, pegando o prato e estendendo-o a ele. — Do contrário só teriam sobrado ossos.

Kent sorriu enquanto sentava-se no gramado e enchia a boca com a carne suculenta. Tinha sido temperada e assada com perfeição. Seus homens, quando ficassem sóbrios, jurariam que nunca mais comeriam tão bem.

Ele virou o rosto para o leste, onde a claridade começava a lavar o horizonte.

— Temos de zarpar em breve. Meu navio está escondido, mas ainda corre o risco de ser descoberto.

Brigitte olhou para os chiqueiros, onde os homens tinham sido trancados. A maioria dormia, tendo bebido toda a sua cota de rum que as mulheres tinham trazido para eles. Mas não receberam comida, sob ordens estritas de Colette, que fora instruída por Brigitte. Ela viu Henri, ainda acorrentado, parecendo abjeto e infeliz.

— Recolha tudo que queira levar consigo o mais rápido possível — disse Kent enquanto devorava a suculenta carne de leitão e empurrava com rum. — Não vai precisar de muita coisa, querida, pois comprarei todos os vestidos e jóias que quiser.

Brigitte viu Colette junto à varanda, observando, olhos solenes na face negra. Permanecia de braços cruzados, como se os eventos da noite não lhe dissessem respeito.

O céu continuava a clarear e a floresta tropical circundante despertou com guinchos de macacos e o estridente cantar de pássaros. O último dos piratas desabou ao chão, mas Kent não notou empenhado em embeber o resto de molho no seu prato num pedaço de pão.

— Não está com fome, meu amor? — perguntou com a boca cheia.

Ela por fim se ajoelhou ao lado dele, as saias se espalhando ao seu redor, as cores do vestido parecendo um pôr-do-sol — ouro em fundo rosado.

— A Martinica é conhecida por suas flores, *m'sieu*. Mas, mesmo assim, muitas de nós trazemos de casa nossas plantas preferidas. Conhece o oleandro? — Ela apontou para uns arbustos altos e folhosos ostentando brotos cor-de-rosa. Cepos brancos podiam ser vistos onde os galhos tinham sido cortados mais cedo.

Kent sugava o último osso de leitão e depois mastigou o pedaço restante de pele tostada.

— Espere até ver as flores na América, minha cara.

Ela apontou para os espetos descartados ao lado das covas de assar.

— Assamos os leitões naqueles galhos. Eu disse a Colette que se certificasse de que toda a cortiça fosse bem aparada, antes de se enfiar a carne nos espetos.

Ele tomou um grande gole de rum e lançou-lhe um olhar perplexo.

— O que isto tudo tem a ver comigo? — perguntou.

— O oleandro é venenoso. Cada parte dele.

Kent pareceu confuso.

— Seus homens não estão dormindo, *m'sieu*, eles estão mortos. — Gesticulou para Colette que, sabendo o que era esperado dela, saiu correndo. Foi de um homem a outro, a todos os corpos esparramados no pátio, sentiu a pulsação de cada um no pescoço, brevemente. Ao terminar, deu um sorriso de triunfo para sua ama.

Kent piscou.

— Mortos? Do que está falando? — E então a compreensão despontou sobre ele tal como o alvorecer desponta sobre os picos das montanhas e dispara estrias de luz através da plantação. Agora ele viu o que não tinha visto na luz nevoenta da aurora: que seus homens jaziam em posições estranhas e pareciam silenciosos demais para quem está dormindo.

Ele se pôs de pé, derrubando o prato e o copo.

— Não acredito em você. Cada etapa do banquete foi supervisionada, cada ingrediente foi provado.

— Você só pensa no veneno que vem de fora para dentro. Nunca pensou no veneno que vem do *interior* para fora. Enquanto o assamento prosseguia, a seiva dos galhos de oleandro foi liberada e penetrou na carne dos porcos.

— Não acredito em você.

— Olhe para seus homens.

Ele virou-se lentamente, piscando à visão dos corpos estirados na luz pálida do amanhecer.

A voz de Brigitte chegou-lhe através da vagarosa fumaça das fogueiras.

— Você disse que existiam mil maneiras de envenenar um homem. Estava errado, *m'sieu*. Há mil maneiras, e mais *uma*. Você não sabia do oleandro.

Kent lançou-lhe um olhar incrédulo.

— Quando tomou esta decisão?

— A partir do momento em que os vi pelo telescópio. Antes que você e seus homens chegassem à plantação. Esteve certo o tempo todo, *m'sieu*. *Foi* uma armadilha. Quando os vi subindo a colina e soube que não havia mais tempo de avisar a fortaleza, percebi que nossa única esperança residia no envenenamento de todos vocês. Mas isto requeria mantê-los aqui. E a única forma de conseguir isto era seduzindo você.

— Por Deus, mulher, você não me seduziu! Foi justamente o contrário!

Ela apontou para os espetos descartados.

— Aqueles já estavam preparados antes de vocês chegarem à plantação. Já pensou por que não mandei um mensageiro ao forte tão logo os vi? Verdade, os soldados não poderiam chegar a tempo, mas mesmo assim não lhe pareceu estranho que eu nem tentasse?

Ele não respondeu, mas passou as mãos sobre o rosto transpirante, que tinha ficado chocantemente branco.

— Decidi não mandar um mensageiro ao forte porque os soldados iriam se pôr em marcha e vocês os veriam e teriam escapado. Para meu plano funcionar eu precisava segurá-los aqui até que os leitões fossem comidos. Portanto, assumi um jogo.

O olhar de Kent tornou-se furioso.

— Quer dizer que aquilo que partilhamos na gruta nada significou para você?

— Significou *algo* para mim, *m'sieu*. Significou salvar a vida de meu marido. Também significou salvar o legado dos meus filhos. — Ela apontou para as arcas de moedas de ouro que os piratas escavaram debaixo do mirante. — Aquele ouro pertence aos meus filhos. Meu marido construiu essa fortuna para transmitir aos nossos filhos e filhas. Pensou que eu deixaria você levá-la?

Ele subitamente agarrou a cabeça.

— Não me sinto bem.

— Deveria tê-lo afetado rapidamente. Ao contrário de seus homens, você comeu um pouco mais, apenas a carne. E teve pouco para beber.

— Vai ficar parada aí me vendo morrer?!

— Você mesmo escolheu isso — disse ela, sem qualquer vestígio de piedade na voz.

— Tem coragem de dizer isto... depois do que tivemos juntos? Você *gostou*!

— Que pretensão, *m'sieu*. Seu toque foi nojento.

— Então você não passa de uma puta.

— Não, *m'sieu*, sou simplesmente uma mulher que faz tudo para conservar sua família. Até mesmo dormir com uma serpente.

O suor escorria de sua testa.

— Enganei-me ao considerá-la uma dama.

— Você se enganou ao subestimar o que uma mulher é capaz de fazer para proteger sua família.

Ele apertou o estômago.

— Pelo amor de Deus! — gritou.

Ela o observou com um frio distanciamento, como olharia para uma panela a ferver. Quando a cor dele passou de branco para cinza, e depois um estranho púrpura ergueu-se do seu pescoço, ela disse:

— Meus escravos já estão a caminho da fortaleza para alertar os soldados. Não vai demorar até que cheguem aqui. Mas você já estará morto até lá.

Kent tentou alcançá-la. Ela recuou e, enquanto ele caía, seus dedos se enroscaram no braço, rasgando o corpete. Quando Kent bateu no chão, o cristal azul estava fechado no seu punho, suas tonalidades de magia e encantamento brilhando entre os dedos ao sol nascente.

— *Ma chou*, você é o assunto das Antilhas. É uma heroína!

Eles estavam prontos para dormir. Embora tivessem acabado de receber convidados, Henri fizera questão de manter-se sóbrio. E agora olhava para a esposa com amor e desejo nos olhos.

— Vê que ironia, Henri? Se eu lhe tivesse contado qual a verdadeira fonte de meu descontentamento, você nunca me compraria o telescópio, e sem o telescópio aquela noite teria sido bem diferente.

— Graças a Deus, então, por eu ser tão obtuso.

Ela entrou sob as cobertas e apagou a vela.

— Henri, quero trazer as crianças de Paris. Sei que não se faz isto. Colonos não educam seus filhos nas ilhas. Mas seremos os primeiros. Importaremos tutores, instrutores de equitação, damas de boa qualidade para ensinar etiqueta e conduta. Talvez eu possa fundar uma escola. Sim, é o que faremos.

— Sim, *ma chou* — disse Henri, decidindo que de agora em diante diria sim a tudo que ela pedisse.

Ele tentou tocá-la, mas ela recuou.

— O que é, *ma chou*?

— Você se apaixonou por mim porque eu era linda. E depois você viu o quanto estava bonita naquela noite com Kent. Mas foi a Estrela de Catai. Ela me deixou linda, e fui capaz de distrair o Capitão Kent por tempo suficiente. — Com muito tato, Henri não perguntou sobre o que aconteceu na lagoa e, apesar de o desalinho de suas roupas na manhã seguinte (Brigitte tinha claramente lutado com o patife e defendido sua honra), convencera-se de que sua esposa, sendo uma hábil conversadora, tinha meramente *falado* com o inglês a noite toda. Brigitte, é claro, não o desenganou desta noção.

— Mas você *é* linda — disse ele. — Não precisa de nenhuma gema para isto. — Ele pensou por um momento, depois disse: — Muito bem. — Saiu da cama e voltou logo depois. No escuro ela sentiu os dedos dele no corpete de sua camisola.

— O que está fazendo?

— Tornando-a bonita. Aqui. Aqui está o seu cristal azul.

E ela sentiu sua magia atuar de imediato, a Estrela de Catai, transformando-a. Aceitou muito feliz o abraço de Henri, sentindo-se bonita de novo, pois o que pode funcionar com um pirata pode igualmente funcionar com um marido.

E depois que satisfizeram sua paixão, e Brigitte decidindo que a vida na Martinica ia ser um paraíso, afinal, Henri acendeu a vela para iluminar o camafeu de marfim que ele havia pendurado no peito dela. O cristal azul estava ainda na caixa.

Ela sorriu suavemente e o procurou mais uma vez.

Ínterim

Depois da derrota de Christopher Kent, a Martinica nunca mais sofreu invasões piratas, e a assim chamada idade de ouro da pirataria chegou ao fim logo depois, quando todas as marinhas do mundo se uniram para limpar os mares. Henri e Brigitte viveram até a idade madura de 60 e 63 anos, respectivamente, deixando um legado de riqueza e honra para os filhos. A plantação Bellefontaine sobreviveu a terremotos, furacões e a uma erupção maciça do monte Pelée para se tornar, na atualidade, uma popular atração turística onde os visitantes ouvem de simpáticos guias de excursão a excitante história de como o casal Bellefontaine, armados somente com um telescópio e um mosquete, conseguiram derrotar cem piratas sanguinários no decorrer de uma única noite.

Em 1760, o filho, à época um homem dissoluto, sofrendo, de gota e doença venérea, estava num jogo de pôquer com um homem chamado

James Hamilton. Tudo que restava ao Bellefontaine era um cristal azul que havia pertencido a sua mãe. Não fazia idéia do seu valor, só que ficara conhecido como Estrela de Catai. Ele perdeu o jogo e a posse do cristal passou para James Hamilton, que o deu de presente a sua amante, Rachel, que deu-lhe dois filhos bastardos na ilha de Nevis, nas Antilhas. Pouco depois que a família mudou-se para a ilha de St. Croix, James Hamilton abandonou Rachel e os dois meninos, Alexander e James. Usando o cristal azul como penhor, Rachel obteve um empréstimo e abriu uma lojinha na cidade principal, onde James aprendeu carpintaria e Alexander, de 11 anos de idade, tornou-se burocrata no posto comercial. Eles prosperaram e Rachel pôde resgatar o cristal azul, por motivos sentimentais.

Quando o filho mais novo completou 17 anos, um clérigo local levantou recursos para mandá-lo estudar em Nova York. Enquanto cursava o Kings College, Alexander Hamilton conheceu e se apaixonou por Molly Prentice, filha de um ministro metodista. Ele jurou devoção a Molly e deu-lhe o cristal azul, que sua mãe lhe dera de presente quando partiu das Antilhas, para selar seu juramento. O pai de Molly, porém, não aprovou o relacionamento da filha com um rapaz pobre de linhagem dúbia, e mandou-a para a casa de parentes em Boston, onde mais tarde Molly se apaixonou e casou com Cyrus Harding, dando-lhe oito filhos. Ela nunca mais viu Hamilton, mas guardou o cristal como lembrança de seu primeiro amor. Quando soube da morte dele em duelo com um homem chamado Aaron Burr, não agüentou mais olhar para o cristal e deu-o de presente de núpcias à filha Hannah, uma moça com tendências místicas que alegava ser capaz de se comunicar com os mortos. O cristal, Hannah declarava, era de grande ajuda neste aspecto.

Livro Oito

O Oeste Americano
1848 D.C.

Leste, Sul, Norte e Oeste,

Dizei-me, ó Espírito, que caminho é melhor.

Após terminar seu cântico silencioso, Matthew Lively manteve os olhos fechados por mais um instante, depois os abriu para ver onde o cristal giratório tinha ido descansar. Era assim que Matthew tomava todas as decisões importantes: consultando a Pedra da Benção.

Abriu os olhos. A pedra apontava para oeste.

Sentiu um pequeno arrepio de excitação. Já tinha desejado ir para o oeste, para ver a nova região do outro lado das montanhas Rochosas, talvez até mesmo cavar uma vida inteiramente nova para si por lá. Mas se a Pedra da Bênção lhe tivesse dito que fosse para o leste, e depois para a Europa, ele cruzaria o oceano; o sul o teria levado à Flórida, e o norte o faria embrenhar-se nos ermos do Canadá.

Mas a pedra apontava para a palavra "oeste", que ele escrevera numa ampla folha quadrada de cartolina com as palavras "sul", "leste" e "norte", delineando os quatro pontos cardeais com a ajuda de um compasso. Depois havia colocado o cristal liso, que sua mãe batizara de a Pedra da Bênção, no centro da folha e o rodopiara. Ele tinha parado com a sua extremidade mais fina apontando para oeste.

Ele mal continha sua alegria. Amassando a cartolina e devolvendo o cristal ao seu estojo especial forrado de veludo vermelho, apressou-se em descer para comunicar seus planos à mãe. Mas parou ao pé da escada. As cortinas estavam cerradas na entrada para a sala de visitas, o que significava que uma sessão estava em andamento e que portanto sua mãe não podia ser perturbada.

Matthew não se importou. Era jovem e estava faminto, então comemoraria com bolo e leite na cozinha até que os clientes de centro espírita de sua mãe tivessem partido.

Enquanto cortava para si uma generosa fatia de bolo de chocolate, ele esperava que a mãe tivesse feito bons contatos com os espíritos nesta tarde; não estava disposto a discutir com ela, nem aturar uma recusa à sua partida para a Costa Oeste. Matthew precisava ir; ele morreria aqui em Boston se não fosse.

Tudo por causa de Honoria. Ela quase o matou ao recusar sua proposta de casamento. Seu coração sofria uma dor mortal. Não havia placebos para este tipo de ferida. Não era só por ela ter dito não, mas o *modo* como disse. Com um tom horrorizado: "Eu não poderia viver com um homem que lida diariamente com corpos de falecidos." Matthew não a culpava. A própria Honoria era frágil, passando metade do tempo recolhida ao leito onde recebia as visitas. Além disso, ele próprio não era feito de proporções heróicas. Matthew Lively sabia muito bem o que as pessoas viam quando olhavam para ele: um jovem pálido e nervoso que freqüentemente gaguejava e que, apesar de sua formação universitária, era completamente inseguro.

Ainda assim, a rejeição de Honoria o havia magoado e Matthew Lively, 25 anos de idade e terminando seu copo de leite, decidiu descartar as mulheres para sempre.

Hannah Lively, filha de Molly Prentice, que certa vez fora o interesse amoroso de Alexander Hamilton, chegou à cozinha, uma mulher simples em bombazina preta, uma pequena touca de renda na cabeça.

— Foi uma boa leitura, mãe? — perguntou Matthew. Orgulhava-se do fato de sua mãe ser uma das espiritualistas mais procuradas da Costa Leste.

— Os espíritos vieram com muita clareza hoje. Mesmo sem a ajuda da Pedra da Bênção. — A seguir ela lançou-lhe um olhar de expectativa.

— Mãe, a pedra apontou para oeste!

Ela assentiu sabiamente

— O espírito-guia no cristal sabe onde jaz o seu destino.

Com 60 anos de idade e considerada uma autêntica profetisa por seus muitos amigos e vizinhos, Hannah Lively acreditava piamente no poder do cristal, portanto Matthew não lhe contou que o fizera girar 11 vezes antes que apontasse finalmente para oeste. Ele supunha que a pedra simplesmente necessitava de aquecimento.

— Tenho de partir imediatamente para Independence — disse ele empolgado. — Dizem que não se deve partir depois de primeiro de maio. As caravanas que seguem depois das primeiras não obtêm boa pastagem ao longo da trilha, e é crucial alcançar as montanhas da Califórnia antes da primeira nevasca... — Ele parou quando percebeu o que tinha revelado: que o tempo todo planejara ir para o oeste.

Sua mãe não se importou. Desde que o cristal houvesse dado sinal verde, seu filho estava livre para seguir para onde seu coração mandasse.

Ouviram a porta da frente se abrir e fechar, pés pisando no capacho do *hall*. Era o pai de Matthew, batendo as gotas de chuva de sua cartola — um cavalheiro alto de cabelos grisalhos com porte distinto, como convinha a sua profissão.

— O garoto do Simson morreu — disse, solenemente. — Pneumonia, não podia ser salvo. — E seguiu para a biblioteca.

Jacob Lively sentou-se à escrivaninha e, como era seu hábito, cuidou dos negócios antes de qualquer outra coisa. Um meticuloso mantenedor de registros, o Lively mais velho pegou um atestado de óbito em branco, molhou a caneta no tinteiro e preencheu cuidadosamente os campos, sacando o relógio de bolso para confirmar a hora da morte: foi uma caminhada de seis minutos exatos desde a casa de Simson.

Só depois de concluída a tarefa é que deu atenção à família e, transformando-se em marido e pai, levantou-se com um sorriso.

— Posso deduzir, pelo aspecto do rosto de meu filho, que uma decisão foi tomada?

— Vou para o oeste, pai.

Jacob abraçou Matthew.

— Sentirei sua falta, filho — disse, com uma rara emoção —, e esta é a verdade de Deus. Mas você nasceu para fincar raízes em terra estranha. Sempre soubemos disso, eu e sua mãe. — Os Lively tinham visto a inquietação crescente no filho mais novo e entendido a sua ânsia em partir para um lugar onde se sentisse necessário. Reconheciam que o oeste era onde suas habilidades seriam mais do que necessárias. — Agora que a hora está sobre nós, filho, desejo-lhe boa sorte.

Os pais o presentearam com uma valise preta com suas iniciais estampadas em ouro. Dentro, havia bisturis, tesouras, agulhas para suturar pele e carne, fios de seda e categute, esparadrapos e ataduras, seringas e cateteres — tudo novo em folha. Os olhos dele se arregalaram quando tirou da valise um prezado instrumento.

— Um estetoscópio!

— Francês legítimo — disse o pai com o peito inflado de orgulho. Poucos estavam em uso deste lado do Atlântico.

O longo tubo de madeira, com uma extremidade alargada para ser colocada sobre o peito de um paciente, só tinha sido inventado alguns anos antes. As criações originais haviam sido muito mais curtas, e então os médicos perceberam que um tubo de asculta mais comprido permitia distância suficiente para evitar que as pulgas do paciente pulassem sobre eles.

Antes de Matthew partir, sua mãe queria fazer uma última leitura, pois planejava mandar a Pedra da Bênção com ele, levando em conta que naquela viagem de quase cinco mil quilômetros entre Boston e o Oregon, seu filho precisaria muito mais do cristal do que ela.

Enquanto a mãe se consultava reservadamente com a Pedra da Bênção, Matthew andava de um lado para outro na sala. A aventura iminente tanto o empolgava quanto assustava. Era a primeira vez na vida que assumira a iniciativa de fazer algo por conta própria. Desde pequenino que tinha sido um seguidor. Havia até mesmo acompanhado os irmãos mais velhos na profissão do pai (e se Matthew algum dia teve aspirações de seguir uma outra carreira, ele as havia sepultado, pois uma iniciativa tão ousada não estava em sua natureza).

Depois de ter comungado com o espírito na Pedra da Bênção, Hannah pegou a mão do filho e depôs o cristal nela, fechando os dedos dele em torno da pedra.

— Preste atenção agora, filho — disse ela, gravemente. — Um grande desafio o espera. Você deve enfrentá-lo com força, coragem e sabedoria.

— Sei disso, mãe — replicou, gentilmente. — É uma jornada longa e incerta para o Oregon.

— Não, filho, não estou falando da viagem. Sim, ela será árdua, mas qual a trilha que não é? Falo de uma outra coisa... um momento decisivo na jornada. Uma coisa — seu rosto ficou perturbado — terrível e sombria.

Isto o alarmou.

— Posso evitá-la?

Ela sacudiu a cabeça.

— Ela foi colocada diante de você, é a sua sina. Mas está lá como um teste. Deixe o cristal guiá-lo, filho, ele o conduzirá à luz e à vida.

E então chegou a hora da partida. Ele tinha um longo caminho a percorrer — a pé, a cavalo, de charrete, de balsa e trem — de Boston à Independence, Missouri, onde a estrada do seu destino ia começar.

— Eu já disse a você — o guia da caravana gritou com franqueza. — Não vou levar mulheres desacompanhadas e ponto final!

Emmeline Fitzsimmons olhou exasperada para Amos Tice. Tinha passado as duas últimas semanas em Independence, o ponto de partida para a Trilha de Oregon, percorrendo o vasto acampamento onde famílias aguardavam o início da jornada para o oeste, e ainda não encontrara um chefe de caravana disposto a levá-la. Não era justo. Uma boa quantidade de homens solteiros estavam encontrando vaga nas caravanas. Mas uma mulher sozinha...

Ela queria gritar.

O Capitão Amos Tice fora originalmente um montanhês desbravador e seu traje mostrava isso: jaqueta franjada de pele de gamo sobre calças listradas, botas, camisa de flanela e um cinto indígena de contas do qual pendia uma comprida faca de caça. Seu chapéu de aba larga manchado de suor sombreava um rosto avermelhado pelo sol e uma barba agrisalhada pela idade e vida dura. Ninguém sabia exatamente do que era "capitão", mas ele tinha fama de ser justo e cuidar para que os imigrantes chegassem ao seu destino.

Tice examinou a audaciosa jovem mulher de cima a baixo: embora Emmeline Fitzsimmons não fosse exatamente bonita, e ele não tinha nada contra sardas e cabelos soltos provocativos, ainda assim era graciosa, ele pensou, e gostou da sua figura rechonchuda e robusta. Mas ela era um convite à encrenca no livro de qualquer homem.

— Sinto muito, moça — repetiu ele. — Mas temos regulamentos. Não é permitido mulher solteira viajar sozinha.

Emmeline estava para lá de frustrada. Este era o sétimo guia de caravana que a recusava e suas possibilidades estavam diminuindo. Os primeiros comboios já haviam partido; dentro de duas semanas as partidas seriam suspensas por causa da neve nas Sierras.

— Mas eu posso ser útil. Sou parteira. — Ela abarcou com o braço a multidão de mulheres e crianças. — Pela aparência de algumas dessas mulheres, elas vão precisar dos meus serviços.

Tice franziu o cenho em desaprovação. Nenhuma dama educada mencionaria um assunto tão delicado quanto o estado gestante de uma mulher. Duvidou que ela fosse mesmo parteira. Jovem demais, gentil demais. E desacompanhada. O tipo que causava as piores encrencas. A jornada para o Oregon tinha pouco mais de três mil quilômetros e com a ajuda de Deus levaria quatro meses. Eram quilômetros demais e noites demais para ter uma mulher assim no trajeto. Começou a virar-se, apresentando as costas largas como sua palavra final.

— Se eu encontrar alguém — disse ela, rapidamente —, se encontrar uma família que se responsabilize por mim, permitiria que eu me juntasse a sua caravana?

Ele coçou a barba e cuspiu suco de tabaco no solo lamacento.

— Tudo bem, mas primeiro tenho de aprovar a família.

Independence era uma agitada cidade de fronteira onde se misturavam todos os tipos de pessoas: caçadores canadenses envoltos em peles; tropeiros mexicanos em vistosas jaquetas azuis e pantalonas brancas; índios kanza pobremente vestidos montados em pôneis; oportunistas ianques vendendo tudo de imaginável sob o sol; e milhares de imigrantes com seus carroções e vívidas esperanças. O ar primaveril crepitava com o clangor das marteladas dos ferreiros, os gritos dos batoteiros nas ruas lamacentas e os sons de pianos fluindo dos cabarés. Pessoas apressadas entravam e saíam das lojas repletas de mercadorias, enquanto os índios se agrupavam nas ruas para vender suas habilidades.

Enquanto Emmeline permanecia de pé em frente aos armazéns movimentados, imaginando o que fazer em seguida, ela entreouviu um homem dizer para outro:

— Isso mesmo, senhor, ouvi diretamente do meu irmão. Ele diz que lá no Oregon os porcos correm livres por toda a parte e sem dono, gordos e roliços e já cozinhados, com garfos e facas enfiados neles, de modo que tudo que você tem a fazer é cortar uma fatia toda vez que estiver com fome.

Foi então que ela viu o jovem doutor, indo para o boticário do outro lado da rua.

Tendo uma idéia súbita, atravessou a rua correndo e entrou. Parando para deixar que os olhos se acostumassem com a penumbra da loja, ela viu anúncios das Pílulas Biliares de Windham, do Bálsamo de Gileade do Dr. Solomon e do Ungüento de Holloway. As prateleiras atrás do balcão estavam repletas de tônicos e pós destinados a curar tudo, de gota a câncer, todos alegando resultados comprovados. Emmeline pegou um frasco do Xarope Calmante para Bebês. O rótulo dizia que continha morfina e álcool. A dosagem recomendada era "até o bebê se acalmar".

Depois ela viu o jovem doutor conversando com o farmacêutico.

Deduzira que era um médico por causa da valise preta que carregava — era idêntica àquelas que seu pai e tios sempre levavam nas consultas domiciliares, a inconfundível valise preta do médico. O próprio jovem estava magro e pálido, seu terno mal-ajustado. E Emmeline achou que ele parecia nervoso. Quando passou no meio dos fregueses e se aproximou dele no balcão, o rapaz abriu a valise preta e tirou um frasco para o farmacêutico encher. Emmeline viu a gaze e ataduras, fios de sutura e tesouras.

— Desculpe-me, doutor. mas estive pensando se poderia me ajudar.

Ele voltou-se para ela, sobressaltado.

— Está falando comigo? — perguntou, um rubor se elevando do seu colarinho branco engomado.

Emmeline havia sido criada muito bem para saber que não se devia abordar um homem estranho sem ter sido primeiro apresentada. Mas estes eram tempos peculiares, e ali *era* a fronteira.

— Meu nome é Emmeline Fitzsimmons — disse, ousadamente —, estou tentando ir para o oeste. Sou uma dama que vive por conta própria, porém os chefes de caravana estão relutantes em me aceitar. Deixe-me viajar com você, doutor. Posso ser sua assistente. Sou uma parteira experiente. — Ela ergueu a sacola de couro que continha os instrumentos e remédios de seu ofício. — Mas sou muito mais do que isso — apressou-se em acrescentar enquanto ele continuava a fitá-la boquiaberto. — Meu pai era médico e o ajudei no seu consultório. Eu também queria ser doutora, mas não me aceitaram na faculdade de medicina. — E acrescentou, amarga: — Só os homens podem se tornar doutores. — Depois sorriu animadamente. — Mas eu lhe seria de grande ajuda.

Matthew não sabia o que dizer à descarada mulher. Ao contrário de sua adorada Honoria, que era esguia e frágil, a Srta. Fitzsimmons era roliça e de seios fartos. Tinha lábios vermelhos cheios e os olhos eram orlados com pestanas compridas. Ela exalava um perfume feminino que quase o deixava tonto. Engoliu em seco. A feminilidade espalhafatosa da jovem o inibia, e estava horrorizado por ela sugerir algo tão impensável: dois estranhos, um homem e uma mulher, viajarem juntos.

— Eu... eu sinto muito — gaguejou ele.

— Olhe — disse ela, abrindo a sacola e extraindo certidões de nascimento em branco. — Vi atestados de óbito na sua valise. Como duas pessoas podem combinar melhor? Eu chamo a isso de um sinal!

Mas Matthew limitou-se a murmurar desculpas, pegou o frasco com o farmacêutico e saiu apressado.

Recusando-se a ser derrotada, Emmeline retornou ao imenso acampamento de imigrantes no rio e examinou o cenário mais uma vez. Muitas das caravanas já haviam partido, poucas permaneciam. Ela realmente queria juntar-se ao grupo de Tice, que deveria partir pela manhã. Ao contrário da maioria dos guias de caravana, Tice já tinha ido ao Oregon e voltado, conhecia o caminho e conhecia os índios. Por isto seu preço era maior do que aquele cobrado pelos outros guias; mas não importava o quanto Emmeline tivesse oferecido pagar, não era o bastante.

Parou para observar um homem jovem num terno axadrezado e chapéu-coco montar uma câmera sobre um tripé enquanto uma pequena multidão assistia. O letreiro no seu carroção dizia: "Silas Winslow, processo de daguerreotipia. Retratos com qualidade garantida." A nova invenção estava no auge. A própria Emmeline já se sentara para tirar um retrato antes de sair de casa no Illinois, uma lembrança para suas irmãs. Infelizmente, não pôde tirar um retrato delas para levar consigo, portanto só carregaria a lembrança dos rostos das irmãs no coração.

Prosseguiu por entre os carroções onde os homens conferiam as provisões e lubrificavam as rodas, e as mulheres supervisionavam o embarque dos utensílios. Quando Emmeline deparou com uma família recém-chegada, a esposa em gravidez adiantada tentando lidar com crianças, galinhas e uma carroça, ela abordou a azafamada mulher e apresentou-se do modo mais caloroso que seu estado de ânimo podia oferecer.

— Sou parteira treinada e serei muito útil quando começar seu trabalho de parto, que com toda certeza será na estrada.

A mulher disse chamar-se Ida Threadgood e que ficaria grata pela ajuda.

— Seria uma bênção de Deus se viajasse conosco, Srta. Fitzsimmons. Uma bênção, de fato. Só que aquele homem — disse Ida amargamente enquanto voltava-se com expressão atormentada na direção do marido que colocava os bois na canga — é uma maldição.

Na límpida manhã primaveril de 12 de maio de 1848, todos trajavam as melhores roupas de domingo, as damas em espartilhos apertados e usando chapéus floridos com pára-sol, luvas e leques, os homens bem barbeados, de cabelo engomado, usando suspensórios e cintos com fivelas novas e reluzentes. As casas de banho de Independence ficaram lotadas na noite anterior, todos os imigrantes querendo tomar um banho caprichado antes de enfrentar a estrada. Uma banda tocava "Yankee Doodle" e "Star Spangled Banner" enquanto fogos de artifício espocavam e o Sr. Silas Winslow tirava retratos daqueles que podiam pagar. Família e amigos acenavam e enxugavam lágrimas das faces enquanto diziam adeus a entes queridos que partiam para um lugar desconhecido.

E então, colocando um pé diante do outro, os imigrantes começaram sua jornada. Seria uma viagem de milhares de quilômetros a uma velocidade de três quilômetros por hora. Eles se acomodaram nos carroções cobertos de lona e puxados por bois, que eram apelidados de escunas das pradarias, porque se moviam através da relva alta dando a impressão de navios velejando em meio a um mar verde. A caravana consistia de 72 carroças, 136 homens, 65 mulheres, 125 crianças e 700 cabeças de gado e cavalos. Cada carroça seguia carregada com móveis e pertences pessoais, mais as provisões compradas em Independence: 100 quilos de farinha, 50 quilos de *bacon*, 5 quilos de café, 10 de açúcar, 5 de sal. Suprimentos adicionais incluíam arroz, chá, feijão, frutas secas, vinagre, picles e mostarda. Os imigrantes também levavam artigos para comerciar: bobinas de algodão para os índios que encontrassem no caminho; renda e seda para os espanhóis; livros e ferramentas para os ianques já estabelecidos no oeste. As mulheres traziam toalhas de mesa, porcelana e a Bíblia da família. Os homens traziam armas, enxadas e pás. Eram acompanhados por um sortimento de cães, galinhas e gansos.

A trilha seguia a oeste de Independence, através do território dos índios shawnee, acompanhando o curso do rio Kansas, onde conseguiram ajuda de índios locais para a travessia em balsas (os índios cobravam 75 *cents* por carroça, o que os imigrantes chamaram de roubo de estrada). Enquanto os homens seguiam a cavalo, a maioria das mulheres caminhava ao lado das carroças, assim como os condutores de bois, com apenas os velhos e crianças debaixo das lonas. Ao fim do primeiro dia, a massa de carroças, bois, cavalos e mula parou para acampar à noite. Jantaram, dormiram, alimentaram os animais e na manhã seguinte retomaram viagem. Isto iria continuar pelos quatro meses seguintes, como uma grande aldeia em movimento. Encontravam gente ao longo do caminho dirigindo-se para a Califórnia, agora que havia sido anexada aos Estados Unidos e não mais havia guerra com o México. Mas os imigrantes a caminho do Oregon não viam sentido em ir para a Califórnia, que havia sido descrita como uma "terra inóspita sem valor que só tinha mexicanos e índios". Um sujeito, apressado e montado a cavalo, disse algo sobre descoberta de ouro, mas todos riram e zombaram dele como um tolo impressionável.

A pradaria estendia-se diante deles, plana, relvosa e viçosa onde tinha chovido. Os imigrantes ficavam de olho no horizonte enquanto caminhavam ao lado de seus carroções e bois, cada família seguindo obstinadamente a precedente e liderando a que vinha atrás: Tim e Rebecca O'Ross e seus filhos de casamentos anteriores; Charlie Benbow e a esposa Florine, os granjeiros; Sean Flaherty, o cantor irlandês e sua amistosa cadela preta, Daisy; os quatro irmãos Schumann da Alemanha, cuja carroça ia cheia de enxadas de ferro fundido e outros equipamentos agrícolas (os Schumann falavam muito pouco inglês e por um longo tempo pensaram que a palavra para "mula" era "maldição").

Os imigrantes começaram como estranhos um para o outro, mas rapidamente se tornaram íntimos. Como o Capitão Amos Tice nunca fazia perguntas sobre os assuntos pessoais de um homem, só se preocupando com que lhe pagasse o preço da viagem e concordasse em trabalhar duro e ajudar nas tarefas, caça e defesa contra os índios, cabia aos próprios viajantes se conhecerem. Desta maneira descobriam quem procedia de Ohio, Illinois ou Nova York; quem tinha qual profissão; quem enviuvara e se casara de novo e quantas vezes. Uma tarde, um condutor de bois do Kentucky chamado Jeb abordou Matthew Lively e falou, "A Sra. Threadgood disse que a Srta. Fitzsimmons contou a ela que você é médico. Pode me arrancar um dente?" Jeb estava esfregando a mandíbula inchada e parecendo um tanto verde. Mas Matthew disse não ter prática em extrair dentes, mas que ouvira dizer que Osgood Aahrens, no último carroção, era barbeiro e portanto tinha.

Ida e Barnabas Threadgood, como a maioria dos casais na caravana, estavam no seu terceiro e quarto casamentos, respectivamente, pois tinham enviuvado de seus acasamentos anteriores, e tinham uma ninhada de filhos. Ida estava satisfeita com a assistência da Srta. Emmeline, que ajudava a cozinhar, lavar e cuidar das crianças em troca de uma cama no carroção e a proteção de uma família (pois foi notado entre os homens que uma mulher desacompanhada estava na caravana e aí começaram a zumbir em torno dela que nem abelhas). Este fato não passou despercebido a Albertina Hopkins, que declarou: "Aquela garota vai causar rebuliço entre os homens solteiros. Guardem minhas palavras: a Srta. Emmeline Fitzsimmons será motivo de brigas."

As outras mulheres concordaram, pois desconfiavam de uma mulher viajando por conta própria, especialmente uma mulher jovem que parecia não fazer segredo de estar desacompanhada. A Srta. Fitzsimmons não estava nem um pouco envergonhada ou recatada, e se imiscuía com os homens um tanto livremente demais para o gosto das outras mulheres.

Enquanto revirava o *bacon* na frigideira, Albertina disse em voz alta o bastante para que todos, inclusive Emmeline, ouvissem: "Nenhuma mulher decente andaria por aí com a cabeça descoberta como aquela, deixando o cabelo esvoaçar livremente. Todos sabem o que aconteceu com Jezebel na Bíblia."

Albertina também opinava sobre outros tópicos. Quando depararam com uma família de negros na trilha, tentando ir para oeste por conta própria com nada mais que três carroças, foi feita uma votação acerca do pedido deles para se juntarem à caravana. Embora Emmeline, Silas Winslow, Matthew Lively, Ida e seu marido votassem a favor dos negros, todos os demais rejeitaram a idéia. Assim, Amos Tice teve de explicar aos ex-escravos do Alabama que fariam melhor se fossem para a Califórnia, onde negros eram bem recebidos. "O Oregon não está admitindo negros", ele disse, o que era verdade.

Enquanto deixavam para trás três carroças decrépitas, seis bois, dois cavalos, uma vaca e uma família de cinco adultos e sete crianças na pradaria aberta, Albertina Hopkins declarou: "Se as pessoas de cor querem ir para o oeste, isto não é da minha conta. Não tenho nada contra essa gente. Só acho que eles deveriam viajar com a sua própria raça. E por que alguém iria para um lugar onde não é desejado, está além de minha compreensão."

Albertina era uma mulher obesa com cara de buldogue e uma voz tão alta quanto sua corpulência. Do mesmo modo que expressava sua cristandade, opinava acerca da moral duvidosa da Srta. Fitzsimmons, e tinha até mesmo batizado seus filhos em honra a duas frases em aramaico na Bíblia — a garota de Talitha Cumi, que significava "Levanta, menininha"; e o garoto de Maranatha, que significava "O Senhor está chegando". Albertina, sempre falando acerca de suas boas obras — talvez porque ninguém mais o fizesse — acreditava estar sendo chamada para o oeste a fim de levar o Senhor e a civilização aos pagãos (embora não soubesse ao certo quem eram os pagãos no Oregon).

O Sr. Hopkins, por outro lado, era um homem tranqüilo, gentil e agradável. Quando ambos enviuvaram, ele trouxera outro grupo de crianças para o casamento, da sua primeira esposa, e Albertina também viera com três, mas acabaram tendo mais dois. Era um bando de fedelhos aos olhos da caravana, correndo livres, pegando comida, atormentando os animais. Mas Albertina fazia vista grossa para as travessuras dos filhos e apregoava em voz alta que eles eram uns anjinhos. Cada homem na caravana lamentava pelo tranqüilo Sr. Hopkins e especulava qual seria a fonte de sua paciência sofrida até que uma noite, poucos dias após deixarem o Forte Loramie, os irmãos Schumann o encontraram sentado atrás de um choupo, bebendo escondido de uma botija de uísque.

Durante a quarta noite em acampamento, Albertina falou enquanto assava seus biscoitos: "Aquela Emmeline Fitzsimmons me disse ter 25 anos. Podem imaginar isto?" Albertina prosseguia usando expressões como "encalhada" e "deixada na prateleira". "Considero inadequado uma mulher solteira dar assistência aos partos. Nem quero saber como ela aprendeu sua profissão. Uma garota ainda donzela não entende dessas coisas." E acrescentou com um suspiro: "Pobre da Ida Threadgood." — As outras concordaram.

Matthew Lively não pôde deixar de ouvir, já que a voz de Albertina se espalhava pelo ar. Teve a forte sensação de que a Sra. Hopkins estava errada acerca da Srta. Fitzsimmons estar "encalhada". Nesses primeiros poucos dias na trilha teve fartas oportunidades de observar a jovem mulher de cabelo cor de gengibre silvestre, já que a carroça dos Threadgood era a terceira a sua frente, e suspeitava de que a Srta. Fitzsimmons não se permitia ser escolhida pelos homens, cabendo a ela a iniciativa da escolha. E se ela era uma solteirona, era porque não havia sido pedida em casamento.

Ele não sabia por que a Srta. Fitzsimmons chamava tanto a sua atenção. Não gostava particularmente dela. Parecia muito pouco feminina, e quando a observava comer com um apetite masculino chegava a ter náuseas. Sua adorada Honoria mal deixava a comida passar por seus lábios. Era tão magra que seus malares e clavículas ficavam dolorosamente proeminentes. E era tão fraca que mal podia erguer um leque para se abanar. Não era de admirar que metade dos rapazes em Boston estivessem desesperadamente apaixonados por ela. Mas havia algo atraindo-o para a Srta. Fitzsimmons o tempo todo, e ele desconfiava de que os motivos dela em ir para o oeste eram iguais aos seus — encontrar um lugar onde suas habilidades fossem necessárias.

À medida que a caravana avançava através da planície de Kansas, Ida Threadgood pressionou as mãos na barriga inchada e disse a Emmeline: "Graças a Deus você veio conosco. Isto não foi idéia minha. O tolo sem miolos do meu marido vendeu a fazenda e nem sequer me avisou. De lá fui retirada, com cinco filhos e mais um a caminho."

Emmeline tentou ocultar seu choque. Nunca tinha ouvido antes uma mulher falar tão desrespeitosamente do marido, mas estava aprendendo com muita rapidez que Ida não era a única com tais sentimentos. Muitas das mulheres na caravana estavam lá contra a vontade, acompanhando um marido ou pai para o oeste porque não tinham outra opção. Elas resmungavam suas queixas junto às fogueiras de comida e tinas de lavar roupa, longe dos ouvidos dos homens. Uma jornada como esta era uma aventura exclusivamente masculina. As mulheres precisavam de raízes, de um lar permanente, em especial quando os bebês começavam a chegar. Uma vez que nada mais podiam fazer, elas se consolavam com a crença de que a fartura de amanhã seria ganha com o trabalho duro de hoje.

A cento e oitenta quilômetros de Independence, depois de doze dias de viagem, a Sra. Biggs entrou em trabalho de parto. Quando Emmeline chegou para assisti-la, Albertina Hopkins tomou-lhe a frente, quase a derrubando ao solo e bloqueando o caminho para o carroção. Emmeline, querendo ir às vias de fato com a hipócrita Albertina, conteve-se em consideração à pobre parturiente.

No dia seguinte uma tempestade maciça se formou no horizonte e, enquanto se avizinhava rapidamente, a caravana dispôs as carroças num enorme círculo e fez um cercado para o gado e cavalos, depois sentaram-se tremendo de frio debaixo das lonas esvoaçantes enquanto trovões ribombavam e relâmpagos ziguezagueavam. Tendo sido apanhada pelo súbito aguaceiro enquanto ajudava a desatrelar os bois dos Threadgoods,

Emmeline correu para se abrigar na carroça mais próxima, que por acaso pertencia a Matthew Lively. Eles se aconchegaram em reverente silêncio enquanto a natureza fustigava os animais e ameaçava derrubar os carroções, provocando os gritos das mulheres e o choro das crianças. E então, tão rápido quanto surgira, a tempestade se espalhou pela planície, deixando atrás de si o mais espetacular arco-íris que alguém já tinha visto. Albertina Hopkins, descendo da sua carroça e enxotando a filharada rebelde para brincar na lama, olhou para a ruptura nas nuvens e disse, "Ah, o sol saiu", transpirando uma espécie de orgulho como se tivesse ela própria provocado o fenômeno.

Enquanto rastejava para fora do carroção, Emmeline sentiu sua curiosidade aumentar a respeito do jovem Dr. Lively. O rosto fino e comprido fazia-o parecer como se já tivesse presenciado muitos funerais. *Teria ele perdido um monte de pacientes?* ela especulava. Emmeline ignorava que ao mesmo tempo Matthew estava pensando: *Por que a Srta. Fitzsimmons está sempre sorrindo? Onde ela consegue tanta energia? Ninguém nunca lhe disse que é censurável para uma garota falar demais?*

Em 29 de maio, depois de duas semanas e meia de viagem, chegaram às margens do rio Big Blue, que fluía para o Kansas procedente do norte, e os imigrantes ficaram desanimados ao descobrir que as chuvas pesadas tinham aumentado tanto o volume do rio que era impossível atravessá-lo. Como a caravana se viu obrigada a fazer uma parada, os imigrantes aproveitaram a oportunidade para sua primeira lavagem de roupa e tomar banho desde que partiram de Independence. Sabão de sebo foi vigorosamente aplicado aos corpos e às roupas, as crianças sendo esfregadas com camisas, vestidos, cobertores, casacos e partes "indecentes" para lá de encardidas. Naquela noite uma lua crescente surgiu e os imigrantes se divertiram com música e histórias e flertes inocentes junto às muitas fogueiras. Silas Winslow, um solteiro bom partido com uma profissão lucrativa, descobriu-se como o foco da atenção de mães de filhas solteiras, bem como Matthew Lively, agora que se espalhara a notícia de que era médico.

Mas enquanto Winslow apreciava inteiramente ser tratado como um príncipe, e devorava as tortas e permitia que as damas fizessem remendos e lavassem suas roupas, Matthew Lively não usufruía disso. Tímido por natureza e desajeitado no trato social, Matthew jamais se vira antes no centro da atenção feminina. Além do mais, a frágil Honoria ainda era dona de seu coração e ele continuava a sofrer a dor da rejeição de sua proposta de casamento. Assim, as ávidas filhas dos fazendeiros e colonos, procurando ativamente por maridos, deixavam-no assustadiço. A única exceção era a notável Srta. Emmeline Fitzsimmons, que ouviram ter dito que não acreditava em casamento. Matthew a ouvira dizer isto à Sra. Ida Threadgood, explicando que o casamento era uma instituição artificial, inventada pelos homens como um meio de subjugar as mulheres. E portanto, embora ela não o desconcertasse da mesma maneira que as filhas dos imigrantes, trazendo-lhe tortas e sorrisos de flerte, desconcertava-o mesmo assim.

Finalmente o rio ficou transponível, mas balsas seriam necessárias para levar os carroções à outra margem. Assim, choupos foram cortados para fazer uma enorme balsa de troncos, grande o bastante para carregar uma escuna da pradaria. O trabalho foi duro, já que a correnteza era profunda e rápida; e forçar os cavalos e bois a atravessar a nado revelou-se uma tarefa quase impossível. Os imigrantes trabalharam por dois dias, debaixo de um novo aguaceiro, até toda a caravana cruzar o rio; durante esse tempo os ânimos se acirraram e dois condutores de bois quase se mataram numa briga de faca.

Já no outro lado, encharcados, enlameados e exaustos, os desanimados imigrantes tentavam pôr os bois na canga, reunir os cavalos e o gado e fazer algum tipo de fogo para cozinhar, quando de repente Barnabas Threadgood deu um grito e desabou no chão.

Todos se agruparam em torno do homem inconsciente enquanto Emmeline corria para buscar Matthew Lively.

— Ele nunca teve *isso* antes — disse Isa, parada ao lado do marido com as mãos nos quadris.

Matthew chegou abrindo caminho e, apoiando-se num dos joelhos, sentiu a pulsação no pescoço de Barnabas. Os circunstantes permaneceram em silêncio enquanto Matthew abria a valise preta e tirava o estetoscópio, coisa que ninguém nunca tinha visto. Arregalaram os olhos enquanto Matthew colocava a extremidade do tubo no peito do homem e auscultava. Depois de um momento, olhou para cima e disse, penalizado:

— Seu marido está morto, madame.

— Isto é um fato? — perguntou Ida.

Ela passou um minuto olhando para o rosto do marido, depois mudou o olhar para o oeste, a seguir voltou a olhar para o leste, examinando-o por um tempo mais longo.

— Depois que o enterrarmos — disse, por fim —, vou voltar para o Missouri.

Para choque de Emmeline, quatro outras esposas juntaram-se a Ida, com os filhos e seis condutores de bois. Se os maridos protestaram, não o fizeram em voz alta. Mas agora Emmeline estava sem transporte de novo, no meio do nada, a duzentos e cinqüenta quilômetros de Independence. Quando Amos Tice comunicou-lhe que ela teria de retornar com Ida, Emmeline bateu pé firme e insistiu que ia para o Oregon.

O que aconteceu a seguir surpreendeu até mesmo o experiente Tice: quatro condutores de bois, dois fazendeiros viúvos, Silas Winslow, o daguerreotipista e um impetuoso adolescente, todos se ofereceram para escoltar a Srta. Fitzsimmons até o Oregon. Vendo que uma briga estava prestes a irromper sobre a quem caberia dar proteção à jovem dama, Matthew voltou a seu carroção e secretamente pegou a Pedra da Bênção.

Enquanto a segurava na palma da mão, ele avaliou suas ações inesperadas. A decisão acerca do que seria feito com a Srta. Fitzsimmons estava acima de Amos Tice, ou acima da própria jovem voluntariosa, e isto certamente não era da conta de Matthew. Mas alguma coisa dentro dele, estranha e perturbadora, o apoquentara para se adiantar e assumir a iniciativa. Sua consciência o instava a tomar uma decisão, e Matthew não estava acostumado a isso.

Ainda assim, não seria um ato inteiramente seu. Ele faria o que a Pedra da Bênção lhe dissesse para fazer.

Ele desenvolvera um ritual de olhar para o cristal toda noite antes de dormir e a cada manhã ao acordar porque não conseguia tirar da mente a profecia de sua mãe, de que um grande desafio, "terrível e sombrio", o aguardava. Estava esperançoso de encontrar um meio de evitar o que quer que fosse, mas o espírito-guia não lhe estava dizendo nada. Agora tinha outra pergunta para fazer à pedra azul, e pegou uma lousa de jardim-de-infância, que usava especialmente para fazer perguntas ao cristal, e um pedaço de giz. Em uma extremidade da lousa escreveu a palavra "sim", na outra, "não". Depois colocou o cristal entre elas e perguntou: "Devo me oferecer para levar a Srta. Fitzsimmons até o Oregon?" e girou o cristal. Ele apontou para "sim". Girou-o de novo. E mais uma vez. Quando continuou a dar "sim", decidiu que não era bom perguntar ao Espírito Guia se não estaria atraindo má sorte para si mesmo. Assim, voltou para o tumulto que a Srta. Fitzsimmons involuntariamente deflagrara, com Tice tentando separar dois brigões. Com o coração disparado e as palmas das mãos suando com esta audácia que não era absolutamente do seu feitio, ofereceu-se para levar Emmeline na sua carroça.

Ela aceitou de imediato.

Enterraram Barnabas Threadgood à beira da trilha, rezaram uma prece apressada e puseram de novo os carroções em movimento. Seguindo em direção contrária, pelo mesmo caminho que tinham vindo, Ida Threadgood e sua prole, com outros três carroções com mulheres e crianças e condutores de bois que mudaram de idéia acerca de ir para o oeste, iniciavam a viagem de volta à civilização.

Enquanto a caravana para o Oregon seguia seu caminho, Albertina Hopkins deixou que todos soubessem que não aprovava duas pessoas solteiras viajando juntas.

"Isto não é da conta dela", Emmeline queixou-se enquanto subia na boléia da carroça ao lado de Matthew.

Matthew não disse nada. Mas, no fundo, concordava com a Sra. Hopkins.

Albertina continuou a opor-se furiosamente ao arranjo e disse isto ao Capitão Tice na primeira oportunidade. Algumas das mulheres a apoiaram, mas outras não se importaram e pediram a Tice que deixasse os dois médicos em paz. "Podemos precisar de ambos", Florine Benbow disse, mal sabendo que falava palavras proféticas.

Enquanto atravessavam as imensas pradarias de relva alta do Kansas e do Nebraska, que pareciam se estender até o infinito, Emmeline e Matthew sugeriram um arranjo no qual fariam tudo correta e adequadamente, com Emmeline dormindo na carroça enquanto Matthew se ajeitaria num saco de dormir no chão, mantendo a decência intacta. Mas eles comiam juntos, armavam e desmontavam acampamento juntos, cuidavam dos bois, calçavam a carroça e pegavam água juntos. Caíram na rotina diária da caravana: ao raiar do dia, um berrante soava para despertar o acampamento. Os homens que haviam passado a noite cuidando do rebanho traziam o gado e os cavalos do pasto enquanto as mulheres acendiam as fogueiras e preparavam desjejuns de pão, *bacon* e café. Depois que todos haviam comido — geralmente um momento agradável —, as tendas eram desarmadas e tudo guardado nos carroções, os bois trazidos e atrelados à canga. A caravana partia por volta das 7h para aproveitar o frescor e cobrir quilômetros antes do meio-dia, quando paravam para uma hora de descanso antes de retomar o caminho para outra jornada de cinco horas. Quando o Capitão Tice finalmente fez sinal para a parada noturna, foi acompanhado por gemidos de alívio e uns poucos vivas fatigados. Agora os carroções foram dispostos em círculos e acorrentados para proteção contra possíveis ataques dos índios, embora estes preferissem atacar caravanas em movimento e em linha reta. Os animais eram postos para pastar e as mulheres cozinhavam o jantar. As horas que se seguiam à refeição eram as mais agradáveis do dia, a oportunidade de fazer visitas, talvez com música e dança, certamente mexericos e algumas boas histórias narradas em volta das fogueiras.

Parecia um sonho para pessoas acostumadas ao confinamento de fazendas e casas: os dias eram duros mas as noites pacíficas, e os acampamentos lembravam piqueniques, com as pessoas fazendo amigos, crianças correndo livremente, comida sendo generosamente partilhada. Ciúme ainda não tinha irrompido, a inveja não começara a fervilhar, queixas ainda não haviam começado a chegar até a tenda de Amos Tice. Brevemente, os ânimos começariam a se exaltar, nervos estariam à flor da pele, e Tice seria acusado, como costumava acontecer com todos os chefes de caravana, de ser injusto e de ter protegidos.

Era um trabalho ingrato. Cabia a Tice determinar cada aspecto da vida na caravana, a ordem dos carroções em fila, a designação das tarefas de cortar lenha e buscar água, manter vigilância, reunir gado. Em dias por vir, aqueles na rabeira da caravana se queixariam de ter de respirar a poeira dos que estavam à frente, e muito embora Tice fizesse um rodízio na ordem das carroças de modo que todos tivessem sua vez na dianteira, ninguém ficava satisfeito.

Cabia-lhe também servir de juiz. Quando a cadela de Sean Flaherty atacou as galinhas dos Benbow e matou seis antes de ser capturada, os Benbow exigiram que ela fosse morta. Mas Sean agarrou-se a Daisy e suplicou por ela em lágrimas, dizendo que a cadela era tudo que tinha no mundo. Houve uma votação e Daisy foi poupada, com Flaherty pagando um preço justo pelas galinhas.

Tinham também suas tristezas. Jeb, o condutor de bois do Kentucky, sucumbiu finalmente ao abscesso que infeccionara no seu maxilar depois que barbeiro Osgood Ashrens extraiu o dente dolorido. Enterraram-no ao longo da trilha e prosseguiram. Mais sepulturas iam se acumulando à medida que crianças morriam de sarampo, homens eram esmagados sob as rodas das carroças e bebês não sobreviviam ao parto, sendo por vezes enterrados com as mães. A caravana encontrou mais sepulturas ao longo do caminho, cavadas por imigrantes que partiram antes. Nas décadas seguintes a Trilha do Oregon estaria repleta de milhares de cruzes e lápides.

Enquanto o carroção de Matthew rolava puxado por cavalos, Emmeline sentava-se a seu lado na boléia, o rosto exposto ao sol, e imaginava a terra prometida adiante, onde homens e mulheres viveriam como iguais. Matthew, manejando as rédeas e mantendo suficiente distância do carroção à frente de modo a não respirar sua poeira, deleitava-se com o amplo brilho de sol das planícies, que lhe exibia uma existência tão diferente das escuras salas de consulta da comunidade espírita de Boston. Lá, a vida focalizava-se nos mortos, aqui centrava-se nos seres vivos — no gado pastando, nos gaviões planando no ar, nas crianças correndo e rindo, em Daisy latindo para os coelhos e perus estúpidos demais para fugir.

Eles pouco falavam, a filha do médico de Illinois e o jovem de Boston, enquanto viajavam lado a lado na boléia, os olhos fixos no horizonte à frente. Eles nunca haviam imaginado uma terra tão vasta, um céu tão ilimitado. Sentiam as almas se expandindo a cada quilômetro vencido, como se tivessem vivido sua juventude comprimidos num sótão e agora estivessem sendo arejados num varal ensolarado. E como o horizonte continuasse distante e fugidio, e o carroção sacolejasse, pareceu a Emmeline que era uma boa hora para conversar. Estava curiosa acerca da pedra azul que vira o Dr. Lively pegar e olhar num momento, e portanto ela perguntou a respeito.

— É chamada de Pedra da Bênção — explicou ele, semicerrando os olhos ao brilho do sol enquanto manejava as rédeas. — Foi dada a minha mãe no dia em que se casou. Ela diz que é muito antiga, talvez tão antiga quanto o próprio mundo, e que traz os poderes de todas as pessoas que a possuíram, retroagindo às eras. Minha mãe sempre consultava a pedra para orientação, e assim faço eu. — Ele não continuou para dizer que sua mãe também a tinha usado para contactar os mortos. Nem contou a Emmeline acerca da lúgubre profecia de sua mãe quanto a um grande desafio que o aguardava, sombrio e terrível. Talvez ele já tivesse vindo e ido embora: talvez o teste de sua alma tivesse sido a decisão de viajar com Emmeline, porque isto certamente não o tornara popular entre os demais — homens e mulheres.

O interesse dela se acendeu.

— E o cristal realmente o orienta?

— Sem ele eu estaria perdido. Às vezes penso — acrescentou, constrangido — que já nasci covarde. Não consigo tomar decisões por conta própria, parece.

— Você é apenas cauteloso, Dr. Lively — disse ela. — Meu problema é ser atirada demais. Nada me assusta. E às vezes isto me bota em apuros.

Ela retirou o gorro e sacudiu à brisa os cabelos soltos.

— Você não sabe a sorte que tem sendo homem. Você pode seguir a carreira que quiser, sem preconceitos. Eu queria ser médica, mas não me foi permitido porque sou mulher. Não é justo. É por isso que estou indo para o oeste. A atmosfera será mais tolerante lá, e democrática. Uma autêntica terra de liberdade. Existe um novo espírito na nação, as mulheres estão despertando. Assisti a uma convenção maravilhosa em Seneca Falls, onde foi esboçada uma Declaração de Sentimentos enumerando dezesseis formas de discriminação contra as mulheres, incluindo direito de voto, salários iguais para as mesmas funções, controle de nossas pessoas e de nossos filhos. Nós mulheres estamos começando a nos mobilizar, Dr. Lively.

Matthew remexeu-se pouco à vontade na boléia. Já estava familiarizado com as opiniões radicais da Srta. Fitzsimmons. Embora não tivessem partido havia muito tempo de Independence, Emmeline já começara a receber propostas de casamento — de cada um dos irmãos Schumann (com o Sr. Hopkins servindo de intérprete); de Sean Flaherty, que declarou que ia ter a maior plantação de batata de todo o Oregon; do jovem Dickie O'Ross, cuja voz falhou quando fazia a proposta. Mas Emmeline recusara todas, dizendo que não era porque não tivessem qualidades, mas sim porque ela não planejava se casar. Explicou a cada um que não tencionava ser estorvada por uma instituição artificial que foi inventada pelas igrejas e pela sociedade para manter as mulheres na linha. Se ela tivesse filhos, o faria sem ter de prestar contas a um marido.

As esposas na caravana, simples lavradoras ou aldeãs que nunca antes ouviram tais idéias radicais ou leram um livro intitulado *Uma defesa dos direitos femininos*, de Mary Shelley, consideravam Emmeline ou jovem demais para ter opinião, ou talvez perturbada da cabeça (embora algumas secretamente invejassem a sua independência inflamada e desejassem a sua sorte). Porém Matthew já encontrara mulheres como a

Srta. Fitzsimmons em Boston, que se chamavam de feministas e que o haviam deixado inquieto. Agora ele ansiava por sua tranqüila, pálida e frágil Honoria, que quase não falava e que certamente não tinha idéias políticas na cabeça! Toda noite, quando o acampamento estava adormecido e ele ficava sozinho, tentando consultar a Pedra da Bênção para ver o Espírito Guia que sua mãe tinha visto (mas de algum modo fracassando), também pegava a fotografia de Honoria, tão magra e de olhos encovados que era quase um fantasma. Comia tão mal que os vestidos ficavam largos nela. Os pulsos eram tão delicados como ossos de passarinhos, as faces tão afundadas que lhe davam um aspecto etéreo: a linda e emaciada Ligéia de Edgar Allan Poe.

— O que acha da anestesia? — indagou Emmeline agora, mudando de assunto tão abruptamente que o pegou distraído. — Clorofórmio, éter! — falou antes que ele pudesse responder. — Ela vai revolucionar a cirurgia. Meu pai assistiu à remoção de um tumor mamário. A mulher ficou dormindo o tempo todo! E a próxima revolução será a admissão de mulheres na medicina. Há preconceito demais no leste. As coisas serão diferentes no oeste.

Ela fez uma pausa.

— Dr. Lively — disse —, você precisa sorrir mais.

E ele pensou: *E você precisa falar menos.*

Quando adentraram pelo território dos índios pawnee, os homens mantiveram as armas à mão, carregadas e semi-engatilhadas. Mas os índios pareciam meramente movidos pela curiosidade e esperando presentes.

À medida que o calor e a poeira aumentavam e a paciência começava a se esgotar, tornou-se cada vez mais difícil manter modos civilizados e gentis, mas as mulheres estavam determinadas. Muitas continuavam a usar espartilhos, embora algumas discretamente se livrassem dos apetrechos que as restringiam. Chapéus floridos eram guardados em baús, dando-se preferência aos mais práticos gorros de algodão. E embora as toalhas de mesa estivessem agora dispensadas e a porcelana de qualidade (tal como ocorrera na travessia de muitos rios turbulentos) estivesse guardada a salvo, ainda assim as crianças e os homens eram obrigados a tomar banho antes das refeições e a dar graças antes que atacassem a comida. E quando um homem foi encontrado enforcado num choupo — morto havia uns três dias, o que significava ter sido um componente da caravana à frente — com um letreiro em seu pescoço dizendo "trapaceando no jogo", eles pararam para fazer-lhe um caixão e dar-lhe um enterro decente.

Quando pararam para acampar junto ao rio Little Blue, Victoria Correll entrou em trabalho de parto do seu primeiro filho. Albertina Hopkins, que se havia autonomeado parteira, tomou conta da situação, apesar dos esforços de outras duas mulheres que ofereceram ajuda. Sua voz podia ser ouvida através da lona da carroça ao admoestar a Sra. Correll, para que parasse de agir como criança. "Quieta agora. Que tola você está sendo! A Bíblia não diz que Deus fez as mulheres para parir crianças em sofrimento e dor? Toda esta cena é uma ofensa aos ouvidos do Todo-Poderoso."

Quando Albertina saiu da carroça para ir à latrina que havia sido construída para as mulheres num bosquete de choupos, Emmeline se esgueirou para dentro da carroça e, destampando um frasco que trouxera consigo, disse para a pobre parturiente: "Deus pode ter nos dado a dor, mas também nos dispôs dos recursos para aliviá-la. Este é um elixir de ervas que meu pai sempre deu às mulheres em trabalho de parto. Facilitará seu trabalho e tornará mais fácil a passagem do bebê para este mundo."

Albertina ficou injuriada, mas depois disso as mulheres passaram a procurar Emmeline por causa de problemas femininos, pois tinha um sortimento de remédios para acalmar dores, nervos e mal-estar em geral.

Quando chegou à orla oriental do território cheyenne, a caravana deparou com um rio engrossado com uma perigosa contracorrente. Normalmente teriam acampado até que o rio se acalmasse, mas os homens estavam nervosos pela proximidade de índios belicosos, de modo que votaram por uma tentativa de travessia. Os protestos de Albertina

Hopkins de que era domingo, e que não deviam se empenhar em tal trabalho em pleno *Sabbath*, caíram em ouvidos moucos. Portanto quando, no meio da tarde, o carroção dos Correll virou, lançando a Sra. Correll e o bebê recém-nascido para a morte nas águas turbulentas, o olhar triunfante de Albertina dizia: *Eu bem que avisei.*

Emmeline e Florine Benbow cuidaram dos cadáveres, vestindo-os, arrumando os cabelos da Sra. Correll e enrolando o bebê no cobertor mais bonito que puderam encontrar. Silas Winslow tirou o retrato deles de graça, uma lembrança para o Sr. Correll, que tristemente aceitou um cavalo dos irmãos Schumann e seguiu para o Missouri, para nunca mais ser visto.

A caravana prosseguiu.

Silas Winslow, no seu carroção que chocalhava com placas de cobre e garrafas de produtos químicos, continuava a exercer um lucrativo comércio com os retratos de recordação dos mortos à medida que novos infortúnios se abatiam sobre a caravana: pneumonia, disenteria, crianças caindo das carroças e morrendo sob as rodas. Ninguém culpava o Dr. Matthew Lively por não ter conseguido salvar nenhum deles. Todos sabiam que não havia muita coisa que um médico pudesse fazer contra doenças devastadoras e ferimentos gravíssimos. Mas ele ajudava a construir os caixões e preenchia atestados de óbito para que as famílias levassem com elas para o Oregon — outra lembrança.

No dia 9 de junho chegaram ao Platte, um rio largo e raso a quatrocentos e oitenta quilômetros por terra de Independence, o que significava que os imigrantes haviam completado a primeira etapa da viagem. De agora em diante estariam viajando por um novo tipo de território, uma região de relva curta, artemísias, cactos e aridez cada vez maior. Aqui a caravana encontrou pela primeira vez uma nova forma de comunicação: crânios esbranquiçados de búfalos ao lado da trilha com mensagens escritas neles por integrantes de caravanas precedentes. Um desses crânios alertava aos que vinham atrás que havia encrenca com os pawnee mais adiante e muita lama na trilha.

A viagem se tornava cada vez mais difícil. O calor do verão era opressivo e trazia doenças. Enguiços nos carroções aumentavam por causa do encolhimento das rodas e das rachaduras da madeira. Árvores e vegetação eram esparsas e portanto eles tinham de recolher estrume de búfalo para acender as fogueiras. Quando não havia estrume disponível, eles caminhavam nas nuvens de poeira atrás das carroças para colher ervas daninhas para combustível. As mulheres colhiam bagas silvestres e conseguiam enrolar massa nas boléias das carroças e assar tortas em pedras aquecidas para dar variedade à alimentação, que consistia principalmente de feijões e café. Ocasionalmente os homens saíam para caçar e traziam alce, mas com freqüência retornavam sem nada e acabavam tendo de comerciar camisas com os índios em troca de salmão e carne seca de búfalo. Os imigrantes encontravam sepulturas novas ao longo do caminho mas prosseguiam destemidos, e quando Billy Cego, o batedor noturno (que mal enxergava durante o dia mas que tinha melhor visão noturna do que qualquer homem vivo, sendo portanto sua tarefa vigiar o gado enquanto os demais dormiam), foi encontrado morto pela manhã com uma flechada nas costas e seu cavalo tendo desaparecido, os imigrantes não entraram em pânico; eles simplesmente deixaram uma mensagem num crânio de búfalo para os comboios que vinham atrás.

Diante dos enguiços de carroças e de cangas dos bois, envenenamento alimentar, mordidas de cães e serpentes e mais sarampo, disenteria e febre, morte no parto e outras mazelas, o suprimento médico de Matthew foi gradualmente se reduzindo. Da mesma forma Emmeline viu-se assoberbada na sua profissão, pois muitas das mulheres começaram a antipatizar com Albertina e pediam sua ajuda quando sentiam as dores do parto. Como Florine Benbow previra, "o casal médico" estava provando ser indispensável.

E, involuntariamente, Emmeline e Matthew começavam a se tornar um casal também de outras maneiras.

A maioria se recolhia cedo à noite, mas alguns esticavam o tempo, principalmente os mais jovens. Matthew gostava de aproveitar o tempo tranqüilo no acampamento para ler, principalmente poesia, às vezes a Bíblia. Emmeline gostava de olhar fixamente as estrelas.

— Como sabemos que estamos indo na direção certa? — perguntou ela numa noite.

Ele pousou o livro e apontou para o céu noturno.

— Você conhece a Ursa Maior? Aquelas estrelas lá, que formam uma caçarola gigante? Vê as duas estrelas na extremidade da alça? Elas apontam para a Estrela Polar, e ela está sempre dentro de um grau do verdadeiro norte.

Emmeline olhou para ele admirada e disse:

— Reconheço, Dr. Lively, que é um homem instruído.

Duas noites depois, Matthew tentava costurar um botão na sua camisa usando uma agulha de sutura curvada e fio cirúrgico de seda. Estava a ponto de desistir. Quando notou Emmeline observando-o, pensou que ela fosse rir. Mas, para surpresa dele, ela apareceu com uma pequena caixa de costura, pegou a camisa e, sentando-se ao lado dele, disse com muito tato: "Eu mesma me atrapalho na hora de fazer remendos, mas talvez tenha um pouco mais de experiência."

Ela fez um trabalho perfeito.

Com o passar do tempo — dos dias assolados por calor, poeira e moscas, e noites repletas de uivos de lobos e ventos soprando lugubremente —, a opinião de Matthew acerca da Srta. Fitzsimmons, que nunca se queixara de fazer trabalho de homem, foi se alterando. Quando os rios engrossavam e as carroças encalhavam, Emmeline se enfiava na água sem pensar em si mesma, as saias encapelando-se em torno dela enquanto empurrava com toda a sua força para livrar as rodas do lodo. Ela incitava os bois com os homens, lavava roupa, esfolava búfalos e costurava lonas. Matthew começou a sentir uma crescente admiração por ela. Cada vez menos olhava para o retrato da frágil Honoria, e quando o fazia imaginava quanto tempo ela teria sobrevivido nesta jornada. Por certo teria sido um fardo em vez de uma ajuda.

Matthew também estava mudado fisicamente. Havia músculos crescendo debaixo das mangas da camisa e o rosto mostrava-se cada vez mais bronzeado no espelho. A palidez dos salões escuros tinha sido sobrepujada por um vigoroso clima de sol, calor, poeira e tempestades. Calos cresciam em suas mãos enquanto trabalhava ao lado de Emmeline Fitzsimmons.

E então veio a noite em que a cadela de Sean Flaherty, Daisy, roubou uma das tortas de carne de Rebecca O'Ross. A visão da cadela correndo pelo acampamento com a torta na boca e a diminuta Sra. O'Ross perseguindo-a com um rolo de pastel provocou gargalhadas gerais. Juntando-se aos risos, Matthew olhou para Emmeline e viu que ela ria tanto que lágrimas escorriam por suas faces. E percebeu que a paixão corria fundo em cada traço da personalidade da jovem, não só na maneira de comer, ou propalar sua opinião sobre os direitos das mulheres. Emmeline Fitzsimmons recebia, abraçava e curtia a vida com toda a exuberância que Deus lhe dera. E no instante seguinte uma noção espontânea reluziu em sua mente: que ela devia ser passional no amor.

Sentiu as faces arderem e o ar preso momentaneamente no peito. Quando ela subitamente virou-se para ele e seus olhos se encontraram, Matthew sentiu o coração pular um batimento.

Em 26 de junho, a caravana acampou perto do Forte Laramie sob um céu cálido e límpido. Bandos de índios sioux, preparando-se para guerra com os vizinhos crow, visitaram o acampamento, onde partilharam do desjejum dos imigrantes, composto de pão e carne, em troca de contas e penas. Todos mostraram um espírito amigável, diminuindo um pouco o temor que os americanos tinham dos nativos. Mas quando um caçador de peles francês, chamado Jean Baptiste, juntou-se à caravana por um dia e falou-lhes da possibilidade de neve prematura nas montanhas, novos temores se elevaram (todos tinham ouvido relatos de imigrantes anteriores ficando bloqueados pelo inverno nas montanhas e morrendo de fome), portanto Amos Tice informou ao grupo que seria mais sábio se acelerassem o passo.

◆ ◆ ◆

Em 4 de julho, os imigrantes comemoraram o 72º aniversário da nação com cerveja e fogos de artifício, discursos patrióticos e preces. Dois mil guerreiros sioux, resplandecentes em peles de búfalo enfeitadas com contas e penas e cavalgando como um exército para enfrentar os crow em batalha, fizeram uma pausa para observar os curiosos festejos dos estrangeiros brancos. Matthew Lively, aceitando um cálice do conhaque do Sr. Hopkins, que o discreto homem havia guardado justamente para esta ocasião, voltou-se com os demais para olhar em direção ao leste e se recordar dos amigos e entes queridos que ficaram para trás. Matthew pensou na sua mãe e nas sessões espíritas, enquanto Emmeline Fitzsimmons, parada ao seu lado e segurando uma taça do vinho de Charlie Benbow (de um barrilete que sobrevivera à travessia do rio), pensou nos seus pais enterrados nas sepulturas gêmeas na fazenda que ela havia herdado e vendido. Sean Flaherty ergueu um brinde à Irlanda; Tim O'Ross pensava em uma ruiva de Nova York; os Schumann se recordavam da família na Baviera. Juntos, todos saudaram o lar que tinham deixado, depois voltaram-se para encarar o oeste e brindar ao novo lar que viria.

O dia 17 de julho os encontrou acampados no cume de South Pass, a ampla passagem através das Montanhas Rochosas, espinha dorsal do continente. Este era um tempo para fazer consertos e remendos, fixar e escorar, e para avaliar a importância deste ponto sem volta, pois o South Pass era a metade do caminho: no lado oriental da grande divisa, os rios corriam para o Mississippi, do outro lado corriam para oeste, rumo ao Pacífico. Surgiram tabuleiros de xadrez e baralhos, uma gaita e uma rabeca tocaram uma música animada. O Sr. Hopkins bebia uísque tranqüilamente, enquanto sua esposa autoritária mantinha sua corte habitual e deixava as crianças correrem agitadamente pelo acampamento.

Emmeline remendava a saia à luz de um lampião quando a filha mais velha dos Hopkins veio procurá-la, timidamente. Era filha da primeira esposa do Sr. Hopkins. Albertina era sua madrasta e a garota tinha pavor dela. Portanto, trouxe seus temores secretos para Emmeline, a parteira. Após ouvir as primeiras palavras entrecortadas da envergonhada confissão, Emmeline rapidamente apreendeu a situação — a garota andara de namoricos com um dos condutores de bois e o inevitável estava prestes a acontecer.

— Receio que possa ser verdade — disse Emmeline baixinho, dando um tapinha na mão da garota apavorada. — Este é o primeiro sinal de que há um bebê a caminho, quando a menstruação não vem. — Quando a garota começou a chorar, principalmente por medo da ira de sua madrasta, Emmeline tornou-se mais prática. — Ouvi falar que há um pastor na caravana que segue um pouco à frente. Pedirei ao Dr. Lively que cavalgue até lá para buscá-lo. Vocês serão casados, o que é a coisa mais sábia a fazer.

O pastor, que na viagem já estivera orando sobre mais túmulos do que imaginara ser possível, simplesmente ficou muito feliz em voltar quilômetros atrás para oficiar um casamento na caravana Tice, e até algumas famílias quiseram vir com ele, por diversão e necessidade de comemoração. Depois que a filha de Hopkins e o condutor de bois deram o "sim", presididos por uma majestosa Albertina, que não estava nada satisfeita por ter ignorado o segredo da enteada, houve uma animada festa, com música de violino e dança sob um céu estrelado, e Silas Winslow tirou o retrato do feliz casal.

Durante as festividades, enquanto comiam bolo sem glacê e bebiam sidra morna, Emmeline olhou para Matthew à luz das fogueiras e pensou: *Ele ganhou confiança. Não é mais o homem nervoso de três meses atrás. E o bronzeado combina com ele.*

Ela continuou para analisar exatamente o que fazia o Dr. Lively parecer tão especial para ela em meio a um grupo de tantos homens, a maioria deles mais forte e mais resistentemente do que Matthew. E pensou: *É a bondade dele*. Porque, independente das circunstâncias, do quão terrível ou desgastante fosse uma situação, podia-se contar com a ajuda de Matthew mesmo sem ele ter sido consultado. Ele voluntariamente compartilhava sua comida e sua carroça, com freqüência dando carona a mulheres exaustas quando seus próprios maridos ignoravam as necessidades delas; e indagando sobre a saúde e o conforto de todos quando os outros estavam fatigados demais para dar qualquer importância.

Naquele mesmo momento, enquanto Emmeline estava pensando no Dr. Lively e começando a aceitar que não era tão feio afinal, e até mesmo bonito, Matthew pensava também em Emmeline Fitzsimmons. Mas seus pensamentos não eram tão amplos ou abrangentes quanto os dela. Seu foco mental era muito singular: agora que havia observado melhor, a figura curvilínea da Srta. Fitzsimmons era um tanto cativante, afinal.

◆ ◆ ◆

O Forte Bridger, assim chamado em homenagem a Jim Bridger, seu fundador, tinha servido de posto comercial nos últimos cinco anos — um estabelecimento com prédios construídos de troncos, por onde circulavam índios trajando peles de gamo, caçadores de peles, lenhadores e imigrantes a caminho do oeste. Ao se aproximar do forte, a caranava Tice encontrou um comboio dirigindo-se para *leste*, os desanimados imigrantes tendo desistido e optado pela volta ao lar. Para a maioria, foi a grave perda de vidas que havia destroçado o seu sonho, e o comboio de vinte carroças consistia principalmente de mulheres, crianças e uns poucos velhos. A própria caravana Tice era menor, com 12 carroças e 32 almas, e após três meses na trilha, eles constituíam um bando ainda mais desorganizado do que quando partiram de Independence, malgrado os esforços para manter padrões de comportamento civilizado. As crianças andavam descalças e num desalinho vergonhoso, os homens ostentavam barbas longas e malcuidadas, as roupas estavam imundas e rasgadas. Até mesmo Silas Winslon, o daguerreotipista almofadinha, exibia nódoas no colete xadrez espalhafatoso e manchas de graxa nas roupas caras que nenhuma quantidade de soda cáustica e cinza poderia remover. Os integrantes não conservavam mais o espírito animado que uma vez considerara esta jornada como uma brincadeira, pois ciúme e ódio, discussões e rixas, ressentimentos e rivalidades amargas tinham irrompido ao longo da trilha, de modo que muitos amigos antigos eram agora inimigos. Mas eles estavam felizes por ter chegado ao que viam como a encruzilhada para o trecho final da jornada: dali eles virariam para o norte rumo ao Oregon.

E ali, também, alguns tomariam uma decisão que se tornaria a sua sentença de morte.

De passagem pelo forte estava um montanhês que fizera todo o caminho para o oeste e agora regressava para o leste, um homem que avisava a todos que quisessem ouvir que no caminho lhes falariam de um atalho, que deveriam evitar a todo custo.

— Sigam a trilha normal das caravanas e jamais se desviem dela — avisou a Amos Tice e a outros guias de caravana. — Tomar o atalho poderia ser fatal.

Mas Tice contestou:

— Se existe uma rota mais curta, então é uma tolice seguir a trilha regular. — Ele falou como se estivesse pensando no bem-estar dos seus imigrantes, mas algo havia acontecido com Amos Tice nos últimos quilômetros antes de alcançarem o Forte Bridger; ele sofrera uma total mudança de objetivo, embora ninguém na caravana soubesse. Jean Baptiste, o caçador de peles francês que visitara a caravana por um dia, viajara através das Sierras levando algo mais do que peles. Ele estava carregando um cartaz que trouxera de um lugar na Califórnia chamado a Serraria de Sutter. Para impedir que o francês mostrasse o cartaz a qualquer outro integrante de sua caravana, ou aos imigrantes que estavam voltando atrás, Amos Tice pagou generosamente por ele. Isto porque, no íntimo, Amos Tice era um homem tremendamente ambicioso. Sua única razão para servir de guia ao Oregon tinha sido reclamar para si mesmo o máximo de terra livre possível, além de extrair lucro dos sonhos e esperanças dos imigrantes. Mas tudo mudou quando viu o cartaz trazido pelo francês, pois ele anunciava a descoberta de ouro na Califórnia.

Tice comprou o cartaz, o francês partiu e Tice guardou a novidade para si mesmo. Estivera ruminando o problema ao longo dos últimos quilômetros até o Forte Bridger, imaginando como chegar à Califórnia. Abandonar a caravana significava viajar sozinho, uma aposta altamente perigosa. Havia segurança na quantidade, razão das caravanas terem sido originalmente formadas. Levar essa gente consigo até a Califórnia era portanto o objetivo secreto de Tice. Ao chegar lá, ele os abandonaria e começaria a negociar com ouro. Mas como convencer o grupo a mudar de rota? A solução abençoada veio justamente do montanhês que avisava *contra* dar ouvidos a rumores acerca de um atalho para o Oregon.

Tice atiçou as chamas do boato, dizendo que ouvira falar que a rota alternativa não só era mais curta como também mais agradável, e que os imigrantes para o Oregon não precisariam sofrer os riscos e dificuldades dos que os precederam. A seguir, Rice inventou um mapa. Parecia autêntico — trabalhou nele em segredo por um dia e uma noite, fazendo com que parecesse usado, bem manuseado e confiável. Também certificou-se de que a trilha que tomariam ficasse bem longe dos mórmons que se haviam estabelecido no ano anterior perto de uma região que cruzariam. Amos Tice figurara entre os milicianos que tinham detido e encarcerado (e depois assassinado, embora o próprio Tice não fosse o executor) Joseph Smith apenas três anos antes, e portanto nenhum resquício de amor restara entre Tice e os Santos do Último Dia. Depois ele apresentou seu novo plano e o mapa "autêntico" aos componentes da caravana acampados junto ao Forte Bridger. O entusiasmo e a empolgação na sua voz não eram falsos, pois sua mente estava repleta de visões de riachos fluindo engrossados com pepitas de ouro.

— É tão claro como o dia — dizia ele, abrindo o mapa para que todos vissem. — A Trilha do Oregon segue através de montanhas perigosas e depois há uma longa e arriscada jornada fluvial em balsas onde muitos companheiros já pereceram. Proponho esta rota aqui. Vejam, segue direto por uma bela e desimpedida planície, depois mais um estirão por um desfiladeiro. Na Califórnia viramos para o norte e seguimos a rota mais plana, mais agradável, e refrescada pela brisa do mar, onde vicejam árvores frutíferas até onde a vista pode alcançar.

— Mas não é mais longa? — perguntou Charlie Benbow.

— Em quilômetros, sim, mas a rota normal demanda mais tempo, sofrimento e perigo. Lembram-se do South Pass através das Rochosas? Quão fácil e agradável foi a travessia? Bem, as Sierras não se parecem em nada com as Rochosas. Cruzá-las será como um passeio no parque!

E acreditaram nele.

Todavia, queriam pensar um pouco. Afinal, este era o último posto avançado, e além estava o ermo ainda virgem. Assim, enquanto ruminavam a proposta de tomar o atalho, os imigrantes aproveitaram os poucos dias de descanso para novos reparos nas carroças e arreios, para alimentar os cavalos e o gado e estocar comida para a trilha à frente. Estavam otimistas. O Paraíso jazia logo além da próxima cordilheira, as Sierras da Califórnia. O grupo de Tice quase podia sentir a brisa fresca do Pacífico na face.

Mas vários outros tinham suas dúvidas. Matthew Lively não embarcou no novo plano de Tice, preferindo consultar o Espírito Guia na Pedra da Bênção (embora no íntimo sentisse que o atalho não era uma boa idéia). Permitiu a Emmeline que se juntasse a ele, pois agora estava acostumado a mostrar-lhe a pedra e explicar como funcionava. Sentaram-se na traseira de sua carroça, circulados pelo brilho quente de um lampião, enquanto os demais prosseguiam em sua labuta ruidosa sob o céu estrelado. Matthew usou de novo a lousa, escrevendo nela "não" e "sim". Enquanto indagava baixinho se deveriam tomar o atalho, Emmeline estava senatada solenemente, observando o cristal rodopiar antes de parar diante da palavra "sim".

Matthew franziu o cenho. Detestava duvidar da sabedoria do cristal, mas alguma coisa bem no seu íntimo dizia-lhe que deveriam continuar na velha trilha rumo ao norte. Emmeline concordava. Embora acreditando-se aventurosa e disposta a tentar qualquer coisa nova, parecia tolice abandonar uma trilha conhecida por outra, por mais prometedora que soasse.

— Gire-a de novo — disse ela.

E veio a resposta "sim".

Matthew esfregou o queixo.

— A Pedra da Bênção diz que devemos seguir Amos Tice.

— E o que *você* acha que deveríamoa fazer?

Matthew não fazia idéia. Nunca em sua vida tomara uma decisão por conta própria. Mesmo quando era garoto e sua mãe tomava as decisões por ele, ela consultava o cristal primeiro.

— Minha mãe sempre disse que os espíritos nos guiam, e que deveríamos levá-los em conta.

— Mesmo que a sua intuição diga o contrário?

— Minha intuição, tenho vergonha de dizer, sempre foi fraca. Quando era garoto, deixava-me influenciar pelos meus irmãos. Quando fiquei mais velho, imitava meus pares. Receio que eu seja um seguidor, Srta. Fitzsimmons, e irei para onde quer que líderes como Amos Tice, ou o espírito-guia no cristal, me digam para ir.

Ele fitou-a à luz dourada do lampião e notou a linda coloração âmbar dos olhos dela.

— O que você fará, Srta. Fitzsimmons? — perguntou ele, sentindo um bolo na garganta, pois temia a resposta. Foi só neste momento que Matthew percebeu quão profundos eram seus sentimentos em relação a Emmeline.

— Descobri em você uma confortadora companhia de viagem, Dr. Lively — disse ela, baixinho —, e acredito que trabalhamos bem juntos. Se eu deixar sua companhia agora, acharia difícil encontrar alguém tão amigável que me convide a acompanhá-lo. Portanto, irei para onde você for, Dr. Lively.

Matthew sentiu o coração disparar. Engoliu em seco e lambeu os lábios.

— Srta. Fitzsimmons — disse ele, rapidamente —, há uma coisa que deveria saber...

— Ei, vocês — veio uma voz da escuridão. Viram Silas Winslow perambulando com a arrogância que lhe era peculiar, chapéu-coco puxado até as sobrancelhas. — Não vou seguir com Tice, Srta. Fitzsimmons — disse ignorando Matthew, seu rival pelas atenções de Emmeline. — Estou seguindo para o norte com uma nova caravana que está sendo formada por Sthephen Collingsworth. Se descobrir-se sem acompanhante, ficarei feliz em escoltá-la até o Oregon. — Pousou teatralmente a mão no peito. — E asseguro-lhe, Srta. Fitzsimmons, a máxima qualidade cavalheiresca enquanto estiver sob minha proteção.

Emmeline piscou para ele e abriu a boca para falar quando foram subitamente interrompidos por gritos.

— Dr. Lively! — soou uma voz pelo acampamento. — Dr. Lively! Joe Strickland foi ferido gravemente!

O condutor de bois jazia gemendo em sua carroça, inconsciente de dor. Explicaram a Matthew que seu pé tinha sido pisoteado por um boi indócil que não queria voltar para sua canga. Um simples olhar para o pé dele dizia até ao maior dos leigos que Joe estava num sério apuro. O osso se expusera através da pele, e enquanto o sangue começava a estancar, uma horrível coloração púrpura se espalhava a partir dos dedos. Com a assistência de Emmeline, Matthew lavou o ferimento, aplicou ungüento e depois o cobriu com ataduras limpas. Quando tentou empurrar o osso exposto de volta ao lugar, Joe gritou e recaiu na mais profunda inconsciência. A face adquiriu um cinza alarmante e ele suava profusamente. Como Joe estava viajando sozinho, Emmeline ofereceu-se para cuidar dele.

Naquela noite decisões foram tomadas. Várias caravanas se dividiram, algumas com integrantes do grupo original de Tice decidindo seguir com Collingsworth para a trilha norte e recém-chegados de outras caravanas optando por juntar-se a Amos Tice no seu atalho. Silas Winslow, apaixonado pela Srta. Fitzsimmons, decidiu por fim juntar-se ao grupo de Tice.

Despediram-se das pessoas com quem tinham viajado desde o Missouri, prometendo se reencontrarem no Oregon. Embora novos integrantes houvessem aderido, com carroças e gado, esposas e filhos, a caravana Tice estava menor agora, consistindo de 35 carroções, 69 homens, 32 mulheres, 71 crianças e 300 cabeças de gado e cavalos.

A esperança crescia à medida que os carroções passavam por riachos repletos de trutas, campos cobertos de flores silvestres, bosques luxuriantes de álamos e salgueiros. A caravana sentia-se mais forte agora que havia "sangue" novo, pois os integrantes recém-admitidos eram fortes e saudáveis. Porém Matthew Lively estava para lá de apreensivo; alguma coisa estava errada e ele não podia se intrometer. Especulava se a profecia terrível e sombria de sua mãe seria a causa. Mas guardou as dúvidas para si. Os demais pareciam achar que Tice tivera uma boa idéia e os ânimos estavam elevados.

O idílio não durou muito tempo.

Após os primeiros dias agradáveis de viagem, a caravana chegou às montanhas Wasatch, uma cordilheira de altos picos cobertos de neve e abismos profundos. Os lados desses cânions eram atravancados por salgueiros, arbustos densos de bagas, e grossos choupos, negundos e amieiros, e os leitos de rios eram estreitos e cheios de penedos. Isto exigia requisitar cada homem capaz no grupo para ajudar a desobstruir a rota.

Armados com machados e facões, correntes e pás, eles abriam caminho através da densa vegetação. A cada noite os homens caíam exaustos nos seus cobertores enquanto as mulheres cuidavam de bolhas e arranhões de maridos, irmãos e filhos com pomadas e palavras de incentivo. Mas pelo menos tinham água, assinalou Tice, e pasto para o gado. Porém tinham também enxames de moscas e mosquitos.

Progredindo apenas oito quilômetros por dia, finalmente forçaram as parelhas de bois a puxar as carroças por sobre o cume das montanhas Wasatch, e quando desceram do outro lado, os imigrantes depararam com o obstáculo formidável que tinham de superar: o deserto do Grande Lago Salgado.

Os acampamentos noturnos eram menos animados agora e envoltos em silêncio sóbrio. As viagens diurnas tornavam-se mais lentas, pois a temperatura era muito alta e crestava o deserto. Ferimentos contraídos nas montanhas Wasatch atrasavam a viagem, pois havia cada vez menos homens aptos para atrelar e desatrelar os bois, e pausas freqüentes para repousar se faziam necessárias. Enquanto as mulheres se preocupavam com seus homens — o pé de Joe Strickland começara a infeccionar embora Emmeline desse o melhor de si para cuidar dele —, Amos Tice abrigava uma preocupação secreta: que estavam se atrasando. À frente aguardavam as Sierras e a ameaça de neve.

Do outro lado do leito do lago estéril prosseguiram sob um sol impiedoso. À medida que o calor aumentava, parecendo um forno, os imigrantes acreditavam que haviam entrado num novo inferno. Eles banhavam a língua dos animais com toalhas molhadas, pois tão sem água e carente da mais leve umidade era esta terra árida que temiam que os cavalos e o gado enlouquecessem de sede. Era um deserto alcalino desolado onde não se via uma coisa viva. Os carroções que iam à frente pareciam gigantescos através das ondas de calor amplificadas. As montanhas ao longe pareciam flutuar no ar. O sol do meio-dia batia como um martelo. A forja de Vulcano, pensavam aqueles mais instruídos do grupo. Ao pôr-do-sol as sombras estendiam-se por quilômetros. O ar noturno era como um tenaz fino perfurando os cobertores. Crianças choravam, o gado mugia. A superfície da planície era tão compacta que os cascos dos animais não deixavam mais que uma leve impressão no sal duro e na crosta alcalina, mas quando os carroções alcançaram o centro do deserto, encontraram um lago raso que transformava o álcali numa massa pastosa. Agora era como caminhar sobre um mingau de aveia. Cada passada exigia esforço para tirar o outro pé do atoleiro. O esterco viscoso cobria os pés como moldes de cimento, aglomerava-se em volta das rodas das carroças e fazia os bois tropeçar.

Ainda assim os imigrantes prosseguiam através da fornalha, crestados, suando com o calor. O pé de Joe Strickland piorou. Com a infecção e a febre devastando o corpo do pobre homem, Emmeline viajava na carroça dos Hammersmiths com a cabeça de Joe aninhada no colo. Outros integrantes estavam agora igualmente enfermos, mas sabiam que tinham de continuar em frente, que parar significava a morte.

Um grupo de homens escolhidos pelos demais anunciou a Tice sua intenção de ir procurar ajuda com os mórmons (embora ninguém fizesse a menor idéia de onde exatamente se estabelecera o povo de Brigham Young), mas Tice, sabendo ter má reputação entre os Santos do Último Dia, declarou peremptoriamente que os mórmons estavam longe demais do caminho e que seria suicídio procurá-los.

Seguiram em frente, no calor escaldante do dia e no frio noturno de estalar os ossos, lábios rachados e sangrando, as línguas inchadas, a água sendo repartida a colheradas. Os bois dos irmãos Schumann finalmente não resistiram mais, caindo de joelhos e berrando de sede. Assim, os quatro alemães enterraram suas enxadas e implementos agrícolas na areia com a intenção de vir buscá-los depois que achassem terra no Oregon.

O novo bebê dos Biggs, cujo parto fora feito três meses antes por Albertina Hopkins, sucumbiu ao calor e foi enterrado na areia. As galinhas dos Benbow começaram a cair de calor e sede, e até mesmo Daisy, a cadela habitualmente agitada, caiu junto à carroça de Sean Flaherty.

Eles achavam que o deserto do Grande Lago Salgado não terminaria nunca.

Mas finalmente terminou, e enquanto a exaurida caravana arrastou-se até o primeiro poço no sopé das colinas, enquanto o dia calorento dava lugar à noite fria, enquanto o gado disparava para a água e as pessoas tentavam não fazer o mesmo, e enquanto Matthew Lively estava pensando que isto era a sombria e terrível provação profetizada por sua mãe, Emmeline veio procurá-lo e disse:

— Joe Strickland tem gangrena. O pé dele precisa ser amputado.

De repente, Matthew sentiu-se como se carregasse sobre os ombros o peso do mundo e todos os seus habitantes. Afundando no chão, onde estivera tentando acender uma fogueira, ele sacudiu a cabeça.

— Não posso fazer isto — disse.

Emmeline sentou-se junto a ele e pousou a mão no seu braço. Como ela própria e os demais, Matthew tinha o rosto vermelho e empolado, os olhos turvos, as roupas grudentas de suor e sujeira.

— Eu o ajudarei — disse ela. — Certa vez assisti meu pai na amputação de uma perna. Não sou medrosa, Dr. Lively.

Ele olhou para ela e sentiu como se fosse chorar.

— Não sou médico, Srta. Fitzsimmons.

— O que quer dizer?

— Quero dizer que não sou um praticante de medicina. Você fez esta suposição lá em Independence e eu não a corrigi.

— Então o que você é?

— Sou um agente funerário. — A voz dele soou pequena e frágil.

Ela pestanejou, a testa se enrugando.

— Um agente funerário? Como um papa-defunto?

— Exatamente isso.

— Mas... sua valise médica...

— Os instrumentos de um homem que cura corpos são os mesmos de um homem que leva corpos para o repouso eterno. Especialmente quando o falecimento foi causado por ferimentos. Temos de fazer as mesmas suturas e curativos como qualquer médico. E o estetoscópio... é o meio de termos certeza de que o homem está mesmo morto antes que vá para o túmulo.

— Mas eu o vi comprando remédios no boticário!

— Eram para mim mesmo. Sofro de males do peito durante o inverno.

Emmeline estava tão atônita que mal podia falar.

— Por que não me corrigiu? Por que deixou todo mundo acreditar que era um médico?

Ele lançou-lhe um olhar pesaroso.

— Se tivesse um grupo de pessoas dependendo de você para viver diria a elas que era um papa-defunto? Srta. Fitzsimmons, você esteve se queixando de preconceito e estigma por causa de seu sexo. Bem, eu enfrento os mesmos preconceitos e estigmas por causa da minha profissão.

A expressão de Emmeline tornou-se pensativa.

— Sim — disse ela. — Acho que entendo seus motivos.

— Deixo as pessoas desconfortáveis — disse ele tristemente. — Faço-as se lembrar de algo de que não querem ser lembradas. Mas é o negócio de nossa família! — Meu pai é agente funerário, bem como meus irmãos. Não tive escolha senão acompanhá-los.

— Meu querido Matthew — disse ela gentilmente, tratando-o pela primeira vez pelo nome de batismo. — Não se sinta envergonhado e embaraçado pela profissão que seu pai lhe ensinou, pois não há nada de vergonhoso no que você faz. É uma profissão honrada, uma função necessária, e as pessoas precisam de homens como você, que respeitam os mortos sem lamentações, porque o tenho visto agir quando alguém morre. Meu pai e tios contaram-me de papa-defuntos roubando cadáveres e enganando as famílias, outros vendendo às famílias caixões que não podiam fornecer aproveitando-se de seu pesar e culpa. Você pode fazer a diferença, Matthew, e preencher uma necessidade muito importante, porque é exigido durante um dos mais tristes e vulneráveis momentos numa vida humana.

Ele só pôde olhar para ela, e recordar as palavras de Honoria quando ela rejeitou sua proposta de casamento: "Eu nunca poderia viver com um homem que lida com cadáveres."

— Então... minha profissão não a incomoda?

— Eu seria a pior das hipócritas se dissesse que sim. Tomei a decisão de vir para o oeste ao perceber o quanto o leste é arraigado a preconceitos e tradições ultrapassados. As pessoas são moldadas e espera-se que continuem assim. Eu queria ser médica, mas tudo que podiam me dizer era que mulheres só serviam para ser esposas e mães. Assim decidi vir para onde o pensamento é livre e não obstado por preconceitos tacanhos. Bem, que tipo de feminista seria eu se exigisse mente aberta dos outros e não mantivesse minha própria mente aberta?

— E você não acha... — E pigarreou e as faces enrubesceram — ... que existe um problema com meu nome? Eu preferiria não ter de trocá-lo.

Ela o fitou por um momento e depois, entendendo, fez um "Oh!" e sua mão voou para a boca.

— Portanto, você vê que não apenas serei um pária como também motivo de riso.

Ela sorriu.

— O nome incomodou seu pai? Então não vai incomodar você.

— É diferente — disse ele, infeliz. — Em Boston os Lively* têm sido agentes funerários por gerações. Desde a chegada dos primeiros colonos. Ninguém dá um segundo pensamento ao nome. Mas veja bem: um agente funerário chamado Lively pode adquirir algum respeito?

*Lively: vívido, animado, vivaz. (*N. do T.*).

Emmeline admitiu que podia ser um problema, mas agora não era hora de se preocupar com o nome. Joe Strickland ia morrer se algo não fosse feito para salvar sua perna.

Eles foram para o carroção dos Hammersmiths e embora Joe tivesse estado inconsciente por dois dias, ele abriu os olhos e, num daqueles momentos de clareza que às vezes sobrevêm a um homem no limiar da morte, disse:

— Aprecio o que fez por mim, doutor, e embora eu saiba que só quer me ajudar, não vou deixá-lo cortar minha perna. Venho sendo condutor de gado desde garotinho. Não sei fazer mais nada. E não existe nada mais inútil do que um condutor de bois com uma perna só. Portanto direi minhas despedidas agora, se não se importa.

Joe morreu naquela noite, mas ninguém culpou Matthew — disseram que ele fez o melhor possível. Emmeline descobriu uma nova admiração por Matthew Lively naquela noite, porque embora lhe doesse na consciência manter sua profissão em segredo, ele colocava os sentimentos das pessoas diante dos seus próprios. Ela manteve o segredo dele e continuou a chamá-lo de doutor.

Quanto ao próprio Matthew, nas semanas por vir ele se lembraria desta noite e perceberia que este foi o instante em que se apaixonou.

Prosseguiram a jornada. Mais bois pereceram na planície salgada e o gado vagueou em busca de água. Mais quatro carroças foram abandonadas e as famílias enterraram pertences que não podiam mais carregar, com o intuito de voltar algum dia para pegá-los. Debaixo do solo estéril ficaram arcas de roupas e lembranças, heranças de família e colchas, batedeiras de manteiga e frigideiras. Durante a viagem as famílias tinham planejado diferentes maneiras de guardar seu dinheiro. Alguns simplesmente o empacotaram em arcas com outros pertences; outros abriram buracos nas tábuas da carroça e neles esconderam moedas. Silas Winslow tinha uma caixa de latão especial rotulada: "Soda cáustica! Se aberta, poderá causar queimaduras instantâneas nos olhos e pele."

Era na caixa que ele havia escondido todo o seu dinheiro. Tendo agora de abandonar o carroção e todo o equipamento fotográfico, ele pendurou às costas a pesada caixa cheia de moedas.

Havia uma sensação de urgência na caravana. Tinham perdido dias em infrutífera procura de gado extraviado, o verão estava acabando, a neve agora já coroava os picos das redondezas, os víveres diminuíam e estavam ainda enfrentando centenas de quilômetros do deserto do Nevada.

Uma vez saídos da terra desértica do Utah encontraram território montanhoso. De um alto desfiladeiro puderam ver outro vale deserto, e além daquela outra cordilheira seguida de outro vale. Assim era a topografia do Nevada: um ritmo de vale e cordilheira, cordilheira e vale, estendendo-se do deserto de sal às Sierras, cada vale um deserto, cada cordilheira uma muralha. E nada havia a fazer senão pôr um pé adiante do outro e esperar que o último dos bois resistisse.

Entraram no território dos índios paiute, onde as incursões eram um meio de vida. Gado era roubado durante a noite, cavalos laçados em plena luz do dia. E à medida que o número de bois diminuía, mais carroças tinham de ser abandonadas. A maioria dos imigrantes estava agora a pé, tendo deixado boa parte de seus pertences para trás. Crianças dividiam a mesma montaria, enquanto as provisões restantes tinham sido empilhadas na última das carroças.

Charlie Benbow perdera quase toda a sua criação de galinhas, mas ainda havia algumas vivas, e ele as mantinha sob olhar vigilante dia e noite. A filha de Hopkins que se casara em South Pass procurou Emmeline reservadamente queixando-se de dores. Como a garota estava grávida de quatro meses, Emmeline ficou alarmada. Mas escondeu seus temores e deu à jovem um tônico calmante. Sean Flaherty ainda tinha sua cadela Daisy, mas poucas batatas com as quais começar sua fazenda no Oregon. E Osgood Aahrens perdeu todos os seus instrumentos de barbeiro num atoleiro. Quando a caravana por fim retomou a viagem ao longo do serpenteante rio Truckee, o gado remanescente estava macilento e tropeçando nas pedras, as pessoas fracas e desnutridas com os suprimentos perigosamente baixos, e quando viram afinal a Sierra Nevada, a cordilheira estava coberta por nuvens negras e sinistras.

Na terceira semana de outubro a exaurida caravana entrou num amplo vale de montanha onde encontraram neve rodopiando entre os pinheiros. Aqui eles se reagruparam e descansaram, acampando do melhor jeito que podiam. Mas acordaram na manhã seguinte com uma leve nevasca e perceberam que deveriam apressar a subida ao cume da Sierra, do outro lado de onde situava-se a Califórnia.

Cinco dias depois alcançaram um lago, além do qual ficava o desfiladeiro que cruzava as Sierras. Tentaram atravessá-lo mas a neve frustrou seus esforços, obrigando-os a se retirar para a margem do lago, onde havia solo plano, lenha e perspectiva de caça. Ali construíram abrigos improvisados aproveitando tendas, roupa de cama, mantas de búfalo e arbustos. Eram 159 pessoas amontoadas em toscas habitações, esperando que a neve prematura derretesse e fossem capazes de atravessar o desfiladeiro. Enquanto esperavam e oravam, fizeram um inventário de tudo que restava, e descobriram que ainda tinham carroças com gado e cavalos e algumas provisões: feijão, farinha, café e açúcar. Ficou decidido que tudo seria partilhado, inclusive as galinhas de Benbow e as batatas de Flaherty, e distribuído igualmente entre as famílias.

Naquela noite, quando Albertina Hopkins protestou dizendo que as garotas solteiras, os olhos apontados para Emmeline Fitzsimmons, deveriam dormir em um abrigo separado, seu marido disse baixinho, "cale-se mulher", e Albertina assentiu.

Matthew foi incapaz de dormir. Um vento gélido penetrava nas fendas e rachaduras do abrigo, tornando impossível ficar confortável. Mas alguma coisa mais também o mantinha acordado: o pressentimento incômodo, que o acompanhara nas dez semanas desde a partida do Forte Bridger, de que algo estava terrivelmente errado.

Caminhando entre corpos adormecidos, ele sacudiu Amos Tice para acordá-lo e exigiu num sussurro áspero que o guia se encontrasse com ele lá fora, onde, por sorte, um céu claro e uma lua brilhante iluminavam a paisagem nevada. Com uma energia inédita, Matthew insistiu para dar uma olhada no mapa de Tice, dizendo que esta não era a trilha fácil que o guia prometera.

O chefe da caravana resmungou mas foi pegar o mapa, secretamente esperando que Matthew não conseguisse ler bem à luz da lua. Mas quando o papel se abriu nas suas mãos, e sua própria respiração gelada lhe toldava a visão, Matthew pôde ler bem o suficiente. E o que viu foi algo que não havia notado lá no Forte Bridger: este era um mapa desenhado de forma amadorística e sem escalas.

— Onde conseguiu isto, Amos? — perguntou, suspeitosamente.

Tice não enfrentou seu olhar.

— Lá no Forte Bridger.

— Ou seja: lá onde aquele velho montanhês estava dizendo a todos que ignorassem os rumores acerca de um atalho. Você viu este mapa e *acreditou* nele? Por quê? Ele é falso, Amos! Qualquer um pode ver isto!

Alguma coisa se acendeu nos olhos de Tice, um lampejo de poder num rosto fatigado. Ele riu de uma maneira que alarmou Matthew e disse:

— Acho que isto não importa agora. — Ele procurou dentro de sua jaqueta de pele de gamo franjada e extraiu um papel grosso esfarrapado, desdobrou-o e mostrou um cartaz anunciando a descoberta de ouro na Serraria de Sutter.

Matthew olhou em choque.

— Você déveria ter perguntado aos demais se estavam interessados em ouro!

Mas Tice apenas riu de novo e retornou ao abrigo. Na manhã seguinte, o guia da caravana e mais cinco homens tinham ido embora.

Os imigrantes haviam sido abandonados.

Desfizeram o acampamento, encheram as carroças restantes e puseram-se a caminho, determinados a transpor as montanhas. Porém encontraram mais neve e foram malsucedidos em outras tentativas de atravessar as Sierras. O tempo estava ficando mais frio, com pesadas nuvens pendendo baixas sobre os pinheiros. As roupas dos imigrantes estavam frias e úmidas enquanto eles tremiam até os ossos, pânico e desespero mal eram controlados e todos oravam para que o tempo melhorasse.

Quando uma chuvarada de surpresa encharcou a caravana, alguns disseram que a chuva era um bom sinal, mas Matthew lembrou-se de algo que ouvira Jim Bridger dizer no forte: "Chuva no vale da Sierra significava neve no desfiladeiro."

Pela primeira vez na vida, Matthew sentiu um medo genuíno. Já lidara com os mortos muitas vezes em sua jovem vida, tanto na agência funerária do pai quanto nas sessões espíritas de sua mãe, mas nunca tivera de pensar a sua própria morte antes. E isto o aterrorizava. Ele se recordava de quão valente se sentira, sentado na boléia da carroça quando partiram de Independence, Missouri, um êxodo de gente corajosa para conquistar a imensidão agreste. Mas agora via, através de olhos recentemente frios, que não houvera nenhuma bravura verdadeira entre eles, pois todos tinham considerado a viagem como uma pândega, uma aventura alegre com piqueniques ao longo do caminho.

Ninguém havia previsto isto.

Enquanto armavam um novo acampamento com abrigos improvisados, seu ânimo em baixa, os imigrantes oravam para que a chuva derrotasse as nevascas, mas acordaram na manhã seguinte para ver que a neve estava ainda mais profunda.

A montanha à frente era intimidante, mas eles sabiam que deviam se apressar. Os bois estavam fracos com uma dieta de ramos de pinheiros, e mais carroções tiveram de ser abandonados. Empilharam o que puderam nos bois remanescentes e eles próprios carregaram o resto, com as crianças levando pequenos fardos nos ombros.

A neve tinha agora um metro de profundidade.

◆ ◆ ◆

Apressaram o passo, mas o último pico da montanha erguia-se diante deles como uma muralha branca. Desanimados e exaustos, o enfraquecido bando não pôde prosseguir. Assim retiraram-se para um pequeno lago onde, durante outra tempestade de neve, novamente construíram abrigos com tábuas das carroças, tetos de lona, adicionando roupas de cama e peles de búfalo para afastar o frio. Acenderam fogueiras no interior e foram rapidamente assolados pela fumaceira, fazendo com que corressem para fora, tossindo e arfando, para abrir buracos de ventilação nas peles, o que também deixava o frio entrar. A caça era pobre aqui. Matthew apanhara em armadilha um coiote, e o remoso animal foi devorado com uma coruja ferventada para fazer um caldo que foi servido apenas às crianças e aos doentes. Caçar cervos também provou-se inútil, já que este animal prefere altitudes mais baixas. Feijão e farinha eram preparados para render o máximo e racionados em magras porções. As últimas galinhas de Benbow foram comidas e as batatas de Flaherty se acabaram. Apesar de tudo, eles ainda davam graças antes de cada parca refeição. A dois mil metros acima do nível do mar, eles pelejaram para produzir fogueiras e mantê-las acesas. Os integrantes mais fracos tinham dificuldade em respirar nesta altitude. E a pobre garota Hopkins recém-casada, grávida de cinco meses, sofreu um aborto que quase lhe custou a vida. O feto teve um funeral cristão e Albertina Hopkins, bem mais magra desde a partida de Independece e bem menos falante, cuidou com dedicação de sua enteada.

Após sete dias de neve ininterrupta, o sol apareceu e, encorajados, os imigrantes votaram para enviar um grupo até o desfiladeiro na esperança de que pudessem atravessá-lo e descer até a Serraria de Sutter, de onde poderiam mandar uma equipe de resgate. Foram escolhidos os oito homens mais fortes, mas quando Matthew Lively se ofereceu como voluntário, todos concordaram que o "doutor" deveria ficar com as mulheres e os doentes. O grupo foi vestido com as roupas mais quentes e recebeu pacotes de carne seca. Todos tentaram dar ao grupo um caloroso bota-fora.

Eles voltaram ao pôr-do-sol. Não havia como avançar, disseram. As tempestades de neve tinham bloqueado todas as trilhas.

◆ ◆ ◆

Alguém calculou que foi por volta de 5 de dezembro que os imigrantes começaram a matar o gado remanescente, porém muitos animais tinham vagueado nas tempestades para acabar sepultados pela neve. E os homens tiveram tão pouco sucesso na caça que um novo pensamento arrepiante começou a penetrar na mente dos imigrantes: se ficassem confinados ali por todo o inverno, não haveria comida suficiente.

Florine, a esposa de Charlie Benbow, foi descoberta congelada durante o sono. Como o solo estava duro demais para se cavar uma sepultura, ela foi enrolada num lençol e depositada entre duas tábuas e depois coberta com pedras.

Outra tentativa de escapada foi feita, desta vez com mulheres no grupo, mas foram novamente repelidos por outra nevasca. Sentaram-se amontoados nos seus precários abrigos, congelados e ferroados, tentando extrair calor das fogueiras que se extinguiam enquanto encontrar lenha seca se tornava cada vez mais difícil. Bíblias que haviam sido usadas para conforto espiritual eram agora colocadas no fogo para conforto físico, como era tudo que não podia ser usado ou comido. Eles observaram em desolado desespero enquanto os Salmos, os Cânticos de Salomão, os Evangelhos e as Epístolas de Paulo caíam na fogueira. Novas nevascas durante a noite sepultaram seus depósitos de carne, tomando um dia inteiro de busca com varas longas para localizá-la. Na manhã seguinte, a carne armazenada sumiu de vez, carregada por lobos.

Num raro acesso de inspiração heróica, movido principalmente pela fome, Silas Winslow decidiu enfrentar o cume por conta própria, determinado a trazer turmas de resgate até o acampamento. Foi encontrado dois dias depois, ainda vivo mas cego pela neve. Quando o transportaram de volta, envolveram seus olhos com morim para evitar mais dano a eles. Seu moral estava elevado o bastante para gracejar dizendo que esperava que a perda de visão fosse temporária, pois para que serviria um fotógrafo cego?

Emmeline deu o melhor de si para animar o grupo de imigrantes. Envolvia-os com canções e histórias, e pedia a cada um que contasse seus planos para o Oregon. As primeiras noites foram bem-sucedidas, mas à medida que o frio se intensificava e todos tremiam com os dentes chocalhando apesar do fogo e dos cobertores, eles se tornavam menos propensos a conversar.

Os temores de Matthew se intensificaram, como os de todos os demais, pois havia um horror não mencionado pairando no ar. A paisagem, incluindo penedos, pinheiros e o pequeno lago, estava agora completamente branca. Não havia um pássaro, um peixe, uma noz de pinheiro. Quando os suprimentos acabassem, outras coisas teriam de ser comidas.

E quando até mesmo estas — os cães sobreviventes, as sementes de maçã dos irmãos Schumann, couro cozido — fossem consumidas, algo mais teria de ser encontrado.

Matthew segurava o cristal azul na mão enluvada noite e dia enquanto fixava os olhos encovados nos seus companheiros. A inanição estava chegando mais perto. Todos estavam sofrendo de ulceração causada pelo frio. Quando Daisy, o último dos cães sobreviventes, foi sacrificada para ser comida, Sean Flaherty saiu disparado do abrigo num paroxismo de pesar e tentou enforcar-se numa árvore. Mas o galho congelado se quebrou e os homens puderam trazê-lo de volta para dentro.

A Pedra da Bênção não tinha respostas, por mais que Matthew nela fixasse o olhar. Nada sentiu do seu pretenso poder espiritual, não ouviu respostas sussurradas em exalações fantasmais.

Mais pessoas começaram a padecer de febre e pneumonia. Dois rapazes, Freddy Hastings e Abe Waterford, com as suas mães em casa aguardando ansiosamente cartas do Oregon, mergulharam para a morte nas águas quando tentaram abrir um buraco no lago congelado para pescar. Os outros se encontravam fracos demais para içá-los e lá eles foram deixados para o degelo da primavera. Quando os irmãos Schumann conseguiram capturar ratos, que tostaram em brasas de carvão, houve uma luta obscena por comida — ossos, rabos, tudo. Mesmo assim, Osgood Aaherens conduziu uma oração de graças antes que consumissem a repulsiva refeição.

Por fim, nenhum alimento restou. Cozinharam couro e comeram a goma residual que se formou no fundo da panela. Assaram cordões de sapatos entre as cinzas e comeram as tiras crocantes. Pelas primeira vez não deram graças.

Enfraqueciam cada vez mais. Sonhavam com comida. Um homem, enlouquecido pela fome, correu para fora da tenda encharcada e foi encontrado horas depois, morto na neve. Deixaram-no lá, para ser coberto pelas nevascas. Charlie Benbow começou a manter conversas com a falecida esposa, Florine.

Matthew e Emmeline dormiam enlaçados nos braços um do outro. Não entretinham pensamentos de romance ou de intimidade física, mas simplesmente extraíam calor, toque e amor um do outro.

◆ ◆ ◆

O amanhecer do Dia de Natal trouxe uma nova nevasca. O vento cortava através das tendas como espadas e uivava como fantasmas atormentados pela dor. Os ocupantes de olhos vítreos dos frágeis abrigos tinham dificuldade em acender e conservar acesos os fogos. Pilhavam seus pertences, procurando por algo comestível. Jogavam fora ouro e moedas, pois não tinham mais qualquer valor ou importância. Já estavam havia duas semanas sem comida de qualquer espécie, subsistindo somente de gelo derretido que bebiam em goles.

Rebecca O'Ross, que não era uma mulher forte, para começar, foi a primeira entre os adultos a morrer de fome. Seu marido Tim estava tão desligado de pesar que teve de ser arrastado do túmulo dela por quatro homens, receosos de que ele congelasse ali até a morte. Seu filho, Dickie, enroscado num canto do abrigo, chorou até ficar em silêncio, de olhos vítreos fixados no nada.

Quando, uma semana depois, um dos irmãos Schumann morreu de pneumonia, pela primeira vez houve hesitação entre os sobreviventes acerca de seu funeral. Palavras não eram proferidas, e as pessoas mal podiam se fitar nos olhos, mas o terrível pensamento pairava sobre elas o tempo todo, tão alto como o vento uivante que nunca interrompia o seu tormento incessante.

Ali, na pessoa de Helmut Schumann, jazia alimento fresco.

— Meu Deus, não! — gritou Matthew quando o pleno significado do silêncio lhe ocorreu. — Não somos animais.

— Mas nós somos — replicou o Sr. Hopkins, suave e tristemente. — Humanos, talvez, e filhos de Deus. Porém animais, de qualquer modo, e precisamos comer. — Sua esposa, Albertina, soluçava com o rosto enterrado nas mãos. Era difícil reconhecer naquela criatura esquelética em roupas folgadas a mesma mulher dominadora que partira de Independence oito meses antes. Mas seus dois filhos estavam mortos, seu espírito alquebrado.

— E o que comerei? — gritou Manfred Schumann. — Não posso comer meu próprio irmão!

Outro silêncio cheio de significado lhe respondeu: Helmut era apenas o primeiro; outros se seguiriam, por certo.

Matthew correu para fora, cambaleando na neve, lágrimas se congelando em suas faces. Caiu de joelhos e chorou, soluçando pesadamente. Quando Emmeline juntou-se a ele, puxou-a para seus braços. Apesar das camadas de roupa, o casaco dela feito de um cobertor, ele sentiu a pele e os ossos. Não era mais uma jovem mulher robusta. Mas ainda havia vida em seus olhos que examinavam o rosto de Matthew com angústia e compaixão, e vida nos seus lábios quando procuraram e beijaram a boca dele.

— Não podemos fazer isto. — Ele soluçava no pescoço de Emmeline. — Não podemos nos rebaixar a tanto!

— Temos opção? Devemos nos deixar morrer? Matthew, estamos isolados aqui. E deveremos estar até a primavera. Não há comida. Não há... — Ela então também desatou a chorar e se abraçaram na neve, balançando de um lado para outro, seus uivos de desespero se elevando até o céu frígido e indiferente.

Finalmente, readquirindo o controle, Emmeline puxou Matthew para se pôr de pé e disse:

— Eles precisam de um líder. Precisam de alguém que os mantenha unidos em corpo e espírito. Eles respeitam você.

— Não sou um líder. A corajosa é você, Emmeline. Tem sido desde o início em Independence, quando se determinou a fazer esta viagem por conta própria.

Ela o fitou com firmeza.

— Não sou corajosa, Matthew. Não sou mais. Ando assustada, fora de meu juízo perfeito. Toda aquela coragem... foi tudo conversa porque era tão fácil. Mas agora que me deparo com a necessidade de bravura autêntica, descubro que não tenho nenhuma. Você tem sorte — acrescentou. — Tem a Pedra da Bênção para guiá-lo. Eu só tenho a mim mesma, e de fato sou uma guia muito fraca.

Ele tirou o cristal do bolso e tentou ver o Espírito Guia que sua mãe sempre via. De repente, toda a esperança e fingimento de crença na pedra deu lugar à fome e ao desespero.

— É uma fraude! Uma farsa! — gritou e arremessou a pedra com um vigoroso lançamento.

— Não! — disse Emmeline, pois embora ela própria não acreditasse na magia do cristal sabia que Matthew ainda acreditava. Ela cambaleou pela neve procurando freneticamente o cristal.

— Espere — disse Matthew, indo atrás dela.

Quando o encontraram e Emmeline se abaixou para pegá-lo, Matthew viu alguma coisa na neve. Franziu o cenho. Apertou os olhos e se abaixou. Esfregou os olhos e piscou. Não havia erro: eram rastros de urso.

— O que é? — perguntou Emmeline ao ver a expressão no rosto dele.

Matthew ergueu-se e olhou em volta. A paisagem era de um branco ofuscante e quase descaracterizada. Ele observou procurando algum movimento.

Então franziu o nariz.

— Sente o cheiro?

Ela fungou o ar.

— Que fedor horrível!

— Acho que sei o que é. — Ele se adiantou pela neve profunda e Emmeline o seguiu.

Depararam com um pequeno monte de fezes de urso. Ainda fumegavam, o que significava que estavam frescas — o urso estava por perto.

— Temos de contar aos outros! — disse Emmeline. — Podemos matá-lo! Teremos comida e...

— Não! Um grupo de pessoas assustaria a fera e então nunca mais a acharíamos. Se eu pudesse acertá-lo com um tiro...

— Matthew, você não é um caçador...

Mas ele sabia que isto era algo para fazer sozinho e com rapidez. Com o coração martelando de medo, correu até um dos abrigos e silenciosamente pegou a arma de Charlie Benbow. Nada contaria aos outros, que estavam, de qualquer modo, desatentos e letárgicos demais para notar ou se importar que ele estivesse pegando o rifle. Seria uma coisa cruel demais soerguer as esperanças deles. Ele disse a Emmeline que esperasse por ele no abrigo aquecido. E que rezasse.

Matthew sabia que era loucura um homem enfrentar um urso sozinho com apenas uma arma, mas a razão não fazia parte de seu pensamento exatamente agora. Ele engatilhou o rifle e enfiou a única outra bala em sua mitene para recarregamento rápido. Depois seguiu os rastros do urso com grande dificuldade, pois a neve estava ofuscante e sua visão cada vez mais borrada. Cada tomada de fôlego era uma estocada nos pulmões e ele não tinha mais sensação nos pés. Parava com muita freqüência para ouvir, mas a floresta branca estava em silêncio.

Seu desespero crescia. Havia encontrado o animal! Tinha de impedir que os outros fossem em frente com o ato impensável que estavam avaliando. Matthew havia sido criado com a noção de respeito aos mortos. A profanação era algo abominável. Os mortos não podiam se defender; cabia aos vivos protegê-los.

Mas as pessoas no acampamento mal eram seres vivos agora; eram eles próprios cadáveres ambulantes.

De súbito, ele congelou. Lá estava, a uns cem metros à frente, um enorme urso-pardo escavando a neve. Matthew moveu-se lentamente à frente, depois se agachou atrás de uma árvore, engatilhou o rifle, fez cuidadosamente pontaria e atirou.

O urso deu um rosnado e recuou nas patas traseiras. Vendo Matthew, atacou. Matthew apressadamente colocou pólvora na arma e socou a segunda carga de chumbo. Nivelou o rifle e disparou de novo. O urso se abaixou e oscilou. Depois se apoiou nas quatro patas e fugiu.

— Espere — disse Matthew fracamente, não acreditando que tivesse chegado tão perto e agora perdido a caça. — Por favor! — começou a chorar. Toda aquela carne! Poderia ter salvado a todos. Mas sua pontaria fora medíocre. Ele tinha errado.

A seguir viu a trilha de sangue na neve.

Correu de volta ao acampamento o mais rápido que pôde, tropeçando e caindo na neve. Encontrou vários homens agrupados em torno do cadáver de Helmut Schumann, com o Sr. Benbow empunhando uma faca de açougueiro.

— Pare! — gritou Matthew.

Quando contou-lhes apressadamente sobre o urso, acrescentando que deviam segui-lo, nem todos concordaram.

— Um urso ferido é muito perigoso — disse Aahrens, o barbeiro.

— Já vi o que um urso ferido pode fazer com um homem — acrescentou Charlie Benbow. — É suicídio, doutor.

— Por que não vai atrás dele? — indagou Bret Hammersmith. — Dê uma boa olhada. Depois venha nos buscar.

Matthew olhou nos olhos encovados e faces ossudas marcadas com a loucura da fome. Sabia que não iam esperar por sua volta com notícias do urso, que só queriam se ver livres dele.

— Estou fraco — disse ele, e era a pura verdade. — Não posso dar mais que uma caminhada através da neve e então estarei acabado. Peço que façam esta caminhada comigo. Eu acertei aquele urso. Ele não vai viver muito tempo. E onde o encontrarmos, encontraremos comida. E sobreviveríamos. Aqui — ele olhou em volta para o inferno para o qual haviam descido —, mesmo que nossos corpos sobrevivam, nossos espíritos morrerão.

Mas Emmeline também estava aterrorizada em deixar o acampamento. Ele a tomou pelas mãos congeladas.

— Você precisa ser corajosa, Emmeline. Pelos outros. Se você for, eles a seguirão.

— Mas estou com medo.

— Providenciarei para que corra tudo bem conosco. Não se preocupe, minha querida.

Por fim acabaram seguindo-o, pessoas famintas segurando-se umas nas outras, carregando entes queridos nos ombros, caminhando com dificuldade pela neve, semimortos de fome. Levavam apenas uns poucos pertences — cobertores e lençóis, utensílios de cozinha e as cinzas quentes das suas fogueiras cuidadosamente protegidas. Por diversas vezes quiseram desistir, pois pareciam estar perdidos num limbo branco ofuscante. Mas Matthew descobriu gotas de sangue, escarlates na neve, e apressou seu maltrapilho grupo à frente, prometendo-lhes um banquete de carne assada no fim. Descreveu gordura chiando numa panela até eles quase sentirem o cheiro e a saliva escorrer. Emmeline participou pegando cada um pelo braço, fazendo-os se pôr de pé, dizendo-lhes como tinha visto o urso ferido — uma mentira — e como tinha certeza de que estava morto agora. Era só mais um pouco à frente... mais alguns passos... apenas um outro passo... não, não, não, não parem, não caiam, aqui está meu braço...

Ruth Hammersmith afundou na neve e ali ficou como um peso morto. O marido desabou ao seu lado e disse aos outros que prosseguissem. Olhou para eles com olhos encovados orlados com sombras negras.

As pessoas semimortas prosseguiram, sem pensar, mal ouvindo as palavras de encorajamento de Matthew, perseverando mecanicamente na neve, mãos e pés dormentes pelo congelamento, rostos brancos pelo frio extremo.

Outros caíram, segurando suas crianças nos braços. Emmeline tentava animá-los, mas ela própria estava cansada demais, tendo apenas força suficiente para seguir Matthew.

E quando parecia até mesmo a Emmeline e Matthew que sua jornada não tinha esperança, encontraram a caverna, a trilha sangrenta entrando nela.

Enquanto os outros esperavam a uma distância segura, Matthew e Manfred Schumann entraram cautelosamente, ouvindo, farejando o ar, rifle engatilhado e pronto. Encontraram o urso lá dentro, e estava morto.

Manfred e Osgood Ashrens encontraram força para cravar as facas e abrir a barriga do animal. À visão das tenras vísceras cruas se derramando para o chão da caverna, os outros avançaram, caindo sobre os macos sangrentos e fumegantes num irracional frenesi alimentar. Eles se empanturraram no sangue e na carne ainda quentes, e então, sentindo-se fortalecidos, voltaram ao longo da trilha para resgatar os que haviam ficado pra trás. Os Hammersmits estavam mortos, mas os demais foram trazidos, inundando a caverna com seu calor humano, enchendo as barrigas com carne de urso.

Naquela noite dormiram exaustos apoiados na carcaça, as crianças rastejando dentro dela para obter calor. E quando acordaram, fizeram uma fogueira das cinzas, ofereceram a Deus uma prece de graças e começaram a esquartejar o urso.

Comiam diretamente dele, lançando pedaços de carne no fogo, mas depois também começaram a cortar tiras finas compridas e pendurá-las sobre a fumaça até que secassem, desta forma preservando a carne para as frias semanas que viriam. Enterraram os ossos e o crânio, para desencorajar os lobos e depois usaram a pele do urso, que quase cobria o chão da caverna, como um tapete para aquecimento.

Mais seis pessoas pereceram, apesar do alimento e do aquecimento, mas quando ficou evidente que os demais sobreviveriam, Matthew fez uma contagem do grupo: havia agora 55 homens, 24 mulheres e 53 crianças. Quarenta almas a menos desde que deixaram o Forte Bridger.

E num dia em que o sol aqueceu pela primeira vez e eles encontraram a primeira neve derretida ao lado de um riacho, Matthew virou-se para Emmeline e, tomando-lhe o rosto entre as mãos, disse com paixão:

— Adoro o som da sua voz, Emmeline. Não pare nunca de falar. Jamais fique em silêncio. Quando começamos esta jornada, eu era melancólico e sisudo demais. E achava que você sorria demais. Mas sua alegria impediu-me de afundar. Cresci entre os mortos e a penumbra, mas você trouxe luz e animação para minha vida.

— E você me impediu de cair no mundo, querido Matthew, pois eu era frívola e superconfiante. Você é a minha rocha e minha estabilidade.

O grupo de resgate de Sutter chegou em meados de março, liderado por um dos homens que fugira com Amos Tice. Assim que alcançaram a civilização, o homem fora acometido de culpa e contou às autoridades sobre uma caravana de imigrantes bloqueada no alto do último desfiladeiro. Voluntários imediatamente se ofereceram, carregados com armas e provisões, e fizeram a jornada em tempo recorde.

Dos 172 homens, mulheres e crianças que deixaram o Forte Bridger em agosto, menos de 120 sobreviveram.

Todos disseram à equipe de resgate que foram salvos graças ao Dr. Lively que com sua coragem tomou a decisão correta diante da adversidade extrema.

Nenhum deles mencionou o incidente a respeito do cadáver de Helmut Schumann.

Quando chegaram enfim à Serraria de Sutter e viram que era um lugar de crescimento e novos começos, com a febre do ouro em toda parte, Matthew tirou a Pedra da Bênção do bolso uma última vez.

— Eu não o vejo — disse decisivamente.

— Não vê o quê?

— O espírito-guia. Está vendo esta mancha no-núcleo do cristal? Como poeira de diamante? Muda de forma quando se vira a pedra na luz. Minha mãe dizia que era um espírito, mas vejo apenas depósitos minerais. — Entregou-o a Emmeline. — O que você vê?

Ela perscrutou o núcleo do cristal.

— Um vale — disse. — O vale verdejante para onde estamos indo nos fixar e iniciar vida nova. — Devolveu-lhe o cristal.

— Estranho — refletiu ele, tentando ver o vale de Emmeline na Pedra da Bênção. — O tempo todo pensei que era o cristal que me dizia o que fazer. Mas talvez fosse eu quem tomava as decisões, não a pedra. Eu queria vir para o oeste, então girei a pedra onze vezes até ela apontar para oeste. E quando Ida Threadgood a abandonou no rio e você precisou de alguém com quem viajar — virou-se e sorriu para ela —, eu já havia tomado minha decisão de pedir-lhe que viesse comigo. Se eu não tivesse assim desejado, nunca teria consultado a Pedra da Bênção, para começar. Mas nunca tive confiança suficiente em mim mesmo para tomar minhas próprias decisões. A pedra era minha muleta. Não preciso mais dela.

— Não seja tão apressado no seu juízo — disse ela, tendo dado bastante crédito ao milagre ocorrido no lago da montanha. — Foi a Pedra da Bênção que nos levou aos rastros do urso. Não fosse ela, estaríamos certamente mortos agora.

Ele assentiu, imerso em pensamento por um momento.

— Estive pensando, Emmeline — disse —, que Lively pode ser um nome estranho para um agente funerário, mas é um nome perfeito para uma parteira. — Depois, com toda seriedade: — Sei que você jurou nunca se casar, mas...

Ela levou um dedo aos lábios dele e disse com um sorriso:

— Claro que casarei com você, meu querido Matthew, pois formamos um par perfeito: parteira e agente funerário. Ajudo a trazer pessoas ao mundo e você as escolta para fora dele.

Ela tomou a Pedra da Bênção dele mais uma vez e segurou-a à luz do sol.

— Pensei em todas as pessoas que tiveram este cristal, que olharam para ele em busca de orientação, proteção ou sorte. E imagino se foram como você, Matthew, cego às suas próprias forças, dando crédito a um pedaço de mineral inanimado. Mas você descobriu seu próprio poder no fim, o espírito que está em todos nós, o espírito para superar a adversidade. As pessoas são fortes, Matthew, sei disso agora. Podemos enfrentar quaisquer desafios colocados em nosso caminho, e podemos triunfar. Você está certo, não precisamos mais dela — concluiu, colocando a pedra no bolso dele. — Mas talvez alguém no futuro possa usar a Pedra da Bênção e permitir que ela o ajude a descobrir sua própria força, sabedoria e poder interiores.

Matthew beijou Emmeline, a seguir tomou as rédeas e pôs a carroça em movimento, rumo ao seu futuro no vale verdejante, em direção a uma nova esperança.

Ínterim

Os Lively compraram terra, investiram em minas de ouro e ferrovias e ficaram ricos. Matthew tornou-se um líder em sua comunidade, e nos seus últimos anos foi eleito para a Câmara Estadual e tornou-se uma figura de liderança e prestígio. Quando lhe indagaram que conselho daria aos futuros imigrantes que tomassem as trilhas do Oregon e da Califórnia, Matthew disse: "Não peguem atalhos." Ele e Emmeline viveram até a velhice e foram sepultados em Livelyville, Califórnia.

A Pedra da Bênção foi herdada por seu primogênito, Peter, que a passou para sua filha Mildred, após ela se formar em medicina. A Dra. Lively levou o cristal da boa sorte com ela para a África, onde passou trinta anos em trabalho médico missionário antes de voltar aos EUA para se tratar de uma doença rara contraída durante um safári em Uganda. Como Mildred Lively não tinha filhos, ela doou o cristal à mulher que foi sua enfermeira nos meses finais, uma nipo-americana chamada Toki Yoshinaga.

Toki e sua família foram removidas de seu lar em São Francisco após o bombardeio de Pearl Harbor e mandadas para viver num lugar chamado Manzanar. Depois da guerra a família foi forçada a vender todos os bens que lhes restavam a fim de se recompor. O cristal azul foi vendido por cem dólares, uma soma considerável em 1948.

O comprador foi um contador chamado Homer cujo *hobby* era gemologia, e quando examinou esta nova aquisição na bancada de trabalho na sua garagem, ele percebeu emocionado que poderia ter descoberto um novo mineral. Submetendo o cristal ao seu primeiro escrutínio científico desde que um holandês chamado Kloppman o analisou em Amsterdam no ano de 1698, Homer considerou-o uma pedra dura, 8.2 na escala de Moh, com um brilho aguçado e clivagem muito baixa. O azul recordava-lhe variedades de topázio e turmalina, mas possuía uma "estrela" no seu centro como as safiras às vezes faziam. Sentindo excitamento pela primeira vez em muitos anos, ele empacotou a pedra com outras e foi para uma convenção de gemologia em Albuquerque, Novo México, onde esperava confirmar sua nova descoberta, com a possibilidade de dar o seu próprio nome à gema — "homerita" lhe soava bem. Na convenção, Homer conheceu uma jovem dama muito interessada em pedras preciosas e ela o convenceu a levá-la ao hotel onde ele se hospedava para ver sua coleção. Infelizmente, o ingênuo contador interpretou mal as intenções da viçosa dama e, na expectativa de uma aventura sexual, sofreu um infarto fulminante.

A coleção de Homer foi deixada negligenciada na garagem por sua viúva até que, decidindo mudar-se para um condomínio de aposentados na Flórida, ela vendeu "toda aquela inutilidade" para um espírito livre chamado Raio de Sol, que produzia bijuterias e toda a parafernália contestatória para as principais lojas do Hollywood Boulevard. Assim, em 1969, a Pedra da Bênção foi parar num lugar chamado Woodstock, engastada no cabo de uma pinça de fumar maconha pertencente a um *hippie* chamado Argyle. Após a morte de Argyle, numa guerra não-declarada no Sudeste da Ásia, sua irmã recebeu seus pertences e, achando a pinça, desengastou o cristal azul. Achando que a pedra não passava de um pedaço de vidro, ela a deu de presente à filha de oito anos que, usando folha de alumínio e cola, fez do cristal uma coroa para uma de suas bonecas.

Quando a garota chegou à idade universitária e saiu de casa, doou todos os seus velhos brinquedos para o Exército da Salvação, de onde o cristal azul foi resgatado por uma mulher que regularmente percorria brechós procurando artigos de valor negligenciados por olhos menos argutos — pelo menos na sua opinião. Viu possibilidades no cristal, pois era adepta da Nova Era e sentiu vibrações definidas quando o pegou.

E assim a pedra azul que havia viajado através de galáxias e nebulosas para pousar numa Terra primordial — um cristal cósmico que dera a uma proto-humana chamada Mulher Alta a sabedoria de quando conduzir seu povo para longe do perigo, que havia confortado Laliari e iluminado Avram, e concedido fé à senhora Amélia, e dado à Madre Winifred a coragem para desobedecer à ordem de um abade, e a Katharina a esperança de encontrar seu pai, e canalizou a paixão recolhida de Brigitte Bellefontaine para um uso prático, e finalmente transformou Matthew Lively em dono de seu próprio destino — assim esta Pedra da Bênção veio a residir numa pequena loja de uma comunidade praiana da Califórnia. Hoje se encontra na vitrine num despretensioso mostruário de cristais curativos, cartas de tarô e incenso. Se você não andar muito rápido, nem distraído demais lendo um jornal ou falando no telefone celular, poderá vê-la.

E se sentir necessidade de descobrir sua força interior, ou coragem, ou sabedoria, entre na loja, observe a pedra, segure-a na mão e veja o que ela lhe diz. O dono da loja está disposto a vendê-la a um preço razoável... para a pessoa certa.

Este livro foi composto na tipologia GoudyOldStyle Bt,
em corpo 11,5/15,5, e impresso em papel
off-white 80g/m², no Sistema Cameron da
Divisão Gráfica da Distribuidora Record.